KATHERINE PANCOL (Casablanca, 1954) ha lavorato come giornalista per "Paris-Match" e "Cosmopolitan". I tre romanzi di cui è protagonista Josephine, *Gli occhi gialli dei coccodrilli, Il valzer lento delle tartarughe* e *Gli scoiattoli di Central Park sono tristi il lunedì*, hanno venduto 7 milioni di copie nel mondo e sono stati tradotti in 30 Paesi. Presso Bompiani ha pubblicato nel 2014 la nuova trilogia, *Muchachas*.

La carriera di Hortense sta decollando, e lei non ha intenzione di abbandonarsi all'amore, nemmeno dopo una notte di passione con Gary. Shirley invece è ormai sfinita da un susseguirsi di relazioni sbagliate, tanto da non accorgersi che Oliver potrebbe essere quello giusto. E poi Josephine, che cerca di chiudere fuori la vita, non sa ancora le sorprese che la attendono. Tre donne, tre destini diversi alla ricerca della felicità.

BOMPIANI VINTAGE

Della stessa autrice presso Bompiani

Gli occhi gialli dei coccodrilli

Il valzer lento delle tartarughe

Gli scoiattoli di Central Park sono tristi il lunedì

Muchachas I

Muchachas II

Muchachas III

KATHERINE PANCOL
GLI SCOIATTOLI DI CENTRAL PARK SONO TRISTI IL LUNEDÌ

Traduzione di Raffaella Patriarca

ROMANZO
BOMPIANI

Titolo originale: *Les écureuils de Central Park sont tristes le lundi*

Traduzione su licenza Baldini&Castoldi

ISBN 978-88-452-7839-6

Prima edizione Bompiani Vintage: aprile 2015

www.bompiani.eu

GLI SCOIATTOLI DI CENTRAL PARK SONO TRISTI IL LUNEDÌ

Per Roman e per Jean-Marie...

"Ci sarà bene una vita che riuscirò a vivere davvero, no?"

Bernard-Marie Koltès

PARTE PRIMA

Hortense afferrò la bottiglia di champagne per il collo e la rovesciò nel secchiello del ghiaccio. La bottiglia era piena e provocò un rumore strano. L'urto del vetro contro il metallo, lo sfrigolare dei cubetti scricchiolanti, poi un gorgoglio seguito dall'esplosione delle bollicine in superficie come una spuma traslucida.

Il giovane in giacca bianca e papillon nero inarcò un sopracciglio.

"Questo champagne fa schifo!" ringhiò Hortense in francese, dando un colpetto al fondo della bottiglia. "Quando non ci si può permettere una marca come si deve, non si serve un torcibudella..."

Prese una seconda bottiglia e ripeté l'atto di sabotaggio.

Il giovane si fece di porpora. Stupefatto, osservò la bottiglia svuotarsi lentamente, chiedendosi se dovesse dare l'allarme. Si guardò intorno, alla ricerca di un testimone del gesto vandalico di quella ragazza che rovesciava bottiglie declamando insulti. Sudava, e il sudore metteva in evidenza la coroncina di foruncoli che gli ornava la fronte. Un altro buzzurro inglese che sbava per le bollicine, si disse Hortense mettendosi una ciocca ribelle dietro l'orecchio. Il giovane non la perdeva d'occhio, pronto a bloccarla nel caso avesse ricominciato.

"Vuoi la mia foto?"

Quella sera aveva voglia di parlare francese. Quella sera aveva voglia di far scoppiare una bomba. Quella sera aveva bisogno di massacrare un innocente e quel ragazzo era la vittima sacrificale.

Ci sono persone così, che si ha il desiderio di pizzicare a sangue, di umiliare, di torturare. Quel giovane non era nato con la camicia. Peggio per lui.

"Non sapevo di essere così brutta! Mi dai fastidio agli occhi con quei bozzi rossi che ti lampeggiano sulla fronte!"

Il ragazzo deglutì, si schiarì la voce e squittì: "Di' un po', sei sempre così stronza o ti stai sforzando apposta per me?"

"Sei francese?"

"Di Montélimar."

"Il torrone fa male ai denti... e alla pelle. Faresti meglio a darci un taglio o quei bubboni esploderanno..."

"Povera idiota! Che cos'hai per essere così cattiva?"

Un'offesa. Ho mandato giù un'offesa e non riesco a digerirla. Lui ha osato. Sotto il mio naso. Come se fossi trasparente. Mi aveva detto, già, che cosa mi aveva detto... e io gli ho creduto. Mi sono infilata una gonna e ho corso i cento metri in meno di otto secondi. Sono un'idiota proprio come questo pustolone con la faccia da torrone.

"Perché di solito la gente è tignosa quando è infelice..."

"Ok, finiscila di fare Padre Pio e passami una Coca..."

"Spero che quello che ti ha ridotto così ti faccia stare anche peggio!"

"E che psicologo! Lacaniano o freudiano? Devo dire che questa conversazione sta diventando appassionante!"

Afferrò il bicchiere che lui le porgeva, lo alzò come per fare un brindisi e si allontanò ancheggiando tra la folla di invitati. Che fortuna! Proprio un francese! Orrendo e sudaticcio. E in divisa d'ordinanza: pantaloni neri, camicia bianca, niente gioielli e i capelli ingellati all'indietro. Pagato cinque sterline all'ora e trattato come un cane rognoso. Uno studente che vuol mettersi in tasca qualche soldo o uno squattrinato che ha mollato il posto fisso per diventare ricco. A me la scelta. Solo che non m'interessa. Neanche un po'. Investirei trecento euro in un paio di scarpe per uno come lui? Ma nemmeno le stringhe!

Quasi scivolò, poi si guardò la suola e vide una gomma da masticare rosa appiccicata al tacco in bakelite color malva della sua décolleté in coccodrillo rosso.

"Non ci mancava che questa!" esclamò. "Le mie Dior nuove!"

Aveva digiunato cinque giorni per comprarsele. E disegnato una decina di asole per la sua amica Laura.

Ho capito, non è la mia serata. Me ne torno a casa a dormire prima che in fronte mi appaia la scritta "Regina delle sfigate". A proposito, che cosa mi aveva detto? Vai da Sybil Garson sabato sera? Una festa pazzesca. Potremmo trovarci là. Aveva fatto una smorfia, però si era segnata la data e l'espressione che aveva usato. Trovarsi significa andarsene insieme sottobraccio. Valeva la pena pensarci su. Per un pelo gli aveva chiesto e tu vai da solo o con la Peste? Si era ripresa in tempo – soprattutto, mai ammettere l'esistenza di Charlotte Bradsburry, ignorarla, ignorarla – e aveva cominciato a pensare in che modo farsi invitare. Sybil Garson, icona delle riviste scandalistiche, inglese di alto lignaggio, elegante e arrogante di natura, che a casa sua non ammetteva nessuna creatura straniera – figuriamoci francese – a meno che non si chiamasse Charlotte Gainsbourg, Juliette Binoche o che si portasse appresso il meraviglioso Johnny Depp. Io, Hortense Cortès, plebea, sconosciuta, povera e francese, non ho nessuna speranza. A meno che non m'infili un grembiulino da cameriera e serva salsicce. Meglio morire!

Lui aveva detto ci troviamo là. Il "ci" significava naturalmente lui e io, io e lui, io, Hortense Cortès e lui, Gary Ward. Il "ci" lasciava supporre che la signorina Bradsburry non era più d'attualità. La signorina Charlotte Bradsburry era stata rispedita al mittente oppure l'aveva mollato. Chi se ne frega! Una cosa sembrava certa: la via era libera. Per lei. Di giocarsela. Per lei, Hortense Cortès, alle serate londinesi, nei locali e nei musei, nelle sale della Tate Modern, al tavolo accanto alla finestra nel ristorante del Design Museum con vista mozzafiato sulla Torre di Londra, durante i fine settimana in sontuosi manieri, con i pembroke della regina a leccarle le dita nel castello di Windsor e gli *scones* alle uvette accompagnati da marmellata e *clotted cream*, sgranocchiati accanto al fuoco sotto un Turner un po' sbiadito sollevando delicatamente una tazza di tè... E poi c'è modo e modo di mangiare uno *scone*! Va tagliato in due nel senso della larghezza, spalmato di crema e tenuto con il pollice e l'indice. Altrimenti, secondo Laura, si rientra nella categoria dei cafoni.

M'imbuco alla festa di Sybil Garson, sbatto le ciglia, porto via Gary e prendo il posto di Charlotte Bradsburry. Divento importante, famosa, internazionale, mi parlano con rispetto, mi offrono biglietti da visita, mi vestono da capo a piedi, allontano i paparazzi e scelgo la mia futura migliore amica. Non sono più una Francese che arranca per farsi un nome, prendo una scorciatoia e mi trasformo in un'Inglese Arrogante. È da troppo che languo nell'anonimato. Non sopporto più di essere considerata una sottospecie di essere umano, che ci si asciughi le mani nella mia camicia e che mi si confonda con una parete di plexiglas. Voglio rispetto, considerazione, onore, potere, potere.

E potere.

Ma prima di entrare nelle vesti dell'Inglese Arrogante, bisognava trovare il modo d'intrufolarsi in quella festa privata, riservata agli *happy few* che sguazzano nella stampa trash dei tabloid inglesi. Non ce l'hai ancora fatta, Hortense Cortès, non ancora. E se seducessi Pete Doherty? Nemmeno così basterebbe... Meglio cercare di entrare di nascosto in casa di Sybil Garson.

Ci era riuscita.

Davanti al numero 3 di Belgravia Square, si era infilata tra due inglesi che parlavano di cinema con la puzza sotto il naso. Li aveva seguiti, fingendo di apprezzare quel che dicevano, facendosi largo nel bell'appartamento dal soffitto alto quanto la cattedrale di Canterbury e continuando ad ascoltare le osservazioni di Steven e Nick su *Bright Star* di Jane Campion. I due avevano visto il film in anteprima al London Film Festival e si compiacevano di rientrare nel club dei pochi fortunati che potevano parlarne. *To belong or not to belong* pareva essere il motto di tutti gli inglesi chic. Era indispensabile "appartenere" a uno o più club, a una famiglia, una scuola, un ambiente noto, un bel quartiere di Londra altrimenti non si era nessuno.

Steven studiava cinema e parlava di Truffaut e Kusturica. Indossava un paio di vecchi jeans aderenti, dei consunti stivali in vinile, un gilè nero a pois bianchi sopra una maglietta bianca a maniche lunghe. I lunghi capelli sporchi gli ricadevano in avanti a ogni affermazione. Il suo amico, Nick, tutto lindo e profumato, era una versione bucolica e giovanile di Mick Jagger. Sollevava la testa per grattarsi il mento. Probabilmente pensava che quel gesto lo facesse sembrare più saggio.

Hortense li aveva mollati dopo aver lasciato il cappotto in una grande stanza che faceva da guardaroba. Lo aveva buttato su un enorme letto sommerso di pellicce finte, giacconi color kaki, impermeabili neri, poi si era sistemata i capelli davanti allo specchio sopra il camino dicendosi sei perfetta, mia cara, assolutamente perfetta. Lui cadrà nella tua rete come un bel pesciolino dorato. Le scarpe Dior e il vestitino nero Alaïa acquistati in un vintage shop a Brick Lane l'avevano trasformata in una bomba sexy discreta. Bomba sexy se voglio, discreta se lo decido, mormorò davanti allo specchio mandandosi un bacio. Non ho ancora stabilito se lo ucciderò subito o se rinviare la sentenza di morte. Vedremo.

Lo vide subito. Uscendo dal guardaroba, scorse Gary appeso al braccio della Bradsburry; lei era scoppiata a ridere mostrando la gola color avorio, portando delicatamente la mano alla bocca per nascondere il rumore così volgare di quella allegria improvvisa. Gary la strinse a sé, un braccio intorno alla sua vita sottile, infinitamente sottile. La sua testa bruna contro quella della Peste... Hortense credette di morire.

Riuscì in qualche modo a rientrare nella stanza-guardaroba, inveire contro lo specchio, afferrare il cappotto e andarsene.

Poi si mise a pensare alla fatica fatta per infilarsi in quella casa rischiando un'incriminazione per effrazione, serrò i denti e si diresse al buffet dove riversò la sua rabbia sullo champagne di pessima qualità e sul ragazzo con i brufoli infiammati.

E adesso, si disse, che fare?

Arpionare il primo tizio passabile e tubare al suo braccio? Cosa vista miliardi di volte. Strategia antiquata, patetica, pietosa. Gary capirà subito, vedendomi così, che sono stata "speronata" e mi risponderà, con un sorriso crudele, "affondata".

E affonderò.

No, no! Esibire l'aria soddisfatta della single che non trova un fidanzato alla sua altezza tanto i suoi standard sono elevati... Arricciare le labbra in un sorriso sdegnoso, fingere sorpresa se dovessi imbattermi nella coppia maledetta e individuare tra la folla un paio di pollastre con cui fare finta di chiacchierare prima di tornare a casa... in metropolitana.

Mary Dorsey faceva al caso suo. Era una single triste, una di quelle ragazze con un unico scopo nella vita: trovare un uomo. Non importa chi, purché restasse con lei più di quarantotto ore.

Un intero weekend era l'inizio della felicità. La maggior parte dei ragazzi che Mary Dorsey portava nel suo appartamento sulla riva meridionale del Tamigi spariva ancora prima che lei avesse il tempo di chiedergli il nome. L'ultima volta che Hortense l'aveva incontrata al mercato di Borough, dove l'aveva trascinata Nicholas, Mary le aveva sussurrato ma quanto è carino! Quando hai chiuso con lui, me lo passi? Ma hai visto il torace? È troppo lungo! aveva protestato Hortense. Non m'importa. Torace lungo, appendice interessante.

Mary Dorsey era un caso disperato. Aveva provato di tutto: lo *speed dating*, lo *slow dating*, gli appuntamenti al buio, l'ebraico, il cristiano, il New Labour, il Tory, il volgare, l'erudito, l'eccentrico... Era pronta a correre qualunque rischio pur di non dover più rimanere sola a casa, la sera, a mangiare gelato singhiozzando davanti alla scena finale di *Un amore splendido*, quando Cary Grant si rende finalmente conto che Deborah Kerr nasconde qualcosa sotto il grande plaid beige. Tutta sola, con una tuta sbiadita, una marea di fazzolettini usati attorno, diverse confezioni di gelato, una bottiglia di Drambuie, mormorava, bagnata di lacrime e mascara: "Non ne esistono più come Cary Grant, è la fine, la fine... l'uomo virile è in via di estinzione", prima di rotolare sul parquet andando a raggiungere i Kleenex appallottolati.

Mary amava raccontare queste scene pietose che non le rendevano affatto giustizia. Affermava che era necessario cadere molto in basso nel disgusto di sé per essere in grado di risollevarsi.

Il ricordo di quella conversazione modificò l'itinerario di Hortense che stava per posare una mano sulla spalla di Mary Dorsey. Deviò verso una silhouette bionda, incantevole, meravigliosa...

Fu in quell'istante che riconobbe Agyness Deyn. Lei in persona. *The it girl.* The girl senza se e senza ma. Quella che avrebbe scalzato Kate Moss dal podio. La musa di Burberry, Giorgio

Armani, Jean-Paul Gaultier, colei che cantava con i Five O'Clock Heroes e collezionava le copertine di *Vogue*, *Elle*, *Grazia*. Eccola lì, molto bionda, molto snella, un foulard molto azzurro sui capelli biondi corti, in collant molto rossi e scarpe da ginnastica molto bianche, un vezzoso vestitino di pizzo e uno striminzito giubbino di jeans slavato.

Divina!

E con chi stava parlando Agyness Deyn con un gran sorriso benevolo, l'aria visibilmente interessata pur guardandosi intorno alla ricerca di qualche altra preda? Con Steven e Nick, i due cinefili che le avevano fatto da biglietto d'invito.

Hortense si gettò in avanti fendendo la folla. Arrivò all'altezza del gruppetto e si infilò nella conversazione.

Il più passabile dei due, Nick, raccontava di come avesse sfilato alla settimana della moda di Parigi per Hedi Slimane. Agyness Deyn gli chiese che cosa pensasse della collezione di Hedi. Nick rispose che si ricordava a malapena della sfilata, ma molto di più della ragazza che si era scopato sotto le scale di una discoteca.

Scoppiarono a ridere. Hortense si sforzò di fare lo stesso. Poi Agyness estrasse una penna dalla minuscola borsa rossa e si segnò il nome della discoteca sulle scarpe da ginnastica. Hortense la osservava, affascinata. Si chiese se, da lontano, si capiva che lei faceva parte di quel gruppo e si avvicinò ancora di più per dissipare ogni dubbio.

Li raggiunse un'altra ragazza e, afferrato il bicchiere di Nick, lo svuotò in un sorso. Poi si appoggiò alla spalla di Agyness dicendo: "*I'm so pissed off!* Che serata di merda! È veramente da sfigati restare a Londra nel fine settimana! Avrei fatto meglio ad andarmene fuori città! Chi è quella?" chiese tendendo un'unghia rossa verso Hortense.

Hortense si presentò cercando di nascondere l'accento francese.

"*French?*" sbuffò la nuova arrivata con una smorfia di disgusto.
"Conosci Hedi Slimane?" domandò Nick spalancando gli occhi neri.

Hortense rammentò di aver visto la sua foto su *Metro*, usciva da un locale al braccio di Amy Winehouse, la testa sporca di vomito.

"Ehm... no!" balbettò Hortense, intimorita dall'imberbe Nick.

"Oh", lasciò perdere lui, deluso.

"A che serve essere francesi allora?" ribatté la ragazza dalle unghie rosse stringendosi nelle spalle. "*Anyway*, non c'è niente di utile nella vita, bisogna solo aspettare che il tempo passi e la morte incomba... Pensi di restare qui ancora a lungo o andiamo a ubriacarci da un'altra parte, *darling*?" chiese poi alla sontuosa Agyness attaccandosi al collo di una bottiglia di birra.

Hortense non seppe come ribattere e, furiosa con se stessa, decise di andarsene da quel posto così schifoso. Me ne torno a casa mia, ho sopportato abbastanza, odio le isole, odio gli inglesi, odio l'Inghilterra, odio gli *scones*, i Turner, i pembroke e la *fucking queen*. Odio la condizione di Hortense Nessuno, voglio essere ricca, celebre, chic, e che tutto il mondo abbia paura di me e mi detesti.

Tornò nella stanza-guardaroba alla ricerca del cappotto. Ne sollevò uno, poi un altro, poi un terzo, chiedendosi per un istante perché non portarsi via un Michael Kors con il collo di pelliccia bionda; esitò, poi lo rimise giù. Troppo rischioso... Con la mania tutta *british* d'installare telecamere ovunque, l'avrebbero beccata all'uscita. In quella città si era sotto sorveglianza giorno e notte. Perse la pazienza, infilò la mano nel mucchio abbandonato di capi fuori moda ed emise un grido. Aveva toccato qualcuno. Un corpo umano animato che si mosse con un brontolio. C'era un uomo sotto i vestiti. O stava smaltendo una sonora sbornia oppure si era fumato una canna. Il sabato era la sera delle ubriacature solenni. Le ragazze oscillavano nei fumi dell'alcol, lo string in mostra, mentre i ragazzi tentavano di bloccarle contro un muro continuando a stringere un bicchiere in mano, prima di mettersi a vomitare insieme. Patetico! Rozzo! Pizzicò una manica nera e l'uomo urlò. Si bloccò, sorpresa: conosceva quella voce. Scavò più in profondità e arrivò fino a Gary Ward.

Era sdraiato sotto diversi strati di cappotti e, con gli auricolari nelle orecchie, si gustava la musica a occhi chiusi.

"Gary!" gridò lei. "Che cosa ci fai qui?"

Lui si tolse le cuffiette e la guardò, inebetito.

"Ascolto l'immenso Glenn Gould... È così bello, Hortense, così bello. Il modo in cui sfiora i tasti come se fossero perle animate e..."

"Ma non sei a un concerto! Questa è una festa!"

"Le feste mi fanno orrore."

"Ma se sei stato tu a..."

"Pensavo venissi..."

"E chi sarebbe questa davanti a te? Il mio fantasma?"

"Ti ho cercato, ma non ti ho visto..."

"E invece io ti ho visto con la signorina innominabile. Appiccicato a lei, abbracciato, protettivo. Che spettacolo orribile..."

"Aveva bevuto, la reggevo in piedi..."

"Da quando lavori per la Croce rossa?"

"Pensa quel che ti pare, ma la tenevo per un braccio mentre ti cercavo con gli occhi..."

"Bene, dovresti procurarti un bastone bianco!"

"Anche tu parlavi con due idioti... Allora ho lasciato perdere. Tu adori gli idioti."

Si era rimesso gli auricolari tornando a coprirsi con i cappotti, cercando di sparire sotto quella coltre soffice e pesante che lo isolava dal mondo.

"Gary! Ascoltami!" ordinò Hortense.

Sbucò una mano e lui l'attirò a sé. Hortense sprofondò in un'immensità di lane ruvide e morbide, inalò diverse fragranze profumate, riconobbe un Hermès, uno Chanel, un Armani, tutto si mischiò, attraversò delle fodere di seta e delle maniche satinate, tentò di resistere, di riprendersi il braccio che la trascinava ma lui la bloccò contro il proprio corpo e la strinse con forza sotto i cappotti.

"Zitta! Non ci deve vedere nessuno!"

Hortense si ritrovò con il naso nel collo di Gary. Poi avvertì un bottoncino di plastica nell'orecchio e sentì della musica.

"Ascolta quant'è bello! *Il clavicembalo ben temperato...*"

Si spostò leggermente per guardarla. Sorrise.

"Hai mai sentito qualcosa di altrettanto meraviglioso?"

"Gary! Perché..."

"Silenzio! Ascolta... Glenn Gould non colpisce i tasti, li sfiora uno alla volta, li immagina, li plasma, li scolpisce, li inventa in modo che il piano produca una sonorità eccezionale. Non ha nemmeno bisogno di suonare per creare della musica! È allo stesso tempo carnale, materiale e immateriale..."

"Gary!"

"Sensuale, trattenuto, sublime... È come se... non lo so nemmeno io..."

"Quando mi hai detto di venire qui..."

"Il meglio deve ancora arrivare..."

"Vorrei sapere..."

"Ma proprio non riesci a stare zitta!"

La porta della stanza si aprì di scatto seguita dal fragore di una voce femminile. La voce roca, pesante, strascicata di una donna che aveva bevuto troppo. Avanzò titubante, urtò il camino, imprecò e ripartì alla ricerca del proprio cappotto...

"Non l'ho lasciato sul letto, l'ho appeso da qualche parte. È pur sempre un Balenciaga..."

Non era sola. Si rivolgeva a un uomo.

"È sicura?" domandò questi.

"Certo che sono sicura! Un Balenciaga! Spero lei sappia riconoscerne uno!"

"È Charlotte", bisbigliò Gary. "Riconosco la voce. Mio Dio! Che le è successo? Non beve mai!"

"Non ha visto Gary Ward?" domandò Charlotte. "Doveva riaccompagnarmi... D'un tratto è scomparso. Sparito! Sono così sbronza che non riesco a camminare!"

Si lasciò cadere di botto sul letto e Gary raccolse precipitosamente le gambe, intrecciandole a quelle di Hortense. Le fece segno di tacere, di non fare una mossa. Lei sentiva il battito sordo del proprio cuore contro quello di Gary. Cercò di farli andare all'unisono e sorrise.

Gary capì che stava sorridendo e sussurrò perché ridi? Non rido, sorrido... Lui la strinse a sé e Hortense lo lasciò fare. Sei mia prigioniera, non puoi più muoverti... Sono tua prigioniera perché non posso muovermi, ma aspetta che... Lui le mise una mano sulla bocca e lei continuò a sorridere contro il suo palmo.

"Ha finito di guardarsi allo specchio?" gridò Charlotte Bradsburry in tono acuto. "Credo ci sia qualcuno nel letto... Si muove..."

"Invece io credo lei abbia bevuto troppo. Dovrebbe andare a dormire. Non ha un bell'aspetto", rispose l'uomo come se stesse parlando a un bambino malato.

"No! Le assicuro che il letto si muove!"

"È ciò che dicono tutti quando alzano il gomito... Forza, torni a casa!"

"Ma come faccio a rientrare?" gemette Charlotte Bradsburry. "Omioddio! Non mi sono mai ridotta così... Cos'è successo? Lei lo sa? E la smetta di rimirarsi in quello specchio! Mi sta stancando!"

"Non mi sto rimirando, sto solo verificando che mi manca qualcosa... Qualcosa che avevo quando sono arrivato..."

"Non cerchi neanche! Non troverà mai quel che le manca..."

"Ah sì?"

E adesso che cosa s'inventerà questa? sospirò Hortense. Farebbe meglio a svignarsela e a lasciarci la via libera... Io qui sto benissimo, disse Gary... Dovremmo farlo a tutte le feste, nasconderci sotto i cappotti e... Passò un dito sulle labbra di Hortense accarezzandole. Ho una gran voglia di baciarti... e, d'altronde, credo proprio che ti bacerò, Hortense Cortès. Il respiro di lui era come condensa e lei rispose, sfiorandogli la bocca, è troppo facile, troppo facile, Gary Ward, non riuscirà a entrare in paradiso. Lui seguì delicatamente con l'indice il contorno del suo sorriso. Penseremo più tardi alle cose complicate, ho un sacco di idee...

"Non le chiederò cos'è che mi manca perché non voglio essere scortese", rispose l'uomo.

"Me ne vado. Domattina devo alzarmi presto..."

"Ah! Ecco! Avevo una sciarpa rossa!"

"Che volgarità!"

"Troppo buona..."

Che cretina! inveì Hortense. Lui non vorrà più accompagnarla! Zitta! ordinò Gary, mentre con le dita continuava a disegnare il contorno della sua bocca. Lo sapevi che le tue labbra non sono simmetriche? Hortense si tirò indietro, stai dicendo che sono anormale? No, al contrario... sei terribilmente banale, abbiamo tutti la bocca asimmetrica. Io no. Io sono perfetta.

"Posso darle un passaggio, se lo desidera. Dove abita?" chiese l'uomo.

"Ah! Questa è la prima frase interessante che le sento pronunciare..."

Charlotte Bradsburry cercò di alzarsi, ma invano. A ogni

tentativo, ripiombava pesantemente sul letto e finì per lasciarsi andare con tutto il suo peso.

"Le ripeto che c'è qualcuno qui sotto... Sento delle voci..."

"Coraggio, mi dia il braccio così la tiro su e la porto a casa!"

Charlotte Bradsburry brontolò qualcosa che sfuggì sia a Hortense che a Gary, poi capirono che i due se ne stavano andando, con lei che inciampava appesa al braccio di lui.

Poi Gary si chinò su Hortense e la contemplò senza dire niente, gli occhi scuri animati da un sogno primitivo e accesi di una luce selvaggia. Sarebbe stato così bello vivere nascosti sotto dei cappotti, al riparo, mangiando biscotti e bevendo caffè con una lunga cannuccia, mai più obbligati ad alzarsi e a correre ovunque come il coniglio di *Alice nel Paese delle Meraviglie*. Non era mai riuscito a inquadrarlo quel *rabbit* con l'orologio in erezione permanente. Vorrei passare la vita ad ascoltare Glenn Gould baciando Hortense Cortès, accarezzando i capelli di Hortense Cortès, respirando il profumo della pelle di Hortense Cortès, inventando per lei degli accordi, mi-fa-sol-la-si-do e sospirandoglieli nell'orecchio.

Vorrei, vorrei...

Chiuse gli occhi e baciò Hortense Cortès.

Allora è questo un bacio! si stupì Hortense Cortès. Questo bruciore soave che ti fa venire voglia di buttarti sull'altro, di aspirarlo, leccarlo, rovesciarlo, fondersi insieme, sparire...

Di dissolversi nella profondità di un lago, lasciando aleggiare la sua bocca, le sue labbra, i suoi capelli, la sua nuca...

Di perdere la memoria.

Di trasformarsi in una crema vellutata e di farsi gustare in punta di lingua.

E di assaporare l'altro inventandosi il sale e le spezie, l'ambra e il cumino, il cuoio e il sandalo.

È dunque questo...

Fino a quel momento aveva baciato soltanto ragazzi che la lasciavano indifferente. Baciava chi poteva tornarle utile, l'uomo di mondo, baciava aggiustandosi una ciocca di capelli nell'elastico e guardando da sopra la spalla del suo partner. Baciava in tutta lucidità, indignandosi per un dente scheggiato, una lingua cannibale, una saliva bavosa. Le era anche capitato di baciare per noia, per gioco, perché fuori pioveva o perché le finestre erano suddivise in quadratini che non aveva finito di contare. Oppure, ricordo imbarazzante, per ottenere una borsa Prada o un top Chloé. Meglio dimenticare. Era successo molto tempo prima. Era solo una ragazzina, lui si chiamava Chaval. Un individuo rozzo e brutale!

Ritornò alla bocca di Gary e sospirò.

Quindi un bacio può dare piacere...

Un piacere che si diffonde per il corpo, provocando piccole scintille, accendendo mille brividi in luoghi che mai avrebbe creduto infiammabili.

Fin sotto i denti...

Il piacere... Che delizia!

E in quell'istante, si appuntò che bisognava diffidare del piacere.

Più tardi camminarono nel buio.

Per le strade pulite dei quartieri alti in direzione di Hyde Park. Strade in cui gli scalini bianchi degli ingressi vegliano come discrete sentinelle.

Verso l'appartamento di Gary.

Camminavano in silenzio tenendosi per mano. O, piuttosto, oscillando braccia e gambe con la medesima spinta, la stessa cadenza, il piede sinistro dell'uno con il piede sinistro dell'altra, il piede destro dell'uno con il piede destro dell'altra. Con la serietà e la concentrazione di una guardia a cavallo di sua maestà in colbacco di pelliccia. Hortense si ricordava di quel gioco: non cambiare piede, non perdere il ritmo. Aveva cinque anni e sua madre la teneva per mano tornando dalla scuola Denis-Papin. Abitavano a Courbevoie; non le piacevano i lampioni del grande viale. Non le piaceva il viale. Non le piaceva il palazzo. Non le piacevano gli inquilini. Detestava Courbevoie. Scacciò il ricordo e tornò al presente.

Strinse la mano a Gary per ancorarsi saldamente a colui che sarebbe stato, ne era sicura, il suo domani. Non l'avrebbe più lasciato. L'uomo dai riccioli scuri, gli occhi cangianti, verdi o bruni, bruni o verdi, la dentatura elegante, le labbra che appiccano incendi.

Allora è questo un bacio...

"Allora è questo un bacio", bisbigliò lei.

La frase evaporò nella notte buia.

Gary rispose alla sua stretta con una pressione dolce e leggera, declamando dei versi che vestirono l'istante di una bellezza solenne.

Away with your fictions of flimsy romance,
Those tissues of falsehood which Folly has wove;
Give me the mild beam of the soul-breathing glance
*Or the rapture which dwells on the first kiss of love.**

"Lord Byron... *The first kiss of love...*"

La parola amore cadde nell'oscurità come un mattone avvolto in un turbante. Poco mancò che Hortense lo raccogliesse e se lo

* "Tregua alle finzioni d'insensati romanzi, trame di menzogne intessute dalla Follia! Accordatemi il dolce raggio di uno sguardo che vien dall'anima, o l'entusiasmo che si prova al primo bacio dell'amore."

infilasse in tasca. Ma che le succedeva? Stava diventando terribilmente sentimentale.

"Se fossimo stati a luglio, non avresti potuto nasconderti sotto i cappotti..." lo sgridò lei, per togliersi di dosso quell'appiccicosa caramella rosa nella quale si era invischiata.

"A luglio non esco mai... A luglio mi ritiro..."

"Come Cenerentola dopo mezzanotte? Non è certo un atteggiamento virile!"

La spinse contro un albero, i fianchi schiacciati contro quelli di lei, e ricominciò a baciarla senza darle il tempo di rispondere. Lei ricevette la sua bocca, socchiuse le labbra per permettere al bacio di aprirsi, gli passò la mano dietro la nuca, si attardò con la punta delle dita, sentendo i mille incendi rianimarsi sotto l'alito caldo di Gary...

"Ricordati di non provocarmi, Hortense", mormorò lui, lasciando cadere ogni parola su quelle labbra dolci e ferme. "Posso perdere la pazienza e l'autocontrollo!"

"Che per un gentleman inglese..."

"... sarebbe deplorevole."

Lei moriva dalla voglia di chiedergli in che modo fosse terminato il suo idillio con Charlotte Bradsburry. E se fosse finito sul serio. Finito con una bella riga sopra? O finito con la promessa di un ritorno, di ritrovarsi, di baci che fanno rimescolare dentro? Ma Byron e il gentleman inglese la richiamarono all'ordine, rinchiudendola in un disprezzo sdegnoso verso la straniera. Comportati bene, ragazza mia, ignora la zoccola. Storia archiviata. Quello è il passato. Lui è qui, al tuo fianco, e camminate insieme nella notte inglese. Perché rovinare questa dolcezza sublime?

"Mi chiedo sempre che cosa facciano gli scoiattoli di notte", sospirò Gary. "Dormono in piedi, sdraiati, raggomitolati a palla dentro un nido?"

"Risposta numero tre. Lo scoiattolo dorme in un nido, la coda a ventaglio sopra la testa. Il nido è fatto di fuscelli, foglie e muschio, e si trova sugli alberi a non più di nove metri d'altezza perché il vento non lo butti giù..."

"Te lo sei inventato?"

"No. L'ho letto in un numero di *Spirou*... e ho pensato a te..."

"Aha! Tu mi pensi!" esclamò lui, alzando un braccio verso il cielo in segno di vittoria.

"Qualche volta."

"Ma fai finta d'ignorarmi! Giochi alla bella indifferente."

"Strategia d'amore, *my dear*!"

"E tu sei imbattibile in fatto di strategia, Hortense Cortès, non è vero?"

"Direi lucida..."

"Ti compatisco, t'imponi dei limiti, ti leghi le mani, ti tiri indietro... Rifiuti il rischio. E il rischio è l'unica cosa che fa venire la pelle d'oca..."

"Mi proteggo, è diverso... Non sono fra quelli che pensano che il dolore sia il primo passo verso la felicità!"

Il piede sinistro completò l'arco, mentre il destro esitò, restò sospeso in aria, zoppicò. La mano di lei lasciò la presa di Gary. Hortense si fermò e sollevò la testa, il mento fiero di un soldatino che parte per la guerra, l'aria seria, solenne, quasi tragica di colei che ha preso una decisione importante e vuol essere ascoltata.

"Nessuno mi farà soffrire. Nessun uomo mi vedrà mai piangere. Rifiuto la tristezza, il dolore, il dubbio, la gelosia, l'attesa che consuma, gli occhi gonfi, il viso spento dell'innamorata divorata dal sospetto, l'abbandono..."

"Li rifiuti?"

"Non ne voglio sapere niente. E sto benissimo così."

"Ne sei sicura?"

"Non ti sembro felice?"

"Soprattutto questa sera..."

Lui cercò di ridere e tese la mano per scompigliarle i capelli e allentare la tensione, ma lei lo respinse come se, prima che un altro bacio la travolgesse, prima che si lasciasse andare per qualche istante, dovessero firmare un patto di rispetto reciproco e buona condotta.

Non era il momento di scherzare.

"Ho stabilito una volta per tutte che sono rara, unica, magnifica, eccezionale, bella da morire, furba, colta, originale, dotata, superdotata... che altro?"

"Credo tu non abbia dimenticato nulla."

"Ti ringrazio. Scrivimi un appunto nel caso abbia omesso una perfezione..."

"Non mancherò..."

Ripresero a camminare nella notte, ma il piede destro e il piede sinistro si erano disuniti e le mani si sfioravano senza congiungersi. Da lontano Hortense scorgeva i cancelli del parco e i grandi alberi piegati dolcemente dal vento. Desiderava lasciarsi scuotere da un bacio, ma non voleva mettersi in pericolo. Gary doveva saperlo. D'altra parte, era per onestà che lo informava. Non voglio soffrire, non voglio soffrire, cantilenò scongiurando la cima dei grandi alberi di risparmiarle i tormenti ordinari dell'amore.

"Dimmi una cosa, Hortense Cortès: ce lo metti il cuore in tutto questo? Sai, quest'organo che palpita e scatena guerre, attentati..."

Lei si bloccò puntandosi un dito trionfante alla testa.

"Lo metto nell'unico posto in cui dovrebbe stare, e cioè qui... nel cervello... in questo modo ne ho il controllo totale... Non sono stupida, ti pare?"

"Sorprendente... non ci avevo mai pensato", mormorò Gary, accennando un inchino.

Ora camminavano staccati, tenendosi a distanza per misurarsi meglio.

"L'unica cosa che mi chiedo... davanti a una tale maestria che suscita ammirazione... è se..."

Lo sguardo di Hortense Cortès abbandonò la cima degli alberi per posarsi su Gary Ward.

"Se sarò all'altezza di tanta perfezione..."

Hortense gli sorrise con indulgenza.

"È semplicemente una questione di allenamento, sai... Ho cominciato molto presto."

"Dato che non ne sono sicuro, che devo rifinire certi dettagli che potrebbero screditarmi ai tuoi occhi, credo ti lascerò rientrare da sola, mia bella Hortense... per poi tornare al mio appartamento a perfezionarmi nell'arte della guerra!"

Lei si fermò, gli posò una mano sul braccio, accennò un sorriso che diceva stai scherzando, vero? Non puoi dire sul serio..., rafforzò la presa... Ma poi sentì aprirsi dentro una voragine, il corpo che si svuotava, si svuotava di colpo di tutto quel delizioso calore, delle piccole scintille, delle formichine, delle mille esultanze che le avevano fatto alzare il piede destro all'unisono con il suo piede destro, il piede sinistro con il suo piede sinistro, avanzando baldanzosa e leggera nella notte...

Ripiombò sull'asfalto grigio e scuro, mentre un freddo glaciale le toglieva il respiro.

Lui non reagì e aprì il portone del palazzo.

Si voltò e le domandò se aveva denaro per un taxi o se preferiva che gliene chiamasse lui uno.

"Perché non mi dimentico di essere un gentiluomo."

"I-io... non ho bisogno né del tuo braccio né..."

E non trovando le parole più offensive, umilianti, assassine, strinse i pugni, si riempì i polmoni di fredda rabbia e, mentre dentro le si scatenava un tornado, urlò nella notte nera di Londra: “Brucia all’inferno, Gary Ward! Non voglio rivederti mai più!”

* * *

... perché

Era tutto quello che sapeva dire. Tutto quello che aveva in bocca. Tutto quello che era in grado di articolare quando le venivano poste domande alle quali non poteva rispondere perché non le capiva.

Allora, signora Cortès, non ha pensato di traslocare dopo “quanto accaduto”? Vuole davvero restare in questo palazzo? In questo appartamento?

La voce si abbassava di un tono, si facevano mille distinguo, si avanzava in punta di piedi, si assumeva un’aria da ghiotti cospiratori come se “si condividesse” il segreto... Non è una cosa normale... Perché restare? Perché non cercare di dimenticare tutto andando via? Parli, signora Cortès!

... perché

Lei parlava, le spalle dritte, lo sguardo perso. Mentre faceva la coda al supermercato o dal panettiere. Libera di non rispondere. Libera di non fingere di rispondere.

Non ha un bell’aspetto... Lei non pensa, signora Cortès, che dovrebbe chiedere aiuto, non so, consultare qualcuno... che possa darle una mano a... Un lutto così grande! Perdere la propria sorella, è doloroso, non se ne esce da sole... qualcuno la aiuterà nel lasciarsi tutto alle spalle...

Lasciarsi tutto alle spalle...

Lasciare andare i ricordi come acqua che scorre?

Lasciare andare il sorriso di Iris, i grandi occhi blu di Iris, i lunghi capelli neri di Iris, il mento appuntito di Iris, la tristezza e il sorriso nello sguardo di Iris, i braccialetti tintinnanti ai polsi di Iris, il diario degli ultimi giorni di Iris, il calvario felice nell'appartamento in attesa, in attesa del proprio aguzzino, il valzer nel bosco alla luce dei fari delle automobili...?

Un due tre, un due tre... un due tre.

Il valzer lento, lento, lento...

...a tranquillizzarla, a scacciare i ricordi che la ossessionano. Dormirà meglio, non avrà più incubi, perché lei ha gli incubi, non è vero? Si può confidare con me, la vita non mi ha sempre risparmiato, sa... Ho avuto anch'io la mia parte...

Il tono si faceva dolciastro, disgustoso, la donna elemosinava confidenze.

Perché, signora Cortès?

... perché

... o riprendere un'attività professionale, rimettersi a scrivere, un romanzo naturalmente... la distrarrà, le terrà la mente occupata, si dice addirittura che la scrittura sia un modo per guarire, una terapia... non si fermerà a pensare a... be', lo sa, a quello... sventurato... e la voce vacillava, si smorzava fino al silenzio vergognoso su quella cosa che non si osava nemmeno nominare... Perché non riprende in mano quel periodo che le piaceva tanto, il XII secolo? Non è quello? Il XII secolo è la sua specialità, vero? Lei è imbattibile sul XII secolo! Ullallà! La staremmo ad ascoltare per ore. Lo dicevo l'altra sera a mio marito, che cultura questa signora Cortès! Uno si chiede dove vada a trovare tutto quello che sa! Perché non cerca un'altra storia come quella che le ha portato tanta felicità? Devono essercene a bizzeffe!

... perché

Potrebbe scrivere il seguito! Non aspettiamo altro! Lo attendiamo in migliaia, che dico migliaia, in centinaia di migliaia! Che successo aveva avuto con quel libro! A proposito, come s'intitolava? *Una bellissima regina*, no? No... come dice? Ah sì! *Un'umile regina*, non l'ho letto, non ne ho avuto il tempo, sa, con le faccende, i bambini, ma mia cognata l'ha adorato e mi ha promesso di passarmelo non appena l'amica a cui l'ha prestato glielo restituirà... I libri costano. Non tutti possono permettersi di... Coraggio, signora Cortès, scriva il seguito... Per lei è così naturale... Se ne avessi il tempo, le assicuro che scriverei anch'io... Trovato! Le racconterò la storia della mia vita per darle qualche idea! Le assicuro che non si annoierà!

Le braccia s'incrociavano, soddisfatte, sul petto. L'occhio luccicante, il collo teso, gli occhi ridotti a due fessure... La maschera di una carità grottesca. Tanto decorosa. Faccio il mio dovere, doveva dirsi quella donna, riporto alla vita la povera signora Cortès, la esorto, la esorto. Se ne uscirà, sarà grazie a me...

Joséphine sorrideva. Gentilmente.

... perché

Non faceva che ripetersi quella parola.

Le serviva da scudo. La teneva al riparo da quelle bocche mitraglianti domande. La portava lontano, non sentiva più le voci, leggeva le labbra, agitata da una pietà disgustata per quelle persone che non potevano impedirsi di parlarle, di voler comunicare con lei.

Tagliava loro la lingua, la testa, il suono.

... perché
... perché
... perché

Povera signora Cortès, dovevano pensare allontanandosi. Che aveva tutto, e non ha più niente. Se non gli occhi per piangere. Bisogna dire che quello che le è capitato non è da tutti. Di solito son cose che si leggono sui giornali, non pensiamo certo che possano succedere a noi. All'inizio non ci credevo. Però l'hanno raccontato in tivù. Al telegiornale. Sì, sì... Mi son detta che era impossibile. Essere al centro di un avvenimento particolare come quello. Non è certamente banale. Ah! Perché lei non ne è al corrente? Non conosce la storia? Dov'era lei quest'estate? Ne hanno parlato tutti i giornali! È la storia di una donna normale, del tutto normale, una donna come lei e me a cui succedono cose incredibili... Sì, sì, glielo assicuro! Prima il marito la lascia e va in Kenya ad allevare coccodrilli! Esatto, dei coccodrilli in Kenya! Lui crede di fare fortuna e di ottenere l'impossibile! Un don Chisciotte da quattro soldi! La poverina resta sola in Francia con due figlie da crescere e senza un centesimo. Niente soldi e migliaia di debiti. Non sa più dove sbattere la testa. Ha la sensazione che le manchi la terra sotto i piedi... Ma ha una sorella che si chiama Iris... ed è qui che la vicenda si fa interessante... Una sorella molto ricca, molto bella, molto in vista, annoiata a morte dalla vita. Anche se ha tutto, la sorella: un enorme appartamento splendidamente arredato, un marito affascinante, un figlio educato che va bene a scuola, una cameriera e un ventaglio di carte di credito. Nessuna preoccupazione! La bella vita! Mi segue? Ebbene... tutto questo non le basta! Sogna di diventare famosa, di andare in televisione, di apparire sulle riviste. Una sera, durante una cena, dichiara che scriverà un libro. Ti aspettiamo al varco! Attendiamo il libro dunque. Se ne parla, gli si domanda a che punto è, se la stesura prosegue e via di questo passo! Lei va nel panico, non sa più cosa rispondere, le vengono dei mal di testa micidiali... Allora chiede alla povera signora Cortès di scriverlo per lei... La signora Cortès che studia storia medievale e scrive saggi complicati sul XII secolo. Si ha la tendenza a dimenticarlo, ma esiste anche quel periodo. È il suo pane quotidiano. È pagata per stare a mollo nel XII secolo. Sì, sì, ci sono persone come lei che studiano epoche passate da un sacco di tempo! Un po' viene da chiedersi a che serva, se vuole sapere la mia opinione... Con i soldi delle nostre tasse! E poi ci si stupisce... Ma sto divagando... La sorella le chiede di scrivere un libro e, naturalmente, la povera signora Cortès dice sì... Bisogna capirla, ha bisogno di denaro! Ha sempre detto sì alla sorella. L'adora, a quel che si dice. Non si tratta di amore, ma di venerazione. È da quando sono bambine che si fa prendere per il naso dall'altra, la quale la tiranneggia, la umilia, la strapazza... Lei scrive il libro, qualcosa sul Medioevo, pare sia molto bello, io non l'ho letto, non ho tempo, ho altro da fare che riempirmi gli occhi di sciocchezze sentimentali anche se imbevute di storia... Il libro esce ed è un successo folgorante! La sorella si pavoneggia sui media, si mette a vendere di tutto, la torta di mele fatta in casa, i fiori del suo giardino, gli inviti alla campagna per le sovvenzioni all'infanzia, le previsioni del tempo, e chi più ne ha più ne metta! Sa com'è con questa gente, più ne hanno e più ne vogliono! Sono avidi persino con se stessi. Bisogna parlare di loro in continuazione. Non sopportano il minimo intoppo... Ed è a questo punto che scoppia lo scandalo! La figlia della signora Cortès, Hortense, la maggiore, una piccola peste, detto tra noi, si fionda in tivù e racconta tutto! In diretta! Non ha nessuno scrupolo quella lì, glielo assicuro! La bella Iris Dupin viene smascherata, additata, ridicolizzata, non si riprende e si rinchiude per tre mesi in una clinica privata da dove esce totalmente fuori di testa e per niente guarita, se vuole la mia opinione... Drogata dalla testa ai piedi! Imbottita di sonniferi! Nel frattempo, il marito... Il marito della signora Cortès, quello che era partito per il Kenya... Il marito, dunque, si fa divorare da un coccodrillo... Massì! È atroce, atroce, quando le dico che non è banale non scherzo... e la povera signora Cortès si ritrova vedova, con una sorella svitata, depressa, alcolizzata, che per consolarsi si butta tra le braccia di un assassino! È una storia incredibile! Se non fossi io a raccontargliela, non mi crederebbe! Un uomo perbene, affascinante, benestante, con una buona reputazione, un'ottima posizione, un banchiere di alto rango, raffinato, tutto smoking e baciamano! Ma in realtà: un assassino... Massì! Massì! Le dico che è così! Un vero serial killer! Non ne ha fatto mica fuori una sola! Una dozzina! E solo donne, naturalmente! È più facile!

Le labbra piegate in un ghigno, gli sguardi accesi, il cuore delle comari accelera il battito mentre fanno la coda per una baguette dorata a un euro e dieci.

La recalcitrante si sente ora talmente importante da non voler più abbandonare il suo pubblico e continua, come in apnea: Dimenticavo di dirvi che lui abitava nello stesso palazzo della signora Cortès. È stata addirittura lei a presentarlo alla sorella, perciò è probabile che si senta in colpa! Che si mangi le dita, che continui a rivedere lo stesso film. Che la notte non riesca più a chiudere occhio con la coscienza che la pungola, la pungola... Probabilmente si dice, se volete sapere la mia opinione, si dice che è stata LEI a uccidere sua sorella! La conosco molto bene, sapete, ho seguito tutta la vicenda, siamo vicine... no, no, non proprio vicine-vicine, ma è la vicina di un'amica di mia cognata... Che ha scambiato una stretta di mano con l'assassino, sì, sì... e io sono sicura di averlo visto dal macellaio un sabato mattina, al mercato... È così, vi dico! Aspettavamo insieme alla cassa, aveva in mano un portafoglio di cuoio rosso, di marca, l'ho visto bene...

Bisogna dire che era un tipo seducente. Sembra che spesso siano uomini così... Per forza, ti abbindolano. Se fossero brutti, non ci lasceremmo mettere nel sacco, vero? Non ci ritroveremmo con un pugnale in mezzo al cuore come la povera Iris Dupin...

Joséphine sentiva tutto.

Senza allungare le orecchie.

Leggeva le schiene voltate quando faceva la coda al supermercato.

Intercettava gli sguardi furtivi che le scivolavano addosso come ragni.

E sapeva che tutti i pettegolezzi si concludevano sempre con la stessa frase... la sorella era tutta un'altra cosa. Una donna bellissima! Elegante, raffinata, bella, bella, due occhi blu scuri come l'inchiostro! E che classe! Che stile! Niente a che vedere con la povera signora Cortès. Il giorno e la notte.

Lei restava ciò che era sempre stata.

Ciò che sarebbe sempre stata.

Joséphine Cortès. Una piccola donna ordinaria.

Anche Shirley aveva delle domande.

La chiamava quasi tutti i giorni da Londra. La mattina presto. Affermava di aver bisogno di un'informazione su una marca di camembert, su una parola del dizionario, una regola grammaticale, un orario del treno. Cominciava, indifferente, auscultando la voce di Joséphine, come va, Jo? Hai dormito bene? *Everything under control?* Le raccontava un aneddoto sulla sua crociata contro i glucidi, il salvataggio dei bambini obesi, le conseguenze cardiovascolari, fingendo di arrabbiarsi, spiando l'accenno di un sorriso, aspettando impaziente il breve silenzio che l'avrebbe preceduto, il sospiro o il grugnito di piacere che le schiariva la voce...

Sviava, sviava, sviava...

Le poneva ogni giorno gli stessi quesiti: E il tuo esame per l'abilitazione? Quando lo dai? Sei pronta? Vuoi che venga a tenerti la mano? Perché vengo, sai... Mi fai un fischio e arrivo. Non hai paura? Settemila pagine! *My God!* Hai fatto un lavoro pazzesco... Quattro ore di discussione! E Zoé? In seconda liceo? Avrà presto quindici anni! Sta bene? Novità dal suo ragazzo come-si-chiama... Eh?... Il figlio di... Gaétan? Le scrive via mail, le telefona... Poverino! Altro che trauma! E Iphigénie? È tornato a casa il marito-delinquente? Non ancora? E i bambini? E il signor Sandoz si è dichiarato? Non osa? Vengo io a dargli una mossa! Ma che cosa aspetta quello sciocco? Che gli cresca il muschio nelle orecchie?

Alzava la voce, faceva rimbombare i verbi, la sommergeva di interrogativi perché Jo uscisse dal silenzio e accennasse una risata.

Hai notizie di Marcel e Josiane? Ah... Lui ti manda fiori, lei ti chiama... Ti vogliono molto bene, sai. Dovresti andarli a trovare. Non hai voglia... Perché?

... perché

E Garibaldi, il bell'ispettore, l'hai rivisto? Ancora al commissariato? Sei ben sorvegliata allora! E il figlio della Pinarelli? Vive sempre con sua madre? Non sarà un po' gay per caso? E il lussurioso signor Merson? E l'ancheggiante signora Merson?

E dimmi, gli appartamenti dei due... Eh?... Sono occupati? Conosci i nuovi inquilini? Non ancora... Li incroci ma non ci parli... Quello di... è ancora vuoto... Naturalmente... Capisco, ma Jo, devi sforzarti a uscire... Non puoi passare tutta la vita in ibernazione... Perché non vieni a trovarmi? Non puoi per via dell'esame di abilitazione... Sì ma... dopo? Vieni qualche giorno a Londra. Vedrai Hortense, vedrai Gary, usciremo, ti porterò con me a nuotare a Hampstead Ponds, in pieno centro, è fantastico, sembra di essere nel XVIII secolo, c'è un pontile di legno, delle ninfee, e l'acqua è gelata. Ci vado tutte le mattine e sono incredibilmente in forma... Ma mi stai a sentire o cosa?

Domande a raffica per scuotere Joséphine dal suo doloroso torpore e tenere lontano l'unico interrogativo che la perseguitava...

Perché?

Perché si è buttata nelle fauci di quell'individuo? Di quel pazzo che uccideva a sangue freddo, che opprimeva la moglie e i figli, e che l'ha ridotta in schiavitù prima di trapassarle il cuore?

Mia sorella, la mia sorella maggiore, il mio idolo, la mia bellezza, il mio amore, la mia più che bella, più che brillante, il tuo sangue mi pulsa alle tempie, sotto la pelle...

Perché, supplicava Joséphine, perché?

... perché

le rispondeva una voce sconosciuta.

... perché

Perché aveva creduto di trovare la felicità. Gli si era offerta senza calcolo, senza portare nulla con sé, e lui le aveva promesso tutta la felicità di questo mondo. Gli aveva creduto. Era morta felice, così felice...

Come non lo era mai stata prima.

Perché?

Non riusciva a liberarsi di quella parola che le si era conficcata come un chiodo nella testa infliggendole altre domande scottanti, innalzando alte pareti contro cui andava a sbattere.

E perché io sono viva?

Perché io sono viva, sembra...

Shirley non mollava. Lanciava le braccia e il cuore al di là del Tamigi, oltre la Manica, brontolando: "Non mi stai a sentire... Lo capisco che non mi stai a sentire..."

"Non mi va di parlare..."

"Non puoi andare avanti così. Murata viva..."

"Shirley..."

"So che cosa ti passa per la testa impedendoti di respirare... Lo so! Non è colpa tua, Jo..."

"..."

"E non è nemmeno colpa sua... Tu non puoi farci niente e lui non può farci niente. Perché ti rifiuti di capirlo? Perché non rispondi ai suoi messaggi?"

... perché

"Ha detto che avrebbe aspettato, ma non attenderà per tutta la vita, Jo! Ti stai facendo del male, gli stai facendo del male, e perché? Non siete stati voi a..."

Allora Joséphine ritrovava la voce. Come se le avessero tagliato la gola, gliel'avessero aperta, fatta a pezzi, mettendo a nudo le corde vocali per permetterle di urlare e lei urlava, urlava nel telefono, urlava contro l'amica che la chiamava tutti i giorni, che le diceva sono qui, sono qui per te: "Forza, Shirley, forza, dillo..."

"Cazzo! 'Fanculo, Jo! In questo modo non lo farai tornare! Allora perché, eh? Perché?"

... perché

E finché non avesse risposto a quella domanda, non sarebbe stata in grado di riprendere a vivere. Sarebbe rimasta immobile, rinchiusa, silenziosa, non avrebbe ricominciato a sorridere, a gridare di gioia e di piacere, ad abbandonarsi nelle braccia di lui.

Le braccia di Philippe Dupin. Il marito di Iris Dupin. Sua sorella.

L'uomo a cui parlava di notte, la bocca premuta contro il cuscino.

L'uomo di cui immaginava le braccia intorno a sé.

L'uomo che doveva dimenticare.

Lei era morta.

Iris l'aveva trascinata nel suo valzer lento sotto la luce dei fari, sotto la minaccia del pugnale dalla lama bianca. Un due tre, un due tre, sono io, Jo, andiamo... Vedi com'è facile?

Iris aveva inventato un nuovo gioco. Come quando erano piccole.

Cric e Croc croccarono il grande Cruc che credeva di croccarseli...

Quel giorno, nella radura, aveva vinto il grande Cruc.

Si era croccato Iris.

Si sarebbe croccato Joséphine.

Joséphine seguiva sempre Iris.

"È così, Jo", la tormentava Shirley al telefono, "è così, vuoi raggiungerla... Girerai al minimo, vivrai per Zoé e Hortense, per pagargli gli studi, farai la mammina e ti precluderai tutto il resto! Non hai il diritto di essere una donna perché colei che era 'la' donna se n'è andata... Te lo impedisci! Bene, io sono tua amica e non sono d'accordo con te e ti..."

Joséphine riappendeva.

Shirley richiamava ed erano sempre le stesse parole a fluire dalla sua bocca arrabbiata. Ma non capisco, subito dopo la morte di Iris, sei stata a letto con lui, lui era lì per te, tu eri lì per lui, quindi? Rispondimi, Jo, rispondimi!

Joséphine lasciava cadere la cornetta, chiudeva gli occhi, si prendeva la testa fra le mani. Vietato ricordare quei momenti, dimenticare, dimenticare... La voce al telefono rimbombava come la danza furiosa di un folletto.

"Ti stai rinchiudendo... vero? Ma per cosa? Per cosa, Jo? Cazzo! Non hai il diritto di..."

Joséphine gettava il telefono contro il muro.

Voleva dimenticare quei giorni di felicità.

Quei giorni in cui si era fusa in lui, sprofondata in lui, persa in lui.

In cui si era aggrappata alla gioia di essere nella sua pelle, nella sua bocca.

Quando ci pensava, si passava le dita sulle labbra mormorando Philippe... Philippe...

Non l'avrebbe detto a Shirley.

Non l'avrebbe detto a nessuno.

Lo sapeva solo Du Guesclin.

Du Guesclin che non faceva domande.

Du Guesclin che si lamentava quando lei diventava troppo triste, quel suo sguardo rivolto verso il basso che la straziava di dolore.

Si metteva a girare in tondo, un lungo gemito che gli usciva dalla gola. Scuoteva il capo, si rifiutava di vederla in quello stato...

Andava a cercare il guinzaglio, quel guinzaglio che lei non gli metteva mai, che si arrugginiva insieme alle chiavi nel cestino all'ingresso, lo faceva cadere ai suoi piedi e sembrava dirle dai, usciamo, ti schiarirà le idee.

Si lasciava convincere da quel cane tanto brutto.

E andavano a correre intorno al laghetto del Bois de Boulogne.

Lei correva, lui la seguiva.

Lui chiudeva la fila. Galoppava lentamente, con passo regolare. La obbligava a non rallentare, a non fermarsi, a non appoggiare la fronte contro la corteccia di un albero lasciandosi sfuggire un singhiozzo troppo pesante da sopportare.

Faceva un giro, due giri, tre. Correva finché non sentiva la stanchezza pesarle sulle braccia, sul collo, sulle gambe, sul cuore.

Finché non riusciva più a correre.

Si lasciava cadere nell'erba e Du Guesclin si accasciava vicino a lei. Soffiava, si scrollava, sbavava.

Un gigantesco mastino nero, rappezzato, ammaccato, ricoperto di sudore, le vegliava accanto.

Lei chiudeva gli occhi e lacrime di disperazione cominciavano a scorrerle sul viso chiuso in una maschera.

* * *

Shirley guardò le tre mele verdi, i mandarini, le mandorle, i fichi e le nocciole disposti nella grande ciotola arancione di terracotta sul tavolo della cucina e pensò alla colazione che avrebbe fatto rientrando da Hampstead Ponds.

Nonostante il freddo, la pioggia sottile, l'orario mattiniero, Shirley andava a nuotare.

Dimenticava. Dimenticava di essersi nuovamente scontrata contro il muro dell'infelicità di Joséphine. Tutte le mattine la stessa storia: addosso a quel muro.

Aspettava il momento ideale. L'ora in cui Zoé usciva per andare a scuola e Joséphine, sola, sistemava la cucina a piedi nudi, una vecchia T-shirt come pigiama.

Faceva il numero di Joséphine.

Parlava, parlava e riagganciava, restando a mani vuote.

Non sapeva più cosa dire, cosa fare, cosa inventare. Balbettava impotente.

Anche quella mattina aveva fallito.

Prese il berretto, i guanti, il cappotto, la borsa da nuoto – costume da bagno, asciugamano, occhialini – e la chiave del lucchetto della bicicletta.

Tutte le mattine si tuffava nelle acque gelide dell'Hampstead Ponds.

Puntava la sveglia alle sette, rotolava fuori dal letto, e metteva un piede davanti all'altro dandosi della pazza! Sei masochista o cosa? Infilava la testa sotto il rubinetto, si preparava una tazza di tè bollente, chiamava Joséphine, tentava un gioco d'astuzia, falliva, riappendeva, indossava una tuta, calzettoni di lana, un maglione pesante, un altro maglione, afferrava la borsa e usciva nel freddo e nella pioggia.

Quel giorno si fermò davanti allo specchio dell'ingresso.

Prese il gloss e si applicò un leggero strato di rosa cangiante. Si morsicò le labbra per stenderlo. Aggiunse del mascara waterproof, un velo di fard sulle guance, si tirò giù il berretto a trecce bianche sui capelli corti, facendone fuoriuscire qualche mèche bionda che lasciò cadere davanti al viso, poi, soddisfatta da quel tocco di femminilità, chiuse la porta e scese a prendere la bicicletta.

Una bici vecchia. Arrugginita. Cigolante. Rumorosa. Un regalo di suo padre durante un Natale nel suo alloggio di servizio a Buckingham Palace. Gary aveva dieci anni. Un abete gigante, delle palle brillanti, dei fiocchi di neve di cotone e una bicicletta rossa a diciotto velocità con un grosso nastro argentato. Per lei.

Un tempo era di un rosso scintillante con un fanale baldanzoso e cromature fiammanti. Oggi era...

Non riusciva a descriverla. Diceva pudicamente che aveva perso lustro.

Pedalava. Pedalava.

Evitava le auto e i bus a due piani che per poco non la investivano nei suoi zigzag. Girava a destra, svoltava a sinistra con un unico obiettivo in mente: raggiungere Heath Road, Hampstead, Londra nord. Superava la Spaniard's Inn, augurava il buongiorno a Oscar Wilde, seguiva la pista ciclabile, saliva, scendeva. Oltrepassava Belsize Park, dove Byron e Keats avevano passeggiato, coglieva il giallo dorato e il rosso acceso delle foglie, chiudeva gli occhi, li riapriva, si lasciava alle spalle l'orribile parcheggio al suo fianco e... s'immergeva nelle acque verdastre dello stagno. La distesa scura di lunghe alghe brune, con i rami gocciolanti a mollo, i cigni e le anatre starnazzanti in fuga al suo avvicinarsi...

Forse l'avrebbe incrociato prima di tuffarsi?

L'uomo in bicicletta che la mattina presto si presentava allo stagno ghiacciato. Si erano incontrati la settimana precedente. I freni l'avevano piantata in asso lungo la discesa di Parliament Hill ed era andata a schiantarsi contro di lui.

"Mi scusi", gli aveva detto sollevandosi il berretto che le era finito sugli occhi.

Shirley si sfregò il mento. Nella collisione era andata a sbattere contro la spalla dell'uomo.

Lui aveva appoggiato a terra un piede per controllare la bicicletta. Lei non vedeva altro che un berretto simile al suo, una schiena possente avvolta in una giacca scozzese rossa chinata sulla sua ruota anteriore e due gambe infilate in pantaloni di velluto a coste beige. Due grosse toppe un po' lise all'altezza delle ginocchia.

"È colpa dei suoi freni. Sono usurati e sono saltati... Non se n'era mai accorta prima?"

"È una bici vecchia... Dovrei cambiarla!"

"Sarebbe meglio..."

Quindi si era rialzato.

Lo sguardo di Shirley era risalito dal cavo sfilacciato al viso dell'uomo. Aveva una faccia buona. Una bella espressione calorosa, accogliente, con una... una... Si sforzava di cercare le parole giuste per calmare l'uragano che sentiva crescere in lei. Allarme! Allarme! Tempesta forza sette! sussurrava una vocina. Un volto dolce e forte, con un'autorità interiore trasparente, senza fronzoli. Un bel viso con un gran sorriso, una mascella forte, due occhi ridenti e i capelli castani, folti, con le ciocche che gli sfuggivano dal berretto. Non riusciva a staccare lo sguardo dalla faccia di quell'uomo. Aveva l'aria, l'aria... di un re che possiede un bottino privo di valore per gli altri, ma di enorme importanza per sé. Ecco cos'era: l'aspetto di un re modesto e brillante.

Lei continuava a fissarlo, e dovette sembrargli un po' stupida perché lui fece una risatina aggiungendo: "Se fossi in lei, tornerei a piedi... con la bicicletta a mano. Altrimenti entro la fine della giornata si ritroverà con una bella serie di incidenti..."

E dato che lei non rispondeva, gli occhi fissi in quelli di lui, nel tentativo di riprendersi da quello sguardo così dolce e forte che le faceva fare la figura dell'idiota, lasciandola ammutolita, l'uomo proseguì: "Ehm... ci conosciamo?"

"Non credo."

"Oliver Boone", si era presentato tendendole la mano. Dita lunghe, sottili, quasi delicate. Dita d'artista.

Si vergognò di averlo costretto a trafficare con i suoi freni.

"Shirley Ward."

Lui aveva una stretta sicura e ci mancò poco che lei lanciasse un grido.

Le era uscita una risatina stupida, da ragazzina che cerca disperatamente di recuperare la dignità persa in così poco tempo.

"Bene... allora grazie."

"Di nulla. Solo faccia attenzione."

"Promesso."

Aveva ripreso la bicicletta, aveva raggiunto lo stagno pedalando lentamente, i piedi quasi posati a terra per frenare in caso di pericolo.

All'entrata dello specchio d'acqua, un cartello diceva:

Proibito l'ingresso a
cani,
biciclette,
radio
e vietato annegare

Quell'ultima frase la divertiva. Vietato annegare! Ecco ciò che più le era mancato durante il suo esilio in Francia: l'umorismo britannico. Non riusciva a ridere alle barzellette francesi e ogni volta si diceva che era proprio inglese.

Assicurò la bici allo steccato e si girò.

L'uomo legò la propria un po' più lontano.

Era seccata.

Non voleva dargli l'impressione di seguirlo, ma si rese conto che andavano tutti e due nella stessa direzione. Afferrò la borsa da nuoto e la sventolò dicendo: "Nuota anche lei?"

"Sì. Prima andavo in uno stagno riservato agli uomini, ma... be', ecco... credo di preferire un posto in cui i due ses...."

Si bloccò. Era andato vicino a pronunciare la frase i due sessi si mischiano, ma si era ripreso.

Aha! si disse Shirley. È scocciato anche lui. Forse ha avvertito il mio stesso disagio. Uno pari.

Si sentì più libera. Come sgravata da un peso.

Si tolse il berretto, si passò una mano tra i capelli e aggiunse: "Andiamo?"

Poi, avevano nuotato, nuotato, nuotato.

Soltanto loro nello stagno. L'aria era fredda, tagliente. Le gocce d'acqua gli bruciavano le braccia, le spalle. Lungo la riva c'erano dei pescatori. I cigni si pavoneggiavano. Se ne vedevano le teste sbucare dall'erba alta. Emettevano suoni stridenti, si inseguivano sbattendo le ali, si beccavano e poi si allontanavano dondolanti e furiosi.

L'uomo aveva un crawl potente, rapido e regolare.

Era riuscita a stargli dietro, poi, con una bracciata, lui l'aveva distanziata.

Quando aveva alzato gli occhi, era sparito.

Si era sentita terribilmente sola.

Quel giorno non vide biciclette appoggiate allo steccato. Non sorrise leggendo il cartello "Vietato annegare".

Pensò che era un brutto segno.

Che stesse entrando in zona rossa.

La cosa non le piaceva neanche un po'.

Sospirò. Si svestì lasciando cadere gli abiti sul pontile.

Li raccolse. Li piegò.

Si voltò per controllare che lui non stesse arrivando di corsa...

Fu la prima a tuffarsi.

Un'alga le scivolò tra le gambe.

Lanciò un grido.

Cominciò a nuotare a stile libero, la testa nell'acqua.

Era di nuovo il momento di dimenticare.

D'altronde, aveva scordato il suo nome.

D'altronde, si rifiutava di lasciarsi coinvolgere a quel modo.

Una giacca scozzese? Un berretto di lana? Dei vecchi pantaloni lisi! Dita da orologiaio. Chissenefrega!

Non era una donna romantica. No. Era una donna sola con dei sogni. E sognava di stare con qualcuno. Cercava una spalla contro cui abbandonarsi, una bocca da baciare, un braccio a cui appoggiarsi per attraversare la strada tra le auto strombazzanti, un orecchio attento al quale fare stupide confidenze, qualcuno con cui guardare *EastEnders* alla tivù. Quel genere di sciocco feuilleton che si segue appunto quando si è innamorati, dunque stupidi.

Perché l'amore istupidisce, ragazza mia, si disse una bracciata vigorosa dopo l'altra come per sottolineare l'evidenza. Non dimenticarlo. Ok, sei sola. Ok, non ne puoi più. Ok, invochi una storia, una bella storia, ma non dimenticare: l'amore rende stupidi. Punto. Te, in particolare. È per questo che nell'amore riesci bene! Perdi la testa ogni volta. Hai il dono di imbatterti in un buono a niente proprio mentre quella faccia d'angelo esce di prigione!

Quella constatazione la fece stare meglio e nuotò per tre quarti d'ora senza più pensare a niente: né all'uomo né alla giacca scozzese rossa né al suo ultimo amante che le aveva dato il benservito con un sms. Era l'ultima moda. Gli uomini se la svignavano in silenzio, quasi muti. Restavano loro solo i pollici per dire addio. Foneticamente, se possibile: *Liv U. Sorry*.

Al contrario, nello sguardo dell'uomo con la giacca scozzese rossa gli era sembrato di leggere qualcosa di diverso: attenzione, sollecitudine, calore... Non l'aveva esaminata, l'aveva guardata.

Guardare: portare il proprio sguardo su, considerare, contemplare.

Guardare di buon occhio: considerare con benevolenza.

Quindi guardare con due occhi buoni? Significava accordare molta benevolenza.

Senza tuttavia apparire fastidioso, concupiscente. Uno sguardo elegante, caloroso. Non rapido, sfuggente. Uno sguardo che prende in considerazione l'altro, lo fa accomodare su una poltrona imbottita, gli offre una tazza di tè, un goccio di latte, dà inizio a una conversazione.

Era stato quell'inizio di conversazione che aveva visto sul suo viso.

Quel calore che, da allora, la faceva sognare a occhi aperti, le dava la voglia di fare uno più uno, di formare una coppia.

Ecco! L'ho detto, pensò issandosi fuori dall'acqua e tamponandosi con l'asciugamano. Voglio fare uno più uno. Sono stufa di fare uno e basta. Uno e basta è vicino a zero, no?

Con chi faceva uno più uno?

Con suo figlio? Sempre meno.

E va benissimo così! Lui ha la sua vita, il suo appartamento, i suoi amici, la sua ragazza. Non ha ancora una professione, ma arriverà... A vent'anni sapevo forse cosa volevo fare? A vent'anni scopavo con il primo arrivato, bevevo birra, fumavo canne, mi rotolavo nei canali di scolo, portavo minigonne di pelle, calze smagliate, anelli al naso e... sono rimasta incinta!

Devo farmene una ragione: non faccio coppia con nessuno. Da dopo l'uomo in nero.

È meglio che non ci pensi a lui. Così mi friggo di nuovo il cervello. Allora, ragazza mia, calmati. Impara l'arte della serenità, della solitudine, della castità...

Le venne voglia di risputare l'ultima parola.

Tornata a casa, mentre sistemava la bicicletta, pensò a Joséphine.

È lei il mio amore. La amo. Ma non di un sentimento che ti fa buttare le braccia al collo e scivolare in un letto. Scalerei l'Himalaya in espadrilles per raggiungerla. E oggi sono triste sentendomi così inutile. Siamo come una vecchia coppia di amanti. Una vecchia coppia che si spia, che vorrebbe che l'altra sorridesse per sorridere con lei.

Siamo cresciute insieme. Abbiamo imparato insieme. Otto anni di vita in comune.

Mi ero rifugiata a Courbevoie, in Francia, per sfuggire all'uomo in nero. Aveva scoperto il segreto della mia nascita e voleva farmi spifferare tutto.

Avevo scelto quel posto a caso, puntando una matita sulla regione parigina. Courbevoie. Un'enorme palazzina con i balconi affogati dalla ruggine. Non sarebbe mai venuto a cercarmi su un balcone arrugginito.

Joséphine e Antoine Cortès. Hortense e Zoé. I miei vicini di pianerottolo. Una famiglia di francesi molto francese. Gary dimenticava l'inglese. Io facevo torte, *cakes*, flan e pizze che vendevo a convention, matrimoni, bar-mitzva. Fingevo di mantenermi in quel modo. Raccontavo di essere venuta in Francia per lasciarmi alle spalle l'Inghilterra. Joséphine mi credeva. E poi, un giorno, le ho detto tutto: il grande amore di mio padre e il nome di mia madre... Come fossi cresciuta nei corridoi rossi di Buckingham Palace facendo capriole sulla moquette e la riverenza alla regina, mia madre. Come fossi una figlia illegittima, una bastarda che si nascondeva sulle scale, ma nata dall'amore, aggiungevo ridendo per cancellare l'emozione che avvolgeva le mie parole. Joséphine...

Abbiamo un passato fatto di vecchie foto. Un album di antiche paure, di risate dal parrucchiere, di torte bruciate, di tuffi nei bagni di palazzo, di tacchini alle castagne, di film guardati tra i singhiozzi, di speranze, di confidenze intorno alla piscina. Posso raccontarle tutto. Lei mi ascolta. E il suo sguardo è buono, dolce, intenso.

Un po' come lo sguardo dell'uomo con la giacca scozzese rossa.

Si diede uno schiaffo e si lanciò verso le scale.

In cucina l'aspettava Gary.

Aveva le chiavi dell'appartamento, andava e veniva a suo piacimento.

Un giorno gli aveva chiesto non pensi che potrei essere in dolce compagnia? Lui l'aveva guardata, stupito. Ehm... No... Be', potrebbe capitare! Okay, la prossima volta entrerò in punta di piedi! Non so se sarà sufficiente! Io non vengo a casa tua senza telefonare...

Lui aveva fatto un sorrisino divertito che significava sei mia madre, non ti rotoli a letto con un uomo. D'un tratto si era sentita molto vecchia. Ma ho soltanto quarantun anni, Gary! Sono tanti, no? Non proprio! Si può scopare fino a ottantasei e intendo farlo! E sei ti rompi qualcosa? le aveva chiesto serio.

Quando si tolse il berretto e vide i suoi capelli umidi la guardò perplesso.

"Torni dalla piscina?"

"Molto meglio. Da Hampstead Ponds."

"Ti vanno uova al bacon, funghi, salsiccia, pomodori e patate? Ti offro la colazione..."

"*Of course, my love!* Sei qui da tanto?"

"Ho bisogno di parlarti! È urgente!"

"È una cosa seria?"

"Mmm..."
"Ho il tempo di fare una doccia?"
"Mmm..."
"Smettila di dire mmm, mi dà fastidio..."
"Mmm..."
Shirley diede a Gary uno scappellotto con il berretto, ma lui lo schivò scoppiando a ridere.
"Vai a lavarti, mamma, puzzi di melma!"
"Oh! Davvero?"
"E non è sexy!"
Tese le braccia per impedire a sua madre di farlo a pezzettini, poi lei si precipitò ridendo sotto la doccia.

Quanto gli voglio bene al mio piccolino! È il mio sole, la mia aurora boreale, il mio principe, il mio biscottino, il mio sostegno, il mio parafulmini... Canticchiava le parole strofinandosi il corpo con un sapone alla fragranza di arancia-cannella. Puzzare di melma? Ma neanche per idea! Puzzare di melma? Che orrore! Aveva la pelle profumata, dolce e ringraziò il Cielo di essere nata alta, snella, muscolosa. Non si ringrazia mai a sufficienza i genitori per i doni ricevuti alla nascita... Grazie papà! Grazie mamma! Non avrebbe mai osato dire una cosa del genere a sua madre. La chiamava madre, non le parlava mai né dei suoi amanti né dei suoi amori e la baciava con discrezione su una guancia. Un bacio solo. Due sarebbero stati fuori posto. Era strano mantenere sempre quella distanza da sua madre. Si era abituata. Aveva imparato a decifrare la tenerezza celata dietro un atteggiamento rigoroso con le mani appoggiate sulle ginocchia. La indovinava da un colpo di tosse improvviso, un movimento delle spalle, il collo teso a sottolineare la sua attenzione, un luccichio negli occhi, le dita che tormentavano l'orlo della gonna. Si era abituata, ma qualche volta tutto questo le mancava. Di non potersi lasciare andare, di non poter imprecare in sua presenza, di non poterle dare un colpetto sulla schiena, di non poterle fregare i jeans, il rossetto, la piastra per i capelli. Una volta... era il periodo dell'uomo in nero, quando il dolore la sommergeva al punto che non sapeva più come... come disfarsi di quell'individuo, del pericolo che rappresentava... aveva chiesto di vedere sua madre, l'aveva stretta fra le braccia e lei l'aveva lasciata fare. Le braccia lungo il corpo, la nuca rigida, nel tentativo di mantenere uno spazio adeguato tra sé e sua figlia... Sua madre l'aveva ascoltata, non aveva detto niente, ma aveva agito. Quando Shirley aveva saputo quello che sua madre aveva fatto per lei, solo per lei, aveva pianto. Grosse lacrime scese per tutte le volte che se le era negate.

Era stato suo padre a subire le sue crisi adolescenziali. Sua madre non avrebbe approvato. Aveva corrugato la fronte quando era tornata dalla Scozia con Gary tra le braccia. Lei aveva ventun anni. Sua madre si era leggermente ritratta, a indicare che la situazione era *Shocking!* e sibilando che la sua condotta non era appropriata. "Appropriata"!

Sua madre aveva un certo modo di parlare e non si lasciava mai andare.

Uscì dalla doccia, s'infilò in un accappatoio color lavanda, la testa avvolta in una salvietta bianca.

"Ecco la mia mammocchia!" esclamò Gary.

"Mi sembri di ottimo umore..."

"È proprio quello di cui vorrei parlarti... ma prima assaggia e dimmi cosa pensi delle mie uova. Ho finito la cottura con uno spruzzo di aceto al lampone preso da Harrods..."

Gary era un cuoco senza pari. Si era portato quel talento dal soggiorno in Francia, dai giorni in cui gironzolava in cucina osservandola, i fianchi avvolti in un enorme grembiule bianco, un cucchiaio di legno in bocca e l'espressione interrogativa. Era capace di attraversare tutta Londra per trovare l'ingrediente che gli serviva, un nuovo tegame o un formaggio fresco.

Shirley prese un boccone di bacon abbrustolito, uno di salsiccia, di funghi saltati e di patate. Ruppe il rosso dell'uovo. Gustò. Inondò il piatto di salsa di pomodori freschi al basilico.

"Bravo! È delizioso! Devi aver cominciato all'alba!"

"Per niente, sono arrivato solo un'ora fa."

"Sei caduto dal letto? Dev'essere davvero importante..."

"Sì... È buono, veramente buono. Lo senti il lampone?"

"È una goduria!"

"Bene... Sono contento che ti piaccia, ma non sono venuto per discutere di gastronomia."

"Peccato, mi piace un sacco quando cucini..."

"Ho visto la nonna e... ha finalmente accettato che io studi musica. Ha preso informazioni, ha sguinzagliato i suoi abili segugi sulla pista 'studi musicali' e mi ha trovato un insegnante di pianoforte..."

"..."

"Un insegnante di pianoforte qui a Londra che mi darà lezioni speciali, mi porterà a un buon livello, per poi permettermi di frequentare un'ottima scuola a New York... se i risultati con lui saranno soddisfacenti. Mi sosterrà economicamente, in una parola, mi ha preso sul serio!"

"Fa tutto questo per te?"

"Sotto l'armatura la nonna è una persona squisita. Quindi, ecco il programma: studierò pianoforte per sei mesi con l'insegnante e poi oplà, volo a New York per iscrivermi a questa famosa scuola che, secondo lei, è la *crème de la crème*."

Partire. Stava per partire. Shirley inspirò profondamente per sciogliere il nodo che la soffocava. Le piaceva saperlo libero e indipendente nel suo grande appartamento di Hyde Park, poco lontano dal suo. Le faceva piacere sapere che era il cocco delle ragazze, che tutte quelle signorine alla moda gli correvano dietro. Ne era orgogliosa, faceva l'indifferente, ma il cuore le batteva più forte. Mio figlio... pensava con bramosia e fierezza. Mio figlio... Poteva anche permettersi di interpretare il ruolo della mamma generosa, liberale, rilassata... Ma non era contenta di sapere che presto sarebbe andato lontano, molto lontano, e questo grazie alla buona volontà non di sua madre, ma di sua nonna. Si sentiva un po' offesa, ferita.

"Ho voce in capitolo?" domandò cercando di attenuare la rabbia nella propria voce.

"Naturalmente, sei mia madre!"

"Ti ringrazio."

"Trovo che, per una volta, la nonna abbia avuto buon senso..." insistette Gary.

"Naturale, è d'accordo con te!"

"Mamma, ho vent'anni... Certo non è l'età della ragione! Lasciami suonare il piano, muoio dalla voglia di farlo, voglio provarci almeno per sapere se sono dotato. In caso contrario, mi dedicherò alla cucina..."

"E chi sarebbe questo insegnante che ha trovato?"

"Un pianista di cui ho dimenticato il nome, ma che si sta affermando... Non è ancora famoso, ma quasi... Ho appuntamento con lui la prossima settimana."

E così i giochi erano fatti. Lui le aveva chiesto la sua opinione perché non voleva offenderla, ma il dado era tratto. Non poté impedirsi di apprezzare quella delicatezza da parte di suo figlio, gliene fu riconoscente e il tumulto che aveva nella testa si quietò.

Tese la mano e gli accarezzò la guancia.

"Allora... Sei d'accordo?"

Gary aveva quasi gridato.

"A una condizione... che studi seriamente il piano, la musica, il solfeggio, l'armonia... che si tratti di un vero lavoro. Chiedi alla nonna a quale scuola potresti iscriverti in attesa di andare a New York... Dovrebbe saperlo visto che si occupa di tutto!"

"Tu non sarai..."

Si era interrotto per non farla stare male.

"Gelosa? No. Solo un po' triste per essere stata messa da parte..."

Lui appariva deluso e lei si sforzò di ridere per cancellare la smorfia sulle labbra di Gary.

"Ma no! Va tutto bene... È solo che sei diventato grande e mi ci devo abituare..."

E devo moderare il mio affetto.

Non farglielo pesare. Non soffocarlo.

Prima eravamo quasi una coppia. Ma guarda, di nuovo qualcuno con cui formo una coppia bizzarra. Joséphine, Gary, sono più portata per le coppie clandestine che per quelle ufficiali. Più versata per la complicità, la tenerezza che per la fede al dito e il tran tran.

"Ma io ci sarò sempre, mamma... lo sai."

"Sì, e va bene così! Sono io che mi comporto da vecchia brontolona..."

Lui sorrise, afferrò una mela verde, la addentò e lei soffrì nel vederlo sollevato. Il messaggio era arrivato. Ho vent'anni, voglio essere libero, indipendente. Fare ciò che voglio della mia vita. E soprattutto, soprattutto, che tu ne stia fuori. Lasciami vivere, cadere, consumarmi, formarmi, deformarmi, riformarmi, lasciami fare lo yo-yo prima di occupare il posto che mi spetta.

Normale, si disse lei afferrando a sua volta un frutto, che voglia fare tutto per conto suo. Senza più passare per la sottoscritta.

Ha bisogno della presenza di un uomo. Non ha avuto un padre. E se questo ruolo dovrà essere assunto dal prof di piano, così sia! Io mi faccio da parte.

Gary era cresciuto circondato da donne: sua madre, sua nonna, Joséphine, Zoé, Hortense. Gli serviva un uomo. Un uomo con cui parlare di cose da uomini. Ma di cosa parlano gli uomini tra di loro? E poi, parlano?

Scacciò quel pensiero beffardo con un morso alla mela.

Si sarebbe trasformata in una madre piuma. Una madre mongolfiera.

E avrebbe cantato l'amore per suo figlio sotto la doccia. L'avrebbe cantato a squarciagola, come si canta un amore che non si vuole dichiarare.

In qualunque altro momento sarebbe stato acqua in bocca e labbra cucite.

Avevano entrambi finito la mela e si guardavano sorridendo.

Il silenzio piombò su quei sorrisi che raccontavano l'uno l'inizio della storia, e l'altro la fine. Segnando la conclusione di una vita a due. Lei riuscì quasi a sentire il proprio cuore andare a pezzi in quel silenzio.

Shirley non amava quel silenzio.

Portava con sé delle nuvole.

Tentò un diversivo, di parlare della sua associazione, delle vittorie ottenute nella sua lotta contro l'obesità. Della sua prossima sfida. Doveva trovare una nuova causa. Adorava battersi. Non per ideologie fumose o diatribe politiche, ma per i problemi di tutti i giorni. Difendere il prossimo dai pericoli quotidiani, dalle fregature nascoste come quelle dell'industria alimentare che vuole far credere di abbassare i prezzi quando in realtà è la quantità di prodotto a diminuire oppure viene solo cambiata la confezione. Aveva ricevuto i risultati di un'inchiesta relativa a quegli intrallazzi e da allora ribolliva di collera...

Gary l'ascoltava senza capire.

Giocherellava con due mandarini, li faceva rotolare sul tavolo tra un piatto e un bicchiere, li riprendeva, ne sbucciava uno, gliene offriva qualche spicchio.

"E come sta Hortense?" sospirò Shirley davanti alla mancanza di interesse del figlio.

"Hortense sarà sempre Hortense..." rispose lui stringendosi nelle spalle.

"E Charlotte?"

"È finita. Cioè, penso sia finita... Non abbiamo pubblicato nessun annuncio sui giornali, ma è come se..."

"Finita finita?"

Si odiava per quelle domande. Ma era più forte di lei: doveva cancellare il silenzio tra loro sotto cumuli di interrogativi idioti.

"Mamma, basta! Lo sai che non mi piace quando..."

"Bene..." disse lei, alzandosi. "L'udienza è terminata. Devo riordinare."

Iniziò a sparecchiare, a infilare i piatti nella lavastoviglie.

"E non ho solo questo a cui pensare..." borbottò. "Ho un sacco di cose da fare... Grazie per la colazione, era deliziosa..."

Adesso Gary faceva rotolare i fichi usando le sue lunghe dita. Senza fretta. Lentamente. Con regolarità.

Come se avesse tutto il tempo del mondo.

Come se avesse tutto il tempo necessario per fare la domanda che lo tormentava, la domanda che sapeva non avrebbe dovuto fare altrimenti la donna di fronte a lui, questa donna che amava teneramente, con la quale faceva squadra da così tanto tempo, con la quale aveva sconfitto draghi e serpenti, colei che non voleva assolutamente affliggere né addolorare... questa donna sarebbe stata colpita, offesa. Per colpa sua. Perché doveva riaprire una vecchia ferita.

Doveva sapere.

Doveva affrontarlo. Quello sconosciuto.

Altrimenti, non sarebbe mai stato un individuo completo.

Solo una metà.

La metà di un uomo.

Lei era china sulla lavastoviglie, sistemava forchette, cucchiai e coltelli nel cestello delle posate quando la domanda la colpì alle spalle.

Vigliaccamente.

"Mamma, chi è mio padre?"

* * *

Si ha spesso la tendenza a credere che il passato sia passato. Che non lo si rivedrà più. Come se fosse stato scritto su una lavagna magica e poi cancellato. Si crede anche che con gli anni si riesca a tenere lontani gli errori di gioventù, gli amori da quattro soldi, i fallimenti, le vigliaccate, le bugie, le *combine*, i tradimenti.

Si pensa di aver spazzato via tutto. Che la sporcizia sia ben nascosta sotto il tappeto.

Si dice che il passato porti bene il proprio nome: passato, appunto.

Passato di moda, di attualità, sorpassato.

Seppellito.

Abbiamo cominciato una nuova pagina. Una pagina nuova con un bel nome: avvenire. Una vita rivendicata di cui siamo fieri, una vita scelta. Al contrario, nel passato, non sempre abbiamo potuto scegliere. Subivamo, eravamo influenzati, non sapevamo che cosa pensare, ci cercavamo, dicevamo sì, dicevamo no, dicevamo scommettiamo? senza sapere perché. È per questo che è stata inventata la parola "passato": per farci scivolare sopra tutto quello che ci dava fastidio, ci faceva arrossire o tremare.

E poi, un giorno, ecco che il passato ritorna.

Si schianta sul presente. S'insedia. Inquina.

Finendo anche per oscurare il futuro.

Shirley credeva di essersi sbarazzata del proprio passato. Aveva creduto di non sentirne più parlare. Ciononostante le capitava di pensarci. Scuoteva la testa e incrociava le dita mormorando vattene. Resta dove sei. Non sapeva esattamente perché pronunciava quelle parole, ma era il suo modo di respingere il pericolo. Di ignorarlo. Ed ecco che quello tornava. Per mezzo di colui che amava più di ogni altra cosa al mondo, suo figlio.

Quel giorno, davanti alla lavastoviglie, davanti alle tracce di rosso d'uovo sui piatti, Shirley si rese conto che avrebbe dovuto affrontare il proprio passato.

Non poteva fuggire. Non questa volta. L'aveva già fatto troppo a lungo.

Le era nato un figlio da quel passato.

Ok, si disse guardando la grande lavastoviglie aperta, ok...

Non serve a niente negare. Gary non è stato concepito grazie allo Spirito Santo. Gary ha un padre. Gary vuole conoscere suo padre. È del tutto normale, fai un gran respiro, conta uno, due, tre e fronteggialo.

Fece partire la lavastoviglie, prese uno strofinaccio, si asciugò le mani, contò uno, due, tre e si voltò verso il figlio.

Lo fissò dritto negli occhi e chiese: "Cosa vuoi sapere esattamente?"

Udì la propria voce, troppo alta, leggermente tremante come

se fosse colpevole. E di cosa poi, si rimproverò, che cos'ho fatto di male? Niente. Quindi... Non cominciare ad abbassare la testa come se avessi commesso un crimine.

Incrociò le braccia sul petto e si raddrizzò in tutta la sua altezza. Un metro e settantanove centimetri pronti a incassare lo shock. Si incitava, si incitava per non permettere alla paura di tagliarle le gambe. Ho già visto situazioni del genere. Non mi lascerò certo intimidire da questo pivello che ho allattato al seno.

"Voglio sapere chi è mio padre e voglio conoscerlo."

Aveva parlato pronunciando con chiarezza ogni sillaba. Nel tono più neutro possibile. Senza accusarla, senza chiederle spiegazioni. Voleva solo sapere.

Fino ad allora lui non aveva mai fatto domande.

Quando compilava i moduli per la scuola o la richiesta di passaporto, nello spazio riservato al nome del padre scriveva "ignoto", come se si trattasse di una cosa normale, come se tutti i ragazzi del mondo fossero nati da un padre ignoto, come se gli uomini fossero sterili e non mettessero mai al mondo figli. Qualche volta restava sorpreso dell'espressione triste che quella semplice informazione suscitava sul viso di certuni, soprattutto tra gli insegnanti, che si passavano le mani tra i capelli con un sospiro. Lui sorrideva tra sé e sé, chiedendosi invano perché lo compatissero.

Ma un giorno, al circolo dello squash, dopo una partita con il suo amico Simon, stava per infilarsi sotto la doccia quando questi aveva buttato lì e di cosa avevi detto che si occupa tuo padre? L'ho dimenticato... Gary si era stretto nelle spalle rispondendo non ho un padre, poi era entrato nella doccia facendo scorrere l'acqua bollente. Cosa vuol dire non ho un padre? Ce l'abbiamo tutti! Ebbene, io no! aveva risposto Gary insaponandosi le orecchie. Certo che ce l'hai, aveva insistito Simon dall'altra parte della parete.

Simon Murray era rosso, di bassa statura e perdeva i capelli. Provava tutte le lozioni ritenute in grado di conservargli qualche pelo sulla testa. Simon Murray era uno scienziato. Faceva parte di un team che studiava in laboratorio la riproduzione delle larve al fine di creare un antibiotico a base di seraticina, sostanza derivante dalla secrezione naturale delle larve delle mosche verdi, capaci di lottare contro le infezioni nosocomiali. L'unico problema, sottolineava Simon, è che al momento ci servono venti tazze di secrezione di larva per ottenere una goccia di seraticina! Che vuoi, amico mio? Non è ancora il momento di ritirare il Nobel, scoppiava a ridere Gary.

Quel giorno fu il turno di Simon Murray di scoppiare a ridere.

"Cos'è, ti credi Gesù?" aveva ribattuto uscendo dalla doccia e asciugandosi vigorosamente la schiena. "E tua madre è la Vergine Maria! Con me non funziona, amico mio! Se non vuoi parlare di tuo padre, d'accordo, non tirerò più in ballo l'argomento, ma non dire che non ce l'hai. È assolutamente impossibile."

Gary era rimasto ferito dal tono categorico dell'amico. Non aveva risposto. O, piuttosto, aveva borbottato *not your business!* e Simon aveva capito che era meglio non insistere.

Più tardi, in camera sua, mentre ascoltava per la milionesima volta un brano del *Clavicembalo ben temperato*, aveva ripensato a quella conversazione. Aveva appoggiato il pacchetto di patatine biologiche, le uniche tollerate da sua madre, e si era detto a voce alta insomma, è vero! Ha ragione! Devo avere per forza un padre!, e la scoperta l'aveva sconvolto.

Chi era? Era vivo? Dove viveva? Aveva altri figli? Cosa faceva?

Perché non aveva mai dato segni di vita? Non sentiva più il pianoforte di Glenn Gould. Si era piazzato davanti allo specchio, si era immaginato un uomo con i suoi capelli, i suoi occhi, il suo sorriso, le sue spalle, che riteneva troppo strette, si era chinato un po' in avanti...

Ho un padre.

Si sentiva nello stesso tempo devastato, felice, curioso, avido, stupito, angosciato, tremante di interrogativi.

Ho un padre.

Prima di tutto, come si chiama?

Quando era piccolo e chiedeva a sua madre se aveva un padre, lei gli rispondeva sicuramente, ma non me ne ricordo... e poi un giorno, passando sotto l'Arco di Trionfo a Parigi, gli aveva indicato il monumento al milite ignoto aggiungendo "ignoto come tuo padre". Gary aveva guardato la piccola fiamma che bruciava sotto quell'alta volta ripetendo "ignoto".

Non aveva più parlato del padre e l'aveva battezzato "ignoto" sui documenti scolastici e in qualunque altro luogo.

Ma quella mattina, nella cucina di sua madre, voleva conoscere la verità.

E dato che sua madre sospirava senza dire niente, aggiunse: "Voglio sapere tutto, anche se sarà dura..."

"Adesso? Qui? Immediatamente? Ci vorrà un po' di tempo..."

"T'invito a cena questa sera. Sei libera?"

"No, ho una serie di riunioni con la mia associazione. Partecipiamo a un progetto per andare a parlare nelle scuole, dobbiamo prepararci. Sono impegnata tutte le sere fino a sabato..."

"Allora sabato sera. A casa mia."

Shirley annuì.

"Cucinerò io..."

Lei sorrise e aggiunse: "Se mi prendi per il verso giusto..."

Lui si alzò, si avvicinò, aprì le braccia e lei ci si rifugiò, come per sfuggire a una tempesta.

Gary le accarezzò teneramente la testa mormorando: "Mamma, non sarò mai tuo nemico. Mai..."

La baciò, raccolse le sue cose, si avviò verso la porta, la guardò a lungo e se ne andò.

Shirley si lasciò cadere su una sedia e contò uno, due, tre, devo stare tranquilla, uno, due, tre, dire tutta la verità, nient'altro che la verità, anche se non è lodevole.

Si guardò le mani e le gambe tremanti e capì che aveva paura. Paura di quel passato che tornava. Paura che suo figlio la giudicasse. Paura che lui se la prendesse con lei. Paura che il legame incredibilmente bello e forte tra loro si rompesse di colpo. E questo, si disse cercando di controllare il tremore di braccia e gambe, non lo sopporterei. Posso battermi con dei delinquenti, farmi togliere un dente senza anestesia, ricucire una ferita aperta, farmi maltrattare da un uomo in nero, ma lui, non voglio perderlo di vista un solo minuto. Non sopravvivrei. Non serve fare la spavalda, non riuscirei più a parlare, a vivere, a protestare...

Non serve a niente rinnegare il proprio passato, rimandarlo a un altro momento, è meglio affrontarlo. Altrimenti il passato insiste, appesantendo di volta in volta il conto da pagare, finché le ginocchia si piegano e diciamo: "Ok, mi arrendo, racconterò tutto..."

E talvolta è troppo tardi...

Talvolta il male è già stato fatto...

Talvolta è troppo tardi per confessare la verità...

Non ci credono più. Non hanno più voglia di crederci, di ascoltarci, di perdonarci.

Si raddrizzò, uno, due, tre, e si disse che sabato sera gli avrebbe detto tutto.

* * *

Esiste ogni sorta di gente fastidiosa.

Il fastidioso occasionale, il fastidioso per passatempo, il fastidioso ozioso, il fastidioso insistente, il fastidioso arrogante, il fastidioso pentito che azzanna e poi si getta ai nostri piedi implorando clemenza... Non bisogna mai sottovalutare le persone fastidiose. Mai credere di riuscire a disfarsene completamente o con un colpo di spugna.

Il fastidioso è pericoloso perché è come uno scarafaggio: indistruttibile.

Verso la fine di quella mattinata, nel suo ufficio affacciato su Regent Street, proprio sopra il negozio di Church e non molto lontano dal ristorante Wolseley dove pranzava quasi ogni giorno, Philippe si disse che avrebbe dovuto sfidare un esercito di scarafaggi.

Era cominciato tutto con la telefonata mattiniera di Bérengère Clavert.

"La migliore amica di Iris", si vantava lei sporgendo le labbra per mimare l'estensione del proprio affetto.

Sentendo quel nome, Philippe non era riuscito a trattenere una smorfia.

L'ultima volta che aveva visto Bérengère Clavert, la donna si era offerta a lui. La mano che sollevava i lunghi capelli, lo sguardo liquido sotto le ciglia abbassate, il seno messo in evidenza dalla scollatura della camicetta. L'aveva seccamente rimessa al suo posto, credendo di essersene sbarazzato.

"A cosa devo l'onore?" le chiese inserendo il vivavoce e

prendendo il plico di lettere che gli tendeva Gwendoline, la sua segretaria.

"La prossima settimana sarò a Londra e mi dicevo che forse avremmo potuto vederci..." E dato che lui non rispondeva, aggiunse: "In modo del tutto formale, naturalmente..."

"Naturalmente", ripeté Philippe mettendo in ordine la posta e leggendo con la coda dell'occhio un articolo del *Financial Times*: "Niente sarà più come prima. Nella City scompariranno quasi centomila posti di lavoro. Circa un quarto degli effettivi. Si chiude un capitolo. L'epoca d'oro in cui un lavoratore medio poteva concludere l'anno con un bonus di due milioni non esiste più." L'occhiello spiegava: "Non si tratta più di sapere quanti soldi si perderanno, ma di sopravvivere. Siamo passati dall'euforia alla crisi totale." Un vecchio dipendente di Lehman Brothers dichiarava: "È terribile. Gli amministratori giudiziari ci hanno promesso che saremo pagati fino alla fine dell'anno, dopodiché saremo abbandonati a noi stessi."

Espressioni come *leverage*, *credit rating*, *high yield*, *overshooter* erano diventati avanzi puzzolenti che si buttavano in pattumiera tappandosi il naso.

"... perciò mi dicevo", continuava Bérengère Clavert, "che potremmo pranzare insieme perché possa darti tutto..."

"Darmi cosa?" chiese Philippe, interrompendo la lettura del giornale.

"I diari di Iris... Mi stai ascoltando, Philippe?"

"E come mai tu hai i diari di Iris?"

"Me li aveva affidati perché temeva che tu li trovassi... Ci sono un sacco di storie piccanti!"

"Piccanti", un'altra parola che gli faceva digrignare i denti.

"Se non voleva che li leggessi, allora non devo leggerli. Mi sembra chiaro. Perciò non è necessario che ci incontriamo."

Seguì un lungo silenzio. Philippe stava per riattaccare quando sentì la voce sibilante di Bérengère: "Sei un villano, Philippe! Se penso che, ogni volta che si parla di te, prendo le tue difese!"

Philippe ebbe un moto di rigetto udendo quell'ultima frase, ma preferì chiudere la telefonata. Fastidiosa e perversa, si disse chiedendo un caffè molto ristretto a Gwendoline che passava davanti alla porta.

"C'è in linea il signor Rousseau... del suo ufficio di Parigi", bisbigliò la donna. "Stia attento alle orecchie: quell'uomo urla."

Raoul Rousseau. Il suo socio. Colui al quale aveva venduto le sue quote lasciandogli la guida del suo studio di avvocato dopo aver deciso di allontanarsi. Di non passare più il resto della sua vita a leggere commi, contratti, a mettere in fila cifre, colazioni d'affari. Raoul Rousseau detto il Rospo. Dirigeva l'ufficio di Parigi, aveva il labbro inferiore umido e volgare dell'uomo vorace. Philippe partecipava alle riunioni del consiglio di amministrazione e gli portava clienti da Londra, Milano, New York. Da quel momento lavorava part-time e gli andava benissimo così.

Prese la telefonata.

"Raoul! Come stai?"

"Come puoi farmi una domanda così idiota?" si arrabbiò il Rospo. "È uno tsunami! Un vero e proprio tsunami! Sta crollando tutto! Nuoto in mezzo ai dossier. I contratti che avrebbero dovuto essere firmati languono, gente che perde la testa e taglia la corda, vuole garanzie e le banche tentennano! Mentre io sgobbo come un pazzo."

"Calmati e fai un bel respiro..." lo tranquillizzò Philippe.

"Facile a dirsi! Si direbbe che te ne lavi le mani!"

"Siamo tutti preoccupati e saremo tutti travolti. Non serve a nulla agitarsi. Al contrario... dobbiamo fare buon viso a cattiva sorte!"

"È una corsa contro il tempo, vecchio mio. Se non stai sgomitando, è perché stai precipitando nel vuoto... Sono tutti lì a cercare un vizio di forma per non firmare il contratto, per non impegnarsi e, risultato finale, è tutto bloccato. Ti dico che siamo nella merda! Il tribunale crolla sotto le istanze di fallimento e non è che l'inizio. Non abbiamo ancora visto niente!"

"I nostri affari sono a posto, non agitiamoci, lasciamo passare la tempesta e poi recupereremo..."

"Sulla carta abbiamo un sacco di lavoro, sì, ma in sostanza? Niente! Io voglio continuare a concludere accordi sostanziosi, non m'interessa ricucire qualche rapporto e tirar su quattro soldi, io voglio il primo premio!"

"Quei tempi sono passati..."

"Riunione a Parigi la prossima settimana! Nell'attesa mettiamo tutti in cassa integrazione. Quando puoi venire? La mia agenda!" gridò alla segretaria. "Mi porti la mia agenda..."

Decisero una data e il Rospo riattaccò urlando: "Hai tutto l'interesse a trovare delle soluzioni! Mi sembra tu sia pagato per questo!"

"Io non sono pagato, Raoul. Non sono un tuo dipendente, non dimenticarlo mai!"

Philippe chiuse la conversazione, irritato. Che scarafaggio! Uno sporco insetto che avrebbe voluto schiacciare sotto il tacco. Ovvio che la barca sarebbe affondata... ma poi tutto sarebbe ripartito di nuovo e avrebbero riscattato a prezzi stracciati beni da far fruttare in ancora più soldi.

Oppure lui non avrebbe riscattato niente.

Avrebbe lasciato le cose come stavano. In quella brutta situazione.

Avrebbe mollato.

In quegli ultimi tempi gli capitava sempre più spesso di sentirsi disgustato.

Dalla rapacità delle persone, dalla loro mancanza di coraggio, dalla loro assenza di visione. Un mercante d'arte di Los Angeles gli aveva riferito che in quei giorni i broker giocavano al ribasso. Più la Borsa perdeva, più loro guadagnavano. E se risale? aveva chiesto Philippe. Non risalirà così in fretta, la gente qui pensa piuttosto che precipiterà, in ogni caso ci si prepara.

I tempi stavano per cambiare e non sarebbe stato certamente lui a dispiacersene. Il mondo scoppiava di passioni corrotte. Di una schiuma giallastra su un sentimento in precedenza scintillante.

Aveva voglia di liberarsene.

Quella mattina, dopo essersi alzato, aveva svuotato il guardaroba, chiedendo ad Annie di dare tutto alla Croce rossa. Aveva percepito una strana esultanza all'idea che non avrebbe più rivisto nell'armadio i completi grigi, le camicie bianche, le cravatte a righe.

Osservando la montagna di vestiti ai suoi piedi si era detto che aveva buttato via l'uniforme.

Quando Philippe Dupin aveva deciso di ritirarsi dagli affari, di stabilirsi a Londra e di trascorrere il suo tempo nell'ozio produttivo del collezionista d'arte, la situazione economica mondiale sembrava rassicurante. Naturalmente c'erano già stati degli scandali finanziari, dei franchi tiratori dediti a operazioni fraudolente, ma la sfera monetaria del pianeta non appariva minacciata.

Ora il celebre marchio Woolworth era in amministrazione controllata e avrebbe chiuso. La cosa riguardava più di ottocento negozi e trentamila dipendenti. La City brulicava di voci sconvolgenti: avvertimenti riguardanti i risultati di Marks & Spencer, Debenhams, Home Retail Group e Next, fallimenti annunciati per una dozzina di aziende considerate di medie dimensioni – tra i cento e i duecentocinquanta esercizi – scomparsa di quattrocentoquaranta catene da lì alla fine dell'anno e duecentomila disoccupati in più. Nemmeno i marchi del lusso erano stati risparmiati. Licenziamenti anche da Chanel e Mulberry. Le cattive notizie si susseguivano, lugubri. Disoccupazione, penuria di credito, rialzo dei prezzi degli alimentari e dei trasporti pubblici, crollo della sterlina. Le parole risuonavano come la lenta marcia ondeggiante dei becchini con in spalla la bara dell'economia.

La crisi sembrava grave. Il mondo sarebbe cambiato.

Doveva cambiare.

E non sarebbe accaduto commettendo gli stessi errori. La congiuntura attuale colpiva per il momento il settore finanziario, ma non avrebbe tardato a scendere per strada, travolgendo chi passava sotto la sua finestra. Il mondo aveva bisogno di cambiare prospettiva. Le persone dovevano ritrovare fiducia in un'economia per loro funzionante. Che retribuisse un impiego decente. Non solo qualche privilegiato che si riempiva le tasche pesando sulle loro spalle.

L'emergenza non si sarebbe risolta grazie a delle politiche al ribasso. Era il momento del coraggio, della generosità, di prendere dei rischi perché il mondo tornasse umano.

Ma prima di tutto, ne era convinto, doveva rinascere la fiducia.

La fiducia, sospirò guardando la foto di Alexandre sulla sua scrivania.

Abbiamo tutti bisogno di credere, di aver fiducia, di sapere che possiamo dedicarci anima e corpo a un progetto, a un'impresa, a un uomo o a una donna. Allora, ci sentiamo forti. Ululiamo come Tarzan e sfidiamo il mondo.

Ma se dubitiamo...

Se dubitiamo, subentra la paura. Esitiamo, vacilliamo, inciampiamo.

Se dubitiamo, non capiamo più niente. Non siamo più sicuri di niente.

Subito si presentano emergenze che non avrebbero dovuto essere tali.

Domande che non ci saremmo mai posti.

Interrogativi che, improvvisamente, scuotono le fondamenta stesse della nostra esistenza.

Mi piace l'arte o sono uno speculatore? si era chiesto quella mattina facendosi la barba e sentendo alla radio che l'unico record degno di menzione alle ultime aste londinesi era il tasso di invenduti.

Collezionava da quando era bambino. Aveva cominciato con i francobolli, le scatole di fiammiferi, le cartoline. E poi, un giorno, aveva visitato con i genitori una chiesa di Roma.

San Luigi dei Francesi.

La chiesa era piccola, buia, umida. Gli scalini all'entrata erano scheggiati, alcune pietre fuori posto. Un mendicante, seduto lì accanto, tendeva le dita scarne.

Lui aveva lasciato la mano di sua madre e si era catapultato dentro.

Come se intuisse che l'aspettava un incontro meraviglioso...

A cui doveva presentarsi da solo.

Aveva notato un quadro appeso in una minuscola cappella sulla sinistra. Si era avvicinato e, d'un tratto, non aveva più saputo dire se fosse entrato lui nel quadro o se questo si fosse insinuato nella sua testa. Sogno o realtà? Era rimasto lì, paralizzato, senza fiato, a penetrare nelle ombre e nei colori di quella *Vocazione di san Matteo*. Sconvolto dalla luce che scaturiva dalla tela. Felice, così felice che non osava muoversi per paura di rompere l'incantesimo.

Non avrebbe più voluto andarsene.

Uscire dal quadro.

Aveva allungato la mano per accarezzare il viso di ogni personaggio, alzato un dito per perforare il raggio di luce, si era seduto in un banco spostando di lato la spada come l'uomo che gli dava le spalle.

Aveva chiesto se poteva comprarlo. Suo padre si era messo a ridere. Un giorno, forse... se diventerai molto ricco!

Era diventato ricco per ritrovare quell'emozione vissuta da bambino davanti a un quadro in una chiesa buia di Roma? O era diventato ricco e aveva dimenticato la purezza di quelle sensazioni primitive per non pensare ad altro che al profitto?

"Di nuovo la signora Clavert", lo avvertì Gwendoline. "Sulla uno... ed ecco la lista dei suoi prossimi appuntamenti."

La segretaria gli allungò un foglio che lui appoggiò sulla scrivania.

Afferrò la cornetta e domandò, cortese: "Sì, Bérengère..."

"Sai, Philippe, dovresti leggerli questi diari. Perché riguardano te e qualcuno che ti sta a cuore..."

"A chi alludi?"

"A Joséphine Cortès. Tua cognata."

"Che cosa c'entra Joséphine?"

"Iris la menziona diverse volte..."

"Normale. Erano sorelle!"

Ma perché le sto dando retta? Questa donna è malvagia, invidiosa, questa donna corrompe tutto ciò che tocca.

"Parrebbe che si sia innamorata di un professore universitario... Si sarebbe confidata con Iris, che si prendeva gioco della sorellina così impacciata... Pensavo potesse interessarti... Voi due vi siete molto riavvicinati da quello che ho sentito dire..."

Fece una risatina.

Philippe restò zitto. Combattuto fra il desiderio di sapere e l'avversione che provava per Bérengère Clavert.

Calò il silenzio. Bérengère seppe di essere andata a segno.

Toccata sul vivo per essere stata nuovamente respinta, aveva deciso di richiamare e di attaccare a sua volta. Ma chi si credeva d'essere quell'uomo che la rifiutava? Un giorno Iris le aveva riferito le parole di Philippe: Bérengère è un essere inutile. E pure fastidioso!

Lui la riteneva fastidiosa. Glielo avrebbe dimostrato.

Il silenzio continuava e Bérengère giubilava. Allora era vero quello che le avevano raccontato: Philippe Dupin aveva una cotta per la cognatina. Avrebbero addirittura iniziato una relazione prima della morte di Iris. La donna proseguì, ardita e insinuante: "L'avrebbe conosciuto durante delle ricerche sul XII secolo... Un bel professore universitario... Vive a Torino... Divorziato, con due figli. All'epoca non era successo niente. Lui era sposato. E tu conosci Joséphine, ha dei principi su cui non transige. Ma adesso lui è libero e sembra che l'altro giorno, a Parigi, siano stati visti insieme. Parevano molto intimi... Me l'ha detto un'amica che lavora alla Sorbona e che conosce tua cognata."

Philippe pensò per un istante a Luca, poi si disse che Luca non era né docente universitario, né sposato, né padre di famiglia. E poi Luca era internato in una clinica di provincia dal mese di settembre.

"È tutto quello che hai da dirmi, Bérengère?"

"Si chiama Giuseppe... *Arrivederci*, Philippe!"

Philippe s'infilò le mani in tasca come se volesse perforarne la fodera. Impossibile, si disse, impossibile. Conosco Joséphine, me ne avrebbe parlato. È anche per questo che la amo. È l'onestà fatta persona.

Non aveva mai immaginato che Joséphine potesse avere un'altra vita.

Interessarsi a un altro uomo che non fosse lui.

Confidarsi, ridere, prenderlo sottobraccio mentre camminavano...

Si domandò perché non ci avesse mai pensato.

Il suo primo appuntamento era arrivato. Gwendoline gli domandò se poteva riceverlo.

"Un minuto", rispose lui.

Sì, ma...

Lei non vuole ferirmi.

Non sa come dirmelo.

Sono mesi che non risponde ai miei fiori, alle mie lettere, alle mie e-mail.

Fece accomodare il cliente.

Era il tipo di persona che parla, parla fermandosi solo per chiedere conferma di quel che diceva. Per essere rassicurato. Indossava una giacca beige di tweed e una camicia gialla. Il nodo della cravatta seguiva la linea del naso: era storto.

Philippe annuiva seguendo la linea del naso e della cravatta.

L'uomo blaterava, lui assentiva, ma nella testa gli rimbombava lo stesso dubbio "sì, ma se..."

Se Bérengère diceva la verità...

Si era separato da Iris prima della sua tragica morte.

La loro storia si era interrotta a New York. Lui aveva scritto la parola FINE sulla tovaglia bianca di un tavolo del Waldorf Astoria.

Quando aveva saputo della sua scomparsa, la notizia l'aveva lasciato scioccato, triste. Che spreco! aveva esclamato. Poi aveva pensato ad Alexandre. La fotografia di Lefloc-Pignel sui giornali, la sua espressione ostile, cocciuta, l'avevano ossessionato. Così è questo l'uomo che ha ucciso mia moglie... È lui.

Poi i tratti della foto si erano sfumati. Di Iris aveva conservato solo l'immagine di una donna bella e vuota.

Una donna che era stata sua moglie...

Quella sera avrebbe telefonato a Dottie per chiederle se aveva voglia di andare a bere qualcosa.

Dottie era la sua confidente, era sua amica. Dottie aveva lo sguardo dolce e le ciglia bionde. Le ossa dei fianchi sporgenti e i capelli di un neonato.

Non andava più a letto con lei. Non voleva sentirsi responsabile.

Che cosa vuoi? gli aveva chiesto lei una sera in cui aveva bevuto, avvicinando così tanto la sigaretta ai capelli che lui aveva temuto che si desse fuoco, io credo di amarti. Oh! Lo so, non avrei dovuto dirtelo, ma è così, non ho voglia di fingere... Ho scoperto l'amore e non so niente in fatto di strategie... So solo che mi sto distruggendo. Ma me ne fotto. Se non altro, amo... ed è bello amare. È brutto soffrire, ma amare è meraviglioso. Non mi era mai capitato. Credevo di aver amato prima di te, ma ero solo innamorata. Non puoi decidere di smettere di amare. Ami per tutta la vita... Sta lì tutta la differenza.

Tutta la differenza.

Capiva. Gli capitava di sequestrare una donna per una sera. Per un fine settimana.

Notava la linea di una spalla all'angolo di una strada di Chelsea, la seguiva. L'invitava a cena, si stendeva accanto a lei per qualche notte. La mattina lei chiedeva ti ricorderai di me tra un anno? Lui non rispondeva, lei continuava con chi sarai tra un anno? Con chi sarò? Poi, mi ami almeno un pochino? Lui aveva la bocca secca, il sorriso paralizzato. Lo capisci anche tu... tra un anno sarai con un'altra, mi avrai dimenticato.

Lui protestava vivacemente.
Sapeva che lei aveva ragione.

Aveva trascorso una notte con una brasiliana che si vantava di scrivere cinque ore al giorno e di fare altrettante ore di ginnastica per mantenere in equilibrio il corpo e lo spirito. Andandosene, aveva stracciato il foglietto sul quale lei aveva appuntato il suo numero di telefono, seguendo con lo sguardo i frammenti svolazzanti.

Un fine settimana era andato via con un'avvocatessa che si era portata appresso gli incartamenti e passava il tempo con il cellulare all'orecchio. Aveva pagato il conto dell'hotel, le aveva lasciato un messaggio e si era dato alla fuga.

Durante il viaggio di ritorno, bloccato in un ingorgo, gli erano tornati alla mente i suoi inizi e il desiderio di conquistare il mondo. New York e il suo primo impiego in uno studio internazionale di avvocati. Era l'unico francese. Aveva imparato a lavorare all'americana. La splendida casa negli Hamptons, le serate di beneficenza a cui si presentava in smoking, una donna seducente al braccio, ogni volta diversa. I completi costosi provenienti dall'Inghilterra, le camicie di Brooks Brothers, i pranzi al Four Seasons. Rasandosi si guardava allo specchio, sorridendo al proprio riflesso, si lavava i denti, sceglieva l'abito, la cravatta, pensava è così facile conquistare le donne quando... si fermava, vergognoso...

Quando si ha l'impressione di uscire da un film in cui si interpreta il ruolo dell'eroe.

E aveva conosciuto Iris Plissonnier.

Il cuore gli si era messo a battere più forte. Un minuto era diventato un secolo. Non aveva più certezze, il film si era interrotto. O forse se... Era certo di una cosa sola: lei. Nessun'altra. Era scivolato nella sua vita con la disinvoltura di un prestidigitatore. Aveva estratto dalle maniche otto assi e l'aveva abbindolata. L'aveva convinta a sposarlo. L'aveva amata o aveva amato la bella immagine che lei dava di se stessa? La bella immagine della coppia che formavano?

Non lo sapeva più.

Non riconosceva più l'uomo che era stato un tempo.

Si domandava se fosse la stessa persona.

Quella mattina, dopo aver ascoltato le proposte dell'uomo con il naso e la cravatta storti e averlo accompagnato alla porta, si appoggiò al battente di legno perlinato e gli occhi gli caddero sulla fotografia di Alexandre. Sospirò. Che cosa sappiamo di coloro con cui viviamo? Quando crediamo di conoscerli, loro si defilano.

Dalla morte di sua madre, Alexandre andava alla deriva. Si era chiuso in un silenzio educato come se le domande che si poneva fossero troppo serie per farle a suo padre.

Ogni mattina, a colazione, Philippe aspettava che lui parlasse. Un giorno l'aveva preso per una spalla e gli aveva chiesto e se bigiassi la scuola e andassimo a fare una passeggiata insieme? Alexandre aveva gentilmente rifiutato, ho un compito in classe di matematica, non posso.

Mi sfugge. È possibile che ce l'abbia con me per essermi esposto con Joséphine? O è il ricordo della madre che lo tormenta?

Alexandre non aveva pianto al cimitero di Père-Lachaise. Non un tremolio delle labbra né della voce durante la cremazione. Era arrabbiato con lui per non aver saputo proteggere Iris?

Nella buona e nella cattiva sorte, nella buona e nella cattiva sorte...

Nel corso di quegli ultimi mesi suo figlio era cresciuto, gli era cambiata la voce, sul mento gli erano spuntati dei peli e qualche brufolo. Si era sviluppato in altezza in tutti i sensi: sia fisico che mentale. Non era più il suo ragazzino. Stava diventando un estraneo...

Anche Iris lo era diventata. Un'estranea.

È buffo, si disse Philippe, si può vivere fianco a fianco senza sapere nulla l'uno dell'altra. Ci si perde di vista parlandosi ogni giorno. Nella mia vita coniugale con Iris, io ero un ospite. Una sagoma che passava per i corridoi, si sedeva a tavola e tornava in ufficio a lavorare. La notte dormivo con la mascherina e i tappi nelle orecchie.

Presto Alexandre compirà quindici anni, l'età in cui i genitori sono fonte di imbarazzo. Gli capitava di uscire il sabato sera. Philippe lo accompagnava da qualche parte e poi tornava a prenderlo. Quasi non parlavano durante il tragitto in auto. Ciascuno aveva i suoi gesti da solitario. Alexandre si palpava le tasche per controllare che avesse chiavi, cellulare, un po' di soldi, poi si girava verso il finestrino, appoggiava la fronte e osservava le luci bagnate della città.

Philippe riconosceva quell'atteggiamento. Sorrideva guardando la strada.

* * *

Era la fine di novembre e faceva un freddo cane, umido e penetrante. Alexandre attraversava il parco per tornare a casa, imprecando perché gli avevano di nuovo fregato i guanti imbottiti di pelo. Che liceo di ladri. Non appena ci si toglieva i guanti o una sciarpa, si poteva stare certi di non vederli più se non si tenevano d'occhio. Per non parlare dei telefonini o degli iPod, ma quelli era meglio imboscarli.

Gli piaceva tornare a casa a piedi.

Attraversava un lembo di Hyde Park, poi saltava su un bus. Il 24, il 6 o il 98. Poteva scegliere. Scendeva all'incrocio tra George Street ed Edgware Road e camminava fino all'appartamento di Montagu Square 48. Amava il suo nuovo quartiere. La sua camera si affacciava su un piccolo parco privato di cui suo padre aveva la chiave. Una volta all'anno, i residenti lo aprivano e organizzavano un picnic. Suo padre era incaricato del barbecue e della cottura della carne.

In metropolitana rischiava di restare bloccato in un tunnel per un quarto d'ora, e in quei frangenti pensava a sua madre. Gli tornava sempre in mente in galleria, quando il vagone si arrestava...

Nel buio della foresta danzando alla luce dei fari prima di farsi piantare un pugnale nel cuore. Rientrava con il viso nascosto nel bavero del cappotto mordendosi le labbra.

Si proibiva di pronunciare la parola "mamma, mamma..." altrimenti non avrebbe più risposto di sé.

Passava per il parco, camminando da South Kensington a Marble Arch. Si allenava a fare i passi sempre più lunghi, come se le sue gambe fossero i bracci di un compasso. Qualche volta si sforzava a tal punto che temeva di spaccarsi in due.

Ciò che lo teneva veramente impegnato durante il tragitto di rientro era dire addio.

Si esercitava nel salutare chiunque incrociasse come se non dovesse più rivederlo, come se quella persona dovesse morire non appena le avesse voltato le spalle, misurando poi il dispiacere che questo gli arrecava. Addio alla ragazza che l'accompagnava fino in fondo alla via. Si chiamava Annabelle, aveva il naso lungo, i capelli chiarissimi, uno sguardo caldo punteggiato di pagliuzze dorate e, quando una sera l'aveva baciata, si era eccitato. Aveva smesso di respirare.

Si era chiesto se l'aveva fatto bene.

Addio alla vecchietta che attraversava la strada sorridendo a tutti... Addio all'albero dai rami contorti, addio all'uccello che becchettava una briciola di mollica sporca, addio al ciclista dal caschetto rosso e oro, addio, addio...

Scompariranno, moriranno alle mie spalle, e io, che cosa provo?

Niente.

Sarebbe meglio, tuttavia, che mi allenassi a sentire qualcosa, si convinse, decidendo di camminare sul prato invece che sul selciato. Non sono normale. A forza di non provare nulla, mi si formerà un enorme buco interiore, e questo mi fa impazzire. È come se non fossi sulla terra.

Talvolta gli sembrava di fluttuare sopra il mondo, di osservare le persone da lontano, molto lontano.

Forse, se ne parlassi a casa, proverei qualcosa. Potrebbe servirmi da allenamento e, alla fine, mi uscirebbe dal petto, questa sorta di voragine che mi fa contemplare la vita da tanto lontano.

Non si parlava mai di sua madre a casa. Nessuno affrontava l'argomento. Come se sua madre non fosse morta. Come se lui avesse ragione a non provare niente.

Cercava di discuterne con Annie, ma lei scuoteva la testa e gli rispondeva, che vuoi che ti dica, tesoro mio, io non l'ho mai conosciuta tua madre.

Zoé e Joséphine. Con loro avrebbe potuto parlare. O meglio, Joséphine avrebbe trovato le parole giuste. Avrebbe risvegliato in lui qualcosa. Qualcosa che avrebbe creato un legame tra lui e la terra. Avrebbe smesso di essere un aviatore indifferente.

Non poteva confidarsi con suo padre. Era una questione troppo delicata. Gli sembrava addirittura di essere l'ultima persona con cui lui desiderasse aprirsi.

Doveva esserci un gran casino nella testa di suo padre. C'era sua madre e c'era Joséphine. Non sapeva come facesse a ritrovarsi.

Lui sarebbe impazzito alla prospettiva di essere combattuto tra due ragazze e di amarle entrambe. Gli bastava pensare al bacio con Annabelle, non riusciva a fare altro. La prima volta era successo per caso. Si erano fermati contemporaneamente al semaforo, avevano girato insieme la testa e op! le loro labbra si erano sfiorate, era stato come toccare della carta assorbente un po' zuccherata, appiccicosa, incollata alla bocca. La volta dopo aveva voluto ripeterlo, ma non era stata la stessa cosa.

Era risalito in aereo. Si era visto dall'alto, privo di emozione.

A scuola o alle feste era spesso solo perché passava un sacco di tempo a giocare a "dire addio". E di quel divertimento, ovviamente, non poteva parlare con nessuno. In un certo senso, era meglio così. Perché se gli avessero chiesto come mai viene sempre a prenderti tuo padre? Dov'è tua madre? non avrebbe saputo bene cosa rispondere. Se diceva mia madre è morta, il ragazzo o la ragazza faceva una faccia strana, come se gli avesse raccontato una tremenda fesseria. Perciò era più semplice non rivolgere la parola a nessuno. E non avere amici.

In ogni caso, nessun migliore amico.

Pensava a tutto questo camminando nel parco, prendendo a calci le zolle del prato, verdi da un lato e marroni dall'altro, era una sensazione che gli piaceva, passare dal verde al marrone, dal marrone al verde, quando si bloccò alla vista di qualcosa di strano.

All'inizio gli sembrò uno spaventapasseri che agitava le braccia, immerso in uno di quei grossi cestini della spazzatura in mezzo al parco. Poi vide un cumulo di stracci raddrizzarsi, estrarre degli oggetti dal cestino e nasconderli sotto un grande poncho, chiuso sotto il mento da un gancio.

Che cos'è quello?, si chiese cercando di guardare senza guardare davvero per non farsi sorprendere.

Era una vecchia coperta di abiti sporchi. Scarpe marce, una coperta marcia, mezziguanti marci, calze di lana nere bucate che lasciavano intravedere una pelle marcia, e una specie di berretto calcato sugli occhi.

Da dove si trovava non riusciva a distinguere il colore degli occhi. Ma di una cosa era sicuro, si trattava di una barbona.

Sua madre aveva paura dei barboni. Attraversava la strada per evitarli, lo prendeva per mano, la mano di lei tremante nella sua. Si domandava il perché. Non avevano l'aria cattiva.

Sua madre. S'interessava a lui quando aveva un buco di tempo. Si voltava a osservarlo come se si ricordasse improvvisamente della sua presenza. Gli scompigliava i capelli, ripeteva amore mio, amore mio, quanto ti voglio bene! Lo sai, vero, amore mio adorato? come se fosse lei a doversene convincere. Lui non rispondeva. Aveva capito sin da piccolo che era meglio non lasciarsi andare, perché lei l'avrebbe piantato in asso con la stessa imprevedibilità con cui si era accorta di lui. Come con un ombrello. Provava simpatia per gli ombrelli dimenticati.

Le uniche volte in cui sua madre gli appariva sincera, le sole volte in cui non interpretava il ruolo della meravigliosa Iris Dupin era quando vedeva un mendicante per la strada. Affrettava il passo sussurrando no, non guardare! E se lui le chiedeva perché camminasse così velocemente, perché avesse paura, s'inginocchiava, gli prendeva il mento tra le dita e gli diceva no, non ho paura, ma sono così brutti, così sporchi, così poveri...

Lo stringeva a sé e lui sentiva il cuore di lei battere all'impazzata.

Quella sera passò accanto alla barbona senza degnarla di uno sguardo, senza fermarsi. Ebbe solo il tempo di notare che la donna trascinava, tenendola stretta a sé, una sedia con le rotelle.

Il giorno dopo la rivide. Aveva riportato un po' di ordine nei capelli bianchi ondulati, trattenendoli al lati con due mollette. Mollette da bambina con un delfino blu e uno rosa. Era seduta sulla sedia con le rotelle, le mani sporche infilate in un paio di guanti multicolore, tranquillamente appoggiate sulle ginocchia. Guardava passare la gente, seguendola con gli occhi girando la testa come se non volesse perdersi niente. Sorrideva, quieta, cercando un raggio di sole sollevando il viso rugoso.

Le passò davanti e lui sentì che la vecchia lo fissava con molta attenzione.

Il giorno successivo, lei era ancora là, seduta sulla sua sedia con le rotelle, e lui le sfilò davanti un po' più lentamente. La vecchia gli fece un gran sorriso e lui ebbe il tempo di ricambiarlo prima di darsela a gambe.

L'indomani, le si avvicinò. Aveva preparato due monete da cinquanta pence da darle. Voleva vederne gli occhi. Era un'idea fissa che lo ossessionava dal mattino: e se aveva gli occhi blu? Due grandi iridi blu simili a inchiostro liquido.

Le si fece più vicino, pur mantenendo una certa distanza. Annuì. Silenzioso.

La vecchia lo osservava sorridendo. Senza fare niente.

Andò da lei, le gettò le monete sulle ginocchia, facendo attenzione a prendere bene la mira. Lei abbassò lo sguardo sul denaro, lo sfiorò con le dita nere dalle unghie rotte, lo mise in una scatoletta nascosta sotto il braccio destro e si mise a fissarlo.

Alexandre arretrò di un passo.

La donna aveva due enormi occhi blu. Due grandi laghi di montagna come nelle foto del suo libro di geografia.

"Ti faccio paura, *luv*?"

Voleva dire *love*, ma lo pronunciava *luv* come il giornalaio vicino a casa.

"Un po'..."

Non aveva voglia di mentirle. Di fare lo spavaldo.

"Eppure non ti ho fatto niente, *luv*."

"Lo so..."

"Ma hai paura lo stesso... È perché mi vesto così male..."

Gli occhi blu davano l'impressione di divertirsi. La vecchia tirò fuori del tabacco da una scatola di metallo coperta dall'altro braccio e cominciò a rollarsi una sigaretta.

"Tu fumi, *luv*?"

La donna leccava la cartina senza abbandonarlo con gli occhi.

Erano blu, certo, ma parevano slavati, come se fossero di seconda mano, come se avessero vissuto a lungo.

"Sei innamorato, *luv*?"

Lui arrossì.

"Sei grande... Hai l'età per avere una fidanzatina... Come si chiama?"

"..."

"E la tua mamma la conosce?"

"Lei non c'è più."

"Se n'è andata?"

"È morta."

Ecco! L'aveva detto. Era la prima volta. Aveva voglia di gridare. L'aveva detto.

"*I'm sorry, luv...*"
"No. Lei non sa niente."
"È stata malata?"
"No..."
"Ah! È morta in un incidente..."
"Sì, se vogliamo..."
"Ti va di parlarne?"
"Adesso no..."
"Magari tornerai a trovarmi..."
"Anche lei aveva gli occhi blu..."
"Era triste o felice?"
"Non lo so..."
"Ah... non lo sai."
"Direi piuttosto triste, credo..."
Si frugò in tasca alla ricerca di altro denaro. Trovò un'altra moneta da cinquanta pence e gliela tese. La vecchia rifiutò.
"No, *luv*, tienila... Mi ha fatto piacere chiacchierare con te."
"Ma che cosa mangerà?"
"Non preoccuparti, *luv*."
"Be', allora, ciao!"
"Ciao, *luv*..."

Se ne andò. Camminando dritto davanti a sé, rigido. Voleva a tutti i costi sembrare più grande. Be', non aveva fatto il suo gioco idiota, non le aveva detto addio prima di lasciarla, giusto ciao, ma non voleva assolutamente che la vecchia pensasse che sarebbe tornato tutti i giorni per parlare con lei. Non doveva esagerare. Le aveva rivolto la parola, d'accordo, ma non le aveva confidato granché. Solo che sua madre era morta. Ciò non toglie che era la prima volta che affrontava l'argomento, e gli venne voglia di piangere, dicendosi che non c'era niente da vergognarsi nel piangere perché sua madre era morta. Anzi, era un'ottima ragione.

E, dato che si sentiva addosso lo sguardo della donna, si voltò e la salutò con la mano. Doveva avere un nome, pensò, prima di salire sull'autobus. Deve avere un nome. Superò il conducente senza mostrargli l'abbonamento e venne richiamato all'ordine. Si scusò.

L'autista non era uno che scherzava.

Aveva avuto paura di non rivederla più una volta salito sul bus.

* * *

Zoé buttò la cartella sul letto e accese il computer.

Due e-mail. Di Gaétan.

Du Guesclin le si buttò tra le gambe. Lei gli prese la testa fra le mani, gli diede una grattatina in mezzo agli occhi, lo abbracciò, canticchiando ma sì, lo so, cagnone nero, lo so che ti sono mancata, ma vedi, c'è Gaétan che mi scrive e non posso occuparmi di te... Non è tornata la mamma? Non tarderà, non temere!

Du Guesclin ascoltava a occhi chiusi la canzoncina di Zoé, la testa ciondolante, poi, quando la ragazzina s'interruppe, si stese sotto la sua scrivania stirando le zampe come se, per quel giorno, avesse fatto esercizio a sufficienza.

Zoé si tolse il cappotto, la sciarpa, scavalcò Du Guesclin e si sedette davanti al computer. Leggere le sue e-mail. Lentamente. Prendendosi tutto il tempo necessario. Era il suo appuntamento con l'amore al rientro dal liceo.

Dall'inizio della scuola Gaétan viveva a Rouen. In una piccola casa a Mont-Saint-Aignan che i suoi nonni avevano messo a disposizione della madre. Era iscritto al secondo anno di un istituto privato. Non aveva amici. Non andava a bere un caffè dopo le lezioni. Non faceva parte di nessuna compagnia. Non andava alle feste. Non era iscritto a Facebook. Aveva dovuto cambiare cognome.

"Non so nemmeno più come mi chiamo. Ti giuro che quando fanno l'appello, passa un'eternità prima che mi renda conto che sono io Mangeain-Dupuy!"

Zoé finiva per chiedersi se fosse stato un bene che lui avesse cambiato nome. Perché d'accordo, i giornali avevano parlato tanto di suo padre, ma poi, nel giro di una settimana, erano passati a un'altra vicenda altrettanto terrificante.

Erano stati i suoi nonni a insistere. Gaétan era diventato un Mangeain-Dupuy. Dal nome della banca di famiglia.

Zoé non faceva il collegamento tra Gaétan e l'assassino di sua zia, Iris. Gaétan era Gaétan, il suo innamorato che le faceva venire le farfalle nello stomaco. Tutte le sere scriveva nel suo diario: "Ballo nel sole al suono delle campanelle, canto nel sole al suono delle campanelle, la vita è bella come un piatto di tagliatelle!"

Aveva attaccato con lo scotch una foto di Gaétan alla base della lampada, di fianco al computer, e leggeva le sue e-mail lanciandogli delle occhiate. Andata-ritorno, andata-ritorno, sembrava un cartone animato.

Qualche volta lui le sembrava triste, qualche volta allegro. Qualche volta, le sorrideva.

Aprì la prima e-mail.

"Zoé, mia madre va a letto con un tizio. Ero appena tornato da scuola, verso le cinque, e lei è a letto con questo qui! Ha sentito dei rumori nell'ingresso e ha gridato: 'Non sono sola.' Questa cosa mi fa impazzire. Mi manda fuori di testa. Domitille non c'è mai. Mi domando che cosa combini e Charles-Henri passa il tempo a sgobbare. Non l'ho mai visto, 'sto tizio, solo le sue scarpe da ginnastica nell'ingresso e la sua giacca di pelle sul divano. E appesta la casa di fumo di sigaretta. Non ne posso più. Ho voglia di andarmene!"

Quello era il primo messaggio. Un po' più tardi, gliene aveva inviato un altro.

"Non mi piace. Non mi è piaciuto da subito. È calvo, porta gli occhiali, ok, è alto, non si veste male ed è gentile, ma, in ogni caso, non mi piace. Mi preoccupo per mia madre, è una situazione schifosa, e lei mi urla cose come: 'Non devo rendere conto a te!' E invece sì! Deve rendermene conto! Sono arrabbiatissimo con lei. Si comporta come una quindicenne! Sai dove ha conosciuto il Calvo? Su MEETIC!!! Ha almeno cinque anni meno di lei. Lo odio. Non ci credo, ti giuro che non ci credo!"

Zoé fischiò fragorosamente. Accidenti! esclamò, Isabelle Mangeais-Dupuy scopa con un tizio calvo conosciuto su Meetic. Devono averle fatto un trapianto di cervello quando ha cambiato cognome.

Zoé ripensò alla madre di Gaétan: delicata, gracile, un'ombra in vestaglia scossa dai brividi, rincorreva i figli per baciarli, poi si fermava di colpo, come se avesse dimenticato perché stesse correndo, blaterava spesso delle parole incoerenti, sei una ragazzina molto carina, mangi i formaggini?

Com'era cambiata! Probabilmente perché aveva smesso di prendere gli ansiolitici. Ma da lì a rimorchiare dei tizi su Meetic! C'erano delle ragazze nella sua classe che dicevano che era una figata. Non si perde tempo in chiacchiere, io ti piaccio, tu mi piaci, e si a va letto bevendo Coca-Cola. Lo dicevano sicuramente per vantarsi, ma ciò non toglie che l'idea di andare a letto con uno che nemmeno conosceva la terrorizzava. Non l'aveva ancora fatto con Gaétan. Aspettavano.

Andava a dormire con il vecchio maglione che lui le aveva lasciato. Solo che non aveva più il suo odore. Per quanto affondasse il naso in ogni singolo punto, lo strizzasse, lo sfregasse, lo spulciasse, non sentiva più niente. Quando Gaétan fosse tornato a Parigi, l'avrebbe ricaricato.

Gli rispose scrivendogli che lo capiva, che non era simpatico scoprire che tua madre scopava con un tizio conosciuto su Meetic, che non era il solo ad avere dei problemi, che nella sua classe c'era una ragazza con due madri che volevano venire entrambe agli incontri dei genitori e che la figlia, si chiamava Nicole, non voleva che tutta la scuola sapesse che aveva due mamme. Si era confidata con Zoé perché sapeva che lei aveva avuto delle difficoltà per via di suo padre. Si erano promesse che, quando avessero compiuto quarant'anni, avrebbero brindato a champagne dicendosi che non erano come i loro genitori. Che avevano tenuto botta.

"Però è vero che avere due madri è imbarazzante", scrisse Zoé, "come per te con la giacca e le scarpe da ginnastica del Calvo. Questo mi fa venire in mente che stasera, rientrando da scuola, ho visto i nuovi proprietari che occuperanno il tuo vecchio appartamento. È strano vedere delle persone a casa tua..."

Non era mai stata invitata a casa di Gaétan. I suoi genitori proibivano ai figli di ricevere degli amici. Si ritrovavano tutti nella cantina di Paul Merson. Era stato laggiù che si erano scambiati il loro primo bacio.

Quando aveva visto gli addetti ai traslochi nell'appartamento di Gaétan, aveva messo dentro la testa e aveva visto due uomini, uno sui trentacinque anni, l'altro più vecchio. Discutevano della disposizione dei mobili. Non riuscivano a mettersi d'accordo e il tono delle voci si faceva più acuto. Ma avevamo detto che questa era la nostra camera, diceva il più giovane, allora mettiamo il nostro letto lì e non se ne parla più!

Il loro letto! Dormivano nello stesso letto.

"... sai chi vive adesso a casa tua? Una coppia di gay. Uno vecchio e uno più giovane... Yves Léger e Manuel Lopez. L'ho letto sul citofono. Hanno fatto ridipingere le pareti, è cambiato tutto, il più vecchio parlava del suo studio e l'altro della stanza per la palestra. Cosa fanno di lavoro, secondo te? Ti va di scommettere?"

Voleva soprattutto che lui pensasse ad altro.

"... anche l'appartamento di Van den Brock è stato venduto. A una coppia del tutto normale. Il signor e la signora Boisson. Potrebbero benissimo chiamarsi Poisson,* hanno gli occhi da merluzzo. I loro due figli vengono a trovarli tutte le domeniche. Iphigénie mi ha raccontato che si danno un sacco di arie perché hanno frequentato scuole importanti. Dovresti vedere che faccia fa quando lo dice! Due snob con gli occhiali, le camicie abbottonate sotto il maglione a V e i capelli leccati. Sempre vestiti uguale. Un ombrello appeso al braccio. Salgono le scale alzando le ginocchia. Sembrano i Duponte di *Tintin*. Non prendono mai l'ascensore. Il padre è un tipo severo, con la bocca a forma di cerniera, mentre diresti che la madre non ha mai scoreggiato in vita sua! Ti ricordi quando la signora Van den Brock si dava le arie da gran dama e si sentiva la musica per le scale? Be', è tutto finito, le cose si faranno più calme a meno che i due gay non ballino il tango!"

Se non fosse riuscita a strappargli un sorriso con quella galleria di ritratti, avrebbe appeso al chiodo la penna da scrittrice. Le piaceva prendere nota dei piccoli dettagli quotidiani. Come Victor Hugo. Adorava Victor Hugo. E Alexandre Dumas. "'Ahahah!' esclamò l'uomo in brasiliano, lingua a lui sconosciuta." Questa battuta la faceva morire dal ridere. L'aveva girata a Gaétan, ma lui non aveva riso.

Ci era rimasta male.

* Pesce, in francese. [*N.d.T.*]

Mise la canzone *When the rain begins to fall*, alzò il volume al massimo e cominciò a ballare come tutte le volte che voleva dimenticare o festeggiare qualcosa. Ancheggiava, s'inventava un dialogo tra due voci, per poi ritrovarsi in un bagno di sudore, sbracata, con i collant che le prudevano dappertutto. Ne faceva schioccare l'elastico gridando *You've got to have a dream to just hold on*, inviando dei baci a Gaétan. Lui era il suo *rainbow in the sky, the sunshine in her life! And I will catch you if you fall...*

Concluse l'e-mail dandogli appuntamento su MSN e chiedendogli quando sarebbe tornato a Parigi. Non c'era problema, poteva stare da lei. Così sua madre avrebbe potuto tubare con il Calvo. Le dispiacque aver scritto quell'ultima battuta e la cancellò. Poi si firmò: "Il tuo amore."

Stava per schiacciare il tasto d'invio quando sentì chiudersi la porta nell'ingresso. Era sua madre che rientrava.

Du Guesclin si alzò di scatto e si lanciò contro Joséphine, che dovette appoggiarsi al muro per non cadere. Zoé scoppiò a ridere.

"Quel cane ti adora! Tutto bene, mammina?"

"Ne ho piene le scatole di trascinarmi in biblioteca, non ho più l'età! E ti dico un'altra cosa: ne ho piene le scatole del XII secolo."

"Ma ti presenterai lo stesso all'esame per l'abilitazione?" domandò Zoé agitata.

"Ma certo! Hai visto? Ci sono dei nuovi inquilini al quarto!"

"Sì. Una coppia di gay."

"E come fai a saperlo?"

"Ho ficcato il naso nel loro appartamento e c'è un letto solo."

"Due gay nell'appartamento di Lefloc-Pignel! È ben strana la vita."

"Vuoi che stasera ti faccia la pasta al salmone?"

"Con piacere. Sono a pezzi..."

"Vado a cercare la ricetta nel mio diario..."

"Non te la ricordi a memoria?"

"Sì, ma mi piace rileggerla per essere sicura di non dimenticare niente... Che farei se lo perdessi?" sospirò Zoé con espressione preoccupata. "Ci tengo a quel diario, mamma. Lì dentro c'è tutta la mia vita."

Joséphine sorrise pensando ma la tua vita è appena cominciata, tesoro mio.

In quel diario Zoé non si accontentava di ricopiare delle ricette di cucina, si annotava anche la persona da cui le aveva avute e in quali circostanze. Scriveva poi la maggior parte dei suoi pensieri e l'andamento dei suoi stati d'animo. Questo l'aiutava a fare il punto della situazione quando si sentiva triste.

C'erano cose che raccontava solo al suo diario.

"Mamma crede di poterne uscire da sola perché l'ha già fatto, ma era obbligata. Ha bisogno di qualcuno accanto a lei. È troppo fragile. Non ha avuto una vita facile... La vita le ha ucciso l'anima. Anche se non so tutto, lo so lo stesso. E devo immergermi nella sua infelicità per estirpargliela..."

Era un grosso quaderno nero. Sulla copertina aveva incollato delle foto di suo padre, di sua madre, di Hortense, di Gaétan, della sua amica Emma, del cane Du Guesclin, aveva aggiunto vignette, adesivi, perle, frammenti di mica, aveva disegnato un sole, una luna scherzosa, aveva ritagliato un pezzetto da una cartolina con il Monte Bianco e un altro da una con un'isola tropicale, le palme e i crostacei.

Accanto alla ricetta "tagliatelle con il salmone" si era segnata: "Me l'ha data Giuseppe, un amico di mamma. Si occupa di ricerche sul Medioevo come lei. Canta *Funiculì funiculà* mostrando il bianco degli occhi. Non so come ci riesca. Conosce anche dei giochi di magia. Parla francese molto bene. Dice che gli sarebbe piaciuto avere una figlia come me, perché ha solo figli maschi. Credo sia innamorato di mamma, ma lei dice di no. Dall'inizio della scuola viene a cena da noi quando è a Parigi. Una sera, dopo che avevo cucinato l'indivia gratinata, mi ha dato la ricetta della pasta al salmone per ringraziarmi tanto l'indivia gli era piaciuta. Ha precisato che era un segreto di famiglia ricevuto da sua madre Giuseppina. Significa Joséphine in italiano e, quando l'ha detto, ha guardato mamma. È un uomo molto seducente, porta le camicie con le iniziali e maglioni di tutti i colori. Ha due occhi molto belli grigio-blu. È italiano, ma è una cosa che si vede subito. È molto scrupoloso sul tempo di cottura della pasta; bisogna mescolare in continuazione per evitare che si attacchi e non bisogna dimenticare di aggiungere un po' di olio di oliva nell'acqua di cottura e il sale grosso. La prima volta che ho provato la ricetta, ho fatto cadere per terra il salmone e Du Guesclin l'ha mangiato tutto! Ero incavolata nera."

Stavano gustando la pasta al salmone quando suonarono alla porta.

Era Iphigénie.

La donna si sedette sulla sedia indicatale da Joséphine appiattendosi i capelli con il palmo della mano, gesto inutile perché si raddrizzarono subito come spuntoni rossi e azzurri. Iphigénie cambiava spesso colore di capelli e, in quegli ultimi tempi, sperimentava sfumature sempre più audaci.

"Non mi fermo molto, signora Cortès. Ho lasciato i bambini giù da soli e poi state mangiando... ma devo assolutamente dirglielo... Ho ricevuto una lettera dall'amministratore. Vuole riprendersi la portineria!"

"Come? Non ne ha il diritto! Passami il sale, Zoé, per favore..."

"Cosa? Non è salato abbastanza? Ma se ho fatto come mi aveva detto Giuseppe..."

Iphigénie si stava agitando.

"E invece sì, signora Cortès, ha tutti i diritti. La mia portineria suscita un sacco di invidia da quando lei me l'ha rimessa a nuovo e c'è un'altra che la vuole. Lo so, ho raccolto le mie informazioni. Sembra che sia una molto più chic di me, indossa twin-set e perle bianche, e che nel condominio ci sia chi si lamenta perché non ho abbastanza classe. Ma che cosa vogliono? Che parli greco e latino e dia ripetizioni? Francamente, signora Cortès... Le pare che si debba chiedere a una portinaia di discendere dalla coscia di Giove?"

Scosse la testa per sottolineare la sua disapprovazione, parlando come una trombetta sincopata.

"Lei sa da chi vengono questi attacchi, Iphigénie?"

"Ma da tutti, signora Cortès! Qui hanno tutti un manico di scopa su per il fondoschiena... L'altro giorno giocavo con i bambini e mi ero travestita da Obelix mettendomi due cuscini sul sedere e una pentola in testa quando la signora Pinarelli ha bussato alla porta. Erano le nove di sera, a quell'ora ho diritto alla mia vita privata dopotutto! Ho aperto e non mi ha risparmiato la sua lingua di vipera! Mi ha detto sono disgustata da questo spettacolo, Iphigénie! Io non la chiamo Éliane, ma signora Pinarelli! E le ho chiesto se fosse normale che suo figlio, a più di cinquant'anni, vivesse ancora con lei."

"D'accordo, chiamerò l'amministratore... domani, glielo prometto..."

"Le racconto un'altra cosa, signora Cortès. L'amministratore... credo che lui..."

La donna si sfregò gli indici l'uno contro l'altro.

"Che se la intenda con qualcuno..." tradusse Joséphine. "Con chi?"

"Con quella che vuole prendersi la portineria. Ne sono certa! Me lo dice il mio settimo senso. Mi dice anche che sono in pericolo e la cosa mi rende nervosa."

"Vedrò che cosa posso fare, Iphigénie, e la terrò al corrente. Promesso!"

"Userà i guanti di velluto con lei, signora Cortès. Dovrà ascoltarla. Per prima cosa, perché lei è una persona famosa, secondariamente, per quello che è capitato a sua sorella", di nuovo la trombetta sincopata, "avrà del riguardo."

"Ne ha discusso con il signor Sandoz?" chiese Zoé, a cui sarebbe piaciuto che Iphigénie e il signor Sandoz si sposassero.

Le faceva pena vedere il signor Sandoz sospirare invano. Lo incrociava spesso nell'atrio. O in portineria. Dignitoso e triste nel suo impermeabile bianco, che piovesse o meno. Il viso un po' grigio. Quell'uomo, pensava Zoé, sembrava un camino spento. Gli mancava solo un fiammifero per ridargli un po' di luce. Teneva un profilo basso come se cercasse di rendersi trasparente. Invisibile.

"No. Perché dovrei farlo? Che idea bizzarra!"

"Non saprei. L'unione fa la forza. E poi, sa, ha molta esperienza! Mi ha parlato della sua vita. Mi ha raccontato di momenti precedenti all'enorme disgrazia che l'ha quasi ucciso..."

"Ah..." borbottò Iphigénie, per nulla interessata a ciò che gli stava dicendo Zoé.

"Persino che ha lavorato nel cinema. Sa un sacco di cose sulle dive dello spettacolo. Le ha conosciute... Ha cominciato da ragazzino sui set cinematografici, a Parigi ce n'erano parecchi all'epoca. Era un tuttofare. Magari ha ancora delle conoscenze."

"Io non faccio la diva del cinema, ma la portinaia. Lui non sa niente del mondo delle portinaie!"

"Chi può dirlo..." sospirò Zoé misteriosa.

"Me la sono sempre sbrigata da sola, e non intendo mettermi con un uomo solo per evitare i guai!" sibilò Iphigénie. "E poi, sapete una cosa? Mi ha mentito sulla sua età. L'altra sera gli sono caduti i documenti dalla tasca dei pantaloni, li ho raccolti dando un'occhiata alla sua carta d'identità. Ebbene! Si è tolto cinque anni. Non ne ha sessanta, ma sessantacinque, se ho contato bene... Vuole farsi bello, interessante. D'altra parte, quel tipo di uomini portano solo problemi, credimi, mia piccola Zoé. Stagli lontano se hai una briciola di buon senso..."

"Quando ci si confida, si è meno tristi..." protestò Zoé pensando al camino spento del signor Sandoz.

Iphigénie si alzò, raccolse il rossetto e le caramelle che le erano usciti di tasca e se ne andò facendo il suo rumore di trombetta e ripetendo "l'amore, l'amore" come se fosse la soluzione!

Joséphine e Zoé sentirono la porta richiudersi.

"Ed eccoti di nuovo trasformata nella sorellina dei poveri", sorrise Zoé.

"La sorellina dei poveri casca dal sonno e ci penserà domani. A che ora ti alzi?"

* * *

Josiane entrò in salotto, dove si trovava suo figlio Junior. Era tornata dal supermercato portando con sé un carrello di frutta fresca, pesce dalle squame brillanti, legumi verdi di clorofilla, un cosciotto d'agnello ancora odoroso di latte materno, rotoli di carta da cucina, prodotti per la casa, bottiglie di acqua minerale e succo d'arancia.

Si bloccò e osservò il bambino con aria triste. Era seduto in poltrona, un libro sulle ginocchia. Vestito come un collegiale inglese, in pantaloni di flanella grigia, blazer blu, camicia bianca, cravatta a righe verdi e blu, scarpe da ginnastica nere. Un signorino. Leggeva e sollevò appena gli occhi quando lei fece il suo ingresso.

"Junior..."

"Sì, madre..."

"Dov'è Gladys?"

Gladys era l'ultima domestica assunta. Una giovane originaria delle Mauritius, alta e slanciata, che passava lo straccio sui mobili ondeggiando i fianchi al ritmo scandito dal lettore cd. Una cameriera lenta e indolente con il merito di amare i bambini. E Dio. Aveva cominciato a leggere la Bibbia a Junior, dandogli dei colpetti sulle dita quando lui evocava Gesù bambino. Non è un bambino! Gesù è grande, Gesù è Dio, Gesù è il tuo Signore e devi lodarlo ogni giorno. Alleluia! Il Signore è il nostro pastore, ci conduce verso i pascoli verdeggianti della felicità. Junior era soggiogato dal verbo di Gladys e Josiane si sentiva sollevata per avere finalmente trovato una tata che sembrava accettarlo.

"Andata..."

"Come 'andata'? Andata a fare la spesa, a imbucare una lettera, a comprare un Lego..."

Sentendo la parola Lego, Junior si strinse nelle spalle.

"Un Lego per chi? Ci giochi ancora alla tua età?"

"JUNIOR!" urlò Josiane. "Basta così! Ascoltami, ne ho abbastanza di... di..."

"Scherzavo. Sì, hai ragione, madre, sono stato irrispettoso... Ti prego di scusarmi."

"E SMETTILA DI CHIAMARMI MADRE! Io sono la tua mamma, non tua madre..."

Il bambino aveva ripreso la lettura del suo libro e Josiane si lasciò cadere su un pouf di pelle nera di fronte a lui, le mani intrecciate che agitava come un turibolo nel tentativo di capire. Mio Dio! Mio Dio! Che cosa Ti ho fatto perché Tu mi mandassi questo... questo... Non riusciva a trovare la parola per descrivere Junior. Fece uno sforzo, si riprese e domandò: "Dov'è andata Gladys?"

"Ha dato le dimissioni. Non mi sopporta più. Afferma di non poter fare i mestieri e leggermi contemporaneamente *I caratteri* di La Bruyère. Aggiungendo che è il libro di un morto, un cadavere, e che non bisogna disturbare i morti. Ci siamo accapigliati in proposito."

"Se n'è andata..." ripeté Josiane, sprofondando nel pouf. "Ma non è possibile, Junior! È la sesta in sei mesi."

"Cifra tonda. Notevole. Abbiamo dunque dei dipendenti mensili."

"Ma cos'hai combinato? Eppure dava l'impressione di essersi abituata..."

"Il vecchio La Bruyère le dà l'orticaria. Dice che non ci capisce niente, che non scrive in francese. Che i vermi brulicanti del suo cadavere verranno a darci la caccia. Mi ha chiesto di ritornare sulla terra, nella mia epoca, e allora, per farle piacere e per tenerla impegnata, le ho suggerito di cercarmi un paio di mocassini della mia misura, perché queste scarpe da ginnastica con la chiusura a velcro stonano da morire con la mia tenuta. Sosteneva che non era possibile e, dato che insistevo, si è arrabbiata terribilmente e ha dato le dimissioni. Da allora ho tentato di leggere da solo e penso che ci riuscirò. Associando i suoni alle sillabe, lavorando per binomi, non è poi così complicato..."

"Mio Dio! Mio Dio!" gemette Josiane. "Cosa devo fare con te? Ma ti rendi conto? Hai due anni, Junior! Non quattordici!"

"Basta che calcoli l'età come per i canidi, moltiplichi i miei anni per sette ed esce quattordici... Dopotutto, varrò pure quanto un cane."

Davanti all'aria attonita di sua madre, aggiunse pieno di compassione: "Non preoccuparti, madre cara, saprò sbrigarmela nella vita, non me ne faccio un cruccio... Cos'hai comprato di buono? Sento un buon profumo di legumi freschi e di manghi succosi."

Josiane non ascoltava. Rifletteva. Per tanti anni ho desiderato un figlio, per mesi e mesi ho atteso, sperato, consultato specialisti, e il giorno in cui ho saputo che finalmente, finalmente... aspettavo un bambino, quello è stato il giorno più felice della mia vita...

Ricordava di come aveva attraversato il cortile dell'azienda di Marcel per fare visita a Ginette, la sua amica, e annunciarle il felice evento, quanto aveva temuto di rompere l'ovulo che portava in grembo slogandosi una caviglia e cadendo per terra, come lei e Marcel si fossero inginocchiati davanti al Bambin Gesù... Sognava quel bimbo, sognava di mettergli delle tutine azzurre, di baciare le sue manine grassocce, di vederlo fare i suoi primi passi, di guardarlo scrivere le sue prime lettere, di decifrarne le prime parole, sognava di ricevere gli auguri per la Festa della mamma con frasi smozzicate, traballanti, frasi la cui goffaggine l'avrebbe fatta sciogliere di felicità, frasi balbettanti di parole colorate come "Tanti auguri, mamma"...

Sognava.

Sognava anche di accompagnarlo al Parc Monceau, di allacciargli una giraffa a rotelle al polso e di osservarlo far girare la sua giraffa per i viali di sassolini bianchi sotto il grande acero rosso. Sognava che si sporcasse di cioccolato e di pulirgli la bocca borbottando ma come ti sei combinato, cuoricino mio? stringendolo a sé, così felice, così felice di tenerlo bene al caldo contro il petto e di cullarlo sgridandolo, perché non sapeva cullare senza rimproverare. Sognava di portarlo al suo primo giorno di scuola, di lasciarlo in lacrime alla maestra, di guardarlo da dietro una finestra e di fargli un cenno con la mano andrà tutto bene, andrà tutto bene, non più rassicurata di lui che avrebbe strillato vedendola allontanarsi, sognava di insegnargli a colorare, ad andare sull'altalena, a lanciare le briciole di pane alle anatre, a cantare filastrocche stupide, piove piove, l'acqua si muove, e avrebbero riso perché lui non sarebbe riuscito a dire acqua.

Sognava...

Sognava di fare le cose una alla volta, lentamente, dolcemente, di diventare grande con lui tenendogli la mano, guidandolo lungo il cammino della vita...

Sognava di avere un bambino come tutti gli altri. E si ritrovava con un superdotato che, a due anni, voleva imparare a leggere decifrando *I caratteri* di La Bruyère. E poi, che cos'era un binomio?

Alzò gli occhi su suo figlio e l'osservò. Aveva chiuso il libro e la guardava con benevolenza. Sospirò oh! Junior... accarezzando la barba dei porri che usciva dal carrello.

"Ho una notizia triste e dolorosa da darti, madre cara, non sono un bambino precoce e, ancora più importante, mi rifiuto di atteggiarmi come quei cretini che tu mi obblighi a frequentare al parco... Dei poveri marmocchi che cadono sul sedere e strillano quando gli si porta via il ciuccio."

"Ma non puoi fare uno sforzo e cercare di comportarti come tutti i bambini della tua età, almeno quando siamo in pubblico?"

"Ti vergogni di me?" domandò Junior arrossendo.

"No... non mi vergogno, sono a disagio... Vorrei essere come tutte le altre mamme e tu non fai niente per aiutarmi. L'altro giorno, quando siamo usciti, hai gridato alla portinaia ciao vecchia comare! e quella a momenti ingoia la dentiera!"

Junior scoppiò a ridere battendosi il petto.

"Non mi piace quella donna, ha un modo di guardarmi che mi disgusta..."

"Sì, ma io ho dovuto dirle che aveva sentito male e che tu avevi farfugliato cremino. Ti ha squadrato in modo strano e mi ha detto che eri davvero preventivo per la tua età..."

"Immagino intendesse precoce..."

"Può darsi, Junior... fatto sta che se tu mi volessi bene, cercheresti di comportarti in modo che la mia vita non sia un interminabile brivido di angoscia all'idea di ciò che potresti inventarti."

Junior promise di fare uno sforzo.

E Josiane emise un sospiro scoraggiato.

Quel giorno andarono al Parc Monceau. Junior aveva accettato di indossare gli abiti suggeriti da sua madre, una tenuta assolutamente adatta alla sua età, salopette e piumino caldo, ma aveva rifiutato il passeggino. Si esercitava a camminare ad ampie falcate al fine di sviluppare il grande adduttore e il plantare gracile. Chiamava così i muscoli dei polpacci.

La loro entrata nel parco fu assolutamente normale. Superarono i pesanti cancelli neri tenendosi per mano e sorridendosi benevolmente. Josiane si sedette su una panchina, porgendo a Junior un pallone. Lui accettò senza protestare, lasciò cadere la palla che rimbalzò fino a un bambino della sua età. Si chiamava Émile e Josiane lo vedeva spesso con sua madre, una signora affascinante che le rivolgeva dei bei sorrisi e che sperava di farsi amica.

I due bimbetti giocarono insieme per un po', ma Junior giocava... come dire... con un certo distacco. Si capiva che teneva a freno la propria impazienza. Lanciava la palla a Émile che, una volta su due, inciampava cercando di bloccarla e si rialzava con difficoltà. Che idiota! si lasciò scappare Junior. La madre di Émile non sentì. Seguiva i due bambini con uno sguardo tenero.

"Sono carini, vero? Giocano bene insieme..."

Josiane annuì, felice di essere finalmente una madre normale con un figlio normale che gioca a un gioco normale con un compagno della sua età. Era una bella giornata, le colonne del tempio greco splendevano di un bianco vaporoso, di un bianco di pietra riscaldata dal sole invernale, le betulle, i faggi e i noci agitavano i rami sottili che la galaverna non aveva ancora spogliato. Un cedro del Libano dalla cima larga e piatta svettava, reale, ignorando i temporali, e i prati scrupolosamente curati formavano ampie macchie di verde su cui lo sguardo poteva riposare.

Si slacciò un bottone del cappotto di lana sbuffando di piacere. Presto sarebbe stata l'ora della merenda, e avrebbe preso dalla borsa un dolce e il biberon con del succo d'arancia. Come tutte le madri. Come tutte le madri, canticchiava schiacciando sotto i piedi la ghiaia bianca.

Fu in quell'istante che la madre di Émile propose: "Che ne direbbe se il piccolo Marcel venisse a giocare con Émile a casa nostra? Non abitiamo lontano, e noi due potremmo bere il tè e chiacchierare..."

Josiane si sentì catapultata nel firmamento della felicità. Fluttuava aggrappandosi al rosso dell'acero, al verde dei prati per non volare via sopraffatta dall'emozione. Un'amica finalmente! Una madre con cui scambiare ricette di cucina, rimedi per i primi dentini, febbri improvvise, eruzioni cutanee, consigli sulla scuola, asili nido e giardini d'infanzia. Le sembrava di fare le fusa. Aveva trovato una soluzione al suo tormento materno: avrebbe chiesto a Junior di giocare al bambino piccolo per qualche ora ogni giorno, durante le quali l'avrebbe portato in giro, esibendolo, soffiandogli il naso, vezzeggiandolo e, per il resto del tempo, gli avrebbe permesso di studiare tutti i libri, i manuali di storia, i trattati di matematica che desiderava. Non era così difficile in fin dei conti, bastava che entrambi facessero delle concessioni.

Immaginava dei lunghi pomeriggi in cui la sua solitudine non sarebbe stata altro che un lontano ricordo, in cui i due marmocchi avrebbero farfugliato qualcosa mentre lei si confidava con la sua nuova amica. E chissà, s'infervorava, magari avrebbero anche organizzato una cena tra coppie. Delle uscite. A teatro, al cinema. Delle partite a canasta. Ci faremo degli amici. Marcel e io non ne abbiamo molti. Lui passa il tempo a lavorare. Alla sua età! Sarebbe il momento che risparmiasse le forze... Ha quasi sessantanove anni! Non gli fa bene non fermarsi mai e sgobbare come se fosse ai lavori forzati.

Junior aveva sentito la proposta della madre di Émile e, irrigiditosi in una posizione poco graziosa, le cosce all'indietro e i pugni sui fianchi, il viso congestionato all'idea delle lunghe ore di supplizio che l'attendevano, spiò la risposta di Josiane, sperando che fosse negativa. In nessun caso intendeva passare del tempo con quel ritardato deformato dal fagotto del pannolino che, una volta su due, crollava a terra quando tentava di calciare il pallone. Restò così, oscillando sul posto, rosso di collera, ignorando il nanerottolo che voleva a tutti i costi rispedirgli la palla e prendeva lo slancio, titubante, per continuare lo scambio. Quando Josiane rispose sì, sarebbe splendido, i bambini vanno così d'accordo, diede un tale calcio al pallone che centrò la testa del povero Émile, il quale cadde lungo disteso a terra.

La madre si alzò gridando, prese il figlio tra le braccia, maledisse Junior, gli diede del criminale, del pervertito, dell'assassino, del nazista in erba, e se ne andò allontanando Émile, ancora inerte, dal suo boia.

Quel giorno Josiane raccolse la palla, la giraffa a rotelle, la merendina al cioccolato, il biberon di succo d'arancia e lasciò il parco dando un ultimo sguardo ai prati verdi, al tempietto in pietra, all'acero rosso, ai viali bianchi come dicendo addio al paradiso perduto.

Non rivolse nemmeno una parola al figlio, camminando come una regina oltraggiata.

Junior, furioso, la precedeva brontolando che non ci si poteva proprio fidare di nessuno, che si era prestato al gioco per gratificare sua madre ma che, in nessun caso, poteva accettare di trascorrere i pomeriggi con un ignorante, un importuno, uno sciocco che non si era nemmeno reso conto del fastidio che dava. Un bambino intelligente avrebbe capito che lui era lì solo per fare bella figura. Non avrebbe insistito. Avrebbe lui stesso lasciato perdere la palla e avrebbe rispedito Junior alla sua deliziosa solitudine. So che la vita è piena di persone stupide, sospirò Junior, e che bisogna adattarsi a questa triste realtà, ma quell'Émile mi disgusta. Che mi trovi qualcuno bravo in matematica o che sappia costruire razzi. Imparerei le radici quadrate e i principi della forza centrifuga. Una volta sapevo tutto su queste cose, ho solo bisogno di rinfrescarmi la memoria.

Erano ormai vicini a casa, passavano accanto all'edicola, quando Junior scorse tra i giornali esposti, nascosta sotto il cellophane di una rivista, una bussola. Si bloccò, cominciando a sbavare di piacere. Una bussola! Non sapeva spiegare perché, ma gli sembrava familiare. Dove aveva già visto una bussola? In un libro di figure? Sulla scrivania di suo padre? O in un'altra vita...

Puntò il dito sulla rivista che racchiudeva, tra le sue pagine, il prezioso oggetto e ordinò: "Lo voglio!"

Josiane girò la testa facendogli segno di proseguire.

"Voglio una bussola... Voglio sapere come funziona."

"Non avrai un bel niente. Sei stato odioso. Sei un bimbo egoista e crudele."

"Non sono né egoista né crudele. Sono curioso, ho voglia di imparare, mi rifiuto di giocare al bambino piccolo e voglio sapere come funziona una bussola..."

Josiane l'afferrò per la mano, trascinandolo verso il portone del loro palazzo. Junior si irrigidì e, puntando le scarpe da ginnastica sull'asfalto, cercò di rallentare il passo della madre, la quale finì per prenderlo per un braccio e spingerlo in ascensore, gli mollò due schiaffi e lo portò in camera sua chiudendo la porta a chiave.

Picchiando con tutte le sue forze, Junior sbraitò: "Odio le donne. Sono delle stupide vanitose che non pensano che al proprio piacere usando gli uomini! Quando sarò grande, sarò gay..."

Josiane si tappò le orecchie e andò a piangere in cucina.

Pianse a lungo, abbondantemente, pianse il suo sogno perduto di madre felice. Si consolò dicendosi che era il destino di tutte le donne quello di desiderare un figlio perfetto, un figlio a immagine e somiglianza del proprio cuore, e che il Cielo ce ne mandava uno con il quale bisognava andare d'accordo. Se si era fortunate, si riceveva un piccolo Émile, in caso contrario, era meglio accontentarsi.

Andò ad aprire la porta della camera liberando suo figlio.

Riposava sulla moquette nei suoi abiti stropicciati. Aveva strillato, strepitato, picchiato così tanto che era crollato sfinito e dormiva come dormono gli eroi dopo aver combattuto giorno e notte, i riccioli rossi tutti ingarbugliati, le chiazze color porpora sul collo, le guance, il petto. Dalla bocca con le gengive rosso fuoco proveniva un debole russare. Un Ercole sconfitto, disteso a terra febbricitante e pieno di collera.

Josiane si lasciò cadere accanto a lui e lo guardò riposare. Pensò quando dorme è come un cucciolo, il mio cucciolo, mi appartiene. Lo contemplò a lungo, lo sollevò, se lo mise tra le gambe come una scimmia che spulcia il suo piccolo, lo cullò canticchiando dormi piccino, nella tua culla, dormi piccino, fai la nanna. Ma sì, mio grosso sciocchino, dormi, dormi...

Junior sollevò una palpebra e definì la filastrocca un'idiozia.

"È la madre a essere una sciocca, non il figlio", protestò lui, mezzo sveglio.

“Dormi, bambino mio, dormi... La mamma ti vuole bene ed è qui a proteggerti...”

Lui strillò di felicità, sprofondò la testa e i pugni nella pancia di sua madre, che lo avvolse tra le braccia con le lacrime agli occhi, continuando a canticchiare nella stanza buia.

“Mamma...”

Josiane sussultò a quel dolce appellativo e rafforzò l’abbraccio.

“Mamma, tu lo sai perché La Bruyère ha scritto *I caratteri*?”

“No, piccino mio, ma tu saprai sicuramente spiegarmelo...”

Restando avvolto nelle braccia materne, spiegò a bassa voce: “Ebbene, lui amava molto una ragazzina figlia di uno stampatore di nome Michallet. La amava di un amore puro. Lei gli riempiva l’anima di bellezza. Un giorno si chiese a che razza di matrimonio l’avrebbero costretta visto che la ragazza non aveva nessuna dote. Allora andò a fare visita a suo padre, il signor Michallet, e gli diede il manoscritto dei *Caratteri* sul quale lavorava da diversi anni. Gli disse: ‘Prenda, brav’uomo, lo stampi e se ne verrà un profitto, andrà in dote a sua figlia.’ Michallet eseguì e fu così che la signorina Michallet fece un buon matrimonio... Non lo trovi ammirevole, mamma?”

“Sì, piccino mio, è ammirevole. Parlami ancora di La Bruyère. Mi sembra una brava persona...”

“Bisogna leggerlo, soprattutto, sai... Quando saprò farlo correntemente, te lo leggerò. Non avremo più bisogno di andare al parco, resteremo qui insieme e ti riempirò la testa di tante belle cose... Perché voglio imparare il greco e il latino per declamare Sofocle e Cicerone in lingua originale.”

Assunse un’espressione pensierosa, sembrò riflettere e aggiunse: “Mamma, perché quella rabbia poco fa? Non ti sei accorta che quel bamboccio, Émile, era stupido e imbranato?”

Josiane afferrò un ricciolo ramato facendoselo scivolare tra le dita come un lungo filo da tessere.

"Vorrei tanto che tu fossi come gli altri, come tutti i bambini della tua età... Non voglio un genio, voglio un bimbo di due anni."

Junior restò silenzioso per un istante, poi disse: "Non capisco. Ti evito così tante preoccupazioni educandomi da solo... Credevo che saresti stata fiera di me. Mi addolori, sai, non accettandomi così come sono... Non vedi in me che la mia diversità, ma non ti accorgi anche di quanto ti voglio bene e di tutti gli sforzi che faccio per piacerti? Non devi essere arrabbiata con me perché sono diverso..."

Josiane scoppiò in singhiozzi e lo soffocò di baci bagnati di lacrime.

"Mi dispiace, piccolo mio, mi dispiace... Cerchiamo entrambi di trovare momenti come questi, momenti in cui il mio cuore si lascia andare, in cui ho l'impressione che tu mi appartenga, e io ti prometto che non t'imporrò più nessuno stupido Émile."

Lui le chiese, sbadigliando, promesso? Lei bisbigliò promesso e Junior si abbandonò come un peso morto a un sonno profondo.

Quella sera, mentre Marcel Grobz s'infilava nel talamo coniugale, cercando con le ditone ricoperte di peluria rossa il corpo morbido di sua moglie, Josiane lo respinse dicendo: "Dobbiamo parlare..."

"Di cosa?" chiese lui facendo una smorfia.

Aveva atteso tutta la giornata il momento magico in cui si sarebbe adagiato sul corpo di Josiane per penetrarla lentamente, potentemente, mormorandole all'orecchio tutte le paroline dolci che aveva infilato tra i documenti da firmare, la colonna di un idrante da riparare, un fornitore cinese e un fabbricante di mobili da cucina che si rifiutava di abbassare il proprio margine di utile.

"Di tuo figlio. Oggi l'ho sorpreso a leggere *I caratteri* di La Bruyère."

"Quel ragazzo! Quanto lo amo! Come sono orgoglioso! Mio figlio, carne della mia carne, il mio pontefice sovrano!"

"E non è tutto! Dopo avermi raccontato la storia di La Bruyère, ha concluso dichiarando che ha voglia di imparare il greco e il latino per leggere i classici in originale..."

Marcel Grobz giubilava grattandosi la pancia...

"Normale! È mio figlio. Se mi avessero incoraggiato di tanto così, avrei studiato anch'io il latino, il greco, le belle lettere e l'ipotenusa..."

"Stupidaggini! Tu eri un bambino normale, io ero una bambina normale e abbiamo creato un mostro!"

"Ma no, ma no... Vedi, Choupette, siamo stati cresciuti entrambi a suon di schiaffi, ci consideravano delle mezze cartucce e oggi ci ritroviamo con un piccolo genio... Non è bella la vita?"

"Tranne che Gladys, sai, la nostra ultima domestica..."

Marcel scavò nella memoria. Negli ultimi tempi aveva assistito a una sfilata di tate. Non restava nessuna. Nonostante lo stipendio fosse buono e le condizioni di lavoro ottime. Josiane era una padrona rispettosa che non aveva paura di mettere le mani a mollo nella candeggina e rimetteva al suo posto l'impudente che osava parlare della sua "serva". Lei stessa lo era stata per così tanto tempo.

"Ha fatto le valigie. E sai perché?"

Marcel si contorceva trattenendo le risate.

"No", riuscì a bisbigliare alla fine prossimo alla congestione.

"A causa di Junior. Voleva che gli leggesse qualcosa mentre Gladys voleva fare i mestieri!"

"È sicuramente meno faticoso leggere un bel romanzo che lustrare certi luoghi di raccoglimento..."

"Adesso parli come lui! Quando ti ho conosciuto dicevi 'cesso' come tutti gli altri..."

"È che... Choupette, io leggo per lui tutte le sere e questo m'influenza... Lo capisco, quel bamboccino, è un ghiottone, un curioso, vuole imparare e non annoiarsi quando gli si parla. Bisogna insegnargli qualcosa in continuazione. Oltre a una mamma, devi essere Pico della Mirandola."

"E chi sarebbe? Un amico tuo?"

Marcel scoppiò a ridere strapazzandola tra le braccia.

"Smettila di spremerti il cervello, colombella mia. Siamo così felici noi tre insieme e le tue domande mettono tristezza..."

Josiane borbottò delle parole incomprensibili e Marcel ne approfittò per farle scivolare la mano sul seno.

"Non trovi che sia troppo rosso?" riprese Josiane scostandosi. "Sembra sempre arrabbiato... rosso di rabbia. Mi spaventa... Ho anche paura di non riuscire più a seguirlo, che mi disprezzi. Non ho fatto l'università, io! Non vengo certo dalla Scuola nazionale di ammirazione!"

"Ma Junior se ne frega, è al di sopra di tutto questo! Sai cosa facciamo, Choupette, prendiamo un precettore tutto per lui. Questo bambino non ha bisogno di una tata, ma di essere nutrito di conoscenza, che gli insegni la dimensione della superficie terrestre, il greco, il latino, perché la terra gira, perché è rotonda, e perché non si perde come una trottola nello spazio infinito. Pretende che gli si insegni come si usa una riga, un compasso, la regola del tre e le radici quadrate..."

"E perché poi si dice radici quadrate? Se non sono né delle radici e nemmeno quadrate! No, lupacchiotto mio, con un precettore mi sentirò ancora più abbandonata. Ancora più ignorante..."

"Ma no! E poi imparerai anche tu cose meravigliose... Assisterai alle lezioni e farai ah e oh per la sorpresa, arricciando le labbra per quanto ti piacerà, e ti aprirà dei firmamenti nella testa..."

"La mia povera testa!" sospirò Josiane. "È talmente vuota. Non mi hanno insegnato niente. Vuoi che te lo dica, lupacchiotto mio, ma la più grande ingiustizia al mondo è il non avere potuto apprezzare tutta questa cultura sin dalla nascita."

"Ebbene, recupererai! E dopo sarai tu a parlarmi con disprezzo, a dirmi 'che sciocco', 'che impiastro' e dovrò umilmente ripassare le lezioni tutte le sere. Credimi, mio splendore, non sei più stupida di tuo figlio e questo bambino ci è stato inviato dal Cielo per elevarci... Lui è diverso. Ebbene, che sia diverso! Me ne frego. Lo rivendico! Potrebbe avere tre gambe e un occhio solo e lo rivendicherei comunque. Che cosa vorresti? Un figlio fatto con lo stampino? Non se ne può più della normalità! Produce ignoranti che imparano a malapena a parlare e non sanno più pensare. Bisognerebbe farle un culo così alla normalità, farla scoreggiare, abbatterla! Al diavolo tutte quelle madri scortate da rampolli banali! Non sanno che tesoro abbiamo a casa nostra, non possono saperlo, hanno i paraocchi. Mentre noi... Che zefiro! Che felicità! Che sorpresa divina a ogni ora del giorno! Su, vieni qui, zuccherino mio, smettila di farti il sangue amaro, stai per provare l'ebbrezza, ti porterò in paradiso, bambolina mia, mio magnifico splendore, mia moglie, il mio tetto, la mia radice quadrata, la mia Pompadour lasciva..."

E parola dopo parola, Choupette si abbandonò, sorrise, finì per fare le fusa, si lasciò travolgere dal suo gigante rosso e con rantoli voluttuosi e contorti salirono la grande scala del piacere.

L'indomani mattina, a colazione, ricevettero una richiesta dell'avvocato di Henriette. Henriette Grobz, vedova Plissonnier, madre di Iris e Joséphine Plissonnier, sposata in seconde nozze al signor Marcel Grobz, era pronta a firmare i documenti del divorzio. Si arrendeva agli argomenti di Marcel e domandava una sola cosa: di poter conservare il suo cognome.

"E perché lo Stuzzicadenti vuole tenere il tuo cognome?" chiese Josiane, sospettosa, ancora tutta illanguidita dalla notte d'amore. "Lo detestava quel cognome, la faceva vomitare. Sento puzza d'imbroglio, vuole tenderci una trappola, vedrai..."

"Ma no, dolcezza mia! L'essenziale è che obbedisca. Non metterti a fare le pulci! È una follia, da quando nuotiamo nella felicità, tu continui a vedere il diavolo e le sue corna."

"Come se quella stesse per trasformarsi in un agnellino! Non ci credo nemmeno per un momento. Il lupo perde il pelo ma non il vizio. E quella di vizi ne ha da vendere..."

"Ti ripeto che si è arresa. Le ho fatto mangiare la polvere un granello alla volta, sta soffocando, chiede la grazia..."

Marcel Grobz starnutì, prese dalla tasca un fazzoletto a quadretti e si soffiò vigorosamente il naso. Josiane lo guardò perplessa.

"E i fazzoletti di carta che ti avevo dato? Li usi per le mosche?"

"Ma Choupette, mi piace il mio vecchio fazzoletto a quadretti..."

"È un nido di microbi, una culla di virus! E poi, sai cosa? Sembri un contadino con gli zoccoli."

"Non mi vergognerei a essere un contadino..." ribatté Marcel rimettendosi in tasca il fazzoletto prima che Josiane se ne impadronisse.

La settimana prima lei gliene aveva buttati via una dozzina.

"E tu sei quello che vorrebbe un precettore per suo figlio! Raggiungere i Picchi della Mirandola! Sai che bella figura farai davanti ai pozzi di cultura con il tuo fazzoletto e le bretelle!"

"Intendo informarmi subito su dove trovarne uno", proseguì Marcel, felicissimo di cambiare discorso.

"E cerca delle referenze! Non voglio un nobile impomatato né un marxista barbuto. Scovami un buon vecchio dizionario perché io possa capire qualcosa quando si metterà a parlare..."

"Allora sei d'accordo?"

"Si potrebbe dire così... Ma aspetto di vederlo per pronunciarmi. Prima che salti fuori che è una spia dello Stuzzicadenti..."

* * *

Era veramente necessario dire la verità, tutta la verità? si domandava Shirley guardando Gary che sparecchiava, grattava la teglia delle lasagne, faceva scorrere l'acqua calda sui piatti, aggiungeva qualche goccia di detersivo. Creiamo felicità dicendo la verità? Non ne sono così sicura... Parlerò e niente sarà più come prima.

Eccoci qui, tutti e due, in questa abitudine tranquilla che ci assomiglia, so come lui si volterà, su quale piede si appoggerà, quale mano allungherà per prima, in che modo girerà la testa verso di me, sollevando un sopracciglio, sistemando una ciocca di capelli, so tutto, è il mio paesaggio.

La cena è giunta al termine, le lasagne erano squisite, Glenn Gould ci tiene compagnia. Abbiamo la pancia piena, ci sentiamo vicini.

E tra due minuti e mezzo...

Parlerò, una frase dopo l'altra, introdurrò un estraneo tra noi e nulla sarà più limpido. Forse la verità è utile a colui che la riceve, ma è una sciagura per chi l'annuncia. Non appena ho raccontato all'uomo in nero "la verità" sulla mia nascita, lui mi ha fatto cantare. Ottenendo una rendita mensile in cambio del suo silenzio.

Proprio quella mattina, lungo la strada verso Hampstead Ponds, era passata davanti a un cartellone pubblicitario che vantava i meriti di una marca di jeans con lo slogan: "La verità di un uomo è ciò che nasconde." E subito sotto: "Non nascondete più le vostre forme, mostratele con i jeans...” Aveva dimenticato il nome della marca, ma non le parole che l’avevano perseguitata per tutto il tragitto e quando aveva legato la bicicletta allo steccato vicino allo stagno, aveva rischiato di non accorgersi dell’uomo con il berretto e i pantaloni di velluto che se ne andava.

Damned!

Si erano sorrisi. Lui si era strofinato il naso in un grosso guanto di cuoio bordato di pelo e aveva inclinato la testa in modo esagerato aggiungendo vedrà, è deliziosa. Era rimasta a bocca aperta mentre le tornava alla mente lo slogan dei jeans: “La verità di un uomo è ciò che nasconde.” Che cosa nascondeva quell’uomo dal sorriso bonario e le spalle larghe? Quell’uomo dal quale aveva una voglia pazza di cercare riparo. Forse non nascondeva niente ed era quello il motivo per cui desiderava divorarlo...

In quel preciso istante, lui le avrebbe teso la mano e lei l’avrebbe seguito.

Sospirò e si pulì un dito sporco di sugo nella tovaglia cerata che Gary aveva portato da Parigi.

Ripensò a un rapporto che aveva consegnato la sera prima: *Come cacciare i pesticidi dai nostri piatti.* A cosa serviva mangiare frutta e legumi se poi questi si rivelavano pericolosi per la salute? Su dei grappoli d’uva prodotti all’interno dell’Unione europea erano stati rilevati sedici prodotti tossici. Mi batto contro i mulini a vento.

Alzò la testa verso Gary, che aveva ammassato le stoviglie nell’acquaio. Questo significa che non intende lavarli subito, questo significa che intende parlare subito.

Le sembrava di avere la gola, la lingua, i polmoni e la pancia pieni di ovatta. Deglutì.

“Mi fai una tisana?”

"Timo, rosmarino, menta?"

"Non hai la verbena?"

Lui la osservò, scoraggiato.

"Ti elenco le tre che ho e mi chiedi proprio quella che non possiedo..."

Le sembrava un po' esasperato. Forse teso.

"Ok, ok. Vada per il timo..."

Gary riempì il bollitore d'acqua, prese una teiera, una bustina di tisana al timo, una tazza. Indovinava dai gesti bruschi che suo figlio aveva fretta di sedersi di fronte a lei e di farle le sue domande. Era stato già gentile a lasciarla cenare in santa pace.

Dal muro, i poster di Bob Dylan e Oscar Wilde la osservavano. Bob sembrava serio e annoiato, Oscar ostentava un sorrisetto ambiguo che le fece venire voglia di mollargli due ceffoni.

"Hai conosciuto il tuo insegnante di pianoforte?" gli chiese.

"Sì, questo pomeriggio... molto simpatico. Avevo appuntamento a casa sua, a Hampstead, non lontano da dove vai a fare il bagno. Abita in uno di quegli studi di artisti affacciati sullo stagno... Ma non credo lui vada a immergersi nell'acqua ghiacciata la mattina presto! Non sarebbe saggio per le sue articolazioni."

"Mentre io posso tranquillamente rovinarmi le mani..."

"Non ho detto questo! Ullallà! Prendi tutto per il verso sbagliato... *Relax, mummy, relax*... Sei pallosa!"

Shirley scelse d'ignorare l'espressione "pallosa". Se avessero cominciato a litigare per una questione di vocabolario, non sarebbero mai riusciti a parlare. Ma si fece un appunto mentale per ricordargli più tardi di non rivolgersi più a lei in quel modo.

"E quando cominci?"

"Lunedì mattina."

"Che fretta..."

"L'anno scolastico è già iniziato da parecchio e se voglio recuperare il ritardo... Una lezione ogni due giorni a casa sua, il resto del tempo studierò da solo cinque ore al giorno... Vedi che prendo la cosa seriamente."

"Quanto chiede a lezione?"

"È la nonna che paga."

"Questo non mi va, Gary..."

"Dopotutto è mia nonna!"

"Ho la sensazione che tu non mi voglia nella tua vita..."

"Smettila di legartela al dito! Sei agitata perché mi devi parlare e ti offendi per un niente... *Relax*..."

Le coprì la mano con la sua.

"Su, coraggio... Prima comincerai, prima ti sbarazzerai della tensione."

"D'accordo... Non ci vorrà molto. Mi dispiace, non è una storia romantica, né romanzesca."

"Non mi aspetto un romanzo, ma fatti."

"Sì, allora... In fin dei conti, mi andrebbe un bicchiere di vino. Ne è rimasto?"

Gli tese il bicchiere e Gary svuotò la bottiglia fino all'ultima goccia.

"Un bambino o un marito entro l'anno!" rise lui.

"Né l'uno né l'altro", ribatté lei brontolando.

Bevve un sorso di vino, lo assaporò, quindi cominciò.

"Dovevo avere sedici anni quando tuo nonno mi ha mandato in Scozia. Inizialmente in un collegio molto severo, poi all'università di Edimburgo. Perché qui a Londra gli rendevo la vita un inferno. Uscivo senza permesso, rientravo un po' brilla, diciamo, portavo i piercing al naso, gonne non più grandi di un fazzoletto e fumavo canne che impestavano gli austeri corridoi di palazzo. Non riusciva più a far conciliare i compiti di padre con quelli di gran ciambellano. Era ancora più imbarazzante perché vivevamo a Buckingham con il rischio di far scoppiare uno scandalo che avrebbe umiliato la regina. Perciò mi spedirono in Scozia. Dove ho continuato a divertirmi, però superando gli esami senza farmi bocciare. Dopo circa un anno, ho conosciuto un bel ragazzo scozzese, Duncan McCallum, erede di un'importante famiglia, con castello, fattorie, foreste e fustaie..."

"Un'antica famiglia scozzese?"

"Non gli ho chiesto l'albero genealogico. Non eravamo molto interessati al pedigree, ai biglietti da visita... Se al primo sguardo ci si piaceva, si passava la notte insieme e poi ciascuno per la sua strada e se per caso ci si rincontrava, si poteva ricominciare o meno. Con tuo padre ho ricominciato diverse volte..."

"E lui com'era?"

"Be'... diciamo che gli assomigli molto. Non faresti fatica a riconoscerlo se dovessi incontrarlo... Alto, scuro di capelli, naso lungo, occhi verdi o castani, a seconda dell'umore, spalle da giocatore di rugby, un sorriso da farti cadere ai suoi piedi, in breve un bel ragazzo... Aveva qualcosa di irresistibile. Non ti domandavi se fosse intelligente, buono, coraggioso, avevi voglia di una sola cosa, buttarti tra le sue braccia. Non ero l'unica... Gli correvano dietro tutte. Ah sì, aveva una lunga cicatrice sulla guancia, diceva di essersi beccato un colpo di sciabola battendosi con un russo ubriaco a Mosca... Non sono sicura che sia mai stato a Mosca, ma la cosa aveva un certo effetto, le ragazze andavano in estasi e volevano toccarla..."

"E tu sei certa che io sia figlio di Duncan McCallum e non di un altro?"

"Mi ero innamorata... Insomma, non volevo ammetterlo! Mi sarei fatta tagliare la gola piuttosto che confessare un sentimento così borghese. Ma una cosa di cui sono sicura è che, nel periodo in cui mi vedevo con lui, non sono andata a letto con nessun altro..."

"Che culo!"

"Si potrebbe dire che sei figlio dell'amore... Se non altro, da parte mia."

"Un amore bizzarro", sospirò Gary. "Sembra una storia un po' raffazzonata..."

"Era un'epoca difficile... Ci stavamo lasciando alle spalle gli anni sessanta, 'mettiamoci i fiori nei capelli e amiamoci gli uni con gli altri', per ripiombare nella realtà. Una realtà per niente allegra. Era il periodo di Margaret Thatcher, dei punk, dei Clash, dei grandi scioperi, della disperazione. Pensavamo e cantavamo che il mondo era uno schifo. E anche l'amore."

"E lui cos'ha detto quando l'ha saputo?"

"Eravamo in un pub, un sabato sera, l'avevo cercato tutto il giorno per parlargli... Stava con degli amici, un boccale di birra in mano, mi sono avvicinata... tremavo... si è chinato su di me, mi ha passato un braccio sulle spalle, e mi sono detta coraggio, non sarò sola. Mi darà una mano qualunque cosa decida. Gli ho parlato e lui, con quel sorriso da farti fermare il cuore, mi ha risposto francamente, mia cara, è un problema tuo, è tornato a girarsi verso gli amici e mi ha piantato lì. È stata una mazzata."

"Non ha nemmeno voluto conoscermi?"

"Mi ha lasciato prima della tua nascita! Quando lo incontravo, non mi rivolgeva la parola. Neanche quando avevo la pancia come una mongolfiera."

"Ma perché?"

"Per un motivo ben preciso: si chiama responsabilità, e lui non ne aveva un briciolo..."

"Intendi dire che non era una brava persona?"

"Assolutamente no, è solo una constatazione..."

"E tu mi hai tenuto..."

"Sapevo che ti avrei amato alla follia e non mi sono sbagliata..."

"E poi?"

"Ho partorito da sola. All'ospedale. Ci sono entrata sulle mie gambe e ne sono uscita sulle mie gambe. Ti ho riconosciuto dandoti il mio cognome. Ho ripreso subito l'università. Ti lasciavo da solo in camera mia. Stavo da una signora molto gentile. Mi ha aiutato parecchio, ti curava, ti cambiava, ti dava il biberon, ti cantava delle canzoni mentre io frequentavo i corsi..."

"Come si chiamava?"

"Signora Howell..."

"Signora Howell?"

"Sì. Ti voleva davvero bene. Ha pianto quando siamo partiti... Doveva avere quarant'anni, non era sposata, non aveva figli, conosceva tuo padre, veniva dal suo stesso paese della campagna scozzese. Sua madre aveva lavorato al castello, e così sua nonna. Diceva che lui era un mascalzone, che non mi meritava. Beveva un po' troppo, ma era dolce... e tu un bimbo perfetto. Non piangevi mai, dormivi sempre... Quando tuo nonno è venuto in Scozia a trovarmi, ha avuto uno shock. Non gli avevo detto niente. Ci ha riportati entrambi a Londra... Avevi tre mesi..."

"E non hai più avuto notizie di mio..."

"Mai più."

"Nemmeno tramite la signora Howell?"

"Non è venuto a vederti neanche una volta, non ha mai chiesto in giro il mio indirizzo quando me ne sono andata. Ecco, è tutto. Nessuna gloria, le cose stanno così..."

"Mi ero immaginato origini più sfavillanti..." mormorò Gary.

"Mi dispiace... Adesso sta a te rendere sfavillante la tua vita..."

E vent'anni dopo, eccomi a offrire un figlio a quell'uomo indegno. Un figlio per il quale lui non avrà mai versato una sola lacrima. Sprecato una sola ora di sonno. Tremato un solo istante leggendo la temperatura sul termometro. Risparmiato un solo centesimo. Firmato la pagella. Tenuto la mano dal dentista.

Un figlio pronto ad amare. E presentandolo al mondo intero dirà: "Mio figlio!"

Io sono il padre. Io sono la madre. Io sono padre e madre.

Lui non è stato che un fornitore di spermatozoi. Con la fretta di godere e di sparire.

* * *

Hortense Cortès ignorava la paura.

Hortense Cortès disprezzava la paura.

Hortense Cortès provava disgusto per quell'emozione. La paura, affermava, era un'edera velenosa che soffoca la mente. Conficca le sue radici uncinate, produce foglie, cresce, ci strangola, ci asfissia, lentamente, lentamente. La paura è un'erbaccia e le erbacce vengono strappate, sterminate con i pesticidi.

Il pesticida di Hortense Cortès si chiamava prendere le distanze. Quando sentiva la paura alzarsi come un'onda minacciosa, respingeva il pericolo, lo stringeva in un angolo, lo isolava... lo guardava in faccia dicendogli non ho paura. Non mi spaventi, brutta erbaccia che strapperò alla radice.

Funzionava.

Per Hortense Cortès.

Aveva cominciato, bambina, sforzandosi di tornare a casa da sola da scuola quando faceva buio. Rifiutava che sua madre andasse a prenderla. S'infilava una forchetta nella tasca del cappotto. Forchetta e testa alta, avanzava con la cartella sulle spalle. Pronta a difendersi. Non ho paura, si ripeteva quando calava la sera e le ombre si allungavano.

Poi aveva alzato un po' l'asticella.

Aveva estratto la forchetta quando un primo ragazzo aveva cercato di baciarla contro la sua volontà. L'aveva piantata nella coscia del marcantonio che le sbarrava il passaggio su per le scale esigendo un pedaggio di due euro. Conficcata nell'occhio del tipo che aveva voluto trascinarla in un locale notturno.

Ben presto non aveva più avuto bisogno della forchetta.

Si era fatta una reputazione.

L'unica domanda che si poneva Hortense in quell'addomesticamento della paura era perché fosse l'unica ad agire in quel modo.

Sembrava così semplice. Talmente semplice.

E tuttavia...

Sentiva risuonare dappertutto la frase ho paura, ho paura. Paura di non farcela, di non avere abbastanza soldi, di non piacere, di dire "sì", di dire "no", di provare dolore. A forza di dire ho paura, il peggio veniva da sé. Perché sua madre, un'adulta che avrebbe dovuto proteggerla, tremava davanti a un debito, a un uomo che la minacciava o a una foglia spostata dal vento? Non capiva. Aveva deciso di non farsi più domande e di andare avanti.

Andare avanti. Imparare. Avere successo. Non lasciarsi bloccare, appesantire dalle emozioni, dai timori e dai desideri, nient'altro che parassiti. Come se avesse i minuti contati. Come se non avesse il diritto di fare sbagli.

Una sola cosa era sfuggita alla forchetta di Hortense: la morte di suo padre, divorato da un coccodrillo in una palude del Kenya. Per quanto si ripetesse Antoine, coccodrillo, non ho paura, le capitava di fare degli incubi nei quali moriva triturata da migliaia di denti. Mai! si diceva svegliandosi tremante di sudore, mai! E si riprometteva di rinforzare la corazza d'acciaio per resistere. Resistere. Faceva fatica a riaddormentarsi. Le sembrava di percepire, nell'oscurità della propria camera, l'occhio giallo di un coccodrillo che la spiava...

Dopo che Gary Ward l'aveva abbandonata in mezzo alla strada, dopo che lui le aveva fatto battere il cuore e il corpo di desiderio pulsante, dopo che l'aveva baciata al punto di farle perdere la bussola, Hortense aveva isolato l'immagine di Gary, l'aveva allontanata, l'aveva esaminata a sangue freddo e aveva deciso che la cosa più saggia da fare era aspettare. Lui avrebbe richiamato il giorno successivo.

L'indomani lui non richiamò, né quello successivo, né i giorni appresso.

Lo depennò dalla sua lista.

La sua vita non dipendeva da Gary Ward. La sua vita non dipendeva da un bacio di Gary Ward, dal piacere scaturito quella sera dalle labbra di Gary Ward. La sua vita dipendeva dal bene che voleva a se stessa, Hortense Cortès.

Doveva solo formulare chiaramente i propri desideri perché quelli venissero esauditi dal trionfo della sua volontà.

Gary Ward era imprevedibile, impossibile, odioso, irritante.

Gary Ward era perfetto.

Era lui quello che lei voleva. E l'avrebbe avuto.

Più tardi.

Quel giorno, in metrò, sulla linea nera, la Northern, che la riportava da scuola alla grande casa in cui viveva con altri quattro coinquilini – tutti maschi – Hortense lesse l'oroscopo sul *London Paper* abbandonato sui sedili. Alla voce "Amore", lesse: "Dato che questa relazione vi pesa, mandatela a quel paese. La riprenderete più in là."

Bimbumbam, mormorò ripiegando le pagine. Era deciso: l'avrebbe dimenticato.

Ciò che salvava Hortense Cortès, oltre alla sua determinazione e alla forchetta nascosta in tasca, era l'alta opinione che aveva di sé. Opinione che riteneva giustificata a fronte del lavoro e degli sforzi da lei prodotti. Non sono una fannullona, non mi crogiolo al sole, lotto per ottenere ciò che voglio ed è giusto che venga ricompensata.

Qualche volta si chiedeva se, di fronte alle avversità, avrebbe tenuto duro.

Aveva bisogno di risultati per continuare ad avanzare. E più la fortuna le sorrideva, più lei raddoppiava i suoi sforzi. Una storia d'amore con Gary mi avrebbe distratto dal mio fine ultimo, pensava quella sera osservando le persone intorno a lei in metropolitana. Magari sarei diventata come questa ragazza che mette in mostra le cosce livide sotto la minigonna o quest'altra che mastica una gomma parlando della sua serata con Andy. Allora lui mi ha detto... allora io gli ho detto... poi lui mi ha baciato... poi l'abbiamo fatto... poi non mi ha richiamato... e adesso cosa faccio? Due povere vittime che recitavano a fatica le battute sciocche di un dialogo amoroso. Amando poco, non corro alcun rischio e vengo amata. Gli uomini sono fatti così: più li ami, meno si danno. È un'antica legge della natura. Dato che io non amo nessuno, ho pretendenti a bizzeffe e scelgo quello che, di volta in volta, mi conviene.

Il bacio di Gary nella notte buia di Londra sotto le fronde tremanti del parco l'aveva turbata. Le era venuto a mancare il terreno sotto i piedi. Aveva rischiato di trasformarsi in una larva sentimentale. Io non sono una larva. Non fumo, non bevo, non mi drogo, non ci provo con nessuno. All'inizio era un atteggiamento, non volevo essere come gli altri, oggi è una scelta che mi fa guadagnare tempo. Quando avrò raggiunto il mio scopo – aprire la mia casa di moda, creare la mia impronta stilistica – allora mi dedicherò al prossimo. Per il momento, tutta la mia energia deve focalizzarsi sul mio desiderio di successo. Aprire la mia maison, comportarmi da stronza, diventare Coco Chanel, imporre la mia visione della moda, anche se, riconobbe, colta improvvisamente da un lampo di lucidità, ho ancora molto da imparare. Ma so ciò che voglio: l'eleganza estrema, il classico che non tramonta mai, scombussolati da uno o due dettagli un po' folli. Fottere la purezza. Sporcarla. E sacralizzarla apponendoci il mio nome. Imparare il tratto, il disegno, il particolare, e poi sconvolgere tutto lacerando una stoffa incontaminata. Un affondo di pugnale nell'immacolato.

Rabbrividì lasciandosi scappare un sospiro. Aveva fretta di mettersi all'opera. In ogni caso, pensò, solo questo mi fa sentire viva... La carne umana mi sembra del tutto insignificante se paragonata ai miei progetti.

Scese ad Angel, rischiò di scivolare su una confezione di McDonald's e imprecò. Stringendosi nelle spalle superò un "Prêt-à-manger". Che nome idiota! Coprì gli ultimi metri che la separavano da casa proseguendo il racconto della sua ascesa sociale. Era arrivata al momento delizioso in cui, in giacca e pantaloni da odalisca in crêpe di lana blu fumé e sandali Givenchy ai piedi, riceveva i giornalisti di tutto il mondo per parlare della sua collezione, quando infilò la chiave nella serratura, entrò e subì il commento acido di Tom: "Hortense, mi dai il vomito!"

Hortense gratificò Tom di uno sguardo freddo. Era un inglese biondo con la barba lunga, rada e umidiccia, che di solito la osservava con lo sguardo di un bassotto davanti a una ciotola fuori dalla sua portata.

"Che ti succede Tommy? Vengo da dieci ore di lezione e non ho la testa per stare a sentire i tuoi piagnistei..."

Appese il cappotto nell'ingresso, si sfilò la pesante sciarpa bianca avvolta in più giri intorno al collo, appoggiò la borsa piena di libri e quaderni e si scosse la chioma color mogano sotto gli occhi di quello che considerava uno scemo inoffensivo.

"Hai dimenticato un assorbente in bagno!"

"Ah! Mi dispiace. Si vede che stavo pensando ad altro e..."

"È tutto quello che sai dire?"

"Ma non sapevi, Tommy caro, che ogni mese le donne hanno perdite di sangue che si chiamano mestruazioni?"

"Non devi lasciare i tuoi assorbenti in bagno!"

"Mi dispiace, non lo farò più... Quante volte vuoi che te lo ripeta?"

Gli rivolse il più grazioso dei sorrisi falsi.

"Sei una sporca egoista, non hai neanche pensato a noi, i maschi della casa!"

"Mi sono scusata, due volte, mi sembra abbastanza, no? Non ho intenzione di fare penitenza rotolandomi nella cenere! Non avrei dovuto farlo, hai ragione, che vuoi adesso? Un bacio con la lingua? Escluso. Pensavo di essere stata chiara in merito: non intendo fare sesso con te. Com'è andata la tua giornata? In questi giorni deve essere dura in ufficio con la Borsa che fa l'ottovolante. Non ti hanno licenziato? Oppure sì... Lasciami indovinare: ti hanno buttato fuori e adesso sfoghi la tua rabbia su di me..."

Il povero ragazzo sembrò soffocare davanti alla tracotanza di Hortense, poi ricominciò con le sue recriminazioni ripetendo la parola assorbente a ogni frase.

"E basta, Tommy! Oppure inizierò a credere che non sapevi nemmeno cosa fosse un assorbente prima che t'imbattessi nel mio... Ti ci dovrai abituare se un giorno vorrai una storia con una ragazza... Una vera. Non una di quelle straccione che ti fai ubriaco perso il sabato sera..."

Il ragazzo si zittì, poi girò i tacchi borbottando che donna orribile! Un Narciso in gonnella! L'avevo ben detto io niente ragazze in questa casa! Avevo ragione!

Hortense lo osservò allontanarsi strombazzando: "Sappi che colui che non è concentrato su se stesso non combinerà nulla nella vita. Se a vent'anni non fossi come Narciso, a quaranta finirei per chiudermi in convento, e questo è fuori questione! Invece di criticarmi, dovresti prendere esempio da me! Sono cinquanta sterline a lezione, ma per un pacchetto hai diritto allo sconto!"

Poi andò in cucina a farsi un caffè.

L'aspettava una lunga notte di lavoro. Compito assegnato: disegnate un guardaroba basandovi su tre colori fondamentali, nero, grigio e blu, partendo dalle scarpe e inserendo pochette, borsa, occhiali, foulard e accessori.

Gli altri inquilini l'aspettavano vicino alla macchinetta.

Peter, Sam e Rupert.

Sam e Rupert lavoravano nella City, in piena fase di tracollo. I due rientravano sempre più tardi dall'ufficio, la fronte segnata dalla preoccupazione, scandendo ogni sera la lista dei licenziati davanti a una tazza di caffè. La mattina si alzavano sempre più presto. Leggevano gli annunci e stringevano i denti.

In cucina regnava un triste silenzio. Si sarebbe persino potuto sentir sgranare il rosario. Avevano tutti un'espressione afflitta sul volto teso.

Hortense scelse una capsula di miscela forte e fece partire la macchinetta senza che gli altri tre dicessero una parola. Poi aprì il frigorifero, e prese prosciutto e formaggio magro. Aveva bisogno di proteine. Cercò un piatto, appoggiò il formaggio, tagliò il prosciutto a listarelle. Gli altri la osservavano mantenendo l'espressione avvilita.

"Cosa c'è?" finì per domandare. "State pensando all'assorbente e la cosa vi ha tolto l'appetito? Avete torto. Sappiate che il Tampax è biodegradabile e non inquina..."

Credeva di essere stata divertente, di aver fatto una battuta che avrebbe alleggerito l'atmosfera.

I tre si strinsero nelle spalle continuando a tenerle il muso.

"Non pensavo foste così sensibili, ragazzi... Io devo sorbirmi i vostri boxer in corridoio, le scarpe puzzolenti, i preservativi dimenticati sul secchio della spazzatura, i piatti impilati nel lavello, gli aloni dei bicchieri di birra dappertutto e non dico niente! O meglio sì... mi dico che è nella natura dei maschi fare casino ovunque essi passino. Non ho un fratello, ma da quando abito con voi me ne sono fatta una vaga idea e immagino che..."

"È morta la sorella di Tom. Si è suicidata questa mattina..." la interruppe Rupert, incenerendola con lo sguardo.

"Ah!" fece Hortense, con la bocca piena. "È per questo che mi ha aggredito... Pensavo si fosse fatto licenziare dalla banca... E perché si è uccisa? Pene d'amore o paura di non farcela?"

I ragazzi la squadrarono, scioccati. Sam e Rupert si alzarono di scatto e lasciarono la cucina esprimendo la loro disapprovazione.

"Hortense! Sei un mostro!" esclamò Peter.

"Oh! Stammi a sentire, io nemmeno la conoscevo la sorella di Tom! Vuoi che mi strappi i capelli e scoppi a piangere?"

"Mi sarebbe piaciuto vederti mostrare un po' di compassione..."

"Detesto quella parola! Mi disgusta! Non c'è più zucchero? Insomma, se in questa casa non ci pensassi io, andrebbe tutto..."

"Hortense!" ringhiò Peter, sbattendo un pugno sul tavolo.

Peter era un ragazzo bruno, dal fisico asciutto e nervoso. Aveva venticinque anni, la pelle segnata da una vecchia acne, le guance scavate. Portava occhiali con una montatura pesante e studiava ingegneria meccanica. Hortense non aveva mai capito bene di che cosa si trattasse. Annuiva quando lui si metteva a parlare dei suoi schizzi, dei suoi progetti, delle sue esperienze, dei motori di prova, avendo deciso che non valeva la pena approfondire l'argomento. L'aveva conosciuto sull'Eurostar, un giorno che aveva con sé tre grosse borse. Si era offerto di aiutarla e lei gli aveva allungato le due valigie più pesanti.

Era grazie a Peter se aveva trovato quella sistemazione. Si era battuto perché i suoi compagni accettassero la presenza di una ragazza. A Hortense era piaciuta l'idea di vivere con dei maschi. Le sue precedenti esperienze con il genere femminile non erano state felici. Lasciando perdere trascuratezza e noncuranza, era più semplice vivere con degli uomini. La chiamavano principessa, si occupavano di termosifoni in panne e lavabi ostruiti. E poi, erano tutti un po' innamorati di lei... O almeno, fino a quella sera... Perché adesso, si disse, dovrò darmi da fare per rientrare nelle loro grazie. Ho bisogno di loro. Di restare in questa casa, del sostegno di Peter quando ho dei problemi. Inoltre, sua sorella fa la costumista teatrale e un giorno potrebbe servirmi. Calmati, ragazza mia, calmati, e immergiti nel dispiacere per quella povera fanciulla.

"Sì, be'... D'accordo. È triste. Quanti anni aveva?"

"E non fingere che t'interessi, sembri ancora più mostruosa tanto sei falsa!"

"Allora cosa vuoi che dica?" chiese Hortense aprendo le braccia per indicare il proprio imbarazzo. "Ti ripeto che non la conoscevo, non l'ho mai vista... Nemmeno in fotografia! Vuoi che faccia finta e, quando ci provo, mi rispedisci al mittente!"

"Mi avrebbe fatto piacere intravedere un briciolo di umanità, ma senza dubbio è chiedere troppo..."

"Probabile. Ho smesso da tanto di preoccuparmi della miseria del mondo. Ce n'è troppa e io ho molto altro a cui pensare. Seriamente, Peter, perché si è uccisa...?"

"Ha perso in Borsa tutti i suoi soldi... e quelli di un sacco di gente di cui si occupava..."

"Ah..."

"Si è buttata dal tetto del suo palazzo..."

"Ed era alto?"

Lui la folgorò di nuovo con lo sguardo.

"Insomma, voglio dire... è morta sul colpo?"

Capì che si stava addentrando nelle sabbie mobili e decise di stare zitta.

È quello che succede sempre quando si fa finta: manca la convinzione e si vede.

"Sì. Quasi. Dopo qualche convulsione. Grazie per averlo chiesto."

Almeno lei non aveva sofferto, si disse Hortense. Forse negli ultimi metri si è pentita... ha desiderato tornare indietro, frenare... Deve essere terribile morire ridotti in poltiglia. Non si è più presentabili. Il becchino sigilla il coperchio della cassa perché nessuno possa vedere. Ripensò a suo padre e fece una smorfia.

"Hortense, devi cambiare..." riprese Peter. Lasciò trascorrere un momento e aggiunse: "Mi sono battuto perché tu venissi ad abitare qui..."

"Lo so, lo so... ma io sono fatta così. Faccio fatica a fingere."

"Non potresti essere gentile? Almeno un pochino?"

Hortense provò un impeto di disgusto sentendo la parola "gentile". La odiava. Le faceva schifo anche quella. Rifletté un istante sotto lo sguardo insistente e severo di Peter.

Come si fa a essere "gentili"? Non ho mai provato una cosa del genere. È una fregatura, un ribaltamento dell'anima, una perdita di energia, un terremoto.

Finì il formaggio, il prosciutto e bevve il caffè. Rialzò la testa, fissando Peter che aspettava una risposta, e si lasciò scappare in un soffio: "Io desidero essere gentile, ma non voglio che si veda... Ok?"

* * *

E poi giunse il giorno in cui Joséphine passò l'esame per l'abilitazione.

Il giorno in cui dopo anni di studi, di conferenze, di seminari, di lunghe ore in biblioteca, di stesura di tesi, articoli, libri, andò a presentarsi davanti a una commissione per difendere il proprio lavoro.

Il suo relatore aveva deciso che era pronta. La data era stata fissata. Il 7 dicembre. Naturalmente ciascuno dei membri della commissione aveva ricevuto in settembre una copia della tesi di Joséphine per avere il tempo di leggerla, studiarla, prendere appunti.

Era stato stabilito che avrebbe avuto trenta minuti per presentare, in modo dettagliato, il suo percorso, le sue ricerche, ogni tappa, ogni autore studiato, e altri trenta minuti per rispondere alle domande dei commissari.

Era stato stabilito che l'esame sarebbe durato dalle ore quattordici alle ore diciotto, per essere poi seguito dal giudizio finale e da un rinfresco offerto ai presenti dalla candidata.

Era il protocollo.

Joséphine si era allenata come per una prova sportiva. Aveva scritto un'introduzione di trecento pagine. Aveva spedito una copia della tesi a ciascun commissario. E ne aveva depositata una in facoltà.

La discussione era aperta al pubblico. In sala ci sarebbero state una sessantina di persone. In gran parte colleghi. Lei non aveva invitato nessuno. Voleva restare da sola. Sola davanti alla commissione.

Si era rigirata a letto per tutta la notte, cercando di dormire. Si era alzata tre volte per controllare che la tesi fosse sul tavolino in salotto. Per verificare che non fosse andata persa nemmeno una pagina. Aveva contato e ricontato le diverse parti. Riletto l'indice degli argomenti. Sfogliato i capitoli.

Ogni filone di ricerca si sviluppava in modo armonioso. "Senso e consistenza", le aveva raccomandato il relatore.

Aveva appoggiato i palmi delle mani su quel plico enorme. Settemila pagine. Sette chili e mezzo. "*La condizione della donna nel XII secolo nelle città e nelle campagne di Francia*". Quindici anni di lavoro, di ricerche, di pubblicazioni in Francia, Inghilterra, Stati Uniti, Germania, Italia. Conferenze, articoli pubblicati, ne prese uno a caso e gli diede una scorsa "il lavoro femminile in filanda... Le donne lavoravano quanto gli uomini... la ricamatura degli arazzi..." oppure "la svolta economica in Francia negli anni 1070-1130... i primi segnali dello sviluppo urbano... l'introduzione della moneta nelle campagne... la moltiplicazione delle fiere in Europa... le prime cattedrali..." o ancora la parte finale, la conclusione, in cui faceva un parallelo tra il XII e il XXI secolo... Il denaro che prende il sopravvento e sostituisce il baratto modifica a poco a poco le relazioni tra gli individui, tra i sessi, i villaggi che si svuotano, le città che si ampliano, la Francia che si apre alle influenze straniere, il commercio che si sviluppa e la donna che trova il suo posto, che ispira i trovatori, scrive romanzi d'amore, diventa il centro dell'attenzione dell'uomo che va raffinandosi, ingentilendosi... Il peso dell'economia sulla condizione della donna. L'economia che addolcisce i costumi o, al contrario, rende gli esseri umani più brutali?

Era il capitolo che aveva redatto per un libriccino pubblicato dalle edizioni Picard, un'opera scritta a più mani, di cui erano state vendute duemila copie. Un successo per una pubblicazione universitaria.

Il fatto di sapere che la sua tesi, modesta e brillante, fosse lì l'aveva rassicurata. Si era riaddormentata leggendo l'ora sul quadrante luminoso della sveglia: le quattro e otto.

Aveva preparato la colazione.

Aveva svegliato Zoé.

"Pensami, tesoro, pensami questo pomeriggio tra le due e le sei, quando sarò davanti alla commissione."

"Per l'esame di abilitazione?"

Joséphine aveva annuito.

"Hai paura?"

"Un po'..."

"Capita a tutti", aveva risposto Zoé abbracciandola. "Passerà, mamma, non preoccuparti, sei la migliore..."

Aveva sbaffi di marmellata sulla guancia sinistra.

Joséphine aveva allungato un dito per cancellare il segno rosso delle more selvatiche e le aveva dato un bacio.

Verso mezzogiorno era pronta.

Controllò per l'ultima volta se la tesi fosse completa, contò e ricontò le pagine, gli allegati, gli articoli mangiandosi le pellicine intorno alle unghie.

Accese la radio per obbligarsi a pensare ad altro, canticchiare un motivo, ridere a una battuta, ascoltare il radiogiornale. S'imbatté in una trasmissione che parlava di resilienza. Uno psichiatra affermava che i bambini maltrattati che erano stati picchiati, ustionati, violentati, torturati, avevano la tendenza, una volta diventati adulti, a considerarsi come degli oggetti. Oggetti indegni di essere amati. E che erano pronti a tutto per ricevere affetto. A fare la ruota, la spaccata, ad allungare il collo come una giraffa, a dipingersi le strisce di una zebra...

Osservava il volume della tesi, il borsone variopinto dei Magazzini U che lo conteneva, si portò alle labbra la grande tazza rosa...

Dicembre e la sua luce quasi bianca. Un raggio di luce morta attraversava la cucina fino a rischiarare la base del tavolo. I granelli di polvere nel freddo raggio luminoso come nella sventagliata dei fari...

Presto sarebbero stati quattro mesi...

Quattro mesi da che Iris se n'era andata nel bosco a danzare un valzer...

Prima contavo i giorni e le settimane, adesso conto i mesi.

"Questi bambini", insisteva la voce alla radio, "diventano degli adulti talmente bisognosi d'amore che sono pronti a tutto per riceverne qualche briciola. Pronti a dimenticare, a esaudire i desideri dell'altro, a intrufolarsi nella sua vita... Allo scopo di piacergli, di essere finalmente accettato e amato!"

Questi bambini, si disse lei, sono le prime vittime delle sette, dei folli, dei torturatori, dei pervertiti o, al contrario, si trasformano in magnifici sopravvissuti che restano saldamente in piedi.

"O l'uno o l'altro."

Joséphine ascoltava le parole alla radio. Continuava a pensare a sua sorella. Cercava di capire.

"Pronti a tutto per essere amati", ripeteva l'uomo. "Non abbastanza sicuri di sé per affermare un'opinione, sottoporre un dubbio, rimettere in discussione la parola altrui, difendere il proprio territorio... Quando ci si ama, ci si rispetta, ci si sa difendere. Non si permette a qualcuno di metterci sotto i piedi. È quando non ci si vuole bene che concediamo al mondo intero di entrare in casa nostra a calpestarci..."

Ascoltò quelle parole... che le si conficcarono in testa, pronte a crescere, a gonfiarsi. A indicarle una traccia.

Tentò di scacciarle. Non adesso, non adesso! Più tardi... Devo restare nel XII secolo... Non c'erano psicologi nel XII secolo. Le streghe che ti entravano in testa venivano bruciate. Si credeva solo in Dio. La fede era così forte che sant'Eligio tagliò la gamba al proprio cavallo per ferrarlo meglio, pregando Dio che gliela riattaccasse subito. Il cavallo morì a seguito di un'emorragia e sant'Eligio rimase basito!

Poi continuava, scolastica e disciplinata, come se recitasse le tabelline: "Il XII secolo fu il periodo della costruzione delle cattedrali, degli ospedali, delle università... È nel XII secolo che si inizia a sviluppare un insegnamento di alto livello. Nelle città in pieno sviluppo i borghesi esigono che i loro figli sappiano leggere e fare di conto, alla corte dei principi si ha sempre più bisogno di professionisti della scrittura, di contabili, di archivisti... Un giovane di buona famiglia – qualche volta anche una ragazza – deve imparare la grammatica, la retorica, la logica, l'aritmetica, la geometria, l'astronomia e la musica... L'insegnamento avviene in latino... i maestri hanno allievi che versano loro uno stipendio, e tra i professori nasce una feroce competizione perché vengono pagati in base al merito. I più brillanti come Abelardo attirano le folle e sono detestati dai colleghi invidiosi. È al XII secolo che risale il proverbio: 'Dio ha creato i professori e Satana i colleghi.'"

Lei era pronta ad affrontare professori e colleghi.

Scelse una gonna svasata che le nascondeva i polpacci, trattenne i capelli con un cerchietto, niente charme, assomigliare a un testo di grammatica. "Dio ha creato i professori e Satana i colleghi..." Non aveva inserito *Un'umile regina* nella tesi. Sapeva che i suoi colleghi non avevano apprezzato la sua uscita dai ranghi e il suo enorme successo. Sparlavano alle sue spalle, la prendevano in giro, definivano il suo romanzo letteratura rosa... Certi gridavano alla volgarizzazione di bassa lega. Perciò aveva omesso di citare il suo libro. Assomigliare alla tinta delle pareti. Scivolare via senza farsi notare. Non brillare soprattutto...

Dal borsone sporgeva un quaderno blu ad anelli. Joséphine lo spinse dentro per rimetterlo al suo posto. Poi, dato che faceva resistenza, lo estrasse delicatamente. Era il capitolo sui colori e sul loro significato nel Medioevo. I colori e la loro rappresentazione nelle case, ai matrimoni, ai funerali, nei menu delle feste organizzate dalla padrona di casa. Lo apro a caso e mi ci rituffo per un istante, si disse. No, no! Non ne vale la pena, lo conosco a memoria. Lo aprì e s'imbatté nell'arcobaleno. Chiamato *iris* nel Medioevo. Dal latino *iris*, *iridis*, termine preso a prestito dal greco *Iris*, *Iridos*, per designare la messaggera degli dei, la personificazione dell'arcobaleno.

Richiuse il quaderno, turbata.

Forse Iris era stata picchiata, da bambina...

L'idea le tornava alla mente, portando scorci di vita da lì, brandelli di vita da là, risaliva all'origine di tutto quel dolore che lei credeva di essere stata la sola a ricevere, quel dolore che, pensava, aveva risparmiato Iris.

Che anche lei avesse colpito Iris?

Che sua sorella avesse finito per credere di essere un oggetto, che si poteva farle di tutto, che si fosse sentita bruciare di una gioia selvaggia nell'offrirsi in dono all'uomo che... la maltrattava. L'attaccava. Le dava ordini.

Il suo diario parlava di quella gioia strana, di quel godimento. Raccontava quei giorni e quelle notti in cui si trasformava in un giocattolo rotto... disarticolato... una bambola...

Ma allora, anche Iris? Iris come me...

Entrambe a pezzi.

Scacciò quell'idea dalla testa.

No! No! Iris non era a pezzi. Lei era sicura di sé. Iris era magnifica, forte, bella. Era lei, Joséphine, la piccolina, l'insicura, quella che arrossiva per un niente, che aveva sempre paura di disturbare, di essere brutta, non all'altezza...

Non Iris.

Si chiuse la porta alle spalle.

Estrasse un biglietto del metrò dal portamonete di peluche arancione che Zoé le aveva regalato per la Festa della mamma.

Salì in metropolitana.

Stringeva sotto il braccio la tesi di sette chili.

Ma la vocina insisteva. E se, da bambine, fossero state schiacciate entrambe? Dalla stessa madre. Henriette Grobz, vedova Plissonnier.

Cambiò a Étoile. Prese la linea 6 direzione Nation.

Guardò l'orologio e...

Era in orario.

Il presidente della commissione era il suo relatore. Gli altri membri... li conosceva tutti. Colleghi che avevano superato l'esame di abilitazione, la consideravano un fuscello e le soffiavano addosso. Una donna, un'altra! Si sorridevano l'un l'altro. Individui che, per presentarsi, avevano sempre bisogno di esibire il loro stato di servizio come un biglietto da visita fissato al risvolto della giacca. In occasione della mia lezione inaugurale al Collège de France, uscendo dal ministero l'altro giorno..., al mio ritorno da Villa Médicis..., quando ero all'École Normale Supérieure..., durante i miei seminari alla Casa di Vélazquez... Dovevano sempre precisare che non erano persone qualunque.

Ma ci sarebbe stato Giuseppe.

Un italiano colto e affascinante che la invitava a conferenze a Torino, Firenze, Milano, Padova. L'incoraggiava con lo sguardo e rendeva l'atmosfera più distesa. Josephina, *bellissima*! Hai paura, *ma... perché*, ci sono qui io, Josephina...

Coraggio, ragazza mia, coraggio, pensò Joséphine, questa sera sarà tutto finito. Questa sera saprai... Questa è sempre stata la tua vita, studiare, lavorare, superare esami. Perciò non farne una tragedia. Raddrizza le spalle e affronta questa commissione, il sorriso sulle labbra.

Sui muri della metropolitana, i cartelloni pubblicitari decantavano i regali di Natale.

Stelle dorate, bacchette magiche, Babbo Natale, la barba

bianca, il berretto rosso, la neve, dei giochi, delle console video, cd, dvd, fuochi d'artificio, abeti, bambole dai grandi occhi blu...

Henriette aveva trasformato Iris in una bambola. Vezzeggiata, lodata, pettinata, vestita come una bambolina. Ha visto mia figlia? Com'è bella! Ma com'è bella! E che occhi! Ha notato che ciglia lunghe? Come si curvano alla base?

La esibiva, le faceva fare la giravolta, le sistemava una piega del vestito, una ciocca di capelli. L'aveva trattata come una bambola, ma non l'aveva amata.

Sì ma... Era lei che Henriette aveva salvato dalle acque delle Landes. Non io! L'aveva salvata come quando si afferra la propria borsa allo scoppiare di un incendio. Come un cofanetto, un trofeo. La frase udita alla radio si gonfiava, s'ingigantiva e Joséphine ascoltava...

Ascoltava, seduta nel metrò.

Ascoltava entrando all'università, cercando l'aula della sua commissione.

Aveva due musiche nella testa: la frase che persisteva nella sua argomentazione e il XII secolo che tentava di manifestarsi, sgomitando, sgomitando per restare in piedi, sicuro di sé, quando sarebbe arrivata l'ora dell'esame e delle domande.

Cominciare dalla sua "bio-bibliografia", spiegare da dove veniva, come aveva lavorato. Poi rispondere ai quesiti di ogni collega.

Non pensare al pubblico alle sue spalle.

Non prestare attenzione al rumore delle sedie strisciate sul pavimento, al brusio di chi cambia posto, bisbiglia, sospira, si alza ed esce... Restare concentrata sulle risposte da dare a ciascun membro della commissione che, per trenta minuti, avrebbe detto ciò che pensava, quello che aveva trovato di interessante o meno nel suo lavoro, dare inizio a un dialogo, ascoltare, ribattere, difendere il caso in oggetto, senza innervosirsi, senza perdersi d'animo...

Ripeté le fasi di quell'esame che sarebbe durato quattro ore e che l'avrebbe consacrata professoressa universitaria.

Il suo stipendio sarebbe passato da tremila a cinquemila euro.

Oppure no.

Perché c'era sempre il rischio che non venisse ammessa. Su! Sarebbe stato un comportamento infimo, non esisteva...

Alla fine, la commissione si sarebbe ritirata per deliberare. Nel giro di un'ora e mezzo sarebbe rientrata per pronunciare il verdetto: "Il candidato è stato ammesso con menzione d'onore e la lode della commissione..."

E sarebbero scrosciati gli applausi.

Oppure "Il candidato è stato ammesso con menzione d'onore senza la lode della commissione."

Si sarebbe sentito l'applauso, il candidato avrebbe storto il naso.

Oppure "il candidato è stato ammesso con menzione d'onore."

Nell'aula sarebbe sceso un silenzio imbarazzante.

Il candidato avrebbe abbassato gli occhi, lasciandosi andare, pieno di vergogna, sullo schienale.

In quattro ore avrebbe saputo.

In quattro ore avrebbe cominciato una nuova vita di cui ignorava tutto.

Joséphine inspirò profondamente e spinse la porta dell'aula dove la commissione l'aspettava.

* * *

Tutte le mattine, quando la luce del giorno spuntava da dietro le tende, Henriette Grobz si raddrizzava nel suo letto, accendeva la radio, ascoltava le ultime quotazioni delle Borse asiatiche e si lamentava. Che disgrazia! Che disgrazia! ripeteva contorcendosi nella camicia da notte. I suoi risparmi si scioglievano come burro sul fuoco e lei si rivedeva, bambina, nella vecchia cucina della fattoria nello Jura impegnata a sfregare le sue grosse scarpe l'una contro l'altra per risvegliare la circolazione intorpidita mentre sua madre si asciugava le mani screpolate nel grembiule grigio. La miseria è bella solo nei libri, che mentono. La miseria porta mancanze, stracci, e deforma le articolazioni. Contemplando le mani deformate di sua madre, si era giurata che non sarebbe mai stata povera. Aveva sposato Lucien Plissonnier, poi Marcel Grobz. Il primo le aveva procurato un benessere modesto, il secondo l'opulenza. Si era creduta definitivamente al riparo finché Josiane Lambert non le aveva rubato il marito. E anche se, al momento del divorzio, Marcel Grobz si era dimostrato generoso, restava il fatto che era stata spogliata. Un vero strip-tease.

E adesso la Borsa che andava a picco!

Avrebbe finito per ritrovarsi in camicia da notte, a piedi nudi, in mezzo alla strada. Senza un pozzo a cui attingere. Iris non c'era più – si fece un veloce segno della croce – e Joséphine...

Joséphine... era meglio dimenticarla.

Sarebbe invecchiata miseramente. Che cos'ho dunque fatto per meritare questo castigo? si chiese giungendo le mani e guardando il Cristo crocifisso sopra il letto. Sono stata una moglie esemplare, una buona madre. E vengo punita. Il bosso sulla croce era giallo e indurito. A quando risaliva? si domandò alzando il mento verso il Messia. Dai tempi in cui respiravo polvere d'oro, mattina e sera. E ricominciò a lamentarsi.

Acquistava tutte le riviste di economia. Ascoltava le trasmissioni sulla Borsa. Leggeva e rileggeva i rapporti di famosi esperti. Andava dalla portinaia, ne corrompeva il figlio, Kevin, un ragazzino di dodici anni grasso e sgraziato, perché le trovasse su Google gli ultimi andamenti degli istituti finanziari. La connessione le costava un euro, più un altro euro per ogni dieci minuti e, alla fine, venti centesimi la stampata... Lei non proferiva parola subendo la legge del moccioso gelatinoso che la fissava agitandosi sulla sedia e facendo schioccare un elastico tra pollice e indice. Dalla bocca gli usciva un fischio sibilante. Henriette si sforzava di sorridere per non perdere la faccia, architettando cupe vendette.

Chi poteva dire quale fosse lo spettacolo peggiore: i maneggi del ragazzino obeso e avido o la fredda collera della secca Henriette? Il faccia a faccia tra i due, se il silenzio imperava, era la prova, da una parte e dall'altra, di una dichiarata ostilità e di una sottile crudeltà.

Henriette cercò a tentoni sul letto l'ultima pagina stampata da Kevin. L'allarmante rapporto di un istituto europeo. Stando a certi esperti, il mercato immobiliare sarebbe crollato, il prezzo del petrolio sarebbe andato alle stelle, così come quello del gas, dell'acqua, dell'elettricità, delle materie prime alimentari, e milioni di francesi sarebbero andati in rovina nel corso dei prossimi quattro anni. "E voi potreste essere uno di loro!" concludeva la relazione. Esiste un unico bene che dia tranquillità, pensò Henriette, l'oro! Le serviva dell'oro. Mettere le mani su una miniera d'oro.

Gemette dolcemente sotto le lenzuola. Come fare? Come fare? Dio mio, aiutami! Tossiva, piagnucolava, malediceva Marcel Grobz e la sua pollastrella, ripeteva che lui l'aveva abbandonata, che le aveva lasciato solo gli occhi per piangere e l'obbligo di sbrigarsela da sola senza badare troppo ai metodi con cui cavarsela. E che non si venisse a chiederle di compatire le disgrazie altrui!

Per dominare il panico che sentiva nascerle dentro, bisognava affrontare la giornata in piedi. Si chiuse lo scialle sulle spalle magre e buttò fuori dal letto le gambe pallide.

Lanciò un'occhiata dalla finestra per verificare che il mendicante cieco che aveva preso l'abitudine di depredare non fosse sotto il suo palazzo, non lo vide e concluse che aveva definitivamente cambiato posto, disgustato dagli scarsi introiti raccolti nel suo cappello. Forse avrei dovuto avere più riguardo e rubargli con meno foga? si disse facendo scivolare i piedi ossuti in un paio di pantofole sbiadite.

Si trascinò fino in cucina, accese il fornello, fece scaldare del latte da aggiungere al caffè in polvere, tagliò mezza baguette che spalmò di margarina e delle piccole marmellate che rubava dai carrelli nei corridoi degli alberghi. Era una strategia nuova: si introduceva negli hotel nell'orario in cui rifacevano le camere – quando le cameriere lasciavano le porte aperte per andare e venire a loro piacimento – saliva ai piani e, scivolando come un'ombra lungo i muri, si riempiva la borsa degli articoli più diversi, dalla saponetta profumata alle mini confezioni di miele e marmellata. Le capitava di andare via con degli avanzi di pâté de foie gras, di cosciotti d'agnello mangiati a metà, di panini, di fondi di bottiglie di vino o champagne sottratte dai vassoi lasciati davanti alle stanze. Amava quelle rapine furtive che le davano l'illusione di vivere pericolosamente piluccando bocconi di lusso.

Osservò il pentolino di latte con uno sguardo spento e sul viso rattrappito le passò l'ombra di un pensiero che ne addolcì i tratti. In altri tempi questa donna era stata bella. In lei restavano tracce di eleganza e di femminilità, e si avvertiva il diritto di chiedersi che male l'avesse corrosa per averla resa così dura e arida. Si trattava di avarizia, orgoglio, cupidigia o la semplice vanità di colei che si crede arrivata e rinuncia ad abbellire di sfumature la propria anima? Perché impreziosire il cuore e il volto quando ci consideriamo intoccabili e onnipotenti? Al contrario! Diamo ordini, facciamo smorfie, comandiamo, decidiamo, umiliamo, scacciamo l'importuno con un gesto della mano. Non temiamo nessuno perché l'avvenire è assicurato.

Fino al giorno in cui...

Le carte cambiano di mano, e la piccola segretaria sottomessa raccoglie i quattro assi della sua padrona.

Quella mattina, dopo aver gustato la sua mezza baguette, Henriette Grobz decise di andare a raccogliersi nella tranquillità di una chiesa per fare il punto della situazione. Il mondo correva verso il baratro, e sia, ma lei non aveva intenzione di fargli compagnia. Doveva riflettere sul modo migliore di preservarsi da un fallimento totale.

Si lavò come un gatto, si tamponò della cipria bianca sul viso scarno, si passò il rossetto sulle labbra sottili, si calcò un ampio cappello sullo chignon, usò uno forcina per fissarlo, fece una smorfia guardandosi allo specchio, ripetendosi più volte che brutta cosa invecchiare, ragazza mia! andò a cercare i guanti di capretto, li indossò e uscì di casa chiudendo la porta a doppia mandata.

Doveva riflettere. Inventare. Giocare d'astuzia. Meditare.

E per farlo, non c'era niente come il silenzio della chiesa di Saint-Étienne, non lontana dal suo palazzo. Amava il raccoglimento delle chiese. L'aria profumata di incenso freddo della cappella della Vergine Maria, sulla destra dopo l'entrata, agiva sulla sua coscienza come un balsamo lenitivo che l'aiutava a perpetrare il male invocando il perdono divino. S'inginocchiò sulla pietra gelida, chinò la testa e mormorò una preghiera. Grazie Signore Gesù per la tua misericordia, grazie per avere compreso che devo vivere e sopravvivere, benedici i miei progetti e i miei piani e perdona il male che sto per fare, è per una buona causa. La mia.

Si rialzò e prese posto su una sedia di paglia in prima fila.

Così, in mezzo al chiarore tremolante dei ceri e al silenzio trafitto dal raro scalpiccio di passi, fissava il manto blu della Vergine Maria architettando il piano della sua futura vendetta.

Aveva firmato i documenti del divorzio. E sia. Marcel Grobz si era mostrato magnanimo. Era un fatto. Manteneva il suo cognome, l'appartamento e un sostanzioso assegno mensile. Doveva ammetterlo... Ma se chiunque altro avrebbe riconosciuto la benevolenza e la generosità di Marcel, Henriette lo tacciava di farle l'elemosina, di umiliarla, di costringerla alla povertà. Ogni parola risuonava come un affronto. Brontolava a voce bassa fingendo di pregare. Scomoda sulla sedia che scricchiolava sotto il suo peso, non poteva fare a meno di rimuginare con acredine, smozzicando frasi come io vivo in un sottotetto, mentre lui se la spassa in un palazzo, nel contempo sgranando il rosario. Di tanto in tanto le tornavano in mente gli utili mirabolanti di Casamia, l'azienda che Marcel Grobz aveva costruito con tutte le sue forze, e si prendeva il viso tra le mani per soffocare la rabbia. Le cifre le danzavano sotto gli occhi e impazziva all'idea di non poterne più godere. Se penso che gli ho dedicato tutta me stessa! Senza di me non sarebbe niente, niente! Ne ho diritto, ne ho diritto!

Aveva creduto di raggiungere i suoi scopi acquistando i malefici di Chérubine. Aveva pensato di ottenere ciò che voleva, ma aveva dovuto constatare il proprio fallimento. Doveva trovare un altro stratagemma. Non aveva più tempo da perdere. La soluzione esisteva, lo sapeva. Marcel Grobz, distratto dalla felicità coniugale, presto avrebbe commesso qualche errore.

Allontanare la rabbia, elaborare una strategia, darmi un'aria da santarellina, mettere in azione il piano, riepilogò guardando il quadro di fronte a lei, una rappresentazione del tradimento di Giuda nel giardino degli ulivi e l'arresto di Gesù.

Ogni volta che prendeva posto in quella cappella della Vergine Maria, Henriette Grobz finiva per alzare la testa e contemplare l'affresco che narrava il primo episodio della Passione di Cristo, il momento in cui Giuda si avvicina per baciare Gesù sulla guancia. Alle sue spalle: le guardie romane venute per arrestare il Maestro. Henriette era invasa da un sentimento strano, un insieme di pietà, di terrore e una specie di godimento nell'assistere all'inizio di quel dramma fondante della cristianità. L'anima nera di Giuda s'intrufolava nella sua presentandole il peccato come un frutto maturo, appetitoso, dai colori vermigli. Distingueva il volto luminoso, bonario, abbastanza insipido insomma, del Cristo, poi osservava Giuda, il suo naso lungo e sottile, gli occhi scuri, la barba folta, la tunica rossa. Aveva un portamento fiero e sospettava che l'artista avesse per quell'uomo scaltro, velenoso, criminale la sua stessa colpevole debolezza.

La virtù può essere talmente noiosa...

Pensò a sua figlia Joséphine, che l'aveva sempre irritata con il suo atteggiamento da brava sorella devota, e ancora una volta rimpianse la scomparsa di Iris, la sua figlia carnale, la sua vera figlia... Una vera miniera d'oro lei.

Baciò il rosario e pregò per la tranquillità della propria anima.

Devo inventarmi qualcosa, sussurrò accarezzando con lo sguardo i piedi affusolati di Giuda che sbucavano dalla veste rossa. Aiutami, o Giuda tenebroso, aiuta anche me a conquistare una borsa piena di sesterzi. Tu lo sai, il vizio richiede più immaginazione, più intelligenza della virtù, che è patetica, dammi un'idea e pregherò per la salvezza della tua anima.

Sentì i passi del parroco diretto in sacrestia e si fece velocemente il segno della croce, consapevole di avere avuto un brutto pensiero. Forse avrei dovuto confessarmi, si disse mordendosi le labbra. Dio perdona tutti i peccati e sicuramente comprende la mia collera. Nemmeno lui era così angelico dopotutto! Era maleducato con sua madre e brutalizzava i mercanti del tempio. Ho tutti i diritti di essere arrabbiata, ecco tutto, Marcel mi ha derubato, spogliato, ed esigo vendetta. Riavere ciò che mi spetta. Mio Dio, Ti prometto che non farò altro che riprendermi i miei beni. La mia vendetta non supererà la quota dei debiti che Marcel ha nei miei confronti. Alla fine è ben poca cosa...

Raccogliersi nella cappella la calmava. In quella fredda oscurità si sentiva fiduciosa. Le sarebbe presto venuta un'idea. Da un giorno all'altro, uno stratagemma avrebbe potuto cambiare la sua posizione rendendola una donna interessante.

Quando passò il parroco, chinò il capo, assumendo l'aria ferita di un'anziana con molti dispiaceri e riprese a adorare il viso allungato di Giuda Iscariota. È strano, pensò, mi ricorda qualcuno. Che sia un presentimento? Un messaggio subliminale per indicarmi il nome di un complice? Dove aveva già visto quel volto lungo, scuro, scarno, quel naso da predatore affamato, quell'aria fiera di nobile tenebroso? Inclinò la testa per osservarlo meglio, da destra, da sinistra, ma sì, vediamo, conosco quest'uomo, lo conosco...

Insistette, tornò alla figura lunga e cupa, s'innervosì, fece schioccare la lingua sul palato, quasi imprecò a voce alta, è così, è così, non devo agire da sola, ho bisogno di un uomo che mi faccia da braccio armato, un Giuda, e devo trovarlo nell'entourage di Marcel...

Un uomo che mi darà accesso ai libri contabili, ai computer, agli ordini dei clienti, alla corrispondenza, ai magazzini...

Un uomo da corrompere...

Un uomo ai miei piedi.

Sbatté i guanti l'uno contro l'altro.

Si sentì invadere da un soffio caldo ed emise un gran sospiro di soddisfazione.

Si alzò. Eseguì una rapida genuflessione davanti alla Vergine dal mantello blu. Si fece il segno della croce. Ringraziò il cielo di averle dato manforte. Sono debole e oppressa, debole e oppressa, Mio Dio, mio Dio, non mi hai risparmiato, ma verrai in mio aiuto, non è vero?

Infilò trenta centesimi nella cassetta per l'elemosina della cappella. Le monete fecero parecchio rumore. Una bigotta piegata in due sulla sedia l'osservava. Henriette Grobz le rivolse un sorriso da parrocchiana devota e uscì sistemandosi l'enorme cappello.

* * *

Ci sono persone con cui passiamo gran parte della nostra vita che non ci trasmettono niente. Non ci illuminano, non ci nutrono, non ci offrono alcuno slancio. È già tanto se non ci distruggono a poco a poco standoci sempre appiccicate o succhiandoci il sangue.

E poi...

Ci sono persone che incrociamo, che conosciamo appena, con cui scambiamo due parole, una frase, che ci concedono un minuto, una mezz'ora, e che cambiano il corso della nostra esistenza. Non ci aspettavamo niente da loro, nemmeno le conoscevamo, le abbiamo incontrate senza farci troppe illusioni, eppure, dopo avere salutato queste persone straordinarie, scopriamo che hanno spalancato una porta dentro di noi, hanno aperto un paracadute, scatenato questo meraviglioso meccanismo che si chiama desiderio, un meccanismo che ci porterà oltre noi stessi meravigliandoci. Non ci nasconderemo più, danzeremo sul pianerottolo mandando scintille e le nostre braccia sfioreranno il cielo...

Fu ciò che accadde a Joséphine quel giorno.

Aveva appuntamento con Gaston Serrurier, il suo editore.

Lo conosceva poco. Si parlavano al telefono. Lui metteva il vivavoce per poter fare più cose contemporaneamente: lo sentiva aprire lettere, cassetti, sempre discutendo con lei. Snocciolava dati di vendita, annunciava l'edizione tascabile, il film che non si girava. Colpa degli americani, inveiva, colpa degli americani! Promettono tanto e non mantengono niente. Non si può mai fare affidamento su di loro... Mentre io sarò sempre qui per lei, Joséphine! la voce soffocata, doveva essersi abbassato per raccogliere una penna o una graffetta, un contratto o l'agenda.

Gaston Serrurier.

Era un conoscente di Iris. Era stato davanti a lui che una sera, nel corso di una di quelle cene parigine in cui tutti si vantano e si fanno beffe degli altri, Iris si era lasciata sfuggire sto scrivendo un libro... e Gaston Serrurier, distante dalla conversazione, Gaston Serrurier che osservava con distacco ora feroce ora divertito quel piccolo universo che appassiva al bagliore delle candele credendosi il faro dell'universo, Gaston Serrurier aveva accettato il guanto della sfida lanciato da Iris chiedendo di vederlo...

Il manoscritto.

Scoprire se non fosse una battuta da salotto, una sfida da piccola borghese stanca e annoiata mentre il marito ricco riempie il portafoglio di famiglia.

E così era nato *Un'umile regina*. Il romanzo inviato a Gaston Serrurier da Iris Dupin. Letto, accettato, pubblicato, venduto in migliaia di copie. Un tentativo trasformatosi in un colpo da maestro.

Dall'oggi al domani, Iris Dupin era diventata la regina dei salotti, dei canali televisivi, delle riviste. Era stata salutata come la nuova stella del firmamento delle lettere. Veniva intervistata sulla sua pettinatura, sulle marmellate che non era lei a preparare, sui suoi autori preferiti, sulla sua crema da giorno, sulla crema da notte, sul suo primo amore, e dov'era Dio in tutto questo? Veniva invitata al Salone del cioccolato, a quello dell'automobile, alle sfilate di Christian Lacroix, alle prime cinematografiche.

Poi c'era stato lo scandalo, l'usurpatrice era stata smascherata, la sorella timida ristabilita nei suoi diritti di autrice.

Gaston Serrurier aveva seguito tutto con lo sguardo freddo del conoscitore delle abitudini parigine. Divertito. A malapena sorpreso.

Quando aveva saputo della morte violenta di Iris Dupin nei boschi di Compiègne non aveva battuto ciglio. Fin dove erano disposte ad arrivare certe donne per provare il brivido delle grandi emozioni? Donne che provocano il destino allo stesso modo in cui lanciano le fiches sul tappeto verde dei casinò. Donne annoiate che s'inventano una storia con il primo bellimbusto che gli fa scorrere il sangue nelle vene.

Era la dolcezza della sorella minore a intrigarlo...

Da dove le veniva quell'immaginazione travolgente? Non solo dalle sue fonti storiche. A lui non gliela dava a bere. C'erano scene d'amore in *Un'umile regina* che annunciavano con precisione la morte della bella Iris. I veri romanzieri hanno dei tragici presentimenti. I veri autori sono in anticipo sulla vita. E questa piccola donna modesta, questa Joséphine Cortès, era senza saperlo una scrittrice. Aveva indovinato il destino della sorella. Era questa contraddizione tra la donna e l'autrice che accendeva nello sguardo freddo e vissuto di Gaston Serrurier un bagliore d'interesse.

Le aveva dato appuntamento in un ristorante di boulevard Raspail, le piace il pesce? Ottimo, perché dove ho intenzione di portarla non fanno che quello... Diciamo lunedì all'una e un quarto.

Joséphine si era presentata alle tredici e quindici in punto. Era arrivata per prima, l'avvertì il cameriere accompagnandola a un ampio tavolo ricoperto da una tovaglia bianca. Un piccolo mazzo di anemoni gettava un'ombra sottile sulla tavola apparecchiata con eleganza.

Si tolse il cappotto. Si sedette e attese.

Lasciò vagare lo sguardo intorno provando a riconoscere gli habitué del locale. Questi chiamavano i camerieri per nome e prima di accomodarsi domandavano quali fossero i piatti del giorno, mentre i nuovi arrivati si lasciavano guidare impettiti al proprio posto dai camerieri senza aprire bocca, aprendo il tovagliolo in grembo. Gli habitué si abbandonavano di peso sulla sedia allungando il braccio per stringere mani, mentre i nuovi arrivati se ne stavano seduti rigidi, silenziosi, intimiditi dall'abbondanza di piatti e dall'atteggiamento solerte del personale.

Guardò più volte l'orologio e si sorprese a sospirare. È anche colpa tua, si disse, la gente non è mai puntuale a Parigi, è meglio arrivare in ritardo. Sempre. Sei proprio un disastro.

Finalmente, all'una e quarantacinque, l'editore arrivò. Entrò come un turbine nel ristorante, continuando a discutere al cellulare. Le chiese se aspettasse da molto. Rispose all'interlocutore telefonico che non se ne parlava nemmeno. Lei farfugliò no, era appena arrivata, lui replicò che l'altra soluzione era meglio. Detestava far aspettare le persone, ma era stato trattenuto da uno di quegli scocciatori di cui non si riesce a sbarazzarsi. Con la mano fece il gesto di volersi liberare del rompiscatole e lei si sforzò di sorridere. Forse un giorno ci sarò io al posto di quel seccatore, non poté impedirsi di pensare fissando la mano.

Lui spense il telefono, diede una scorsa veloce al menu che conosceva a memoria e ordinò con precisione, come al solito. Joséphine aveva avuto tutto il tempo di studiare le portate ed elencò a bassa voce quello che aveva scelto. L'uomo si congratulò per la scelta e lei arrossì.

Quindi spiegò il tovagliolo, prese il coltello, un pezzetto di pane, un po' di burro e chiese: "Di cosa si occupa in questo momento?"

"Ho appena superato l'esame di abilitazione... Sono stata ammessa con lode..."

"Incredibile! E cosa sarebbe...?"

"È il più importante diploma universitario di Francia..."

"Sono impressionato", disse lui, facendo segno al cameriere di portargli la carta dei vini. "Beve qualcosa?"

Lei non osò rifiutare.

L'editore discusse con il sommelier, si arrabbiò perché non c'era il suo vino preferito, ordinò un Puligny-Montrachet del 2005, annata eccezionale, precisò guardandola da sopra le lenti, richiuse la lista con uno schiocco, sospirò, si tolse gli occhiali, tese un braccio verso il portaburro e si preparò una seconda tartina, il tutto domandando: "E adesso... cosa pensa di fare?"

"È complicato... io..."

Gli squillò il cellulare, pensavo di averlo spento! esclamò contrariato, permette? Lei annuì. Con espressione preoccupata pronunciò qualche battuta, poi chiuse la comunicazione, controllando, questa volta, di spegnere davvero il telefono.

"Mi stava dicendo..."

"... che ho superato l'esame di abilitazione con la lode della commissione e pensavo di cercare un posto in università... O di diventare direttore di ricerca al CNRS... Lo desideravo tanto... Ho lavorato tutta la vita per questo..."

"E non è successo?"

"È che... dopo il pronunciamento della commissione, bisogna aspettare le conclusioni di un rapporto in cui i membri scrivono tutto quello che non osano dirti in faccia..."

"Che stratagemma da imbecilli!"

Joséphine incassò la testa fra le spalle.

"E da questo rapporto dipende quindi la sua destinazione..."

Lei si asciugò i palmi umidi nel tovagliolo, sentendo le orecchie farsi color porpora.

"È così che ho saputo... oh, non direttamente, no... l'ho saputo da un collega che dovevo smettere di sognare, che non avrei ricevuto nessuna promozione, che non avevo bisogno di un incarico prestigioso né di un aumento di stipendio e che sarei rimasta assistente per tutta la vita..."

"E perché?" domandò Gaston Serrurier sorpreso.

"Perché... non me l'hanno detto in questo modo, ma in ogni caso... Perché ho guadagnato un sacco di soldi con il mio romanzo... e hanno deciso che c'erano altri più meritevoli di me... così mi ritrovo più o meno al punto di partenza..."

"Immagino sia furiosa..."

"Mi sento soprattutto ferita... Credevo di fare parte di una famiglia, di aver superato le prove che mi spettavano e adesso vengo rifiutata a causa di un successo troppo grande con un'argomentazione che dopotutto..."

Sospirò per bloccare le lacrime importune.

"... avrebbero dovuto essere felici che il pubblico si sia appassionato alla storia di Fiorina... e invece è tutto il contrario."

"È perfetto! Perfetto!" esclamò Gaston Serrurier. "Li ringrazi da parte mia!"

Joséphine lo guardò sconvolta, portandosi discretamente le mani alle orecchie per impedire che le bruciassero.

"Sa, è la prima volta che ne parlo. Non volevo nemmeno pensarci. Non l'ho detto a nessuno. È stata una notizia talmente sconvolgente... Tutti questi anni di lavoro e... rifiutata!"

La voce aveva cominciato a tremarle e si morse il labbro superiore.

"È perfetto perché potrà lavorare per me! Esclusivamente per me..."

"Ah!" esclamò Joséphine, sorpresa, chiedendosi se l'uomo volesse inaugurare una collana di storia medievale nella sua casa editrice.

"Perché lei ha le mani fatate..."

Lo sguardo dell'editore era diventato fisso, insistente. Il cameriere aveva servito loro calamari fritti e un carpaccio di branzino e salmone. Serrurier osservò a lungo il piatto con aria esasperata e si buttò sul cibo.

"Ha la magia della scrittura, per raccontare delle storie...

Per trovare quello che piace alle persone rendendole interessanti ai loro stessi occhi nel momento in cui insegna loro delle cose, non solo di carattere storico. Lei ha talento, l'unico problema è che non se ne rende conto, non ha la minima idea del suo valore."

Gli occhi dell'uomo, fissi su di lei, l'avevano isolata, come inquadrata da un fascio luminoso. Non era più l'individuo frettoloso che era entrato nel ristorante urtando i camerieri, che perdeva la pazienza ordinando il vino, che brontolava disfacendo il tovagliolo, che si era appena scusato per averla fatta aspettare...

Lui la guardava come qualcuno di grande valore.

E Joséphine dimenticò tutto.

Dimenticò l'affronto dei colleghi, il dispiacere su cui rimuginava da quando aveva saputo di essere stata messa da parte, l'amarezza che la lasciava priva di desideri, di progetti. Non riusciva più ad aprire un libro di storia, a scrivere due righe sul XII secolo, non si vedeva più a trascorrere una sola ora in biblioteca. Tutto il suo essere si rifiutava di restare per sempre una piccola e umile ricercatrice. Ed ecco che quest'uomo le restituiva il titolo che le spettava. Quest'uomo diceva che lei aveva talento. Si raddrizzò. Felice di essere seduta di fronte a lui, di avere atteso mezz'ora, felice che la osservasse con considerazione.

"Non dice niente?" le domandò, riportandola sotto il cono di luce.

"È che..."

"Non è abituata a ricevere complimenti, è così?"

"Sa, nell'ambiente universitario, il fatto che abbia scritto... quel libro... non è stato ben visto... Allora pensavo..."

"Che il suo libro non valesse niente?"

"No, non esattamente... Pensavo che non fosse così brutto, ma che si trattasse di un malinteso."

"Un malinteso che ha venduto più di cinquecentomila copie! Ne vorrei tutti gli anni di malintesi simili... Non un granché oggi i calamari!" disse al cameriere, comparso per portare via i piatti. "Prendete in giro i vostri clienti, adesso? Di bene in meglio! Comincerei a preoccuparmi se fossi al suo posto!"

Il cameriere se ne andò con lo sguardo basso.

Serrurier fece un sorriso soddisfatto e tornò a Joséphine.

"E la sua famiglia?"

"Oh! La mia famiglia..."

"Non sono orgogliosi di lei?"

Joséphine ridacchiò a disagio.

"Non proprio..."

Serrurier si ritrasse per osservarla con attenzione.

"Ma allora come fa?"

"Come faccio cosa?"

"A vivere, semplicemente. Voglio dire... se nessuno le dice che è una persona incredibile, dove trova l'energia per..."

"È che... ci sono abituata... È sempre stato così..."

"Non la considerano nemmeno."

Joséphine alzò su di lui uno sguardo meravigliato, un'espressione che sembrava chiedere e lei come lo sa?

"E ancora di più adesso che sua sorella è morta... Si ripete che non ha il diritto di vivere, di scrivere, di respirare... Che lei non vale niente e che anzi, è stata davvero sua sorella a scrivere il libro!"

"Ah no! Quello l'ho fatto io."

L'uomo la osservava sorridendo.

"Mi ascolti... sa che cosa farà?"

Joséphine scosse il capo.

"Scriverà... un altro romanzo. Per prima cosa perché ben presto non avrà più soldi. Il denaro guadagnato con un libro non è eterno... prima di venire non ho controllato i suoi introiti, ma mi sembra che non resti più molto... Ha avuto delle grosse spese con l'acquisto dell'appartamento..."

A quel punto cominciò a oscillare tutto.

Il tavolo, l'arredamento perfetto, le tovaglie bianche, i mazzi di anemoni, i camerieri zelanti, ogni cosa scomparve in un bagliore bianco, dandole le vertigini. Sola in una distesa di rovine. Cominciò a sudare alla radice dei capelli... Lanciò a Serrurier uno sguardo sconvolto.

"No, non si agiti... Non è completamente in rosso, ma il suo credito con noi si è ridotto. Non controlla i suoi guadagni?"

"Non ci capisco molto..."

"Allora io e lei stipuleremo un contratto: lei mi scriverà un libro, e io pagherò le fatture. D'accordo?"

"Ma è che..."

"Non dovrà spendere altro denaro. Non voglio che lei mi costi una fortuna..."

"..."

"Non mi sembra una donna dai gusti lussuosi. O non troppo, se non altro! Bisogna tirarsela per farsi rispettare... Lei non se la tira per niente. È più il genere che ha paura della sua stessa ombra..."

Il cameriere tossicchiò per poter servire i piatti che aveva con sé. Serrurier si tirò indietro chiedendo un'acqua minerale.

"Non deve lasciarsi mettere i piedi in testa per tutta la vita! Non ne ha abbastanza? Che cosa aspetta per rivendicare ciò che le spetta?"

"È Iris... Da quando lei è..."

"Morta. È per questo?"

Joséphine si agitò sulla sedia.

"Da quando sua sorella è morta, lei passa il tempo a flagellarsi e a proibirsi di vivere?"

"..."

"Be'... Lei è proprio una pappamolla!"

Joséphine sorrise.

"Perché sorride? Dovrebbe insultarmi per averle dato della pappamolla..."

"No, è che... è quello che ho a lungo pensato di me: pappamolla e rinunciataria... Ma sono migliorata, sa, ho fatto progressi."

"Lo spero bene. Ci vuole un po' di autostima per andare avanti e io voglio che lei mi scriva un libro. Un bel libro pieno di vita... come il primo... ma non è obbligata a limitarsi al XII secolo. Cambi un po' altrimenti sarà condannata al romanzo storico e si annoierà a morte! E sono gentile... No! Mi scriva un romanzo attuale con donne, bambini, mariti che tradiscono le loro mogli e che sono cornuti a loro volta, con donne che piangono e ridono, un amore travolgente, un tradimento, la vita insomma! Sa, i tempi sono difficili e la gente ha voglia di essere distratta... Lei sa raccontare storie. Il romanzo su Fiorina era ottimo e per essere un esordio, tanto di cappello!"

"Non l'ho fatto apposta..."

Lui la fulminò con lo sguardo.

"Questo è esattamente quello che deve smettere di fare d'ora in avanti. Ovvio che non l'ha fatto apposta! Non nasce certo così un libro..."

Fece schioccare le dita nell'aria.

"Ha lavorato duramente, ha costruito una storia, dei dialoghi, immaginato degli intrecci, non è venuto tutto per conto suo! La smetta di scusarsi in continuazione! Lei è sfiancante, sa... Fa venire voglia di scuoterla dalla testa ai piedi."

Si raddolcì, ordinò due caffè, prende il caffè, vero? Allora due caffè ristretti! Tirò fuori un grosso sigaro, che annusò e si fece rigirare tra le dita prima di accenderlo, e aggiunse: "Sì, lo so, non si può più fumare nei ristoranti. Ma io lo faccio. Chi se ne frega del divieto. Sa, Joséphine, la scrittura, contrariamente a ciò che credono in molti, non è una terapia... non guarisce niente. Niente di niente. È una rivincita sul destino e lei, se non mi sbaglio, ha un'enorme rivincita da prendersi."

"Non lo so..."

"Ma sì, ci pensi un po' su e scoprirà che... Scrivere significa afferrare la propria sofferenza, guardarla in faccia e metterla in croce. Poi, che uno se ne sbatta o meno di essere guarito, ci si è presi la rivincita... Abbiamo fatto qualcosa di tutta quella tristezza e talvolta si tratta di qualcosa che ci permette di vivere o di ricominciare a vivere, a seconda..."

"Non sono sicura di capire tutto..."

"Trovi un argomento che la ispira e scriva. Tiri su le saracinesche... Ci metta tutto il suo dolore, tutta la sua sofferenza e li inchiodi sulla croce! Cominci a respirare di nuovo, a vivere di nuovo! Lei è come un uccellino sul bordo del nido che sbatte le ali ma non osa prendere il volo. Eppure ha già superato diverse prove, perciò che cosa le manca?"

Joséphine provò l'impulso di rispondere... pranzare ogni giorno con qualcuno come lei, ma restò in silenzio.

"La gente è stufa", proseguì Serrurier, "è stanca, le racconti delle storie... Delle storie che le diano voglia di alzarsi la mattina, di prendere la metropolitana e di tornare a casa la sera. Reinventi i narratori di una volta, i racconti delle *Mille e una notte*. Coraggio..."

"Ma non ho storie da raccontare!"

"Questo è quello che crede lei! Ha migliaia di storie in testa e non lo sa. Le persone timide, i poveri, gli esclusi hanno sempre migliaia di storie perché sono sensibili, si offendono per tutto, per un niente, e da queste offese, da queste ferite nascono emozioni, personaggi, situazioni... È per questo che fare lo scrittore non è vivere, è una sofferenza continua... Mi creda, è molto meglio fare l'editore!"

Le regalò un ampio sorriso con il sigaro tra i denti. Prese il caffè dalle mani del cameriere chiedendogli come facesse a conservare il posto, tanto era maldestro, non ho mai visto un cameriere così imbranato!

"E i miei conti?" domandò Joséphine, di nuovo sull'orlo del panico.

"Dimentichi i conti e lavori! Mi occupo io dell'aspetto finanziario... Dica a se stessa che a partire da oggi non è più sola con i suoi dubbi, le sue angosce e si lasci andare! Si lasci andare! Altrimenti la strozzo!"

Joséphine provò il desiderio di buttargli le braccia al collo, ma si trattenne e inalò senza aprire bocca una zaffata di fumo che la fece tossire, cancellando il suo sorriso da settimo cielo.

Quella sera Joséphine aspettò che Zoé fosse andata a letto, poi uscì a sedersi sul balcone. Si era infilata dei grossi calzettoni di lana acquistati da Topshop su ordine di Hortense, la quale le aveva detto che erano le migliori calze del mondo. Le arrivavano fino alle ginocchia. Il pigiama, un maglione pesante, il piumino.

E una tisana di timo con un cucchiaio di miele.

Si sedette sul balcone sotto le stelle.

Si mise in ascolto nella fredda notte di dicembre, il rumore lontano di un motorino, il soffio del vento, l'allarme di un'automobile, un cane che abbaiava...

Alzò gli occhi al cielo. Individuò il Piccolo e il Grande Carro, la Chioma di Berenice, la Freccia e il Delfino, il Cigno e la Giraffa...

Era da tanto che non parlava alle stelle.

Cominciò con il ringraziarle.

Le ringraziò per il pranzo con Serrurier. Grazie, grazie. Non ho capito tutto, non mi ricordo tutto, ma mi è venuta voglia di abbracciare i tronchi dei castagni, di bruciare i semafori, di afferrare un frammento di cielo.

Bevve un sorso di tisana, gustò l'aroma del miele. A proposito che cos'ha detto? Che cos'ha detto? Roba da infilarsi gli stivali delle sette leghe...

Ascolta, papà, ascolta...

Ha detto che ho talento, che scriverò un nuovo libro.

Ha detto che riuscirò a inchiodare sulla croce la mia sofferenza e a guardarla in faccia.

Ha detto che devo osare. Dimenticare che mia sorella e mia madre mi avevano tagliato le ali. Ridotta a una porzione congrua.

Ha detto che quei giorni sono finiti.

Mai più, mai più! promise contemplando le stelle per la prima volta da mesi.

Sono una scrittrice, una scrittrice fantastica e sono degna di scrivere. Devo smettere di pensare che tutti gli altri sono migliori di me, più intelligenti, più brillanti e che io non valgo niente... Scriverò un altro romanzo.

Da sola. Così come ho scritto *Un'umile regina*. Con le mie parole. Le parole di ogni giorno che non assomigliano a quelle di nessun altro. Ha detto anche questo.

Cercò con gli occhi la piccola stella, la sua piccola stella all'estremità del Carro, per vedere se lui fosse tornato, se volesse brillare per farle sapere che la sentiva perfettamente.

Perché, capisci papà, se non sono capace di essere orgogliosa di me, chi lo sarà?

Nessuno.

Se non ho fiducia in me, chi l'avrà?

Nessuno.

E se passerò la vita a farmi del male...

Non è certo un obiettivo passare la vita a farsi del male.

Non voglio più che mi trattino come una pappamolla e non voglio più essere considerata una porzione congrua.

Non voglio obbedire a un padrone. A Iris, ad Antoine, alle richieste del CNRS, ai colleghi dell'università.

Voglio prendermi sul serio. Darmi fiducia.

Prometto solennemente di restare in piedi e di avanzare.

Osservò lungamente le stelle, ma nessuna brillava.

Chiese aiuto per iniziare il libro.

Promise di spremersi le meningi, di aprire gli occhi, le orecchie per raccogliere la più piccola idea che le passasse per la mente.

Invocò di nuovo ehi, stelle! Mandatemi ciò di cui ho bisogno per andare avanti. Inviatemi gli strumenti giusti e vi giuro che li userò al meglio.

Spinse lo sguardo lontano, agli appartamenti dietro agli alberi. In alcuni salotti c'erano degli alberi di Natale. Luccicavano come pile multicolori. Fissò le lucine finché non si misero a tremare e a ricamare festoni.

I tetti grigi spioventi, le piante alte e nere, le facciate regolari, tutto le rivelava, senza che lei sapesse perché, che abitava a Parigi e ne era felice. Era come un amore inguaribile e segreto.

Era al suo posto, era felice.

E avrebbe scritto un libro.

Avvertì dentro di sé un'esplosione di gioia.

Il suo cuore stillava di gioia. Ondate di gioia, torrenti di pace, diluvi di forza. Scoppiò a ridere nel buio e si strinse addosso il piumino per non farsi scoprire.

In quell'istante seppe di aver ritrovato suo padre. Non brillava in mezzo al cielo, le versava secchi di felicità nel cuore.

Un'inondazione di felicità.

Erano le due del mattino. Aveva voglia di chiamare Shirley.

Lo fece.

"Quand'è che vieni a Londra?"

"Domani", rispose Joséphine. "Arrivo domani."

Domani, era venerdì. Zoé avrebbe trascorso il fine settimana da Emma per ripassare. Joséphine aveva previsto di restare a casa, di fare i mestieri e stirare. Iphigénie le aveva lasciato un cesto pieno di biancheria.

"Davvero?" si stupì Shirley.

"Davvero... E lo faccio stampare sul biglietto dell'Eurostar!"

* * *

Si erano sbafate una confezione di gelato ciascuna e ora si massaggiavano la pancia distese sul pavimento della cucina di Shirley, rimpiangendo già tutti i grassi, lo zucchero, le nocciole, il caramello, e il cioccolato da eliminare. Ridevano facendo la lista dei cibi deliziosi e pericolosi da non mangiare mai più a costo di trasformarsi in due matrone provenzali.

"Se mi trasformassi in una matrona di Antibes, non potrei più fare la danza del ventre per Oliver. Sarebbe deplorevole..."

Oliver? Joséphine si raddrizzò, appoggiò la testa sulla mano e aprì la bocca per fare la domanda.

Shirley la bloccò.

"Zitta, non dire niente, ascolta e non parlarmene mai più, mai più, d'accordo? O aspetta che lo faccia io..."

Joséphine annuì, facendosi il segno della bocca cucita.

"... ho incontrato un uomo dal sorriso aperto, le spalle larghe, i pantaloni di velluto ruvido, un uomo che va in bicicletta e indossa i guanti bordati di pelo e credo di essermi innamorata. È davvero probabile. Perché da quando l'ho visto, mi ha intossicato come un gas. Ce l'ho nella testa, nel sangue, nel cuore, nella milza, nei polmoni, mi si espande dentro, e va bene, va benissimo, e mai, mai mi trasformerò in una matrona di Antibes, perché quest'uomo voglio tenermelo..."

Chiuse gli occhi, si strinse tra le sue stesse braccia e sorrise mormorando: “Fine delle confidenze. Adesso giochiamo.”

Giocarono a “mancato e riuscito” stendendo le braccia, le gambe, girandosi sui fianchi, ingarbugliando teste e spalle.

“Ho fallito con i miei amori, negli studi, non imbrocco mai la ricetta del lesso, ho perso l’ultimo concerto dei Morcheeba”, elencò Shirley contando sulle dita. “... ma ho costruito un buon rapporto con mio padre e mia madre, ho raggiunto quasi sempre l’orgasmo, ho superato l’esame per la patente, ho dato una buona educazione a mio figlio, ho una splendida amicizia con te...”

Joséphine proseguì: “Ho sbagliato tutto nella mia vita sentimentale, non ho quasi mai avuto un orgasmo, ho fallito tutte le diete e il rapporto con mia madre, ma ho fatto due figlie bellissime, ho superato il mio esame di abilitazione, ho scritto un libro, sono tua amica...”

“Non sono mai riuscita a vedere il raggio verde”, sospirò Shirley.

“Non riesco mai a fare la maionese”, confessò Joséphine.

“Non sono nemmeno capace di far crescere un geranio...”

“Non ho mai catturato una libellula...”

Poi passarono al gioco “quello che odio di più in un uomo”.

“Detesto i bugiardi”, disse Shirley. “Sono dei vigliacchi, degli ignavi, delle meduse urticanti.”

“E sparlano!” aggiunse Joséphine ridendo.

“I versi di Chaucer, invece, sono perfettamente calzanti:

E l’arancia cadde nel piatto del traditore
Colui che aveva schernito la fiducia del professore
Il lento e forte amore dell’uomo ispirato
Che anno dopo anno, spicchio dopo spicchio,
a essere un vero uomo gli aveva insegnato,
Un che, mai, rinnega, ignora l’orribile menzogna

Che l'anima così come i sogni riempie di vergogna.
Prendi, figlio mio, disse il professore indicando l'arancia
Mangia, rosso in viso, il frutto del tuo tradimento,
Gustalo, spicchio dopo spicchio,
Saziatene fino a incendiare il letamaio della tua onta
Perché ignobile è il bambino che mente al genitore."

"Sento i brividi giù per la schiena", osservò Joséphine, tremando.

"Esattamente le parole pronunciate da mio padre quando ha scoperto che avevo avuto un figlio senza che lui sapesse niente... Non le ho mai dimenticate. Mi sono rimaste impresse nella memoria come un marchio a fuoco..."

Joséphine fremette. Non sapeva se a farle quell'effetto fossero i versi di Chaucer o il riscaldamento difettoso, ma si sentì avvolgere da un velo di sudore ghiacciato.

"E così non ho più mentito. Non hai idea del tempo che si guadagna! Andando dritti al punto si va più veloci. Si diventa davvero adulti."

"Il riscaldamento è ancora rotto?" domandò Joséphine.

"Devi imparare, mia cara, che il riscaldamento in Inghilterra è sempre rotto... Funziona un giorno su tre. Come l'acqua calda e la metropolitana... e va benissimo così. Meno scaldiamo, meno inquiniamo. Ben presto non ci sarà più petrolio, non avremo più riscaldamento, perciò prepariamoci!"

"In questo Paese conviene dormire nello stesso letto!"

"A questo proposito, come sei messa con Philippe?"

"In nessun modo. Colpa della mia coscienza. M'impedisce di spassarmela rinchiudendomi in una cintura di castità di cui ho perso la chiave..."

"Oltre al fatto che non sei il tipo da saltare in un letto vuoto..."

"E Alexandre? Hai notizie?"

"Le ho avute da Annie, la tata. Sta come un adolescente che ha perduto la madre per colpa di una pugnalata... Non tanto bene..."

"Forse dovrei andare a trovarlo..."

"Anche suo padre..."

Joséphine non colse l'allusione. Pensava ad Alexandre. Si domandava ciò che doveva provare la sera spegnendo la luce. Pensava a Iris, sola nella foresta con i suoi assassini?

"Ti capita di avere paura?" domandò a Shirley.

"Di che?"

"Di tutto..."

"Di tutto!"

"Sì..."

"Tu hai il diritto di avere paura di una cosa sola", dichiarò Shirley. "Per le tue figlie. Il resto, i soldi, il lavoro, le tasse, i salti mortali, è molto semplice, di' solo 'Non ho paura' e buttati..."

"E funziona?"

"Stranamente bene! Devi dire 'voglio questo' e ce l'hai... Ma devi metterci il cuore. Vietato barare. Pensa intensamente... voglio questo, voglio questo, voglio questo... proviamo? Che cosa vuoi, in questo momento? Senza riflettere."

Joséphine chiuse gli occhi e rispose: "Baciare Philippe."

"Allora pensaci intensamente, molto intensamente, e ti prometto, ascoltami, ti prometto che succederà..."

"Lo credi davvero?"

"... ma bisogna metterci tutta la propria forza. Non essere timorosa. Di', per esempio, io voglio..."

"... gettarmi tra le braccia di Philippe..."

"Troppo melensa. Così non funzionerà!"

"Voglio che mi stringa tra le braccia e che mi baci dappertutto, dappertutto..."

Shirley arricciò il naso.

"Manca ancora di convinzione..."

"Voglio che mi salti addosso come un caprone in calore!" gridò Joséphine rotolando sul pavimento gelato della cucina.

Shirley si scostò e la guardò, divertita e piena di stupore.

"Be'... adesso è sicuro che accadrà!"

Il giorno dopo, sabato, all'ora di pranzo, Joséphine incontrò Hortense.

La ragazza abitava ad Angel, un quartiere che assomigliava a Montmartre. Lampioni, stradine tortuose a scalini, vecchi negozi di vestiti usati. I locali avevano nomi francesi. Si sedettero all'interno del "Sacré-Coeur" all'angolo tra Studd Street e Theberton. Ordinarono due spezzatini con carote e due bicchieri di vino rosso. Assaggiarono il pane, decidendo che era una vera baguette, assaggiarono il burro, che sembrava quello salato di Normandia.

Hortense aprì le danze: "Ci sono riuscita! Sono diventata una vera inglese!"

Ha un fidanzato inglese, si disse Joséphine contemplando rapita la figlia. Hortense si è innamorata. Mia figlia dal cuore di pietra ha abbassato la guardia per un inglese in tweed. Ha la sua età, è più grande? Ha le guance rosse e le palpebre cascanti? O il mento appuntito e gli occhi golosi? Parla francese? Gli piacerà il mio spezzatino di vitello? I giardini del Palais-Royal, le regine di Francia nel giardino del Luxembourg e place des Vosges di notte? E il pont des Arts e la piccola rue Férou dove Hemingway passava il tempo quando non aveva un soldo? Lo portava in giro per Parigi, lo immaginava nella sua testa, gli attribuiva gli allori dell'uomo che aveva sconfitto l'intrattabile Hortense e ammirava la figlia con uno sguardo commosso.

"Come si chiama questo bell'inglese?" domandò Joséphine, il cuore pieno di gioia.

Hortense si lasciò andare sulla sedia e scoppiò a ridere.

"Mamma, sei veramente incorreggibile! Sei completamente fuori strada! Ho appena festeggiato la fine del trimestre scolastico in un pub, sabato sera, e la domenica mattina mi sono svegliata con un mal di testa impossibile e un inglese sconosciuto nel letto. Adesso ti faccio ridere, ma si chiamava Paris! *I spent the night in Paris.* Quando gli ho detto che nome idiota!, lui mi ha chiesto il mio e ha ribattuto il tuo è orribile! e ci siamo lasciati senza aggiungere una parola."

"Mi stai dicendo che hai rimorchiato un ragazzo in un pub e che te lo sei portato a letto senza nemmeno rendertene conto da tanto avevi bevuto?" chiese Joséphine, inorridita.

"Proprio così, però, in fin dei conti capisci in fretta... Ho fatto quello che fanno tutte le ragazze inglesi il sabato sera."

"Hortense! E suppongo che tu fossi troppo ubriaca per pensare di..."

"... usare il preservativo?"

Joséphine annuì, terribilmente a disagio.

"Eravamo così stonati che non abbiamo combinato niente... La mattina dopo ha cercato di mostrarsi intraprendente, ma la mia osservazione sul suo nome lo ha lasciato senza parole!" Appoggiò la forchetta sul piatto e concluse: "Ciò non toglie che sia diventata una vera inglese..."

"E Gary? Vi vedete?"

"No, non ho tempo. E l'ultima volta mi ha mollato per strada in piena notte..."

"Non è da lui..." protestò Joséphine.

"Ma ho sentito dire che si è messo a studiare seriamente il pianoforte. Che ha conosciuto un professore con il quale va molto d'accordo, che gli fa da padre, tutore, modello... Passa tutto il suo tempo con quest'uomo e a suonare. Hanno sviluppato un'amicizia virile... Appassionante! Sembra anche che si rifiuti di presentarlo ai suoi amici perché vuole tenerlo tutto per sé. È folle. Non appena le persone cominciano ad amare qualcuno, diventano gelose, esclusive..."

"Sono contenta per lui. Non è sano non avere nessun modello maschile."

Hortense buttò indietro i lunghi capelli come per cancellare il caso Gary Ward e l'assenza di un padre nella vita del giovane. Non era un suo problema. Tutto ciò che non la riguardava direttamente non era un suo problema.

Joséphine pensò ad Antoine. Hortense era stata molto vicina a suo padre, ma non ne parlava mai. Probabilmente la trovava una cosa inutile. Il passato è passato, occupiamoci del presente.

Non osò farle ulteriori domande e preferì chiederle cosa ne pensava dello spezzatino con carote.

Era la loro ultima sera insieme. Joséphine sarebbe ripartita l'indomani per Parigi.

"E se andassimo a un concerto?" suggerì Shirley entrando nella stanza di Joséphine. "Un'amica mi ha offerto due ottimi posti... Un impedimento dell'ultima ora, suo figlio si è ammalato..."

Joséphine disse che era un'ottima idea e chiese se fosse necessario un abito elegante.

"Fatti bella", rispose Shirley con aria misteriosa. "Non si sa mai..."

Joséphine le lanciò uno sguardo inquieto.

"Hai combinato qualcosa?"

"Io?" gridò Shirley, fingendo d'indignarsi. "Per niente! Che cosa vai a immaginare?"

"Non so... Hai un'aria da cospiratrice..."

"Ho l'aria da flauto magico... Adoro i concerti..."

Non mi obbliga nemmeno a mentire, continuò Shirley rivolgendosi a se stessa, ma non ho combinato niente. So solo che questa sera Philippe sarà a teatro.

Lo aveva chiamato in mattinata per chiedergli come stava Alexandre, il ragazzo era di cattivo umore, influenzato da qualche giorno. Aveva parlato con Annie, la tata, una florida bretone sui cinquanta, ben portati. Aveva imparato ad apprezzarla e il sentimento di simpatia sembrava reciproco. La tata, ai giorni nostri, sostituisce la dama di compagnia delle opere teatrali di Racine. Sa tutto e, se si riesce a farla parlare, confida i suoi segreti. Annie era una brava donna priva di malizia che chiacchierava facilmente. Le aveva spiegato che Alexandre stava meglio, la febbre era diminuita, e Shirley aveva chiesto se poteva passare a trovarlo. Volentieri, aveva risposto Annie, il signor Dupin non ci sarà perché stasera va a teatro. Alla Royal Albert Hall, aveva aggiunto con orgoglio, suoneranno le sonate di Scarlatti e al signor Dupin piacciono molto. Annie non riusciva a nascondere il debole per il suo datore di lavoro.

Shirley aveva concluso la telefonata con in mente un piano. Andare al concerto e fare in modo che Philippe e Jo si incontrassero sulle scale di uno degli ingressi. In amore, "chi non risica, non rosica", e siccome quei due s'intestardivano a giocare agli amanti maledetti, lei avrebbe interpretato il ruolo della paraninfa.

Scendeva una pioggerellina fine quando salirono sul taxi diretto a Kensington Gore e Shirley si avvolse rabbrividendo in una lunga stola di cachemire rosa.

"Avrei dovuto prendere una giacca", disse, dando l'indirizzo al taxista.

"Vuoi che salga a cercarne una?" propose Joséphine.

"No, va bene così... Al massimo, morirò vomitando sangue dai polmoni... Sarà molto romantico!"

Corsero dal taxi all'entrata del teatro e si mischiarono alla folla che s'infilava nel foyer. Shirley aveva i biglietti in mano e si fece strada raccomandando a Joséphine di non rimanere indietro.

Il palco era spazioso e ospitava sei poltrone in velluto rosso con dei piccoli pompon appesi ai braccioli. Presero posto e guardarono la sala riempirsi. Shirley aveva preso un binocolo dalla borsa. Sembra un generale che passa in rassegna le truppe, si disse Joséphine, divertita dall'aria seria dell'amica. Poi pensò, domani parto senza averlo visto, domani parto e lui non sa nemmeno che sono stata qui... domani parto, domani parto... Si chiese come avrebbe fatto a sopportare di andarsene da Londra lasciandosi Philippe alle spalle, come avrebbe fatto a riprendere la sua vita a Parigi dopo aver trascorso una settimana vicino a lui... Alzò gli occhi verso la cupola di vetro che ricopriva la sala da concerto per nascondere le lacrime.

Voler dimenticare qualcuno significa pensarci sempre.

Tremava dal desiderio di alzarsi e di correre a cercarlo. Non sarei mai dovuta venire a Londra, qui lui è ovunque, potrebbe essere in questa sala, stasera... Scrutò la folla. Fremette. E se non fosse stato solo? Sarà sicuramente venuto accompagnato...

Chiudo gli occhi, li riapro e lo vedo, si disse abbassando le palpebre e concentrandosi.

Chiudo gli occhi, li riapro, lui è davanti a me e mi dice Joséphine e...

Shirley, al suo fianco, perlustrava la sala con il binocolo come una frequentatrice abituale che cerchi di individuare le proprie conoscenze. Joséphine si disse che avrebbe potuto trovare una scusa, alzarsi, correre, correre fino all'appartamento di Philippe... Immaginava la scena, lui sarebbe stato in casa, a leggere o a lavorare, avrebbe aperto la porta, lei si sarebbe buttata tra le sue braccia e si sarebbero baciati, baciati...

Shirley si era immobilizzata e con la mano che reggeva il binocolo manovrò la rotellina della messa a fuoco. Si mordicchiò il labbro superiore.

"Hai visto qualcuno?" domandò Joséphine tanto per dire qualcosa.

Shirley non rispose. Sembrava assorbita da uno spettacolo al centro della sala, mentre le dita sottili stringevano il binocolo. Poi lo abbassò e si mise a fissare Joséphine in modo strano, come se non la vedesse, come se non fosse seduta accanto a lei. Quello sguardo imbarazzò Joséphine, che si agitò nella poltrona chiedendosi che cosa passasse per la testa dell'amica.

"Dì', Jo..." cominciò Shirley, come cercando le parole. "... Non hai caldo?"

"Sei pazza? Il teatro è a malapena riscaldato! E poi un minuto fa tremavi di freddo!"

Shirley si tolse la stola di cachemire dalle spalle e la tese a Joséphine.

"Non potresti lasciarmela al guardaroba? Sto morendo di caldo!"

"Ma... puoi metterla sullo schienale della poltrona."

"No! Cadrebbe e la calpesterei, rischiando anche di dimenticarmela. Non me lo perdonerei per il resto della mia vita, è un regalo di mia madre."

"Ah..."

"Ti scoccia?"

"No..."

"Ci andrei io stessa, ma ho notato un vecchio... amico giù in platea e non vorrei perderlo di vista..."

Ah! si disse Joséphine, ecco perché lo sguardo strano. Vuole spiarlo, seguirlo con il binocolo, e le dà fastidio che io sia testimone della cosa. Preferisce liberarsi di me con un pretesto idiota a costo di morire di freddo.

Si alzò, prese la stola e rivolse a Shirley un sorrisetto d'intesa. Un sorriso che diceva d'accordo, ho capito! Ti lascio sola!

"Vai al guardaroba dell'orchestra!" ordinò Shirley. "Gli altri sono sempre intasati!"

Joséphine obbedì, dirigendosi verso il guardaroba del pianterreno. Uomini in affanno, donne dalle labbra vermiglie la sgomitavano diretti in sala. Si fece da parte, cercando con gli occhi la coda per il guardaroba.

Ce n'erano diverse. Ne scelse una, depositò la stola di Shirley, prese il numero e tornò sui suoi passi.

Strascicando i piedi. Meditando sulla sua incapacità decisionale e mancanza di coraggio. Perché non oso? Perché? Ho paura del fantasma di Iris. Ho paura di fare pena al fantasma di Iris.

Si fermò un istante, riflettendo.

Non aveva né borsa né cappotto. Avrebbe dovuto tornare nel palco, spiegare a Shirley...

Fu in quel momento che...

Si videro svoltando un corridoio.

Si bloccarono, colti di sorpresa.

Abbassarono la testa come se avessero ricevuto un colpo in fronte.

Ciascuno appoggiato al muro, immobilizzato nel gesto che stava facendo. Lui aveva appena lasciato il cappotto al guardaroba, lei si era infilata in tasca il numero di Shirley.

Ognuno interrotto nel movimento fluido, leggero di qualche istante prima.

Rimasero fermi sotto la luce dei lampadari di cristallo del foyer. Come due sconosciuti. Due sconosciuti che si conoscono, ma che non devono incontrarsi.

Né avvicinarsi. Né toccarsi.

Lo sapevano. La stessa frase dettata dalla ragione, la stessa frase ripetuta cento volte girava loro in testa come un lampeggiante.

Dandogli l'aria di due manichini, un po' rigidi, un po' stupidi, un po' colti di sorpresa.

Tutto ciò che lui voleva in quel preciso istante, tutto ciò che lei reclamava urlando in silenzio, era tendere, tendere la mano e toccare l'altro.

Erano faccia a faccia.

Philippe e Joséphine.

Da una parte e dall'altra del flusso di persone che facevano la coda al guardaroba, che parlavano ad alta voce, che ridevano forte, che masticavano una gomma, che leggevano il programma, che ricordavano il fantastico pianista, i pezzi che aveva scelto di interpretare...

L'uno di fronte all'altra.

Ad accarezzarsi con gli occhi negli occhi, a parlarsi in un linguaggio muto, a sorridersi, a riconoscersi, a dirsi sei tu? Sei davvero tu? Se sapessi... Lasciavano passare gli uomini e le donne, i giovani e i meno giovani, gli impazienti e i pacati, mantenendosi, senza fiato dalla sorpresa, ai lati opposti di quella fiumana ininterrotta. Il concerto stava per cominciare, veloce, veloce, deposita la giacca, prendi il numero, in fretta, in fretta, cerchiamo il nostro posto...

Se tu sapessi da quanto ti aspetto, diceva uno con lo sguardo di brace.

Se tu sapessi quanto mi manchi, diceva l'altra arrossendo senza abbassare gli occhi, senza girare la testa.

E non ne potevo più di aspettare...

Anch'io, non ne potevo più...

Si parlavano senza muovere le labbra. Senza respirare.

Al guardaroba la coda si era esaurita e il trillo continuo del campanello indicava che il concerto stava per cominciare. L'addetta al guardaroba appendeva gli ultimi cappotti, consegnava gli ultimi numeri, sistemava una pelliccia, un cappello, una valigia, prendeva un libro e si sedeva su uno sgabello in attesa del primo intervallo.

Il campanello non la smetteva di suonare, il teatro si riempiva.

Gli ultimi ritardatari si precipitavano, cercavano la maschera, si innervosivano, temevano di perdere le prime note, di non poter più entrare. Si sentivano le porte aprirsi e chiudersi, lo schiocco dei sedili a ribalta, il brusio delle voci, chi tossiva, chi si schiariva la gola...

Poi non udirono più niente.

Philippe afferrò Joséphine per una mano e la trascinò in un angolino del vecchio teatro in cui si respiravano polvere e secoli.

Se la schiacciò addosso con tale forza da toglierle il fiato, da farla gridare... Joséphine si lasciò scappare un sospiro di dolore che si trasformò subito in un gemito di piacere, il naso nel suo collo, le mani intrecciate sulla sua nuca.

Lui la stringeva, la stringeva, le circondava la schiena con le braccia per non farla muovere, per non lasciarla scappare.

La baciava. La baciava sui capelli, sul collo, le apriva la camicetta bianca e la baciava sulle spalle, e lei si abbandonava, sprofondava la bocca nel suo collo. Lo mordicchiava, lo leccava, gustava il sapore della sua pelle, ne riconosceva l'odore, un profumo di spezie indiane, chiudeva gli occhi per ricordarlo per sempre, per riporlo nel flacone della memoria, e respirarlo più tardi, più tardi...

Più tardi... l'odore della sua pelle mischiato a quello del suo profumo, la fragranza del colletto della sua camicia lavato di fresco, stirato di fresco, l'inizio di barba che pizzicava, la piccola piega della pelle sul collo della camicia...

Philippe, domandava accarezzandogli i capelli, Philippe?

Joséphine... bisbigliava lui sfiorandole la pelle, facendo scivolare i denti sul bordo dell'orecchio...

Lei si tirava indietro, chiedeva sei davvero tu? Allora... sei tu? Si staccava per guardarlo, per riconoscere il suo viso, i suoi occhi...

Lui la riattirava a sé...

In piedi in un angolo buio del teatro, in piedi sul parquet scricchiolante, nascosti nella penombra, nell'anonimato dell'oscurità...

Si piluccavano, si divoravano, recuperavano le ore, le settimane, i mesi perduti. S'incastravano l'uno nell'altra, sperando di avere diecimila bocche, diecimila mani, diecimila braccia per non separarsi più, per non essere più affamati.

Un bacio tra due idre voraci.

Insaziabili.

Perché? Perché? diceva Philippe scostandole i capelli per cogliere il suo sguardo. Perché questo silenzio, perché non spiegarmi niente? Credi che non sappia? Che non capisca? Mi ritieni tanto stupido?

E la voce gli si faceva aspra, impaziente, stridula. Con la mano le tirava i capelli perché Joséphine sollevasse il viso...

Joséphine abbassava lo sguardo, la testa, sprofondava il naso nella sua spalla, fino a sentire l'osso e appoggiarsi, appoggiarsi con ancora più forza perché lui tacesse. Spingeva con la fronte, spingeva con i denti. Zitto, zitto, se parli, il fantasma ritornerà, ci separerà, ci proibirà... non bisogna invitare i fantasmi, mormorava strofinando la fronte, il naso, la bocca contro di lui.

Stai zitto, supplicava, facendo scivolare una gamba tra quelle di lui, attorcigliando l'altra intorno ai suoi fianchi, arrampicandosi su di lui, attaccandosi a lui come un bambino che scali un albero troppo alto, un albero pericoloso, un albero proibito. Stai zitto, gemeva, zitto... Non dobbiamo parlare.

Nient'altro che la mia bocca sulla tua, i tuoi denti che mi mangiano, la tua lingua che mi lecca, mi aspira, e io che mi apro, mi spacco in due, nient'altro che il fragore nei nostri corpi e il silenzio intorno, ma niente parole, ti supplico, sangue, carne, respiro, saliva, sospiri, piacere straripante ma niente parole. Le parole uccidono, amore mio, le parole uccidono... Se lasci passare una sola parola tra le nostre labbra, tra i nostri respiri, spariremo come due elfi impazziti...

Joséphine, diceva lui allora, se tu sapessi, Joséphine, se tu sapessi... E lei gli copriva la bocca con la mano, lo imbavagliava e lui le mangiava il palmo, il respiro e ritornava alle parole ti aspetto tutti i giorni, ti aspetto ogni istante, ogni minuto, ogni ora, mi dico lei verrà, arriverà con la sua aria spensierata, si siederà davanti a me al tavolino di un caffè in modo inaspettato, le dita tutte sporche dell'inchiostro dei giornali, dita che pulirò a una a una...

E le leccava le dita a una a una.

E un fuoco le scoppiava dentro, non aveva più la forza di stare in piedi, solo di aggrapparsi a lui...

Lui la sosteneva tra le sue braccia, lei lo stringeva, lo respirava, lo imparava a memoria per il tempo che sarebbe rimasta lontana da lui.

Amore mio...

Le parole scivolavano via librandosi nell'aria. Oh! esclamò lei, sorpresa dal piacere che la sommergeva, lasciandosi sfuggire subito dopo amore mio, amore mio...

Lui le riceveva come la confessione di una complice spossata e sorrideva, sorrideva nella sua bocca e il sorriso si apriva trasformandosi in un drappo di stelle.

Allora lei udì l'eco delle sue stesse parole, esitò poi le riprese, le ripeté, le modulò, tu sei il mio amore, tu sei il mio amore nei secoli dei secoli, gli baciò l'orecchio come se deponesse il sigillo su una cassaforte e si abbandonò a una stretta di pace, che infondeva pace e rimasero così, abbracciati, nel buio, senza muoversi, gustando quelle parole, riempiendosene, facendone un viatico per i giorni a venire, i giorni di grande solitudine, i giorni del dubbio opprimente, della tristezza schiacciante.

Amore mio, amore mio, intonavano a bassa voce avvolgendosi l'uno nell'altra, sprofondando nell'angolo del teatro per non farsi trovare, per non farsi trovare mai più. Amore mio che amo deciso e fiero, amore mio che amo per l'eternità, amore mio che amo a bruciarne viva, amore mio più grande di un giro intorno al mondo, più forte di uragani e tempeste, di scirocco e tramontana, dei venti del Nord e di tutti i venti dell'Est...

Celebrarono il loro amore inventando parole, offrendole l'uno all'altra, aggiungendone di ancora più grandi, parole di pane benedetto, di legno esotico, di sciarpe di cincillà, di effluvi di incenso, parole e sermoni, abbracciati in un angolino del vecchio teatro.

Si baciavano, si baciavano con parole che li trasportavano, li incatenavano l'uno all'altra...

Poi lei posò i palmi delle mani sulla bocca di lui per chiuderla per sempre, perché le parole non evaporassero...

Poi lui infilò un dito nella bocca di lei e la impregnò della saliva di tutte quelle parole d'amore pronunciate perché non le ritrattasse mai più...

Le mani sulla bocca di lui...

Il dito di saliva che scriveva sulle labbra di lei...

Fu il loro giuramento. Il loro talismano.

Udirono il rumore dei sedili che si chiudevano con uno schiocco, brusii di conversazioni, di passi in avvicinamento...

Era l'intervallo.

Si separarono lentamente, lentamente, ritornarono alla retta via su per la scala, lui si passò una mano sui capelli per appiattirli, lei si tirò giù la giacca, si lanciarono un ultimo sguardo bruciante, trionfante, lasciarono passare la gente, quell'unione di due corpi che si divideva dolcemente, a malincuore...

Adesso non avrebbero più avuto paura. Si erano trasformati nel prode cavaliere e nella sua dama che si separavano per poi ritrovarsi un giorno, non sapevano quando, non sapevano come...

Si avviarono ciascuno per la sua strada con l'impronta dell'altro sul proprio corpo.

Un amore, è meraviglioso quando inizia, si disse Joséphine, e noi non smettiamo mai di iniziare...

Camminarono così, la testa voltata verso l'altro, per non perdersi di vista fino all'ultimo...

Shirley aspettava al suo posto. Osservò lo sguardo brillante di Joséphine, le guance arrossate, e sorrise impercettibilmente. Ritenne più saggio tacere. Negli occhi le brillava una scintilla maliziosa che non faceva domande.

Joséphine si sedette. Appoggiò le mani sui braccioli come per riprendere contatto con la vita reale. Giocherellò con i pompon rossi. Rifletté. Prese la mano dell'amica. La strinse.

"Grazie, meravigliosa amica mia. Grazie."

"*You're welcome, my dear!*"

Shirley starnutì più volte.

"Sto morendo..." Poi aggiunse: "E tu non sarai più qui a curarmi!"

* * *

Nicholas Bergson aspettava Hortense Cortès per pranzo al Wolseley. Attendeva già da venti minuti e si stava innervosendo. La sedia vuota di fronte a lui sembrava prenderlo in giro relegandolo in una condizione di subalterno. Leccaculo, scherniva, piedipiatti! lo dileggiava la sedia. Dimentichi di essere IL direttore artistico del Liberty e ti fai menare per il naso da una ragazzina! *Shame on you!*[*] Insomma è vero! Lei mi tratta come un bambino! sibilò tra i denti rileggendo il menu per la decima volta.

Natale si avvicinava con il suo corteo di decorazioni, luminarie, canti intonati alle fermate del metrò, raccolta di offerte da parte dell'Esercito della Salvezza e, dalla vetrina del ristorante, lui osservava lo spettacolo della via spiando l'arrivo di Hortense. Si lisciò la camicia, aggiustò il nodo della cravatta, guardò un'altra volta l'orologio, salutò con un cenno del capo un conoscente di lavoro che prendeva posto al tavolo vicino. Ma ho l'aria di quello piantato in asso? Pessimo per la mia immagine... E dire che l'ho baciata! Giusto l'estate scorsa! Sono proprio imbranato con questa ragazza. Devo farla penare, non piegarmi... Se solo mi distraggo, me lo mette in quel posto...

Si chiese se dovesse alzarsi e andarsene, esitò, le concesse altri cinque minuti e si ripromise di tenerle il muso.

I suoi rapporti con Hortense erano un rompicapo. A volte sembrava sciogliersi al suo fianco, tutta affascinante, altre lo fissava con una fredda ironia come se domandasse chi è lei per permettersi questa confidenza? Un giorno si era lasciato sfuggire, esasperato, ma in fin dei conti, ti ricordo che siamo stati amanti! A-man-ti! Lei l'aveva guardato, glaciale, buffo, per quanti mi sforzi, non me ne ricordo più! Brutta notizia per te, vero?

Non aveva mai visto così tanto distacco e disprezzo in un essere umano. Era il tipo di ragazza che avrebbe potuto lanciarsi con il paracadute... senza paracadute. Bisogna riconoscere, si disse, guardando ancora una volta l'orologio, che si comporta allo stesso modo con tutti: il mondo intero le fa da lacchè.

* "Vergognati!"

Sospirò.

Il peggio è che è certamente per questo motivo che me ne sto qui come un cretino ad aspettarla...

Nel preciso istante in cui stava per alzarsi gettando il tovagliolo sul tavolo, Hortense si lasciò cadere sulla sedia vuota di fronte a lui. I lunghi capelli castani, gli occhi verdi brillanti, il sorriso smagliante erano la prova di un appetito e di una gioia di vivere così intensi che Nicholas Bergson non poté impedirsi di provare prima meraviglia, poi commozione. Com'era bella! Luminosa *and so chic*! Indossava un cappotto nero sciancrato di lana a cui aveva rimboccato le maniche per sottolineare la presenza, al polso, di un Rolex Oyster in acciaio, un paio di jeans stretti color marron glacé – un modello Balmain a novecentottantacinque sterline, notò – un dolcevita nero in cachemire e una tracolla di vitello firmata Hermès.

Con uno sguardo sorpreso, domandò: "Da dove arriva tutto questo lusso?"

"Ho trovato un sito Internet da cui si possono affittare capi firmati mensilmente. Per un niente! E come vedi, l'effetto è assicurato, perché è la prima cosa che hai notato. Non mi hai nemmeno salutato, nella tua testolina di direttore di moda hai pensato solo wow, che chic! Sei come tutti gli altri, basta poco per smascherarti..."

"E come funziona?"

"Ti abboni, versi una somma come cauzione e bimbumbam! Prendi a prestito quello che vuoi e ti vesti come una principessa. Ti guardano, ti rispettano, si congratulano! Hai già scelto?" chiese dando una scorsa al menu.

"Ho avuto tutto il tempo per scegliere", rispose Nicholas con una smorfia. "Conosco il menu a memoria."

"E cosa prendi?" continuò Hortense, ignorando la freddezza del suo interlocutore. "Ecco! Ho deciso... Puoi chiamare il cameriere? Muoio di fame..."

La ragazza alzò la testa verso di lui, lo osservò e scoppiò a ridere.

"Sei diventato gay o cosa?"

Nicholas rischiò di strozzarsi.

"Hortense! Come ti permetti?"

"Ma ti sei visto? Camicia arancione, cravatta rosa, giacca verde! Non ho letto da nessuna parte che fossero di moda. A meno che, giustamente, tu non abbia cambiato gusti sessuali..."

"No, non ancora, ma non tarderò a farlo se continuo a frequentarti. Tu da sola riusciresti a farmi detestare tutto il genere femminile..."

"La cosa non mi disturba per niente. Al contrario. Ti avrei tutto per me, non dovrei dividerti con una zoccola. Odierei doverti condividere con una zoccola. Allora a te la scelta: monaco o gay..."

"Mia cara Hortense, per continuare ad avermi, dovrai trattarmi con un po' più di considerazione... Vorrei farti notare che..."

"Chiama un cameriere, sto per svenire!"

"Ma se non mi lasci nemmeno parlare!"

"Che orrore quando fai il piagnucoloso... Mi chiami, mi dici che hai una notizia supereccitante, mi metto in ghingheri, faccio le prove davanti allo specchio, mi ripeto che mi presenterai Stella o John... e mi ritrovo con un pagliaccio variopinto che rimugina tutto solo a un tavolo! Per niente sexy!"

"Rimugino perché sei in ritardo di trentacinque minuti! E sono qui da solo perché era con te che avrei dovuto pranzare, non con una tribù!" la fulminò Nicholas Bergson, sull'orlo di una crisi di nervi.

"Ah? Sono in ritardo? È possibile... ma un po' di ritardo non ha mai ucciso nessuno. Puoi fare segno al cameriere, muoio di fame. Credo di avertelo già detto."

Nicholas eseguì e ordinarono.

Calò il silenzio.

"Okay, ho capito... Smettila di giocare a Pictionary: non fare quella faccia... Allora ti porrò delle domande e tu risponderai sì o no, così potrai continuare a tenermi il muso e il tuo onore sarà salvo. Prima domanda: questa notizia straordinaria, riguarda te?"

Nicholas scosse la testa.

"Me?"

Lui annuì.

"Riguarda la scuola?"

Lui scosse il capo.

"Un lavoro in vista?"

Nicholas annuì di nuovo.

"Un lavoro formidabile che potrebbe essere il trampolino di lancio per la mia magnifica carriera?"

Lui assentì.

"Ti avverto. Recupera in fretta la parola o t'infilzo un occhio con la forchetta davanti a tutti!"

Lui la ignorò e, sempre muto, si mise a giocare con il manico del coltello.

"D'accordo... Ti faccio le mie scuse per essere arrivata in ritardo. E sono pronta a baciarti sulla bocca perché il mondo intero sappia che non sei gay, ma un amante decente..."

"Solo decente?"

"Discreto, ma è la mia ultima offerta... Allora, questa notizia?"

Nicholas sospirò, sconfitto.

"Harrods. Le vetrine. Le sue famose vetrine... Ce ne sono due disponibili. Non sanno ancora a chi destinarle e si può portare il proprio curriculum scolastico a una certa signorina Farland fino a questa sera alle sette..."

Hortense lo fissò, sconvolta.

"È pazzesco. Pazzesco... E tu credi che..."

"Io ti do l'indirizzo dell'ufficio della signorina Farland, le porti il tuo curriculum e cerchi di venderti bene! Sta a te giocartela."

"E com'è che le vetrine di Harrods sono libere?" chiese Hortense, improvvisamente sospettosa. "Di solito vengono prenotate con mesi di anticipo..."

"Sono le vetrine di marzo-aprile, destinate ai nuovi stilisti. Erano state date a Chloé Pinkerton..."

"... che si è schiantata in macchina ieri mattina tornando a casa dalla campagna. Ben le sta! Così impara a fare la snob e a non vivere a Londra! L'ho sempre trovata sopravvalutata quella ragazza. Mi chiedevo come avesse fatto a... Che liberazione!"

"Qualche volta", osservò Nicholas, inorridito, "mi domando se tu sia umana. Perché nella definizione 'umana' rientrano i lati peggiori, naturalmente, ma anche la tenerezza, la compassione, la capacità di donare, la generosità, il..."

"Pensi che possa andarci subito? Dalla signorina Farland?"

"Neanche per idea! Devi almeno pranzare con me dopo avermi fatto aspettare tutto questo tempo!"

"Ok... ma se arriverò tardi, non ti rivolgerò mai più la parola! D'altra parte, mi è passata la fame, sto già riflettendo sulle mie vetrine..."

Nicholas sospirò e aprì il tovagliolo.

"Che cosa fai a Natale?" le chiese riprendendo la conversazione.

"Parigi, la mamma, mia sorella, Shirley, Gary e il solito tran tran! Mia madre cucinerà il tacchino, non le verrà bene, diventerà sentimentale e piangerà. Zoé avrà preparato dei regali idioti, Shirley cercherà di creare l'atmosfera e io e Gary ci guarderemo in cagnesco..."

"Aha! Ci sarà il bel Gary Ward..."

"Come al solito..."

"Sai che Charlotte Bradsburry non si è ancora ripresa dalla loro rottura? Dice che è per colpa tua e non fa che spargere cattiverie per tutta Londra..."

"Diventerò famosa se parla di me ai quattro venti!"

"Dice anche che alla tua prima sfilata ti farà a pezzi..."

"Ancora meglio! Meglio che parlino male di te piuttosto che non ne parlino per niente!"

"In una parola, è molto triste..."

"La cosa mi lascia del tutto indifferente. Me ne frego delle pene d'amore della signorina Charlotte! Sto per aggiudicarmi due vetrine da Harrods. Due schermi giganti su cui far risaltare il mio talento! E per sei settimane il mondo intero vedrà di cosa sono capace, il mondo intero sentirà parlare di Hortense Cortès... bimbumbam, sarò famosa, adulata... e ricca, ricca, ricca! Perché sarò sommersa di contratti. Dovrò trovarmi un buon avvocato. Ne conosci uno?"

S'interruppe, rimase pensierosa per un istante. Seria. Concentrata.

"Dovrò trovare un leitmotiv. Ti ricordi la mia sfilata al Saint Martin's?"

"*Il sesso è fatto per essere lento...*"

"Non era male, eh?"

"Perfetto. Ma non c'era ancora la crisi..."

"Chi se ne frega della crisi! La gente la dimenticherà guardando le mie vetrine... Sarà conquistata!"

"Non sono ancora tue! Siete in tanti a volerle..."

"Saranno mie. Te lo prometto! Dovessi lavorare giorno e notte, notte e giorno e ancora di più, strisciare ai piedi della signorina Farland o mettere una bomba per togliere di mezzo gli altri candidati..."

Fece segno al cameriere e ordinò una spremuta di limone.

"Bevi succo di limone?" domandò Nicholas.

"Tutte le mattine appena sveglia. Fa bene alla pelle, ai capelli, al fegato, protegge dai virus e dai microbi e mi tiene in forma. Stamane mi sono dimenticata..."

Si appoggiò il mento sulla mano ripetendo più volte devo trovare un filo conduttore...

"E in fretta!" sottolineò Nicholas.

"Sono mie... di Hortense Cortès! Le avrò quelle fottute vetrine!"

"Non ne dubito minimamente, mia cara... Ciò che donna vuole..."

Alle quattordici e trenta Hortense Cortès era in coda all'ottavo piano di un palazzo di Bond Street tra una cinquantina di candidati che si squadravano in cagnesco. In piedi, la schiena rigida, sorvegliava i movimenti dei suoi simili. Una ragazza sbucò da una sala riunioni gridando è inutile aspettare, sono stata presa! Alcuni la guardarono scoraggiati e abbandonarono la fila. Hortense non si bevve una sola parola.

Dieci minuti più tardi, un certo Alistair Branstall, conosciuto per la sua linea di occhiali stravaganti, uscì di nuovo assicurando che non c'erano moduli d'iscrizione a sufficienza per tutti e che gli ultimi non sarebbero stati accettati. Si dondolava in un completo a quadretti verdi e neri, gli occhi spalancati dietro gli occhiali a forma di giraffa.

Hortense si strinse nelle spalle.

Poi un'assistente della signorina Farland annunciò che restavano solo dieci posti. Hortense contò rapidamente. Era la quattordicesima.

Brontolò, si rimproverò il Mont-Blanc scelto come dessert e il secondo caffè, insultò Nicholas e la propria golosità, contò di nuovo. I candidati si ritiravano uno dopo l'altro.

Erano rimasti in undici.

"Ho detto che sono rimasti solo dieci posti", ripeté l'assistente fissando Hortense.

"E io ho deciso che non so contare", ribatté Hortense con un gran sorriso.

"Come vuole", replicò l'assistente con aria piccata girando sui tacchi.

Quando l'ultima candidata se ne fu andata con il proprio modulo d'iscrizione sotto il braccio, Hortense andò a bussare alla porta della signorina Farland.

L'assistente le aprì con un sorrisino di superiorità.

"Voglio un modulo..." disse Hortense.

"L'avevo avvertita, non ce ne sono più..."

"Desidero vedere la signorina Farland."

L'assistente si strinse nelle spalle come se fosse inutile insistere.

"Le dica che ho lavorato con Karl Lagerfeld e ho una lettera di presentazione firmata da lui..."

L'assistente esitò. Fece entrare Hortense e le chiese di aspettare.

"Vado a vedere cosa posso fare..."

La ragazza tornò e disse a Hortense di seguirla.

La signorina Farland era seduta dietro una lunga scrivania ovale di vetro. L'aspetto era inquietante: bruna, il viso scheletrico, la carnagione spenta, enormi occhiali neri, uno chignon a banana simile all'ala di un corvo, un rossetto rosso sgargiante e dei grossi orecchini dorati che le coprivano le guance. Magra, così magra da sembrare trasparente.

Chiese all'assistente di lasciarle sole e tese la mano per prendere la lettera di Karl.

"Non ho nessuna lettera. Non ho mai lavorato con il signor Lagerfeld. Ho bluffato", spiegò Hortense senza tremare. "Voglio questo lavoro, è fatto per me. La sbalordirò. Ho un milione di idee. Sono una gran lavoratrice e niente mi fa paura."

La signorina Farland la guardò scioccata.

"E lei crede che la sua parlantina funzionerà?"

"Sì. Non ho ancora vent'anni, sono francese e frequento il secondo anno al Saint Martin's. Il primo anno ne prendono settanta su mille... Il filo conduttore della mia sfilata di fine corso? *Il sesso è fatto per essere lento.* Kate Moss ha indossato uno dei miei modelli... Questo, in compenso, posso provarlo, ho il dvd e gli articoli di giornale... insomma, so di essere la migliore tra i cinquanta candidati."

La signorina Farland prese nota del cappotto nero sciancrato, delle maniche risvoltate, dei jeans Balmain, della grossa cintura Dolce&Gabbana, della tracolla Hermès, del Rolex mentre con la mano guantata di nero sfiorava la pila di curriculum.

"Siete ben più di cinquanta candidati, sarete un centinaio... e parliamo solo di oggi!"

"Allora sono la migliore tra cento!"

La signorina Farland abbozzò un sorriso che voleva sembrare gentile.

"Questo lavoro è fatto per me..." ripeté Hortense, individuando subito lo spiraglio.

"Sono stati selezionati perché sono bravi, hanno già dato prova di sé..."

"Hanno dato prova di sé perché gli è stata offerta una chance. Una prima chance... Mi dia la mia prima chance."

"Hanno esperienza..."

"Anch'io ho esperienza. Ho lavorato con Vivienne Westwood e Jean-Paul Gaultier. Loro non hanno avuto paura di darmi fiducia. E anch'io ho fatto indossare i miei primi modelli al mio orso di peluche all'età di sei anni!"

La signorina Farland sorrise di nuovo e aprì un cassetto per cercare un altro modulo.

"Non se ne pentirà..." continuò Hortense, sapendo di non

dovere allentare la pressione. “Un giorno potrà dire di essere stata la prima a darmi un’opportunità, verranno a intervistarla, farà parte della mia leggenda...”

La signorina Farland sembrava divertirsi molto.

“Ho finito i moduli, vado a vedere se la mia assistente ne ha ancora uno, signorina...”

“Cortès. Hortense Cortès. Come il conquistador. Si ricordi bene questo nome...”

La signorina Farland raggiunse l’assistente nella stanza vicina. Hortense le sentiva parlare. La ragazza stava dicendo che non c’erano più moduli, la signorina Farland insisteva.

Rimase seduta. Dondolando le lunghe gambe accavallate. Osservò l’ufficio disordinato. L’agenda scarabocchiata di appuntamenti e di numeri di telefono. Notò il portacipria Sisheido, il rossetto Mac, il profumo CHANCE di Chanel, pennarelli, penne stilografiche, penne a sfera, penne cromate, penne dorate e un lungo pennino infilato in un calamaio.

Non c’erano foto di figli né di marito. La donna avrebbe trascorso le feste da sola. Il viso senza trucco, i capelli cascanti in ciocche sporche, delle vecchie ciabatte ai piedi, la pioggia battente sui marciapiedi, il telefono silenzioso, lei che lo sollevava per controllare che funzionasse, che contava i giorni mancanti prima di tornare in ufficio... Feste tristi!

Lo sguardo di Hortense continuò a vagare per la stanza e si fermò sulla pila di curriculum. Il mucchio spesso dei candidati già selezionati.

Come si riempiva quel genere di formulario? Non l’ho mai fatto.

Prima ancora di andarsene con un modulo, doveva sapere come compilarlo... Fornire elementi interessanti a sufficienza perché il curriculum non finisse in un cestino della carta straccia.

Si alzò di scatto, aprì la borsa e ci infilò una dozzina di schede. Si sarebbe ispirata ai curricula dei suoi rivali per arricchire e dare corpo al suo, eliminando nel contempo qualcuno di loro.

Richiuse la borsa, tornò a sedersi, riprese il lento dondolio della gamba destra su quella sinistra, contò una per una le penne sulla scrivania e inspirò profondamente.

Quando la signorina Farland tornò, trovò Hortense seduta tranquilla con la borsa sulle ginocchia. Le tese una grossa busta.

"Da riportare compilata domani... Alle diciannove, termine ultimo. Non sarà concessa nessuna proroga ai ritardatari. Afferrato?"

"Afferrato."

"Lei ha una gran faccia tosta. È una cosa che mi piace..."

La signorina Farland aveva un bel sorriso.

Hortense si mise a leggere i curricula rubati prima di riempire il suo.

Raccoglieva informazioni.

Aggiunse ai suoi studi universitari un soggiorno umanitario in Bangladesh, due stage in azienda, si ispirò alle parole di una scenografa teatrale, prese in prestito l'esperienza di un'assistente fotografa, s'inventò delle riprese pubblicitarie in Croazia...

Scrisse il proprio indirizzo, l'e-mail, il numero di cellulare.

Alle quindici e dieci lasciò il modulo sulla scrivania della signorina Farland.

Poi corse a prendere l'Eurostar, direzione vacanze, Natale e Parigi.

Nella busta indirizzata alla signorina Farland aveva infilato una penna con la Tour Eiffel che brillava al buio.

PARTE SECONDA

Spesso la vita si diverte.

Ci offre un diamante nascosto sotto un biglietto del metrò o dietro una tenda, celato in una parola, in uno sguardo, in un sorriso un po' sciocco.

Bisogna fare attenzione ai particolari. Seminano la nostra vita di sassolini che ci guidano. La gente brutale, frettolosa, quelli che girano con i guantoni da boxe o che fanno schizzare la ghiaia da sotto i piedi, ignorano i particolari. Vogliono vivere alla grande, salire alla ribalta, non vogliono perdere un minuto per abbassarsi a raccogliere una moneta, un filo di paglia, la mano tremante di un uomo.

Ma se ci si china, se si ferma il tempo, si possono scoprire diamanti in una mano tesa...

O in un cassonetto.

È ciò che capitò a Joséphine la sera del 21 dicembre.

La serata era iniziata bene.

Hortense era tornata dall'Inghilterra e d'un tratto la vita aveva accelerato. C'erano mille cose da raccontare, mille progetti, mille motivi da canticchiare, mille vestiti da lavare e quella camicia tutta pieghe da stirare, mille avventure palpitanti e fatemi ricordare di chiamare Marcel perché devo chiedergli... e telefonate, e liste, e tu sapevi che, e dimmi perché, e quella storia meravigliosa che raccontò a sua madre e a sua sorella, sedute in cucina: la storia delle vetrine di Harrods. Ti rendi conto, mamma, ti rendi conto,

Zoéttina, avrò due vetrine con il mio nome scritto in grande su Brompton Road a Knightsbridge! Due vetrine "Hortense Cortès" nei grandi magazzini più frequentati di Londra! Oh, d'accordo! Non sono i più chic né i più eleganti, ma sono quelli che attirano più turisti, i miliardari, la gente in attesa del mio talento unico, magnifico!

E apriva le braccia, piroettava in cucina, nell'ingresso, volteggiava in salotto, afferrava le zampe di Du Guesclin e lo faceva girare, girare ed era uno spettacolo buffo vedere quel goffo Du Guesclin, che non sapeva se dovesse lasciarsi trascinare, che lanciava uno sguardo stupito a Joséphine, uno sguardo inquieto implorante approvazione, finire per star dietro a Hortense e celebrare la sua gioia abbaiando.

"Ma", cominciò Joséphine, quando Hortense, senza fiato, crollò su una sedia, "sei sicura di avere superato la selezione?"

"Non sicura, mamma, più che sicura. Per forza! Ho riempito il mio curriculum di eventi e iniziative particolari, uniche. Ho sviluppato due idee, e una è fantastica: 'Cosa fare della giacca in inverno?' Bisogna portarla sopra un grosso maglione, con una sciarpa, un cardigan, svogliatamente annodata intorno ai fianchi o, al contrario, realizzarla in lana grossa per renderla più simile a un cappotto? La giacca, d'inverno, è un rompicapo! Abbiamo freddo se non la portiamo con noi e troppo caldo se la indossiamo sotto il cappotto. Bisogna reinventarla! Farla più pesante senza che la figura ne risenta, alleggerirla senza rischiare una polmonite. Ho sviluppato un'idea, ho preparato degli schizzi. Ho fatto colpo sulla signorina Farland, sceglieranno me... non preoccuparti!"

"E quando lo saprai?"

"Il 2 gennaio... Il 2 gennaio il mio cellulare squillerà e mi diranno che hanno scelto me. Se sapeste quanto sono eccitata! Mi rimangono una decina di giorni per trovare un'illuminazione, attraverserò tutta Parigi, leccherò le vetrine, rimuginerò e troverò l'illuminazione geniale che dovrò semplicemente realizzare... Bimbumbam! La regina di Londra sono io!"

Si alzò e fece un saltello per mostrare il suo ottimismo e il suo buonumore.

"Questa sera, per festeggiare, ti preparerò un crumble di mele!" decise Zoé lisciandosi la T-shirt di Joe Cool che Hortense le aveva regalato.

"Grazie Zoéttina! E mi passerai la ricetta per poterlo fare ai miei coinquilini? Ho un sacco di cose da farmi perdonare!"

"Sì! Sì!" gridò Zoé, lusingata di quell'onore e di partecipare alla vita di Hortense a Londra. "Però dirai che sono stata io a dartela, vero?"

Poi corse in camera a cercare il suo prezioso quaderno nero per preparare, seduta stante, il crumble di mele.

"Oh mamma, come sono contenta! Così contenta... se tu sapessi!" esclamò Hortense allungando le braccia. "Non vedo l'ora che sia il 2 gennaio, non vedo l'ora!"

"Ma... e se non avessi vinto la selezione? Forse non dovresti entusiasmarti fino a questo punto..."

Sorrisino sdegnoso, stretta di spalle, occhi al soffitto e lungo sospiro.

"Come se non avessi vinto? Ma è impossibile! Quella donna ha toccato il cielo con un dito, l'ho intrigata, emozionata, ho riempito la sua solitudine con un sogno immenso, si è rispecchiata in me, ha sfiorato la sua giovinezza, ravvivato le sue speranze... e le ho sottoposto un curriculum impeccabile. Non può che scegliere me! Ti proibisco il minimo pensiero negativo, potresti contaminarmi!"

E ritornò alla sua sedia per allontanarsi da sua madre.

"Volevo essere prudente", si scusò Joséphine.

"Ebbene, non dirlo mai più o mi porterai sfortuna! Tu e io siamo diverse, mamma, non scordarlo, e non voglio assomigliarti... sotto questo aspetto almeno", aggiunse per attenuare la violenza della sua affermazione.

Joséphine impallidì. Aveva dimenticato fino a che punto Hortense fosse determinata. Fino a che punto avesse il dono di trasformare la vita in un'impresa frizzante. Sua figlia avanzava, bacchetta magica in mano, mentre lei, Joséphine, saltellava come un rospo artritico.

"Hai ragione, mia cara, sceglieranno te... È solo che sono in ansia. È un sentimento materno..."

Hortense fece una smorfia sentendo le parole "sentimento" e "materno" e chiese se si potesse cambiare argomento. Preferiva così.

"E Iphigénie? Come sta?" domandò incrociando le braccia.

"Vuole cambiare lavoro."

"Intende lasciare la portineria?"

"Ha paura che la facciano sloggiare", spiegò Joséphine.

"Ah! E perché?"

"Dice che un'altra rivendica il suo posto... Domani ha un colloquio in uno studio medico in cui dovrà rispondere al telefono, prendere gli appuntamenti, organizzare le giornate. Sarà perfetta in quel ruolo..."

Hortense sbadigliò. Aveva perso interesse per Iphigénie.

"Notizie di Henriette?"

Joséphine scosse la testa.

"Meglio così..." sospirò Hortense. "Per il bene che ti vuole!"

"E tu?"

"Nessuna... deve essere impegnata altrimenti..."

"Ho ricevuto una lettera da Mylène. È ancora in Cina e vuole tornare in Francia... Mi chiedeva se potevo darle una mano... Non ho capito se vuole che le trovi un lavoro o che la ospiti..."

"Che sfacciata!"

"Non le ho risposto... non sapevo che dirle."

"Lo spero bene! Che rimanga là e che ci lasci in pace!"

"Si sentirà sola..."

"Non è un problema tuo! Hai dimenticato che era l'amante di tuo marito? Sei davvero incredibile!"

Hortense le lanciò un'occhiata esasperata.

"E come sono i nuovi vicini?"

Joséphine aveva appena cominciato a descriverli quando Zoé fece irruzione in cucina in lacrime.

"Mamma, mamma! Non trovo più il mio quaderno di ricette!"

"Hai guardato bene dappertutto?"

"Dappertutto, mamma! Dappertutto! Non c'è più..."

"Ma no... l'hai sicuramente messo da qualche parte e non ti ricordi più."

"No, l'ho cercato ovunque e non ho trovato niente! Sono stufa! Stufa! Io metto in ordine e Iphigénie mi sposta tutto!"

Gli occhi di Zoé, pieni di lacrime, riflettevano una disperazione che nessun discorso sarebbe riuscito a calmare.

"Non arrabbiarti, lo ritroveremo..."

"Ti dico di no, invece!" gridò Zoé con voce sempre più acuta. "Lo ha buttato via, butta sempre tutto! Le ho detto cento volte di non toccarlo e non mi ascolta! Mi tratta come se fossi una bambina... come se fosse un quaderno di scarabocchi! Oh mamma, è orribile, credo che morirò."

Joséphine decise di andare a guardare lei stessa.

Per quanto sollevasse il materasso, spingesse da parte il letto, passasse in rassegna il guardaroba, spostasse la scrivania, svuotasse la cartella, scuotesse mutande e calzini, non trovò il quaderno nero.

Zoé, seduta sulla moquette, piangeva tormentando la T-shirt Joe Cool.

"Lo lascio sempre lì, sulla mia scrivania. Tranne quando me lo porto in cucina... Ma poi lo rimetto sempre a posto... Sai quanto ci tengo, mamma! L'ho perso, ti dico che l'ho perso. Iphigénie l'avrà buttato via facendo i mestieri..."

"Ma no! È impossibile!"

"E invece sì, mamma, è spietata! Vuol sempre gettare tutto!"

I singhiozzi raddoppiarono d'intensità. Sembrava il rantolo di un animale agonizzante rannicchiato su un fianco in attesa della fine.

"Zoé, ti supplico! Non piangere! Lo ritroveremo..."

"Non è vero, lo sai perfettamente, e non cucinerò più per il resto della mia vita!" urlò Zoé scoppiando in una nuova serie di singulti. "E non avrò più ricordi, né passato, era tutto nel mio quaderno! C'era tutta la mia vita!"

Hortense osservava tutte quelle lacrime con uno sguardo di pietà esasperata.

La cena fu lugubre.

Zoé piangeva sul piatto, Joséphine sospirava, Hortense taceva, ma il suo silenzio riprovevole significava che si facevano troppi drammi per un ricettario di cucina.

Assaggiarono appena il *coq au vin* che Joséphine aveva cucinato il giorno prima a fuoco lento in previsione dell'arrivo di Hortense e andarono a letto parlando sottovoce come se tornassero da un funerale.

Dal giorno in cui aveva pranzato con Gaston Serrurier, occasione in cui lui le aveva lasciato capire che i suoi diritti d'autore si erano alquanto assottigliati, Joséphine faceva fatica a dormire. Giaceva supina cercando la posizione migliore, il modo di stendere il braccio destro, poi il sinistro, di orientare le gambe, ma nella testa le cifre ballavano un cancan sfrenato che la precipitavano verso la rovina. Tornava la paura di fallire. La paura della povertà. Di ritrovarsi a fare i conti in piena notte alla luce fioca dell'abat-jour. Quella vecchia compagna che aveva creduto di avere bandito dalla sua vita e di cui riconosceva i passi affrettati.

Fu la prima ondata di angoscia.

Allora si alzava, andava alla scrivania, prendeva gli estratti conto della banca, contava e ricontava, ripeteva tre volte la stessa addizione, perdeva il conto, ricominciava, faceva una sottrazione, tornava a letto, si rialzava per rifare le operazioni, aveva dimenticato la tassa sugli immobili... Immaginava di vendere l'appartamento, di trovare una sistemazione a prezzo inferiore... Se non altro era la proprietaria di una bella casa, in un bel quartiere. Era un bene che poteva rivendere. Sì, ma c'era il mutuo da rimborsare... E la scuola di Hortense, la camera di Hortense a Londra, l'assegno mensile di Hortense. Non ne aveva parlato a Serrurier. Non avrebbe mai osato.

Aveva dimenticato il denaro e i suoi artigli. Avrebbe rivissuto i patemi provati davanti alle piccole addizioni.

Non si preoccupava mai per Zoé. Era Hortense a riempirla di paura. Non poter più comprarle dei bei vestiti, costringerla a traslocare in un quartiere meno chic, impedirle di fare questo e quello, di costruire dei sogni da realizzare... Impossibile! Ammirava l'ambizione e l'energia della figlia. Si sentiva responsabile dei suoi gusti lussuosi. Non aveva mai avuto il coraggio di opporsi ai suoi desideri. Doveva ammetterlo.

Si raddrizzava, respirava profondamente e si diceva: devo solo trovare un'idea per il mio libro e rimettermi al lavoro. Sono già stata in grado di farlo una volta...

Ma una nuova ondata di angoscia la sommergeva schiacciandola. Una morsa bruciante le serrava il petto. Non riusciva più a respirare. Le mancava l'aria. Si sfregava le costole. Contava, contava per calmarsi e riprendere a respirare. Uno, due, tre, non ci riuscirò mai, sette, otto, nove, non ci riuscirò mai, ho sognato che ce l'avrei fatta, per due anni ho dormito in una calma illusoria... dodici, tredici, quattordici, sono un topo di biblioteca, non una scrittrice. Un topo che si guadagna il pane tra scaffali grigi coperti di libri e polvere. Serrurier ha detto che sono una scrittrice per incoraggiarmi, ma non ci crede affatto. Deve ripetere lo stesso discorso a tutti gli autori nel corso dello stesso pranzo nello stesso ristorante di cui conosce a memoria il menu...

Si alzava.

Andava a bere un bicchiere d'acqua in cucina. La paura le scavava dentro un buco così grande che doveva appoggiarsi al bordo dell'acquaio.

Parlava a Du Guesclin che la osservava, inquieto, non ci riuscirò, sai, se la prima volta ce l'ho fatta è stato perché mi spronava Iris. Lei aveva forza per due, non dubitava mai, lei, non si alzava di notte per fare addizioni e sottrazioni, mi manca, Dug, mi manca...

Du Guesclin, sospirava. Quando Joséphine lo chiamava Dug la situazione era grave. O preoccupante. Inclinava la testa a destra, a sinistra, per indovinare se si trattava di un'immensa felicità o di un tremendo dispiacere... La fissava con tale sconforto che lei s'inginocchiava, lo prendeva tra le braccia e gli accarezzava la grossa testa nera di prode cavaliere.

Si rifugiava in balcone e spiava le stelle. Chinava il capo, stringeva le mani tra le gambe, domandava alle stelle di darle forza e pace. Per il resto, me la sbrigherò... Datemi lo slancio, la voglia e ripartirò, ve lo prometto. È così faticoso essere sempre sola. Sola a far ripartire la vita ogni giorno.

Recitava la sua preghiera alle stelle, quella che era stata così spesso esaudita.

"Stelle, vi prego, fate che io non sia più sola, che non sia più povera, che non mi senta più logorata, che non tremi più di paura... La paura è il mio nemico peggiore, la paura mi taglia le gambe. Datemi la forza e la pace interiore, datemi l'uomo che aspetto in segreto e a cui non riesco più ad avvicinarmi. Fate che ci ritroviamo e che non ci lasciamo mai più. Perché l'amore è la ricchezza più grande e di quella non posso fare a meno..."

Pregava ad alta voce stendendo sul cielo stellato il velo delle sue inquietudini. Il silenzio, il profumo della notte, il mormorio del vento tra i rami, tutti quei punti di riferimento addomesticati grazie a una lunga abitudine avvolgevano le sue parole e calmavano l'agitazione della sua anima. I timori si allontanavano. Respirava di nuovo, la morsa bruciante si allentava, tendeva l'orecchio per ascoltare il rumore di un taxi che rallentava per far scendere un cliente, una porta che si chiudeva, tacchi femminili che punteggiavano un marciapiede, s'infilavano in un palazzo, è l'ora a cui rientra, è sola o raggiunge un marito addormentato? La notte prendeva i colori di una sconosciuta. Ritornava familiare. La notte non era più minacciosa.

Ma quella sera, dal cielo non scese la pace.

I pugni chiusi sotto il piumino, Joséphine ripeteva il quaderno di Zoé, il quaderno di Zoé, supplicando il Cielo di farlo riapparire. Il quaderno di Zoé, il quaderno di Zoé, le parole le dilaniavano la mente, le davano l'emicrania. Zoé e la cucina, Zoé e le spezie, le salse, i soufflé che si gonfiano e sgonfiano, i bianchi montati a neve, il cioccolato che fonde, il giallo dell'uovo che dora, le mele tagliate in due, la pasta che si attacca al matterello, il caramello che brunisce e il forno che accoglie la torta. C'è la vita di Zoé in quel quaderno: la ricetta del pollo ruspante portata dal Kenya, il "vero" purè di Antoine, i gamberetti alla scandinava della sua amica Emma, il crumble della signora Astier, la sua insegnante di Storia, le lasagne di Mylène, la pasta al salmone di Giuseppe, la fonduta di mou e torrone di Iphigénie... Tutta la sua vita scorreva in quelle ricette inframmezzate da brevi racconti. Il tempo del giorno, l'abito che indossava, quello che aveva detto il signor Tal dei tali e quel che ne seguiva, gli indizi di un'identità. Vi prego, stelle, restituitele il quaderno che a voi non serve a niente!

"Sarebbe un bel regalo di Natale", aggiunse Joséphine scrutando il cielo.

Ma le stelle non risposero.

Joséphine si alzò, si sistemò il piumino sulle spalle, rientrò nell'appartamento, infilò la testa nella camera di Zoé, la guardò, addormentata con in bocca la gamba di Nestor, il suo orsacchiotto... A quindici anni, Nestor la calmava ancora.

Tornò in camera sua, stese il piumino sul letto. Ordinò a Du Guesclin di acciambellarsi sul tappeto. Si mise sotto la coltre calda e chiuse gli occhi recitando il quaderno di Zoé, il quaderno di Zoé, il quaderno di Zoé... quando un pensiero la colpì: i bidoni della spazzatura! Zoé aveva ragione, e se Iphigénie, che non tollerava il minimo disordine, l'avesse buttato in un bidone?

Si alzò di colpo, colma di una gioiosa certezza.

I bidoni! I bidoni!

S'infilò un paio di jeans, un maglione pesante, gli stivali, raccolse i capelli, prese dei guanti di gomma, una pila tascabile, fischiò a Du Guesclin e scese nel cortile del condominio.

Entrò nel locale dove stavano appesi, agganciati come quarti di bue nella cella frigorifera di un macellaio, una decina di biciclette, due tricicli, individuò i quattro bidoni della spazzatura, neri, imponenti, pieni di immondizia fino all'orlo. Inalò l'odore di muffa umida. Si sfregò il naso. Pensò a Zoé e sprofondò decisa le braccia nella prima pattumiera.

Aprì ogni sacchetto di plastica, tastò roba viscida, molle, appuntita, bucce, resti di ossobuco, vecchie spugne, imballaggi, bottiglie – ma non fanno la raccolta differenziata in questo stabile?, brontolò – alla ricerca di un oggetto liscio con la copertina cartonata.

Le sue dita decifravano l'immondizia con l'abilità di un cieco.

Rischiò di fermarsi diverse volte, il cuore oppresso dall'odore acre, stordente.

Girava la testa, preferendo non vedere ciò che tastava, lasciando alle mani il compito di riconoscere il prezioso quaderno. Scartava, selezionava, si attardava talvolta su un rettangolo che assomigliava a un libretto, lo illuminava con la pila: era il coperchio di una scatola di scarpe o di biscotti, si rituffava nell'immondizia, voltava la testa di lato per afferrare un soffio d'aria meno fetida, ripartiva all'assalto.

Al terzo bidone era sul punto di rinunciare. Il pavimento era diventato scivoloso e per poco non perse l'equilibrio.

Ritirò le mani e sbuffò, scoraggiata.

Perché Iphigénie avrebbe dovuto buttare via quel quaderno?

Quella donna venerava la scuola e sbandierava in continuazione che era l'unica speranza della povera gente. È grazie alla cultura che ci si eleva, signora Cortès, guardi me, non ho studiato e mi mordo le dita... Alla ripresa della scuola, ricopriva con cura i libri di testo, appiccicava belle etichette, ricopiava con attenzione i nomi dei suoi figli, completava l'opera aggiungendo uno sticker di colore diverso a seconda che si trattasse del quaderno di francese, di matematica o di geografia. Non avrebbe mai gettato un'agenda piena di appunti! Mai! L'avrebbe aperta, studiata appoggiando i gomiti sul tavolo...

Ma il dispiacere di Zoé, la sua tempesta di lacrime, la bocca piegata in una smorfia disperata le impedirono di rinunciare.

Riprese coraggio. Strinse i gomiti ai fianchi per cercare slancio. Sollevò il coperchio, trovò un osso di cosciotto che lanciò a Du Guesclin e ricominciò a frugare.

Infine, la sua mano guantata s'imbatté in una forma dura e rettangolare. Un quaderno! Il quaderno!

Lo sollevò, felice e orgogliosa.

Lo esaminò alla luce della pila.

Era proprio un'agenda, un'agenda nera, ma non era il quaderno di Zoé.

Sulla copertina non c'erano né foto né disegni né macchie di colore. Una vecchia agenda che stava insieme solo perché una mano abile aveva appiccicato dello scotch lungo la rilegatura.

Joséphine si tolse i guanti, aprì l'agenda nera alla prima pagina e si mise a leggere al bagliore della pila.

"Oggi, 17 novembre 1962, è il mio primo giorno di lavoro, il giorno d'inizio delle riprese. Sono stato assunto come tuttofare sul set parigino del film *Sciarada* di Stanley Donen. Porto i caffè, vado a comprare pacchetti di sigarette, faccio telefonate. È stato un amico di mio padre a trovarmi questo posto come ricompensa per aver superato la maturità con il massimo dei voti. Sono sul set solo il venerdì sera e nel fine settimana, perché sto preparando l'esame di ammissione al Politecnico. Voglio fare il Politecnico...

Oggi la mia vita cambierà. Entro in un mondo nuovo, un mondo inebriante, quello del cinema. Soffoco a casa mia. Soffoco. Ho l'impressione di sapere già come andrà la mia vita. Che i miei genitori abbiano deciso tutto al posto mio. Ciò che farò, chi sposerò, quanti figli avrò, dove abiterò, cosa mangerò la domenica... Non voglio avere figli, non voglio una moglie, non voglio iscrivermi a un'università importante. Ho voglia di fare altro, ma non so cosa... Chissà cosa mi porterà questa avventura? Un mestiere, un amore, delle gioie, delle delusioni? Non lo so. Ma so che a diciassette anni si può sperare tutto, allora io spero tutto e ancora di più."

Scriveva dritto, con una calligrafia allungata. E le parole finivano accartocciandosi come zampe mutilate. Sembravano dei monconi. Leggere era quasi doloroso. La carta era ingiallita, macchiata. In certi punti l'inchiostro era stinto, rendendo difficile l'interpretazione. Verso la parte centrale, intere pagine si erano solidificate in un blocco compatto impossibile da aprire senza paura di strapparlo. Bisognava farlo con cura e lentezza se non si voleva perdere la metà del testo.

Joséphine girò la prima pagina per proseguire nella lettura, forzando dolcemente perché le pagine si erano incollate.

"Fino a oggi non ho mai vissuto. Ho obbedito. Ai miei genitori, ai miei insegnanti, a ciò che è necessario fare, a ciò che è opportuno pensare. Finora sono stato un riflesso muto, bene educato davanti allo specchio. Mai me stesso. D'altra parte, chi sono io? È come se fossi nato con un abito pronto da infilare... Grazie a questo lavoretto, forse riuscirò infine a scoprire chi sono e ciò che mi aspetto dalla vita. Saprò di cosa sono capace quando sono libero. Ho diciassette anni. Perciò non me ne frega niente che non mi paghino. Viva la vita! Viva me! Per la prima volta, sento un alito di speranza... ed è terribilmente bello..."

Era un diario.

Che ci faceva nell'immondizia? A chi apparteneva? A qualcuno del palazzo, altrimenti non sarebbe finito lì. E perché era stato buttato?

Joséphine accese il timer del locale, si sedette per terra. La mano le scivolò su una buccia di patata che le restò appiccicata al palmo. Se la tolse con un conato di vomito, si pulì nei jeans e riprese a leggere, appoggiata a un bidone della spazzatura.

"28 novembre 1962. Finalmente l'ho incontrato. Cary Grant. La star del film insieme ad Audrey Hepburn. Com'è bello! E divertente, e alla mano. Entra in una stanza e la sua presenza la riempie completamente. Quello che lo circonda svanisce. Avevo appena portato un caffè al direttore delle luci, che non mi ha nemmeno ringraziato, e sono rimasto a osservare la scena che stavano girando. Non filmano seguendo la storia. E poi recitano giusto un paio di minuti prima che il regista gridi taglia! Discutono di qualcosa, un minuscolo particolare e poi rifanno la scena più volte di seguito. Non so come facciano gli attori a raccapezzarsi... Devono cambiare in continuazione il registro delle emozioni o ripeterle in modo diverso. E, in più, in modo spontaneo! Cary Grant era infastidito perché pensava che l'illuminazione in controluce gli facesse le orecchie rosse ed enormi! Hanno dovuto applicargli dello scotch opaco dietro le orecchie e chi ha dovuto recuperare dello scotch opaco in un batter d'occhio? Io. E quando ho sventolato il rotolino, tutto fiero di averlo scovato così velocemente, lui mi ha ringraziato aggiungendo chi troverà il mio personaggio seducente con due enormi orecchie rosse incollate, eh, *my boy*?

Mi chiama così, *my boy*. Come se tra noi esistesse un legame. La prima volta che me l'ha detto ho fatto un salto, credevo di avere sentito male! E, inoltre, quando ha pronunciato le parole *my boy*, mi ha guardato dritto negli occhi con dolcezza e interesse... Ero scosso.

Ci vogliono almeno cinquecento piccoli dettagli per fare una buona impressione, ha continuato. Credimi, *my boy*, ho lavorato a lungo sui dettagli, e a cinquantotto anni so di che cosa parlo... l'ho osservato interpretare la scena, folgorato. Entra ed esce dal personaggio come se si togliesse la giacca. La mia vita non sarà mai più la stessa da quando mi ha parlato. È come se non fosse più Cary Grant, il tizio che vedevo in foto su *Paris Match*, ma Cary... Cary, e solo per me.

Pare che Audrey Hepburn abbia accettato di girare il film a condizione di avere lui come partner... Lo adora! C'è una scena molto buffa in cui lei gli dice: 'Sa che cosa non va in lei?' Lui la guarda, inquieto, e con un gran sorriso Audrey risponde: 'Niente.'

Ed è vero, non c'è niente che non vada in lui...

C'è anche un attore francese nel film, si chiama Jacques Martin. Non parla una parola d'inglese, o quasi, perciò gli scrivono le battute di dialogo esattamente come si pronunciano. È davvero buffo e fa ridere tutti...

8 dicembre 1962.

Ce l'ho fatta! Siamo diventati amici. Quando arrivo sul set e lui non sta ancora girando o parlando con qualcuno, mi saluta con un cenno della mano. Un piccolo *hello* che significa ciao! Sono contento di vederti... e io divento tutto rosso.

Tra una scena e l'altra viene a cercarmi e fa un sacco di domande sulla mia vita. Vuole sapere tutto, ma non ho granché da raccontargli. Gli dico che sono nato a Mont-de-Marsan, il nome lo fa ridere, che mio padre dirige l'impianto della compagnia Charbonnages de France di Mont-de-Marsan, che ha frequentato il Politecnico, la più grande scuola universitaria di Francia, che sono figlio unico, che ho appena superato la maturità a pieni voti e che ho diciassette anni...

Lui mi rivela che a diciassette anni aveva già vissuto mille vite... Che fortuna! Mi ha chiesto se ho la ragazza e io sono arrossito di nuovo! Ma ha fatto finta di non accorgersene. È molto discreto...

Se sapesse che c'è una ragazza, la figlia di una coppia di amici dei miei genitori, che mi è stata 'prenotata' da diverso tempo, rimarrebbe sconvolto. Ha i capelli rossi, è secca e ha le mani umidicce. Si chiama Geneviève. Ogni volta che viene a trovarci con i suoi genitori, a tavola me la fanno sedere vicino e io non so che dirle. Ha dei baffetti sul labbro superiore. I genitori ci guardano dicendo che è normale, sono timidi, e io ho voglia di gettare via il tovagliolo e rifugiarmi in camera mia. Ha la mia età, ma potrebbe benissimo avere il doppio dei miei anni. Mi lascia del tutto indifferente. Non si merita l'appellativo di fidanzatina.

Lui è innamorato di un'attrice che si chiama Dyan Cannon. Mi ha mostrato la sua foto. Trovo che si trucchi troppo, che abbia troppi capelli, troppe ciglia, troppi denti, troppo di tutto... Mi ha chiesto la mia opinione e gli ho risposto solo che per i miei gusti esagerava con il fondotinta e lui era d'accordo. Litigano perché lui la vorrebbe più naturale. Odia il trucco, è sempre abbronzato e afferma che quello è il migliore make-up del mondo. Pare che a Natale lei verrà a Parigi. Hanno programmato di fare il cenone con Audrey Hepburn e suo marito, Mel Ferrer, nella grande villa in cui abitano alla periferia ovest della città. Audrey Hepburn è molto pignola sulle sue mise. Ne possiede tre identiche per ciascun tipo nel caso in cui... ed è un sarto francese che la veste. Fatto sta che..."

Il timer si spense e Joséphine si ritrovò al buio. Si alzò, tastò alla ricerca dell'interruttore, lo individuò e tenne la pila accesa per lo spegnimento successivo. Si risedette facendo bene attenzione a non scivolare su delle bucce.

"Si preoccupa del minimo particolare. Passa tutto alla lente d'ingrandimento, gli abiti di scena – persino quelli delle comparse – le scenografie, le battute del copione e le fa rifare o riscrivere tutte le volte che non è d'accordo. Questo costa una fortuna alla produzione e sento persone che brontolano dicendo che non sarebbe così esigente se fosse lui a pagare, sottintendendo che sia spilorcio... Non è spilorcio. Mi ha regalato una bellissima camicia di Charvet perché gli sembrava che la mia avesse il colletto troppo corto. La metto sempre. La lavo io stesso a mano con il sapone. I miei genitori dicono che è disdicevole accettare regali da uno sconosciuto, che questo film mi sta dando alla testa e che è il momento che mi concentri sui miei studi... Ribatto che sto imparando l'inglese e che mi servirà per tutta la vita. Rispondono che non capiscono a cosa possa servire per fare il Politecnico.

Io non voglio fare il Politecnico...
Io non voglio sposarmi. Non voglio figli.
Io voglio essere...
Non lo so ancora...

È ossessionato dal suo collo. Si fa fare tutte le camicie su misura con un colletto molto alto per nascondere il collo, che giudica troppo tozzo... I suoi vestiti vengono confezionati a Londra e, quando li riceve, prende un metro per verificare che le misure siano esatte!

Mi ha raccontato che in occasione dei suoi primi passi davanti a una macchina da presa per un grande studio cinematografico – ho dimenticato il nome! Ah sì, la Paramount – era stato rifiutato per via del collo e delle gambe troppo arcuate! E l'avevano trovato troppo paffuto! Che vergogna! Era accaduto prima del crollo del 1929. Le sale cinematografiche di New York chiudevano l'una dopo l'altra e lui si era ritrovato in mezzo alla strada. Obbligato a fare l'uomo-sandwich sui trampoli con dei cartelloni pubblicitari sulla schiena per un ristorante cinese. E la sera, per guadagnare qualche soldo, faceva l'*escort boy*. Accompagnava donne e uomini soli. È così che ha imparato a essere elegante...

Finché ha vissuto a New York ha conosciuto povertà e solitudine. La sua vita è cambiata a ventotto anni quando è partito per Hollywood. Ma fino a quel momento, me l'ha detto sorridendo, i tempi erano stati davvero duri... Dieci anni di lavoretti, di rifiuti, di non sapere dove andare a dormire, come mangiare. Tu non hai idea di cosa sia, *my boy*... Incredibile! Mi sono vergognato un po' della mia esistenza così ordinata, così organizzata.

A poco a poco conoscerò tutto della sua vita.

Continua a chiamarmi *my boy* e questo mi piace molto...

Sono parecchio sorpreso che s'interessi a me. Dice che gli piaccio. Che sono diverso dai ragazzi americani. Mi fa parlare della mia famiglia. Racconta che spesso, nella vita, sposiamo persone che assomigliano ai nostri genitori e bisogna evitarlo perché poi la storia si ripete all'infinito.

15 dicembre.

Mi parla spesso dei suoi primi anni a New York, quando moriva di fame e non aveva amici.

Un giorno incontra un amico con cui si confida. L'amico, si chiamava Fred, lo trascina in cima a un grattacielo. Era una giornata fredda e piovosa e non si vedeva a dieci metri di distanza. Fred dichiara che dietro quella nebbia deve sicuramente esserci una panorama fantastico e non è perché loro non lo vedono che non esiste. La fede nella vita, prosegue, è credere che il panorama esista e che dietro la nebbia ci sia un posto per te. Adesso pensi di essere minuscolo, insignificante, ma da qualche parte, dietro a tutto quel grigio, c'è un posto riservato a tuo nome, dove sarai felice... Perciò non giudicare la tua vita rispetto a ciò che sei oggi, giudicala pensando al posto che occuperai se ti metti a cercare veramente senza imbrogliare...

Mi ha detto di tenerlo bene a mente.

Mi sono chiesto come fare. Ci vuole molta volontà e immaginazione. E fiducia in sé. Rifiutare tutto finché non si trova il proprio posto. Ma è pericoloso... Se mi accettano al Politecnico, avrò il coraggio di non andarci e di raccontare ai miei genitori la storia del posto dietro la nebbia? Non ne sono sicuro. Mi piacerebbe un sacco avere quel coraggio...

Per lui era diverso. Non aveva scelta...

Ha perduto sua madre a nove anni... L'adorava. È una storia incredibile. Mi ha detto che me ne parlerà più avanti. Che m'inviterà a bere qualcosa nella sua suite d'albergo. A quel punto ho avuto le vertigini! Mi sono immaginato da solo con lui e ho provato molta paura. Moltissima paura... Quando ci vediamo sul set siamo circondati da tanta gente, non siamo mai soli ed è lui a parlare per tutto il tempo.

Mi sono reso conto di avere molta voglia di stare da solo con lui. Credo che potrei persino sedermi in un angolo e restare semplicemente a osservarlo. È così bello, non ha nessun difetto... Mi chiedo come definire ciò che provo per lui. Non ho mai sentito una cosa del genere. Questo calore che mi attraversa il corpo e che mi fa venire voglia di stare sempre in sua compagnia. Non riesco a smettere di pensarlo. Non riesco più a concentrarmi sul lavoro, per niente.

Ha l'aria sorpresa quando gli spiego che mi sto applicando duramente per i miei studi. Dice che non è sicuro che serva a qualcosa. Che lui ha imparato tutto sul campo, che non ha studiato. Era un ragazzino inglese di Bristol abbandonato a se stesso. Faceva un sacco di sciocchezze. A quattordici anni era entrato a far parte di un circo ambulante le cui tournée lo hanno condotto fino in America, e quando la compagnia è ripartita, lui ha scelto di restare a New York. A diciotto anni! Solo e senza un soldo. Non aveva niente da perdere...

Aveva abbandonato tutto: il suo Paese natale, l'Inghilterra, la sua famiglia... Non apparteneva a niente né a nessuno. Ha dovuto inventarsi tutto ripartendo da zero. Ed è così che è nato Cary Grant! Perché all'inizio, mi ha spiegato, Cary Grant non esisteva... Il suo vero nome, in realtà, è Archibald Leach. È buffo perché non ha la faccia di uno che si chiama Archibald.

L'altro giorno gli ho detto che volevo essere come lui. È scoppiato a ridere e ha risposto tutti vogliono essere Cary Grant, anch'io! Non era come se si vantasse, piuttosto come se avesse dei problemi con il personaggio che si era creato... Credo che a un certo punto mi sono trasformato nel personaggio che interpreto sullo schermo. Ho finito per diventare 'lui'. O lui ha finito per diventare me. E non sapevo più bene chi ero.

Ero perplesso. Mi sono detto che è difficile diventare qualcuno. Complicato sapere chi si è.

Il pensiero che ripartirà mi fa venir voglia di morire. E se lo seguissi?

Che dirò ai miei genitori? Papà, mamma, mi sono innamorato di un uomo di cinquantotto anni, un attore americano... Gli prenderà un colpo. Anche al resto della famiglia. Perché è così, credo, mi sto innamorando... Anche se non è l'espressione giusta. Ci si può innamorare di un uomo? So che è possibile... E allo stesso tempo, se lui mi venisse troppo vicino, penso che me la darei a gambe levate!

Non voglio sposarmi, non voglio avere figli, non voglio fare il Politecnico, tutto questo lo so... ma del resto, non so niente.

Se mi chiede di partire con lui, lo seguo..."

Il timer si spense di nuovo e Joséphine si alzò per riaccenderlo. L'interruttore era appiccicoso, umido e l'odore acre dei bidoni la fece deglutire per il disgusto. Ma aveva voglia di continuare a leggere...

"Non vedo l'ora di conoscere la storia di sua madre. Sembra che la cosa l'abbia terribilmente segnato. Ripete in continuazione che non si fidava delle donne a causa di quello che era successo con lei. Pare che l'abbia raccontato a Hitchcock, che se n'è servito in un film intitolato *Notorius* con Ingrid Bergman. In un dialogo con l'attrice, il suo personaggio confessa di aver sempre avuto paura delle donne, ma che gli sarebbe passata...

Ed è vero, *my boy*, è vero, ma ci ho lavorato su. Dice che si deve lavorare sui rapporti con le persone per non ripetere gli stessi errori. Io, *my boy*, a causa della storia con mia madre, mi sono sempre sentito più a mio agio con gli uomini. Avevo fiducia in loro. Preferivo vivere con un uomo piuttosto che con una donna.

Mi sono detto che questa era una vera confidenza. Una confidenza che si fa solo a un amico. E sono stato felice che l'avesse fatto... Ho sentito il bisogno di parlare di lui con qualcuno e l'ho detto a Geneviève. Le ho raccontato giusto qualche cosa. Non sembrava impressionata. Credo sia un po' gelosa... e dire che non sa nemmeno tutto!

Sul set non abbiamo molto tempo per conversare perché veniamo spesso interrotti, ma quando andrò a bere quel famoso drink nel suo hotel, gli farò tantissime domande. Ha la capacità di mettere a proprio agio le persone e mi dimentico completamente che è un attore molto conosciuto. Una vera star..."

Il racconto continuava per pagine e pagine.

Joséphine saltò alla fine per vedere come si concludeva quella storia.

Aveva la sensazione di leggere un romanzo.

Il diario terminava con una lettera scritta da Cary Grant a colui che lei aveva già iniziato a chiamare Piccolo Gentiluomo e che quest'ultimo aveva ricopiato. Non c'era data. Aveva smesso di indicarle. Aveva soltanto annotato "ultima lettera prima della sua partenza da Parigi".

"*My boy*, ricordati questo: siamo gli unici responsabili della nostra vita. Non dobbiamo incolpare nessuno dei nostri errori. Siamo gli artefici della nostra felicità e talvolta anche l'ostacolo principale. Sei all'alba della tua vita, e io al crepuscolo della mia, non posso che darti un consiglio: ascolta, ascolta la vocina dentro di te prima di imboccare la tua strada... E il giorno in cui la sentirai, seguila ciecamente... Non lasciare che nessuno decida al posto tuo. Non avere mai paura di rivendicare ciò che hai a cuore.

Sarà questa la cosa più difficile per te, perché pensi a tal punto di non valere niente da non riuscire a immaginare un futuro radioso, un futuro con la tua impronta... Sei giovane, non sei obbligato a ripetere lo schema dei tuoi genitori...

Love you, my boy..."

Cos'aveva fatto il Piccolo Gentiluomo alla fine delle riprese?

Aveva seguito Cary Grant?

E perché quel diario nero colmo di così tanta speranza era stato gettato in una pattumiera?

Joséphine si asciugò la fronte con il dorso della mano, appoggiò di lato il diario e tornò alla ricerca del quaderno di Zoé.

Si trovava nell'ultimo bidone, dentro un sacchetto. Sotto un vecchio maglione bucato di Zoé, una palla di pelo di Du Guesclin, una calza scolorita e dei fogli strappati. Iphigénie l'aveva buttato senza accorgersi. Doveva avere afferrato il quaderno insieme ai fogli sulla scrivania di Zoé.

Se avessi iniziato dall'ultimo bidone lo avrei trovato subito, sospirò Joséphine grattandosi la punta del naso. Sì, ma... non mi sarei imbattuta nel diario!

Richiuse la porta del locale immondizia, risalì nell'appartamento. Pulì con cura il quaderno nero di Zoé. Passò una spugna sulla copertina, lo mise bene in mostra sul tavolo della cucina. Infilò il diario in un cassetto della sua scrivania.

E si rimise a letto.

Alle sette del mattino, i netturbini passarono a svuotare i quattro cassonetti del palazzo.

* * *

Iphigénie storse il naso con una smorfia orribile. Aveva appuntamento per un colloquio d'assunzione e la gola chiusa. Segretaria in uno studio di podologi, la prospettiva le piaceva. Quei medici non sarebbero mai rimasti disoccupati. La gente non sa più usare i piedi. Li appoggia tutti storti. C'è un sacco di lavoro per chi deve raddrizzarli! Mentre dalla clavicola alla rotula hanno dimenticato tutto. Non si ricordano più nemmeno se sono nomi di fiori di campo o di articolazioni!

L'ultima volta che aveva superato un colloquio era stato prima di incontrare l'uomo che era stato la sua disgrazia e il cui nome non voleva nemmeno più pronunciare per paura che le portasse sfortuna. La sua candidatura era stata accettata. Aveva lavorato sei anni per due medici, un nutrizionista e un diabetologo, nel diciannovesimo arrondissement. Li aveva ribattezzati dottor Qui e dottor Quo, talmente si assomigliavano. Incolori, glabri, occhietti marroni, capelli radi, disordinati ma gentili. Se n'era andata quando era nata Clara. Tanto lavoro, nessun aiuto a casa, troppe notti in bianco e un marito che la picchiava. Non sapeva più come spiegare ai pazienti i lividi e le contusioni. Il dottor Qui si era detto triste, ma erano obbligati a fare a meno di lei, il dottor Quo aveva aggiunto che tutti quei segni sospetti producevano un brutto effetto. O forse era stato il dottor Quo che, per primo... Non lo sapeva più. Aveva dovuto andarsene. L'uomo di cui non voleva pronunciare il nome era stato arrestato il mese successivo per aver brutalmente aggredito un poliziotto. Da allora marciva in prigione. Che liberazione! Se l'era data a gambe con i suoi due figli. Aveva trovato un posto come portinaia nei quartieri alti di Parigi. Ne gioiva tutti i giorni. Aveva un appartamentino con luce e riscaldamento, telefono gratuito, cinque settimane di vacanze, nessuna imposta locale, in cambio di cinque ore di pulizie al giorno e la disponibilità notturna. Milleduecentocinquantaquattro euro al mese ai quali aggiungere le faccende domestiche per qualche inquilino. Insomma, la bella vita! strombazzò a voce alta per fare passare un po' d'aria nella gola serrata. I bambini frequentavano delle buone scuole, avevano dei compagni a modo, dei quaderni ben tenuti e insegnanti che non scioperavano mai. La vita da ricchi comportava un sacco di vizi, ma gli facilitava terribilmente il trantran quotidiano.

Ma oggi lei e la sua portineria erano minacciate.

Doveva prevedere una soluzione di ripiego.

"Non ho intenzione di immolarmi come l'agnello pasquale!" esclamò prendendo a testimone un quadro a soggetto bucolico nel quale apparivano una pecora con il suo agnellino spiati da un lupo. "Non mi lascerò divorare dal lupo!"

Poteva parlare a voce alta, era sola nella stanza.

Una donna aprì la porta e le fece segno di entrare in un ufficio profumato di quell'aroma di mughetto che spesso si trova negli studi medici. Un odore pesante, artificiale. Lasciò una tazza di tè su un piattino e le mormorò, prima di uscire, vedrà, non è molto accomodante.

L'uomo dietro la scrivania non era né bello né brutto, né grasso né magro, né giovane né vecchio, né trasandato né perfettino. Un altro incolore. Un dottor Qui o un dottor Quo. È perché gli studi di medicina sono lunghi e difficili che nel corso degli anni si stingono?

Le lanciò un'occhiata fredda con cui le prese le misure da cima a fondo e lei puntò fieramente lo sguardo in quegli occhi che la frugavano. Per il colloquio si era fatta una tinta sobria. Né rossa, né blu, né gialla: castana.

Lui si voltò verso l'assistente e le chiese con voce alta e acuta: "La bustina è in infusione da molto o l'ha appena messa?"

"L'ho appena messa..."

"In tal caso, riprenda la tazza e me la riporti quando il tè sarà pronto."

"Ma perché?"

"Perché non saprei che farmene della bustina!"

"È per questo che le ho portato un piattino, per posarci la bustina una volta pronto il tè..."

"Ah, bene... Però una bustina usata non è bella da vedere! Avrebbe dovuto pensarci!"

Strinse le labbra e inarcò un sopracciglio, sfinito all'idea che tutto poggiasse sulle sue fragili spalle: l'arte del tè e il colloquio con una candidata che aveva giudicato al primo colpo d'occhio.

Poi si girò verso Iphigénie, prese una penna, aprì un blocco e domandò senza alcun preambolo: "Situazione famigliare."

"Divorziata, due figli."

"Divorziata sola o divorziata con un compagno?"

"Questo non la riguarda!"

L'assistente alzò gli occhi al cielo come se Iphigénie avesse appena firmato la sua condanna a morte.

"Divorziata sola o divorziata con un compagno?" ripeté il podologo senza staccare lo sguardo dal blocco.

Iphigénie si slacciò un bottone del cappotto, sospirò. Quante volte aveva intenzione di ripeterle la domanda? Quest'uomo è un disco rotto. O forse è un modo per farmi capire che non sono nient'altro che un topo impaurito che cerca di guadagnarsi da vivere. Che dipendo da lui, dalla sua buona volontà. Rispose: "E se le dicessi che vivo sola? Le andrebbe bene?"

"Sarebbe sorprendente alla sua età!"

"E perché?"

"È carina, ha l'aria simpatica. Cosa c'è che non va in lei?"

Iphigénie lo guardò a bocca aperta, decidendo di non rispondere. Se lo faccio, pensò, lo mando a quel paese, mi alzo, me ne vado e non posso più ri-bat-te-re.

"La mattina rifà il letto subito dopo essersi alzata?" proseguì l'uomo grattandosi l'indice.

"No, ma... Non sono comunque domande da farsi!" protestò Iphigénie.

"Questo dice molto del suo carattere. Passeremo del tempo insieme, voglio sapere con chi avrò a che fare."

"Non intendo rispondere. Non sono domande idonee."

Era stata la signora Cortès a insegnarle quella parola. Non era da tutti dire idoneo. Questo aggettivo le conferisce un certo atteggiamento, un alone di dignità. Adesso questo tizio saprà con chi ha a che fare, ho capito che l'espressione lo infastidisce.

L'uomo scribacchiò sul blocco e continuò a fare domande sempre meno idonee.

L'ultimo film visto? L'ultimo libro letto? Può riassumermelo? Il suo più grande successo nella vita? La più grande delusione? Quanti punti ha sulla patente? Che voti aveva in dettato alle elementari?

Iphigénie si mordeva l'interno della guancia per non lasciarsi andare a uno scoppio d'ira. L'assistente taceva, ma sulle sue labbra aleggiava un sorrisetto che diceva che non era nemmeno lontanamente possibile che venisse rimpiazzata da quella donna testarda e sboccata. Poi squillò il telefono e tornò alla sua scrivania per rispondere.

"Ma che razza di domande sono?" chiese Iphigénie. "Che cos'hanno a che fare con il fatto che sappia rispondere al telefono, riempire formulari e organizzare gli appuntamenti?"

"Voglio sapere che tipo di persona è e se è in grado di integrarsi nel nostro team. Siamo tre specialisti, abbiamo un'ottima clientela e non voglio correre rischi. Posso già dirle che lei mi sembra un po' troppo impetuosa per la vita di gruppo..."

"Ma lei non ha il diritto di chiedermi queste cose. È la mia vita privata, non sono affari suoi!"

"Pessimo linguaggio", osservò l'uomo puntandole un dito addosso. "Pessimo linguaggio!"

Aveva il dito ingiallito dal tabacco e cercava di nascondere l'odore di fumo vaporizzando nella stanza profumo di mughetto a buon mercato. Si spruzza di Anatra WC per fare dimenticare il suo vizio, pensò Iphigénie, stringendo i denti.

"Sta accumulando punti negativi non rispondendo..."

"Adesso le chiedo io se rifà il letto, da quale parte dorme e se mette il latte nel caffè. E perché fuma come un turco? Eppure anch'io dovrò viverle accanto! Non faccio domanda per diventare sua moglie, ma la sua segretaria! D'altra parte, compiango la sua povera moglie!"

A quel punto l'uomo si ammosciò, gli cedette il mento, le labbra tremarono, sembrò travolto da un'ondata di disperazione e si accasciò su se stesso mormorando: "È morta! È morta la scorsa settimana! Un tumore fulminante..."

Seguì un lungo silenzio. Iphigénie fissava i piedi del podologo, due belle calzature nere e lucide con le stringhe, sperando nel ritorno dell'assistente. Un'altra tazza di tè con piattino e bustina. L'uomo non sembrava più in grado di contenersi e tirava su con il naso cercando a tastoni nei cassetti qualcosa da usare come fazzoletto.

"Ha visto come si va a finire quando si fanno domande che non hanno niente a che fare con un colloquio lavorativo? Vuole che esca per darle il tempo di riprendersi?"

Il medico scosse la testa, trovò finalmente un fazzoletto, e si soffiò il naso facendo un rumore d'inferno.

Quindi riprese, aggrappandosi al blocco: "Ha già lavorato in uno studio medico?"

"Ah! Finalmente una domanda decente", lo incoraggiò Iphigénie.

Con voce dolce, materna, gli riferì la storia dei dottori Qui e Quo. Spiegò nei minimi particolari il proprio ruolo. Le sue qualità. Il suo senso organizzativo, la sua abilità con i pazienti, la sua compassione... Precisò che poteva lavorare nella vecchia maniera, se necessario, con carta e penna o con l'ausilio di un computer.

Che sapeva creare file informatici o dei dossier cartacei, preparando uno scheda per ogni cliente con tutte le informazioni pertinenti, prendere appunti sotto dettatura, gestire l'agenda degli appuntamenti, rispondere al telefono. Aggiunse che conosceva il vocabolario medico. Evitò di dirgli che non aveva un diploma. Evitò anche di rivelargli l'esatta verità sul perché aveva lasciato l'impiego precedente. Preferì raccontargli che, per il bene dei suoi figli, per essere presente quando tornavano da scuola, aveva accettato un lavoro come portinaia in un palazzo del sedicesimo arrondissement.

Lui si raddrizzò nel suo abito da mezzobusto e con le dita sottili si asciugò gli occhi ancora umidi. S'infilò il fazzoletto in tasca. Promise di chiamarla verso la fine della settimana per darle una risposta. Le chiese anche se poteva informarsi presso i suoi precedenti datori di lavoro. Iphigénie annuì pregando il cielo che questi ultimi fossero discreti sulla ragione del suo licenziamento.

L'uomo non fece altre domande e non si alzò quando lei uscì dalla stanza.

Stava per chiudere la porta quando lui la richiamò.

"Sì?" domandò, sporgendo la testa.

Il medico aveva ripreso sicurezza. Gonfiava il petto per cancellare il ricordo del suo spargimento di lacrime con i pollici infilati nella cintura dei pantaloni; il sorriso storto sulle labbra ristabiliva la gerarchia che intendeva imporre.

"Non intende ancora dirmi se vive sola o no?"

* * *

Zoé aprì il pacchetto di biscotti al cioccolato e pensò subito che non era una buona idea. Se Gaétan fosse venuto a Parigi per le vacanze di Natale, doveva essere snella e senza brufoli. I biscotti erano il mezzo più sicuro per diventare grassa e foruncolosa. Ma cosa rende i Petit Écolier così unici? recitava lo slogan sul pacchetto. Il fatto che sono pieni di calorie e fanno male alla pelle! rispose Zoé tentando di resistere.

Erano le diciassette e quindici. Aveva appuntamento in chat con Gaétan.

Lui aveva un quarto d'ora di ritardo ed era preoccupata. Aveva conosciuto un'altra ragazza, si era dimenticato di lei, lui viveva troppo lontano, lei non era abbastanza vicina, lui era tanto bello, lei così brutta...

Alle diciassette e venticinque diede un morso a un biscotto. Il problema con i Petit Écolier è che non ci si può accontentare di uno. Si è obbligati a ingozzarsi. Senza darsi il tempo di gustarli. Non si riesce nemmeno a conservare in bocca il sapore del cioccolato che bisogna aprirne subito un'altra confezione.

L'aveva quasi inghiottito quando apparve il messaggio di Gaétan.

"Sei lì?"

"Sì. Tutto bene?" digitò e lui rispose: "Uff!"

"Vuoi che ti racconti una cosa pazzesca?"

"Se vuoi..." replicò lui con uno Smiley triste, e lei si buttò. Gli riassunse la storia del quaderno ritrovato da sua madre nella spazzatura dichiarando tutta la sua felicità perché anche lui ne gioisse con lei.

"Sai, è da idioti, ma in questo quaderno scrivo tutto... C'è anche la volta che hai fatto sciogliere i marshmallow nel camino del salotto... Ti ricordi?"

"Sei fortunata ad avere una madre che si occupa di te. La mia mi fa venir voglia di piangere. Ha chiamato un rigattiere per vendere dei mobili perché ha detto che non li sopporta più, che le ricordano la sua vita di prima, ma io lo so che è perché non ha più un soldo. Non ha pagato la bolletta dell'elettricità, né quella del telefono, né la tivù nuova, niente di niente. Usa la carta di credito senza riflettere, senza calcolare... Quando arriva una fattura, la mette in un cassetto. Quando il cassetto è pieno, butta via tutto... e ricomincia!"

"Si sistemerà tutto, i tuoi nonni vi aiuteranno..."

"Sono stufi. Lei non la smette di fare sciocchezze... Sai, qualche volta mi capita di provare nostalgia di quando c'era mio padre..."

"Non puoi dire una cosa simile... Eri sempre arrabbiato con lui..."

"Be', adesso sono sempre arrabbiato con mia madre... In questo momento è al telefono con il Calvo... E ride in modo così falso! Infila un sacco di sottintesi sessuali, e mi dà sui nervi, sui nervi! E poi gioca alla bambina imbronciata."

"Il Calvo di Meetic? Lo vede ancora?"

"Dice che è formidabile e che si sposeranno. Temo il peggio. Quando pensi che le disgrazie siano finite, ecco che tornano, ed è una rottura di palle, Zoé... Vorrei tanto avere una vera famiglia. Prima eravamo una vera famiglia, adesso..."

"Cosa fai a Natale?"

"Mamma va via con il Calvo. Intende lasciarci a casa da soli. Dice che vuole una nuova vita ed è come se non ci volesse con sé. Ci esclude, non ha il diritto di farlo! Le ho chiesto se potevamo andare con lei e ha risposto no, voi no. Voglio ricominciare tutto daccapo. E ricominciare tutto daccapo significa farlo senza di noi..."

"Parla così perché è infelice. Sai, anche per lei è stato uno shock terribile... È passata da una vita in convento alla libertà, si sente persa."

"... e poi la mia camera è minuscola, e Domitille è impossibile. Ha dei traffici assurdi con dei ragazzi loschi, finirà male. Di notte sale sul tetto a fumare parlando per ore al telefono con la sua amica Audrey. Sono tutte e due piene di soldi. Mi chiedo da dove arrivi tutto quel denaro..."

"Vieni a passare il Natale a casa nostra. Sono sicura che mamma sarà d'accordo... e poi, se tua madre non ci sarà nemmeno..."

"La sera della vigilia siamo dai nonni, lei parte dopo..."

"Bene, allora sei libero... Se vuoi mia madre può telefonare ai tuoi nonni..."

"Ecco, no... perché lei non gli ha detto che partiva lasciandoci a casa da soli. Gli ha raccontato che ci portava a sciare per farsi dare dei soldi. Ma loro non sono scemi, se ne accorgeranno. Lei se ne frega!"

"E gli altri? Che dicono?"

"Charles-Henri sembra muto. Fa paura da tanto sta zitto! Domitille si è fatta tatuare il nome di Audrey sul fondoschiena! Ma ti rendi conto? Se i nonni lo scoprono, siamo morti! Va in giro nuda per casa orgogliosa come un galletto quando in realtà non è che una gallina lamentosa, un'oca senza becco, uno schifoso piccione parigino..."

"Ullallà! Sei davvero arrabbiato!"

"E quando ha fumato, si mette a quattro zampe e gattona dicendo merda! È terribile essere un cane handicappato! Normalmente devi camminare con quattro zampe, ma se te ne manca una, sei messo male! Delira."

"Vieni da me, per cambiare aria..."

"Vedrò cosa riesco a fare... Sono stufo, ma stufo! Vorrei tanto che tutto questo finisse! Ma non so come potrà finire bene..."

"Non dire così... E a scuola?"

"Lì tutto bene. È l'unico posto in cui ho un po' di pace. Tranne per Domitille, che si fa riprendere in continuazione. I prof la tartassano un sacco perché non rispetta niente..."

"I compagni, lo sanno? Di voi?"

"Non credo. In ogni caso, non ne parlano. Preferisco così... Non ci mancherebbe che questo!"

"Cerca di venire per Natale. Lo chiederò a mia madre, tu organizzati..."

"Ok. Ti lascio perché ha riagganciato e adesso verrà a leggermi dietro la schiena. Ciao!"

Non una parolina dolce. Non una frase d'amore. Non un'espressione che potesse far sbocciare un fiore nel suo cuore. Era talmente arrabbiato che non le si rivolgeva più nel modo affettuoso di prima. Non facevano più viaggi immaginari. Non dicevano più andiamo a Verona a baciarci sotto il balcone dei Capuleti. Ognuno restava nel suo angolino. Lui con le sue preoccupazioni, sua madre, sua sorella, il Calvo, e Zoé con una voglia immensa che Gaétan parlasse di lei. Che le dicesse che la trovava bella, che aveva stile e tutto quanto.

Doveva togliergli tutti quei drammi dalla testa.

Lui si sentiva responsabile per sua madre, sua sorella, le fatture. Era incastrato in una nuova vita di cui non capiva nulla. Aveva perso la bussola.

Sono io la sua unica bussola, sospirò Zoé.

E si sentì più forte di un ago magnetizzato che non perdeva mai di vista il nord.

Guardò il pacchetto di biscotti, lo rovesciò. Ne scivolò fuori uno. Lo prese, se lo portò alla bocca, cambiò idea, chiamò Du Guesclin e glielo offrì.

"A te non importa, puoi ingrassare tu... E poi, non ti verranno mai i brufoli... Questo è proprio vero, ai cani non vengono mai i brufoli."

Non hanno né brufoli né innamorati a rattristarli. Basta un biscotto a renderli felici. Si leccano i baffi e agitano la coda. Solo che Du Guesclin non ce l'aveva più la coda. Non si capiva mai se era contento. Allora bisognava decifrarne lo sguardo.

Balzò in piedi e corse da sua madre a chiederle se Gaétan poteva stare da loro a Natale.

Iphigénie era seduta in cucina con la borsa della festa sulle ginocchia, una bella imitazione di pelle di coccodrillo con una chiusura imitazione Hermès. Bisognava davvero aguzzare la vista per accorgersi che era di plastica. Aveva i capelli di un unico colore e Zoé non la riconobbe subito. Non solo erano opachi, ma persino mosci. Le pendevano ai lati del viso come il velo di una vedova.

Stava raccontando a Joséphine il suo colloquio di lavoro con il podologo e sembrava molto irritata.

"Solo perché uno cerca un impiego deve lasciarsi trattare come un idiota, signora Cortès? Lo chiedo a lei..."

"No... Ha ragione, Iphigénie. È importante mantenere la propria dignità."

"Pfft! Dignità! È un'espressione sorpassata!"

"Assolutamente no! Bisogna riabilitarla... È stata brava a non farsi prendere in giro."

"La dignità costa cara! Poco ma sicuro che non mi assumerà. Non sono stata arrendevole, ma mi ha fatto certe domande! Non ho potuto fare altro che dirgli che non erano fatti suoi..."

Le due donne restarono in silenzio. Iphigénie tormentava la chiusura della borsa di finto coccodrillo e Joséphine si mordeva le labbra alla ricerca di una strategia per salvare Iphigénie. La radio diffondeva un motivo jazz e Zoé riconobbe la tromba di Chet Baker. Tese l'orecchio per sentire il nome del pezzo ed essere sicura di non essersi sbagliata, ma la voce di Iphigénie coprì quella del conduttore della trasmissione.

"Che facciamo, signora Cortès?"

"Non l'hanno ancora buttata fuori dalla portineria, Iphigénie. Lei calcoli che..."

"Sento puzza di imbroglio... Bisogna trovare il modo perché non possano cacciarmi..."

"Forse ho un'idea..."

"Dica, signora Cortès, dica..."

"Potremmo fare circolare una petizione per il palazzo... una petizione firmata da tutti per chiedere che lei rimanga al suo posto... Casomai all'amministratore venisse l'idea di mandarla via... Dopotutto, sono i proprietari a decidere."

"Questa è una buona idea, signora Cortès. Davvero un'ottima idea! La scriverà lei la petizione?"

"La scriverò e andrò a farla firmare agli inquilini. È in buoni rapporti con tutti, Iphigénie?"

"Sì. Solo con la Bassonnière ero ai ferri corti, ma da quando..."

Emise un suono rauco a imitazione del rantolo della signorina Bassonnière, trucidata nel locale immondizia.

"... da quando se n'è andata, non ho più avuto noie con nessuno."

"D'accordo! Preparerò una lettera, e se minacceranno di cacciarla, gliela metteremo sotto il naso e l'amministratore si ritroverà con le mani legate..."

"Lei è davvero in gamba, signora Cortès!"

"Grazie, Iphigénie. È solo che non voglio perderla. Lei è una bravissima portinaia!"

Zoé pensò che Iphigénie si sarebbe messa a piangere. Gli occhi le si riempirono di lacrime, che la donna bloccò inarcando le sopracciglia.

"È colpa dell'emozione, signora Cortès. Nessuno mi aveva mai detto prima che svolgevo bene il mio lavoro... La gente non fa mai complimenti. Per loro è tutto normale... Mai un 'grazie, Iphigénie'! Mai un 'lei è incredibile'! Mai 'però come brilla il pomo d'ottone delle scale'! Niente. È come se non facesse alcuna differenza che io sgobbi o meno!"

"Coraggio, Iphigénie! Smetta di darsi pena... Lei resterà al suo posto, glielo prometto."

Iphigénie tirò su con il naso e si riprese. Fece la sua pernacchia per cacciare via l'emozione e, guardando Joséphine negli occhi, continuò: "Senta, signora Cortès... c'è una cosa che non capisco. Quando si tratta degli altri, lei fa il diavolo a quattro, mentre quando si tratta di lei, sembra che si faccia mettere i piedi in testa!"

"Ah! Trova..."

"Eh sì... Non sa difendersi..."

"Forse perché quando si tratta degli altri vediamo tutto più chiaramente. Sappiamo cosa fare per aiutarli, mentre per noi stessi lo ignoriamo..."

"Lei ha sicuramente ragione... ma perché ci comportiamo così?"

"Non lo so..."

"Crede che sia perché non abbiamo abbastanza rispetto per noi stessi? Che non ci consideriamo abbastanza importanti?"

"È possibile, Iphigénie... Penso sempre che gli altri siano intelligenti e io no. È sempre stato così."

"Quando scriverà la petizione, signora Cortès?"

"Lasciamo passare le feste e poi, se l'amministrazione attaccherà, entreremo in azione..."

Iphigénie annuì e si alzò chiudendosi il cappotto, la borsa in finto coccodrillo stretta sotto il braccio.

"Ciò non toglie che non la ringrazierò mai abbastanza per tutto quello che lei fa per me..."

Uscita Iphigénie, Zoé si piantò davanti a sua madre dichiarando che anche lei aveva un problema.

Joséphine sospirò grattandosi il naso.

"Sei stanca, mamma?"

"No... spero di riuscire a mantenere la promessa che ho fatto a Iphigénie..."

"Dov'è Hortense?"

"In giro per Parigi a cercare un'idea..."

"Un'idea per le sue vetrine?"

"Sì... Che problema hai, tesoro?"

"Si tratta di Gaétan. È infelice e sua madre è seriamente disturbata..."

Zoé inspirò profondamente e si buttò.

"Vorrei che passasse le vacanze con noi..."

"A Natale? A casa nostra? Ma è impossibile! Stanno per arrivare Shirley e Gary!"

"Il Natale lo trascorre in famiglia, vorrei che venisse dopo... e poi l'appartamento è grande, abbiamo posto."

Joséphine osservò la figlia con severità.

"Sei sicura che abbia voglia di tornare qui? Dopo tutto quello che è successo? Ne avete parlato?"

"No", ammise Zoé.

"Non credo sia una buona idea..."

"Ma mamma, questo significa che non verrà più qui!"

"Può darsi..."

"Ma è impossibile!" gridò Zoé. "Dove ci vedremo?"

"Ascolta, tesoro, non lo so... Adesso non ho tempo per pensarci."

"No!" strillò Zoé battendo i piedi. "Voglio che venga! Dedichi tempo a Iphigénie, cerchi soluzioni per i suoi problemi, mentre per me, niente! Io sono tua figlia, io sono più importante di Iphigénie!"

Joséphine sollevò gli occhi su Zoé. Le guance in fiamme, i piedi che battevano per terra, quindici anni, un metro e settanta, i seni in boccio, e le prime recriminazioni da donna. Mia figlia reclama il diritto di avere un amante! Aiuto! A quindici anni io arrossivo spiando di nascosto un babbeo di nome Patrick e quando i nostri sguardi s'incrociavano, il cuore minacciava di balzarmi fuori dal petto. L'idea di baciarlo mi avrebbe fatto svenire e sfiorargli le dita mi avrebbe portata dritta alla felicità nuziale.

Allungò la mano verso sua figlia e disse: "D'accordo, ripartiamo dall'inizio. Ti ascolto..."

Zoé le raccontò le disgrazie di Gaétan. Sottolineava ciascuna frase picchiando il pugno sulla coscia come per assicurarsi dell'effetto drammatico delle sue parole.

"Se viene, dove dormirà?"

"Be'... in camera mia."

"Intendi nel tuo letto..."

Zoé annuì arrossendo. Una ciocca di capelli le nascondeva gli occhi, dandole un'aria selvaggia.

"No, Zoé, no. Hai quindici anni. Non dormirai con un ragazzo."

"Ma mamma! Tutte le ragazze della mia classe..."

"Non è perché tutte le tue compagne lo fanno che devi farlo anche tu... No, è no!"

"Ma mamma..."

"È no, Zoé, argomento chiuso... Sei ancora piccola, punto."

"Ma è ridicolo! A quindici anni non ne ho il diritto, e a sedici, lo avrò?"

"Non ho detto che a sedici avrai il diritto di..."

"Mamma, come sei antica!"

"Sii onesta, tesoro, vuoi davvero andare a letto con un ragazzo alla tua età?"

Zoé girò la testa senza rispondere.

"Zoé, guardami negli occhi e dimmi che hai una voglia matta di andare a letto con lui... È un impegno importante. Non è una cosa banale come lavarsi i denti o comprare un paio di jeans!"

Zoé non seppe cosa ribattere. Aveva voglia che lui fosse lì, con lei, sempre. Che la prendesse tra le braccia, che le sussurrasse paroline dolci all'orecchio, che le facesse delle promesse, aveva voglia di respirare il suo odore dal vivo, non dentro un vecchio maglione che non profumava più di niente. Quanto al resto, non lo sapeva. Erano quattro mesi che non lo vedeva. Quattro mesi che si parlavano tramite e-mail o in chat. Qualche volta al telefono, ma a quel punto nella conversazione si inserivano delle lunghe pause. Si grattò lo stinco, si spostò dagli occhi una ciocca di capelli, tirò su le maniche del pullover e brontolò: "Non è giusto! Hortense, a quindici anni, poteva farlo, invece io no!"

"Hortense a quindici anni non andava a letto con i ragazzi!"

"Lo credi tu! Lo faceva alle tue spalle, tu non lo sapevi... Solo che lei non ti chiedeva il permesso! Io te lo domando e tu mi dici no, non è giusto! Gli dirò di andare a casa di Emma, lo vedrò a casa sua e tu non saprai niente!"

"E poi?"

"Sono stufa, stufa! Non ne posso più di essere trattata come una bambina..."

"Emma va a letto con un ragazzo?"

"Be', no... Lei non ha un fidanzato! Non un fidanzato vero. Voglio vedere Gaétan, mamma!"

Voglio vedere Gaétan, voglio vedere Gaétan... Si mise a cantilenare rabbiosamente quelle parole come un vecchio scaccino che intoni la messa, tracciando dei cerchi sul tavolo con il pollice sinistro e con il destro infilato in bocca per metà.

Joséphine la osservò, calma e divertita. Dopo tutte le violente bufere sperimentate con Hortense, di fronte alle richieste di Zoé si sentiva serena, agguerrita.

"Una bambinona, piuttosto", mormorò, intenerita.

"Non sono una bambina!" borbottò Zoé. "E voglio vedere Gaétan..."

"Ho capito... non sono ritardata!"

"Qualche volta me lo domando..."

Joséphine l'attirò a sé. All'inizio Zoé oppose resistenza, il corpo rigido come un'armatura, poi si rilassò quando sua madre le canticchiò all'orecchio, con voce dolce, ho un'idea, un'idea che piacerà a entrambe...

"Sentiamo..." ribatté Zoé, il pollice sempre in bocca.

"Inviterai Gaétan, lui dormirà qui, nella tua stanza, ma..." Zoé si raddrizzò, inquieta, all'erta, "... ma Hortense dormirà con voi."

"In camera MIA?"

"Metteremo un materasso per terra e lui dormirà lì mentre tu e Hortense dividerete il letto..."

"Lei non accetterà mai!"

"Non avrà scelta. Io e Shirley nella mia stanza, Gary in quella di Hortense e voi tre nella tua... In questo modo starete insieme, ma non sarete liberi di fare tutto!"

"E se lei vuole dormire con Gary?"

"Non è all'ordine del giorno, a sentire Shirley... Tra loro c'è ancora gelo."

Zoé chiese di pensarci un attimo. Aggrottò la fronte. Joséphine seguì il corso dei suoi pensieri dal corrugamento del naso e delle labbra, allo sguardo perso nel vuoto che valutava i pro e i contro. Il viso brillava tra i riccioli ramati, le pupille castane, i denti bianchi, e quando sorrideva una goffa fossetta mostrava le tracce dell'innocenza appena abbandonata. Conosceva sua figlia a memoria. Non era una guerriera, bensì una ragazza tenera ancora sprofondata nell'infanzia. Poteva quasi sentire le parole risuonarle nella testa, voglio essere come tutti gli altri, dire in classe che ho dormito con Gaétan, vantarmene con Emma, conquistare finalmente i gradi di donna, ma ho un po' paura del resto. Che succederà? Saprò farlo? Farà male? Leggeva negli occhi di Zoé la stessa supplica ansiosa del giorno in cui aveva reclamato il suo primo reggiseno, nonostante fosse piatta come una tavola. Joséphine aveva ceduto. Un grazioso reggiseno taglia 1a. Zoé l'aveva indossato solo una volta, riempiendolo di ovatta per darla a bere. Per non perdere la faccia.

Zoé era in quell'età in cui le apparenze contano più della realtà.

"Allora?" mormorò Joséphine, dandole un colpetto con la spalla.

"Ok", sospirò Zoé. "Perché non possiamo fare altrimenti."

"Stringiamo un patto: io mi fido di te, vi lascio stare insieme... in cambio, tu mi prometti che non succederà niente... Hai tutto il tempo, Zoé, tutto il tempo. Il primo ragazzo è importante... Ci ripenserai per tutta la vita. Non vuoi che capiti come se niente fosse... e poi pensa se restassi incinta?"

Zoé indietreggiò come se fosse stata morsa da una vipera.

"Incinta!"

"È quello che succede quando si va a letto con un ragazzo..."

Seguì un lungo silenzio.

"Il giorno che deciderai che è il momento giusto, che sei follemente innamorata e che per lui è lo stesso, ne riparleremo e comincerai a prendere la pillola."

"Non ci avevo pensato... Allora Hortense come ha fatto?"

"Non lo so..."

E preferisco non saperlo, pensò Joséphine.

* * *

E fu così che per Natale si ritrovarono tutti. Shirley, Gary, Hortense, Zoé, Joséphine, in una gioiosa atmosfera in cui portarono in casa l'albero, lo decorarono, hai pensato al rivestimento del vaso? E le palle, aggiungiamo le rosse o le bianche? I canti natalizi, i menu da inventare, le melodie urlate a squarciagola, la tavola da imbandire, i regali ufficiali da lasciare sotto l'albero, gli altri, misteriosi, nascosti sotto il letto, in un armadio, dietro gli ombrelli, i tappi di champagne che saltano e finiscono sul soffitto per festeggiare una meringa riuscita o un indovinello risolto.

"Perché l'elefante dello zoo di Central Park indossa dei calzini verdi?
Perché quelli blu sono sporchi..."
"Come si riconosce un ippopotamo a letto?
Dalla I sul pigiama..."
"Cosa fa una lumaca su una tartaruga?
Due lenti a contatto..."

Shirley aveva portato biscotti, pudding, calze di Natale piene di dolciumi, barattoli di tè, una bottiglia di whisky invecchiato, Gary dei cd di Glenn Gould da ascoltare in completo raccoglimento e dei vecchi sigari che, affermava, erano i preferiti di Winston Churchill. Shirley rideva, Joséphine spalancava gli occhi, Zoé ricopiava la ricetta del pudding tirando fuori la lingua, Hortense era divertita dall'attenzione di tutti al rispetto delle usanze di quelle feste che celebravano insieme da così tanto tempo. Non si allontanava mai dal cellulare nel caso in cui la signorina Farland volesse raggiungerla... e assumeva un'aria misteriosa tutte le volte che squillava il telefono.

Gary la prendeva in giro. La chiamava l'abominevole donna d'affari. Le nascondeva il cellulare in frigorifero in mezzo alle pere, sotto i cuscini o la coperta di Du Guesclin. Hortense gridava intimandogli di piantarla con quelle bambinate. Gary scappava saltellando come uno scoiattolo, le mani piegate all'ingiù, le gambe aperte.

"È lo scoiattolo a sapere dove si trova il cellulare, l'ha nascosto per l'inverno, quando sarà tutto solo, senza amici, in mezzo al bosco... Nei mesi freddi lo scoiattolo è da solo. Lo scoiattolo è triste nel grande parco... Soprattutto il lunedì, quando i turisti del fine settimana sono partiti. Quando non gli lanciano più arachidi né nocciole, si batte i fianchi e aspetta che torni sabato... O la primavera..."

"E questo si crede un principe azzurro!" ironizzava Hortense.

"Ma mio figlio è un principe azzurro!" protestava Shirley. "Sei l'unica a non saperlo..."

"Dio mi protegga dai principi azzurri e dagli scoiattoli d'appartamento..."

E partiva imprecando alla ricerca del suo telefono.

Talvolta Gary si chinava su di lei come per baciarla, poi finiva per lasciarle sulla fronte uno sbaffo di mousse al cioccolato. Lei gli saltava alla gola. Lui scappava gridando credeva-chevolessi-baciarla-siete-tutte-uguali-siete-tutte-uguali, e lei urlava lo odio, lo odio. Oppure Gary si sdraiava sul divano ascoltando *Il clavicembalo ben temperato*, scandendo il tempo con i lunghi piedi infilati in un paio di calze bucate, spiegava l'arte di Glenn Gould, quando l'ascolti, non senti il pianoforte, ma un'orchestra. Ogni tema risponde a se stesso in canoni, scompare dalla mano destra per riapparire nella sinistra, si declina da un tono all'altro per riprendere in una nuova melodia. Silenzi e sospiri si alternano, danno spessore all'opera e ti tengono con il fiato sospeso. Il suo tocco non è *staccato*, e nemmeno *legato*, ma di-stac-ca-to. Ogni nota è suonata in modo distinto dalle altre, cosicché nessuna è legata all'altra, nessuna è lasciata al caso. È arte, Hortense, un'arte immensa... mentre Hortense, seduta ai suoi spiedi, disegnava il progetto delle vetrine su un grande blocco a spirale, le matite colorate sparpagliate intorno a lei. Erano i loro momenti di tregua. Lei faceva schizzi, cancellava, sottolineava un tratto, parlava delle decorazioni natalizie nelle vetrine di Hermès in rue du Faubourg-Saint-Honoré, avresti dovuto vederle, Gary, dei colori d'Oriente, caldi, molto caldi, pochissimi oggetti, cuoio e spade, leoni, tigri, pappagalli, lunghi drappeggi, erano così belle e... uniche. Anch'io voglio fare qualcosa di bello e unico. Lui allungava la mano e le accarezzava i capelli, ti adoro quando sei riflessiva, lei mordeva la matita e continuava, parlami, raccontami qualunque cosa e io troverò, troverò un'idea... Lui declamava dei versi di Byron e la sua voce dolce, le parole in inglese pronunciate con delicatezza formavano un'altra partitura, una musica che accompagnava quella di Bach, s'incrociava con le note, riempiva un sospiro, si aggiungeva a un accordo. Chiudeva gli occhi, la mano che si attardava sulla spalla di lei, la punta della matita di Hortense si spezzava, lei s'innervosiva, gettava per terra il blocco, non trovo l'idea, non la trovo, ripeteva, e il tempo passa... La troverai, te lo prometto. Si scopre solo quando si ha fretta. La scoverai la sera prima della telefonata della signorina Farland. Andrai a letto nell'ignoranza e ti sveglierai nella conoscenza, fidati, fidati... Lei sollevava la testa verso di lui, ansiosa e stanca.

"Lo credi davvero? Oh! Non lo so più, Gary... È terribile, ho dei dubbi. Odio questa parola! Odio sentirmi così... e se non ci riuscissi?"

"Andrebbe contro il tuo motto..."

"E quale sarebbe il mio motto?"

"'Credo solo in me stessa.'"

"Sai che novità..."

Succhiava l'estremità della matita, riprendeva il suo disegno. Si passava una mano nei capelli ingarbugliati, si lamentava. Lui discorreva dell'arte del pianoforte, del modo di staccare ciascuna nota isolandola, denudandola freddamente...

"Ecco cosa dovresti fare, spogliare le tue idee una per una: ne hai troppe per la testa, non riesci più a pensare..."

"Forse funziona per il piano, ma non per me..."

"Sì, pensaci bene: una nota più una nota e un'altra nota, non un insieme di note... È questa la differenza!"

"Non capisco niente di quello che dici! Se pensi di aiutarmi..."

"Ti sto aiutando, ma non te ne rendi conto. Vieni a darmi un bacio e vedrai la luce..."

“Non voglio un uomo, voglio un’idea!”

“Io sono il tuo uomo e le tue idee. Sai cosa, cara Hortense? Senza di me non saresti che un vecchio fossile...”

Joséphine e Shirley li osservavano senza dire niente, sorridendo. Poi s’infilavano in cucina, chiudevano la porta e si abbracciavano.

“Si amano, si amano, ma non lo sanno”, assicurò Joséphine.

“Sono come due asini innamorati ma ciechi...”

“Finirà tutto con un velo bianco.”

“O in una battaglia di cuscini!”

“Saremo due splendide suocere!”

“Ma io continuerò a scopare!” protestò Shirley.

“Sono così teneri i nostri piccolini.”

“Hanno lo stesso caratteraccio!”

“Io ero così ingenua alla loro età...”

“Mentre io avevo già un figlio...”

“Pensi che Hortense prenda la pillola?” si agitò Joséphine.

“Sei tu sua madre...”

“Forse dovrei chiederglielo...”

“Secondo me ti manderà a quel paese.”

“Hai ragione... Credimi, è meno faticoso avere un maschio che due femmine.”

“Apriamo il pâté de foie gras per questa sera?”

“Con della marmellata di fichi?”

“Oh sì!”

“E se ne assaggiassimo un po’? Non lo saprà nessuno!” suggerì Shirley, che se lo mangiava con gli occhi.

“Bevendo champagne mentre ci raccontiamo sciocchezze?”

Il tappo saltò, la schiuma traboccò, Shirley reclamava un bicchiere, in fretta, in fretta, mentre Joséphine raccoglieva la schiuma con un dito e se lo portava alla bocca.

"Sai cos'ho trovato buttando via la spazzatura l'altra sera? Un quaderno nero, un diario..."

"Mmm..." mugolò Shirley, gustando lo champagne. "Che buono! E di chi è?"

"Non lo so..."

"Pensi sia stato gettato di proposito?"

"L'impressione è quella... Deve essere qualcuno del palazzo. È una vecchia agenda. C'è una data: novembre 1962... Lo sconosciuto scrive che ha diciassette anni e che la sua vita sta per cominciare."

"Perciò adesso sarebbe... aspetta... sui sessantacinque anni! Non certo un giovanotto, il nostro scrittore misterioso... L'hai letto?"

"Ho iniziato... Ma non appena sarò da sola mi ci ritufferò..."

"Ci sono tante persone sui sessantacinque nel palazzo?"

"Cinque o sei... Più il signor Sandoz, il pretendente di Iphigénie che, a suo avviso, imbroglia sugli anni e ha proprio quell'età... Farò un'indagine. Condominio A e B insieme perché i bidoni della spazzatura sono in comune."

"Che buffo!" scherzò Shirley. "Quello è l'unico posto in cui vi mischiate tra voi!"

Zoé attendeva il 26 dicembre con impazienza. Aveva cerchiato i giorni sul calendario e ogni mattina saltava giù dal letto per sbarrarne uno. Sono stressata come una mucca senza erba! Ancora due giorni! Un'eternità! Non resisto più! Schiatterò prima... Ma in due giorni si possono mettere su due chili e mezzo? E si può far sparire un brufolo? Bloccare la sudorazione? Imparare a baciare come si deve? E i capelli? Devo appiattirli con il gel? Devo legarli? Ci sono così tante cose di cui vorrei essere sicura.

E poi, soprattutto, come mi devo vestire per il suo arrivo? Questo devo deciderlo in anticipo... Potrei chiedere a Hortense, ma ha la testa altrove.

Hortense aveva accettato di fare da chaperon notturno. E non voglio essere svegliata da rumori di copulazione! Hai capito, Zoé? Devo essere in forma per il 2 gennaio. Fresca come una rosa. E questo significa: dormire tranquilla. Non mi va di fare l'aguzzina! Quindi niente giochi di mano né cavalcate selvagge, altrimenti vi prendo a schiaffi!

Zoé arrossiva. Moriva dalla voglia di domandarle come si faceva a cavalcare selvaggiamente e se faceva male.

Il 26 dicembre, intorno alle diciassette, Gaétan avrebbe suonato il campanello. Alle sedici e diciotto alla stazione di Saint-Lazare, alle diciassette a casa sua. Nessun altro, all'infuori di lei, aveva il diritto di dargli il benvenuto e nessun altro doveva farsi vedere al suo arrivo. Tutti in camera vostra o tutti fuori, in attesa che vi dia il segnale di rientrare! Sarebbe troppo intimidatorio con tutti quegli sguardi puntati su di lui.

Avevano discusso a lungo se il fatto di tornare nel palazzo dove aveva vissuto lo mettesse a disagio. Gaétan aveva risposto no, che la cosa non gli dava fastidio. Ci aveva pensato molto e aveva perdonato suo padre. Lo compativa sinceramente. Lo diceva con un tono così serio che Zoé aveva la sensazione di trovarsi di fronte a un estraneo. Vedi, Zoé, dopo avere saputo che cosa mio padre ha passato da bambino, che era stato abbandonato, maltrattato, usato, torturato, ci si doveva aspettare che non fosse normale... Ha cercato di esserlo, ma non ci è riuscito. È come se fosse nato con un piede equino e gli avessero chiesto di correre i cento metri in nove secondi! Dentro di lui si era confuso tutto: l'amore, la rabbia, la vendetta, la collera, la purezza. Voleva uccidere e voleva amare, ma non sapeva che fare. Sono triste per tua zia, certo, ma non lo sono per lui. Non so perché... A modo suo ci ha voluto bene. Non riesco ad avercela con lui. Era pazzo, ecco tutto. E io non sarò pazzo, lo so.

Lo ripeteva spesso quel e io non sarò pazzo...

Zoé aspettava in camera sua preparando dei regali che realizzava da sola con filo di ferro, cartone, lana, colla, paillette, colori. Il tempo passava in fretta quando aveva mani e spirito impegnati. Si concentrava sulla tinta da scegliere, il disegno da ritagliare, il filo di lana da incollare. Assaggiava la colla che si seccava sull'indice, si mordeva il labbro inferiore come se gustasse un dolce. Sentiva la musica da pianoforte in salotto e capiva perché Gary l'amasse così tanto. Ascoltava le note, le entravano in testa, le si schiudevano nello stomaco e le facevano il solletico in fondo alla gola. La musica la travolgeva, era magica. Avrebbe chiesto a Gary di farle una copia dei cd per ascoltarli quando Gaétan fosse partito. In compagnia della musica sarebbe stata meno triste...

Perché pensava già al giorno in cui lui sarebbe partito.

Era più forte di lei. Si preparava al dispiacere che avrebbe provato. Trovava che ci si dovesse preparare di più al dispiacere che a un'immensa felicità. Con la felicità è facile, basta lasciarsela scivolare addosso. È come buttarsi giù da uno scivolo. Il dispiacere è dover risalire a piedi uno scivolo molto lungo.

Si chiese perché si sentisse così e prese il quaderno per annotare i suoi pensieri. Rilesse l'ultimo passaggio che aveva scritto succhiando l'estremità della penna.

"Sono stata con la classe a vedere una mostra di arte moderna e non ci ho capito niente. Questa cosa mi dà sui nervi. Una piscina rossa gonfiabile piena d'acqua con delle forchette sul fondo e dei guanti per lavare i piatti gonfiati a metà non m'ispira un accidenti... Il prof sembrava in estasi mentre io l'ho trovata veramente brutta.

Uscendo ci siamo imbattuti in un gruppo di senzatetto che bevevano birra e uno di loro voleva fare a pugni con il prof... Ma lui non ha aperto bocca dato che il senzatetto era una mezzacartuccia, mentre il nostro prof è piuttosto grosso. Mi sono sentita triste per il senzatetto, anche se era su di giri. La cosa mi ha depresso. Il prof ha detto che non possiamo salvare il pianeta, ma me ne frego. A scuola ho già comprato due anelli e dell'incenso per il Terzo mondo. E continuo a sorridere e a offrire dei panini ai senzatetto in strada. Io mi ribello.

E poi il prof ha aggiunto che bisogna smettere di sognare e che il mondo perfetto non esiste. In quel momento ho avuto una gran voglia di piangere. Oh, lo so, è una balla pazzesca, ma mi sono sentita prendere dalla rabbia. Ne ho parlato con Emma e lei mi ha detto ma smettila, Zoé, il prof ha ragione, vedi di crescere...

Non voglio crescere se questo significa diventare come il prof che trova belle le piscine con le forchette sul fondo e si rifiuta di salvare il mondo. È come tutti gli altri! Voglio essere capita. Ho tante cose dentro, mentre gli altri sono vuoti, e mi sento tremendamente sola. È la vita, quindi? Significa avere problemi? È questo diventare grandi? Avere voglia allo stesso tempo di avanzare e assaggiare e di vomitare tutto e ricominciare. Bah, no... io non voglio essere così. Dovrò parlarne con Gaétan."

Seguiva la ricetta delle sarde in olio d'oliva con della mela verde grattugiata datale da una ragazza che, come lei, pensava che la piscina con le forchette e i guanti di gomma non valesse niente. Si chiamava Gertrude e non aveva amici perché tutti pensavano che avesse un nome atroce. A lei piaceva un sacco parlare con Gertrude. Trovava ingiusto che venisse messa da parte per via di un nome che puzzava di naftalina.

Gertrude sapeva riflettere e talvolta se ne usciva con frasi bellissime. Per esempio, fuori dal museo, aveva detto, sai, Zoé, la vita è bella, ma il mondo, no...

Era rimasta incantata, la vita è bella, ma il mondo, no, perché le dava speranza e lei aveva tremendamente bisogno di sperare.

"Quando si beve champagne, ci si fa delle confidenze", dichiarò Joséphine. "Tu me ne devi almeno un paio... Perché abbiamo bevuto due coppe per ciascuna!"

"E non abbiamo finito..."

"Allora? La prima confidenza?"

"Credo proprio di essermi innamorata..."

"Un nome! Un nome!"

"Lo conosci il suo nome: si chiama Oliver. Oliver Boone..."

"Il tipo dello stagno?"

"Il tipo dello stagno è un grande pianista... Comincia a essere parecchio conosciuto, dà concerti in tutto il mondo. Tra l'uno e l'altro vive a Londra, proprio vicino al mio stagno... Nuota in mezzo alle alghe e va in bicicletta..."

"E lo vedi spesso?"

"Pffft! Siamo ancora all'inizio! Una sera siamo andati al pub, abbiamo bevuto e... e... lui mi ha baciato e... Mio Dio! Joséphine! I suoi baci mi fanno impazzire! Mi sentivo come una ragazzina. Lui è così... non so come descrivertelo, so solo una cosa per certo, ed è che voglio stare con lui... e fare un sacco di cose idiote come dare da mangiare alle anatre, ridacchiare dell'aria altezzosa dei cigni, ripetere il suo nome in continuazione guardandolo in fondo agli occhi... Con lui provo la strana sensazione che non sto sbagliando..."

"Sono così felice per te!"

"... che ho trovato il mio posto... Credo sia questo il vero amore: avere l'impressione di stare al centro della propria vita, non ai margini. Nell'angolo giusto. Senza avere bisogno di sforzarsi per piacere all'altro, restare se stessi."

Joséphine pensò a Philippe. Anche lei provava quella sensazione con lui.

"Quando ci siamo incontrati al pub", continuò Shirley, "gli ho detto che partivo per Parigi e lui mi ha guardato con quei suoi occhi caldi avvolgenti che ti fanno venir voglia di buttarti tra le sue braccia, e mi ha detto, aspetterò, è ancora meglio quando si aspetta... e io ho rischiato di smettere di farlo! Sai cosa, ho la sensazione che sarò felice dappertutto. Nella testa, nel corpo e persino nelle dita dei piedi!"

Joséphine pensò che non aveva mai visto la sua amica così raggiante e, per la prima volta, dolce, dolcissima. Aveva i capelli biondi corti scompigliati e la punta del naso rossa di emozione.

"E Philippe? Cosa credi che farà questa sera?" bisbigliò Joséphine.

Aveva finito un'altra coppa e aveva le guance arrossate.

"Non l'hai chiamato?" chiese Shirley versandole altro champagne.

"Dall'ultima volta a Londra? No... È come se quell'episodio dovesse restare un segreto, qualcosa che nessuno deve sapere..."

"La serata è appena cominciata... Magari suonerà alla porta con una bottiglia di vino. Come l'anno scorso. Ti ricordi? Vi eravate chiusi in cucina e il tacchino si era bruciato..."

"Mi sembra così lontano... e se stessi rovinando tutto?"

"Ha scelto lui di eclissarsi. Di non forzarti la mano. Lo sa che non si può risolvere un lutto come un problema di matematica. Solo il tempo, i giorni e le settimane cancellano il dolore..."

"Non so quale sia il mio posto. Dimmi, Shirley, come si fa a capirlo? Il mio posto tra lui e Iris... Come posso parlare d'amore per lui se rimango al fianco di Iris? E quando sono con lui, come faccio a stare ferma, a non buttarmi tra le sue braccia... È così semplice quando mi è vicino... e così complicato quando è lontano..."

* * *

"Perciò, se ho capito bene, siamo tutti sulla stessa barca, senza capitano né motore, e non lo sappiamo", diceva Philippe all'amico Stanislas che l'aveva chiamato per fargli gli auguri di Natale.

Era stato Stanislas Wezzer ad aiutare Philippe ad aprire il suo studio. Poi gli aveva fornito dei consigli legali nel momento in cui aveva deciso di vendere la sua quota e ritirarsi. Stanislas Wezzer era un uomo alto, flemmatico, libero, e niente sembrava destabilizzarlo. I suoi commenti erano cupi e pessimisti, ma Philippe temeva che l'amico avesse proprio ragione.

"Una barca ingovernabile che sta andando a sbattere dritto contro una muraglia di ghiaccio... Il *Titanic* con a bordo il mondo intero... Affonderemo e non c'è da stare allegri!" ribatté Stanislas.

"Grazie, vecchio mio, per queste splendide notizie natalizie!"

All'altro capo del filo Stanislas rise, poi continuò: "Lo so, stasera non dovrei parlare di queste cose, ma ne ho abbastanza di sentir dire da tutta questa manica d'imbecilli che la crisi è alle spalle quando in realtà è appena cominciata. Poco prima del crollo della Lehman Brothers il presidente della Deutsche Bank ha lasciato credere che il peggio fosse passato e che portando miliardi di dollari alle banche e alle compagnie di assicurazione si sarebbe salvato il sistema! Quella che stiamo per vivere non è una crisi, ma il naufragio totale del capitalismo, uno tsunami... e tutti questi grand'uomini non si sono accorti di niente! Non hanno previsto niente."

"Tuttavia, si ha l'impressione che la vita segua il suo corso, che nessuno si accorga della gravità della bancarotta..."

"È questo a essere incredibile! La crisi si abbatterà come un maremoto e i miliardi gettati in pasto a questa economia virtuale serviranno solo a far implodere il sistema..."

"Mentre la gente continua a fare gli acquisti di Natale, a cucinare il tacchino e a decorare l'albero", osservò Philippe.

"Già... Come se le abitudini fossero più importanti di tutto...

come se avessimo gli occhi bendati. Come se fossimo rassicurati dagli ingorghi, dalla neve, dal radiogiornale mattutino, dal caffè allo Starbucks all'angolo, dallo sfogliare il giornale, dalla bella ragazza che ci passa davanti, dal bus che gira per la via... Tutto questo conforta l'idea che la crisi ci sorvolerà e che non ne saremo toccati. Preparati a un drastico cambiamento, Philippe! Per non parlare degli altri cambiamenti che seguiranno: il clima, l'ambiente, le risorse energetiche... Dobbiamo aggrapparci ai rami e rivedere il nostro modo di vivere..."

"Lo so, Stanislas... Credo persino di essermi preparato da tempo... senza saperlo. È questo a sconvolgermi. Due anni fa ho avuto come una sorta di presentimento. La preveggenza di ciò che sarebbe successo. Un lento scoraggiamento... Non sopportavo più il mondo in cui vivevo, né il modo in cui vivevo. Ho chiuso lo studio di Parigi, ho messo un punto fermo alla mia vita di prima, mi sono separato da Iris, sono venuto ad abitare qui e, da allora, sono in una specie di attesa... in attesa di un'altra vita. Quale sarà? Non lo so... Qualche volta cerco di immaginarla."

"Bravo chi saprà dirtelo! In anticipo, naturalmente, e alla cieca. Possiamo cenare insieme dopo le feste se sei libero... Svilupperemo le nostre sinistre previsioni! Rimani a Londra?"

"Questa sera sono dai miei genitori, a South Kensington. Festeggerò il Natale con Alexandre da loro e poi vedremo quel che avremo voglia di fare. Non ho deciso ancora niente... Te l'ho detto, lascio correre, prendo quel che viene e cerco di fare del mio meglio."

"Alex sta bene?"

"Non lo so. Non parliamo più molto. È solo una coabitazione e la cosa mi rende triste... Me ne sono appena reso conto, amavo le nostre discussioni, la nostra complicità e tutto questo sembra andato perduto..."

"È l'età... O la morte di sua madre. Ne parlate?"

"Mai. Non so nemmeno se provarci... preferirei che l'iniziativa venisse da lui."

Stanislas Wezzer non aveva né moglie né figli. Ma era un buon consigliere per mariti e padri.

"Sii paziente, tornerà... Avete creato un legame... Abbraccialo da parte mia e vedrai che ci vedremo presto! Ti sento solo. Pericolosamente solo... Non buttarti in una cosa qualsiasi per cancellare questa solitudine... Sarebbe la peggiore delle soluzioni."

"Perché mi dici questo?"

"Non lo so. Sarà l'esperienza..."

Philippe attese con impazienza il seguito di quella confidenza accennata, ma Stanislas tacque. Fu lui a rompere il silenzio per salutarlo.

"Arrivederci, Stan! Grazie di aver chiamato."

Riappese e si perse nei suoi sogni osservando la neve scendere sulla piazza. Dei grossi fiocchi cadevano dal cielo con la lentezza e la maestà di gonfi batuffoli di cotone. Stanislas aveva indubbiamente ragione. Il mondo che aveva conosciuto sarebbe scomparso. Non lo amava più. Si chiedeva soltanto a cosa avrebbe assomigliato il Nuovo Mondo.

Andò in salotto, chiamò Annie.

La donna arrivò, impettita nella sua lunga gonna grigia e le pesanti scarpe nere – nevica, signor Philippe, non esca con i mocassini o scivolerà – portando un grande vaso di fiori, delle rose pompon bianche acquistate al mercato insieme a dei rami d'ulivo dalle foglie morbide.

"Che bei fiori, Annie..."

"Grazie, signore. Ho pensato che avrebbero rallegrato il salotto..."

"Ha visto Alexandre?"

"No, e volevo parlargliene. In questi ultimi tempi scompare

spesso. Rientra sempre più tardi da scuola, e quando non c'è scuola, non sta mai a casa."

"Forse è innamorato. È l'età..."

Annie tossicchiò, schiarendosi la voce, imbarazzata.

"Lo crede davvero? E se frequentasse delle cattive compagnie?"

"La cosa più importante è che rientri per le sette. I miei genitori cenano molto presto, persino la vigilia di Natale... e non sopportano i ritardi. Mio padre odia feste e carillon. Scommettiamo che a mezzanotte sarà nel suo letto?"

"È molto gentile ad avermi invitata. Volevo ringraziarla."

"Insomma, Annie! Non passerà la vigilia di Natale tutta sola in camera sua mentre la gente è a tavola per il cenone!"

"Sa, ci sono abituata... è così tutti gli anni. Mi scelgo un buon libro, una bottiglietta di champagne, una porzione di foie gras, faccio tostare del pane e passo il cenone leggendo. Accendo una candela, metto su della musica, mi piace l'arpa. È molto romantico..."

"Con quale libro aveva previsto di fare il cenone quest'anno?"

"*La collana della regina* di Alexandre Dumas. È bellissimo!"

"È da tanto che non leggo Alexandre Dumas... Forse dovrei rimettermi..."

"Se vuole, le presterò il libro dopo che l'avrò finito..."

"Con piacere, grazie Annie! Vada a prepararsi, usciremo tra poco..."

Annie depose il vaso sul tavolino basso del salotto, indietreggiò per valutare l'effetto, separò due rami d'ulivo che si erano incastrati e corse in camera sua a cambiarsi.

Philippe la osservò allontanarsi, divertito: in quella fretta c'era l'eccitazione di una ragazza che si prepara per un incontro galante e la chiara pesantezza dell'età che la rallentava e la tradiva. Quale sarà mai la vita segreta di Annie? si domandava vedendola sparire in corridoio. Non me lo sono mai chiesto...

Sotto un grande castagno dai lunghi rami neri e spogli, Alexandre e Becca guardavano la neve cadere. Alexandre allungava la mano per catturare un fiocco, Becca rideva perché quello si scioglieva così velocemente nel palmo di Alexandre che quest'ultimo non aveva nemmeno il tempo di studiarlo.

"Pare che osservandoli con una lente d'ingrandimento, i fiocchi di neve assomiglino alle stelle marine!"

"Forse dovresti rientrare a casa, *luv*... Tuo padre si preoccuperà."

"Non c'è fretta... Andiamo a cena dai nonni, un'atmosfera funebre..."

"Come sono i tuoi nonni?"

"Rigidi come due spaventapasseri! Non ridono mai e quando li bacio, pungono!"

"I vecchi pungono spesso..."

"Tu no. Tu hai la pelle morbida... Non sei vecchia davvero, tu bari!"

Becca scoppiò a ridere. Si portò al viso le mani infilate nei mezziguanti viola e gialli come se il complimento la facesse arrossire.

"Ho settantaquattro anni e non baro! Ho raggiunto quell'età in cui si può confessarlo. Parecchio tempo fa mi diminuivo l'età, non volevo diventare una vecchia megera..."

"Non sei una vecchia megera! Sei una megera giovane!"

"Non me ne importa, *luv*... La vecchiaia è riposante, sai, non hai più bisogno di fingere, di apparire, te ne freghi di quel che pensa la gente..."

"Anche quando sei senza soldi?"

"Pensaci su, *luv*: se fossi stata ricca, non ci saremmo mai conosciuti. Non mi sarei trovata nel parco a marcire su una sedia. Me ne sarei stata comoda a casa mia. Sola. Nessuno va a trovare i vecchi. Rompono le scatole a tutti! Parlano come un disco rotto, punzecchiano, puzzano, ripetono sempre che era meglio prima. Preferisco non avere un soldo e averti incontrato... Perché, grazie a te, mi sento di nuovo viva."

Ogni sera, tornando da scuola, Alexandre raggiungeva Becca. Il suo vero nome era Rebecca, ma tutti la chiamavano Becca. Chi sono tutti? aveva domandato Alexandre, hai degli amici? Be', sì... Non è perché non ho una casa che non ho degli amici. Ce ne sono tanti come me. Tu non te ne rendi conto perché vivi in un quartiere di ricconi e nel centro di Londra non ci sono molti senzatetto, ci cacciano, ci mandano lontano, lontano. Dobbiamo restare alla larga dai turisti, dalla gente danarosa, dalle belle auto, dalle signore eleganti e dai buoni ristoranti... Ma hai capito che cosa voglio dire, *luv*, ne vedrai sempre di più di persone come me. Basta fare un giro per i ricoveri per accorgersi delle file sempre più lunghe. E ci sono persone di tutti i tipi! Non solo vecchi. Anche giovani! E dei signori molto distinti che allungano la scodella... L'altro giorno ero in coda dietro a un vecchio banchiere che leggeva *Guerra e pace*. Abbiamo parlato. Aveva perso il lavoro e si era ritrovato di colpo senza casa, moglie e figli. Era finito per strada con l'unica compagnia dei suoi libri e di una poltrona d'antiquariato. Una bella poltrona in velluto azzurro con il nome di un re francese. Vive vicino alla chiesa di Baker Street... Abbiamo simpatizzato perché avevamo entrambi una poltrona. Lui, quando esce, la lascia nella sacrestia della chiesa.

"Ah!" aveva esclamato Alexandre. "Pensavo che fossi sempre sola... Allora perché non vuoi andare in un ricovero con i tuoi amici? È comunque meglio che dormire all'aperto..."

"Te l'ho già spiegato, quei posti non fanno per me. Ho provato... Uno, in particolare, di cui mi avevano detto così bene, sulla Seven Sisters Road... Non ci ritornerò mai più!"

"Ma perché?"

"Perché ci sono uomini senza braccia in maglietta verde che ti danno un sacco di botte!"

"Ma come fanno a picchiarti se non hanno le braccia?"

"Ti colpiscono con i piedi, con le ginocchia, con i denti! Sono feroci. E poi bisogna rientrare a una certa ora, si deve versare una quota, e in questi ricoveri ti rubano tutto... È pieno di neri enormi con i dreadlock che gridano, bevono birra e fanno pipì ovunque! No, no! Sto meglio sulla mia sedia con le rotelle..."

"Ma quando gela o nevica, Becca?"

"Vado dall'intendente della regina! Sei sorpreso, eh?"

"E chi sarebbe?"

"Un uomo molto simpatico. Vive in una casetta di mattoni rossi in mezzo al parco... Un po' più lontano, verso la Serpentine. Si occupa dei giardini della Corona. È un incarico ufficiale perché questi grandi parchi appartengono tutti alla famiglia reale o a dei duchi. Quando fa molto freddo, vado da lui e mi dà ospitalità nella rimessa. Ha sigillato le finestre e ci ha messo una stufa solo per me. Mi offre minestra, pane e caffè caldo. Dormo in mezzo a rastrelli, erpici, pale, falciatrici, ceppi. Mi piace il profumo dell'erba e del legno. Mi viene da chiudere gli occhi talmente mi piace... Non è forse un lusso questo? E quando raschio via la brina dalla piccola finestra, vedo il parco, gli scoiattoli che si avvicinano, la luce nel suo salotto, sua moglie che guarda la televisione e lui che legge girando le pagine inumidendosi le dita... È come stare al cinema!"

"Sei strana, Becca! Sei sempre felice anche se non ne avresti alcun motivo."

"Cosa puoi sapere tu della vita?"

"Mia madre... Aveva tutto per essere felice... e non lo è mai stata. Aveva delle piccole crisi, dei picchi di felicità... Sembrava felicità, ma non lo era veramente. Penso che fosse triste tutto il tempo..."

Becca restava sempre sbalordita quando Alexandre parlava di sua madre. Scuoteva la testa, sbatteva i mezziguanti viola e gialli affermando, se non è questa una vera disgrazia! Poi alzava le braccia al cielo dichiarando se avessi avuto io un figlio come te! Se l'avessi avuto io! Chiudeva gli occhi e quando li riapriva, erano umidi. Alexandre si diceva che quelle pupille erano così slavate perché doveva avere pianto tanto.

Tornava tutti i giorni dagli occhi blu di Becca. Talmente blu che, quando ci si tuffava, aveva l'impressione di sentirsi mancare la terra sotto i piedi; intorno a lui tutto si faceva sfuocato. Becca non aveva niente della vecchia megera. Minuta, fragile, teneva alta la testa dai luminosi capelli bianchi, la girava di qua e di là come un uccellino che becchetta, e quando si toglieva gli stracci che la infagottavano, rivelava un vitino da fanciulla in corsetto. Qualche volta si chiedeva se fosse povera da tanto perché aveva ancora un bell'aspetto per una donna della sua età. Gli sarebbe piaciuto sapere come aveva fatto a finire nel parco su una sedia con le rotelle.

Non osava farle domande. Sentiva che era un terreno pericoloso e poi bisogna essere davvero forti per ascoltare le disgrazie altrui. Allora diceva soltanto: "La vita è stata dura con te..."

"La vita fa quello che può. Non arriva a rovinare tutti. E poi la felicità è sempre lì dove ce l'aspettiamo. Talvolta sta dove non la vede nessuno. E poi che storia è quella di dover essere felici per tutto il tempo!"

S'innervosiva, si agitava sulla sua sedia, tutti gli strati di lana si spostavano e lei se li sistemava alla rinfusa.

"È vero, sai? Non sei obbligato a essere sempre felice, né a esserlo come gli altri... Ciascuno s'inventa la sua felicità, la costruisce a modo suo, non c'è un modello unico. Credi che una bella casa, una macchina potente, dieci telefoni, un televisore a schermo piatto, le gambe al calduccio rendano per forza le persone felici? Io ho deciso di esserlo a modo mio..."

"E ci riesci?"

"Non tutti i giorni. E se fossi felice tutti i giorni, non saprei nemmeno più di esserlo! Hai capito, *luv*? Hai capito?"

Rispondeva sì per non contrariarla, ma non capiva tutto.

Allora lei si calmava. Si contorceva sulla sua sedia per afferrare un'estremità dello scialle, per rimettere a posto il poncho e sistemare la chiusura sotto il mento, si sfregava il viso con una mano come per cancellare la collera e aggiungeva con dolcezza: "Sai cosa bisogna fare nella vita, *luv*?"

Alexandre scuoteva la testa.

"Bisogna amare. Con tutte le forze. Dare tutto senza aspettarsi nulla in cambio. Così funziona. È una cosa talmente semplice che nessuno ci crede! Quando ami qualcuno, non hai più paura di morire, non hai più paura di niente... Per esempio, da quando ci vediamo, da quando so che ogni giorno t'incontrerò dopo la scuola, che ti fermerai o che mi passerai davanti salutandomi con un cenno della mano, be'... sono felice. Per me, già vederti è un momento di felicità. Mi fa venire voglia di alzarmi e di saltare... È il mio modo di essere felice. Ma se tu offri questo tipo di felicità a uno pieno di soldi, lo scoccerai, la guarderà come se fosse una grossa merda e la butterà via..."

"Se smettessi di venire a trovarti, saresti triste?"

"Sarei più che triste, mi verrebbe a mancare il desiderio di vivere, e questa è la cosa peggiore! È questo il rischio con l'amore. Perché c'è sempre un rischio, con il denaro, con l'amicizia, con l'amore, con le corse dei cavalli, con le previsioni del tempo, sempre... Io corro in continuazione questo rischio, perché è la punta del naso della felicità!"

Amare qualcuno..., rifletteva Alexandre.

Amava suo padre, amava Zoé, ma non la vedeva più. Amava molto Annabelle.

"Amare molto è la stessa cosa che amare?"

"No, amare si coniuga senza avverbi e condizioni..."

Allora amava suo padre e Zoé. E Becca. Era una lista breve. Doveva trovare qualcun altro da amare.

"Si può decidere di amare?"

"No, non è qualcosa che si decide."

"Ci si può impedire di amare?"

"Non credo... ma sicuramente ci sono persone che ci riescono rinchiudendosi a doppia mandata..."

"Si può morire d'amore?"

"Oh sì!" rispose Becca con un gran sospiro.

"E ti è capitato?"

"Oh sì..." ripeté lei.

"Ma non sei morta!"

"No. Ci sono andata vicino. Mi sono lasciata trascinare nella disperazione, ho smesso di lottare... È così che mi sono ritrovata su questa sedia e poi, un giorno, mi sono detta: mia cara Becca, sai ancora sorridere, sai ancora camminare, godi di buona salute, hai tutte le tue facoltà. Ci sono un sacco di cose da fare, persone da conoscere, e la gioia è tornata. La gioia di vivere. Era inspiegabile. Ho di nuovo voglia di vivere e sai cosa? Due giorni dopo, ti ho incontrato!"

"E se sparissi? Se venissi travolto da un autobus o morso da un ragno velenoso?"

"Non dire sciocchezze!"

"Voglio sapere se può succedere più volte questa cosa del morire per amore..."

"Ci ricascherei sicuramente, ma mi ricorderei della felicità che mi hai dato e vivrei grazie a quel ricordo..."

"Sai, Becca, da quando ti conosco non faccio più il gioco dell'addio... Non m'immagino più che la gente muoia."

Ed era vero.

Becca non voleva più che lui le desse del denaro, allora le portava del pane, del latte, delle mandorle tostate, delle albicocche secche e dei fichi. Aveva letto da qualche parte che erano molto nutrienti. Dal guardaroba in cui suo padre aveva accatastato le cose di sua madre, rubava maglioni di cachemire, scialli, orecchini, rossetti, guanti, una borsa, e li regalava a Becca dicendole che in soffitta c'erano dei vecchi bauli che nessuno voleva più e che preferiva fosse lei a indossare quegli abiti usati piuttosto che darli all'Esercito della Salvezza.

Becca era diventata bella, elegante.

Un giorno l'aveva accompagnata dal parrucchiere.

Aveva preso i soldi dimenticati sulla scrivania di suo padre e via, dal parrucchiere!

L'aveva aspettata fuori – controllava che nessuno le rubasse la sedia – e quando lei era uscita, la chioma ondulata, leggera, la manicure perfetta, aveva fatto un fischio, gridando wow! e aveva applaudito. Poi, con il denaro restante, erano andati a comprare un caffè con ciambelle da Starbucks. Avevano brindato tazza contro tazza con il caffellatte. Avevano organizzato una gara di baffi di schiuma. *Very chic! Very chic!* aveva commentato lui.

Lei aveva riso così tanto che un pezzo di ciambella le era andata di traverso, soffocandola. Era intervenuto un signore, l'aveva presa tra le braccia, l'aveva fatta chinare, le aveva fatto pressione sulla schiena e lei aveva risputato il boccone. Si erano tutti avvicinati per osservare la bella signora anziana morire strozzata.

Solo che non era morta.

Si era raddrizzata, si era sistemata le mollette e con molta dignità aveva chiesto un bicchiere d'acqua.

Erano usciti a braccetto, e una vecchia signora aveva commentato che Becca era davvero fortunata ad avere un nipotino così gentile.

La osservava attraverso i fiocchi che scendevano fitti. Gli faceva l'occhiolino. Non gli andava di lasciare Becca da sola la sera di Natale. Voleva convincerla a passare almeno una notte nel ricovero. Avevano sicuramente organizzato una festa, con un albero, cracker e dolci, aranciata e dei centrini ricamati per appoggiare i bicchieri.

Lei rifiutò. Preferiva stare sola nella rimessa dell'intendente della regina. Le avrebbe lasciato la porta aperta e della legna nella stufa.

"Tutta sola?"

"*Yes, luv...*"

"Ma è troppo triste..."

"Ma no! Guarderò dalla finestra e mi rifarò gli occhi."

"Mi piacerebbe portarti a casa mia... Ma non posso. Questa sera andiamo a cena dai nonni e poi non ho mai parlato di te a mio padre..."

"Smetti di torturarti, *luv*... Passa una bella serata e domani vieni a raccontarmi..."

Philippe ci aveva visto giusto.

Arrivarono dai suoi genitori alle otto e mezzo. Il signor Dupin indossava un blazer blu e un foulard di seta intorno al collo. La signora Dupin una collana di perle a tre giri e un tailleur rosa, è normale, bisbigliò Alexandre ad Annie, si veste sempre con gli stessi colori della regina. Annie sfoggiava un abito nero di voile con le maniche a sbuffo che sembravano un paio d'ali. Si teneva dritta come un fuso e annuiva a tutto per paura di commettere una gaffe e di farsi notare.

Si sedettero a tavola, gustarono salmone selvaggio scozzese farcito, tacchino arrosto, *Christmas pudding* e Alexandre ebbe diritto a un "dito di champagne".

Il nonno parlava a scatti, corrugando le sopracciglia severe, alzando il mento squadrato e volitivo. La nonna sorrideva piegando il lungo collo dolce e flessibile, e le sue palpebre abbassate sembravano dire "sì" a qualunque cosa e, in primo luogo, al suo Signore e Maestro.

Poi arrivò il momento dei regali...

Tagliarono i nastri, strapparono la carta, ci furono esclamazioni, baci, ringraziamenti, scambiarono ancora qualche banalità, notizie di conoscenti comuni, evocarono a lungo la crisi. Il signor Dupin padre chiese consiglio al figlio. La signora Dupin e Annie sparecchiarono la tavola.

Alexandre guardava dalla finestra la neve cadere fitta, disegnando sulla città un'altra città sconosciuta. E se Becca si fosse impantanata con la sedia e non fosse riuscita a raggiungere la rimessa dell'intendente? Se fosse morta di freddo mentre lui si deliziava, ben al riparo, con lo champagne e il tacchino arrosto?

Alle undici e dieci erano sul pianerottolo abbracciandosi e augurandosi la buonanotte.

In strada, le auto erano ricoperte di neve e la circolazione così rallentata che si aveva l'impressione che le vetture rimanessero in surplace.

"Papà, posso parlarti?" domandò Alexandre, una volta seduto sul sedile posteriore.

"Ma certo..."

"Be', ecco..."

Gli raccontò di Becca, di come l'aveva conosciuta, delle sue condizioni di vita, di quanto fosse graziosa, pulita, onesta, sottolineò che non rubava. Aggiunse che quella sera era da sola in una rimessa e che non riusciva a smettere di pensarci e che perfino il tacchino arrosto, che di solito adorava, non gli andava giù.

"Ho un grosso peso qui", disse, mostrando lo stomaco.

"E cosa vorresti fare?" domandò Philippe osservando il figlio nello specchietto retrovisore.

"Vorrei che andassimo a cercarla e la portassimo a casa."

"A casa?"

"Be', sì... è tutta sola, è la notte di Natale, e questa cosa mi fa male al cuore. Non è giusto..."

Philippe mise la freccia e partì. L'asfalto era così scivoloso che ci mancò poco che perdesse il controllo del volante, ma una lieve pressione rimise in carreggiata la grossa automobile. Aggrottò la fronte, preoccupato. Alexandre scambiò quell'espressione per un rifiuto e insistette.

"L'appartamento è grande... Potremmo farle un po' di spazio nella stireria, no, Annie?"

"Sei sicuro che è quello che vuoi?" domandò ancora Philippe.

"Sì..."

"Se la porti a casa, sarai responsabile per lei. Non potrai più lasciarla tornare per la strada..."

Annie, seduta di fianco a Philippe, non diceva niente. Guardava dritto davanti a sé la neve che cadeva abbondante asciugando il parabrezza con il dorso dei guanti, come se potesse cancellare lo spesso strato che si appiccicava all'esterno.

"Non disturberà, non peserà su Annie, te lo prometto... È solo che non riuscirò a dormire sapendo che lei è qui fuori con questo tempo... Fidati di me, papà, la conosco bene... non te ne pentirai... e poi", continuò salendo sullo scranno del predicatore, "non è umano lasciare le persone fuori con questo freddo!"

Philippe sorrise, divertito dall'indignazione di suo figlio.

"D'accordo, andiamo!"

"Grazie, papà! Grazie! Vedrai, è una donna incredibile che non si lamenta mai e..."

"È per questo che la sera rientri sempre più tardi?" domandò Philippe lanciando ad Alexandre un'occhiata maliziosa.

"Sì, te ne sei accorto?"

"Pensavo che avessi una fidanzata..."

Alexandre non rispose. Annabelle riguardava solo lui. Voleva parlarne soltanto con Becca e nessun altro.

"Sai dove si trova la casa dell'intendente? Hyde Park è grande..."

"Me l'ha mostrata un giorno. Non è lontana dalla Royal Albert Hall, sai, dove vai ai concerti."

Philippe impallidì e il suo sguardo, felice un momento prima, s'incupì. Terribilmente triste, terribilmente abbandonato, sentì formarsi un nodo nella gola riarsa. Le sonate di Scarlatti, il bacio di Joséphine, il loro abbraccio nell'angolo nascosto che odorava di cera e di secoli, le sue labbra calde, l'estremità della sua spalla, tutto gli tornava in un'ondata deliziosa, dolorosa. Non aveva osato chiamarla quella sera. Non voleva disturbare il suo cenone a Parigi. E poi, soprattutto, non sapeva più cosa dire, in che tono parlarle. Non trovava le parole.

Non sapeva più che fare con Joséphine. Temeva il giorno in cui non ci sarebbe più stato niente da dire, niente da fare. Aveva creduto che la pazienza lenisse il dolore, attenuasse il ricordo, ma doveva rendersi conto che, nonostante il loro ultimo incontro a teatro, niente era cambiato e che lei lo aveva ricacciato nel campo dei vinti.

La sua paura segreta, quella che non osava mai nominare, era che quell'abbraccio furtivo, strappato dietro a una scala, fosse stato l'ultimo e che dovesse decidersi a voltare pagina.

La fine della mia vita passata e forse l'inizio di una nuova, pensava ritornando alle spiegazioni di Alexandre che gli indicavano la strada per raggiungere la rimessa dell'intendente dei giardini della regina.

Trovarono il posto. Una piccola casa in mattoni rossi di fronte a una costruzione più grande dello stesso tipo che splendeva, illuminata, nella notte buia. Philippe posteggiò davanti a una barriera, la spinse e lasciò ad Alexandre il compito di bussare alla porta.

"Becca! Becca!" bisbigliò Alexandre. "Sono io, Alexandre... Apri!"

Philippe si avvicinò a una finestra cercando di scrutare all'interno della casetta. Notò una candela accesa, un tavolo rotondo, una vecchia stufa che brillava nell'oscurità, ma non Becca.

"Forse non è qui", disse.

"Oppure ha paura di aprire e di essere scoperta", osservò Alexandre.

"Dovresti andare alla finestra e grattare..."

Alexandre si piazzò nel riquadro della finestra e picchiò ripetendo sempre più forte Becca, Becca, sono io, Alexandre.

Udirono un rumore all'interno, poi dei passi e la porta si aprì.

Era Becca. Un donnino dai capelli bianchi, avvolta in scialli e strati di lana. Li osservò entrambi, poi il suo sguardo attonito tornò su Alexandre.

"Ciao, *luv*, che cosa ci fai qui?"

"Sono venuto a cercarti. Voglio che tu venga a casa nostra. Ti presento mio padre..."

Philippe fece un inchino. Strizzò gli occhi riconoscendo una lunga sciarpa in cachemire blu con i bordi beige che tempo addietro aveva regalato a Iris che si lamentava del freddo a Megève, dispiacendosi di aver lasciato Parigi e le festività natalizie.

"Buonasera signora", la salutò chinandosi.

"Buonasera signore", rispose Becca mettendolo a fuoco, la mano appoggiata agli infissi della porta.

I suoi capelli bianchi erano divisi al centro da una riga e trattenuti ai lati da due mollette a forma di delfino: uno rosa e uno blu.

"Alexandre ha avuto un'ottima idea", proseguì Philippe. "Vorrebbe che lei venisse a passare il Natale da noi..."

"Ti sistemerai nella stireria. C'è già un letto e fa caldo e potrai dormire e mangiare lì per tutto il tempo che..."

"Il tempo che lei vorrà restare con noi", lo interruppe Philippe. "Non è niente di definitivo, lei farà come vuole, e se domani vorrà andarsene, accetteremo volentieri, senza forzarla a rimanere."

Becca si passò una mano sui capelli lisciandoseli con la punta delle dita. Si aggiustò lo scialle, sistemò le pieghe della gonna, cercando nel movimento febbrile delle dita una risposta da dare a quell'uomo e a quel ragazzo che aspettavano sulla soglia, rispettosi, senza farle fretta, come se comprendessero che il momento era importante e che le stavano stravolgendo la vita. Chiese loro di poterci pensare su, spiegando che il loro invito la sorprendeva in un istante in cui aveva fatto pace con la notte, con il freddo, con la fame, con l'esistenza che conduceva e che dovevano rendersi conto che avrebbe riflettuto meglio da sola, la schiena appoggiata alla porta. Rifiutava che la immaginassero come una mendicante ridotta in miseria che faceva l'elemosina, voleva decidere in completa libertà e per farlo aveva bisogno di qualche minuto di solitudine e meditazione. Era una vita strana la sua, lo sapeva, ma era stata una sua scelta. O, se non era stata una sua scelta, l'aveva accettata con una sorta di coraggio e purezza, e ci teneva, perché in quel modo era libera.

Philippe approvò e la porta si richiuse lentamente, lasciando Alexandre attonito.

"Perché ha detto quelle cose? Non ci ho capito niente."

"Perché è una donna per bene. Una brava persona..."

"Ah!" esclamò Alexandre, che fissava l'uscio, disorientato. "Credi che non voglia venire?"

"Credo che le stiamo domandando una cosa enorme che può scombussolarle la vita, così esita... La capisco."

Alexandre si accontentò di quella risposta per qualche istante, poi riprese il suo interrogatorio agitato.

"E se non volesse venire, dovremmo lasciarla qui?"

"Sì, Alexandre."

"È perché tu non vuoi che venga! Perché è una barbona, e hai vergogna di accoglierla in casa tua!"

"Ma no! Non ha niente a che fare con me. È lei a decidere. È una persona, Alexandre, una donna libera..."

"Ciò non toglie che ne saresti sollevato!"

"Ti proibisco di parlarmi così, Alex! Mi hai sentito? Te lo proibisco."

"Se lei non viene, resterò qui con lei... Non la lascerò tutta sola la notte di Natale!"

"Non lo farai! Ti prenderò per i capelli e ti trascinerò a casa... Sai cosa? Non ti meriti di avere un'amica come Becca. Non hai capito che tipo di persona è..."

Alexandre tacque, mortificato, e attesero nel silenzio più completo.

Alla fine la porta della rimessa si aprì e Becca apparve sulla soglia con in mano diversi sacchetti di plastica.

"Vengo con voi", annunciò, "ma potrei portarmi la sedia? Avrei troppa paura che sparisse se la lascio qui..."

Philippe stava piegando la sedia di Becca per riporla nel baule, quando gli squillò il cellulare. Prese il telefono, lo incastrò sotto l'orecchio, il tutto stringendo la sedia piegata tra le gambe. Era Dottie. Parlava molto velocemente e Philippe non capiva ciò che diceva tanto le parole erano inframmezzate dai singhiozzi.

"Dottie... calmati. Fai un bel respiro e raccontami... Cos'è successo?"

Sentì che la ragazza allontanava il telefono, inspirava profondamente, poi riprese nello stesso tono singhiozzante: "Sono uscita a cena con la mia amica Alicia, era sola anche lei questa sera, giù di corda, come me, perché sono stata licenziata oggi pomeriggio. Proprio prima di lasciare l'ufficio stavo sistemando tutto, mettendo in ordine per riprendere il lavoro lunedì mattina, quando è entrato il mio capo e mi ha detto che erano obbligati a fare dei grossi tagli al personale e lei se ne va! Così... Non una parola di più o di meno! Allora sono andata al pub con Alicia, abbiamo parlato, bevuto, solo un pochino, te lo giuro, non tanto, e c'erano questi due tipi che ci volevano provare e li abbiamo mandati a quel paese, l'hanno presa male e ci hanno seguite quando siamo uscite... Poi Alicia ha preso un taxi perché abita lontano, mentre io sono rientrata a piedi e, sotto casa mia, quei due mi hanno bloccato e hanno... non ne posso più! La vita è troppo dura e io non voglio tornare a casa, non voglio stare da sola, ho paura che ritornino..."

"Ma cosa ti hanno fatto esattamente?"

"Mi hanno picchiato, ho un labbro rotto e non riesco a chiudere un occhio. Non ne posso più, Philippe! Sono pur sempre una brava ragazza. Non faccio del male a nessuno e tutto quello che ci guadagno è di venire scaricata al lavoro e presa a botte da due poveracci con la testa vuota..."

Ricominciò a singhiozzare. Philippe la scongiurò di calmarsi nel contempo riflettendo su ciò che era meglio fare.

"Dove sei, Dottie?"

"Sono tornata al pub, non voglio stare da sola... ho troppa paura. E, ancora peggio, non è questo il modo di passare il Natale!"

La voce le si incrinò e gridò che ne aveva abbastanza.

"D'accordo", decise Philippe, "non muoverti. Arrivo..."

"Grazie! Sei gentile... Ti aspetto dentro, ho paura a uscire, persino sul marciapiede..."

Philippe lottò a lungo con la sedia, si schiacciò un dito tra due molle, imprecò, strepitò, poi chiuse il baule con un sospiro di sollievo. Becca non doveva piegarla spesso!

All'una del mattino, parcheggiò finalmente davanti a casa.

Tra due cumuli di neve. Annie uscì per prima dall'auto, facendo attenzione a dove metteva i piedi per non scivolare, un po' addormentata, agitata all'idea di dover riorganizzare la casa, sistemare dei nuovi letti, ma dove dormirà la signorina Dottie, signor Philippe? Con me, Annie, e non sarà la prima volta!

* * *

"A che ora arrivano i nostri ospiti?" domandò Junior stendendo del lucido nero sui nuovi mocassini che aveva ricevuto per Natale. Finalmente aveva delle calzature adatte ai suoi vestiti eleganti. Non sopportava più le scarpe da ginnastica con le chiusure a strappo. Erano tutte macchiate. Aveva adocchiato quei mocassini in una vetrina tornando dal parco con sua madre. Era un negozio per bambini: *Sei piedi tre pulci*. Erano esposte in tutti i colori. Il modello si chiamava Ignazio e il prezzo era ragionevole: cinquantadue euro. Aveva teso il dito dichiarando ecco cosa voglio per Natale, delle scarpe di cui non mi vergognerò... Josiane aveva rallentato, le aveva valutate a lungo, poi aveva risposto, ci penserò. Quindi aveva aggiunto, di che colore ti piacerebbero? Ci era mancato poco che rispondesse di tutti i colori... ma si era trattenuto. Conosceva sua madre, il suo senso dell'economia, i suoi principi educativi e aveva optato per una tinta classica: nero. Josiane aveva annuito. La carrozzina era ripartita e Junior era risprofondato nel piumino, soddisfatto. L'affare, ai suoi occhi, era stato concluso.

"A mezzogiorno e mezzo, credo", rispose Josiane in camicia da notte, impegnata a grattugiare dell'emmenthal.

In un tegame, a fuoco lento, si stava sciogliendo del burro con della farina. Più in là, chiuse in un cesto di vimini, c'erano delle belle uova fresche covate da galline che razzolavano tutto il giorno all'aria aperta.

"Usciranno da casa loro verso mezzogiorno", calcolò Junior spalmando il lucido nero sulla pelle.

"Suppongo di sì", ribatté Josiane cauta. Diffidava delle domande di suo figlio, che la trascinavano spesso ad altezze vertiginose.

"Se suoneranno il nostro campanello a mezzogiorno e mezzo, che ora segnerà l'orologio di casa loro, da cui saranno usciti mezz'ora prima?" s'informò Junior passando con attenzione il panno sul bordo dei mocassini.

"Eh be'... Mezzogiorno e mezzo anche quello, perbacco!" esclamò Josiane versando il formaggio grattugiato in una ciotola e mettendola da parte.

Con la soddisfazione di chi ha saputo rispondere alla domanda trabocchetto dell'esaminatore, stemperò la miscela sul fuoco aggiungendo del latte freddo e mischiò finché il tutto non assunse una bella consistenza.

"No", ribatté Junior. "Sarà mezzogiorno e mezzo in tempo assoluto, hai ragione, ma non mezzogiorno e mezzo in tempo locale, perché non tieni conto della velocità della luce e del segnale che essa trasmette per calcolare il tempo... Il tempo non può essere definito in modo assoluto ed esiste un legame indissolubile tra il tempo e la velocità dei segnali che lo misurano. Ciò che tu chiami tempo quando ti riferisci all'ora sull'orologio, per esempio, non è nient'altro che il tempo locale. Il tempo assoluto è quello che non tiene conto degli obblighi del tempo reale. Un orologio in movimento non batte allo stesso ritmo di un orologio in stato di quiete. Commetti gli stessi errori di Leibnitz e Poincaré! Lo sapevo!"

Josiane sudava, si asciugò la fronte facendo attenzione a non sporcare il bancone di besciamella e chiese venia.

"Junior, ti supplico! Smettila! Siamo a Natale, giornata di tregua! Non ricominciare a darmi sui nervi! Non ho un minuto di respiro. Ti sei lavato i denti stamattina?"

"La donna astuta sposta la conversazione dall'argomento da lei incompreso! Sfodera un attacco traditore per far bella figura e restare padrona della situazione", rispose Junior, infilando un pugno nella tomaia del mocassino per controllare di aver steso bene il lucido.

"A che serve un gran cervello se hai l'alito pesante?" lo prese in giro Josiane. "Da grande pensi di sedurre le ragazze con i tuoi discorsi da saggio? No, le sedurrai con un bel sorriso, una dentatura perfetta e un alito alla menta piperita..."

"Pleonasmi, mia cara madre, pleonasmi!"

"Junior! Smettila o a pranzo ti umilierò davanti a tutti dandoti una pappina e mettendoti il bavaglino al collo!"

"Che vendetta meschina! 'I figli degli dei, per dir così, si sottraggono alle regole di natura e ne sono come l'eccezione. Non attendono quasi nulla dal tempo e dagli anni. Per essi il merito sorpassa l'età. Nascono istruiti e sono uomini perfetti prima che gli uomini comuni escano dall'infanzia.' La Bruyère, mia cara madre. Senza saperlo parlava di me..."

Josiane si voltò e lo guardò, sbalordita, puntandogli addosso un cucchiaio di legno.

"Ma... Junior! Sai leggere da solo adesso? Se mi citi La Bruyère, vuol dire che hai imparato a decifrarlo?"

"Sì, madre, volevo farti una sorpresa per Natale..."

"Mio Dio!" si disperò Josiane, battendosi il petto con il cucchiaio di legno sporco di besciamella. "È una catastrofe! Vai troppo in fretta, amore mio, troppo in fretta... Nessun professore potrà insegnarti qualcosa... Si sentiranno tutti superati, agitati, depressi... Dei pecoroni. Dovrò curarli... Potrebbero addirittura denunciarti ai media e diventeresti un fenomeno da circo!"

"Dammi dei libri e mi occuperò da solo della mia istruzione. Anzi, in questo modo vi farò persino risparmiare..."

Josiane gemette, afflitta.

"Non è così che funziona... Devi imparare con un insegnante... Seguire un programma, un metodo, non so bene io... Ci vuole un ordine in tutto questo. Il sapere è sacro."

"Il sapere è una cosa troppo importante per essere lasciata agli insegnanti..."

"Diventerai insopportabile... un bugiardo in erba!"

Poi si arrabbiò e imprecò: non sapeva più quante uova aveva rotto. Gliene servivano sei per il soufflé, non uno di più, non uno di meno.

"Junior! Ti proibisco di parlarmi quando cucino! Oppure leggimi una storia per bambini... qualcosa che mi rilassi e non mi faccia agitare."

"Non farti prendere dal panico! Conta i gusci, dividi la cifra ottenuta per due e otterrai il numero delle tue uova, donna di poca scienza! Quanto alle storie per bambini, dimenticale, mi annebbiano il cervello e non mi stuzzicano le cellule grigie... Ho bisogno di questo squisito formicolio per sentirmi vivo. Ho fame di conoscenza, mamma! Mi annoio con le favole per i bambini della mia età..."

"E io esigo pace e raccoglimento quando sono in cucina. È un modo per rilassarmi, Junior, non una presa di posizione!"

"Posso aiutarti, se vuoi... quando avrò finito di lucidare le scarpe."

"No, Junior. Vorrei che restasse il mio giardino segreto. Un ambito in cui sono brava e nel quale mi gusto la tranquillità di fare a modo mio. In nessun caso ti avvicinerai ai miei fornelli... E un'altra cosa: tra poco arriveranno i nostri ospiti, niente discorsi sulla relatività del tempo o sui *Caratteri* di La Bruyère. Mi hai promesso, ricordi, di comportarti come un bambino della tua età quando siamo in presenza di estranei... conto su di te."

"D'accordo, madre. Farò questo sforzo... qualunque cosa per te e per gustare l'eccellenza della tua cucina."

"Grazie, amore mio. Lavati le mani dopo aver lucidato le scarpe, altrimenti potresti intossicarti..."

"E saresti triste?"

"Se sarei triste? Ma morirei di dolore, orsacchiottino mio!"

"Ti voglio bene, mammina mia dolce..."

"Anch'io ti voglio bene, sei la luce della mia vita, la mia rondine di primavera..."

Junior lasciò perdere le scarpe e corse a stampare un bacio ardente sulla guancia di Josiane, che arrossì di piacere e lo strinse tra le braccia. Seguì un cinguettio furioso, uno scambio di baci, uno sfregamento di naso, di guance, di sopracciglia, delle paroline dolci, dei vocalizzi, dei superlativi di tenerezza in cui ciascuno superava la licenza poetica per arrivare a piantare la propria bandiera sull'Everest dell'amore. Junior fece scivolare un dito nella piega del collo di sua madre solleticandola, Josiane si difese mordicchiando la guancia del suo orsacchiotto ed entrambi si fecero le coccole in mezzo a ciotole e tegami scambiandosi carezze, baci e frasi arzigogolate. La madre e il figlio abbracciati, ingarbugliati come un nodo stretto, scoppiarono in una risata che fece tremare le pareti della casa.

"Come stanno i miei elfi?" ruggì Marcel entrando di corsa in cucina. "Ero nel mio studio a controllare i conti quando mi è sembrato di sentire vacillare i muri. Aha! Vedo che stiamo andando di abbracci e ne sono felice. Oggi la vita è bella, abbiamo degli ospiti! E degli ospiti a me cari. È Natale, la nascita di Gesù, i pastori sbalorditi, la Vergine Maria, Giuseppe, il bue, l'asinello e la paglia, ripassate i classici e cantate le lodi di questo splendido giorno..."

"Amen!" rispose Josiane allentando la stretta su Junior.

"Vieni, figlio mio, andiamo a scegliere il vino... È tempo che tu prenda confidenza con le bottiglie divine, i millesimati e i vitigni. Che ti faccia scaldare in gola il nettare di velluto e che cinguetti le mille note, i mille sapori!"

"Marcel, insomma! Non ha ancora l'età per diventare sommelier!"

"La bottiglia è una scienza, Choupette. Una scienza da affinare, che richiede tempo, naso e umiltà..."

"Passo un panno di lana sulle mie scarpe e sono da te, padre adorato!"

Josiane li osservò allontanarsi lungo il corridoio, mano nella mano, diretti verso la cella refrigerata che Marcel aveva fatto installare in fondo all'appartamento. Un gigante rosso chino su un orsacchiotto rubicondo. I suoi due alberi di Natale. Dolci e forti, teneri e determinati, volitivi e astuti. Non assomigliavano a nessuno degli uomini che aveva conosciuto. Marcel parlava schizzando l'aria di aggettivi, Junior saltellava ripetendo frasi sbilenche. L'immagine di una felicità che non voleva venisse minacciata. Vietato avvicinarsi! Si grattò tra i seni: il peso era tornato. Scosse il capo per scacciarlo. Sentì puzza di bruciato. Lanciò un grido, la besciamella attaccava. Inveì, afferrò il cucchiaio di legno e mescolò, mescolò pregando che la salsa non si fosse inacidita, nel contempo raccogliendo, all'attaccatura delle ciglia, con dito esitante, una lacrima, un'unica lacrima, che aveva fatto scattare l'allarme nel suo cuore. Mio Dio, non fare del male a quei due! Non farlo o ti pianto un chiodo nella croce! Si sentiva pulsare le tempie, chiuse gli occhi e ripeté, non quei due! Non quei due! Udì il telefono squillare, esitò, poi andò a rispondere.

"Josiane? Sono Joséphine..."

"Ciao, Jo! Sto cucinando..."

"Ti disturbo?"

"No, ma fa' in fretta... La besciamella mi sta attaccando. Venite sempre, vero? Non dirmi che annulli la visita?"

"No, no, veniamo. Non è per questo che ti ho chiamato..."

"È successo qualcosa a una delle tue figlie?"

"Ma no... È solo che volevo parlarti di qualcosa di cui non potrò dirti niente più tardi davanti a tutti..."

"Un istante, allora, che abbasso il fuoco..."

Josiane regolò la fiamma sul livello più basso e riprese in mano la cornetta. Si appoggiò al bancone e si mise in ascolto.

"Dunque..." iniziò Joséphine, "sul giornale di ieri, nella rubrica 'Personalità di domani', ho letto la storia di due bambini superdotati come Junior..."

"Come Junior? Tutto uguale?"

"Identico. Uno è un ragazzo. Vive a Singapore e, dall'età di nove anni, crea dei software per l'iPhone, dei sistemi ipercomplicati che nessuno prima di lui ha mai inventato... Sembra che a due anni fosse già un genio dell'informatica e conoscesse tutti i sistemi base di programmazione. Parla sei lingue e continua a mettere a punto decine di giochi, applicazioni, animazioni che propone poi a quelli della Apple..."

"Impossibile!"

"E l'altra, ascolta Josiane, l'altra... è una bambina che ha pubblicato il suo primo libro a sette anni, trecento pagine di novelle, poesie, considerazioni personali sul mondo, la politica, la religione, i media. Batte da ottanta a centododici parole al minuto, legge due o tre libri al giorno e insegna letteratura... Hai capito, mia cara Josiane, tiene lezioni di letteratura, conferenze per adulti alla media di trecento dollari per cinquanta minuti! Suo padre ha costruito uno studio nel seminterrato di casa in cui lei registra trasmissioni che poi vengono vendute alle tivù locali. La bambina vive in America. Il padre è ingegnere, la madre, che è cresciuta in Cina durante la Rivoluzione culturale, è stata vaccinata contro qualunque forma di apprendimento di gruppo e insegna lei alla figlia. Assicura che non è lei a spingerla, che è la bambina a scegliere di studiare ogni sera fino a mezzanotte! Ti rendi conto? Questo significa che non sei l'unica ad avere messo al mondo un genio! Non sei l'unica! Questo cambia tutto..."

"Dove hai letto queste cose?" domandò Josiane, sospettando che Joséphine le raccontasse bugie bianche il giorno di Natale.

"Sul *Courrier International*... Hortense lo compra tutti i giorni alla ricerca di un'idea per le sue vetrine. Le vetrine di Harrods... Non ne sei al corrente? Ti racconterò... È ancora in edicola. Corri a prenderlo, ritaglia l'articolo e smetti di angosciarti. Il tuo Junior è semplicemente nella media dei piccoli geni. È normale!"

"Mia cara Jo! Se sapessi che speranza mi dai. Come sei buona! Mi sento le gambe molli come gelatina..."

Dopo la morte di Iris, Josiane e Joséphine erano diventate molto amiche. Joséphine stava seguendo delle lezioni di cucina a casa dei Grobz. Imparava a fare le madeleine al limone e al cioccolato, il coniglio alla cacciatora, il tagine alle prugne, le meringhe, la fonduta di carote e porri, le torte salate, i pâté in crosta e le terrine di avocado e gamberetti. Talvolta Zoé l'accompagnava e prendeva appunti sul suo quaderno nero. Josiane aveva saputo trovare le parole per consolare Joséphine. La stringeva tra le braccia, la faceva accoccolare contro il suo seno abbondante, e la cullava accarezzandole i capelli. Joséphine si rilassava sentendo l'amica dire, passerà, mia cara Jo, passerà, sta meglio là dove si trova adesso, lo sai, non si sopportava più, è stata lei a scegliere la sua fine, è morta felice... Joséphine alzava il viso bofonchiando, è come se avessi una mamma, dimmi, è fatta così una mamma? Non dire scemenze, borbottava Josiane, tu non sei mia figlia e, peggio ancora, ho avuto anch'io più calore materno da un panetto di burro che da mia madre! Le sfiorava la fronte, inventava delle paroline dolci, divertenti che volteggiavano come trottole e Joséphine finiva per scoppiare a ridere tra i seni prosperosi di Josiane.

"Grazie, Jo, grazie! Mi togli un peso dal cuore... Stavo ricominciando a disperarmi pensando a Junior... La sai l'ultima? Ha imparato a leggere da solo, mi declama La Bruyère e ripassa la teoria del tempo! Non ne posso più..."

"Magari siete in tanti ad avere dei figli geniali... Magari ne è pieno il mondo, ma vengono tenuti nascosti perché i genitori, come te, temono che venga fatto loro del male. È una nuova razza di bambini. Sono stati programmati per illuminare il mondo... Sono i nostri salvatori!"

"Sei gentile!" ripeteva Josiane lasciando scorrere tutte le sue lacrime, lacrime di gioia, di sollievo, di speranza all'idea che il suo piccolo potesse essere normale.

Oh, non normale come tutti gli altri, ma normale come una manciata di altri. Bambini che non si additano, ma sui quali si pubblicano articoli d'apprezzamento sui giornali.

"Ti ci devi abituare, tuo figlio non è niente di eccezionale..."

"È dura, sai. Non mi sento mai sicura. Ho paura degli sguardi altrui. Paura che lo adocchino in autobus, che me lo portino via per programmare computer, razzi nucleari, guerre chimiche, attacchi balistici. L'altro giorno, nel metrò, disegnava dei pentagramma canticchiando le note che scriveva. C'era una signora che ha bisbigliato al marito, guarda quel bambino, sta ricopiando *Eine Kleine Nachtmusik*! Doveva essere una professoressa di musica e aveva riconosciuto la partitura. L'uomo le ha risposto, storcendo la bocca per non farsi sentire da me, hai ragione... non dev'essere normale. Siamo scesi in fretta e abbiamo proseguito a piedi..."

"Hai fatto male! Avresti dovuto alzare il mento e brandirlo come un trofeo. È quello che avrebbe fatto il padre di Mozart! Pensi che si vergognasse di suo figlio? No! Lo faceva esibire in tutte le corti d'Europa all'età di quattro anni!"

"Be'... farà bene a darmi lui un po' di coraggio, perché io non intendo sventolarlo come un premio!"

Riappese, felice e sollevata. Si rimise a tenere d'occhio i suoi tegami con sguardo più sicuro. Junior era normale, Junior era normale, aveva un sacco di amici dall'altra parte del mondo. Non era molto pratico per fare merenda con loro, ma era una buona notizia per quando le sarebbe venuta una nuova crisi di ansia...

"E ora, figlio mio, andiamo a scegliere i regali per i nostri ospiti", dichiarò Marcel uscendo dalla cella, le braccia cariche di bottiglie dal delizioso contenuto. "Ho fatto una prima cernita tra i gioielli per le signore e ho optato per un bell'orologio per Gary, l'*Englishman* che accoglieremo alla nostra tavola."

"Gary mi piace molto", affermò Junior ammirando la brillantezza dei suoi mocassini. "È bello ed elegante, e non ci dà peso. Probabilmente le ragazze impazziscono per lui. Qualche volta, papà, vorrei essere meno sveglio di testa e avere un viso più attraente. Il giornalaio mi chiama pellerossa, mi infastidisce..."

"Quella faina viziosa!" esclamò Marcel. "Come ha osato! È geloso dei riflessi ramati dei tuoi capelli, ecco tutto! Lui è calvo e spelacchiato."

"Mi piacciono anche Joséphine, Shirley e Zoé. Sono di buon cuore. È Hortense che mi dà sui nervi. Mi ha soprannominato il Nano e non lo sopporto..."

"È ancora giovane e vivace, non si lascia intimidire dalle vicissitudini della vita... Non prendertela, figlio mio, ben presto verrà a mangiare dalla tua manina."

"È bella, coraggiosa, sprezzante. In lei ci sono tutte le sfaccettature di una donna, tranne l'amore... Le manca la morbidezza della donna illanguidita dall'amore, come la mamma, la sera, quando andate in camera vostra e tu la tieni per la vita. Nella sua testa piegata sento crescere la voluttà... Una donna insensibile è una donna che non ha ancora amato. Hortense è di ghiaccio perché nessuno ha saputo rompere la sua corazza."

"Di' un po', Junior, l'hai proprio guardata bene la bella Hortense!"

Junior avvampò arruffandosi i riccioli rossi.

"L'ho studiata con l'attenzione di un piano di battaglia, mi piacerebbe che mi degnasse di uno sguardo diverso da quelle occhiate fredde e attonite. Voglio sbalordirla... ma sarà dura: la mamma mi ha chiesto di fare il bambino piccolo durante il pranzo."

Marcel non seppe cosa rispondere. Le braccia ingombre di bottiglie, rifletteva mordicchiandosi le labbra. Se per lui non faceva alcuna differenza avere un figlio fuori del comune, capiva l'inquietudine di sua moglie. Sapeva quanto aveva desiderato quel bambino, quanto l'aveva immaginato, amato, i manuali che aveva letto, i consigli che aveva raccolto, la dieta che aveva seguito, voleva essere la migliore delle madri per il figlio più bello. Non aveva previsto che il suo pargolo avesse lo spirito sveglio di più uomini di scienza messi insieme.

"Mi hai sentito, padre?"

"Sì, e la cosa mi secca. A quale delle due piacere? A tua madre o a una graziosa ragazza? È Natale, rendi felice tua madre, avrai tutto il tempo di conquistare Hortense."

Junior chinò la testa, grattò l'etichetta della bottiglia che era stato incaricato di portare. Grattò ancora, poi borbottò: "Farò del mio meglio, padre, te lo prometto... Ma è così faticoso interpretare un marmocchio! Come fanno gli altri?"

"Non mi ricordo più tanto bene", ridacchiò Marcel, "ma credo che la cosa non mi abbia mai posto nessun problema. Sai, Junior, io sono solo un uomo semplice che si gode la vita, che la gusta giorno per giorno..."

Junior sembrò riflettere sul concetto dell'uomo semplice e Marcel credette di avere deluso suo figlio. Un pensiero cupo lo assalì: e se il suo bambino lo avesse abbandonato? Se si fosse annoiato con due genitori privi di quella conoscenza che pareva eccitarlo e fargli fare passi da gigante? Se fosse diventato debole e nevrastenico? Il cucciolo sarebbe deperito e lui e Choupette non si sarebbero più ripresi.

Si riscosse scrollando le spalle per scacciare quell'idea funesta e strinse con fermezza la mano del figlio.

Aprirono la cassetta in cui Marcel custodiva i suoi gioielli, quelli che deponeva ogni anno sul piatto del pranzo di Natale per festeggiare la nascita del Messia in Galilea e l'arrivo nella sua casa di un angioletto rosso ed erudito.

"Forza, scegli... e t'insegnerò i nomi delle pietre preziose."

Fu così che nei piatti, sotto dei grandi tovaglioli bianchi damascati, furono nascosti un bracciale in oro ad anelli punteggiato di diamanti a forma di rose e perle per Zoé, un orologio da tasca in oro per Gary, un ciondolo a cuore tempestato di brillanti per Joséphine, una paio di orecchini con pendenti incastonati di zaffiri blu e gialli per Shirley, e per Hortense un bracciale Love di Cartier.

Il padre e il figlio si scambiarono uno sguardo di felicità dandosi una stretta di mano.

"Che la festa cominci!" gridò Marcel. "Com'è bello deliziare in questo modo i nostri ospiti! Ho il cuore che mi si dilata dalla contentezza."

"*Bonum vinum laetificat cor hominis!* Il buon vino rallegra il cuore degli uomini", tradusse Junior caritatevole.

"Ma tu parli latino!" esclamò Marcel.

"Oh, è solo una frase che ho notato leggendo un testo antico."

Perdindirindina! si disse Marcel, Josiane ha ragione: il bambino va troppo in fretta, il pericolo è in agguato...

* * *

La classe grammaticale del nome è costituita dal sostantivo e dall'aggettivo qualificativo che si suddividono in due generi e in due numeri e che presentano una serie di funzioni parzialmente in comune.

All'interno della classe del nome, il sostantivo e l'aggettivo qualificativo si distinguono nel modo seguente:

a) dal punto di vista delle forme, l'aggettivo e il sostantivo non si suddividono nello stesso modo tra i due generi e i due numeri. In condizioni normali, solo il sostantivo è introdotto dall'articolo (o da uno dei suoi equivalenti); solo l'aggettivo può essere declinato secondo i gradi di intensità e di paragone.

b) dal punto di vista delle funzioni, solo il sostantivo può fare da supporto alla proposizione in quanto soggetto, complemento oggetto e complemento d'agente...

Henriette Grobz richiuse la grammatica Larousse sbattendo la copertina verde con il palmo della mano. Basta! gridò. Ne ho abbastanza di indovinelli! Io la conosco la grammatica! Come si fa a formare l'intelligenza di un bambino riempiendogli la testa di nozioni fumose! Non esiste un modo semplice di insegnare il francese? Ai miei tempi era tutto chiaro: soggetto, verbo, complemento. Di luogo, di tempo, di modo. Avverbio, aggettivo. Principale e subordinata. E poi ci si sorprende di creare somari a ripetizione! Ci si indigna perché non sanno più ragionare! Ma se li confondiamo, li scoraggiamo, li indeboliamo con questo gergo pretenzioso! Gli infarciamo la testa con questo ripieno infame!

Provò improvvisamente una pietà nauseante per il bambino costretto a tirare fuori le unghie alla scuola elementare. Kevin Moreira dos Santos, il figlio della portinaia, quello che corrompeva per navigare in Internet. Non solo le scuciva dieci euro a ogni connessione, ma l'ultima volta si era rifiutato di farle una ricerca con il pretesto che lei gli impediva di finire i compiti e che, per causa sua, era l'ultimo della classe.

"Come sarebbe che t'impedisco di andare bene a scuola?" si era opposta l'arida Henriette.

"Il tempo che trascorro con te non lo passo a studiare e i miei voti fanno schifo..."

"I tuoi voti non hanno mai superato lo zero", si era indignata Henriette scuotendo il capo.

"Per forza! Mi porti via tutto il tempo, vecchia capra puzzolente!"

"Ti proibisco di darmi del tu e di chiamarmi con nomi di animali! Che io sappia, non siamo così intimi..."

Kevin Moreira dos Santos si disse che a quello non ci pensava proprio, visto che la donna doveva avere cento anni, mentre lui era giovane e pimpante.

"Ti do del tu perché tu lo fai con me e se ti dico che puzzi è perché lo sento quando ti avvicini... Non è un'offesa, ma la verità. E ancora peggio, se ti chiedo di non starmi appiccicato, sei tu a insistere, sei tu a volermi stare addosso. Io non mi sono spostato di un millimetro! E poi mi stai proprio sulle scatole!"

Le mostrò il dito medio per illustrarle il suo punto di vista, tenendo l'indice sollevato perché lei avesse il tempo di decifrare le sue intenzioni. Non era pronto per fare la pace con quella vecchia a cui puzzavano l'alito, il collo, i piedi, che aveva uno strato di gesso in faccia e due occhietti minacciosi talmente ravvicinati da sembrare strabica.

"Puzzi dappertutto! Usi l'acqua corrente o la risparmi?"

Henriette indietreggiò di fronte a quell'insulto deliberato e cambiò tono. Comprese di non essere nella posizione di poter negoziare. Non aveva nessun asso nella manica. Dipendeva da quell'ammasso di gelatina ignorante.

"D'accordo, brutto marmocchio! Giochiamo a carte scoperte. Io ti odio, tu mi odi, ma tu puoi essere utile a me e io posso essere utile a te. Facciamo un patto: tu continui a farmi navigare su Internet e io, oltre al denaro che ti sgancio, ti farò i compiti... Che ne dici?"

Kevin Moreira dos Santos la soppesò con lo sguardo e l'occhio destro gli brillò di rispetto. La vecchia era alla sua altezza. Non si lasciava intimorire. Non solo poteva continuare a spillarle soldi, ma si sarebbe anche sciroppata tutti quei compiti idioti di cui non capiva niente e che gli valevano i rimproveri violenti di sua madre, gli schiaffi a ripetizione da suo padre e la minaccia di finire in collegio l'anno successivo.

"Tutti i compiti", precisò il ragazzino, tamburellando sulla barra di spaziatura della tastiera. "Grammatica, ortografia, storia, matematica, geografia, e ne sto lasciando indietro..."

"Tutti tranne il flauto ed educazione artistica. A quelli ci pensi tu."

"E non dirai niente ai miei genitori? Non ti lamenterai che parlo male, che ti tratto male..."

"Me ne infischio! Non è una questione d'affetto, bensì uno scambio di saperi. Dare per dare..."

Kevin Moreira dos Santos esitò. Temeva l'imbroglio. Si toccava di continuo la cresta di capelli indurita dal gel in cima al suo faccione tondo. La sua mente, così lenta a comprendere il ruolo dell'aggettivo e del sostantivo o le divisioni a tre cifre, esaminava a tutta velocità i pro e i contro giungendo alla conclusione che per lui era un ottimo affare.

"Ok, brutta vecchia. Ti darò i miei compiti, tu me li riporterai di nascosto ogni sera con la scusa di darmi delle ripetizioni... I miei genitori ti prenderanno in simpatia, non si accorgeranno di niente, e i miei voti risaliranno! Ma niente scherzi, continuerai a pagarmi per il pc!"

"Nemmeno un piccolo sconto?" propose Henriette mimando un'umile supplica, l'espressione furbetta dei mercanti di un suk.

"Che piattola! Facciamo una prova e se la cosa funziona, rivedrò i miei prezzi... Ma non dimenticarti che tengo io il coltello dalla parte del manico, non tu!"

Fu così che Henriette si ritrovò, la sera di Natale, al bagliore di una candela a decifrare una grammatica Larousse dalla copertina verde e il contenuto oscuro.

Ma come riuscirò a educare quello sciocco barilotto? si chiedeva cercando di strapparsi un pelo cresciuto sul neo. La mente di quel ragazzino è un deserto... Non c'è il minimo appiglio per attaccarci qualcosa! Nessuna base da cui partire. Bisogna costruire tutto. Non ho solo questo a cui pensare...

Ma aveva un piano! E che piano!

Le era sceso sul capo come una lingua di fuoco quando si era chinata davanti alla Vergine Maria nella chiesa di Saint-Étienne.

Era stato quel furbo di Giuda a suggerirle l'idea. Giuda dai piedi nudi, sottili, nervosi chiusi nei sandali, Giuda dalla lunga veste rossa e il viso emaciato, Giuda... era Chaval! Ecco perché, mentre fissava la scena della passione di Cristo, non riusciva a staccare gli occhi dalla faccia sinistra del traditore. Chaval, il cinico e focoso Chaval, che una volta lavorava nell'azienda di Marcel Grobz e che l'aveva lasciata per un concorrente... l'Ikea, se non sbaglio, ricordò Henriette. Chaval che scorrazzava in decappottabile, sollevava le gambe alle donne, se ne faceva una collana, le sdraiava sul cofano della sua automobile. Quell'uomo aveva la levatura, la crudeltà, il savoir-faire, la cupidigia necessari. Conosceva a menadito gli affari di Marcel, i suoi espedienti, i suoi clienti, le sue consegne, i suoi negozi, la sua rete mondiale. Chaval! Naturalmente! Le si era illuminato il viso e il prete che passava di lì aveva creduto che un angelo fosse sceso nella cappella della Vergine. Un visitatore divino? le aveva bisbigliato, agitato, in sacrestia, stropicciando la stola. Un'apparizione tra queste mura! Una cosa del genere rilancerebbe la mia chiesa, verrebbero a visitarla da tutto il mondo, ne parlerebbero al telegiornale! Le cassette dell'elemosina sono vuote. Ha ragione, padre, Dio in persona è venuto a parlarmi..., poi gli aveva lasciato in fretta un'offerta, qualcosa per comprare due candele per la buona riuscita della sua impresa, ed era partita subito alla ricerca dell'indirizzo di Bruno Chaval sulle Pagine Gialle del computer di Kevin. Sarà il mio socio, il mio complice, mi aiuterà a spingere nel precipizio quel maiale di Marcel. Chaval! Chaval! canticchiava facendo saltellare le ginocchia ossute. È stato lui a farmi l'occhiolino la prima volta che mi sono inginocchiata tra i banchi della chiesa di Saint-Étienne. È un segno di Dio, è venuto a tendermi una mano. Grazie, mio buon Gesù! Reciterò nove *Padre Nostro* per onorarti...

Chiamò tutti i Chaval sull'elenco. Finì per trovarlo a casa di sua madre, la signora Roger Chaval. Che sorpresa!

Da sua madre. Alla sua età...

Gli diede appuntamento nel tono tagliente della vecchia padrona. Lui accettò senza protestare.

La raggiunse nella chiesa di Saint-Étienne. Gli fece cenno d'inginocchiarsi di fianco a lei e di parlare a bassa voce.

"Come sta, mio caro Bruno? È da parecchio che non ci si vede... Ho pensato spesso a lei", borbottò Henriette, il viso tra le mani come se stesse pregando.

"Oh madame! Non sono più un granché, l'ombra di me stesso, un fantasma." Poi pronunciò la parola più orribile: "Disoccupato."

Henriette trasalì per lo sgomento. Si era preparata a incontrare un esponente di spicco della Borsa, un *golden boy* di Wall Street, e finiva per ritrovarsi una lumaca famelica. Girò la testa per studiarlo. L'uomo aveva perso capelli, vigore, muscoli e fegato. Un invertebrato. Riuscendo a dominare il proprio disgusto, si chinò, comprensiva, su quello straccio d'uomo.

"Ma cos'è successo? Lei che era così vivace, brillante, spietato..."

"Non sono nient'altro che un cagnolino randagio, madame. Ho incontrato il Diavolo!"

Henriette si fece il segno della croce e gli ordinò di non pronunciare quel nome in un luogo sacro.

"Ma non esiste! È tutto nella sua testa!"

"Oh sì, madame, esiste... Indossa un abito leggero, ha lunghe gambe affusolate, polsi delicati, due piccoli seni sodi, una lingua a inumidire le labbra. Labbra rosso sangue, madame, al gusto di vaniglia e fragola, un piccolo ventre che si contorce, si stringe, si contorce ancora, due ginocchia arrotondate, adorabili, mi ha messo il fuoco nei lombi. Ho perso il respiro guardandola, annusandola, seguendola, aspettandola... Verso di lei avevo lo sguardo dell'idiota che contempla un oggetto radioso, un oggetto che si allontana, si avvicina e incendia il pover'uomo che annega. Ero preso da una passione indescrivibile. Sono diventato uno gnomo allucinato, carbonizzato, non pensavo più che a una sola cosa e qui madame sarò brutale, la scioccherò, ma deve capire in che baratro sono precipitato, io non pensavo più che... a posare la mano, le dita, la bocca sul suo ciuffo polposo, succulento come un frutto da spremere, il cui succo..."

Henriette lanciò un grido che echeggiò nella chiesa. Chaval la guardò annuendo lentamente.

"Ha capito, adesso? Ha compreso la portata della mia infelicità?"

"Ma non è possibile! Non si può perdere la testa per... per..."

"Per il ciuffo di una ninfetta acida? Ahimè, sì! Perché sono stato il primo a infilarmi in quella peluria umida che mi accarezzava il sesso con la conoscenza e la stretta di una vecchia zoccola consumata... In quella caverna mi stritolava, m'impastava il sesso come una bocca golosa, una ventosa affamata, mi aspirava, si fermava quando stavo per esaurirmi, mi fissava con quei suoi grandi occhi innocenti che verificavano lo stato di degrado in cui mi aveva gettato; allora io la supplicavo di risparmiarmi, strabuzzavo gli occhi, la lingua fuori come i cani malati di rabbia, la gola in fiamme, l'asta turgida... Lei mi valutava con il suo sguardo freddo, indifferente, così calmo, e reclamava altro denaro, un altro corpetto Prada, una borsa Vuitton, e io ansimavo tutto quello che vuoi, tutto quello che vuoi, angelo mio, perché lei riprendesse quell'avanti-e-indietro incantatore che mi aderiva al sesso, estraendo a una a una ogni goccia di piacere, madame, a una a una come se lei si trovasse in una fornace e io fossi l'unica fonte a cui dissetarsi, esercitava con il suo sesso delle lenti pressioni sul mio, che non ne poteva più, ma si lasciava plasmare, forgiare fino al momento in cui, avendo ottenuto tutto, lanciava l'assalto finale, mi crocifiggeva di piacere nella sua carne umida e dolce e mi obbligava a rendere l'anima..."

"Non osi parlare di anima! Insomma, signor Chaval, lei è un empio!"

"Ma era la mia anima a essere seviziata, madame! Glielo assicuro", bisbigliò lui, spostando il peso del corpo dal ginocchio destro a quello sinistro sul duro inginocchiatoio di legno. "Quella ragazzina – non aveva nemmeno sedici anni – mi ha fatto incontrare Dio nel suo sesso constrictor, mi ha fatto conoscere gli angeli e gli arcangeli. Mi sentivo irradiato di felicità, colmo di voluttà, volavo, possedevo il mondo, gocciolavo di piacere e quando esplodevo dentro di lei, mi portava in paradiso! E poi... poi... poi tornavo un semplice mortale. Ripiombavo di colpo nei miei stivali sporchi, leccando il cielo che si allontanava e la ragazzina, sazia, mi spiava allungando la mano perché io non dimenticassi il suo bottino di guerra. E se mi scordavo di qualcosa, una ballerina o una pochette, mi metteva il muso e si rifiutava di vedermi finché non avevo deposto ai suoi piedi tutti i trofei... e allora mi scroccava qualche altro articolo di lusso per punirmi per averla fatta aspettare."

"Che orrore! Quella ragazza è una ignobile zoccola! Brucerete entrambi all'inferno!"

"Oh no, madame, era una felicità inimmaginabile... Mi sembrava di avere le ali, ero il più felice degli uomini, ma, ahimè, non durava. Non appena il mio membro si raddrizzava e io elemosinavo un nuovo diritto di passaggio, lei faceva schioccare la sua lingua inflessibile, mi punzecchiava con quegli occhioni freddi chiedendomi e cosa mi dai in cambio? continuando a laccarsi un'unghia o disegnandosi una riga con l'eyeliner. Era insaziabile. A tal punto che ho cominciato a lavorare sempre meno, ad architettare imbrogli. Ho giocato ai cavalli, al lotto, al casinò e, dato che non vincevo, ho sottratto del denaro all'azienda. Raggiri tramite assegni. All'inizio cifre piccole, poi sempre più grosse... è così che sono caduto. Davvero in basso, perché non solo ho perso un lavoro di prestigio, ma nessuno voleva più raccomandarmi... Il mio è il curriculum di un infame, buono per farci carta igienica."

"E mi dica, povero peccatore, non l'ha più rivista, spero, questa Dalila..."

"No, ma non per mia scelta. Avrei strisciato sulle ginocchia se me l'avesse chiesto!"

Abbassò la testa, pietoso.

"Si è stancata. Diceva che l'amore fisico è molto sovrastimato... Che non la divertiva più. Che era sempre la stessa cosa, lo stesso avanti-e-indietro, che si annoiava. Si era fatta le ossa con me. Aveva verificato che 'funzionava'. Ha archiviato la nostra avventura al rango di un test in provetta. Mi ha buttato via con il pretesto... che stavo diventando appiccicoso. Era l'unica parola che ripeteva in continuazione: 'appiccicoso'. Bisogna dire che era molto giovane... Nonostante le abbia promesso mari e monti, di architettare il furto del secolo, una fuga in Venezuela, diamanti, smeraldi, un jet privato, una hacienda, una montagna di articoli Prada... Seduti in riva al mare turchese serviti da camerieri in pareo..."

Henriette si strinse nelle spalle.

"Che stereotipo!"

"La stessa espressione usata da lei", replicò Chaval abbassando la testa come se venerasse il ricordo della sua infelicità. "Mi ha detto di rivedere i miei piani, che aveva di meglio a cui pensare. Se l'era spassata, aveva imparato a uccidere un uomo di piacere, si era rifatta il guardaroba, e adesso, al lavoro! Voleva sfondare da sola, 'senza il cazzo di un uomo, quella salsiccia pietosa'..."

Henriette sobbalzò, inorridita.

"Non aveva ancora sedici anni..." sospirò Chaval, sfinito.

"Mio Dio! I bambini non esistono più..."

"A tredici anni sanno far su un uomo. Si nutrono di Kamasutra, conoscono esercizi vaginali, di suzione, torsioni, aspirazioni, contorsioni... S'infilano una matita tra le gambe per esercitarsi. Ci sono persino quelle che riescono a fumarsi una sigaretta così! Sì, sì, gliel'assicuro..."

"La prego! Si freni... Dimentica che si sta rivolgendo a una donna rispettabile!"

"Mi basta parlarne e... lo vede anche lei!"

Si schiacciò il sesso tra le gambe incrociandole con forza.

"Spero sia partita per lidi lontani..." bisbigliò Henriette.

"È andata a Londra, a seguire dei corsi di moda. Vuole diventare Coco Chanel."

Henriette impallidì. Il suo largo copricapo tremò. Le tornò tutto in mente. Quattro anni prima, Hortense, lo stage a Casamia, Chaval livido e affannato, i tacchetti di Hortense clip-clap, clip-clap nel cortile dell'azienda, i ragazzi del magazzino che la seguivano con gli occhi, la bava alla bocca... Era per questo dunque! L'uomo era talmente posseduto da dimenticare che parlava di sua nipote. Sua nipote! Non faceva più il collegamento tra lei e Hortense. Aveva elevato Hortense al rango di una madonna che si prega in ginocchio, della donna al di sopra di tutte le donne. La passione lo disorientava. Si chinò sul banco e incrociò le dita. In che mondo vivo! Ma in che mondo! Mia nipote! Una zoccola che stritola il sesso agli uomini per spillare loro denaro! La carne della mia carne! La mia discendenza...

Poi rifletté. Aveva bisogno di Chaval. Il suo piano non valeva niente senza un cavaliere nero e traditore. Che cosa le importava, in fondo, che sua nipote fosse una zoccola? A ciascuno il proprio destino! Le parole non significano più niente al giorno d'oggi. Sogghigniamo quando si parla di rettitudine, onestà, rigore, senso morale, decenza. Ognuno fa per sé. E poi, siamo realisti, ho sempre avuto stima di quella ragazzina che sa farsi rispettare...

"Ascolti, Chaval, credo di avere sentito abbastanza per oggi... Mi raccoglierò un istante per purificarmi. Per pregare per la salvezza della sua anima. Esca da questa chiesa che ha appena profanato... e le fisserò un incontro nei prossimi giorni per parlare d'affari. Ho una cosa da proporle che potrebbe farla diventare nuovamente ricco. Ci rivedremo al caffè all'angolo tra rue Courcelles e avenue de Wagram. Ma prima mi assicuri che non si lascerà più distrarre. È padrone di tutte le sue facoltà? Perché in questa faccenda ho bisogno di un uomo con la mente lucida, non di un relitto libidinoso!"

"Quella ragazza mi ha ridotto al lumicino. Sono finito, a pezzi, ripulito, a secco. Vivo con l'assistenza sociale e la pensione di mia madre. Gioco al lotto perché bisogna conservare un po' di speranza, ma non ci credo nemmeno più mentre annerisco le caselle. Sono un drogato in astinenza. Non mi si raddrizza più, madame! Lei si è portata via la mia libido. Quando vedo una ragazza, ho talmente paura che me la svigno con la coda tra le gambe..."

"È perfetto! Rimanga così e mi prometta una cosa: se riuscirò a rimetterla in salute, finanziaria s'intende, mi assicura di restare sobrio, di rinunciare al sesso e di non farsi più stregare da una zoccoletta?"

"Bisognerà che le nostre strade non s'incrocino, madame. Se la rivedessi, lo so, ritornerei un lupo affamato..."

"Se lei vive a Londra..."

"È l'unico rischio, madame, l'unico... Ucciderei per la possibilità di possederla ancora una volta! Per penetrare in quel lungo corridoio stretto, umido... Conoscere quello spasmo celeste..."

Emise il grugnito di una bestia feroce al buio, i muscoli del collo gli si tesero, la mascella si contrasse, i denti stridettero, grugnì ancora, si mise la mano tra le gambe, impugnò il sesso, lo strinse e gli occhi gli si riempirono di un delizioso terrore.

Henriette, attonita, guardava quell'uomo una volta così fiero, così virile, trasformarsi sull'inginocchiatoio al suo fianco. Grazie, buon Gesù, per avermi risparmiato questo vizio, mormorò in silenzio. Che abominio! Ho saputo dominare gli uomini. Li ho guidati con mano ferma, nobile, rispettabile. Degna. Un pugno di ferro in un guanto di ferro. Mai ho usato questo strumento femminile, questa morsa...

Nella mente le esplose un'immagine atroce. Guanto di ferro, morsa d'acciaio... Recitò tre *Padre Nostro* e dieci *Ave Maria* mentre Chaval, alle sue spalle, lasciava la chiesa in silenzio immergendo la mano nell'acqua benedetta per darsi coraggio.

Era Natale. Ed era sola davanti a una grammatica Larousse. In compagnia di un mezzo litro di vino rosso, una scatoletta di sardine in olio vegetale, un pezzetto di brie e un tronchetto surgelato sul quale aveva conficcato tre allegri nanetti trovati in fondo a un cassetto. Ricordo di un tempo antico in cui la tovaglia bianca e le candele rosse, i regali lussuosi di suo marito sotto ogni tovagliolo, i bouquet di Lachaume, i lumini profumati, i bicchieri di cristallo, le posate d'argento raccontavano la gioia e l'abbondanza del Natale.

La tela cerata del tavolo della cucina era macchiata in diversi punti, con i cerchi lasciati dai fondi dei tegami appoggiati in fretta per via del manico bollente, e il suo festino l'aveva rubato da Ed, il droghiere. Aveva cambiato tattica. Si presentava alla cassa vestita da gran signora, tutta in ghingheri, con guanti, cappello e una borsa a mano in coccodrillo, deponeva sul rullo scorrevole una confezione di pancarrè e una bottiglia di acqua minerale mentre in fondo alla borsetta nascondeva le vettovaglie rubate. Diceva a voce alta, si sbrighi, il mio autista mi aspetta in doppia fila, mentre la cassiera digitava un euro e settantacinque centesimi piegandosi davanti all'impazienza della vecchia arrogante.

Proprio così, mormorò aprendo la confezione di pane. Ho conosciuto momenti migliori e ne avrò ancora. Non bisogna disperare. Da soli, i deboli si ritrovano sconfitti di fronte alle avversità. Ricordati, mia brava Henriette, di questa celebre frase ripetuta da quanti sono stati sottoposti a dure prove: "Ciò che non uccide, rafforza."

Sospirò, si versò un bicchiere di vino e aprì la grammatica con un gesto secco. Cercò di provare interesse. Si strinse nelle spalle. Dodici anni e in seconda media! Una schiappa. In ortografia, grammatica, aritmetica, storia. Non c'era una materia in cui brillasse. Veniva promosso perché sua madre lo minacciava e suo padre sbraitava, ma la pagella era la testimonianza della penosa epopea del suo percorso scolastico. Voti pietosi e giudizi acidi di insegnanti scoraggiati: "Non può fare peggio", "Mai vista un'ignoranza simile", "Allievo da evitare", "Da inserire nel Guinness dei primati alla voce somari", "Se almeno dormisse in silenzio!"

Per Kevin Moreira dos Santos, i dolmen erano gli antesignani delle pensiline, la città di Roma era stata costruita in avenue Gesù Cristo. Francesco I era il figlio di Francesco 0. Il Mar dei Caraibi bagnava le Anguille francesi. E una perpendicolare era una retta impazzita che svoltava di colpo senza preavviso.

Pensò a Kevin. Pensò a Chaval. Si disse che l'ignoranza e la concupiscenza facevano girare il mondo. Maledisse il suo secolo che non rispettava più niente, finì il mezzo litro di vino, cincischiò con una ciocca sottile di capelli grigi e si mise all'opera per riformare l'insegnamento del francese in seconda media.

* * *

Il 26 dicembre alle diciassette, Gaétan suonò alla porta dei Cortès.

Zoé corse ad aprirgli.

Era sola in casa.

Joséphine e Shirley erano andate a fare una passeggiata, facendo finta di niente, per lasciarla tranquilla. Hortense e Gary erano in giro per Parigi a cercare, come ogni giorno, l'idea per le famose vetrine di Harrods.

Gary si portava dietro l'iPod o la macchina fotografica, si alzava il colletto della giacca, si annodava la sciarpa blu e s'infilava i guanti di pelo.

Hortense controllava di avere preso l'album degli schizzi e i pastelli.

Rientravano felici o arrabbiati.

Restavano in silenzio, ciascuno per conto suo, oppure si abbracciavano sul divano di fronte alla tivù, incastrati l'uno nell'altra, con il divieto di disturbarli.

Zoé li osservava dicendosi che l'amore era complicato. Cambiava in continuazione, non si sapeva mai che direzione prendeva.

Quando Gaétan suonò, uscì sul pianerottolo, un po' goffa e senza fiato. Non sapeva più cosa dire. Gli chiese se voleva lasciare la borsa in camera sua e bere qualcosa. Lui la guardava sorridendo. Le chiese se c'era una terza possibilità. Zoé non riusciva a stare ferma, è che sono agitata, disse...

Anch'io, rispose lui, e lasciò cadere la borsa.

Si ritrovarono faccia a faccia, le braccia penzoloni, squadrandosi.

Zoé pensava che fosse diventato più adulto. I capelli, la bocca, le spalle. Il naso, soprattutto. Era più lungo. E il suo sguardo più triste. Gaétan pensò che lei non era cambiata affatto. Glielo disse e la notizia la rassicurò.

"Ho così tante cose da raccontarti", esordì lui, "che non so da che parte cominciare..." Lei fece un'espressione attenta chinandosi verso di lui per incoraggiarlo. "Sei l'unica con cui posso parlare..."

La prese tra le braccia e lei pensò che era da tanto che lo aspettava. Non sapeva bene che cosa fare, aveva voglia di piangere.

Lui inclinò dolcemente la testa verso di lei, quasi piegandosi per baciarla.

Zoé dimenticò tutto. Lo trascinò in camera sua e si distesero sul letto, lui la strinse forte tra le braccia dicendole che era da tanto che attendeva quel momento, che non sapeva più cosa fare, cosa dire, che Rouen era troppo lontana, che sua madre piangeva in continuazione, che il Calvo di Meetic era sparito, ma che non gliene importava niente perché lei era lì e andava bene così...

Continuò a parlarle, con delle paroline dolci, dedicate solo a lei, e Zoé si disse che l'amore, alla fine, non era poi così complicato.

"Dove dormirò?" le domandò.

"Be'... con me."

"Eh? Sei pazza! Tua madre ce lo lascia fare?"

"Sì, ma... nel mio letto dormiremo io e Hortense, e tu per terra su un materassino gonfiabile..."

"Ah..."

Aveva smesso di bisbigliarle nel collo e Zoé sentì freddo all'orecchio.

"Non è il massimo..."

"Era l'unico modo, altrimenti non saresti potuto venire..."

Si staccò da lei pensando che era davvero una stronzata. Aveva un'aria così distante che Zoé ebbe l'impressione di trovarsi di fronte a un estraneo. Fissava un punto della stanza, proprio sopra la maniglia della porta, senza dire niente.

E Zoé si disse che l'amore era davvero complicato.

Hortense aveva deciso che i viali più belli di Parigi erano quelli che si aprivano a raggiera dall'Arco di Trionfo. E che lì si trovavano i palazzi più eleganti. E che su quegli edifici lisci e ben ordinati avrebbe trovato la sua idea. Non sapeva spiegare il perché, ma lo sentiva. Dichiarava, è là, è là, e non si doveva contrariarla.

Hortense e Gary facevano su e giù da mattina a sera per avenue Hoche, avenue Mac-Mahon, avenue Wagram, avenue Friedland, avenue Marceau, avenue Kléber, avenue Victor-Hugo. Evitavano accuratamente avenue de la Grande-Armée e avenue des Champs-Élysées. Hortense le aveva scartate: avevano perso l'anima. Il commercio, i neon, l'ostentazione, i fast food insipidi avevano snaturato la finezza architettonica un tempo voluta dal barone Haussmann e dalla sua squadra di architetti.

Hortense assicurava a Gary che la pietra dorata dei palazzi la ispirava. Diceva che dai muri di Parigi traspirava acume. Ogni edificio era diverso, era una creazione, e tuttavia rispondeva alle stesse caratteristiche stabilite secondo precise regole: facciate in pietra su misura, muri portanti, balconi al secondo e quinto piano, balconi con ringhiera in ferro battuto, altezza dei palazzi strettamente limitata in funzione della larghezza delle strade su cui si affacciavano. Da questa uniformità era nato uno stile. Uno stile inimitabile che faceva di Parigi la città più bella al mondo. Perché, si domandava, perché?

C'era qualcosa di segreto, di misterioso, di eterno. Come i tailleur di Chanel. Lo smoking di Saint Laurent. Il foulard di Hermès. I jeans Levi's. La bottiglia della Coca-Cola. La confezione del formaggio Vache-qui-rit. Il cofano delle Ferrari. Delle regole, una linea, un abbozzo affinato finché non diventa un classico per il mondo intero.

Le mie vetrine devono avere quel certo non-so-che che farà sì che, passandogli davanti, ci si fermerà, attoniti, dicendosi ma certo! È questo lo stile...

Non restava che trovarlo.

S'impadroniva della macchina fotografica di Gary e inquadrava balconi, capitelli, mensole di pietra, finestre ad arco, portoni di legno. Disegnava le sagome dei palazzi. Di fronte, di profilo. Si sprofondava nel particolare di ogni facciata, di ciascuna porta, l'espressione pensierosa. Gary la seguiva inventando dei motivi musicali, canticchiando do-mi-sol-fa-la-re. Era stato il professore di pianoforte a dargli quell'idea: comporre piccole arie davanti a una stazione del metrò, a un piccione dall'ala rotta o alla bellezza di un monumento. Conservarle nella mente e spargerle intorno. Doveva spedirgli una cartolina da Parigi. Per fargli sapere che lo pensava, che era felice di averlo incontrato, che non era più solo da quando l'aveva conosciuto. Che si sentiva un uomo... Un uomo con peli, problemi di cuore, una barba sfatta, una ragazza da conquistare. Era bello che ci fosse quell'uomo nella sua vita...

Canticchiava, canticchiava.

Talvolta Hortense s'innervosiva, talvolta rideva, talvolta gli chiedeva di fare silenzio: aveva un'idea. Poi sbuffava: l'idea se n'era andata e Gary l'abbracciava, diceva smettila di pensare e l'idea tornerà come per incanto. Lasciati andare, rilassati...

Sempre lo stesso cerimoniale. Camminavano. Hortense si fermava, accarezzava la pietra dorata di un palazzo chiudendo gli occhi, faceva scorrere le dita seguendo ogni rigonfiamento, si perdeva nelle insenature e sulla superficie levigata, insistendo, insistendo, come una strega che agiti la sua bacchetta magica.

Gary mormorava che era una pazzia commuoversi a quel modo per dei blocchi di pietra. Citava Ernest Renan, affermando che l'île Grande, in Bretagna, era stata depennata dalle cartine geografiche perché il barone Haussmann l'aveva distrutta saccheggiandone le cave per costruire i bei palazzi di Parigi.

"La trovi una cosa morale? Distruggere un'isola per edificare una città?"

"Me ne frego totalmente se il risultato è positivo. Il mondo intero viene a visitare Parigi. Mentre a nessuno interessa l'île Grande... Perciò, chi se ne importa."

"Per te, tutto ciò che brilla è oro!"

"Per me, tutto ciò che brilla è bello... Soprattutto quando parli di Parigi."

"E poi era un pretenzioso, era barone tanto quanto io sono una ballerina di cancan!"

"Me ne frego anche di quello! Stai zitto!"

"Baciami..."

"Nemmeno in sogno finché non avrò trovato la mia idea!"

Allora si metteva a fischiettare il canto della pietra emigrante, il grido della pietra strappata al suo luogo natio che piange l'esilio forzato, l'inquinamento delle città, i graffiti, il cane che alza la zampa per fare pipì, l'obbligo di diventare un blocco tagliato su misura, incastrato, anonimo, e di non poter più respirare gli spruzzi della sua isola.

Hortense decideva di ignorarlo. O di rimproverarlo.

Di tanto in tanto, lui spariva. Si eclissava all'angolo della rue Margueritte e del boulevard de Courcelles, entrava da Hédiard, comprava un assortimento di cioccolatini e di gelatine alla frutta, chiacchierava con la commessa creola che decantava l'ananas candito, e andava a piazzarsi al 221 di rue du Faubourg-Saint-Honoré, di fronte al teatro Pleyel, davanti a un pianoforte a coda, lasciando correre le dita e la fantasia.

Hortense meditava.

Lui spariva di nuovo e, attraversando la strada, spingeva la porta di Mariage ed entrava nell'antro sacro del tè. Annusava tè neri, bianchi, verdi nelle loro grandi lattine rosse che gli venivano presentate da un giovanotto dall'espressione seria. Annuiva, pervaso dagli aromi, sceglieva una miscela, attraversava nuovamente la strada e si precipitava alla Maison du chocolat in cui si sprofondava in deliziose fantasticherie...

Poi gli toccava correre per raggiungere Hortense.

"Ma perché? Perché?" domandava Gary offrendo alla sua bella una pralina. "Perché fissarti su questi palazzi di pietra tagliata? Non ha senso! Entra piuttosto nei musei, nelle pinacoteche o vai a fare un giro nei negozi di libri usati. Lì troverai delle idee. A palate!"

"Perché è da quando ero piccola che amo la bellezza degli edifici parigini e camminare per questa città è come entrare in un'opera d'arte... Non vedi la bellezza a ogni angolo di strada?"

Gary si stringeva nelle spalle.

Hortense si rabbuiava. Ogni giorno di più.

Il 26 dicembre passò.

Poi il 27, il 28, il 29, il 30...

Camminavano sempre alla ricerca dell'idea.

Gary non canticchiava più. Non fotografava più le facciate divine. Non comprava più scorzette d'arancia al cioccolato o marron glacé. Non cercava più di baciarla. Non le metteva più il braccio intorno alle spalle. Invocava una tregua. Una cioccolata calda da Ladurée con un macaron alla fragola. Oppure una Paris-Brest farcita di crema Chantilly in una brasserie.

Lei si tappava le orecchie e riprendeva la sua marcia folle.

"Non sei obbligato ad accompagnarmi", ribatteva allungando il passo.

"Che altro posso fare? Inseguire i mendicanti sul lungosenna, propormi come chaperon a Zoé e Gaétan, rimpinzarmi tutto solo di popcorn davanti a uno schermo gigante? No, grazie... almeno con te prendo una boccata d'aria, vedo autobus, castagni, rotatorie, le fontane di Wallace, mangio un cioccolatino lì, sfioro un pianoforte là... e, alla fine delle vacanze, potrò dire di conoscere Parigi. Insomma, la Parigi elegante, borghese e facoltosa... non la Parigi puzzolente dei vicoli..."

Hortense si fermava, lo osservava a lungo, disegnava il suo bel sorriso e gli prometteva: "Se trovo l'idea, mi abbandonerò tra le tue braccia."

"Veramente?" si stupiva Gary, inarcando un sopracciglio sospettoso.

"Di più", insisteva Hortense avvicinandosi al punto che lui avvertì il respiro caldo di lei sulle labbra.

"Ma", replicava lui, ritraendosi di colpo, "forse poi io non lo vorrò più... Forse avrò trovato la ragazza che..."

"Per favore, Gary! Non ricominciare!"

"Il desiderio è sfuggente, *my lovely one*, bisogna afferrarlo quando passa. Non so se domani sarò ancora qui ad aspettare..."

"Il tuo è un desiderio spento e io non voglio saperne!"

"Il desiderio è volatile, imprevedibile, altrimenti non sarebbe desiderio, ma routine..."

Poi girava di nuovo su se stesso e si allontanava.

Finalmente, il 31 dicembre, l'idea batté un colpo.

Era la fine di un pomeriggio d'inverno, quando il sole si abbassa di colpo dietro ai tetti, in cui l'aria azzurrina e luminosa vira sul grigio e il freddo si acuisce facendo venire i brividi...

Hortense si era seduta su una panchina. Lo sguardo basso, l'espressione imbronciata.

"Rimangono solo ventiquattro ore, Gary, solo ventiquattro ore, e se non mi viene in mente qualcosa, mi ritroverò a balbettare quando la signorina Farland mi chiamerà. Mi sento come una balena spiaggiata che non riesce a respirare."

"Un'orgogliosa balena dal dorso grigio avorio, dorso grigio avorio, dorso grigio avorio, dai denti bianchi e freschi come la pioggia, freschi come la pioggia, freschi come la pioggia", canticchiò Gary sulla musica di *Yello Submarine* girando intorno alla panchina.

"Smettila! Mi dai il capogiro!"

"Freschi come la pioggia, freschi come la pioggia!"

"Ti ho detto di smetterla! Se pensi di essere divertente..."

"Dorso grigio avorio, dorso grigio avorio!"

Hortense si raddrizzò allungando un braccio per tappargli la bocca.

L'arto si levò dritto davanti a lui e Gary pensò che finalmente Hortense stesse salutando i suoi vocalizzi. Si chinò per ricevere un applauso, fingendo di sollevare in aria un cappello da moschettiere, intonò grazie, grazie, mia bella signora! Il mio cuore sussulta di gioia all'idea che... e venne interrotto da un secco smettila di fare l'idiota! Stanno arrivando Josiane e Junior!

Si girò e notò in lontananza il bambino e la madre che si dirigevano verso di loro.

"Ah!" disse lui, deluso. "Era per questo, e io che credevo..."

"Merda! In più ci toccherà intrattenere il fagiolino rosso!"

"Adesso esageri! È forte quel bamboccino..."

Si lasciò cadere di fianco a Hortense aspettando che il duo madre-figlio si fermasse alla loro altezza.

"Che stupido, ho prestato la macchina fotografica a mia madre, altrimenti gli avrei scattato una foto..."

"Una matrona e il suo nanerottolo per la strade di Parigi! Affascinante!"

"Ma che cos'hai? Che rompiballe! Domani, te lo giuro, girerai da sola! Ne ho abbastanza! Riesci persino a imbruttire Parigi con le tue lamentele!"

Le girò le spalle cercando con gli occhi una ragazza da abbordare, qualunque cosa per fare innervosire l'irascibile Hortense.

"C'è che è il 31 dicembre! Che domani è il 1° gennaio e che non ho ancora trovato niente! E tu vorresti che saltassi di gioia, che faccia la ruota e che mi metta a fischiettare con te!"

"Continuo a ripetertelo, lasciati andare, rilassati! Ma tu ti ostini a spremerti le meningi!"

"Zitto, eccoli! Sorridi! Non voglio che ci vedano litigare."

"Anche ipocrita!"

Josiane li aveva notati e si stava avvicinando con dei grandi sorrisi da donna appagata. Tutto era in ordine. Suo figlio, vestito da bambino della sua età, mangiucchiava un biscotto sbavando, il sole lanciava un ultimo raggio rosato dietro i tetti di ardesia, l'aria fresca gli arrossava le guance, stavano rientrando a casa, dove avrebbe fatto scorrere l'acqua per il bagno di Junior, avrebbe immerso il gomito per controllare che la temperatura andasse bene, lo avrebbe strofinato con del sapone all'avena per pelli sensibili, avrebbero canticchiato, lui avrebbe riso di felicità, avvolto nella salvietta calda, lo avrebbe coperto di baci, la vita era bella, bella, bella...

"Salve, ragazzi!" esordì Josiane, bloccando le ruote del passeggino. "Qual buon vento vi porta?"

"Un'aria fetida", ribatté Gary. "Hortense cerca un'idea leccando i muri di Parigi e io le faccio compagnia. Insomma, ci provo..."

"E che cosa cerchi, bella mia?" domandò Josiane, notando l'espressione cupa di Hortense.

"Un'idea, ma non gliene vengono. Ti avverto che ce l'ha con il mondo intero..."

Hortense girò la testa per non rispondere.

"E dove la cerchi questa idea? Sui castagni? Nei dehors dei caffè?"

La giovane si strinse nelle spalle.

"No", spiegò Gary. "Lei crede che l'idea sgorgherà tutta in ghingheri dalla sfilza di palazzi. Scruta la pietra, l'accarezza, la disegna, la impara a memoria. È sciocco, ma è così."

"Ah!" esclamò Josiane, stupita. "Un'idea che nasce dalla pietra... Non capisco bene, ma io non sono molto sveglia..."

Sei un'impedita totale! pensò Hortense. Basta vedere com'è conciata! Una casalinga sciatta che legge romanzi ridicoli e si veste nel reparto taglie forti...

A quel punto Junior lasciò cadere il biscotto zuppo di saliva e dichiarò: "Hortense ha ragione. Io che li contemplo tutti i giorni andando al parco, non riesco a stancarmene. Sono così simili eppure completamente diversi..."

Hortense alzò la testa per osservare il fagiolino rosso.

"Di' un po', ha fatto progressi il Nano... Non parlava così quando abbiamo pranzato da voi a Natale..."

"Fingevo di essere un bambino piccolo per fare piacere a mia madre", spiegò Junior. "Lei sprizza di felicità quando balbetto stupidaggini e dato che le voglio bene più che a qualunque altra cosa al mondo, mi sforzo di sembrare un idiota..."

"Ah!" si stupì Hortense, soggiogata, non mollando più Junior con lo sguardo. "E ne conosci molte altre di parole?"

"Un sacco, mia bella signora!" annunciò Junior, scoppiando a ridere. "Per esempio, sono in grado di spiegarti perché ti piacciono questi palazzi in pietra dorata. Chiedimelo gentilmente e te lo dirò..."

Hortense eseguì, curiosa di sentire il Nano sviluppare la sua teoria.

"È il particolare a rendere belli questi edifici", spiegò Junior. "Nessuno è uguale all'altro e tuttavia sono simili. Il particolare era la firma dell'architetto. Non poteva stravolgere l'uniformità, perciò si rifugiava nel dettaglio per esprimersi. E questo cambiava tutto. Marchiava il palazzo. Il particolare fa lo stile. *Intelligenti pauca. Fiat lux. Dixi...*[*]"

Hortense si lasciò scivolare ai piedi della carrozzina. Baciò i mocassini del bambino. Gli strinse la mano. Saltò in piedi. Abbracciò Gary. Abbracciò Josiane. Avrebbe voluto abbracciare il cielo e, non potendo farlo, si lanciò in una danza festosa canticchiando un'orgogliosa balena dal dorso grigio avorio, i denti bianchi e freschi come la pioggia, freschi come la pioggia, freschi come la pioggia.

"Grazie, Briciola! Grazie! Mi hai appena dato un'idea! Sei un genio!"

Junior scoppiava di gioia.

Tese le gambe, le braccia, la bocca verso colei che l'aveva appena incoronato Principe Azzurro, Principe dei Saggi, Principe delle Meraviglie.

Non era più il Nano, adesso era la Briciola.

* "A buon intenditor, poche parole. Sia fatta luce! Così ho detto..."

* * *

"Cosa nascondi sotto il cappotto?" domandò Shirley a Joséphine. "Ti fa un tale rigonfiamento... È buffo, sembri incinta, ma solo da una parte."

Erano sedute in metrò e stavano andando a dare un'occhiata alle vetrine del Village Suisse. A contemplare i mobili di antiquariato, a bighellonare per il Campo di Marte, a scherzare davanti ai turisti ammassati ai piedi della Tour Eiffel, a contare i giapponesi, i cinesi, gli americani, gli inglesi, i messicani e i papuani, ad alzare la testa per ammirare la prospettiva del Trocadéro, per poi rientrare con calma passando da rue Passy guardando le vetrine: tale era lo scopo della passeggiata che avevano in mente di regalarsi quel 31 dicembre.

Per finire l'anno in bellezza.

E anche per fare il punto della situazione.

Su tutto quello che non avevano ancora avuto il tempo di raccontarsi. Le ultime confidenze strappate via come pelle morta sotto cui palpita il cuore. La confessione che si schiude come alla vista di un bronzo dorato di Claude Gallé, una liseuse Luigi XV o un divano Georges Jacob in legno ambrato ridipinto di azzurro. Bisbigliando, caspita, com'è bello! aggiungendo con un filo di voce, sai, ho dimenticato di dirti che... mentre l'amica, la confidente, tiene lo sguardo fisso sull'oggetto prezioso e risponde a malapena, affinché la rivelazione continui e venga presa sul serio.

"Vado a comprare una bottiglietta d'acqua..."

"Perché?"

"Se ci viene sete..."

"Se ci viene sete, entreremo in un bar! Che idea strana!"

"Avevo anche pensato che, dopo i negozi di antiquariato, potremmo fare un salto in università... a recuperare un raccoglitore.

Per una conferenza che devo preparare. Dovrò pur continuare a onorare il mio stipendio..."

"Il 31 dicembre? Ma sarà chiusa..."

"No... Non è molto lontano dal Village Suisse. È sulla stessa linea della metropolitana..."

Shirley si strinse nelle spalle borbottando perché no?

Joséphine sembrò sollevata.

"Potrò fare una foto al tuo posto di lavoro!"

"Non è un granché come palazzo..."

"Mi terrà impegnata mentre tu sarai dentro... e poi Gary mi ha prestato la sua macchina fotografica, tanto vale usarla."

"Allora mi aspetti qui? Torno subito..."

"Non posso entrare con te?"

"Preferirei di no..."

"Ma perché?"

"È meglio così..."

Intrigata, Shirley si fece da parte, lasciò passare Joséphine, la osservò attraversare il cortile della facoltà ingombro di bacheche, grossi bidoni della spazzatura, tavoli, sedie, vasi in cui morivano di freddo delle piante anemiche. Joséphine si girò e le fece un piccolo segno della mano come per allontanarla. Shirley indietreggiò e fotografò la grande facciata in vetro. Poi tornò sui suoi passi, entrò nel cortile, cercò con gli occhi Joséphine, ma non la vide. Che cosa sta combinando? Perché tanto mistero? Ha un incontro galante? Non vuole parlarmene?

Attraversò il cortile a passi felpati e si fermò di colpo.

In un angolo, Joséphine era china su una piantina verde. Era gracile, con le foglie rattrappite. Dalla tasca aveva estratto un cucchiaio per scavare un solco intorno al fusto parlando a voce bassa. Shirley non riusciva a sentire quello che stava dicendo, ma vedeva le labbra muoversi. Joséphine strappò delicatamente qualche foglia morta, riordinò le altre ancora verdi, le pulì con un fazzoletto, raddrizzò il bastoncino che sorreggeva il gambo, sistemò la corda che lo teneva legato, sempre continuando a parlare. Sembrava animata dall'indignazione di una vera casalinga davanti alla negligenza subita dalla pianta. Poi prese la bottiglietta d'acqua, la svuotò lentamente facendo attenzione che la terra assorbisse il liquido e attese che le bolle scoppiassero e il terriccio si assopisse, infine sazio.

Joséphine si rialzò, massaggiandosi la schiena. Shirley immaginò che stesse per tornare e si nascose dietro un pilastro di cemento. Ma Joséphine si chinò di nuovo. Grattò la superficie del vaso. Si rialzò ancora, mugugnando qualche parole inudibile. Si accosciò nuovamente. Infilò un dito nel terriccio per verificare se si fosse imbevuto per bene. Spostò leggermente il vaso perché ricevesse un po' della luce grigia di quell'ultimo giorno di dicembre. Osservò la sua opera con benevolenza e soddisfazione. Sulle labbra le aleggiava un sorriso da crocerossina. Il sorriso felice di colui o colei che si è appena reso utile.

Shirley guardò il viso dell'amica. Valutò diverse definizioni di quel sorriso indefinito, vago, che le schiariva il volto e le conferiva una gravità degna di un papa. Poi si voltò, riattraversò il cortile e uscì ad aspettarla.

Quando Joséphine riapparve, era a mani vuote e il gonfiore sotto il cappotto era sparito.

"Non hai trovato il raccoglitore?"

"No..."

"E hai perso la bottiglietta per strada?"

"Oh!" esclamò Joséphine, arrossendo come un papavero e passandosi le mani sui fianchi come se cercasse la bottiglia.

"Sto morendo dal freddo. Conosci un posto in cui bere un tè con una fetta di torta?"

"Possiamo andare da Carette, in piazza del Trocadéro. Hanno la migliore cioccolata calda del mondo con delle sfoglie deliziose... e poi ci sono lampade bianche molto carine che illuminano come candeline..."

Attraversarono il Campo di Marte, imboccarono il ponte di Iéna, place de Varsovie, tagliarono per i giardini del Trocadéro. I prati intorpiditi dall'inverno disegnavano grandi lastre gialle calpestate dai passi imperiosi dei turisti frettolosi; bicchieri di carta, lattine, mozziconi di sigaretta costellavano i viali di ghiaia, un maglione abbandonato attirava l'attenzione all'estremità di una panchina e dei bambini giocavano a inseguirsi al grido degli indiani, esibendo i regali ricevuti a Natale dai genitori preoccupati di non contrariarli. Alle grida rispondevano altre grida, si spingevano, urlavano, si scambiavano smorfie, cercando di spaventarsi a vicenda.

Shirley si fermò davanti a un noce bianco, a un nocciolo di Costantinopoli, a un liriodendro, a un olmo siberiano, a una *sophora japonica*, a un ippocastano, scattando una foto a ciascuno.

Joséphine la guardava a bocca aperta.

"Ma come fai a conoscere i nomi di tutti questi alberi?"

"Mio padre... Quando ero piccola, mi portava al parco e m'insegnava il loro nome. Mi parlava di ibridi, incroci, ramoscelli, fronde, radici secondarie e fascicolate. Non li ho mai dimenticati... Quando Gary ha imparato a camminare, l'ho portato a mia volta nei parchi di Londra. Gli ho fatto imparare i nomi delle piante, gli ho insegnato ad abbracciarle per assorbire la loro forza, gli ho detto che quando si è tristi, non c'è niente di meglio di un albero secolare per essere ascoltati, consolati, per avere sostegno e scacciare i pensieri cupi... È per questo che gli piace così tanto passeggiare nei parchi. È diventato un vero uomo dei boschi..."

Si sedettero a un tavolino da Carette, davanti a due cioccolate calde, delle sfoglie, dei macaron multicolore, circondate da piccoli lumi bianchi che davano alla sala un'atmosfera intima. Shirley depose la macchina fotografica, appoggiò il mento sulla mano e seguì con lo sguardo le cameriere magre e scostanti che giravano per prendere le ordinazioni. Joséphine voleva vedere le foto di Shirley, perciò ripercorsero la passeggiata commentando ogni scatto, esclamando e dandosi di gomito davanti ai dettagli che scoprivano.

"E questa chi è?" domandò Joséphine davanti all'immagine di una donna accovacciata di schiena.

"Vedrai..."

Shirley tornò indietro di una foto, poi di due, tre.

Joséphine, al colmo dello stupore, arrossì.

"Sono io..."

"Che fa la misteriosa!"

"È che..."

"Hai paura che ti dia della pappamolla?"

"Un po'..."

"Tipico di te, Jo! Attraversare tutta Parigi per innaffiare una povera pianta!"

"Vedi, nessuno se ne occupa. Non l'hanno invasata con le altre, la curano quando si ricordano e, qualche volta, la ignorano del tutto. Soprattutto durante le vacanze... Tutte le volte che vado in facoltà, mi fermo a bagnarla..."

"Sai, Jo, credo sia per queste cose che ti voglio un mondo di bene..."

"Uff! E io che temevo che mi prendessi per una ritardata! Guardiamo le altre foto? Quelle di Gary e Hortense? Pensi che possiamo?"

"Non sarebbe molto corretto, ma muoio dalla voglia di farlo!"

Perciò passarono in rassegna le foto di Gary sulle orme di

Hortense per le vie di Parigi. Hortense che disegna su una panchina, Hortense con l'espressione minacciosa, Hortense che fa marameo all'obiettivo, un magnifico pianoforte bianco in una vetrina, un assortimento di cioccolatini, un primo piano di un cioccolatino al pistacchio, di una Saint-Honoré, di una crema al limone su uno strato di biscotti alla nocciola, di una serie di barattoli neri e rossi, di una faraona in gelatina, di facciate di palazzi, particolari di facciate di palazzi, balconi in ferro battuto, una campanella, fregi in pietra, altre facciate...

Il viso di un uomo sorridente con un boccale di birra.

Shirley lasciò cadere la macchina fotografica come se fosse un sasso rovente.

Joséphine la guardò, sorpresa.

"Che c'è?"

"Quest'uomo... nella foto..."

Joséphine riprese l'apparecchio e osservò l'uomo che rideva sotto due baffi di schiuma. Un uomo dritto e fiero, nato per piacere, che sembrava ignorare la paura e volersi gettare a testa bassa nella vita. Un uomo magnifico con braccia da lavoratore e mani d'artista.

"Un bel tipo, no? Dà l'impressione di stare bene nella propria pelle... Un amico di Gary? Pare molto più grande di lui... Ce ne sono altre?"

Shirley, muta, schiacciò un pulsante e insieme scoprirono altre foto dell'uomo con i baffi di schiuma. Nella corsia di un supermercato... Lì non aveva più i baffi. Portava sul braccio un cestino di metallo pieno di vasetti, scatolette, yogurt, cartoni di latte, mele, arance. Gary che faceva il pagliaccio, il viso attraversato da un sorriso, brandendo un mazzetto di broccoli.

"È un amico di Gary?" ripeté Joséphine, stupita dalla reazione di Shirley che non diceva niente e premeva meccanicamente il pulsante.

"Peggio..."

"Non capisco... Si direbbe la fine del mondo."

"Joséphine, l'uomo delle foto..."

"Sì..."

"È il suo insegnante di pianoforte!"

"E allora? Hanno l'aria di stare bene insieme... La cosa ti disturba?"

"Joséphine..."

"Se non metti i sottotitoli, non capirò mai!"

"È Oliver. IL MIO Oliver..."

"L'uomo che hai incontrato andando a nuotare..."

"Sì, lo stesso..."

"E di cui ti sei innamorata?"

"È l'insegnante di pianoforte di Gary! Quello di cui mi parla in continuazione senza mai chiamarlo per nome, dice 'lui', 'il maestro', ridendo... o se me l'ha detto, non ho sentito. Non ho voluto sentire. A Londra ci sono centinaia di professori di pianoforte, perché proprio lui?"

"Ma lo frequenti per motivi diversi..."

"Gary mi ha raccontato molto poco, ma ho capito quanto quest'uomo sia importante per lui. Non ha avuto un padre, Jo, ha bisogno di un uomo accanto a sé..."

Shirley lo aveva detto con lo stupore doloroso di chi, per la prima volta, si accorge di non avere un braccio. Di non poter fare tutto. Che l'immensità del suo amore aveva sfiorato un territorio duro e freddo che l'aveva rimessa al suo posto, quello di semplice madre.

"È la prima volta che ha per amico un adulto, non un ragazzo, un uomo con cui sta bene, può parlare, confidarsi e che, in più, gli insegna ciò che ama, il pianoforte. Gli ho chiesto tante volte di presentarmelo, ma lui mi ha risposto no, è una cosa mia, non voglio che tu ti immischi... È una sua proprietà, Jo, una sua proprietà privata! E io ho sconfinato nel suo territorio..."

"Ma non lo sapevi!"

"Adesso lo so... E so anche che non devo rivederlo più. Mai più!"

Fece sfilare a una a una le foto dell'uomo in giacca rossa scozzese e spense la macchina come se si fosse coperta il viso con un velo nero.

"Era così bello ed è già finito..."

"Non dire così... Forse Gary capirà..."

"No. Gary non ha l'età in cui si capisce... La sua è l'età dell'impazienza e dell'avidità. Vuole tutto o niente. Nessuna condivisione. Oliver è un suo amico e non deve in nessun caso essere il mio. In questo momento vuole la sua indipendenza, fare la sua vita. Lo sento, e va bene così... Abbiamo vissuto in simbiosi per tanto tempo. Ridevamo insieme, pensavamo nello stesso modo, bastava una strizzata d'occhi per capirsi... Con Oliver si è messo per conto suo. Ne ha bisogno come dell'aria che respira e non voglio asfissiarlo. Io mi ritiro. Punto."

Allontanò il piatto di macaron scuotendo la testa.

"Ma..." riprese Joséphine, con una vocina sottile, "... tu non credi che..."

"È finita, Jo. Non parliamone più!"

E improvvisamente le luci bianche degli abat-jour in avorio di Carette non sembravano più così piene di calore, dolci o tenere, ma lattiginose, sinistre. Come il viso disfatto di Shirley.

* * *

Zoé era innamorata. Cantava, arruffava Du Guesclin, gli afferrava il muso e le orecchie, gli canticchiava ma tu lo sai quanto ti voglio bene! poi lo lasciava andare, correva per l'appartamento, ridendo, buttando le braccia in aria, appendendosi al collo del suo innamorato, domandandogli mi ami intensamente come il blu della notte o come quello dell'alba?, non aspettava la risposta, s'infilava una T-shirt grigia, gli rubava un bacio e la sera si metteva il profumo dietro le orecchie con aria misteriosa, come se si sistemasse un talismano che le avrebbe assicurato l'amore eterno del suo spasimante. Gaétan la spiava cercando di fare lo stesso. Non era abituato a tanto brio e, talvolta, le sue risate s'inceppavano e venivano meno. Sentiva la propria risata falsa e si bloccava di colpo, sconfitto da un acuto senso del ridicolo. Non spiccicava più parola, sperando di ritrovare una certa serietà e rispettabilità. Sembrava un numero da circo, il clown triste e il clown sorridente, e Joséphine osservava l'effervescenza della figlia pregando il cielo che non restasse delusa. Troppa allegria la preoccupava.

Quella sera, mentre lei e Shirley tornavano da Carette, Zoé volteggiava per l'appartamento a braccia aperte, si fermava davanti allo specchio, si sistemava una ciocca di capelli, si guardava il collo, controllava la lunghezza dei jeans e ripartiva canticchiando la vita è bella! La vita è bella e io sono innamorata come un piatto di tagliatelle!, con Gaétan che, silenzioso come chi viene travolto dalla situazione, cercava di darsi l'aria responsabile di chi è ispiratore di una tale felicità.

"Siamo stati al cinema e rientrando abbiamo incrociato i nuovi inquilini!" gridò Zoé lasciandosi cadere all'estremità del divano. "Il signore e la signora Boisson e i loro due figli dallo sguardo cupo come una serratura chiusa a doppia mandata e, in ascensore, abbiamo incontrato la coppia di maschi che andava al veglione, tutti in ghingheri e talmente profumati che abbiamo rischiato di morire asfissiati! Vero, Gaétan? Di' che è vero oppure la mamma non mi crederà..."

"È vero", diceva Gaétan, nel suo ruolo di puntualizzatore di frasi.

"E mentre vi aspettavamo, abbiamo preparato la cena!"

"Avete cucinato?" si stupì Joséphine.

"Ho messo il cosciotto sulla placca del forno, l'ho spalmato di burro, timo, rosmarino, sale grosso, ho inserito nella carne degli spicchi d'aglio e ho fatto saltare fagiolini e patate. Non hai quasi più niente da fare... e daremo l'osso a Du Guesclin, vero mamma? Non c'è ragione che non possa festeggiare anche lui la fine dell'anno..."

"Dov'è il vecchio Dug?" domandò Joséphine, sorpresa che il cane non le fosse saltato addosso, zampe all'aria, come al solito.

"È in cucina ad ascoltare il jazz alla radio e sembra che gli piaccia molto!"

Joséphine aprì la porta della cucina.

Du Guesclin, disteso davanti alla radio, ascoltava *My Favourite Things* di John Coltrane muovendo le orecchie. La testa appoggiata sulle zampe allungate, non si voltò nemmeno, ignorando l'intrusione.

"È incredibile l'amore per la musica di quel cane", osservò Joséphine, richiudendo la porta.

"È normale, mamma, dato che il suo primo proprietario faceva il compositore."

"E dov'è Hortense?"

"In camera sua... Con Gary. Ha trovato l'idea per la vetrina, è impazzita di gioia e bacia chiunque. Dovresti approfittarne..."

"Cos'è?"

"Ha promesso di dircelo a cena... Devo apparecchiare?"

"Non riesci proprio a stare ferma, amore mio!"

"È che voglio che sia una festa perfetta, vero Gaétan?"

Gaétan annuì ancora una volta.

Nell'ingresso, Shirley prese la decisione di sorridere. È sorridendo che si diventa allegri, cercò di convincersi, afflitta. Basta pensare alla giacca scozzese rossa, basta dargli un cognome, basta sentire la sua mano calda sulla propria, lo sguardo di lui che si sofferma sulla sua bocca, le labbra di lui che si avvicinano e che lei mordicchia prima di baciare. Ormai è una felicità proibita. Devo solo ricordarmi basta, basta, basta. Impedire al cuore di scoppiarmi in petto, smettere di aspettare l'ora d'incontrarlo spingendo la lancetta dei secondi, di spiare la sua bicicletta, basta immaginare la mia mano sulle sue spalle, che gli accarezza la schiena, che risale nei suoi capelli per sentire la consistenza dei riccioli.

Basta...

"Vuoi una mano?" domandò Shirley a Zoé.

"Se ti va... Usiamo i piatti color petto d'anatra annacquato? E le posate con i manici di madreperla?"

Girava intorno al tavolo, mandava baci a Gaétan faccia da Quaresima e volteggiava da una sedia all'altra, depositando un bicchiere per l'acqua, uno per il vino, un calice da champagne.

"Perché berremo champagne altrimenti che festa è!"

Shirley scuoteva il capo per scacciare lo sciame di api assassine che le assediavano le orecchie. Dimenticare, dimenticare, fare buon viso davanti a Gary. Lasciargli il posto. Tutto.

"Fiumi di champagne", rispose a Zoé, in tono gaio, ma farfugliando.

Gaétan sollevò la testa. Aveva colto la nota falsa, la stessa che così spesso l'aveva tradito e negli occhi gli comparve una domanda, anche lei?

Shirley lo osservò seria, quel fidanzatino obbligato a mostrarsi grande. Era seduto in salotto, nell'appartamento sottostante a quello in cui una volta aveva vissuto con suo padre... Lesse nel suo sguardo che non riusciva a impedirsi di pensarci, di aspettarsi il rumore di passi che non sarebbero più risuonati. Conosce la disposizione dei locali, potrebbe camminarci a occhi bendati. Ricorda il posto del suo letto da bambino in cui si è addormentato così spesso maledicendo suo padre. Quel padre che non c'è più e che gli manca. Persino di padri criminali o indegni si sente la mancanza. È per questo che ride a sproposito o sorride forzatamente. Si sente insicuro, diviso com'è tra la figura di figlio confuso e il ruolo d'innamorato. Non sa più come reggere il peso. Vorrebbe farsi scivolare via quel pesante fardello, ma non è ancora forte a sufficienza per sbarazzarsene con una scrollata di spalle. Allora lascia vagare per il salotto uno sguardo esitante, carico di tristezza, uno sguardo che si ripiega su di sé ignorando il mondo.

Lo capì osservando Gaétan seduto sul divano dritto come un fuso.

Si sentì solidale con lui. Lei, la donna audace, che aveva sempre saputo difendersi e respingere il nemico, ma che un livido al cuore riusciva ad abbattere come se fosse un'invertebrata.

Appoggiò sulla tovaglia bianca i coltelli e le forchette dai manici madreperlati, andò a sedersi vicino a lui e, approfittando del fatto che Zoé e Joséphine erano in cucina a infornare il cosciotto avvolto nelle erbe odorose, gli prese la mano e gli disse capisco, capisco quello che ti sta passando per la testa... Lui le rivolse un'occhiata vacillante, lei allungò la mano per toccargli la fronte, gli scostò una ciocca di capelli, aggiunse lentamente, puoi piangere, sai, fa star meglio... Lui scosse la testa, con l'aria di dire un ragazzo non piange, uno innamorato per di più!, ma grazie, grazie di essersi seduta accanto a me... E restarono un lungo minuto appoggiati l'uno all'altra, tristezza contro tristezza, la testa di lui contro quella di lei, le braccia di Shirley attorno al petto scarno del ragazzo obbligato a fare l'uomo, ed entrambi, sostenendosi a vicenda, si scambiarono il reciproco dolore.

Quando si staccarono, sulle loro labbra aleggiava un timido sorriso. Gaétan balbettò grazie, va meglio... Shirley gli scompigliò i capelli e disse, grazie a te. Lui la guardò, sorpreso, e lei aggiunse, fa bene condividere. Lui non capiva bene, condividere, condividere cosa? Indovinò che lei gli stava confidando un segreto e questo segreto lo arricchì, fece di lui un privilegiato, suscitando stima per lei; gli aveva fatto una confidenza, e anche se lui non capiva bene, non era grave. Non era più solo, e quel pensiero sciolse il nodo che aveva in gola da quando era tornato in quel palazzo, da quando aveva rivisto l'atrio e le scale, l'ascensore e le ampie vetrate dell'ingresso, e sorrise di nuovo. E quel sorriso non tremava più. Divenne limpido, sicuro. Si riscosse, un po' seccato per quell'istante di intimità rubata, disse finiamo di apparecchiare? riprendendo il suo ruolo di prode innamorato, e lei scattò in piedi insieme a lui, scoppiando in una brusca risata che piangeva ancora l'addio all'uomo dai baffi di schiuma.

Sapevano di essere diventati amici.

Hortense prese posto piantando i gomiti sul tavolo e facendo tintinnare piatti e bicchieri.

"Ho finito finalmente! Ho una fame mostruosa!"

Joséphine, che stava tagliando il cosciotto, sollevò il coltello chiedendo: "Possiamo sapere adesso?"

"Allora, voilà..." si animò Hortense, allungando il piatto per reclamare un bel pezzo di carne. "Il titolo sarà su due vetrine: *Rehab the detail*... Riabilitiamo il particolare. In inglese suona meglio. In francese sembra di essere in una clinica per drogati!"

Rubò qualche patatina arrosto, dei fagiolini, li inondò di sugo, si leccò i baffi, mugugnò di piacere davanti al piatto fumante e proseguì.

"Sono partita dai palazzi tutti uguali del barone Haussmann. Gary ne è testimone..."

Gary sospirò giocando sulla tovaglia bianca con il suo cellulare e con quello di Hortense come con due tessere del domino.

"Il tempo che abbiamo sprecato a osservare quei fottuti palazzi", brontolò lui. "E poi le chiami vacanze!"

"Allora... A priori, queste facciate sono tutte uguali, eppure diverse. Perché? Perché su ognuna l'architetto ha inserito dei dettagli, dettagli da niente che danno all'insieme uno stile inimitabile... e per la moda è lo stesso. L'abito non è niente. L'abito è tetro, piatto, non si distingue senza IL particolare. Il particolare lo nobilita, lo firma, lo sublima... Capito, pinguini miei?"

Tutti ascoltavano, intrigati. Hortense riuniva in sé la sottile femminilità della parigina all'occhio acuto del maestro severo che, nel suo atelier, era alla ricerca del tratto in carboncino.

"Prima vetrina, in un angolo, a sinistra: una donna vestita con tutti i crismi con un cappotto nero, scarpe eleganti – un paio di stivaletti dal tacco stretto, sempre neri – una bella borsa – blu Savoia – collant neri, una gonna blu sotto il cappotto, i capelli sciolti, il viso pallido. È bella, vestita bene, ok. Ma in realtà NON lo è per niente. È la facciata di un palazzo. Precisa, simmetrica, noiosa, piatta, tetra... Non si nota."

Hortense spiegava le proprie idee con i gesti di una regista, masticando nel contempo un boccone di carne e patate.

"Intorno a questa donna convenzionale e spenta, che sembra fluttuare nell'aria, voglio appendere degli accessori che girano lentamente come i pezzi di una scultura di Calder. Mi seguite sempre, pinguini? Sul fondo, uno schermo gigante con il video di Amy Winehouse nella sua hit Rehab... Una brava ragazza è sempre sobria. Non si muove niente tranne gli accessori, i dettagli divini. Nemmeno i suoi lunghi capelli... E qui passiamo alla seconda parte della vetrina, nell'angolo destro. Bimbumbam! La brava ragazza diventa una *fashion killer*... I capelli sono tirati all'indietro, una grande bocca vermiglia risalta sul viso pallido, si è annodata al collo un ampio foulard – più c'è volume intorno al collo, più la ragazza sembrerà sottile... Una cintura beige, elegante, lunga lunga, è avvolta in diversi giri intorno al cappotto e il cappotto cambia completamente, diventa femminile, inclassificabile... La borsa? Non la porta più come un accessorio, né appesa al gomito (fa troppo signora), né sulla spalla, né a tracolla (aiuto, c'è la *girl-scout*!), ma la impugna con entrambe le mani. E, di colpo, esiste. È bella, è alla moda, è inesplicabile... La gonna pende di due centimetri dal cappotto, creando uno strato ulteriore e, infine, il particolare che colpisce, immobilizza, immortala: il calzino viola fluorescente indossato sui collant neri, ad annunciare il colore, la primavera, il sole, la marmotta che si risveglia! La brava ragazza è scomparsa, la facciata è sparita, è stata superata dai particolari... Questo è l'inizio, troverò tantissime altre idee, fidatevi!" Prese un altro boccone di cosciotto, allungò il bicchiere del vino per farselo riempire e proseguì: "E farò la stessa cosa con la seconda vetrina, tranne che ora la gente avrà colto il principio e disporrò i manichini con dei particolari che cambieranno tutto. Una ragazza in giacca nera e T-shirt sopra un paio di jeans... un jeans strappato, però, e la T-shirt con un buco, la giacca con il collo rialzato, le maniche arrotolate, un'enorme spilla da balia con dei ciondoli sul revers, un foulard in testa fermato con un grosso nodo, dei guanti troppo corti che lasciano scoperti i polsi, una pashmina intrecciata con una sciarpa intorno al collo... In breve, particolari a ripetizione! Un'altra ragazza con un soprabito da uomo troppo grande, un gilè maschile, una lunga camicia, pantaloni da uomo, una catena d'oro sopra la cintura, un collo di pelliccia, ecologica, s'intende, altrimenti mi distruggono la vetrina! E così di seguito, mi perdo nei particolari... Coniugo il concetto, impongo la moda della strada, un'invenzione che sa di asfalto e di bagni a cinque stelle. Invento, riciclo, sposto, rispetto il momento di crisi ed esalto l'immaginazione... sono geniale, accumulo idee, le piccole cose che portano scompiglio, si fermeranno tutti, prenderanno appunti e vorranno conoscermi!"

La contemplarono a bocca aperta. Non certi di avere capito tutto, a parte Zoé che la considerava una trovata pazzesca.

"Sei troppo avanti!"

"Grazie, grazie... Non riesco a stare ferma, ho voglia di urlare, ballare, di baciarvi tutti! E vi proibisco di pensare quello che state pensando in questo momento. Se non altro tu, mamma! La regina del pensiero sfigato!"

Joséphine abbassò gli occhi sul cosciotto e continuò a tagliare.

"E se mia figlia non vincesse la selezione? Vero che è quello che stai pensando?"

"Ma no, cara!" protestò Joséphine, che lo aveva appena fatto.

"Sì, invece! Ti sento che stai dubitando. Ma ti rispondo categoricamente: vincerò... Non mi sarebbe venuta un'idea simile se non per vincere. Chiaro, no?"

"In effetti..."

"Aha! Vedi? Avevo ragione. Tu hai sempre paura, immagini il peggio, ti nascondi in trincea. Io mai! Risultato: non ti capita quasi niente, mentre io volo sulla luna! Roma è ai miei piedi, i romani inciamperanno nelle toghe per toccarmi... A proposito, lo sapevate che Junior parla latino?"

Balbettarono un no. Poi Hortense concluse.

"Sul serio! Parla latino e vi posso assicurare che quel marmocchio è tutto tranne che un *rubens stultus*... Dobbiamo andare a trovarlo, perché non ha finito di stupirci!" Poi si girò verso Gary chiedendo: "E cosa facciamo stasera? Non staremo qui ad ammuffire... Raggiungiamo Peter e Rupert che sono qui a Parigi? Festeggiamo, balliamo fino all'alba, beviamo del Johnny-che-cammina, fumiamo sigarette da farci girare la testa. Perché non sono in vena di tranquillità! A mezzanotte salutiamo la famigliola e usciamo a divertirci, d'accordo?"

"E io vorrei scendere in cantina con Gaétan, mamma. Ci portiamo una candela, un bicchiere di champagne e ci baceremo là dove è cominciato tutto", dichiarò Zoé, con l'espressione della monaca che sta per ritirarsi in un luogo di pellegrinaggio.

"Gary? Mi hai sentito?" ripeté Hortense.

Gary non ascoltava. Stava scrivendo un sms, le mani nascoste sotto il tavolo.

"Gary, cosa stai facendo?" s'indispettì Hortense. "Scommetto che non hai nemmeno sentito la mia idea geniale!"

Parla a mio figlio come se le appartenesse, non poté impedirsi di pensare Shirley. Ribellati, figlio mio, ribellati, dille che hai appena ricevuto un messaggio da Charlotte Bradsburry, che è a Parigi e che stai per raggiungerla.

Gary sollevò la testa sorridendo. Forse è Charlotte, sperò Shirley. Non mi piace che qualcuno si creda proprietario di mio figlio. Si diede subito della madre invadente. Ma mi resta soltanto lui! ebbe voglia di protestare. Socchiuse gli occhi tormentati della donna che si sente condannata a un ritiro forzato dopo aver perso l'amore che aspettava con tutte le sue speranze di femmina affamata. Non sarò più una femmina affamata, si disse, spronandosi a cercare le parole per ritrovare una certa dignità. Reagisci, vecchia mia, reagisci, ma non diventare nemmeno cattiva e lascia che quei due si amino alla loro maniera, non sono affari tuoi. Si sentì sommergere dallo sconforto e cercò l'estremità della tovaglia o di un tovagliolo da attorcigliare per calmarsi.

"È il maestro che mi augura buon anno", rispose infine Gary, richiudendo lo sportellino del cellulare. "Dice che l'anno nuovo sarà bello. Che è felice, ha un sacco di progetti e aspetta una donna che sta trascorrendo le feste a Parigi. Credo sia innamorato..."

All'una del mattino, dopo aver baciato sotto il vischio Shirley, le sue figlie, Gaétan e Gary, dopo aver messo a bagno la bella tovaglia bianca, riposto le posate dai manici di madreperla, lavato i piatti e spento le candele, dopo aver abbracciato la sua amica addolorata, che, quasi stordita, invocava l'oblio del sonno, Joséphine uscì sul balcone per fare gli auguri allo spicchio di luna crescente.

1° gennaio. Primo giorno dell'anno. Dove sarò il prossimo 31 dicembre? A Londra o a Parigi? Sola o in compagnia? Con o senza Philippe, che non ha chiamato e che starà osservando la luna crescente sul suo balcone inglese.

Nel momento in cui si trovò sul balcone con il pesante piumino, udì una risata femminile seguita dalla voce di un uomo che bisbigliava Edwige, Edwige, poi il silenzio... Immaginò un bacio che scalava la notte. Ci vide un segno e corse a prendere il telefono per chiamare l'uomo sul balcone inglese.

La gola stretta, compose il numero.

Lasciò squillare a lungo. Strinse i denti, pregando perché rispondesse. Si sfregò le tempie. Era uscito. Fu tentata di riattaccare. Che cosa gli dirò? Buon anno, ti penso, mi manchi. Parole piatte che non dicono niente del mio cuore agitato e delle mie mani sudate. E se stesse bevendo champagne con degli amici o, peggio ancora, con una bella donna che girandosi verso di lui, l'espressione sorpresa, mormora, chi è?... Mi resterà solo lo spicchio di luna bianca per scaldarmi. Seguì con la punta del dito la ringhiera fredda del balcone, sfregando un po' per intiepidirlo, per darsi coraggio. Disegnò una specie di mela con i capelli di fata, il naso grosso, un largo sorriso sciocco. Non ha la segreteria oppure non è inserita. Mi ricordo quando si è chinato su di me nella penombra del teatro, la sua bocca mi sembrava grande, così grande, e mi prendeva il viso tra le mani come per studiarlo... Mi ricordo che il tessuto della sua giacca mi pareva morbido... Mi ricordo delle sue mani calde che mi stringevano il collo, mi davano i brividi, facendomi dimenticare tutto...

Non sono gesti insignificanti. Ci pensa sicuramente mentre la prima notte dell'anno scende sul piccolo parco di fronte al suo appartamento. Si chiede dove sono e perché non chiamo.

Rispondi, Philippe, rispondi. Oppure riappenderò e non troverò più il coraggio di telefonarti. Il coraggio di pensare a te senza piegare la testa e lasciarmi sfuggire un sospiro di gioia nascosta. Accetterò il ruolo della donna saggia rassegnata a vedersi sfuggire la felicità. Lo conosco quel ruolo, l'ho interpretato così spesso, e in questa prima sera dell'anno vorrei cambiare. Se non trovo il coraggio in questa notte di grazia, non lo troverò mai più.

Mai! E le bastò formulare quella parola terribile annientatrice di speranza, per farle venire voglia di riappendere e sperare ancora.

Ma dall'altra parte della Manica una mano solleva la cornetta, una mano che interrompe gli squilli del telefono. Joséphine si china sull'apparecchio per parlare, quando una voce la precede dicendo *Yes?*

Una voce di donna.

Joséphine rimane in silenzio.

La donna continua a parlare in inglese nella notte. Chiede, chi parla? Non sento, c'è troppo rumore! Si sgola e domanda di nuovo, chi è, chi è, ma rispondete...

Nessuno, ha voglia di dire Joséphine. Non è nessuno.

"*Hello, hello...*" ripete ancora la donna con il suo accento inglese che scivola sulle sillabe, le addolcisce, trasformando la "e" di hello in "a", modulando la "o".

"Dottie, ho ritrovato il tuo orologio! Era in camera vostra, sul comodino di papà! Dottie, vieni fuori con noi sul balcone! Ci sono i fuochi d'artificio nel parco!"

La voce di Alexandre.

Ogni parola è una pugnalata a morte. In camera vostra, sul comodino di papà, vieni fuori con noi.

Dottie vive con lui. Dottie dorme con lui. Dottie passa il veglione con lui. La prima notte del nuovo anno lui bacia Dottie. Le sue mani calde accarezzano il collo di Dottie, la sua bocca sfiora il collo di Dottie...

Il dolore è come un'onda che l'afferra, la travolge, la riporta indietro, la lascia andare e l'afferra di nuovo. Poche parole che l'annientano a stilettate... Parole di tutti i giorni, che raccontano una vita. Una vita in comune. Camera, comodino, balcone. Parole da niente. Si stringe le braccia addosso cullando il dolore come una carica esplosiva che sta per polverizzarla.

Solleva lo sguardo sulle stelle e chiede perché.

Perché?

"Sei contenta di aver ritrovato l'orologio?" domanda Philippe girandosi verso Dottie, che lo raggiunge sul balcone.

"È un bell'orologio. Me l'avevi regalato dopo la nostra prima notte insieme", risponde lei, scivolando nelle sue braccia. "Ho freddo..."

Allunga una mano verso di lei, distratto, come se le tenesse aperta la porta al ristorante. Lei lo nota e il suo sguardo si spegne.

Cosa starà facendo Joséphine in questo momento? pensa Philippe guardando un razzo rosso e verde che esplode nel cielo nero in un peloso millepiedi. Non ha chiamato. Lo avrebbe fatto se fosse stata a casa con Shirley, Gary e le ragazze. Perciò deve essere uscita... Al ristorante... con Giuseppe. Sollevano i bicchieri bisbigliandosi auguri di felicità. Lui indossa un blazer blu, una camicia a righe bianche e blu con le iniziali ricamate, ha i capelli castani, occhi verde-azzurri, un sorriso storto sempre presente sulle labbra, e parla a braccia spalancate, esclamando: "Ma come!", i palmi all'insù, per esprimere stupore o rabbia. Le avrà offerto dei gianduiotti, i migliori cioccolatini di Torino, perché con lui è diventata golosa. Le declama versi di Guinizzelli, poeta trovatore del XII secolo. Versi che Joséphine ama a tal punto da averli ricopiati e mandati a Iris un giorno a Megève. Iris li aveva letti a voce alta scuotendo la testa, ripetendo, povera sorella mia, che tontolona! Ricopiare poesie alla sua età, che idiozia!

Io voglio del ver la mia donna laudare,
e assembrarli la rosa e lo giglio;
più che stella diana splende e pare,
e ciò ch'è lassù bello a lei somiglio.

Philippe si era infilato il biglietto nella tasca della giacca. Anche lui trovava belli quei versi. L'amore suona così bene in italiano. E poi, si era chiesto perché gli piacessero così tanto.

"Ho freddo, vado a prendere un maglione", dice Dottie liberandosi dalla presa con le lacrime agli occhi.

"Sei triste?" chiede Alexandre a suo padre.

"No. Perché dici una cosa del genere?"

"Stai pensando alla mamma... A lei piacevano i fuochi d'artificio. Sai, qualche volta mi manca. Ho voglia di raccontarle qualcosa ma... lei non c'è più."

Philippe non sa cosa ribattere. A corto di argomenti, colto di sorpresa. Anche un po' vigliacco. Parlare significa mettere in fila delle parole. Se dico qualcosa di maldestro, Alexandre se ne ricorderà. Tuttavia dovrei rispondergli...

"È buffo, perché non parlavamo granché..." aggiunge Alexandre.

"Lo so... Era discreta, riservata... Ma ti voleva bene. Si sdraiava vicino a te quando non riuscivi a dormire, ti prendeva tra le braccia, ti cullava e io m'infuriavo!"

"Da quando Becca e Dottie sono qui, va meglio", continua Alexandre. "Prima era un po' triste, solo noi due..."

"Ah sì?"

"Mi piace molto così..."

"Anche a me..."

Ed è vero. Avevano trascorso una splendida settimana di vacanza. Ognuno ha trovato il proprio posto in casa. Becca nella stireria trasformata in camera, lui e Dottie nella sua stanza. La presenza così leggera di Dottie, che non chiede nulla e freme di felicità trattenuta, felicità che non vuole mostrare per paura che evapori. Annie che chiacchiera con Becca, le fa vedere le cartoline della sua Bretagna. Questa è Brest, questa è Quimper, ripete Annie, mentre Becca non riesce a pronunciare né la "q" né la "r", inciampa nelle sillabe, la lingua impastata dall'accento inglese.

"Sono contento, papà."

"E io sono contento che tu sia contento..."

"Vorrei che restasse così..."

Becca è andata a letto a mezzanotte e mezzo. Da quando ho una casa, non faccio altro che dormire. Sto diventando una vera vecchietta. Il comfort rammollisce. Ero più forte quando vivevo nel parco. Lo dice sorridendo, ma si capisce che lo pensa e che la cosa non le fa piacere.

"Credo persino di non essere mai stato così felice..." sospira Alexandre.

Guarda suo padre. Con un gran sorriso. Un sorriso da uomo a uomo.

"Sono felice", ripete osservando i fuochi finali che illuminano il parco.

Zoé e Gaétan sono scesi in cantina. Con una candela, dei fiammiferi, una mezza bottiglia di champagne e due bicchieri.

Gaétan strofina un fiammifero e la cantina si rischiara di un bagliore tremolante. Zoé raccoglie le gambe e si rannicchia contro di lui lamentandosi del pavimento duro e freddo.

"Ti ricordi la prima volta... qui in cantina con Paul Merson?"

"Non l'ho più visto Paul..."

"Sarà andato a sciare..."

Zoé si stringe addosso il cappotto sprofondando il mento nel collo che le fa prurito.

"Fra tre giorni riparti", mormora.

"Non pensarci. Non serve a niente..."

"Non ci riesco..."

"Ti piace così tanto essere triste?"

"E tu sarai triste?" gli domanda con uno sguardo ansioso.

Si sente alla deriva davanti a questo ragazzo che si sforza di fare l'adulto e di dominare la propria vita. Non è più sicura di niente. Essere innamorati è anche questo. Non avere più certezze, dubitare, avere paura, immaginare il peggio.

Lui sprofonda il viso nei capelli di Zoé senza rispondere.

Zoé sospira. L'amore è come l'ottovolante, si sale, si scende, cambia in continuazione. Salita, sono sicura che mi ama e ballo per la felicità, discesa, non lo so più e ho voglia di sedermi a terra e di morire.

"Perché ti lavi i capelli tutti i giorni?" chiede Gaétan strofinando il naso nella chioma di Zoé.

"Perché non mi piacciono quando la mattina odorano... di sonno..."

"A me piace sentire il profumo di sonno nei tuoi capelli..."

E Zoé si rilassa, si distende, le spalle si abbandonano; si schiaccia contro di lui come un animale alla ricerca del calore dell'altro per addormentarsi e allunga il bicchiere per farselo riempire di champagne.

Joséphine s'infila a letto di fianco a Shirley, che dorme supina, le mani incrociate sul petto. Pensa alle statue giacenti del XII secolo, a quegli uomini e donne straordinari sdraiati su un letto di pietra o di marmo. Hanno guidato con mano forte una provincia, un'abbazia, un castello, resistito a bande di predoni, ai signori della guerra, agli incendi, alla peste bubbonica, alle violenze dei soldati che tagliavano seni e nasi e violentavano le donne. Shirley e io siamo due donne distrutte dagli uomini, due donne che si chiudono nella solitudine gelata di un castello o di un chiostro e dormono l'una accanto all'altra, a mani giunte. Nel Medioevo si dormiva seduti. Circondati da cuscini, le gambe allungate, il corpo ad angolo retto. Si aveva paura della posizione orizzontale. Significava la morte.

Du Guesclin spinge la porta della camera e si accuccia alla base del letto. Joséphine sorride al buio. Lui indovina il suo sorriso e va a leccarle la mano. Un cane ai piedi di una statua femminile giacente era un simbolo di fedeltà. Doug ha ragione, sono una donna fedele, e si china per accarezzarlo.

Io sono una donna fedele e lui dorme con un'altra.

Durante la notte Shirley si sveglia e sente Joséphine piangere silenziosamente.

"Perché piangi? Non bisogna cominciare l'anno versando lacrime..."

"È per Philippe", singhiozza Joséphine. "L'ho chiamato. Ha risposto Dottie... dorme con lui. Vive a casa sua, nella sua camera, e questa scoperta fa male... Aveva perso l'orologio ed era sul comodino di Philippe, e sembrava una cosa del tutto normale..."

"Gli hai parlato?"

"No... Ho riappeso. Non sono riuscita a farlo... Ho sentito Alexandre rivolgersi a Dottie... Diceva, ho trovato il tuo orologio, era sul comodino di papà..."

Shirley non è sicura di aver capito bene. Si rende conto che Joséphine è disperata, che non bisogna chiederle spiegazioni.

"Non era la nostra giornata, eh?"

"No, per niente", risponde Joséphine, masticando un angolo di lenzuolo. "Ciò non toglie che abbiamo iniziato male l'anno..."

"Ma abbiamo un anno intero per recuperare!"

"Io non recupererò un bel niente. Finirò come Ildegarda di Bingen, in un convento..."

"Non tirartela adesso, eh? Lei era vergine sul serio..."

"Io ho deciso di rinunciare all'amore... E poi sono troppo vecchia! Sto per compiere quarantacinque anni..."

"Tra un anno!"

"La mia vita è finita. Scendo qui."

E si rimette a singhiozzare più di prima.

"Ullallà! Ma tu confondi tutto, Jo! Ok, passa l'ultimo dell'anno con Dottie, ma è anche colpa tua... Non ti dai una mossa, non lo chiami mai, non muovi un passo fuori dalla Francia!"

"Ma come faccio a darmi una mossa?" grida Joséphine raddrizzandosi sul letto. "È il marito di mia sorella! Non posso farci niente!"

"Ma tua sorella è morta!"

"Lei non c'è più, ma io la penso in continuazione..."

"Pensa a qualcos'altro! Alle sue ceneri! E ritorna a vivere, a essere sexy!"

"Io non sono sexy, ma brutta, vecchia e stupida..."

"È proprio quello che pensavo, sei totalmente svitata... Scendi sulla terra, Jo, quello è un uomo stupendo e te lo stai lasciando scappare con la tua aria da vedova... Sei tu che lo stai abbandonando, non lui!"

"Come sarebbe che sono io ad abbandonarlo?" ribatte Joséphine, sbalordita.

"Eh sì... Lo baci selvaggiamente e poi non dai più segni di vita..."

"Anche lui mi ha baciato selvaggiamente e avrebbe potuto chiamarmi!"

"È stufo di mandarti fiori, e-mail e dolci che tu ignori o che butti via! Mettiti al suo posto! Bisogna sempre mettersi al posto degli altri se si vuole capire..."

"E tu sapresti spiegarmi quel che sta succedendo?"

"È molto semplice. Talmente semplice che tu non ci hai neanche pensato! È solo ed è il 31 dicembre. Ha invitato degli amici e ha chiesto a Dottie di dargli una mano... Mi segui fin qui?"

Joséphine annuì.

"Dottie sarà arrivata con anfibi, un paio di pantaloni, un maglione e il cappotto, ti ricordo che a Londra nevica, dai un'occhiata alle previsioni meteo se non mi credi, e perciò lui le ha detto di portarsi degli abiti con cui cambiarsi, un vestito, scarpe con i tacchi, un rossetto, un paio d'orecchini, che ne so io?" Fece un gesto vago con la mano. "L'ha mandata in camera sua a cambiarsi... Lei lo ha aiutato ad apparecchiare la tavola, a preparare la cena, hanno riso e bevuto in cucina, sono amici, Jo... come te e me, niente di più! E dopo, lei è andata a fare la doccia, incidentalmente ha appoggiato l'orologio sul comodino, si è messa in ghingheri ed è tornata da Philippe, Alexandre e i loro amici in salotto, dimenticando l'orologio in camera... Ecco cos'è successo, nient'altro... E tu t'inventi un tragico feuilleton, infili Dottie in camicia da notte trasparente nel letto di Philippe con l'anello al dito! Ti fai il film della notte di nozze e singhiozzi nel lenzuolo!"

Joséphine s'è tirata le coperte fin sotto il naso. Ascolta. Shirley ha ragione. Ancora una volta. Ecco cos'è successo esattamente... Ha voglia di credere alla storia raccontata dalla sua amica. È una bella storia. Ma non ci crede. Come se quella versione valesse per Shirley e le persone uguali a lei, ma non per Joséphine.

A lei non capita mai il ruolo dell'eroina.

Ci inventiamo sempre delle storie quando siamo innamorati. Inventiamo rivali e complotti. Inventiamo baci rubati, incidenti aerei, silenzi che non pronunciano il suo nome, telefoni che non suonano. Inventiamo treni persi, lettere andate perdute, non siamo mai tranquilli. Come se la felicità fosse proibita agli innamorati... Come se quella felicità esistesse solo nei libri, nelle favole o nelle riviste. Ma non nella realtà. Oppure in maniera fuggevole al punto da scivolare tra le dita di una mano sorpresa di non stringere nulla...

La candela si è consumata e la piccola fiamma trema su un moccolo di cera molle.

Ben presto in cantina sarà buio. Zoé ha paura. Sente l'ansia che le chiude lo stomaco crescere, crescere e cerca di cancellarla schiacciandola con le mani.

Gaétan è silenzioso. Anche lui deve avvertire il pericolo.

Il primo giorno dell'anno. Insieme, da soli in cantina. Fra tre giorni lui partirà. E non si vedranno più per... Tanto, tanto tempo.

Accadrà quella sera.

Il pericolo...

Ora o un po' più tardi.

Accadrà.

Non osano più guardarsi.

La luce al neon della cantina si accende e sentono dei passi in corridoio.

Leggono la stessa paura l'una negli occhi dell'altro.

I passi si avvicinano, voci di qualcuno che si è perso, che cerca il parcheggio, dicono non è qui, ma di là. Poi una porta si chiude, le voci si allontanano, il neon si spegne.

Gaétan rovescia la bottiglia di champagne per versarsi un'ultima goccia. Zoé pensa che voglia darsi coraggio, ha paura come me. Lo fissa nell'oscurità, una silhouette cupa e indistinta, come una lieve minaccia. Ha il cuore che le batte a mille. Ha voglia di alzarsi e dirgli, vieni, torniamo di sopra. Non sa che fare. Ha lo stomaco e la mente in subbuglio. Sente il cuore martellare ovunque. Non è sicura di riuscire a stare in piedi.

Lui ha steso sul pavimento il cappotto di Zoé, le ha tolto le ballerine e i collant. Ci mette un po' a sganciarle il reggiseno e Zoé scoppia in una risata stridula. Non sa più se ridere o tremare. Ride e trema. Trema come un fuscello e la mano di lui, che le accarezza la schiena, trema anch'essa come un fuscello. Fa freddo in cantina e lei ha caldo. Gli dice a voce bassa, è la prima volta... E lui risponde, lo so, non temere... con una voce che non trema più e lui le sembra molto grande, forte, vecchio, molto più vecchio di lei e si chiede se lui l'abbia già fatto. Non osa domandarglielo. Ha voglia di incollarsi a lui, affidarsi a lui e non ha più paura. Non le farà male, adesso lo sa.

Lui si toglie le scarpe da ginnastica, si disfa dei pantaloni, sfilando le gambe e rischiando di cadere. Lei ride.

Si stende su di lei e Zoé gli dice, parlami con la voce che mi rassicura...

Gaétan non sa bene cosa intenda. Ripete, lo so, lo so, non avere paura, sono qui... come se nella cantina ci fosse un altro pericolo.

E allora lei si sente leggera.

E tutto sembra molto facile. Oppure ha la testa altrove, o non ha più testa. Sono solo loro due e Zoé ha l'impressione che siano soli nella città intera. Che il cuore della città abbia smesso di battere. Che la notte si sia infittita per proteggerli. Ti amo come un pazzo, le dice con la voce che la rassicura, le dice anche che non le farà male, ti amo tanto, Zoé. E quella breve parola, quel Zoé affidato alla notte mentre lei è nuda contro di lui, spaventata, e incrocia le braccia sul seno, quel breve nome che tutti ripetono in continuazione, Zoé, al liceo o in casa, quel piccolo nome spiega le ali, diventa unico, gigantesco, la protegge, e lei non ha più paura di niente. Il mondo smette di girare, trattiene il fiato, e lei fa lo stesso quando lui entra in lei, dolcemente, senza forzarla, prendendosi tutto il tempo, e lei si lascia aprire e non pensa più, non sente più, c'è solo questo che conta, l'amore nei loro corpi, l'amore che occupa i loro corpi. Lei esiste solo per lui, lui esiste solo per lei, formano un mappamondo perfetto con le ali, un mappamondo con delle radici, e viaggiano nell'universo. Gira tutto. Non finisce più di girare e non sa se scenderanno...

Dopo...

Scivolano l'uno accanto all'altra, lui appoggia la testa a sinistra, lei a destra e si guardano, stupiti, storditi. Lui canticchia il motivo di Cabrel, ti amo da morire, ti amo da morire, e lei lo bacia lentamente come una donna sapiente.

Non sarà mai più la stessa. L'ha fatto.

Risalgono a dormire nel grande letto di Zoé.

Gaétan dice, non prendiamo l'ascensore, facciamo la corsa su per le scale, e scatta subito mentre lei grida, hai imbrogliato, non l'ha aspettata prima di partire. Non è sicura di riuscire a correre. Ha gambe di donna, un corpo di donna. Seni di donna. Si sente indolenzita e cammina a passi larghi. Ha la sensazione di essere diventata grande di colpo e che tutti se ne renderanno conto. Rivede il film nella mente dicendosi che mai più, mai più riuscirà a immaginarselo. È triste. Un po'. E poi non lo è più, perché è felice del film. Molto contenta. Si chiede se Emma è stata così fortunata come lei. E anche Gertrude l'ha fatto. E Pauline? Si mette a correre su per le scale. Lui si ferma, lei lo raggiunge, la fa girare, sembra un balletto, si baciano a ogni piano. Non hanno più paura. Non hanno più paura. L'hanno fatto.

Lei fa un sorriso un po' idiota. Lui ha lo stesso sorriso. Si appoggiano, senza fiato, contro la porta. Abbassano la testa, lasciano ricadere le braccia, le spalle, si avvicinano, si sostengono fronte contro fronte, labbra contro labbra...

"Non lo diciamo a nessuno", bisbiglia Gaétan.

"Non lo diciamo a nessuno. È il nostro segreto", risponde Zoé.

Ma ha voglia di raccontarlo al mondo intero.

Sono le dieci del mattino quando Gary e Hortense escono dalla discoteca Show Case, sotto il ponte Alexandre III.

Aspettano Peter e Rupert che stanno facendo la corte alla ragazza del guardaroba. Vogliono rimorchiarla, le chiedono di portare un'amica per fare una doppia coppia, e la giovane sorride senza rispondere, cancellando con un dito l'ombretto verde incrostato nella piega degli occhi stanchi.

Hortense e Gary si appoggiano al parapetto in pietra sopra la Senna. Sospirano all'unisono, com'è bella, Parigi!, dandosi una gomitata complice.

Una luce livida, tra il giallo e il grigio, si riflette nelle acque nere, creando bolle e mulinelli, mentre un velo di bruma fluttua come un lungo drappo. Passa un battello, i passeggeri distesi sul ponte anteriore urlano buon anno alzando verso di loro una bottiglia. Gli rispondono con un gesto fiacco.

"La ragazza non verrà", dice Gary.

"E perché no?"

"Perché la notte per lei non è ancora finita, perché cade dal sonno, perché ha sistemato tonnellate di cappotti, perché ha distribuito migliaia di scontrini, perché ne ha abbastanza dei festaioli che cercano di rimorchiarla... sogna solo una cosa, il suo letto."

"Monsieur è un bravo psicologo", sorride Hortense accarezzando la manica di Gary.

"Monsieur osserva le persone. E monsieur ha una gran voglia di baciarla..."

Lei sembra esitare, tentenna un po', chiude gli occhi e si sporge dal parapetto che sovrasta il lungofiume lastricato. Un sorriso le aleggia sulle labbra, un piccolo sorriso rivolto solo a se stessa.

"*One penny for your thoughts*", bisbiglia Gary.

"Pensavo alle mie vetrine. Entro le prossime ventiquattrore, saprò..."

"Che rompiballe."

Peter e Rupert li raggiungono. Soli. Gary aveva ragione, la ragazza sogna il suo letto.

"Allora piccioncini? Festeggiamo il primo giorno dell'anno?" domanda Peter pulendo gli occhialini tondi nella sciarpa di lana che lascia pelucchi ovunque.

"Non si festeggia niente!" ribatte Gary, allontanandosi ostentatamente da Hortense. "Io rientro..."

"Aspettami", grida Hortense mentre lui se ne va, il collo del giaccone rialzato, le mani sprofondate nelle tasche.

"Che gli è preso?"

"Mi trova poco romantica..."

"Se vuole una ragazza romantica, dovrebbe cercare altrove", commenta Peter.

Rupert ridacchia. Beve a canna da una bottiglia di scotch che ha trafugato uscendo dalla discoteca.

"Ieri sera, a casa di Jean, giocando a poker su Internet ho vinto una spogliarellista", dice Rupert.

"Dove dormite?" chiede Hortense, rinunciando a seguire Gary.

"Dallo zio di Jean... rue Lecourbe."

"Ma chi è Jean?"

"Un probabile inquilino..."
"Un cosa?"
"Ah! Non te l'abbiamo detto? Dobbiamo trovare un nuovo inquilino..."
"Avreste potuto parlarmene..."
"Non siamo sicuri di poter continuare a pagare l'affitto", dichiara Peter. "Sam sta per perdere il lavoro, lascia la camera per tornare dai genitori. Non ha più un soldo..."
"Siamo tutti messi male", aggiunge Rupert. "La gente se la dà a gambe, la City si svuota, i banchieri si ritrovano a vendere patatine fritte da McDonald's, è una situazione tragica. Per questo siamo venuti a Parigi... È stato Jean a invitarci. A casa di suo zio."
"Sono partita da dieci giorni e voi ne approfittate per cambiare tutto..."
"Non abbiamo ancora deciso, ma di sicuro Jean è un nuovo amico..." dichiarano in coro i due giovani.
"È francese?"
"Sì. Francese, un tipo in gamba. Fisicamente non è un granché, tu avrai qualche problema con lui all'inizio..."
"Cominciamo bene!" esclama Hortense sbadigliando. "Che rottura!"
"... studia alla London School of Economics, economia e finanza internazionale, lavora per pagarsi vitto e alloggio, non dovrebbe venirti voglia di sedurlo... anche perché soffre di un'acne spaventosa e noi conosciamo bene le tue preferenze per le fronti lisce, le guance rosate, i ragazzi puliti, sani, appetitosi!"
"Dovrò condividere il bagno con un foruncoloso..."
"Non abbiamo ancora deciso, ma lui ci è molto simpatico, poco ma sicuro..."
Lei protesta per salvare le apparenze. Sa bene che la vita per i ragazzi diventa ogni giorno più difficile; quelli con un lavoro

pregano per mantenerlo, gli altri dipendono dai genitori i quali, a loro volta, lottano per conservare l'impiego.

E poi li avrebbe odiati se avessero scelto una ragazza.

Detesta le ragazze. Odia i pranzi tra amiche, le risatine, le confidenze, le sedute di shopping, la gelosia sotto i gran sorrisi. Con le ragazze bisogna sempre trovare un accordo, avanzare in punta di piedi, avere riguardo per la loro sensibilità e suscettibilità.

A lei piace andare dritto al punto. Si risparmia tempo. E poi non ha niente da raccontare.

"O così oppure un aumento della nostra quota d'affitto e tenuto conto dei prezzi che salgono a vista d'occhio..."

"Siamo a questo punto?" domanda Hortense, scettica.

"Tutto aumenta. Tesco sta andando fuori di testa! Le uvette di Ribena idem! Le patatine Walkers all'aceto? Come sopra! Il cioccolato fondente di Cadbury? Anche! I deliziosi cracker di Carr? Esagerati! Quelle schifose salsicce di maiale di cui andiamo matti? Alle stelle! La salsa Worchester? Pure! Ed è aumentato anche il biglietto del metrò!"

"Il momento è difficile, mia cara Hortense..."

"Non me ne frega niente", ribatte Hortense. "Io avrò le mie vetrine! E anche a costo di dormire sul marciapiede, mi alzerei di notte per lavorare, voglio che sia un trionfo..."

"Non l'avevamo messo in dubbio nemmeno per un secondo!"

E con quelle parole, i due si congedano con un inchino, ripetendo arrivederci bella, e contendendosi la bottiglia di scotch.

Attraversano il ponte per tornare all'appartamento dello zio di Jean. Rue Lecourbe, sarà a destra o a sinistra...

"È in Francia!" urlano camminando a zigzag.

Hortense rientra a piedi. Ha bisogno di riflettere. Sprofondando i tacchi nell'asfalto di Parigi. Parigi che si stiracchia dopo una notte di festa... Ci sono bottiglie di birra e di champagne abbandonate sulle panchine, nei cestini della spazzatura, sotto i semafori. Parigi, bella città addormentata, città languorosa, pigra, innamorata. Ho perso il mio amore. È scomparso nell'alba grigia, le mani furenti sprofondate nelle tasche del giaccone blu... Il lungo nastro di bruma si disperde sopra i tetti color ardesia di Parigi. Ho perso il mio amore, il mio amore, il mio amore, canticchia saltando i rigagnoli ricoperti di ghiaccio trasparente.

Gary dorme di traverso sul letto. Completamente vestito.

Lei appoggia il cellulare sul cuscino.

Casomai la signorina Farland anticipasse l'ora del verdetto.

Casomai...

Si sdraia accanto a lui.

Non riesce a dormire. Il giorno dopo parte. Le prossime ventiquattrore saranno un sogno breve, un sogno che dovrà riempire di gioia e bellezza. Fare la pace con lui. Ritrovare l'allegria conturbante del bacio davanti Hyde Park, di fronte alle cime appuntite degli alberi di Hyde Park. Un giorno ci baceremo sotto le fronde di Central Park e gli scoiattoli verranno a mangiarci dalla mano. Non sono timidi, gli scoiattoli di Central Park. Si avvicinano per un dollaro... E che cos'è, dopotutto, uno scoiattolo? Un topo con un buon ufficio stampa. Niente di più. Toglietegli la coda a pennacchio e vi resta un topo peloso. Una schifezza di topo peloso ritto su due zampe. Hortense ridacchia tra sé e sé grattandosi il naso. A uno scoiattolo regali un sorriso, a un topo una smorfia. L'abito fa il monaco. Tutto dipende dalle apparenze. Un particolare, un semplice particolare, e il topo diventa scoiattolo. I passanti gli lanciano noccioline e i bambini ne vogliono uno in gabbia.

Ha voglia di svegliare Gary per spiegargli la differenza tra scoiattolo e topo.

E sai perché i delfini nuotano solo nell'acqua salata? Perché il pepe li fa starnutire!

Non riesce a dormire.

Vuole marchiare l'anno nuovo con un sogno ardente.

Sfiora il viso di Gary con un dito. È così bello mentre dorme; le sue lunghe ciglia nere sembrano una barriera malinconica, la bocca dischiusa, gonfia di sonno, le guance un po' bianche, un po' rosate, quel leggero russare dell'uomo rincasato tardi, la barba che le graffia il dito che indugia...

Indugia...

Questa sera si baceranno.

Questa sera passeranno la notte insieme. La loro prima notte. Saprà farsi perdonare.

Lui non le resisterà.

* * *

"Mio caro Chaval, se le ho dato appuntamento in questo bar il primo giorno dell'anno, è per una ragione altamente simbolica..."

Chaval stava dritto, un po' di traverso sulla sedia. Nascondeva sotto il tavolo le mani dalle unghie rosicchiate. Per fare buona impressione su Henriette si era messo giacca e cravatta, il gel nei capelli neri corvini, aveva accorciato i baffi e ordinato dell'acqua naturale.

"Immagino abbia saputo che il signor Grobz e io ci siamo separati..."

Chaval annuì con l'aria del cane spaventato che spia il gesto imprevedibile di un padrone brutale e rimane in guardia.

"Abbiamo divorziato, ma ho ottenuto il diritto di mantenere il suo cognome... Perciò mi chiamo Grobz come lui. Henriette Grobz. Mi segue? Marcel Grobz, Henriette Grobz... Marcel, Henriette..."

Gli parlava come a un bambino un po' ritardato. Insisteva, sottolineava. Lui pensò che gli ricordava la maestra delle elementari.

"Firmo le lettere con una H... che può assomigliare molto a una M... H, M, H, M..."

E Chaval si mise a pensare alle razzie di Hortense da H&M.

La ragazza entrava nel negozio, allungava la manina avida sulle file di tuniche, top, abiti, sciarpe, jeans, cappotti, faceva tintinnare le cinture, cling-clang-cling-clang, staccava, impilava, staccava, impilava, s'infilava in un camerino, provava, allungava un braccio verso la commessa per reclamare un'altra taglia, un altro colore, un altro modello, usciva ancora, le guance in fiamme, i capelli spettinati, e appoggiava il suo bottino davanti alla cassa. Chaval presentava la carta di credito, pagava. Trasportava i sacchetti alla macchina. A Hortense bastava esprimere il minimo desiderio perché questo venisse immediatamente esaudito. In cambio lui chiedeva solo di accarezzare quel corpo follemente desiderato o, quando lei era di umore generoso, introdursi nello stretto passaggio che portava alla felicità.

"H&M..." ripeté lui sognante, tormentandosi le dita sotto il tavolo.

"Chaval!" tuonò la vedova sbattendo il bicchiere con un lungo cucchiaio che le serviva a mescolare lo zucchero nella spremuta di limone. "È qui o cosa?"

"Sì, signora, qui con lei..."

"Non menta! Detesto le frottole! Stava pensando alla ragazza, vero?"

"No, cercavo di capire il significato di H e M..."

"Ma è chiaro come l'acqua di sorgente, mio pover'uomo."

Lanciò un'occhiata esasperata al relitto seduto di fronte a lei. Sottile come la scheggia di un centesimo. Indossava un paio di jeans neri, una giacca che sembrava uscita da una tintoria, degli stivali da cowboy usati, e il suo viso, dal profilo tagliente, sembrava quasi trasparente tanto aveva perso vitalità. Un pallido figurante castrato. Cosa poteva fare con un complice così scialbo? Scacciando i pensieri lugubri, riprese con fermezza: "Firmando con una H o una M, si possono confondere le idee... Potrei quindi trasmettere degli ordini verosimili a nome di Casamia firmati da Marcel Grobz, fatturati a Marcel Grobz, addebitati sul suo conto, poi stornarli e farli consegnare in un deposito in cui la merce sarà rivenduta a basso prezzo a catene commerciali poco scrupolose che vedranno soltanto l'esca del guadagno e si butteranno sull'occasione. È qui che interviene lei. Farà da collegamento tra me e queste catene commerciali. Lei conosce compratori, prezzi, margini, le quantità da ordinare, si occuperà del lato commerciale, io provvederò all'organizzazione e all'amministrazione..."

"Ma è assolutamente disonesto, signora Grobz!" esclamò Chaval, che aveva subito intuito l'enormità della truffa.

"Non è disonestà, recupero solo i miei beni! Sono stata depredata, Chaval. Depredata... Avrei dovuto ereditare la metà del giro di affari e non ho avuto niente. Niente."

Fece schioccare l'unghia del pollice tra i denti per sottolineare l'immensità della spoliazione.

"Lo trova forse onesto?"

"Ascolti... quello che è successo tra lei e suo marito non mi riguarda... Non ho niente a che vedere con questa storia. Ho rischiato di finire in prigione per aver falsificato i libri contabili... La sorte è stata clemente con me. Ma se mi faccio beccare una seconda volta, marcirò dietro le sbarre per un bel pezzo..."

"Anche se lei avrà il suo tornaconto e la risarcirò ampiamente? Mi accollo tutte le spese e tutti i rischi, affitto il deposito, firmo gli ordini, e lei non apparirà su nessun registro contabile, su nessuna lettera, niente... Lei mi serve giusto da facciata. Sarà pagato bene per fare solo da contorno!"

"Ma signora, il mondo è piccolo, si verrà a sapere! Ci faremo incastrare come dei babbei..."

Henriette notò che si era appena lasciato convincere. Aveva detto "faremo incastrare". Dunque, concluse lei gonfiando il collo sotto l'ampio cappello, non è contro l'idea del complotto. Solo contro la possibilità di finire in prigione. Ciò dimostra che gli resta ancora qualche neurone funzionante. L'uomo non era così debole come sembrava. L'appetito gli era tornato.

Rimase pensierosa per un istante. Chaval non aveva torto. Il mondo degli articoli per la casa era un universo limitato, sarebbero stati scoperti in fretta. A meno di spacciare in modica quantità. E chi dice "modica quantità", dice profitto. Questo era fuori di dubbio. Le serviva perciò un altro modo per rovinare Grobz. Mescolò la limonata con aria meditabonda.

"Lei ha un'altra proposta?" gli chiese senza sollevare gli occhi dal bicchiere.

"No", rispose Chaval, che tremava al pensiero della prigione. "A dire il vero, prima che lei mi venisse a cercare, avevo messo una croce sopra qualunque progetto di fare fortuna... Tranne il lotto, naturalmente."

"Pfffft!" sbuffò Henriette stringendosi nelle spalle. "È un'occupazione da larve umane... D'altra parte, sono sempre le larve a vincere, mai la gente ricca e istruita!"

"Perché esiste una giustizia", mormorò Chaval. "Il lotto è la consolazione degli sconfitti."

"L'apologia del lotto!" inveì Henriette. "Che assurdità! Direbbe qualunque cosa per trovare scuse alla sua pigrizia!"

"Era l'unica cosa che mi restava", si scusò ancora Chaval, le spalle curve.

"Non ha alcuna ambizione e spina dorsale! La credevo più furbo... Avevo riposto in lei grandi speranze. Una volta era furbo e intraprendente..."

"Le ho detto che è stata 'lei' a esaurirmi, rompermi..."

"La smetta di parlare di sé al passato! Si veda, al contrario, come un uomo forte, potente, ricco. Lei non è una pappamolla, può ritrovare l'istinto del killer, l'atteggiamento giusto. Ha la possibilità di riaverli. Se non per amore, lo farà per interesse e, tra i due, il margine è esiguo e il risultato identico!"

Chaval alzò su di lei uno sguardo colmo di speranza insensata, di una speranza che da lungo tempo aveva relegato tra gli oggetti perduti.

"Pensa che se diventassi molto ricco, lei mi riprenderebbe?"

Perché preferiva ancora soffrire per lei piuttosto che vegetare senza la minima possibilità di soffrire ancora.

"Non ne ho la minima idea, ma sono sicura che potrebbe riconsiderare la faccenda. Un uomo ricco è per forza di cose un uomo seducente. Va da sé. È come il naso in mezzo alla faccia. Dalla notte dei tempi è così che gira il mondo... Pensi a Cleopatra. Ha amato solo uomini potenti, uomini che le offrivano mari e monti, uomini pronti a uccidere per lei, che dico uccidere, massacrare! Non teneva con sé degli smidollati! Hortense assomiglia più a Cleopatra che a Isotta o Giulietta!"

Lui non osò chiedere chi fossero le altre due, ma afferrò il confronto con Cleopatra. Una sera aveva visto un film con sua madre bevendo una tisana di timo perché avevano entrambi qualche linea di febbre. Cleopatra aveva gli occhi viola di Elizabeth Taylor e un bel seno palpitante. Non sapeva più cosa guardare: se gli enormi occhi viola, conturbanti, imperiosi, oppure i due globi color latte che si alzavano e si abbassavano sullo schermo. Era andato a masturbarsi in bagno.

"E cosa dovrei fare per diventare ricco?" domandò raddrizzandosi, risollevato dal petto voluminoso di Cleopatra.

"Inventarci un imbroglio sicuro... Poi, con la sua conoscenza degli affari e la mia immaginazione, ci riempiamo le tasche. Non avrò nessuno scrupolo! Sarò spietata..."

"Se solo potessi ritrovarla... se solo potessi infilarmi ancora una volta in quella peluria umida e calda..."

"Chaval!" urlò Henriette, picchiando un pugno sul tavolo. "Non voglio più sentirla parlare a quel modo di mia nipote! Ha capito? O la denuncio per abuso di minori. Dopotutto, l'ha detto lei stesso di avere avuto una relazione illecita con una ragazzina di nemmeno sedici anni... Questo la porterà dritto in prigione. E lo sa che cosa fanno in prigione a chi stupra le ragazzine?"

Chaval la guardò, terrorizzato, le spalle scosse da un brivido involontario.

"No, signora, questo no, questo no..."

"Allora mi trovi un'idea brillante per svuotare le tasche al vecchio Grobz. Le do una settimana. Non un giorno di più. Tra otto giorni ci rivedremo alla chiesa di Saint-Étienne, nella cappella della Vergine Maria, ognuno sul suo inginocchiatoio, e mi confiderà il suo piano... altrimenti, la prigione!"

Ora Chaval tremava tutto. Quella vecchia ne era capace! Poteva leggerle sul viso una determinazione da bestia feroce pronta a divorare il proprio cucciolo per non morire di fame.

"Sì, signora..."

"Sparisca, adesso! E faccia lavorare le meningi! Con tutto il tempo che sono state in vacanza, si devono essere riposate a sufficienza. Su, vada!"

L'uomo si alzò. Borbottò un arrivederci, signora, e si ritirò scivolando verso l'uscita come un evaso che cerchi di non farsi notare.

"Cameriere, il conto!" ordinò Henriette in tono fermo prendendo il portamonete per pagare la consumazione.

Le restavano degli spiccioli rubati in chiesa dalle cassette delle elemosine. Le serrature traballavano. Si riusciva a forzarle facilmente e a richiuderle altrettanto agevolmente. Senza che nessuno vedesse niente. Bastava non farsi accorgere dal prete. Magro bottino, si disse, contando i centesimi, i parrocchiani stanno diventando spilorci. Oppure il prete mi ha scoperto e svuota le cassette più spesso. Povero Gesù, povera Vergine Maria, povero Saint-Étienne! Il fervore religioso non è più quello di una volta e ne pagate voi le conseguenze...

E si mise a biasimare un'epoca che non rispettava più né le donne sole, né i preti senza risorse. E poi ci si stupisce che le anime pure si diano al crimine, ma è solo per fare giustizia, si disse, giustizia...

* * *

La sera del 1° gennaio, a casa Cortès tutti fingevano di essere allegri. Gesticolavano, esclamavano, tentavano di dissimulare i tormenti del cuore sotto un'espressione vivace, risa forzate, ma ciascuno avvertiva i limiti di quella spensieratezza artificiale.

Sembrava di stare a un ballo in maschera di convalescenti.

Joséphine parlava a ripetizione stordendosi per non pensare all'orologio di Dottie appoggiato sul comodino; stava facendo riscaldare un coniglio alla senape e rimescolava lentamente con un cucchiaio di legno discorrendo di qualsiasi cosa... Scoppiava in false risate, le sue parole suonavano stonate, rovesciava un cartone di latte, assaggiava un pezzetto di burro, infilava una salsiccia nel tostapane.

Zoé camminava a gambe larghe, Gaétan le posava un braccio sulle spalle con fare possessivo. Hortense e Gary si misuravano, si riavvicinavano, si azzuffavano, poi si staccavano brontolando. Shirley osservava suo figlio e pensava che stava portando dolcemente Hortense a una capitolazione forzata dei sensi e del cuore. Quello significava amare suo figlio sopra ogni altra cosa? si domandava. E perché ho l'impressione di rinunciare al mio ultimo amore? La mia vita non è comunque finita...

Solo Du Guesclin passava vivacemente dall'uno all'altro alla ricerca di una carezza, di un po' di sugo su un boccone di pane, di uno zuccherino dimenticato sul tavolo. Dondolava sulle grosse zampe squadrate come un cane impaziente in attesa della ricompensa, con i lunghi fili di bava che gli colavano dalla bocca.

Ognuno pensava a se stesso fingendo di interessarsi agli altri.

Lui parte domani e non lo rivedrò più per un sacco di tempo, si tormentava Zoé, mi amerà ancora come prima? E se fossi incinta?

Finalmente! esultava Gaétan, l'ho fatto, l'ho fatto, sono un vero uomo! E io l'amo e lei mi ama, e lei mi ama e io l'amo.

Questa notte, è per questa notte, borbottava Hortense accarezzando con la mano il collo di Gary, farò finta di andare a dormire nella stanza di Zoé e lo raggiungerò, scivolerò accanto a lui, lo bacerò, farò girare la lingua sette volte nella sua bocca, sarà bello, sarà bello...

Lei pensa di avermi come se niente fosse, ma no, no, è troppo facile, imprecò Gary, servendosi di pasta e coniglio alla senape, posso avere un pezzo di pane o è chiedere troppo? domandava a Hortense che gli porgeva una baguette con un sorriso fiducioso...

Come farò a fargli capire che è meglio non vedersi più? rifletteva Shirley, non vedersi proprio più... Non posso dirgli il vero motivo, lo respingerebbe con un gesto della mano dichiarando che non è niente di drammatico, che Gary è adulto, che deve rendersi conto che sua madre ha diritto a una vita privata... Così non lo aiuteresti, gli faresti credere che è onnipotente, deve imparare ad affrontare la realtà. Voi due dovete separarvi, avete vissuto per troppo tempo in una sorta di osmosi. Sapeva già il discorso che lui le avrebbe fatto, avrebbe potuto metterlo per iscritto e non aveva argomenti con cui controbatterlo, se non quello che non voleva fare del male al suo bambino. Ma ha vent'anni! Non è più il tuo bambino. Sarà sempre il mio bambino... *Bullshit!* avrebbe risposto lui, esasperato, chiuso nella sua giacca rossa, *bullshit!* Avrebbero litigato, e si sarebbero lasciati arrabbiati. Io non avrei il coraggio di restare così, cercherei nuovamente di spiegarmi e finirei nelle sue braccia... Tanto vale fuggire, non dire niente o fingere di avere incontrato un vecchio pretendente a Parigi.

E se Shirley si sbagliasse, pensava Joséphine, se Dottie abitasse davvero a casa di Philippe? Se posasse ogni sera l'orologio sul suo comodino prima che lui la stringa a sé... Non ha mai smesso di frequentare Dottie. Lei è giovane, divertente, leggera, dolce; lui non sopporta più di vivere solo. Si dice che gli uomini non amino la solitudine, mentre le donne la sopportino. E poi gli piace dormire con lei, ci è abituato, ognuno ha il suo lato del letto...

Ciascuno seguiva il proprio monologo interiore sbocconcellando nel contempo il coniglio alla senape, tagliando un triangolino di brie, servendosi una fetta della torta al limone fatta da Zoé, sparecchiando la tavola, caricando la lavastoviglie, stirandosi, sbadigliando, dichiarando sono stanco, spossato, e ritirandosi nella propria stanza.

Hortense si struccò, si passò cento colpi di spazzola a testa in giù, buttò indietro la chioma crepitante, si mise una goccia di profumo dietro alle orecchie, s'infilò la T-shirt con cui dormiva, e scavalcò il materassino su cui era steso Gaétan. Lui stava leggendo *Topolino* e ridacchiava raccontando di come lo zio Paperone avesse ingannato Paperino facendolo lavorare gratis. Comunque, è proprio simpatico il vecchio Paperino! Si lascia abbindolare senza dire niente... Mentre Paperone sembra un riccone quotato in Borsa... I soldi non gli bastano mai, ne vuole sempre di più.

Zoé, le coperte tirate fino al mento, si chiedeva come suggerire a Hortense di lasciarli soli per la loro ultima notte insieme.

Farle capire di andare a dormire da un'altra parte. In salotto, per esempio... Oppure che si chiuda in cucina a lavorare sulle sue vetrine. Lei adora lavorare in cucina di notte. Potrei domandarglielo direttamente oppure buttarla sul sentimentale. Fare leva sulla solidarietà femminile. No, con Hortense la solidarietà non funziona. Pensava, pensava, faceva roteare le caviglie sotto le lenzuola per trovare una frase che arrivasse al cuore di Hortense, quando quest'ultima entrò nel letto e disse: "Spegniamo la luce, aspettiamo che la mamma e Shirley si siano addormentate, poi io vado da Gary... Neanche una parola a quelle due! Si farebbero delle grasse risate e proprio non mi va!"

"Ok", mormorò Zoé sollevata. "Non dirò niente..."

"Grazie, sorellina! Ma tu comportarti bene! Non voglio che tra nove mesi ti ritrovi con un nanerottolo!"

"Nessun problema", rispose Zoé, arrossendo.

"Mi fido. Bimbumbam?"

"Bimbumbam..." ripeté Zoé.

Attesero che nella stanza di Joséphine e Shirley si spegnesse la luce. Attesero di sentire il leggero russare di Joséphine, poi quello più forte di Shirley, eheheh, osservò Hortense, le signore hanno sbevazzato troppo, sembra di stare in una segheria! Zoé ridacchiò nervosa. Aveva i piedi freddi e le mani bollenti. Hortense si alzò, afferrò il cellulare e lasciò la stanza in silenzio.

"Dormi bene, Zoéttina, e in tutta castità!"

"Promesso!" bisbigliò Zoé, incrociando le dita sotto le lenzuola per farsi perdonare la bugia.

Con un salto Gaétan si allungò di fianco a lei.

"Una notte intera in un vero letto!" esultò lui, stringendola contro di sé. "Un vero lusso!"

Appoggiò una mano delicata sul seno di Zoé, che gemette...

Anche quella notte tutta la città avrebbe trattenuto il fiato...

Gary leggeva un vecchio fumetto di Quick e Flupke, steso a letto a torso nudo. Gli auricolari dell'iPod nelle orecchie. La vide entrare in camera e la guardò stupito.

"Sei venuta a cercare qualcosa?" le domandò, senza staccare gli occhi dal fumetto.

"Sì. Te."

"Hai qualcosa da chiedermi?"

"Non proprio..."

S'infilò a letto dal lato opposto al suo tirandosi su le coperte.

"Adesso, se vuoi, dormiamo..."

"Io dormo solo..."

"Be'... allora non dormiamo."

"Torna in camera tua, Hortense."

"Sono in camera mia..."

"Lascia perdere i giochi di parole, hai capito quello che intendo..."

"Ho voglia di baciarti..."

"Io no!"

"Bugiardo! Ho voglia di continuare quel delizioso bacio cominciato a Hyde Park. Ti ricordi? La notte che mi hai piantato per strada..."

"Hortense, dovresti sapere che il desiderio non è qualcosa che si ordina... Non puoi entrare come un commando armato nella stanza di un ragazzo ingiungendogli di baciarti."

"Volevi che bussassi prima?"

Lui si strinse nelle spalle e si rimise a leggere.

"So che muori dalla voglia come me..." aggiunse Hortense.

"Ah! Perché tu muori dalla voglia... ridimmelo. Non mi stanco mai di sentirlo... La signorina Hortense ha voglia di lei, è pregato di scoparla all'istante!"

"Sei volgare."

"E tu troppo autoritaria!"

"Sto morendo dalla voglia di baciarti, di sciogliermi tra le tue braccia, di baciarti dappertutto, dappertutto, di assaggiarti, di leccarti..."

"Con il cellulare in mano? Non è pratico!" dichiarò Gary, beffardo, cercando di cancellare con una risata sarcastica il desiderio che sentiva crescere in lui.

Hortense si rese conto del telefonino stretto in mano e lo fece scivolare sotto il cuscino.

"Mi rifiuto di dormire con un cellulare", ripeté Gary, ritornando in sé.

"Ma Gary... e se chiamasse la signorina Farland?" protestò Hortense afferrando il telefono.

"Mi rifiuto di dormire con un cellulare... Punto!"

Tornò alla lettura di Quick e Flupke, dichiarò che era un fumetto incredibile, come mai era finito nel dimenticatoio? Era ancora meglio di Tintin! Due eroi al prezzo di uno! E che bella intesa, che efficienza! Un pelo fuori moda, forse, ma le ragazze, ai quei tempi, non si tiravano su le gonne davanti agli uomini. Sapevano come comportarsi... Altra epoca, altre abitudini, sospirò, con fare nostalgico. Non mi piacciono le donne prepotenti. Amo le donne dolci e femminili che lasciano che sia l'uomo a dirigere le manovre con mano ferma, che appoggiano la testa sulla sua spalla e si arrendono in silenzio.

"Sai cos'è la tenerezza, Hortense?"

Hortense si agitò nel letto. Era il genere di parola che non riusciva ad afferrare. Era stata sul punto di spuntarla. Con facilità, tra l'altro! Ed ecco che lui tornava alla casella di partenza, quella della "cara vecchia amica".

Gli fece scivolare dolcemente tra le gambe un piede morbido, un piede esploratore che chiedeva scusa per tanta audacia, e borbottava chi se ne frega, ci rinuncio, ho troppa voglia di baciarti... sto morendo dalla voglia, Gary, se vuoi sarò timida, sottomessa, dolce come una vergine spaventata...

Lui sorrise a quell'immagine e le chiese di continuare. Voleva vedere fino a dove avrebbe accettato di abbassarsi.

Hortense rimase in silenzio, pensierosa, si disse che le parole non sarebbero state sufficienti e si affidò alla vecchia scienza dell'amore, quella che fa impazzire gli uomini.

Scomparve sotto le coperte.

Il tono cambiò.

Lui non si rifiutava più di dormire con lei, ma a una condizione.

Lei tornò in superficie per ascoltare.

"Ti dimentichi il cellulare..." disse Gary.

"Non puoi chiedermi questo. È un ricatto. Sai bene quanto sia importante per me..."

"Volevi dire che ti conosco bene."

L'argomento della polemica cambiò. Passò dall'ipotetica notte d'amore alla presenza del telefono nel letto.

"Gary", supplicò Hortense, spingendo un ginocchio tra le cosce di Gary.

"Non mi piace dormire in tre! Soprattutto con la signorina Farland!"

"Ma..." protestò Hortense. "Ma se quando chiama non sento...?"

"Richiamerà."

"È fuori questione!"

"Allora esci dalla stanza e mi lasci con Quick e Flupke..."

Parlava seriamente. Hortense cercò di riflettere rapidamente.

"Lo appoggio là, sulla sedia..."

Gary lanciò un'occhiata alla sedia su cui aveva buttato jeans, T-shirt e maglione. Troppo vicino, si disse. Lo vedrò lampeggiare nel buio e non farò che pensare alla signorina Farland.

"E lo spegni", aggiunse.

"No."

"Allora esci."

"Lo metto sulla scrivania, è un po' più lontano... Così non si nota."

Gli strappò il fumetto dalle mani, lo buttò per terra, aderì al suo corpo, dormi sempre nudo?, gli sfiorò di baci le spalle, la bocca, il collo, gli appoggiò la testa sullo stomaco...

"Là in fondo! Il cellulare..." ingiunse Gary indicando la scrivania.

Hortense s'infuriò, si alzò, andò a deporre il telefono sulla scrivania. Controllò che ci fosse batteria a sufficienza e che si sentisse la suoneria. Lo pose sul bordo, in modo che fosse il più vicino possibile al letto, e tornò a coricarsi.

Si allungò contro Gary, chiuse gli occhi, bisbigliò, Gary, per favore... facciamo la pace! Ti voglio così tanto...

La sua bocca scivolò sul corpo di Gary...

E lui non rispose più di niente.

Fu una notte d'amore come una sinfonia.

Non c'erano più solo un uomo e una donna che si amavano, ma gli uomini e le donne di tutti i tempi, di tutta la Terra, che decidevano di consumare ogni voluttà. Come se quei due avessero atteso troppo a lungo, immaginato troppo spesso, e si offrissero, finalmente, un balletto dei sensi.

Il bacio dell'uno chiamava il bacio dell'altra. Conquistava la bocca di Gary per riempire la bocca di Hortense che l'aspirava, lo gustava, inventava un altro bacio, poi un altro e un altro ancora, e Gary, stupito, bisognoso, ringalluzzito, rispondeva accendendo un altro fuoco sotto un altro bacio. Un girotondo di folletti li portava via con sé, li lasciava affamati. Hortense, affascinata, dimenticava le sue astuzie, i suoi trabocchetti per catturare un uomo, si lasciava inghiottire dal piacere. Bisbigliavano, sorridevano, si fissavano, i corpi uniti, si afferravano i capelli per riprendere fiato, s'inabissavano di nuovo, si riprendevano, si lasciavano andare, sospiravano, tornavano alle labbra desiderate, le assaporavano nuovamente, ridevano, meravigliati, affondavano i denti nella carne tenera, morsicavano, ringhiavano, mordevano ancora, poi si tiravano indietro per sfidarsi e dare inizio all'assalto successivo. Non erano semplicemente baci, si attizzavano, si accendevano, sprizzavano fiamme e scintille, rispondevano a ogni colpo, si allontanavano, si riavvicinavano, si calmavano, si sottraevano, tornavano a unirsi. Silenzi e sospiri, incendi e baci, fiamme e brividi. Ogni bacio era una nota a sé stante, ogni bacio apriva una porta su una nuova voluttà.

Hortense si contorceva, perdeva la testa, arrancava, non aveva più il controllo di niente, ripeteva, allora è questo? Ancora, ancora, oh Gary! Se tu sapessi... e lui diceva, aspetta, aspetta, è così bello aspettare e non ne poteva più nemmeno lui di attendere... Le pizzicava il seno, all'inizio dolcemente, come se l'amasse di un amore rispettoso ed esitante, quasi ossequioso, poi sempre più violentemente, come se stesse per possederla con un unico colpo di reni, con un unico affondo di spada, e lei s'inarcava sotto di lui, protestava che le faceva male, lui si fermava, chiedeva serio, quasi freddo, mi fermo? E lei gridava, oh no! È solo che non sapevo, non sapevo, e lui ripartiva con le sue scale sul lungo corpo avvinghiato al suo come un serpente, sul quale faceva scorrere le dita, sul quale suonava tutte le note, tutti gli accordi, tutte le variazioni, e la musica cresceva in lui, che cantava lasciando vagare la bocca, le mani su di lei, finché lei si arrese, supplicandolo di prenderla adesso, adesso, subito...

Lui si staccava, si lasciava cadere di lato, l'osservava e diceva, no, mia bella Hortense, è troppo facile, troppo facile... Bisogna far durare il piacere altrimenti svanisce e si diventa tristi. Lei si inarcò contro di lui, cercando di afferrarlo con il lazo delle anche, no, no, ripeteva Gary, riprendendo le sue scale, do re mi fa sol la si do, facendo scivolare le proprie labbra su quelle di lei, bagnandole, separandole con la lingua, mordicchiandole, sospirando parole e ordini, e lei non capiva più niente...

Scuoteva la testa di lato. Aveva voglia di gridare, ma lui la imbavagliava e ordinava: zitta. E il tono della sua voce, quel tono duro, quasi impersonale, la faceva contorcere ancora e lei non sapeva più nulla dei suoi vecchi trucchetti, quelli che facevano impazzire gli uomini, gli facevano perdere la testa, gli toglievano la voglia di resistere, li gettavano, prigionieri, nella sua rete.

Era tornata alle prime armi. Pura e tremante. Un ostaggio. A piedi e mani legati. Una vocina nella testa le ripeteva attenzione, pericolo, attenzione, pericolo, ti perderai in queste braccia, ma la faceva tacere infilando le unghie nel collo di Gary, preferiva morire piuttosto che non conoscere quel brivido che portava dritto in paradiso o all'inferno, non importava! Ma è qui che voglio stare, nelle sue braccia, nelle sue braccia...

E lui si rifiutava ancora...

Era un dolce imperatore. Insediava il suo regno, difendeva le frontiere, inviava le guarnigioni a ricoprire il più piccolo lembo di pelle, dirigeva come un condottiero, poi tornava alla sua bocca che sfiorava, divorava, decorava di nuovi baci... Allora è questo? non smetteva di ripetersi lei tra le ondate di piacere.

A braccia tese. Per stringerlo a sé. Da perderci la testa.

Accarezzarsi per incatenarsi. Chiudere gli occhi sotto un ardore che brucia. Divorarsi come forsennati, lasciarsi trasportare, ebbri di felicità, in una nebbia di piacere toccandosi con la punta delle dita che cercano di raggiungere la riva...

Allora è questo... Allora è questo...

E la notte era appena cominciata.

Alle quattro del mattino, Joséphine si alzò per bere.

In corridoio, proveniente dalla camera di Hortense, sentì il rumore di un letto cigolante, di una lotta dolce, di gemiti e sospiri.

S'immobilizzò nella lunga camicia da notte bianca di cotone. Rabbrividì.

Hortense e Gary...

Spinse dolcemente la porta della stanza di Zoé...

Lei e Gaétan dormivano, nudi, abbracciati.

Il braccio nudo di Gaétan sulla spalla nuda di Zoé...

Il sorriso sazio, felice di Zoé.

Un sorriso di donna...

"Questa volta è sicuro: sono stata totalmente scavalcata", disse Joséphine a Shirley una volta tornata a letto.

Shirley si sfregò gli occhi e la guardò.

"Cosa fai alzata in piena notte?"

"Posso dirti che tuo figlio e mia figlia stanno facendo l'amore e sembra si stiano divertendo!"

"Finalmente..." sospirò Shirley, sprimacciando il cuscino perché riprendesse forma. "Era nell'aria da così tanto tempo!"

"E che Zoé e Gaétan dormono il sonno dei giusti e che, a mio avviso, hanno fornicato..."

"Ah! Pure Zoé?"

"Questo è tutto l'effetto che ti fa?"

"Ascolta, Jo, è la vita... lei lo ama, lui ama lei. Sii felice!"

"Ha quindici anni! È troppo presto!"

"Sì, ma ha in mente Gaétan da così tanto tempo. Doveva succedere..."

"Avrebbero potuto aspettare... Che cosa le dirò? Devo dire qualcosa o è meglio che faccia finta di niente?"

"Non fare nulla. Se ha voglia di parlartene, verrà lei da te..."

"Sempre che non rimanga incinta!"

"Sempre che sia andato tutto bene! Lui ha l'aria un po' giovane per essere l'amante perfetto..."

"Non mi ricordo più quando ha avuto le mestruazioni..." Joséphine continuò a riflettere, incrociò le braccia sul petto e buttò lì, lugubre: "Che furbastre! Tutte e due nel loro letto!"

"Due zoccolette! Ti ci dovrai abituare, mia cara, stiamo per passare le chiavi del desiderio alla nostra discendenza. Stiamo diventando vecchie!"

Joséphine meditava. Vecchia, vecchia, vecchia. Aveva fatto una relazione sulle origini della parola "vecchio". All'Università di Lyon 2-Lumière. Il primo utilizzo di "vecchio" nella *Vita di sant'Alessio*, poi nella *Chanson de Roland* nel 1080. Dal latino *vetus*, poi *vetulus*, dal francese antico *viez*, corrispondente al concetto di "anziano", nel senso di "chi migliora con l'età, veterano, esperto", ma anche in quello di "consumato". Significato che emerse nel XII secolo. "Rovinato, fuori uso, da buttare." A partire da quale età siamo da buttare? C'è una data di scadenza ufficiale come per lo yogurt? Chi decide? Lo sguardo altrui che ci demolisce oppure il desiderio che si allontana suonando la ritirata? "Vecchiezza verde", assicurava Rabelais, un gaudente. "Vegliardo", diceva Corneille, evocando Don Diego, incapace di difendere il suo onore. Nel XII secolo si era vecchi a quarant'anni. Invecchiare. Che parola buffa.

"Credi che dorma con Dottie questa notte?"

Dottie non è vecchia. Dottie non è vetusta. Dottie non è uno yogurt scaduto.

"Smettila, Jo! Ti ripeto che lei dorme a casa sua e che lui si annoia nel proprio appartamento... Pensa a te tastando il suo grande letto vuoto. Triste come lui!"

Shirley diede una manata a Joséphine e scoppiò a ridere. Poi brontolò, aveva rovinato la forma del cuscino.

Joséphine non rise.

"Non credo sia triste... Non credo dorma in un grande letto vuoto. Dorme con lei e mi ha dimenticato..."

Philippe si risvegliò e spostò il braccio, intorpidito dal peso del corpo di Dottie.

Prima notte dell'anno.

Una luce bluastra filtrava tra le tende della camera illuminandola di un alone opaco. La sera precedente Dottie aveva rovesciato sul cassettone il contenuto della sua borsa. Cercava l'accendino. Fumava quando si sentiva malinconica. Fumava sempre più spesso. Dottie tornò a rannicchiarsi contro di lui. Sentì l'odore di fumo nei suoi capelli, un odore freddo e acre che lo fece voltare dall'altra parte.

Lei aprì un occhio e chiese: "Non dormi? C'è qualcosa che non va?"

Le accarezzò i capelli perché si riaddormentasse.

"No, no, va tutto bene... Ho solo sete."

"Vuoi che vada a prenderti un bicchiere d'acqua?"

"No!" protestò lui, nervoso. "Sono grande abbastanza per prenderlo da solo. Dormi..."

"Era solo per dire..."

"Dormi..."

E rimase a occhi spalancati.

Joséphine. Cosa stava facendo Joséphine in quel momento? Alle quattro e cinquanta del mattino...

A mezzogiorno e mezzo il cellulare di Hortense squillò. Un brano dei Massive Attack, *Tear Drop...*

Scostò i lunghi capelli scarmigliati, fece una smorfia, domandandosi chi sarà mai così presto, si erano appena addormentati. Il viso le si illuminò di piacere guardando il braccio di Gary posato sul suo stomaco, riaffondò la testa nel cuscino, non voleva sentire... Dormire, dormire, dormire... Ricordare l'incredibile piacere della notte precedente, lasciar vagare le dita sulla pelle del suo amante. Il mio amante, il mio magnifico amante. Si raggomitolò bruscamente, rammentando quando lui l'aveva finalmente, finalmente... Così, è questo che fa girare il mondo... E ho vissuto vent'anni senza saperlo, mmm... Cambierà, cambierà! L'uomo che l'aveva fatta uscire dalle tenebre era quell'uomo addormentato che credeva di conoscere da tanto tempo.

Mi sto commuovendo come un'ochetta.

Il telefono insisteva, lanciò un'occhiata al suo orologio di Topolino, quello che suo padre le aveva regalato all'età di otto anni... Mezzogiorno e mezzo!

Si raddrizzò di colpo sul letto. Mezzogiorno e mezzo a Parigi, le undici e mezzo a Londra! La signorina Farland!

Si buttò sul cellulare.

Mormorò sottovoce: "Pronto? Pronto?" infilandosi la T-shirt, facendo attenzione a non svegliare Gary.

Uscì dalla stanza in punta di piedi.

"Hortense Cortès?" abbaiò la voce all'altro capo.

"*Yes*..." bisbigliò Hortense.

"Sono Paula Farland. Abbiamo scelto lei! Ha vinto!"

Hortense si accoccolò sui talloni in mezzo al corridoio. Vinto! Aveva vinto!

"Ne è sicura?" domandò, inghiottendo saliva, la gola chiusa.

"Voglio vederla oggi nel mio ufficio alle cinque in punto."

Alle cinque in punto nel suo ufficio a Londra?

Era mezzogiorno e mezzo a Parigi. Aveva appena il tempo di preparare una borsa, saltare sull'Eurostar, arrampicarsi all'ottavo piano del palazzo di Bond Street, fare maramao alla segretaria, aprire la porta e, rullo di tamburi, *Here I am!*

"Ok, signorina Farland, alle cinque nel suo ufficio!"

"Mi chiami Paula!"

Hortense corse in cucina.

Shirley e Joséphine pulivano carote, porri, sedano, rape e patate per il minestrone. Shirley spiegava a Joséphine che le patate lunghe e grosse erano deliziose con il burro salato, mentre quelle rotonde andavano meglio per le patate fritte o il purè.

"Buongiorno, cara", la salutò Jo, ispezionando la figlia dalla testa ai piedi. "Hai dormito bene?"

"Mamma! Mamma! Le vetrine sono mie! La signorina Farland mi ha appena chiamato, devo partire! Ho appuntamento con lei alle cinque nel suo ufficio di Londra! Super, incredibile, pazzesco, megatrendy, superfantasticissimo, *I'm the big boss*!"

"Parti per Londra?" ripeterono, sbalordite, Shirley e Joséphine. "Ma..."

Erano state sul punto di dire, ma Gary?, e si erano trattenute in tempo.

"... Non è una partenza un po' precipitosa?" continuò Joséphine.

"Mamma! LE VETRINE SONO MIE! Vedi che avevo ragione! Avevo ragione! Posso portare via gli avanzi di coniglio alla senape per stasera? Non avrei il tempo di fare la spesa e non so se i ragazzi hanno lasciato il frigo pieno..."

Tornò in camera sua a preparare la borsa in silenzio.

"Apri bene le orecchie! Ci sarà un bel litigio!" profetizzò Shirley.

"Non riesce a stare ferma un attimo! Ma da chi ha preso?" si lamentò Joséphine. "Lui ci resterà malissimo..."

"Lo sapeva già in partenza. Sapeva bene che non l'avrebbe trasformata nella perfetta casalinga..."

"Ho sognato o il tuo cellulare ha squillato?" domandò Gary, appoggiato su un gomito.

Hortense lo guardò e pensò, com'è bello! Bellissimo! Le venne voglia di ripetere gli eventi della notte.

"Ti sei svegliato?" rispose con una vocina stridula.

"Oppure dormo a occhi spalancati!" ironizzò Gary.

Hortense aveva aperto l'armadio e infilava i suoi vestiti nella borsa.

"Cosa stai facendo?" domandò Gary, abbracciando i cuscini.

"La valigia. Parto per Londra..."

"Adesso?"

"Ho appuntamento alle cinque in punto con la signorina Farland. Scusa, Paula! Mi ha chiesto di chiamarla Paula..."

"Hai vinto la selezione?"

"Sì."

"Congratulazioni", le disse in tono lugubre, dandole la schiena.

Hortense lo fissò, scoraggiata. Oh no! gemette in silenzio, no! Non farmi il muso, non farmi questo. È già dura partire...

Andò a sedersi sul letto, rivolgendosi alla schiena voltata.

"Cerca di capire. È il mio sogno, il mio sogno che si avvera..."

"Sono contento per te... forse non lo do a vedere, ma sono felicissimo!" bofonchiò lui con il naso nel cuscino.

"Gary... per favore... Voglio fare qualcosa di grande nella vita, voglio andare avanti, riuscire, arrivare in alto, questo significa tutto per me..."

"Tutto?" sottolineò lui, ironico.

"Gary... Questa notte è stata... incredibile. Più che incredibile. Non avrei mai creduto che... Ho pensato che sarei impazzita, impazzita di piacere, di felicità..."

"Ti ringrazio, mia cara", la interruppe Gary. "Sono davvero commosso all'idea di essere stato all'altezza."

"Non avevo mai provato una cosa simile, Gary, mai..."

"Ma te ne vai a Londra e stavi facendo la valigia sperando che non mi svegliassi..."

Continuava a parlare dandole la schiena. Una schiena di cattivo umore.

"È un'occasione pazzesca, Gary. E se non mi presento..."

"Se non ti presenti all'appuntamento con la signorina Farland?"

"Se non ci vado, potrebbero prendere un altro al mio posto!"

"Allora vai, Hortense, corri, vola, salta sull'Eurostar, inginocchiati ai piedi della signorina Farland... Non ti trattengo. Capisco molto bene. È logico... O, piuttosto, è nella tua logica."

"Ma non ti sto lasciando per un altro!"

"Per due vetrine da Harrods! Il centro commerciale più volgare di Londra! È anche colpa mia. Di solito, sono più perspicace con le ragazze..."

Hortense lo guardò, tutto raggomitolato. Non poteva dirle una cosa del genere! Metterla sullo stesso piano delle altre. Passava notti così con tutte? Impossibile. Quella notte era stata unica. Non poteva essere stato diverso per lui. Impossibile. Impossibile.

"Ma questo non significa che stia cancellando ciò che abbiamo vissuto, questa notte, noi due", insistette lei, calcando sul "noi due".

"'Noi due' chi?" domandò lui, girandosi verso di lei.

"Abbiamo tutto il tempo, Gary, tutto il tempo."

La guardò con un gran sorriso.

"Ma io non ti trattengo, Hortense. Vai. Ti osserverò fare la valigia senza lamentarmi né digrignare i denti, ti farò notare se dimentichi qualcosa. Vedi, sono pronto ad aiutarti..."

"Gary, smettila!" batté i piedi Hortense. "Sto prendendo in mano la mia vita. Qui. In questo istante. È il mio sogno che sta per realizzarsi... E lo farò andando contro tutti, se necessario..."

"È esattamente ciò che vedo... un sogno che si realizza. Bello, non l'avevo mai visto così da vicino. Ti meriti un applauso!"

Giunse le mani e applaudì blandamente come se la prendesse in giro.

"Non voglio mettermi contro di te, Gary... Ma devo andare! Vieni con me."

"Per portarti la valigia e aiutarti ad allestire le vetrine? No, grazie! Ho di meglio da fare."

Hortense si mise a riflettere. Non si sarebbe genuflessa davanti a lui. Ma non capiva? Tanto peggio! Sarebbe partita. Da sola. Era abituata a stare sola. Non ne era mai morta. Aveva vent'anni e tutta la vita davanti.

"Bene! Rimani qui a fare il muso! Io conquisterò Harrods, Londra, Parigi, New York, Milano, Tokyo... E lo farò senza di te perché tu sarai qui a tenermi il broncio."

Lui applaudì di nuovo, sempre più ironico.

"Sei incredibile, Hortense, incredibile! M'inchino davanti alla grande artista..."

Lei pensò che lui volesse umiliarla, che si prendesse gioco della sua voglia di riuscire, che la annoverasse nella stessa schiera delle opportuniste, delle arriviste, delle stronzette pronte a tutto, *I want to be a star*, *I want to be a star*, quelle che sognano un quarto d'ora di gloria appiccicandosi a un ubriaco a fine serata. La considerava una mediocre mentre lui si elevava al rango di artista. Le buttava addosso il suo disprezzo. Tutto il suo essere si ribellò, non poteva sopportarlo.

"È facile per te parlare così, caro il mio principe sul pisello! Il nipotino della regina! Il signor non ho bisogno di guadagnarmi la vita, faccio solo qualche scala crescente e decrescente su un pianoforte credendomi Glenn Gould! Troppo facile!"

"Ti proibisco di dire così, Hortense! Come sei caduta in basso... davvero in basso", ribatté Gary, che era impallidito.

"Dico quello che penso! La vita è troppo facile per te, Gary! Tendi la mano ed ecco il denaro. È per questo che fai l'offeso.

Non hai mai dovuto combattere! Mai! Io mi difendo da quando ero una bambina!"

"Povera piccola!"

"Esatto: povera piccola! E ne sono fiera!"

"Allora continua a mordere la gente! In questo sei davvero brava!"

"Sei patetico!"

"Non ho sentito..."

"Ti detesto!"

"Io neanche un po'! È pieno di ragazze come te. Le trovi per strada... Sai come si chiamano?"

"Ti odio!"

"Lei passa in fretta dall'adorazione all'odio, mia cara!" ribatté lui con un sorrisino storto. "Con lei i sentimenti non fanno in tempo ad attecchire! Sono come dei fiori artificiali, basta un soffio a spazzarli via... Una telefonata della signorina Farland e pffft! Niente più fiori, solo catrame, del volgare catrame."

Gli occhi verdi a mandorla di Hortense s'incupirono. Gli fece dondolare davanti al naso la borsa che aveva appena chiuso.

Lui scoppiò a ridere. Hortense si gettò su di lui. Lo colpì, tentò di morderlo. Lui la respinse con una risata. Lei cadde a terra con tutto il suo peso. Allora, umiliata di ritrovarsi così, gridò puntandogli contro un dito: "Gary Ward, non cercare mai più di rivedermi! Mai più!"

"Non corri proprio questo rischio, Hortense. Il disgusto che provo per te durerà a lungo!"

S'infilò i jeans, la maglietta e lasciò la stanza senza degnarla di uno sguardo.

Lei sentì la porta richiudersi.

Si buttò sul letto e scoppiò in singhiozzi. Aveva fatto bene, per se stessa. Era stata una pazza a pensare di perdersi in un uomo, unione, fusione, una bolla di amore e di emozioni, e allo stesso tempo farsi un nome! *Bullshit!* Aveva creduto di amarlo, aveva creduto che lui l'amasse, che l'avrebbe aiutata a fare grandi cose, era grottesco. Scoppiò a ridere. Sono caduta nella trappola in cui cascano tutte le ragazze. Anche io! Povera sciocca! Cosa sarei diventata? Una donna innamorata? Sappiamo tutti come va a finire! Come delle tonte che singhiozzano a letto. Io non sono una tonta che singhiozza a letto. Io sono Hortense Cortès e gli dimostrerò che posso arrivare fino al cielo, fino a bucare il cielo, le nuvole e allora, allora... non lo guarderò, lo ignorerò, lo lascerò, un nano triste sul bordo della strada, e continuerò sui miei passi. S'immaginò un nano triste sul bordo della strada, ci appiccò la faccia di Gary e passò lentamente davanti a lui, senza nemmeno abbassare lo sguardo. *Bye bye*, nano triste, rimani sulla tua stradina buia, su un percorso già tracciato...

Io me ne vado a Londra e non ti rivedrò più! Mai più!

Si alzò, inspirò profondamente e raccolse le sue cose.

C'era un Eurostar ogni quaranta minuti.

Alle cinque in punto sarebbe stata nell'ufficio della signorina Farland a Londra.

Non doveva dimenticarsi la penna comprata a Pigalle con una figurina femminile che si vestiva e rivestiva quando la giravi.

Un po' osé, forse.

Ma a Paula sarebbe piaciuta...

PARTE TERZA

Avrebbe dovuto essere una magnifica serata e invece fu un fiasco.

Ogni anno, la prima domenica di gennaio, Jacques e Bérengère Clavert ricevevano in "assoluta semplicità". Né giacca e cravatta né protocollo. Un incontro fra amici con bambini scatenati, pantaloni slacciati, maglioni gettati sulle spalle. "Venite a festeggiare l'inverno a casa di Jacques e Bérengère", diceva l'invito. Era un modo per corteggiare certi personaggi importanti mischiandoli ai conoscenti più affiatati, per dare all'atmosfera generale un'aria di cordialità, per scambiarsi biglietti da visita e confidenze in mezzo a grida di bambini e poesie natalizie. Jacques e Bérengère Clavert potevano così misurare il loro grado di popolarità e verificare che erano sempre "nelle grazie di".

Gli bastava spuntare i nomi degli invitati per soppesarne la qualità. Un grosso dirigente valeva tre amiche di Bérengère, ma un'amica di quest'ultima accompagnata dal marito industriale fruttava dei punti supplementari.

E poi...

E poi, si diceva Bérengère, non avrebbe fatto male infondere un po' di allegria a questo inizio d'anno. Le facce erano preoccupate, i propositi pessimisti. È come fare un'opera di carità, pensava, infilandosi un tubino nero e complimentandosi per la sua pancia piatta e i fianchi snelli. Nemmeno un filo di cellulite né una smagliatura nonostante quattro figli!

Mi aspettano ancora tempi felici. A condizione di trovare l'uomo che...

Il suo ultimo appuntamento galante era saltato all'improvviso. In ogni caso... lui era bello, tenebroso, single, con una massa di capelli. I suoi polsi abbronzati, ricoperti di peluria nera, l'eccitavano da morire. Quell'uomo attraversava i deserti per installare pozzi di trivellazione per una società americana. Lei si immaginava giocare con i suoi riccioli bruni, aderire ai suoi pettorali, ubriacandosi del suo odore di uomo forte che afferra la preda avvicinatasi al cibo. I suoi sogni si erano bruscamente interrotti quando, al momento del conto, lui aveva tirato fuori una carta di credito blu... blu. Esistono ancora? si era chiesta, attonita. Aveva sbadigliato, domandato allo scavatore di pozzi di riaccompagnarla a casa. Un mal di testa improvviso. Un'incredibile stanchezza. Aveva superato l'età in cui s'investe senza riflettere. Una carta di credito blu... il blu l'aveva rimandata agli anni della sua giovinezza, quando baciava il primo che osasse avvicinarsi al suo apparecchio per i denti, ma non aveva abbastanza soldi per offrirle una Coca. A quarantotto anni, si tratta di un investimento. Trovare un rimpiazzo con una carta Gold o Platino o, meglio ancora, Nera nel caso Jacques mi liquidi. È palese ormai. Basta vedere l'ora sempre più tarda a cui rientra la sera... Finirà per non rientrare del tutto e io sarò fregata. Relegata al rango di donna divorziata. Alla mia età una donna sola è una specie in pericolo.

I tavoli si apparecchiavano, si disponevano candele profumate e mazzi di fiori, si spiegavano sontuose tovaglie bianche, si portavano i secchielli da champagne, poi dei dolcetti aciduli e sorbetti variopinti, ma, soprattutto, si aspettava l'entrata in scena della piramide di bignè alla crema che Bérengère affermava preparare lei stessa e che Jacques andava a ritirare di nascosto in una panetteria-pasticceria del quindicesimo arrondissement, presso una certa signora Keitel, un'austriaca gioviale senza collo né mento, ma con un perenne sorriso stampato su tre strati di adipe.

Jacques Clavert tentennava. Con il passare degli anni, gli era sempre più difficile partecipare a quella mascherata. Lo faceva strascicando i piedi, si arrabbiava con sua moglie, con tutte le mogli, per la loro astuzia, la loro doppiezza, brontolava siamo dei nani, noi uomini, dei poveri nanerottoli presi per il naso. Urtava con il fianco della Rover uscendo dal garage, si chiudeva un dito nel vano portaoggetti, imprecava, sentiva il pungiglione dell'odio spronarlo, e lasciava la signora Keitel promettendo a se stesso che non l'avrebbero più incastrato, che avrebbe rivelato il segreto.

E salvato la propria anima.

"Perché tu hai un'anima?" chiedeva Bérengère stringendosi nelle spalle.

"Ridi, ridi! Un giorno di questi lo dirò a tutti..."

Bérengère sorrideva vaporizzandosi la lacca sulla frangia bruna e picchiettandosi irritata tre nuove rughe intorno agli occhi scuri.

Suo marito minacciava, ma non passava all'azione.

Suo marito era un vile.

Lo sapeva da un sacco di tempo.

La piramide di bignè alla crema di Bérengère era il clou della serata.

Se ne parlava prima, se ne parlava dopo, la si immaginava, la si attendeva, la si annunciava, la si contemplava, la si valutava, la si degustava a occhi chiusi, seri, emozionati, quasi stravolti; e tutte le mogli furbe, tutti i mariti spietati ritornavano, nel giro di un bignè, dolci e innocenti. Per avere diritto ai bignè alla crema di Bérengère Clavert, nemici irriducibili si riconciliavano, ex migliori amiche ridiventavano amiche, lingue affilate si ricoprivano di miele. Ci si chiedeva come facesse Bérengère a ottenere un risultato così cremoso, finemente caramellato... ma non ci si soffermava a lungo sulla questione: un'onda di piacere spazzava via qualunque spirito critico.

Quella sera, mentre il personale di servizio si affaccendava, Bérengère Clavert entrò nella camera matrimoniale e si stupì di trovare suo marito steso a letto in boxer e calzini neri. Leggeva *Le Monde Magazine*, supplemento che teneva da parte ogni venerdì per tornarci su la domenica. La sua più grande preoccupazione era quella di risolvere il sudoku per esperti o "molto difficile" delle ultime pagine. Quando ci riusciva, prorompeva in un urlo selvaggio, alzava un pugno per aria e sussurrava *I did it*, *I did it*, le uniche parole in inglese che pareva ricordarsi.

"Non vai a prendere i bignè?" domandò Bérengère, tentando di contenere la rabbia crescente alla vista della mise di suo marito.

"Non andrò a prenderli", rispose Jacques Clavert senza alzare gli occhi dal sudoku.

"Ma..."

"Non andrò più a prendere i bignè..." ripeté lui, scrivendo 7 e 3 all'interno di un riquadro.

"Ma cosa diranno i nostri amici?" farfugliò Bérengère. "Sai fino a che punto..."

"Saranno terribilmente delusi e dovrai inventarti una bugia spaziale!" Alzò la testa e aggiunse con un gran sorriso: "E io morirò dal ridere!" Poi tornò al suo gioco enigmistico.

"Insomma, Jacques! Sei impazzito!"

"Per niente. Anzi, ho appena ritrovato la ragione. Non andrò più a prendere i tuoi bignè e, da domani, lascerò questa casa..."

"E si può sapere dove andrai?" domandò Bérengère a cui si era fermato il cuore.

"Ho affittato una garçonnière in rue de Martyrs. Mi ci ritirerò con i miei libri, la mia musica, i miei film, le mie scartoffie e il mio cane. Ti lascio i bambini... Verrò a prenderli la domenica mattina e li riporterò la sera. Non c'è posto per tenerli a dormire."

Bérengère si lasciò cadere sul bordo del letto. A bocca aperta, le braccia tremanti. Sentiva la disperazione invadere la camera.

"Quando l'hai deciso?"

"Da quando lo hai deciso tu... Non venirmi a dire che non te l'aspettavi. Non ci capiamo più, non ci sopportiamo più, fingiamo... Non facciamo che raccontarci bugie. È faticoso e inutile. Ho ancora qualche anno da vivere, tu anche, approfittiamone invece di rovinarci la vita reciprocamente..."

Aveva parlato senza distogliere lo sguardo dalla rivista, la sua attenzione sempre puntata sul mistero delle cifre giapponesi.

"Sei odioso!" riuscì a dire Bérengère.

"Risparmiami i paroloni, i pianti e la faccia triste... Ti lascio i bambini, l'appartamento, pagherò tutte le spese varie e Dio solo sa cosa finisca lì dentro! Voglio la tranquillità con la T maiuscola..."

"Ti costerà cara!"

"Mi costerà quello che io deciderò mi costi. Ho un dossier sui tuoi adulteri. Non vorrei doverlo usare... Per risparmiare i bambini."

Bérengère udiva a malapena. Pensava ai bignè. Una serata a casa Clavert senza i bignè era un fiasco. I suoi bignè erano famosi in tutto il mondo. Non esistevano aggettivi a sufficienza per descriverli. Si andava da "incantevoli" a "miracolosi", passando per "una cosa mai vista", "Omioddio! *My God!*", "da urlo", "maravilloso", "diviiini", "köstlich", "heerlijk", "wunderbar". Una sera, un uomo d'affari russo, si era lasciato scappare un sonoro "krapoutchovsky" che significava "stupefacente" in lingua samovar. I suoi bignè erano una medaglia al merito, il suo diploma di laurea, la sua danza del ventre. Le avevano offerto un sacco di soldi per avere la ricetta. Lei aveva rifiutato assicurando che veniva trasmessa da madre a figlia e che era vietato rivelarla a un estraneo.

"Ti propongo un affare: ci separiamo di buon accordo, ma tu vai a prendermi i bignè..."

"Non andrò più a ritirare i tuoi bignè! E hai tutto l'interesse a che ci separiamo di buon accordo, mia cara. Ti ricordo che ti ho sposato come Bérengère Goupillon... Vuoi tornare al nulla?"

Bérengère Goupillon. Aveva dimenticato che una volta portava quel cognome. Si raddrizzò, colpita a morte. Goupillon! Lui avrebbe potuto esigere che riprendesse il suo nome da ragazza.

Chinò il capo e borbottò: "Non voglio più chiamarmi Goupillon."

"Finalmente torni in te... Se sarai ragionevole potrai tenere il mio cognome", dichiarò lui con un gesto della mano, come Nerone che risparmia i gladiatori dilaniati dai leoni. "Pensa tu a recuperare i bignè... Io riceverò gli ospiti non appena avrò finito il gioco."

Era impensabile. Non poteva uscire. Lo smalto non si era ancora asciugato, non aveva finito di truccarsi né scelto gli orecchini. Doveva trovare qualcuno di fidato.

Rifletté rapidamente.

I filippini ingaggiati solo per quella sera?

Non gli avrebbe mai affidato le chiavi della sua Mini. Né quelle della Rover di Jacques. E poi avrebbero potuto parlare...

La sua migliore amica?

Non ne aveva più da un bel pezzo...

Afferrò il cellulare. Aprì la rubrica. Trovò Iris Dupin, non l'aveva cancellata. Iris Dupin. Era stata ciò che di più vicino a una "migliore amica" avesse avuto. Un po' dura, certo, si sarebbe anche potuta definire una vera zoccola... però... lei non sarebbe mai andata a prenderle i bignè. Avrebbe incrociato le braccia e l'avrebbe guardata annegare. Con lo stesso sorrisino rapito di Jacques in calzini disteso a letto. Le uscì una risatina nervosa. Si riprese. Iris forse no, ma sua sorella... La buona Joséphine... La sorellina dei poveri e degli afflitti. Sempre pronta a fare un favore. Joséphine andrà a ritirare i miei bignè.

La chiamò. Le spiegò di che cosa si trattava. Confessò il suo misfatto. A te posso dirlo, perché sei gentile, gentile davvero, ma gli altri... se venissero a saperlo... non mi rivolgeranno più la parola... Joséphine, per favore, non è che andresti a ritirarmi i bignè dalla signora Keitel? Non è molto lontano da casa tua... In ricordo di Iris... Sai quanto io e lei ci volessimo bene... Mi salveresti la vita... E solo Dio sa quanto diventerà strana la mia vita se Jacques mi lascia... Perché vuole lasciarmi! Me l'ha detto neanche due minuti fa...

"Ti lascia?" ripeté Joséphine guardando l'ora. Le diciotto... Zoé era andata a casa di Emma. Pensava di prepararsi un brodino e di mettersi a letto con un buon libro.

"Non so come farò! Da sola con quattro figli!"

"Si sopravvive, sai. Io l'ho fatto..."

"Ma tu sei forte, Jo!"

"Non più di chiunque altro..."

"Sì, tu sei forte! Iris lo diceva sempre: 'C'è una guerriera nascosta sotto un cuoricino di burro...'"

Bisognava ammansirla, avvolgerla di dolcezza, ungerla di complimenti. Per far sì che si precipitasse a prendere quei maledetti bignè. I primi ospiti sarebbero arrivati nel giro di un'ora...

"Soltanto tu puoi darmi una mano..."

E Joséphine si ricordò che Iris aveva pronunciato le stesse parole, "darmi una mano", supplicandola di scrivere un libro al suo posto. I grandi occhi blu di Iris, la voce di Iris, il sorriso irresistibile di Iris, Cric e Croc croccarono il grande Cruc che credeva di croccarseli...

Accettò. Se è per farti un piacere, Bérengère, vado a ritirarti i bignè... dimmi dove.

Prese nota dell'indirizzo della signora Keitel. Si segnò che era già tutto pagato. Che doveva farsi dare la fattura perché Jacques potesse dedurla dalle tasse, è molto importante, Joséphine, molto importante, altrimenti gli verrà una crisi! Prendi le scatole, le appoggi con cura sul sedile posteriore, guidi lentamente perché i bignè non scivolino, non si schiaccino.

"E... potresti passare dall'ingresso di servizio? Nessuno deve vederti..."

"Nessun problema. Devo digitare un codice?"

Scrisse anche quello.

"Poi ti unirai alla festa..."

"Oh no! Tornerò a casa... Sono stanca."

"Dai! Ti fermerai almeno per una coppa di champagne!"

"Vedremo", disse Joséphine, battendo in ritirata.

I primi ospiti arrivarono alle diciannove e dieci.

Tesero il cappotto alla filippina minuta che si occupava del guardaroba.

Entrarono nel primo salotto a braccia aperte, salutarono Bérengère senza stringerla davvero. Chiesero dove fosse Jacques. In camera sua, si sta preparando, rispose Bérengère pregando il Cielo che terminasse il fretta il suo sudoku.

Alle diciannove e trenta Joséphine entrò passando per l'ingresso di servizio, appoggiò le pesanti scatole dei bignè sul tavolo della cucina e chiese di avvertire Bérengère del suo arrivo.

Bérengère turbinò nella stanza ringraziandola con un freddo abbraccio. Grazie, grazie, mi hai salvato la vita! Non ne hai idea! Ero disperata, sul punto di fare harakiri! Sono così importanti questi bignè alla crema? si disse Joséphine notando l'espressione allarmata di Bérengère che contava e ricontava i bignè.

"Perfetto! Ci sono tutti. Sapevo di poter contare su di te! E la fattura? Spero tu non l'abbia dimenticata..."

Joséphine cercò. Non la trovò. Bérengère disse che, insomma, non era grave; non era più un suo problema visto che stavano per divorziare. Sembrava distaccata.

Chiese a un cameriere di aiutarla a disporre i bignè nei piatti e poi di portarli sul tavolo grande del secondo salotto.

"Ma quanti salotti hai?" domandò Joséphine, divertita.

"Tre. Quando penso che Jacques si rifugerà in una garçonnière. Ha perso il senno. Ma succede. Basta un momento di distrazione per non capirci più niente! All'inizio pensavo avesse un'amante... Invece no! È semplicemente stufo. Di cosa, esattamente, non lo so. E poi, non me ne importa... È da un pezzo che cerco un sostituto."

Guardò Joséphine e pensò a Philippe Dupin. Quest'ultimo sarebbe veramente stato la preda ideale. Ricco, seducente, colto. Le avevano raccontato che aveva un debole per Joséphine. Avrebbero anche potuto...

"È da tanto che penso a Philippe Dupin... ma recentemente ho saputo che convive..."

"Ah..." mormorò Joséphine, aggrappandosi al bordo del tavolo.

Le gambe non la reggevano e non sapeva se sarebbe riuscita a restare in piedi.

"Ho un'amica a Londra... Mi ha chiamato ieri. Sembra che viva con una ragazza. Com'è che si chiama? Debbie, Dolly... No, Dottie! Si è trasferita da lui armi e bagagli. Senza chiedergli cosa ne pensasse. Peccato! Mi piaceva. Che c'è? Non ti senti bene? Sei pallida."

"Sì, sì, sto bene", bofonchiò Joséphine avvinghiata al tavolo per non cadere.

"Perché a un certo punto si diceva che tu e lui foste intimi..."

"Davvero?" replicò Joséphine, non riconoscendo la propria voce.

"Si racconta di tutto. È scortese nei tuoi riguardi. Non sarebbe da te puntare al marito di tua sorella..."

Furono interrotte da una donna che, entrata in cucina, notò i bignè e si buttò sul piatto gridando divini, divini. Bérengère la colpì sulle dita. La golosa si scusò come un bambino colto in fallo.

"Forza, via di qui!" esclamò Bérengère. "Fuori tutte e due... Finisco di preparare i bignè e vi raggiungo..."

Joséphine accettò una prima coppa di champagne. Era stanca. Debole, tanto debole. Poi una seconda, e una terza. Una strana dolcezza la pervadeva. Dei formicolii di piacere. Fece girare lo sguardo e riconobbe le persone che la circondavano.

Erano le stesse.

Le stesse che una volta andavano ospiti da Philippe e Iris. Persone che parlavano a voce alta. Che sapevano tutto. A proposito di quel libro? L'hanno letto. Il trafiletto su quello spettacolo? L'hanno visto. Sentono un nome? È il loro migliore amico. O il loro peggior nemico, non sanno più bene. A forza di mentire, credono alle proprie bugie. La sera, adorano, il giorno dopo, aborriscono. Che cosa è successo per fargli cambiare idea? Lo ignorano. Conquistati da una pessima impressione oppure da un consiglio ben elargito. Convinzioni proprie, nessuna. Analisi profonde, ancora meno. Non ne hanno il tempo. Ripetono quello che hanno sentito, talvolta a chi gliel'ha riferito.

Le conosceva a memoria. Poteva chiudere gli occhi e descriverle...

Non hanno idee, ma indignazione. Usano paroloni con i quali si sciacquano la bocca, fanno una pausa per valutarne l'effetto, inarcano un sopracciglio per avvertire l'impudente che osi contraddirli, poi riprendono i loro discorsi davanti a un pubblico attonito.

Sono pensieri annacquati. Tutti dicono le stesse cose. Bisogna solo fingere... e ripetere in coro per non fare la figura del babbeo.

Joséphine pensò a Iris. Lei era a proprio agio in quell'ambiente. Ne annusava il fetore come se fosse aria pura.

L'appartamento vantava una serie di saloni, tappeti, quadri alle pareti, ampi divani, caminetti, tendaggi pesanti. Dei domestici filippini attraversavano le stanze reggendo vassoi più grandi di loro. Sorridevano, scusandosi della loro goffaggine.

Riconobbe un'attrice che, una volta, era sulle copertine dei giornali. Doveva avere cinquant'anni. Si vestiva come una ragazzina, il maglione che lasciava scoperto l'ombelico, jeans aderenti, ballerine, rideva per qualunque cosa tormentandosi i capelli scuri sotto gli occhi del figlio dodicenne, che l'osservava infastidito. Dovevano averle detto che ridere a crepapelle era un segno di gioventù.

Più lontano, una donna un tempo bellissima dai lunghi capelli biondi con mèche grigie, famosa per i suoi tre mariti uno più ricco dell'altro, raccontava di avere rinunciato a tutte le sue armi di seduzione. Ora si prendeva cura della propria anima sulle orme del Dalai Lama. Beveva acqua calda con una fettina di limone, meditava e cercava una baby-sitter per il marito per potersi dedicare alla sua ricerca spirituale senza essere trattenuta dagli obblighi sessuali. Il sesso! Quando penso all'importanza che la nostra società gli attribuisce! s'indignava con un gesto della mano.

Un'altra si aggrappava al marito come una cieca al guinzaglio del cane. Lui le stringeva il braccio, le parlava gentilmente e le raccontava nei particolari la sua ultima discesa da un ghiacciaio con l'amico Fabrice. La moglie sembrava non ricordarsi chi fosse Fabrice e sbavava. Lui le puliva teneramente la bocca.

E quel tipo gonfio di botox! Iris le aveva raccontato che portava scarpe numero 41, ma che acquistava il 46, infilandoci dei sottopiedi per poter esibire dei piedi grandi e far credere di avere un membro enorme. Quando disegnava – era architetto d'interni – un assistente gli temperava le matite e gliele metteva in mano. Un parrucchiere arrivava direttamente da New York una volta al mese per taglio e colpi di sole. Costo della trasferta: tremila euro. Biglietto aereo incluso, si vantava lui. In fin dei conti, non è così caro...

Joséphine li riconosceva a uno a uno.

E faceva seguire una coppa di champagne all'altra. Le girava la testa.

Che cosa ci faccio qui? Non ho niente da dire a questa gente.

Si lasciò cadere su un divano, pregando il Cielo che nessuno le rivolgesse la parola. Scomparirò a poco a poco, mi eclisserò e guadagnerò l'uscita.

In quel momento...

Servirono i bignè. Fecero la loro entrata in salotto su vassoi d'argento portati dai filippini. Scoppiarono grida e applausi, seguiti dalla corsa ai tavoli su cui furono appoggiati.

Joséphine ne approfittò per alzarsi, afferrò la borsa e stava per a darsela a gambe quando Gaston Serrurier le sbarrò la strada.

"Guarda guarda... Veniamo a prendere appunti a casa dei ricchi e depravati?" domandò in tono sarcastico.

Joséphine arrossì violentemente.

"Dunque, ho ragione. Lei è una spia. Per chi lavora? Per me, spero... Per il suo prossimo romanzo..."

Joséphine balbettò che no, no, non era lì per prendere appunti.

"E sbaglia! Perché questo posto è un pozzo di storie. Potrebbe riscrivere le lettere di Mme de Sévigné. Sarebbe un cambiamento rispetto al XII secolo. E io avrei il mio tornaconto. Osservi, per esempio, quella coppia toccante...”

Le indicò con il mento la donna che si aggrappava al braccio del marito.

“Sono gli unici che mi commuovono”, disse Joséphine.

Lui la prese per il gomito e la guidò verso un divano dove si accomodarono fianco a fianco.

“Eccoci qua, come al cinema. Li guardi. Tutti che si precipitano sui bignè alla crema di Bérengère. Sembrano dei mosconi voraci, insetti che s'ingannano con facilità... Perché non è Bérengère a preparare questi deliziosi bignè, ma la signora Keitel, pasticciera nel quindicesimo arrondissement. Lo sapeva?”

Joséphine finse di offendersi per quella maldicenza.

“Pfft...” sibilò Serrurier. “È inutile... Lei mente malissimo. L'ho vista infilarsi nell'ingresso di servizio sotto il peso delle scatole. Ha persino lasciato cadere la fattura. Jacques non ne sarà contento! Non potrà includerli nelle spese del ricevimento...”

Si ficcò una mano in tasca e le mostrò la fattura, che rimise scrupolosamente via. Joséphine scoppiò in una risata, nascondendosi dietro a una mano. Si sentiva meglio e aveva voglia di ridere.

“È per questo che l'ha invitata...” continuò Gaston Serrurier. “Mi chiedevo che ci fa questa donna deliziosa e delicata in mezzo a gente simile? Avrei dovuto arrivarci! Jacques si è defilato, Bérengère l'ha chiamata all'ultimo minuto e lei ha detto sì, naturalmente... non appena c'è un compito da sbrigare, vengono da lei. Dovrebbe affidarsi alle suore della carità oppure aprire una mensa per i poveri...”

“Ci penso spesso... Soprattutto al cibo che verrà buttato via questa sera. Tutto questo spreco mi fa star male.”

“Proprio quello che dicevo: deliziosa e delicata...”

“Lo dice come se usasse gli aggettivi stupida e sciocca...”

“Per niente! Conosco bene il significato delle parole e conservo la mia opinione su di lei...”

“Non si capisce mai se scherza o se fa sul serio...”

“Non trova che sia meglio così? È talmente noioso vivere con qualcuno di prevedibile. Ci si deve stancare davvero in fretta. Se c’è una cosa che detesto nella vita, è proprio la noia... Potrei uccidere per noia. O mordere. O mettere una bomba...”

Si passò una mano nei capelli e aggiunse con il tono del bambino punito: “E in più, non mi è permesso fumare! Dovrei uscire, ma preferisco restare qui con lei... Le dà fastidio se le faccio la corte?”

Joséphine non seppe cosa rispondere. Si mise a fissare la punta delle scarpe.

“Direi proprio che le do fastidio.”

“No, no!” protestò lei, spaventata all’idea di averlo ferito. “Ma sta divagando, doveva raccontarmi la storia di quella coppia che trova così toccante...”

Gaston Serrurier si concesse un sorrisetto crudele.

“Aspetti prima di sprecare le sue emozioni... Non si entusiasmi, è una faccenda strana che puzza parecchio...”

“Nascondono bene il loro gioco...”

“Possiamo dire così.”

“Come nei *Diabolici*.”

“Assolutamente. Bisognerebbe parlarne a Barbey d’Aurevilly, l’aggiungerebbe alla sua raccolta! Ecco un sunto: lei viene da una famiglia ricca, cattolica, di provincia. Lui da un ambiente modesto, grezzo. È un uomo intelligente, abile, brillante, affascinante, con ottimi studi. Lei è timida, riservata, ingenua, ha superato a fatica la maturità. Non era una cosa grave, i suoi soldi rimpiazzavano qualunque diploma. Lui l’ha conosciuta a una lezione di scuolaguida, l’ha sedotta e sposata quando era molto giovane e vergine. E tanto innamorata...”

"Una vera favola!" ridacchiò Joséphine, sempre più a suo agio in compagnia di quell'uomo.

Aveva voglia di ridere a tutto ciò che diceva. Non si sentiva più così estranea in quel salotto.

"Non è finita qui!" riprese lui, cercando di creare una sorta di suspense. "Ma forse non dovrei raccontarle tutto. Si merita che le faccia questa confidenza?"

"Mano sul cuore, giuro che non dirò nulla... D'altra parte, non vedo a chi potrebbe interessare, tra le persone di mia conoscenza..."

"È vero... Lei non vede nessuno, esce solo per andare a messa. Con un lungo velo nero sul capo e il rosario intorno al polso..."

"Una cosa del genere", rispose Joséphine, scoppiando a ridere.

Si divertiva come una bambina. E d'un tratto divenne bella, sfolgorante, luminosa. Come se fosse stata inquadrata da un proiettore. Il riso aveva liberato una bellezza nascosta che le faceva brillare gli occhi, la pelle, le labbra.

"Dovrebbe ridere più spesso", osservò Gaston Serrurier guardandola serio.

In quell'istante, Joséphine sentì che tra loro si era creato un legame. Una tenera complicità. Come se lui deponesse un casto bacio sulle sue palpebre chiuse e lei lo ricevesse in silenzio. Avevano stretto un patto. Lei accettava la sua generosa brutalità, lui era commosso dalla sua gioiosa innocenza. Lui la scuoteva, la faceva ridere, lei si stupiva, lo inteneriva. Saremo una bella coppia di amici, pensò lei, notando per la prima volta il suo naso lungo e dritto, la sua carnagione scura, i capelli neri da hidalgo, addolciti da qualche filo bianco.

"Proseguo... Un bel matrimonio... Un grande appartamento donato dai genitori di lei, un enorme castello in Bretagna appartenente alla sua famiglia. In breve, un ottimo inizio. Lui si mette subito d'impegno per farle avere dei figli, due bei bambini... poi non la tocca più. Lei non si stupisce troppo, pensando sia così in tutte le coppie. Poi un giorno, diversi anni più tardi, durante la settimana bianca, lei dimentica il berretto di lana in camera, risale e trova il marito... a letto... con un amico. Il suo migliore amico. In piena azione. È uno shock terribile. Da allora lei vive di Prozac e non abbandona più il braccio dell'uomo che l'ha tradita. Ed è qui che la storia diventa incredibile... lui si trasforma nel miglior marito al mondo. Attento, dolce, premuroso, paziente. Potremmo persino dire che, a partire da quel momento, da quella crudele disillusione, sono diventati una coppia... Sorprendente, vero?"

"In effetti..."

L'amore è sorprendente. Philippe dice di amarmi e va a letto con un'altra. Lei appoggia l'orologio sul suo comodino prima di andare a fare una doccia, scivola tra le sue braccia per addormentarsi...

"Ed è solo una storia fra le tante. Nessuno dei personaggi qui presenti, ripeto, nessuno, conduce la vita che finge di avere. Barano tutti. Alcuni alla grande, altri a malapena. Ma ognuno devia dal cammino che dice di seguire... Lei è diversa, Joséphine... È una donna singolare."

Le posò una mano sul ginocchio. Lei arrossì. Lui se ne accorse e le mise un braccio sulle spalle per porre fine a quell'imbarazzo.

Quell'abbraccio catturò l'attenzione di Bérengère Clavert, poco distante.

Dei bambini avevano riempito di bignè una caraffa di succo d'arancia, e i dolci galleggiavano in superficie. Che disordine!

Stava per far sparire la caraffa in cucina quando colse il gesto di Serrurier...

Ma che cos'ha quella donna di così eccezionale? Philippe

Dupin, l'italiano del Medioevo, Serrurier! s'innervosì spingendo la porta della cucina.

Urtò un filippino che vacillò, quasi rovesciò il vassoio che reggeva, appoggiò una mano su una piastra bollente per riprendere l'equilibrio, lanciò un grido, si riprese e riuscì a non rompere niente. Bérengère si strinse nelle spalle: come si poteva essere così piccoli, neanche li si vedeva sotto il vassoio! e tornò al pensiero precedente: Joséphine Cortès. Li ammalia con le sue arie da sorellina spaventata. Ma guarda un po' se adesso per conquistare un uomo bisogna fare voto di castità!

Strapazzò una domestica che stava disponendo su un piatto, a una a una, delle scorze d'arancia.

"Ma le metta tutte insieme! Altrimenti sarà ancora qui quando gli ospiti se ne saranno andati!"

La giovane la fissò sconcertata.

"Dimenticavo che non parla francese! *You're too slow! Hurry up! And put them directly on the plate!*"

"Ok, madame", disse la ragazza con un sorriso idiota.

A che serve pagare della servitù extra se bisogna fare tutto al posto loro? ringhiò Bérengère uscendo dalla cucina e appoggiando sul tavolo una caraffa di succo d'arancia, stavolta senza bignè.

In quel momento Jacques Clavert decise di lasciare la propria camera e di andare a salutare gli invitati.

Scese le scale lentamente, maestosamente, mettendo un piede davanti all'altro come un abile ballerino di tango, dando alla gente il tempo di ammirarlo passo dopo passo. Si fermò sull'ultimo gradino. Fece segno a Bérengère di avvicinarsi. Aspettò che la moglie gli fosse accanto. L'abbracciò dandole un pizzicotto perché smettesse di digrignare i denti. Lei fece una risatina sorpresa stringendosi a lui. Jacques si schiarì la voce e cominciò a parlare.

"Buonasera, cari amici! Volevo ringraziarvi di essere venuti...

Ringraziarvi della fedeltà che ci rinnovate ogni anno. Non so spiegarvi quanto io sia commosso nel ritrovarvi intorno ai bignè della nostra cara Bérengère..."

Applaudì la moglie girandosi verso di lei. La donna fece un inchino, chiedendosi come avrebbe continuato.

"... questi incredibili bignè che bignettiamo augurandoci il meglio e bignettando di felicità..."

Jacques Clavert assaporò le risate suscitate dalle sue parole.

"Volevo ringraziare mia moglie di questa delizia annuale... di questo tour de force da cuoca provetta... Ma volevo anche darvi una triste notizia... Perché, ahimè, i bignè hanno fallito nel tenerci uniti. In un certo senso, hanno fatto bignè... Siamo arrivati all'ultimo bignè della nostra storia coniugale. E per risparmiarci troppe sofferenze e mantenere il sorriso, abbiamo deciso di separarci in punta di bignè. Volevo perciò informarvi che, di comune accordo, io e Bérengère vivremo ciascuno per conto suo nel proprio bignè... E assicurarvi che della nostra vita insieme conserveremo i migliori bignè..."

Nella folla riunita ai piedi delle scale si levò un brusio. I commenti si sprecavano, è impazzito, ha perso la ragione, ha bevuto?

Jacques Clavert attese che tornasse la calma per continuare.

"Non dovete preoccuparvi: Bérengère resterà nell'appartamento con i bambini, io mi sistemerò in rue de Martyrs, il quartiere della mia infanzia che spesso ricorre nei miei pensieri... Ci tenevo a darvi l'annuncio al fianco di Bérengère al fine di mettere a tacere pettegolezzi e maldicenze, aspetti ben noti della nostra vita sociale. In tutti questi anni, Bérengère è stata una madre esemplare, una padrona di casa perfetta..."

La pizzicò di nuovo, attirandola a sé perché mantenesse il sorriso contratto che le aveva procurato con il primo pizzicotto, e proseguì: "Ma tutto ha una fine! Io sono stanco, lei è stanca, siamo tutti stanchi di questa stanchezza... Tanto vale riprenderci la nostra libertà prima che il cappio della noia ci strangoli! Ci separiamo con grazia, dignità e rispetto. Ecco, cari amici, sapete tutto o quasi... Il resto è tutto un bignè. Come in ogni divorzio. Grazie di avermi ascoltato e beviamo insieme alla salute del nuovo anno..."

Un silenzio glaciale sostituì il precedente brusio. Gli invitati si scambiavano occhiate di disagio. Si accarezzavano la gola. Sbirciavano l'orologio, era ora di rientrare. Le cose belle finiscono e domani i bambini vanno a scuola...

Seguì la corsa al guardaroba. Presero congedo uno alla volta, chinandosi davanti ai padroni di casa. Bérengère annuiva come se capisse il desiderio generale di andarsene al più presto. Jacques Clavert si congratulava: aveva regolato i conti con sua moglie fino all'ultimo bignè.

Gaston Serrurier fu l'ultimo a congedarsi. Con lui c'era Joséphine Cortès.

L'uomo si avvicinò a Bérengère, facendole scivolare in mano un foglietto piegato in quattro. "Faccia attenzione, potrebbe essere seccante se cadesse in mani sbagliate..."

Era la fattura.

Una volta in strada, si girò verso Joséphine chiedendo: "Immagino sia venuta in auto..."

Lei annuì, passandosi la mano sulla fronte come per allontanare un mal di testa insistente.

"Tornerò domani a recuperarla. Credo di aver bevuto troppo..."

"Non è da lei..."

Joséphine sorrise malinconica.

"Sono un po' brilla stasera. Ho bevuto perché mi sento triste. Non indovinerà mai fino a che punto."

"Triste e brilla. Coraggio... sorrida! È la prima domenica dell'anno."

Lei cercò di camminare sul bordo del marciapiede senza cadere. Allargando le braccia per non perdere l'equilibrio. Vacillò. Lui l'afferrò, sostenendola fino alla propria auto.

"L'accompagno a casa..."

"È molto gentile", rispose Joséphine. "Sa, lei mi piace proprio. Sì, ogni volta che la incontro, m'infonde coraggio. Mi sento bella, forte, speciale. E per me è una cosa... straordinaria. Anche quando mi soffia il fumo in pieno viso come l'altra volta al ristorante... Ho avuto un'idea per il libro. Ma non so se parlargliene perché la cambio in continuazione. Mi vengono un sacco di spunti, ma poi svaniscono. Le racconterò quando sarò più convinta..."

Si lasciò cadere sul sedile di fianco a Gaston Serrurier.

Avrebbe desiderato che lui attraversasse Parigi di notte. Senza una meta precisa. Che seguisse il lungosenna. Aveva voglia di osservare i riflessi scuri del fiume, gli scintillii della Tour Eiffel, i bagliori bianchi dei fari delle automobili. Che accendesse la radio e trovasse una suite italienne di Bach. Avrebbe fatto come Catherine Deneuve in *La chamade*, avrebbe abbassato il finestrino, messo fuori la testa, chiuso gli occhi, lasciato che il vento giocasse con i suoi capelli e...

Il giorno dopo si svegliò con un'incudine, un martello e un'intera fonderia in testa. Avvertì una presenza al suo fianco. Era Zoé.

Guardò l'ora. Le sei del mattino.

"Sei malata?" chiese Zoé con una vocina ansiosa.

"No", bofonchiò Joséphine mettendosi faticosamente a sedere. "Ma non dovevi dormire da Emma?"

"Abbiamo litigato... Oh, mamma! Ho bisogno di parlarti... Ho fatto una cosa orribile, orribile..."

Joséphine tornò immediatamente lucida. Si mise due cuscini

dietro la schiena, socchiuse gli occhi per difendersi dalla luce della lampada sul comodino, accolse Du Guesclin, lo abbracciò, lo accarezzò, gli disse che era il più bel cane del mondo, poi lo rispedì ai piedi del letto e dichiarò: "Ti ascolto, cara. Ma prima vai a prendermi un'aspirina... Meglio due... Ho la testa che mi scoppia."

Mentre Zoé correva in cucina, cercò di ricordare cosa fosse accaduto la sera prima... arrossì, si grattò le orecchie, rammentò vagamente Serrurier che la lasciava sotto casa aspettando di vederla entrare prima di ripartire. Mio Dio! Ho bevuto troppo. Non sono abituata. Non bevo mai. Ma è che... Philippe e Dottie, Dottie e Philippe, il comodino in camera loro, così è vero, dormono insieme, lei si è installata in casa sua armi e bagagli. Le vennero le lacrime agli occhi.

"Ecco, mamma!"

Zoé le porgeva un bicchiere con due aspirine.

Joséphine le mandò giù. Fece una smorfia. Incrociò le braccia. In tono solenne disse di essere pronta ad ascoltare. Zoé la guardava mordendosi le dita come se non potesse parlare.

"Preferirei che mi facessi delle domande... Sarebbe più facile. Non so da dove cominciare."

Joséphine rifletté.

"È una cosa grave?"

Zoé annuì.

"Irrecuperabile?"

Zoé le fece capire che non era una buona domanda. Non sapeva come rispondere.

"È per qualcosa che hai fatto?"

"Sì..."

"Qualcosa che non approverò?"

Zoé annuì chinando la testa.

"Qualcosa di terribile?"

Zoé le lanciò uno sguardo disperato.

"È terribile o può diventare terribile? Zoé, mi devi aiutare..."

"Oh, mamma!... È terribile."

Si prese il viso tra le mani.

"È qualcosa fra te ed Emma?" domandò Joséphine tentando di accarezzare il piede di Zoé.

Doveva trattarsi di uno screzio passeggero. Zoé non litigava mai con nessuno. Cercava sempre di fare la pace.

"Non puoi aver fatto qualcosa di terribile, amore mio. È impossibile..."

"Invece sì, mamma..."

Joséphine attirò a sé la figlia. Respirò nei suoi capelli, sentì il profumo dello shampoo alla mela verde, pensò che era così facile quando era bambina. La cullavo, l'abbracciavo, le cantavo una canzoncina e la tristezza spariva.

Intonò con voce dolce: "La barchetta sull'acqua, il fiume, il fiume, la barchetta sull'acqua..."

Zoé s'irrigidì e protestò: "Mamma... Non sono più una bambina!" Poi aggiunse d'un fiato: "Sono andata a letto con Gaétan."

Joséphine sussultò. Allora era vero...

"Ma tu mi avevi promesso che..."

"Sono andata a letto con lui e da quel giorno... è diventato strano."

Joséphine inspirò profondamente riflettendo.

"Un momento, cara... Perché sei triste? Perché sei stata a letto con lui venendo meno alla tua promessa o perché, da allora, lui è... come dici tu, 'strano'?"

"Entrambe le cose! Oltre a questo, Emma non vuole più essere mia amica..."

"Perché?"

"Perché non ne ho discusso con lei prima... prima di farlo. Ha detto che l'ho esclusa ... Io ho risposto che non ho avuto scelta perché non ci avevo riflettuto sul serio, che non sapevo che sarebbe successo...”

L’incudine, il martello e la fonderia ricominciarono a picchiarle in testa e Joséphine decise di affrontare un problema alla volta.

“Tesoro, perché sei andata a letto con lui? Ti ricordi quello che ci eravamo dette?”

“Ma non l’avevo programmato, mamma. Eravamo in cantina e...”

Le raccontò della candela bianca, della bottiglia di champagne, del buio, dei passi in corridoio, della paura e del desiderio...

“È stato naturale... Non ho avuto la sensazione di fare qualcosa di sbagliato...”

“Ti credo, tesoro...”

Zoé, sollevata, si strinse alla madre, sfregando il naso nel suo petto. Sospirò. Riprese fiato. Si raddrizzò e...

“Sei arrabbiata con me?”

“No, non sono arrabbiata. Mi dispiace che tu abbia avuto tanta fretta...”

“E perché da quel giorno è strano? Non mi chiama, sono sempre io a farlo, e ha l’aria assente. Mi risponde per educazione, ma mai una parola gentile, dolce... Non so che fare...”

Se soltanto potessi aiutarti, pensò Joséphine guardando Zoé che si mordeva le labbra, aggrottava la fronte e si sforzava di non piangere.

“Forse non sono fatta per l’amore...”

“Perché dici una cosa del genere?”

“Ho paura, mamma... Vorrei che il tempo mi scivolasse addosso senza accorgermene... Vorrei avere sempre quindici anni... Il trucco sta nel ripetersi in continuazione non diventerò grande, non diventerò grande...”

“Non fare così, Zoé. Anzi, devi dirti che la vita ti porterà tante cose nuove, diverse... non le conosci e per questo hai paura. Si ha sempre paura davanti all'ignoto..."

"Pensi che quando un uomo ti ha avuto, poi non ti voglia più?"

"Ma no! E poi Gaétan non ti ha 'avuto'... Gaétan è innamorato di te."

"Lo credi davvero?"

"Naturalmente!"

"Io amo Gaétan e non voglio che tra noi finisca..."

"Non finirà, tesoro... Sono sicura che ha un problema. Deve essergli capitato qualcosa di orribile di cui non osa parlarti. Si vergogna, teme che tu possa lasciarlo quando verrai a saperlo... Chiediglielo. Digli, so che ti è successo qualcosa di grave che vorresti raccontarmi... e vedrai che lo farà, e ti rassicurerà."

"Perché sai... con Emma, prima di litigare, siamo uscite con un gruppo di amiche e... in un bar ho sentito dei maschi discutere di ragazze. Ne parlavano in modo ORRIBILE! Di ragazze che conosciamo. Dicevano, quella è una zoccola, chiunque può farsela. Quell'altra fa schifo, ma è davvero intelligente. Nonostante fossimo seduti vicini, se ne uscivano con delle battute tremende! E il peggio è che non ho detto niente. Poi io ed Emma siamo tornate a casa sua. E allora ho pensato a Gaétan e mi sono detta magari parla di me così, magari ha raccontato a tutti i suoi amici della nostra notte d'amore."

"Ma no! Come puoi pensare che..."

"Noi non parliamo in quel modo dei ragazzi! Te lo giuro, è stato orribile. E gli stronzi della situazione non erano loro, ma le ragazze. Erano solo delle zoccole, degli oggetti sessuali! Non c'era un briciolo di sentimento, mamma, neanche un po'! Ero disgustata. D'un tratto ho raccontato a Emma di Gaétan e lei mi ha subito detto che era molto arrabbiata perché non l'avevo informata prima... che non la considero una vera amica e allora abbiamo litigato... Mamma, non capisco niente dell'amore, proprio niente..."

E io, allora? si disse Joséphine. Sono una tale ignorante. Dovrebbero inventare un codice di comportamento, delle regole da seguire. Sarebbe l'ideale per me e per Zoé. Non siamo attrezzate per i labirinti dell'amore, le sue strategie. Vorremmo che andasse tutto bene, che sia sempre bello e puro. Vogliamo dare tutto e desideriamo che l'altro prenda tutto. Senza calcoli né sospetti.

"Mamma, cosa vogliono gli uomini?"

Joséphine si sentiva terribilmente impotente. Un uomo non ci ama per le nostre virtù, un uomo non ci ama perché ci siamo sempre, un uomo non ci ama come il soldatino che rispetta il suo generale. Un uomo ci ama se non ci presentiamo a un appuntamento, se rifiutiamo un bacio, per le parole che non pronunciamo. Serrurier l'aveva ripetuto solo la sera prima, non bisogna essere sempre prevedibili.

"Non lo so, Zoé... Non esistono delle regole..."

"Ma tu dovresti saperlo, mamma! Sei vecchia..."

"Ti ringrazio, tesoro!" esclamò Joséphine ridendo. "Mi tiri su di morale!"

"Intendi dire che non lo sapremo mai... Mai?"

Joséphine annuì, dolorosamente.

"Ma è terribile! Hortense non si fa mai tutti questi problemi..."

"Smettila di paragonarti a Hortense!"

"Lei non soffre! Tra Gary e il suo lavoro, non ha avuto esitazioni. Ha fatto la valigia ed è partita. Lei è forte, mamma, è incredibilmente forte..."

"È Hortense..."

"E noi non le assomigliamo..."

"Per niente!" sorrise Joséphine, che finì per trovare la situazione alquanto buffa.

"Posso dormire con te finché non suona la sveglia?"

Joséphine si scostò per farle posto e Zoé le si sdraiò vicino. Si arrotolò una ciocca intorno a un dito, si mise il pollice in bocca e dichiarò: "Ne ho abbastanza dei maschi che non rispettano le ragazze. E la cosa peggiore è che sono rimasta zitta, come un'idiota. Non voglio più comportarmi così! I ragazzi non hanno niente più di noi, solo qualcosa in mezzo alle gambe. Ma quelle in gamba siamo noi!"

* * *

Mentre a Parigi Joséphine e Zoé si riaddormentavano l'una nelle braccia dell'altra, a Londra Hortense si svegliava. Caffè nero con tre cucchiaini di zucchero, pane integrale, burro, succo di limone ed esercizi di stretching. Aveva un mese e mezzo per realizzare le due vetrine. Un mese e un budget asfittico. La signorina Farland aveva approvato il suo progetto, intascato la penna osé di Pigalle, tamburellato sulla scrivania le lunghe dita dalle unghie rosso sangue: per le vetrine avrà a disposizione tremila sterline...

"Tremila sterline!" aveva esclamato Hortense, attonita. "Ma è una miseria! Devo prendere un assistente, costruire la scenografia, noleggiare un furgone per trasportare tutto, trovare modelle, vestiti, un fotografo, ho un sacco di idee, ma con tremila sterline non concluderò niente!"

"Se non le va bene, rinunci... c'è una folla di pretendenti!"

Le aveva indicato con il mento la pila delle candidature sulla sua scrivania.

Hortense aveva ingoiato la propria indignazione. Si era alzata con un gran sorriso ed era uscita con passo tranquillo. Andandosene aveva incrociato lo sguardo beffardo della segretaria. L'aveva ignorata, si era chiusa dolcemente alle spalle la porta dell'ufficio, inspirato profondamente e pestato i piedi nella cabina dell'ascensore.

"Tremila sterline", sospirava tutte le mattine aggiungendo una nuova voce di spesa alla lista già lunga.

Non riusciva a smaltire la rabbia. Borbottava tremila sterline sotto la doccia, lavandosi i denti, infilandosi i jeans strappati, incipriandosi il naso. Tremila sterline, un affronto. Una mancia da donna delle pulizie. Da quando era bambina sapeva che, senza soldi, non si era niente, che il denaro risolveva tutto. Per quanto sua madre continuasse a ripeterle il contrario, le parlasse di sentimenti, di anima, compassione, solidarietà, generosità e altre smancerie, non credeva a una sola parola.

Senza soldi ci si siede su una seggiola a piangere. Non si può dire no, io voglio, io scelgo. Senza soldi non si è mai liberi. Con il denaro ci si compra la libertà al metro. E ogni metro di libertà ha un prezzo. Senza libertà, si china la testa, si permette alla vita di calpestarci e in più diciamo grazie. Cosa avrebbe fatto Coco Chanel al mio posto? Avrebbe trovato un uomo che la finanziasse. Non per amore del denaro, ma per la passione per il proprio lavoro. Come me. Datemi il denaro: vi sbalordirò, farò meraviglie. A chi poteva rivolgersi? Non ho amanti ricchi. Boy Capel possedeva scuderie, banche, titoli, grandi case piene di fiori, domestici e maglioni di cachemire all'ultima moda. Il mio amante è il nipote della regina, ma indossa sempre la stessa T-shirt, la stessa giacca lisa e imita gli scoiattoli del parco.

E poi non ci parliamo più.

Faceva conti su conti per calcolare le spese. Le modelle, l'affitto dello studio, la fattura del fotografo, le foto da trasformare in pannelli giganti, gli abiti e gli accessori, l'allestimento, i diritti per il video di Amy Winehouse. Cercava invano voci da depennare. Non ne trovava. Costavano tutte parecchio. E dovrei ignorarlo? E così tornava all'ipotesi dell'amante ricco. Nicholas? Aveva idee, contatti, ma senza un soldo e con braccia rachitiche da uomo di città. Non potrebbe nemmeno aiutarmi a spostare i mobili. E gli altri, quelli del passato? Li aveva maltrattati troppo per poter chiedere loro un favore. Non era nemmeno sicura che i suoi inquilini fossero disposti a darle una mano. Dalla sua uscita sul suicidio della sorella di Tom, si tenevano a una certa distanza. Dovrei imparare a essere gentile, si disse.

Quel pensiero quasi la strozzò.

Chi? Da chi andare dicendo fidatevi di me, datemi i soldi, sfonderò. Scommettete su di me, non lo rimpiangerete.

Chi l'avrebbe ascoltata senza darle della smorfiosa, della zecca? Io non sono una zecca, sono Gabrielle prima di diventare Coco, ben presto avrò la mia griffe, le mie sfilate, i miei seguaci, le mie parole troneggeranno sulle prime pagine dei giornali. Ho già tutto in testa. "La moda non è una fobia, una follia, uno spreco frivolo, ma l'espressione di una sincerità, di un'autenticità di sentimenti, di un'esigenza morale che dona alle donne grazia ed equilibrio. La moda non è superficiale, ha radici profonde nel mondo e nelle anime. La moda ha un senso..." I giornalisti rimarranno sorpresi. Ripeteranno le mie parole. Le pubblicheranno. Doveva vendere la sua idea a un allocco. Un allocco intelligente, fine, sofisticato e con un grosso conto in banca.

Uno così non l'avrebbe certo trovato per strada.

La mia idea di particolare dovrebbe piacere a un allocco simile. Dovrò spiegargli che le donne trovano la propria bellezza fondendosi in una mise E distinguendosi per un particolare minimo, un particolare che diventa la loro firma. Dovrò vendere all'allocco una bella storia, un bel ragionamento che unisca lo snobismo della cultura all'idea della bellezza. Lui ne sarà entusiasta e aprirà il suo portafoglio gonfio.

Quando pensava così, si sentiva fiduciosa. Raddrizzava le spalle, sollevava il mento, socchiudeva gli occhi e s'immaginava travolta dalle offerte di lavoro. Ma quando frugava nella mente alla ricerca dell'allocco sofisticato con un bel conto in banca, il panico l'afferrava... Dove trovarlo? Lungo quali marciapiedi londinesi passeggiava? Doveva guardare sull'elenco telefonico?

Non aveva amici. Non aveva mai creduto nell'amicizia. Non aveva mai investito in quel sentimento. Esisteva un sito che affittava amici per un mese, il tempo di fare successo con due vetrine? Di farli sgobbare come schiavi per poi congedarli con il sorriso sulle labbra. Grazie, miei prodi, adesso potete tornare a casa... Gli amici ti fanno un favore gratuitamente. Aveva un bisogno disperato di amici.

Ripensò ai suoi coinquilini. Sam se n'era andato, ma Tom, Peter e Rupert... Decise che non era una buona idea. Non si sarebbero mai lasciati schiavizzare. E il nuovo arrivato? Jean il Foruncoloso? Si sentirà lusingato che gli chieda un favore. Era talmente brutto. Quasi deforme. Avrebbe potuto parcheggiare nel posto riservato ai portatori di handicap.

Da quando si era trasferito, aveva cominciato a farsi crescere dei baffetti biondi da roditore sotto il naso. Quel ragazzo aveva qualcosa che la metteva a disagio. Aveva l'impressione di averlo già incontrato. Una reminiscenza del passato che non le trasmetteva niente di buono. Un déjà-vu... In ogni caso, non lo conosco. Si rifiutava di parlare francese con lei, con il pretesto di voler migliorare il suo inglese. Ma l'accento tradiva le sue origini marsigliesi.

"Di dove sei?"

"Avignone..."

"Ma dai! Avrei detto, piuttosto, Marsiglia..."

"Sbagliato!"

La parola gli era scappata in francese, tre sillabe corpose e tonanti. All'improvviso, fu come se nell'appartamento aleggiasse profumo di bouillabaisse e pastis. Era arrossito e i foruncoli sembravano spiccare come un baro al casinò. Lei non riusciva a capire che cosa, tra foruncoli e accento, le suonasse familiare. Entrambi, forse...

Però non sarebbe stato lui a investire nelle sue vetrine. Non aveva un centesimo. Lavorava per pagarsi gli studi: cameriere alle feste, uomo delle pulizie da Starbucks, lavapiatti da McDonald's, dog-sitter per i ricconi. Era il re dei lavoretti da cui tornava rubizzo, sudato e foruncoloso.

Talvolta, quando gli dava le spalle, aveva la sensazione che lui la fissasse. Si girava bruscamente, e lui guardava da un'altra parte. Forse sono io a sentirmi a disagio di fronte a lui... La vita è ingiusta. Perché certi nascono belli, affascinanti, indolenti, mentre altri veramente brutti? Ho vinto alla lotteria della culla. Bimbumbam, tu sarai snella, avrai le gambe lunghe, la carnagione madreperla, i capelli folti, con bei riflessi, un sorriso smagliante e uno sguardo ammaliatore... Abracadabra, tu avrai i capelli grassi, l'acne, il naso da roditore e i denti storti! Ringraziava la Provvidenza e, soprattutto, quando si sentiva sentimentale, i suoi genitori. Suo padre, in particolare. Quando era piccola, si chiudeva nel suo armadio per respirare il profumo dei suoi vestiti, verificava la lunghezza delle maniche, il revers di una giacca, l'orlo del taschino sul davanti. Come aveva fatto a innamorarsi di una donna così insignificante come sua madre? Quella domanda la sprofondava in un abisso di riflessione da cui subito riemergeva. Non aveva tempo da perdere.

Allora pensava a Gary, al fascino di Gary, all'eleganza di Gary e si faceva assorta, massaggiandosi il nodo di angoscia che avvertiva nello stomaco. Gary, Gary... Cosa sta facendo? Dov'è? Lui la odiava. Non voleva rivederla mai più. O l'aveva già dimenticata? Se ne fregava che lui la detestasse, ma non voleva essere dimenticata. Tornava in sé. Non avrebbe permesso a un ragazzo di rovinarle l'umore e l'energia. No grazie! Avrebbe meditato su Gary più tardi, dopo aver risolto il problema dell'allocco danaroso.

Riprese in mano il suo budget grattandosi la testa, perplessa.

Nicholas. Doveva cominciare da lui. Aveva bisogno del suo aiuto. Dei suoi consigli. Dopotutto, non per niente era il direttore artistico del prestigioso negozio Liberty con la sua bella facciata Tudor in Oxford Street.

Lo chiamò e gli diede appuntamento al bar del Claridge. Ordinò due coppe di champagne rosé. Lui la fissò stupito. Ti ho invitato io, aggiunse Hortense, devo chiederti una cosa, e gli espose il problema, evocando la possibilità di un prestito. Lui la bloccò subito.

"Non ho un penny da investire nel tuo progetto."

Brutale, ma chiaro.

Hortense incassò il colpo, rifletté qualche istante, poi tornò all'assalto.

"Devi aiutarmi, sei mio amico..."

"Solo quando ti fa comodo... Altrimenti sono una sorta di zerbino su cui ti pulisci i piedi."

"Non è vero."

"Sì, invece. Parliamone, se vuoi... Parliamo di tutte le volte che mi hai trattato come un..."

"Smettila subito! Ho troppi problemi per mettermi a rivangare vecchie questioni che non mi riguardano. Ho bisogno di te, Nicholas, devi aiutarmi."

"In cambio di cosa?" domandò lui portandosi la coppa di champagne alle labbra.

Hortense lo fissò sbalordita.

"Di niente. Non ho un soldo, faccio fatica a vivere con il contributo mensile di mia madre e..."

"Pensaci un po' su..."

"Oh no!" gemette lei. "Non puoi chiedermi di venire a letto con te!"

"Certamente! E a fini pedagogici."

"Li chiami così, adesso?"

"L'ultima volta che abbiamo pranzato insieme, mi hai lasciato intendere che sono un disastro. Voglio sapere perché e che mi mostri come migliorare. Mi hai ferito, Hortense..."

"Non era mia intenzione..."

"Sono davvero così terribile a letto?"

"Be', sì..."

"Grazie. Grazie davvero... Allora faremo un patto: tu passerai qualche notte con me, m'insegnerai l'arte di fare felice una donna e io ti aprirò le porte dei miei atelier, ti lascerò prendere in prestito abiti e cappotti, sciarpe e stivali, ti darò delle idee e ti aiuterò. In breve, riformeremo una coppia e, se migliorerò, riuscirò a legarti a me."

"Ma certe cose non si possono insegnare!" sospirò Hortense, scoraggiata. "Si nasce con questa scienza, con la curiosità per il corpo dell'altro, con questo appetito..."

"E secondo te, io non ce l'avrei..."

"Vuoi sapere davvero quello che penso? Ti avverto, mi odierai..."

"No, preferisco di no... Tienitelo per te."

"Meglio così."

"Me lo dirai un giorno?"

"Promesso. Il più tardi possibile..."

Lui s'irrigidì, si raddrizzò, cercando di darsi il contegno di chi è indifferente, ci rinunciò e disse: "Ok, ti aiuterò, ti aprirò i miei guardaroba e ti faciliterò le cose, ma non devi parlarne con nessuno... Da Liberty non devono sapere che ti ho dato una mano e che la metà dei loro vestiti verrà fotografata da Harrods."

Hortense gli buttò le braccia al collo, lo baciò dolcemente, gli mormorò all'orecchio, ti voglio bene, sai, a modo mio e, comunque, io non voglio bene a nessuno, quindi considerati fortunato...

Lui si tirò indietro, tentò di respingerla, lei lo abbracciò, gli posò la testa sulla spalla finché lui non si lasciò andare e le passò un braccio intorno alla vita.

"Sono davvero così male?" riprese lui.

"Un po' maldestro... Un po' noioso... È come se baciassi con in mano il libro delle istruzioni, uno, toccare il seno destro, due, sfiorare il seno sinistro, tre, pizzicare, accarezzare, poi..."

"Credo di aver capito... Ma mi spiegherai cosa si deve fare?"

"Delle lezioni senza passare all'azione?"

Lui annuì.

"D'accordo. Allora, lezione numero uno, molto importante: il clitoride..."

Nicholas arrossì violentemente.

"No, non subito. Non qui... Una sera in cui saremo un po' brilli o stanchi per il troppo lavoro... Una sorta di ricreazione!"

"Sai cosa, Nico, ti adoro!"

Ordinò altre due coppe di champagne sospirando Mio Dio! Sarò rovinata. Tanto peggio! Digiunerò una settimana. Oppure pagherò alle casse automatiche del supermercato, quelle dove nessuno ti controlla. Comprerò del pesce e digiterò patate. Farò lo stesso con la verdura, i cereali e le uova, schiaccerò sempre patate! Bimbumbam, il valzer delle etichette!

Stabilirono un piano di battaglia perché tutto fosse pronto per tempo. Trovare un fotografo e modelle che accettassero di lavorare senza essere pagati. Trasportare arredi, vestiti, foto e bauli... Bisognerà nutrirle queste persone disposte a lavorare gratis per te, le fece notare Nicholas. Limarono le spese inutili e Nicholas arrivò alla stessa cifra di Hortense: seimila sterline. Ne mancavano tremila.

"Vedi", mormorò Hortense, abbattuta. "Avevo ragione..."

"Io non posso aiutarti. Non ho né genitori né zii ricchi..."

"Ordiniamo il terzo giro? Al punto in cui sono..."

Si fecero portare la terza coppa di champagne.

"Questo rosé è all'altezza del suo nome", imprecò Hortense.

"Dimmi un po'", suggerì Nicholas, valutando la lista delle spese da sostenere, "non avevi uno zio ricco che abitava a Londra? Il marito di quella zia che è stata... ehm... nel bosco..."

Hortense picchiò la mano sul tavolo.

"Philippe! Ma certo! Che scema! Me ne ero completamente dimenticata!"

"Ebbene, non ti resta che chiamarlo..."

Lo fece l'indomani. Fissarono un appuntamento per pranzo al Wolseley.

Philippe era già arrivato quando lei entrò nel ristorante. L'aspettava al tavolo leggendo il giornale. Lo osservò da lontano: era davvero un bell'uomo. Molto ben vestito. Una giacca di tweed verde scuro a righine blu, una Lacoste verde bottiglia a maniche lunghe dal colletto rialzato, pantaloni in velluto a coste marroni, un orologio classico... Era orgogliosa di essere sua nipote.

Non affrontò subito l'argomento. Prima chiese notizie di Alexandre, dei suoi studi, dei suoi amici, dei suoi hobby. Come stava suo cugino? Gli piaceva il liceo francese? Andava d'accordo con i professori? Nominava la madre? Era triste? La sorte di Alexandre non le importava granché, ma pensava d'intenerire lo zio preparandosi il terreno per sottoporgli il suo problema. I genitori adorano parlare dei propri figli. Fanno la ruota come pavoni. Sono convinti di avere covato l'uovo più bello al mondo e amano sentirselo dire. Voleva molto bene a suo cugino, aggiunse tutta zuccherosa, anche se lo vedeva poco, lo trovava bello, intelligente, diverso dagli altri ragazzi, più maturo. Philippe l'ascoltava senza dire niente. Si chiese se fosse un buon segno. Poi lessero il menu e ordinarono il piatto del giorno, due *roast landaise chicken with lyonnaise potatoes*. Philippe le domandò se desiderasse un bicchiere di vino e che cosa poteva fare per lei, dato che sapeva benissimo che non l'aveva chiamato per parlargli di Alexandre, essendo il cugino l'ultima delle sue preoccupazioni.

Hortense decise di ignorare l'allusione alla sua indifferenza. L'allontanava dal suo obiettivo. Gli raccontò di come fosse stata scelta tra migliaia di candidati per allestire due vetrine di Harrods, di come avesse trovato l'idea e...

"... e ho la sensazione che non ci riuscirò mai. È tutto così complicato, così costoso! Ho un sacco di idee, ma inciampo sempre negli ostacoli finanziari. La cosa brutta del denaro è che d'un tratto rende tutto insormontabile. Un progetto sembra meraviglioso, ma poi hai un budget da rispettare, e la realizzazione diventa difficile. Per esempio, per trasportare il materiale avrò bisogno di un'automobile. Che dico! Di un furgoncino... E dovrò anche dare da mangiare ai miei aiutanti. Chiederò al mio padrone di casa, che ha un ristorante indiano, di cucinarmi un pentolone di pollo al curry a un prezzo di favore, in cambio lo inserirò nei *credits*... Ma... Ma l'organizzazione è un lavoraccio."

"Quanto ti manca?" chiese Philippe.

"Tremila sterline", confessò Hortense. "E se potessi averne quattromila, sarebbe perfetto."

Philippe la guardò sorridendo. Che animaletto strano! pensò lui, audace, sfacciata, bella... Sa di essere bella, ma se ne frega. Se ne serve come di uno strumento. Un bulldozer che spiana le difficoltà della vita. Ciò che rovina le belle donne, che le rende insipide e talvolta stupide, è la consapevolezza di essere affascinanti. Si crogiolano nella loro avvenenza come se fossero distese al sole. Iris lo ha fatto per tutta la vita. E si è persa. Hortense non si crogiola. Sul suo viso si legge determinazione, sicurezza, l'assenza di qualsiasi dubbio. Quel dubbio così prezioso che aggiunge alla bellezza un piccolo fremito...

Hortense aspettava, a disagio. Odiava dover elemosinare aiuto. È così umiliante chiedere. Attendere la benevolenza altrui. Mi guarda soppesandomi. Sta per farmi la morale come mia madre. L'impegno, il merito, la sopportazione, i bei valori dell'anima. La conosco a memoria. Non mi stupisce che se l'intenda con mamma. A che punto sono? Si vedono ancora o si tormentano nel ricordo di Iris professando l'astinenza? Una cosa del genere sarebbe proprio da loro. Rifanno *El Cid* in Technicolor. Onore, coscienza, doveri. L'amore tra gli adulti fa schifo. Infilano i sentimenti ovunque, una roba appiccicosa. Che voglia di andarmene e di piantarlo qui... Ma come mi è venuto in mente di accettare questo invito? Cosa diceva Salvador Dalí sull'eleganza? "Una donna elegante è una donna che vi disprezza e che non ha peli sotto le braccia." E io mi sono addirittura messa in ginocchio a supplicare! Se entro due secondi non apre bocca, mi alzo e gli dico che è stato un errore, un terribile errore, che mi dispiace e mai più...

"Non ti darò questi soldi, Hortense."

"Ah..."

"Non ti farò questo favore. Se ti dicessi sì, sarebbe troppo facile. Bisogna essere davvero in gamba per resistere alle cose facili."

Stanca, delusa, Hortense ascoltava. Non aveva il coraggio di rispondergli. Blablabla, adesso è il suo turno di farmi la morale. Ben mi sta! Lo sapevo che era una cattiva idea, perché non veniva da me. Bisogna sempre fidarsi delle proprie sensazioni, mai ascoltare gli altri. Non solo mi dice no, mi fa anche la predica.

"Risparmiami il predicozzo!" brontolò senza guardarlo.

"Inoltre", proseguì Philippe, ignorando il cambiamento di umore della nipote, "penso sinceramente che se i piccoli doni coltivano un'amicizia, quelli grossi la compromettono... Se ti dessi questo denaro, ti sentiresti obbligata a essere gentile con me, di parlarmi di Alexandre, di cui non te ne importa un accidente, persino di frequentarlo, e il malinteso non avrà più fine... Al contrario, se non mi devi niente, non sarai obbligata a fingere e resterai la splendida peste che adoro!"

Hortense si raddrizzò, cercando di recuperare l'orgoglio senza perdere il contegno.

"Capisco, capisco benissimo... Hai sicuramente ragione. Ma ho veramente bisogno di questi soldi. E non so a chi rivolgermi. Non conosco miliardari io! Mentre tu... sei ricco sfondato. Perché le cose sono così semplici quando si è vecchi e tanto dure da giovani? Dovrebbe essere il contrario! Si dovrebbe fare di tutto per aiutare i giovani..."

"Non puoi chiedere un prestito alla tua scuola? O a una banca? Hai un ottimo curriculum..."

"Non c'è tempo. Ho vagliato ogni possibilità, non riesco a trovare una soluzione..."

"Non esiste problema senza soluzione."

"Facile a dirsi!" borbottò Hortense, che cominciava a trovare noiosa quella lezione.

Fissò il suo pollo arrosto e pensò all'allocco ricco che le stava sfuggendo di mano. Sta sicuramente pensando a Iris. Lei lo amava come si ama un assegno in bianco. Non dev'essere motivo d'orgoglio per un uomo.

"Hai in mente Iris mentre mi fai la predica?"

"Non è una predica."

"Ma io non sono come lei! Io lavoro duramente! E non chiedo niente a nessuno. Tranne alla mamma, ma solo lo stretto necessario..."

"All'inizio anche Iris lavorava duramente. Alla Columbia era una delle studentesse più brillanti del suo corso, ma poi... tutto è diventato troppo facile. Ha creduto che bastasse sorridere e sbattere le ciglia. Ha smesso di lavorare, di fare progetti, scegliendo di manipolare, ingannare... Alla fine ha imbrogliato tutti, persino se stessa! A vent'anni era come te, dopo..."

Come cambiano in fretta le cose! pensò Hortense. Quando sono arrivata era allegro, adesso, improvvisamente, mi sembra triste. È bastato nominare Iris perché la sua sicurezza svanisse e sprofondasse nel passato.

"Io sono stato il primo responsabile. L'ho aiutata a sistemare la sua vita, ad alimentare le sue illusioni. L'avevo messa su un piedistallo! Ho accettato tutte le sue bugie. Credevo di amarla... Non ho fatto altro che spingerla nell'abisso. Avrebbe potuto essere una persona formidabile."

Bisbigliava come se stesse parlando tra sé e sé, frivola, così frivola...

"Quello è il passato", protestò Hortense. "Non m'interessa. Ciò che m'interessa è oggi. Adesso. Ciò che farò tra un'ora. Le persone che incontrerò, come me la caverò... me ne frego del resto! Non è un mio problema. Ognuno è responsabile della propria vita, Iris è rimasta ai margini della sua, peggio per lei, ma io devo trovare tremila sterline oppure mi mangio il fegato!"

Philippe l'ascoltava dicendosi ha ragione. Non deve pagare per la frivolezza di sua zia. Lei è diversa, ma non voglio essere il responsabile indiretto della sua infelicità.

Il cameriere gli chiese se volessero il dessert. Hortense non lo sentì nemmeno. Non aveva toccato il suo pollo arrosto. Davanti alla sua aria scoraggiata, Philippe smise di pensare a Iris e tornò al presente.

"So cosa devi fare..."

Hortense lo fissò, imbronciata.

"Mi scriverai una dichiarazione di intenti. Ben strutturata: punto a, punto b, punto c... Menziona il Saint Martin's, descrivi il tuo percorso, come sei riuscita a spuntarla su centinaia di candidati, in che modo hai avuto l'idea, di che cosa si tratta, come conti di realizzarla, qual è il tuo budget, e io ti metterò in contatto con un finanziatore che ti farà eventualmente un prestito o sarà il tuo mecenate, questo dipenderà dalla tua abilità nel venderti... Il destino è nelle tue mani e non nelle mie, eccitante, vero?"

Hortense annuì. Fece un sorriso tirato. Che poi divenne sempre più largo. Si rilassò. La sfida che lui le proponeva le infondeva nuova energia. Cercò le posate per avventarsi sul pollo arrosto *à la landaise* e si accorse che il cameriere gliel'aveva portato via. Rimase perplessa, si strinse nelle spalle, e morse un grissino. Aveva fame ed era sicura di ottenere le tremila sterline che le mancavano.

"Mi dispiace per quello che ho detto su Iris, forse ho esagerato un po'..."

"Basta funzioni tra noi, d'accordo?"

"Ok..."

"Devi solo trovare le parole giuste per lusingare il tuo mecenate, fargli credere che, grazie a te, il mondo dell'arte gli spalancherà le porte. La gente ricca ama pensare di avere buon gusto e senso artistico. Presentagli le tue vetrine come se fossero una mostra più che un allestimento di vestiti..."

"Sì", rispose Hortense. "Mi ero già preparata un discorsetto da farti. Lo rifilerò a un altro..."

Lui sorrise, divertito.

"Perché vedi, Philippe, io non sono frivola, ma leggera... Leggera in superficie e arrabbiata dentro! Niente mi fermerà."

"Lieto di saperlo."

Raggiunse Nicholas da Liberty. Nel caos del suo ufficio, le sembrò più bello, più importante, più seducente. Quasi misterioso. Si bloccò, incredula, guardandolo con affetto.

Lui non se ne accorse, preso com'era dall'eccitazione: aveva trovato un fotografo che accettava di lavorare gratuitamente.

"È così scarso?" chiese Hortense.

"No, sta cercando di mettere insieme un book... È cinese, fa una gran fatica a ottenere i visti e non riesce mai ad andare a Milano o Parigi, un vero handicap... L'idea di avere il suo nome da Harrods e di collaborare con una francese, una studentessa del Saint Martin's, lo motiva molto, perciò sii gentile con lui."

"Non lo morderò! Non sono un mostro!"

"Sta aspettando in corridoio..."

Hortense sobbalzò.

"È lo gnomo peloso alto un metro e dieci?"

"Ecco, esattamente ciò che intendevo! È un ottimo fotografo, scatterà splendide immagini a costo zero... Perciò sii carina..."

Hortense lo guardò cauta.

"Sei sicuro che sia bravo?"

Nicholas sospirò.

"Hortense, credi davvero di avere il tempo di mettere in discussione tutte le mie decisioni? No, quindi fidati..."

Fece entrare Zhao Lu, che strinse loro la mano con calore, fissò Hortense, meravigliato, divorando con gli occhi la bellissima ragazza che lo guardava dall'alto in basso, senza smettere di ripetere *it's wonderful, it's wonderful*, a ogni frase che lei pronunciava.

Quella sera, tornando a casa, Hortense era stremata, ma felice. La giornata era andata bene, bim, Philippe gli avrebbe presentato un ricco allocco, bum, aveva trovato un fotografo, bam, avevano scelto due modelle slanciate ed eleganti che avevano accettato di lavorare per la gloria. Bimbumbam, il progetto prendeva forma.

S'imbatté in Jean il Foruncoloso nella penombra del salotto. Stava guardando la televisione, i piedi appoggiati sul tavolino. O meglio, sonnecchiava davanti allo schermo. Quel ragazzo lo faceva sempre. Com'è trasandato! si disse, osservandolo.

Dopo aver saputo della partenza di Sam, i ragazzi avevano messo un annuncio su Gumtree.com. E gli aspiranti coinquilini erano cominciati ad arrivare. Si era presentata una coppia di lesbiche, cerchiamo un appartamento da condividere con gente simpatica, vi dà fastidio che siamo lesbiche? No? Perfetto. Ci piace anche andare in giro nude e che un uomo ci guardi mentre.... Ehm... non siete scioccati, vero? Soprattutto se è di origine indiana. Nessuno di voi è indiano?

Una studentessa di diritto in sandali e con una lunga gonna a pieghe aveva visitato la casa ripetendo che sporcizia! usando un fazzoletto per pulire le maniglie delle porte prima di toccarle.

Oppure quell'altro, che non si era neanche fatto vedere, e aveva risposto per e-mail.

"Sono lieto di sapere che nella stanza c'è un grande armadio, ma non mi servirà visto che sono gay al cento per cento. La moda mi fa impazzire e butto via tutti i vestiti dopo averli indossati. Nell'annuncio non dite se siete gay, ma nel caso tra voi ce ne fosse uno, la cosa non mi dispiacerebbe affatto. Ho venticinque anni, vengo dal Mali, e vivo a Londra da quattro anni. Ho appena rotto con il mio compagno. Vi scoccerebbe se portassi a casa dei ragazzi? Avrò bisogno di fare sesso per dimenticare. Ho una bellissima tappezzeria rosa che potremmo mettere in salotto. Possiedo anche una collezione di riviste porno che vi presterei con piacere. Ditemi se siete interessati!"

Peter era sconvolto. Si puliva gli occhiali dicendo che non era per niente divertente. Scartarono anche i candidati che proponevano di trasferirsi con topi, donnole, pitoni o pappagalli, i vegetariani, una ragazza musulmana e un'altra che si nutriva solo di cibi al curry e non si lavava.

Quando si presentò Jean il Foruncoloso, lo presero immediatamente. Li salvò dai lunatici, dalle ragazze esibizioniste e dal gay in calore.

Hortense decise che non aveva voglia né di svegliarlo né di fare conversazione. Andò in camera sua a riflettere su tutto quello che le restava da fare.

Doveva preparare la dichiarazione d'intenti per Philippe...

* * *

Jean il Foruncoloso era, allo stato civile, Jean Martin.

Jean Martin non dormiva. Jean Martin stava guardando la televisione. Quando Hortense era rientrata, aveva chiuso gli occhi, poi li aveva riaperti non appena lei si era dileguata.

La Peste.

Avrebbe avuto il suo scalpo. Non sapeva ancora come, ma la ragazza avrebbe pagato.

Prima di tutto per la sua cattiveria e per quella di tutti coloro che lo trattavano da bubbone ambulante o cavolfiore ripieno. Il suo inferno aveva avuto inizio all'età di quattordici anni, quando la prima pustola purulenta era comparsa. All'inizio era un leggero rigonfiamento che prudeva, poi una macchia rossa che si allargava e si gonfiava, un puntino bianco appariva al centro, si riempiva di pus, il pus tracimava infettando la pelle e trasformandogli il viso in una serie di crateri infiammati. Fino a quattordici anni era stato un ragazzino che le donne di famiglia sbaciucchiavano, coccolavano, sommergevano di dolcezza. La cugina, la vicina di casa, le compagne di scuola non la smettevano di guardarlo. Non che fosse bello, non aveva tratti regolari, ma era il figlio unico del signor e della signora Martin, produttori di torrone a Montélimar, azienda famigliare che si tramandava di padre in figlio dal 1773, anno in cui il torrone era diventato il fiore all'occhiello della città, una specialità apprezzata in tutto il mondo. Montélimar, città del torrone, tremila tonnellate di produzione annua. Jean Martin avrebbe preso in mano la ditta come, prima di lui, suo padre, suo nonno, suo bisnonno, avrebbe guidato una Mercedes, sarebbe vissuto in una grande villa e sposato la figlia di gente importante. Dando magari vita a un'alleanza con un'altra famiglia nel ramo del torrone? Jean Martin era un ottimo partito.

Poi, era apparso il primo bubbone...

Nessuno lo guardava più in faccia e lui imparò a distogliere lo sguardo. Sua madre lo osservava piena di compassione bisbigliando povero figlio mio, povero figlio mio, credendo che lui non sentisse. Per la sua famiglia i dermatologi non esistevano. Si diceva, passerà, è l'età, quando conoscerà una ragazza... – suo padre e gli amici del padre ridacchiavano dandosi di gomito – ...se ne andranno, le pustole si riassorbiranno come per incanto. Ma nessuna ragazza si lascerà baciare da un appestato, protestava Jean Martin dentro di sé. Si chiudeva in bagno, si metteva davanti allo specchio, seguiva il percorso del pus, delle macchie rosse, e piangeva. Quando prudevano troppo, si grattava fino a farle sanguinare e andava meglio... ma gli restavano ferite dalle cicatrici indelebili.

Allora si masturbava vigorosamente... Invano.

Si mise a leggere qualunque cosa riguardante l'acne. Si applicò sul viso del sanguinaccio, dell'argilla verde, dell'acqua del Mar Morto, del perossido di benzolo, delle pomate al piombo, all'ottone, si spennellò di alcol iodato, di alcol a 90°, mandò giù pastiglie di Roaccutan che lo fecero stare male...

Riprese a masturbarsi.

Tutti i ragazzi avevano una fidanzata tranne lui.

Tutti i ragazzi andavano alle feste tranne lui.

Tutti i ragazzi esibivano i pettorali tranne lui.

Tutti i ragazzi si radevano, poi si profumavano di dopobarba tranne lui. La lozione gli irritava la pelle.

Si gonfiava, diventava rosso, bruciava, gli venivano le croste, si spellava e ricominciava tutto daccapo. Aveva piaghe purulente sul viso, sul petto, sulla schiena. Non usciva più di casa.

Si concentrò sugli studi. Passò la maturità con menzione d'onore. Fece un anno di preparazione per l'esame di ammissione all'università. I suoi genitori, meravigliati dai successi scolastici del figlio, gli regalarono una moto e lui prese l'abitudine di correre come un pazzo a viso scoperto per far seccare i brufoli.

La sera guardava la televisione con la nonna, che era una fan dei film di France 3. Rimase folgorato dal ciclo "cinema inglese contemporaneo". Finalmente sullo schermo vide dei ragazzi come lui: brutti, il viso in fiamme e pieno di foruncoli. Gli attori inglesi non assomigliavano per niente a quelli americani dalla pelle elastica e rosea, assomigliavano a lui, Jean Martin. Decise di andare a studiare in Inghilterra. I suoi genitori ci rimasero male: doveva restare a Montélimar e prendere in mano la fabbrica di torrone. Era figlio unico, glielo ricordavano a ogni pasto. Doveva imparare il mestiere.

Fu accettato alla prestigiosa London School of Economics, e se ne andò di casa sbattendo la porta. Senza un soldo. La sua vita stava per cambiare.

E così fu. Insomma, lui pensava che fosse cambiata. Era migliorata. La gente lo guardava in faccia, gli parlavano normalmente, gli davano pacche sulle spalle. Imparò a sorridere con più naturalezza. Veniva persino invitato al pub. Gli chiedevano in prestito gli appunti, qualche spicciolo, la tessera del metrò. Gli rubavano le barrette di torrone che sua nonna gli spediva di nascosto. Non diceva mai no, era felice, aveva degli amici. Ma nessuna amica. Non appena cercava di baciare una ragazza, quella si sottraeva, gli sfuggiva, diceva no, non posso, ho il ragazzo, è geloso...

Si concentrò di nuovo sugli studi. Sulle barrette di torrone e

Scarlett Johansson. Ne era cotto. Lei era bionda, bella, carnagione delicata, un sorriso smagliante, pensava un giorno sarò ricco, mi farò curare da un grande dermatologo e lei mi sposerà. Si addormentava succhiando una barretta di torrone. Si sfiniva con lo studio e di lavoretti per pagarsi l'università, l'affitto, il vitto, le bollette di telefono, gas ed elettricità. Non aveva più il tempo di pensare alla sua acne e continuava a masturbarsi vigorosamente.

Fino alla sera in cui aveva incontrato Hortense. Un ricevimento offerto dal signore e dalla signora Garson in onore della figlia Sybil. Serviva al bar, Hortense si era avvicinata al buffet e aveva rovesciato le bottiglie di champagne nel cestello del ghiaccio. Lui aveva protestato, e lei l'aveva ucciso con uno sguardo disgustato. Gli aveva parlato come neanche a un cane. Ogni parola era stata un pugno in faccia.

A Montélimar aveva fatto a botte con dei ragazzi, aveva incassato dei brutti colpi, ma nessuno lo aveva ferito come le battute di Hortense. Sottolineate da occhiate di disprezzo, che gli erano scivolate addosso come se fosse un rifiuto, come se lei gli negasse addirittura lo status di essere umano. La guardò dritto negli occhi, se la impresse nella memoria con la promessa di non dimenticarla mai. Se un giorno avesse ritrovato quella Peste, si sarebbe vendicato. Il conte di Montecristo sarebbe stato un lattante al suo confronto. Non l'avrebbe neanche sfiorata fisicamente, no! Non voleva andare in prigione a causa sua, ma l'avrebbe rovinata, distrutta, schiacciata moralmente.

E tuttavia... Quando quella sera l'aveva notata, alla prima bottiglia di champagne rovesciata, non aveva creduto ai suoi occhi: quella ragazza era la sosia di Scarlett Johansson. La sua Scarlett. L'aveva osservata, intontito. Pronto a non aprire bocca. A lasciarle svuotare ogni bottiglia. La Scarlett davanti a lui aveva i capelli castano scuro, gli occhi verdi a mandorla e un sorriso ammaliante. Lo stesso nasino impertinente, le stesse labbra turgide, da baciare, la stessa pelle luminosa, lo stesso portamento da regina. Scarlett...

Lei l'aveva insultato. Il suo sogno l'aveva insultato.

La prima volta che era stato nell'appartamento di Angel, lei era a Parigi. Alla fine i ragazzi avevano scelto lui. Gli avevano dato il cinque, e l'affare era stato concluso. Settecentocinquanta sterline per la stanza, spese incluse.

Una sera, rientrando da un lavoro temporaneo – tutti i giorni portava a passeggio due adorabili Jack Russel che gli leccavano il viso ogni volta che passava a prenderli per portarli al parco – si era ritrovato faccia a faccia con Hortense. C'era mancato poco che svenisse.

La Peste!

Lei sembrava non averlo riconosciuto.

Era arrivato all'appuntamento con il destino. Come Montecristo. E come Montecristo si sarebbe preso tutto il tempo necessario per perfezionare la propria vendetta. Quella ragazza aveva sicuramente un punto debole. Un punto segreto in cui affondare il pugnale che l'avrebbe lasciata esangue, sfigurata dalla disperazione e, solo allora, si sarebbe tolto la maschera e le avrebbe sputato in faccia.

Fino a quel giorno agognato, che gli avrebbe ridato il gusto per la vita, doveva rimanere in incognito.

Cominciò con il farsi crescere dei baffetti. Disse di venire da Avignone, per non essere tradito dal torrone di Montélimar, e decise di non parlare in francese per nascondere l'accento. Avrebbe aspettato tutto il tempo necessario. Si dice che la vendetta è un piatto che va servito freddo. L'avrebbe congelata per assaporarla ghiacciata.

* * *

Gary non riconosceva più la propria vita. Gli sembrava si fosse trasformata in una sorta di aquilone dalla coda multicolore che prendeva il volo e che lui era costretto a rincorrere. Come se tutto quello che una volta era importante ora non lo fosse più. O svanisse. Rimaneva sul ciglio della strada a mani vuote, il cuore inquieto, travolto per la prima volta dopo tanto tempo da attacchi di panico, un panico terribile che lo lasciava ansimante, tremante, sul punto di scoppiare in lacrime.

Conosceva quella paura. Quando lui e sua madre si abbracciavano e lei mormorava che gli voleva bene, più di qualunque cosa al mondo, con la voce di chi si sente in pericolo, che parla sottovoce per non farsi sentire. Sapeva che lui aveva indovinato il suo segreto, il segreto della signora che vedeva sulle banconote con una corona in testa, che non doveva rivelarlo mai a nessuno e che quel segreto, in particolare, non doveva essere nemmeno nominato. Persino le parole scelte per descriverlo erano minacciose e lei gli metteva un dito sulle labbra ripetendo pericoloso. Erano entrambi prigionieri dello stesso mistero, della stessa minaccia. Ma soprattutto, soprattutto, lui doveva sapere che lei lo avrebbe amato per sempre, che l'avrebbe protetto con tutte le sue forze, non doveva dimenticarlo mai, mai, e lo stringeva ancora di più e la sua paura aumentava. Tremava in tutto il corpo, lei lo abbracciava per allontanare l'angoscia, lo stringeva a sé e diventavano un corpo solo contro la paura. Lui non sapeva che cosa temesse sua madre, ma sentiva la minaccia avvolgerlo come un grande drappo bianco che lo soffocava. E gli spuntavano le lacrime agli occhi. Era un'emozione troppo forte che non riusciva a controllare, perché non poteva identificarla, darle un nome per respingerla... Il grande drappo bianco copriva tutto e li legava entrambi, vittime del silenzio.

Aveva conosciuto la paura anche quando lei correva a raggiungere l'uomo in nero, ovunque, in qualunque momento, nel mezzo di una frase, di un bagno caldo, dello yogurt bianco che gli dava con un cucchiaino. Bastava che squillasse il telefono, lei rispondeva e cambiava voce; si faceva mogia, la voce tremava, ripeteva sì, sì, si vestiva in fretta, gli infilava il cappotto e uscivano sbattendo la porta, qualche volta dimenticando le chiavi all'interno. Arrivavano in un hotel, spesso di lusso, con un portiere all'ingresso, un altro alla reception, uno accanto all'ascensore, uno per ciascun piano, lei lo lasciava nella hall senza badare all'uomo in uniforme dietro al bancone che la guardava con disapprovazione, gli dava un dépliant da leggere, gli diceva ecco! Impara a leggere o guarda le foto, io torno subito, non muoverti da qui, d'accordo? Non muoverti per nessun motivo, capito? Si allontanava come una ladra, tornava con gli occhi pieni di lacrime e lo rassicurava, come se parlasse a se stessa, come se discutesse con la propria coscienza, quanto ti voglio bene, sai, alla follia, è solo che... e hop! se ne andava di nuovo. Il signore in uniforme la osservava scuotendo la testa, gli rivolgeva un'occhiata compassionevole e lui restava ad aspettare. Senza muoversi. Con la paura che lei non tornasse.

Ma lei lo faceva. Rossa in viso, stanca, vergognosa. Lo copriva di baci, lo prendeva tra le braccia e rientravano a casa. Qualche volta finiva di dargli lo yogurt, altre faceva scorrere l'acqua del bagno e ascoltava della musica triste oppure lo metteva a letto, si stendeva al suo fianco e si addormentava completamente vestita.

Era diventato grande, ma era sempre la stessa storia. Erano seduti davanti al televisore, intenti a guardare un programma, un piatto in grembo, ridevano, rispondevano ai quiz, cantavano, il telefono squillava, lei gli lanciava il cappotto e attraversavano Londra per raggiungere un albergo. Lo sistemava su un divano, gli ripeteva le istruzioni, lui annuiva e aspettava che lei si allontanasse. Non restava più a leggere dépliant idioti che parlavano di isole assolate. Usciva e andava a cercare gli scoiattoli nel parco vicino all'hotel. Si sedeva sull'erba. Li osservava avvicinarsi, gli offriva dei biscotti che teneva in tasca. Non erano timidi. Venivano a mangiare dalla sua mano. Oppure afferravano un pezzetto di biscotto e se ne andavano saltellando. Facevano dei balzelli alti, decisi, controllando a destra e a sinistra che nessun rivale gli rubasse il bottino. Lui scoppiava a ridere guardandoli allontanarsi, arrampicarsi abilmente sui tronchi grigi e sparire tra i rami. Ben presto non li scorgeva più, si confondevano con la corteccia. Allora li imitava, si metteva a saltare con indosso il cappotto, faceva grossi balzi a zigzag, roteando gli occhi come per fare attenzione che non lo attaccassero. Per dimenticare la paura. Per dimenticare la domanda che lo faceva impazzire, e se lei non fosse più tornata? Allora rientrava di corsa nell'albergo, riprendeva la lettura del dépliant idiota.

Lei tornava sempre. Ma lui non smetteva di avere paura.

Un giorno l'uomo in nero aveva smesso di chiamare. O forse erano già in Francia. Non si ricordava più bene in che ordine fosse successo. Non c'erano più state telefonate. Mai più il cappotto indossato in fretta, lo yogurt bianco abbandonato sul tavolo. Lei restava a casa, giorno e notte. Preparava dolci, bolliti, vol-au-vent, pâté, torte. Ogni tipo di piatto che vendeva ai ristoranti per cui faceva catering. Diceva di guadagnarsi la vita in quel modo. Lui sapeva che mentiva. Aveva sempre distorto la verità.

Lui andava a scuola in Francia. Parlava francese. Aveva dimenticato le chiamate brusche, i portieri arrabbiati, i dépliant insipidi, gli yogurt bianchi. Amava la sua vita in Francia. Anche sua madre sembrava apprezzarla. Aveva un buon profumo, era serena, aveva ricominciato a studiare pianoforte al conservatorio di Puteaux. Dormiva senza fare incubi. La loro esistenza era tranquilla. Assomigliava alla vita di tutti gli altri.

Gli mancavano solo gli scoiattoli...

Ed ecco di nuovo quella paura.

Da quando Hortense aveva fatto la valigia in tutta fretta ed era partita senza domandargli niente. Tu non muoverti, aspettami qui, leggi il dépliant o guarda le foto. Abbiamo passato una notte meravigliosa, è vero, ma ho altro a cui pensare. Aspettami qui, non muoverti. Era paralizzato. Non riusciva più a muoversi. Sentiva un grande vuoto dentro, un vuoto minaccioso che stava per inghiottirlo.

E non c'era niente che colmasse quella voragine che sentiva aprirsi dentro di lui.

Da quando Hortense se n'era andata...

Interrompendo la notte che avevano appena cominciato. La loro lunga notte insieme, la loro notte folle... Lei si aspettava che lui l'attendesse tranquillo facendo le scale al pianoforte. Ti amo, ti amo, ma ho qualcosa di più importante da fare.

Vedeva la coda multicolore dell'aquilone allontanarsi nel cielo. Aveva perso il telecomando per ritrovare i colori, il rosso, il blu, il giallo, il verde, il viola, e riportarli nella sua vita.

La sua esistenza era un drappo bianco. Non sapeva più niente. Non era più sicuro di niente. Non capiva più se aveva voglia di studiare il piano. Si chiedeva se non avesse sognato. Se non avesse solo immaginato di diventare un pianista. Si domandò anche se avesse voluto diventarlo per piacere a Oliver. Per inventarsi un padre che, doveva ammetterlo, gli mancava terribilmente. Non aveva mai pensato di aver bisogno di un padre, lo aveva scoperto brutalmente un giorno sotto la doccia dopo che Simon gli aveva detto cos'è, ti credi Gesù? Hai un padre come tutti gli altri.

Aveva dolorosamente bisogno di un padre come tutti gli altri.

Chiamò Oliver.

Trovò la segreteria telefonica. "Risponde Oliver Boone. In questo momento non sono in casa. Lasciate un messaggio. Per richieste professionali, chiamate il mio agente al..."

Riappese.

Tutto si confondeva. Il vuoto che aveva in testa. Tutto ciò a cui non aveva mai voluto pensare. Era quello diventare adulti? Uscire dall'infanzia, dall'adolescenza? Non sapere più niente di sé?

Avere la testa completamente vuota?

Allora si disse che aveva paura, certamente, ma non si sarebbe comportato da vigliacco. Lo era stato in passato. Vigliacco, disinvolto, spensierato, non sapeva bene cosa. Si ricordò della signora Howell, la donna da cui sua madre alloggiava quando studiava, quando aveva conosciuto suo padre. Viveva nella parte vecchia di Edimburgo.

Non sarebbe più stato vigliacco, disinvolto o spensierato.

S'informò sugli orari dei treni per la Scozia, comprò un biglietto di sola andata, non sapeva se sarebbe tornato da quell'avventura, e un giorno, nel primo pomeriggio, raggiunse la stazione di King's Cross. Quattro ore e mezzo di viaggio. Quattro ore e mezzo per allenarsi a non essere più vigliacco.

In treno ricordò ciò che aveva detto sua madre sulla signora Howell. Ben poco. Alla sua nascita aveva quarant'anni, le piaceva bere, non aveva né marito né figli, gli preparava i biberon, gli cantava delle canzoncine, la madre e la nonna avevano lavorato come domestiche al castello di suo padre. Aveva controllato su Internet. Aveva trovato nome, numero di telefono e indirizzo della signora Howell. 17, Johnston Terrace. Aveva chiamato per sapere se c'era una stanza libera. Aveva atteso con il cuore che gli rimbombava nelle orecchie. No, aveva risposto un'esitante voce femminile, sono al completo. Ah, aveva esclamato, deluso. Poi aveva aggiunto velocemente, d'un soffio, per paura di non completare la domanda: "Lei è la signora Howell?"

"Sì, figliolo. Ti conosco?"

"Mi chiamo Gary Ward. Sono il figlio di Shirley Ward e Duncan McCallum..."

Era la prima volta che pronunciava il nome di suo padre. La prima volta che metteva il nome di suo padre e di sua madre uno accanto all'altro. Aveva un nodo in gola.

"Signora Howell? È ancora lì?" aveva chiesto, la voce rauca.

"Sì. È che... sei davvero Gary?"

"Sì, signora Howell. Adesso ho vent'anni. E volevo vedere mio..."

"Vieni subito. In fretta."

E aveva riappeso.

Il treno attraversava campi a perdita d'occhio e le pecore risaltavano come puntini bianchi sul verde dei prati. Macchioline bianche immobili. Gli sembrò che il treno non finisse mai di percorrere distese verdi punteggiate di macchie bianche immobili. Poi il treno costeggiò il mare. In una bella stazione dalla struttura metallica lesse il nome della città, Durham, e una volta ripartiti, scorse l'oceano, le rive definite da alte falesie e piccole strade sinuose. Dei castelli in mattoni con strette feritoie e alti bastioni, e castelli in pietra grigia con facciate dalle ampie finestre. Si chiese come fosse il castello di suo padre.

Perché aveva un padre...

Come tutti i ragazzi, aveva un padre. Non era meraviglioso?

Come l'avrebbe chiamato? Padre, papà, Duncan, signore? O forse non l'avrebbe chiamato affatto...

Perché la signora Howell gli aveva detto di andare subito, in fretta?

Cos'aveva pensato sua madre ascoltando il messaggio che le aveva lasciato sulla segreteria del cellulare? "Parto per la Scozia. Vado a Edimburgo a incontrare la signora Howell, voglio conoscere mio padre..." Aveva chiamato volutamente in un momento in cui sapeva che lei non avrebbe risposto, in cui era in una delle tante scuole dove insegnava ai bambini a mangiare "bene". Era stato vigliacco, lo ammetteva, ma non aveva voglia di spiegarle perché voleva ritrovare suo padre. Lei avrebbe fatto troppe domande. Era il genere di donna che analizza tutto, che voleva capire, non per un'insana curiosità, ma per amore dell'animo umano. Si diceva meravigliata dai meccanismi dell'animo umano. Ma qualche volta era eccessiva. Avrebbe preferito una madre leggera, egoista, superficiale. E poi, si disse, cercando di contare le pecore bianche per mettere ordine nella sua testa, non avrebbe mai osato dirle quello che pensava veramente, ho bisogno di un padre, di un uomo con due palle e un uccello, un uomo che beve birra, impreca, che fa puzzette, guarda il rugby alla televisione, si sfrega le mani nei peli del petto e scoppia a ridere per delle sciocchezze. Non ne posso più di vivere circondato da donne, ne ho troppe intorno. E poi tu sei troppo, sempre, sono stufo di fare coppia con mia madre, stufo... Voglio dei peli e un uccello. E una pinta di birra.

Non una cosa facile da dire...

Aveva infilato nel borsone da viaggio maglioni, boxer, T-shirt, calzettoni e una camicia bianca. Una confezione di shampoo, lo spazzolino da denti. Il suo iPod. E una cravatta... nel caso voglia portarmi in un ristorante di lusso. Ma ho una cravatta? Ah sì! Quella che metto per andare a trovare la nonna.

"Mio padre" sa che sono il nipote della regina?

Aveva digitato McCallum sul sito genealogy/scotland.com e aveva letto la storia della famiglia McCallum. Una storia cupa. Molto cupa. Il castello era stato costruito sulle terre di Chrichton, vicino a Edimburgo. Nel XII secolo. Si diceva che fosse maledetto. Una notte durante un temporale un monaco aveva bussato alla porta del castello chiedendo ospitalità e promettendo in cambio il riposo dell'anima del signore del luogo. Angus McCallum l'aveva trucidato con un colpo di pugnale: il monaco era venuto a disturbarlo nel bel mezzo di una bevuta dopo una massacrante battuta di caccia.

"Non hai mai sentito parlare del riposo del corpo?" lo aveva sbeffeggiato guardandolo crollare a terra.

Prima di morire, il monaco aveva maledetto il castello e i suoi proprietari per i cinque secoli a venire: "Dei McCallum non resterà che rovine e cenere, cadaveri e corpi impiccati agli alberi, figli corrotti e bastardi." La leggenda non era molto chiara sulla data di scadenza della maledizione. Si affermava che, dopo quella notte, il fantasma di un monaco con un cappuccio nero vagasse nei corridoi sedendosi a tavola, spostando piatti e posate, spegnendo le candele e ghignando in modo sinistro...

Il motto dei McCallum era: "Cambierò solo con la morte."

Venivano descritti come uomini violenti, suscettibili, attaccabrighe, pigri e arroganti. La storia dell'assassinio di Cameron Fraser, un cugino che abitava nel castello confinante, ne era un esempio lampante. I nobili proprietari della contea avevano l'abitudine di riunirsi una volta al mese per trattare gli affari relativi ai loro boschi, alle loro terre, alle loro fattorie. Erano serate di bevute in cui le ragazze della vicina taverna partecipavano alle libagioni. Una sera di gennaio del 1675, il tradizionale incontro si stava svolgendo sotto il segno dell'allegria, dell'alcol e dei corsetti slacciati delle donne quando Cameron Fraser aveva introdotto il problema dei bracconieri. Invocava severità nei loro confronti. Murray McCallum aveva dichiarato che il modo migliore di occuparsene era continuare a ignorarli. Che cos'erano poche bestie rubate da dei poveracci quando noi abbiamo carne a volontà da mettere sotto i denti? E per spiegare il suo punto di vista aveva afferrato il seno di una ragazza morsicandole il capezzolo. Cameron Fraser, senza commuoversi ma con una certa acredine, aveva aggiunto che se suo cugino McCallum poteva permettersi di essere negligente, era perché lui e i suoi vicini si erano presi la briga di castigare i bracconieri e che solo grazie a loro sulle sue terre c'era ancora qualche lepre. Altrimenti si sarebbe trovato costretto a mangiare le radici degli alberi! L'uditorio era scoppiato a ridere e McCallum, oltraggiato, aveva invitato il cugino a raggiungerlo nella sala delle armi dove l'aveva sfidato in un corpo a corpo e strangolato. "Crimine d'onore, signore!" aveva dichiarato davanti al giudice. "Ha insultato il nome dei McCallum." L'accusato fu dichiarato innocente per l'assassinio, ma colpevole di omicidio, cosa che gli permise di farla franca...

Questo Murray McCallum era un mascalzone: la notte andava ad aprire le chiuse dei ruscelli per inondare i raccolti dei vicini, violentava le ragazze del villaggio. Correva voce che al castello ci fossero solo domestiche incartapecorite e sdentate o prostitute. Non voleva lasciare niente ai suoi eredi e fece tagliare tutte le querce del parco per pagare i debiti di gioco; e una volta finito con il parco, passò alla foresta... Infine uccise i duemilasettecento daini della riserva facendoli arrostire in occasione di orge memorabili che diedero vita a diverse leggende, in particolare a quella dell'orco di Chrichton. Aveva sposato una ragazza dolce che viveva tutto il giorno reclusa in camera sua e che un servitore aveva preso in simpatia. Le portava gli avanzi dei pranzi di caccia del suo sposo. Quest'ultimo venne a saperlo, accusò il servitore di essere l'amante di sua moglie, lo uccise con un colpo di pistola e mise il cadavere nel letto della donna. Poi la condannò a dormire accanto al morto per trenta giorni e trenta notti, il tempo di pentirsi.

Ebbe un figlio, Alasdair, che, di carattere timido e pauroso, fuggì dal castello di famiglia per diventare capitano di fregata. Era così maldestro da essere soprannominato Alasdair la Tempesta; bastava che mettesse piede su una nave per farla affondare, trascinata via dalle onde oppure attaccata dai pirati. Suo figlio, Fraser, rimase al castello e formò una banda di briganti con la quale depredava i viandanti. Per non rischiare di essere denunciato, non lasciava in vita testimoni. Quando le autorità chiesero agli abitanti di indicare il capo dei briganti, nessuno osò fare il nome di McCallum per timore di rappresaglie. Fraser McCallum finì impiccato a un albero...

Non ci fu un solo McCallum che si distinse per fatti nobili e valorosi. Sembravano tutti dei mascalzoni agiati e oziosi, fortunati di vivere in un'epoca in cui fare il signore ammetteva qualsiasi diritto. Uno degli ultimi McCallum confessò persino di non potersi impedire di fare del male: "So che morirò sul patibolo, la mia mano è mossa da istinti malvagi..."

Nel corso dei secoli, i signori di Chrichton imposero il terrore nella campagna e nei villaggi nei pressi del castello. Le ballate scozzesi cantavano gli exploit di questi uomini crudeli, seducenti, cinici. Una di queste racconta la storia di un McCallum adorato dalla moglie, mentre lui era pazzo di un'altra. Fu condannato a morte per avere ucciso cinque orfani di cui bramava l'eredità. Il giorno dell'esecuzione sua moglie andò a implorare il perdono del re cantandogli, per intenerirlo, una tenera ballata in cui vantava le qualità del suo sposo e il suo amore per lui. Il re, commosso, accordò la grazia. Una volta liberato, il marito ingrato si diede alla fuga gridando alla povera moglie: "Un dito della mano della donna che amo vale più di tutto il vostro bel corpo innamorato..." E mentre lei singhiozzava che lui le aveva spezzato il cuore, lui rispose che "un cuore spezzato è segno di cattiva digestione".

Tali erano i suoi antenati e se, a partire dal XII secolo, erano stati costretti dalla Corona a obbedire alle leggi, la lista delle morti violente non si interruppe per molto. Quando non combattevano, non rubavano, non violentavano, finivano annegati. Volontariamente o meno...

L'unico dettaglio di quella terribile storia famigliare che commosse Gary era legato agli scoiattoli di Chrichton. Le terre del castello erano popolate di scoiattoli che costruivano il loro nido sugli alberi vicino allo stagno. Erano magnifici scoiattoli rossi dalla coda fiammeggiante, il vanto dei possedimenti dei McCallum. Non c'erano scoiattoli altrettanto belli nelle altre proprietà. Un vecchio detto della famiglia assegnava a questi animali un valore profetico:

Quando lo scoiattolo rosso lascerà il nido di Chrichton
Il cielo chiaro della contea si oscurerà
E la tenuta sarà invasa dai topi.

Perciò il suo amore per gli scoiattoli non era dovuto al caso. In lui scorreva il sangue dei McCallum...

Gary si chiese se gli scoiattoli se ne fossero già andati o fossero sul punto di farlo, e se era per quel motivo che la signora Howell, intuendo una fine drammatica, gli aveva detto di sbrigarsi.

"Vieni subito. In fretta..."

Cercò di trovare un motivo per cui la sua presenza fosse così importante.

Lo stava ancora cercando quando il treno entrò nella stazione di Edimburgo.

Si chiamava Waverley in ricordo del romanzo di Walter Scott, nato a Edimburgo, al quale la città aveva dedicato un enorme monumento, una sorta di mausoleo dorato in Princes Street. Edimburgo, capitale della Scozia, aveva dato i natali a numerosi autori, romanzieri o filosofi, David Hume, Adam Smith, Robert Louis Stevenson, Conan Doyle... E all'inventore del telefono,

Graham Bell. Prese il borsone e scese dal treno. La stazione era stata costruita nelle viscere della terra di modo che, per entrare in città, si dovevano salire interminabili scalinate di pietra.

Quando sbucò su Princes Street, ai piedi dei bastioni, ebbe la sensazione di essere proiettato in un altro secolo. Si sfregò gli occhi, stordito: le mura dei bastioni, le mura di un castello color ocra, rosso, grigio incombevano su di lui...

Svettavano appiccicate le une alle altre. Raccontavano la storia della Scozia, dei suoi re e delle sue regine, di complotti, assassinii, matrimoni e battesimi. Sembrava una scenografia cinematografica. Se avesse soffiato con tutte le sue forze, sarebbero crollate, rivelando una città fantasma dietro la muraglia...

Entrò nel primo hotel di Princes Street e chiese una camera.

"Ha visto i bastioni?" gli domandò la ragazza della reception.

"Sì", rispose Gary.

Voleva addormentarsi contemplando la maestosa bellezza di quelle vecchie pietre immaginando di essere il figliol prodigo tornato all'ovile.

Voleva addormentarsi sognando il castello di Chrichton e suo padre che l'aspettava.

Si addormentò felice.

Fece uno strano sogno: il fantasma del monaco del castello veniva a sedersi al tavolo della sala da pranzo, abbassava il cappuccio nero, si faceva il segno della croce, giungeva le mani e dichiarava che la maledizione era cessata. Allora entrava Duncan McCallum, un gigante deforme dagli occhi iniettati di sangue, lo prendeva tra le braccia e lo stringeva chiamandolo "figlio mio".

* * *

Fu uscendo dalla scuola dove tentava di educare i ragazzini nutriti a grassi e zuccheri a "mangiare bene" che Shirley udì il messaggio di Gary. Sforzandosi di non perdere l'equilibrio, le cartellette fra le braccia, il telefono in una mano, pensò che il messaggio non fosse destinato a lei. Un errore, dev'essere un errore. L'ascoltò diverse volte, riconobbe la voce di Gary e rimase immobile sul bordo del marciapiede. Paralizzata. Guardava passare le auto chiedendosi se il rumore del traffico non avesse rimescolato le parole del messaggio, obbligandola a sentire quella notizia sconcertante: suo figlio partiva alla ricerca di suo padre.

Ma per fare cosa? Perché ha bisogno di andare a cercare un individuo che per lui non ha mai fatto niente mentre io sono qui su un marciapiede con il desiderio di lanciarmi sotto una macchina alla sola idea? Io, sua madre, che l'ha cresciuto, nutrito, educato, protetto, io che ho fatto tutto per lui, che mi sono sacrif...

Si bloccò sul colpo.

No, quella parola no! Ti proibisco di pronunciarla! Quella che dicono tutte le madri possessive e gelose.

Si riprese subito, sto delirando, blatero sciocchezze, cose che non penso... Non mi sono sacrificata per Gary, gli ho voluto un mondo di bene. E continuo a volergliene, devo controllarmi...

"Scusi, signora..."

Uno dei ragazzi che aveva appena lasciato in classe le si fermò accanto domandandole va tutto bene? È così pallida... Gli rivolse un sorriso spento.

"Sì, avevo solo bisogno di una boccata d'aria..."

"Perché non attraversa?"

"Pensavo ad altro..."

"Alle sue lezioni?"

"Ehm... sì. Mi chiedevo se ero stata abbastanza convincente..."

"Quello che ci ha detto sulle polpette dei fast food era molto interessante! Io non le mangerò più..."

"Credi sia riuscita a convincere anche gli altri?" Lui le sorrise in modo quasi indulgente, ma non rispose. “Non era male il mio slogan”, si difese Shirley. “Comportatevi da pecore e vi ritroverete come costolette!”

“Non è per scoraggiarla, ma se fossi in lei, lo cambierei. Perché i miei compagni adorano le polpette e le sue parole non basteranno a fermarli!”

“Ah...”

“Mia madre fa attenzione a quello che mangio. Ma gli altri, non se ne preoccupano... Soprattutto perché nutrirsi bene costa caro!”

“Lo so, lo so”, brontolò Shirley. “È uno scandalo dover pagare per non essere avvelenati...”

“Non si abbatta...” la consolò il ragazzino.

“Non preoccuparti... Troverò una soluzione...”

“Una soluzione con tanto sangue, allora... Da film dell’orrore.”

Shirley sembrò perplessa.

“Quello non è il mio genere...”

“Dovrà fare uno sforzo!”

Le chiese di nuovo se stesse bene, vuole attraversare con me? Come se si rivolgesse a una vecchietta spaventata dal traffico.

E dato che lui insisteva, lo seguì e andò a rifugiarsi in un coffee shop dall’altra parte della strada che vendeva fiori, dolci, polli allo spiedo, lampadine e ogni sorta di cianfrusaglie. Cercò sorridendo una piccozza o una sega metallica per animare le sue conferenze.

Una soluzione con tanto sangue. Ecco che avrebbe dovuto trasformare i suoi interventi in *Non aprite quella porta*! Avrebbe chiesto a Gary di farsi venire un’idea...

Si bloccò. Non lo avrebbe chiesto a Gary. Doveva imparare a vivere senza domandargli niente.

Lo avrebbe lasciato partire alla ricerca di suo padre senza dargli fastidio. Avrebbe continuato da sola per la sua strada. Zoppicando.

Fu invasa da una solitudine implacabile, simile a un blocco di ghiaccio. Rabbrividì, chiese al pakistano alla cassa un cappuccino e un pacchetto di sigarette. Fumare uccide. Aveva deciso di suicidarsi. Lentamente, ma senza esitazione. Anche la solitudine uccide. Dovrebbero scrivere questo sui pacchetti di sigarette, sulle confezioni di shampoo e le bottiglie di vino. Sola, ormai era sola. Prima non era mai stata sola. Se ne fregava di avere un uomo nella sua vita. Aveva suo figlio.

Ordinò un altro cappuccino fissando il pacchetto di sigarette.

Com'era oggi Duncan McCallum? Sempre così seducente? Sempre così bellicoso? Sempre pronto a raccontare come aveva affrontato un russo ubriaco nelle strade di Mosca mettendolo ko con un affondo di sciabola? Mostrando la guancia sfregiata come prova... A Gary sarebbe certamente piaciuto un padre così bello, audace, temerario. L'avrebbe portato in palmo di mano. Duncan McCallum sarebbe diventato il suo eroe. Pffft... sibilò Shirley, uno zero. Sì, uno zero. Ma la vocina della saggezza si fece sentire, basta, ragazza mia, smettila di fantasticare. Lasciagli vivere la sua vita. Ritirati e occupati piuttosto della tua...

È proprio bella la mia vita, si rispondeva Shirley, arrabbiata. È piena di niente. Una scatola vuota con un povero maggiolino storpio e zoppicante. Non ho nemmeno i fiammiferi per accendermi una sigaretta. E di chi è la colpa? chiedeva la vocina saggia. Chi ha respinto un bell'amante che voleva lasciare il suo cuore ai tuoi piedi? Non parli più adesso.

Oliver? bisbigliò Shirley. Oliver? Be'... È sparito.

Sparito come? Per incanto?

Ovvio che no...

Non aveva più notizie di Oliver.

E non era certa di riceverne ancora.

Rientrata da Parigi, lui l'aveva chiamata, felice, determinato.

"Quando ci vediamo? Ho un paio di idee..."

"Non ci vediamo più." Aveva inspirato profondamente, poi aveva aggiunto: "A Parigi mi sono innamorata... Non era previsto."

Lui aveva cercato di scherzare.

"Innamorata per una sera o è qualcosa di più serio?"

"Più serio..." aveva risposto mordendosi le labbra per non rimangiarsi la bugia.

"Ah... Ho capito. Non avrei mai dovuto lasciarti partire. È anche colpa mia... Ci sono città talmente romantiche che ogni volta si soccombe. Roma o Parigi, non bisogna permettere alle ragazze di andarci... Oppure che vadano, ma con uno chaperon. Una vecchia inglese con i peli sul mento."

Le aveva dato l'impressione di prendere bene la rottura. Si era sentita offesa.

Da allora non riusciva a smettere di pensare a lui.

Da allora non andava più a fare il bagno nello stagno di Hampstead.

Erano passate tre settimane. Contava i giorni. E le notti. E aveva il cuore a pezzi.

E se andassi a dare un'occhiata in tutti gli stagni ghiacciati? buttò lì la vocina. Per fare cosa? bofonchiò Shirley. Mi ha già dimenticato... Su! Prendi la bicicletta e pedala... Non rispondi? Hai paura? Paura io? si ribellò Shirley. Sai con chi stai parlando? Con un'ex agente dell'MI5, i servizi segreti di sua maestà. Conosco il pericolo, so come neutralizzarlo. Conosco tutti i trucchi del mestiere per bloccare un agente che fa il doppio gioco o un terrorista un po' brillo per le strade di Londra. Mi chiedi se ho paura di un uomo in pantaloni di velluto a coste lisi sulle ginocchia? Oh! Ti vanti parecchio!... Non mi vanto, sono realista! Io, Shirley Ward, riesco a disinnescare una bomba in un microonde in venti secondi... E con una stretta di mano posso lasciare sul palmo di un sospetto una sostanza che permetterà di pedinarlo senza che si accorga di niente! Ahahah! Non dici più niente, vocina della saggezza! Ok, ma non è a quel tipo di paura che mi riferisco! Parlo di una paura più diffusa, intima, la paura di una relazione a due... Pfft... Io non ho paura di niente! Posso immobilizzare un uomo bloccandolo da dietro, un pugno tra le scapole... Vai a farti una nuotata nelle acque ghiacciate di Hampstead. È più coraggioso che attaccare un uomo alle spalle!

Shirley mise il broncio. Rifletté. Non era sicura che fosse una buona idea. Pagò il cappuccino, contemplò il pacchetto di sigarette e lo lasciò sul tavolo.

Non si sarebbe suicidata subito.

La vocina della saggezza l'aveva fatta arrabbiare ed era stato un bene. Decise di tornare a casa e di cercare un'idea per realizzare la sua versione di *Non aprite quella porta...*

* * *

Quando sappiamo di aver trovato il nostro posto nella vita? si domandava Philippe bevendo il caffè mattutino di fronte al parco.

Non lo sapeva.

Ma sapeva di essere felice.

Per tanto tempo era stato un uomo "di successo". Apparentemente mostrava tutti i segni della felicità, ma da solo, di fronte a se stesso, era consapevole che gli mancava qualcosa. Non ci pensava spesso, ma era come un leggero pizzicore al cuore che offuscava il presente.

Non aveva più notizie di Joséphine. Lasciava fare al tempo. Accettando quell'attesa che lo feriva, le settimane che passavano. Non soffriva più per la sua assenza, la comprendeva, qualche volta aveva voglia di dirle che la felicità poteva essere semplice, così semplice...

Lo sapeva perché, senza alcuna ragione, era felice.

Si alzava, faceva colazione, sentiva la voce allegra di Alexandre che usciva per andare a scuola, ciao papà, a più tardi! il rumore dell'asciugacapelli nel bagno occupato da Dottie, i vocalizzi di Becca sulle arie d'opera, le domande di Annie in cucina che, tutte le mattine, chiedeva cosa mangiamo oggi? La casa, una volta vuota e silenziosa, risuonava di passi, risate, canti, esclamazioni gioiose. Sgranocchiava il bacon, leggeva il giornale, andava in ufficio oppure no, sorrideva quando il Rospo lo chiamava piangendo per i mancati guadagni. Se ne fregava. Non aspettava più.

Non aveva più bisogno di attendere.

Si godeva tutto, gustava tutto, assaporava.

Alle cinque prendeva il tè con Becca. Un miscela cinese con panini al crescione servita in un servizio Worcester dai colori brillanti. Commentavano le notizie della giornata, la serata in arrivo, le ultime riflessioni di Alexandre, le prestazioni di un tenore su una vecchia incisione, la paragonavano a un'altra, Becca canticchiava, lui chiudeva gli occhi.

Aveva regolato i conti con il passato. Aveva capito che non poteva cambiarlo, ma poteva modificare il modo di guardarlo. Smettere che gli pesasse addosso, lo ferisse, lo soffocasse impedendogli di respirare. Non interpretava più un ruolo. Lo aveva sempre fatto. Il bravo figlio, l'allievo diligente, il buon marito, l'ottimo professionista... ma nessuno di quei personaggi era lui. Com'era strana la vita! Ci ho messo più di cinquant'anni a trovare il mio posto, a smettere di sembrare quello che gli altri si aspettano da me. È bastata l'entrata in scena di due donne, Becca e Dottie. Due donne che non recitano, che non fingono di essere altro. E la vita diventa semplice, la felicità s'insinua.

Beve il caffè mattutino guardando il parco. Un mazzo di peonie rosa illumina il tavolo accanto alla finestra e più in là, sul balcone, due cespugli di bosso riempiono grandi vasche di pietra. In un angolo, l'innaffiatoio di metallo dal lungo becco usato da Annie per bagnare le piante. Due colonne di pietra ornano la facciata del palazzo costruito da Robert Adam, il grande architetto inglese del XVIII secolo. Sui tetti svettano i comignoli di mattoni rossi anneriti dal fumo e le antenne della televisione. E poi finestre che si aprono con un colpo di polso. Tegole di ardesia nera. Le grondaie lungo le facciate...

La felicità o la teoria dei chiodi di Bossuet. Amava quel passaggio del *Sermone sulla morte e la brevità della vita*: "Ho alle spalle un'esistenza di ottantaquattro anni... Che cosa resterà? Gli istanti di soddisfazione, le onorificenze ricevute? Sono stati momenti rari! Come dei chiodi infissi in un lungo muro. Posti a una certa distanza, direste che occupano molto spazio; ma raccolti tutti insieme non riempirebbero una mano."

Quanti chiodi stringeva in mano?

Socchiude una finestra e una dolce umidità penetra nella stanza. Ama quel cielo azzurro e freddo che si riscalda non appena il sole lacera le nuvole, il vapore acqueo che vibra nell'aria e svanisce a poco a poco davanti al calore del giorno nascente... Ama Londra. È un grande villaggio pieno di vita, affari, idee con arterie brulicanti, viali silenziosi, parchi.

Contempla gli alberi della strada, i parchimetri attivati via sms. Il furgone rosso del postino accosta per lasciare lettere e pacchi. La vicina è in partenza per la campagna, sta caricando l'auto. Indossa una camicetta rosa e sistema una bicicletta rossa nel portabagagli. Altre biciclette sono legate ai lampioni con grosse catene, la ruota davanti mancante. Per evitarne il furto. Gli uccelli cantano. Un uomo in completo grigio prende il posto della vicina e legge attentamente il regolamento del parchimetro. Deve venire da fuori, non ha familiarità con i parcheggi cittadini. Prende il cellulare per attivare il pagamento. Poi alza lo sguardo al cielo con una smorfia. Sembra un uomo perennemente arrabbiato. Ha le labbra all'ingiù. Risale in auto. Si sentono le anatre rumoreggiare. Avanzano per un istante dondolando sul prato del parchetto, poi si allontanano. L'uomo è seduto al volante, le mani sulle ginocchia. Sembra meditare.

"Vado a fare la spesa. Le serve qualcosa?" chiede Annie.

"No, grazie... Oggi pranzo fuori..."

Deve incontrare Hortense e un finanziatore. Ha ricevuto la sua dichiarazione d'intenti. Notevole. Chiara e concisa, con un'impertinenza che invoglia a partecipare al suo progetto...

"Mi occuperò delle pulizie al rientro..."

"Nessun problema, Annie. La casa brilla come un diamante!"

La donna si gonfia d'orgoglio, felice, voltandosi nella lunga gonna grigia da collegiale.

La sera prima l'ha sorpresa a ridere a crepapelle. Aveva le lacrime agli occhi e singhiozzava davanti a Dottie e Becca, basta, basta, o me la farò addosso! Aveva richiuso dolcemente la porta della cucina. Si sarebbe imbarazzata se lui l'avesse sorpresa così.

Dottie entra silenziosamente in salotto.

Philippe sente la sua presenza, ma non si gira.

Da quando vive lì, ha preso l'abitudine di muoversi senza fare rumore, come se dovesse passare inosservata. Quell'economia di movimenti lo commuove e lo irrita al tempo stesso. Sembra dirgli sono felice di essere qui, Philippe, non mandarmi via, ma sottolinea involontariamente il fatto che la sua presenza, che doveva essere temporanea, si prolunga. Vorrebbe ricordarle che i suoi sentimenti non sono cambiati, che le vuole molto bene, ma che non è amore. Il vecchio Philippe si sarebbe comportato così. L'ordine regnava sovrano nella sua vita.

Tutte le sere, quando sono soli in camera, nell'unico momento in cui potrebbe parlarle, lei si rannicchia contro di lui con un tale abbandono, una tale fiducia che lui posticipa a più tardi una spiegazione sincera. Dottie dorme come un bambino. Persino nello stesso letto, non rivendica spazio. Trasferendosi nel bell'appartamento di Philippe, ha perso la sua verve. I bei mobili, l'ottimo cibo, l'argenteria, i candelabri, i mazzi di fiori, l'odore di cera hanno avuto ragione della sua sfacciataggine di ragazza londinese. Si sta trasformando in un'altra donna, piena di misura, dolcezza, stupore continuo con l'espressione di chi ha trovato il proprio posto e non intende lasciarlo.

Talvolta, quando Philippe le chiede di accompagnarlo al cinema o a teatro, gioisce timidamente, saltella sul posto, corre a prendere borsa e cappotto e lo aspetta impettita all'ingresso, come a dire, ecco, sono pronta, per paura che lui cambi idea e non la porti più con sé. Quando squilla il telefono, gli lancia delle occhiate furtive cercando di capire con chi sta parlando, e se dalla conversazione saltano fuori le parole "Parigi", "Francia", "Eurostar", riesce a leggere nei suoi occhi la paura che lui se ne vada e che al suo ritorno non ci sia più posto per lei.

Non gli piace vedere quello sgomento, le chiede vuoi che ti aiuti a cercare un lavoro? Lei risponde, no, no, ha qualche proposta. Lo dice in fretta, farfugliando, e lui si addolcisce, aggiungendo, prenditi tutto il tempo, Dottie, non accettare una cosa qualunque, e lei fa il sorriso della vittima appena scampata a una catastrofe.

Non sono abbastanza bella per lui, abbastanza intelligente, colta, è così, pensa Dottie da quando vive a casa di Philippe. La modestia, la paura, l'angoscia vanno spesso di pari passo con l'amore e Dottie non sfugge a questa regola iniqua. Soffre in silenzio, ma non lascia trasparire nulla. S'impegna a essere allegra, leggera, ma sono qualità che non si possono imitare e che suonano false se vengono scimmiottate.

Quando Becca e Annie la coinvolgono nelle loro conversazioni sulla cottura dell'anatra o sul ricamo, ride con loro, si lascia avvolgere dalla loro dolce tenerezza, ma nel momento in cui si ritrova sola con Philippe, ritorna maldestra e silenziosa.

E scivola lungo le pareti, scivola...

Quando lo sguardo distratto di Philippe si posa su di lei, le viene voglia di piangere. E tuttavia, non ha la forza di andarsene, di riprendersi la propria indipendenza e il proprio coraggio. Spera sempre... Non sono forse felici tutti e cinque in quel bell'appartamento di Montagu Square? Lui finirà per lasciarsi inghiottire dalla felicità che lei sta tessendo con Becca e Annie.

Finirà per dimenticare l'altra...

Quella che vive a Parigi, salta a piedi uniti nelle pozzanghere e insegna all'università. Joséphine. Conosce il suo nome, lo ha chiesto ad Alexandre. Anche il suo cognome, che sembra uscito da un libro di storia. Cortès. Joséphine Cortès. La immagina bella, colta, forte. Le attribuisce il fascino e l'eleganza parigini, la sicurezza delle francesi che sembrano libere, affrancate da tutto, che sanno impadronirsi del cuore di un uomo. Joséphine Cortès ha scritto tesi, libri, un romanzo di successo tradotto in inglese. Non osa leggerlo. Joséphine Cortès cresce due figlie da sola, da quando suo marito è morto, divorato da un coccodrillo. In questa donna tutto pare grande e romanzesco. Di fronte a lei, Dottie si sente una lillipuziana ignorante. Si guarda allo specchio ed è troppo bionda, troppo pallida, troppo magra, troppo sciocca. Vorrebbe avere i capelli "dell'altra", l'equilibrio "dell'altra", i suoi modi, la sua disinvoltura. Joséphine incarna ogni qualità e lei si sente tremare.

Talvolta, crede di scorgere negli occhi di Philippe il riflesso "dell'altra".

E se lui incrocia il suo sguardo, avverte in Philippe come un moto di esasperazione. Si riscuote e le chiede, tutto bene? E lei sa che stava pensando a Joséphine Cortès.

Loro cinque formano una famiglia bizzarra, ma pur sempre una famiglia.

Dottie ama pensare di avere un ruolo in quella storia. Un ruolo da poco, ma reale. Non ha così tanta voglia di cercarsi un lavoro.

Fa dei colloqui. Posti da ragioniera ce ne sono a bizzeffe. Lei aspetta, si dice che, forse, forse, un giorno lui le chiederà di restare per sempre...

Di restare in quella casa.

Se si trovasse un impiego, le toccherebbe tornare nel suo appartamento, no?

Ogni giorno trascorso in quel palazzo equivale, per lei, a una semiproposta di matrimonio. Un giorno, si dice, un giorno lui si volterà, tenderà le braccia e se io non sarò lì, verrà a cercarmi. Quel giorno sentirà la mia mancanza... Aspetta quel giorno come una ragazza innamorata attende il suo primo appuntamento.

Gli arriva alle spalle, lo abbraccia dolcemente. Gli dice che sta uscendo, che ha un colloquio da Berney's.

Philippe sente chiudersi la porta dell'appartamento. È solo. Quest'anno non andrà né a Venezia né a Basilea, né al Documenta di Cassel... A che serve accumulare opere d'arte? Non sa più se ne ha ancora voglia.

Il giorno prima Alexandre ha mostrato a Becca, su Internet, una foto di *My lonesome cowboy* di Takashi Murakami, un artista giapponese contemporaneo, indicandole il prezzo, quindici milioni di dollari. Becca ha rovesciato il tè, bisbigliando Omioddio! due volte di seguito, lo sguardo perso scintillante di rabbia.

Philippe avrebbe voluto spiegarle perché quella scultura a grandezza naturale di un giovane personaggio uscito da un manga, da cui scaturisce un getto di sperma che fende l'aria come un lazo, era importante: perché aboliva le frontiere tra l'arte dei musei e l'arte popolare, perché era una risposta insolente all'arte contemporanea occidentale, ma non ha detto niente. Alexandre sembrava a disagio. Becca si è incupita e nessuno ha più aperto bocca.

Da quando vive con loro Becca è cambiata.

Lui continua a non sapere nulla della sua vita. Non sa come si chiama. È solo Becca. Non saprebbe darle un'età. I suoi occhi sono così giovani quando ride, quando ascolta, quando fa domande.

Becca possiede l'arte della felicità. Quando si rivolge a qualcuno, lo avvolge con lo sguardo, lo veste di luce, ricorda il suo nome, lo pronuncia con cura. A tavola siede dritta, ha dei gesti armoniosi quando prende il pane, passa il sale o si sistema una ciocca di capelli. Dei gesti arabescati, lenti, maestosi, che appartengono a lei, alla sua vita. Canta, cucina, sa un sacco di storie sui re di Francia e d'Inghilterra, gli zar e i gran sultani turchi. Ha visitato il mondo intero e ha letto più libri di quanti ce ne vorrebbero per tappezzare le pareti dell'appartamento.

Non mette più le mollette rosa e blu.

L'hanno rivestita da capo a piedi. Gli abiti di Iris hanno fatto al caso suo. È strano vedere quei vestiti su un'altra... Talvolta si sorprende a mormorare il nome di sua moglie quando scorge la figura di Becca in fondo al corridoio. Becca ha la sua stessa grazia. Qualcosa che non s'impara. Sa come allacciare un ciondolo, annodare un foulard intorno al collo, scegliere una collana... L'altra sera al ristorante, l'ha vista aprire la Birkin di Iris come fosse sempre stata sua.

Quando avevano spogliato Becca dei suoi stracci, era apparso un corpo gracile, asciutto, muscoloso. Dottie aveva esclamato, ma hai il fisico di una ragazzina! Il fisico di una ballerina, affusolato come un giunco.

E lo sguardo di Becca era fuggito lontano...

Da dove viene? Che cos'è accaduto nella sua vita perché si

ritrovi senza una casa? A forza di vivere per la strada, aveva adottato un certo linguaggio, ma ora non lo usa più... non dice più *luv*, ma Alexandre. Beve il tè con delicatezza e conosce il galateo. Ha un vocabolario ricco e raffinato. Canta arie d'opera.

Nella sua vita precedente, avrebbe voluto sapere.

Nella sua vita precedente, non l'avrebbe accolta...

Nella sua vita precedente, nel palmo della mano non stringeva nessun chiodo...

* * *

Soggetto, verbo, complemento oggetto.

Soggetto, verbo, complemento oggetto.

Il soggetto compie l'azione, il verbo esprime l'azione, il complemento oggetto subisce l'azione.

Stava per iniziare le lezioni con il gelatinoso Kevin. Quel modo semplice di presentare la grammatica avrebbe riportato un po' di ordine nel cervello ottenebrato del ragazzino. Avrebbe pensato in seguito ai dettagli.

Henriette fa lezione.

Kevin possiede un computer.

C'era sempre tempo per complicarsi la vita e introdurre il complemento di termine, di luogo, di tempo e di modo. Che avrebbe spiegato con altrettanta semplicità. Il complemento di termine risponde alla domanda: a chi, a che cosa? e segue il verbo. Il complemento di stato in luogo risponde alla domanda: dove? il complemento di tempo alla domanda: quando? e il complemento di modo alla domanda: come?

Ponendo e rispondendo a queste domande, la mente si struttura. E anche la vita. Riducete in pappa la testa di un bambino e lui vi ripagherà vomitandovela addosso.

Chiaro e cristallino.

Frugando in cantina alla ricerca di abiti usati, aveva trovato un testo di grammatica dei tempi in cui andava a scuola. L'aveva sfogliato e, miracolo, la grammatica era tornata a essere una scienza limpida, quasi allettante. "Ciò che si concepisce con cura si enuncia chiaramente, e le parole per dirlo arrivano facilmente." Il vecchio Boileau aveva dannatamente ragione!

Soggetto, verbo, complemento.

Soggetto, verbo, complemento.

Avrebbe lasciato perdere le definizioni fumose, "gruppo nominale", "gruppo verbale", "funzione", "complemento oggetto diretto", "complemento oggetto indiretto", e sarebbe tornata al buon vecchio metodo per cui un gatto si chiamava gatto. Ai tempi in cui lei studiava grammatica, e l'istitutrice colpiva la lavagna con una riga di legno. Oppure le dita degli allievi lazzaroni. Ai tempi benedetti in cui nelle scuole regnava la disciplina. Uno più uno faceva due, una parola era una parola e non un fonema. Si studiavano capoluoghi e dipartimenti. E si balzava in piedi quando la signorina Collier entrava in classe.

Soggetto, verbo, complemento. Nelle scuole tornano ordine e disciplina. La Francia si rialza. I bambini agitano il tricolore e sono fieri del loro Paese. Come ai tempi del generale De Gaulle. Ecco un bell'esempio di grammatica e civiltà. Un uomo che parlava il francese senza errori o scorrettezze. Quando il linguaggio combina la rettitudine di corpo e spirito! Non poteva dire la stessa cosa della mente spenta del suo allievo...

Henriette Grobz prendeva sul serio il recupero scolastico di Kevin Moreira dos Santos. Aveva capito che il ragazzino rappresentava una straordinaria miniera d'oro. C'era in lui una "vena di cattiveria" che poteva sfruttare per i suoi fini. Sembrava portato per il crimine, pur mancandogli ancora qualche strumento che avrebbe pensato lei a offrirgli. Non era ancora diventato preda dei sensi di colpa, né del minimo rimorso di coscienza all'idea di agire male. D'altra parte, ignorava la differenza tra Bene e Male. Pensava solo a se stesso. Ciò che gli conveniva era il Bene, ciò che lo contrariava era il Male. Aveva migliaia di idee per aggirare le difficoltà, rinviare qualsiasi sforzo, approfittare del prossimo, ottenere subito ciò che voleva e, seppure recalcitrante all'idea di studiare, non appena si trattava di migliorare il suo benessere quotidiano, aguzzava l'ingegno usando tutte le sue energie.

Nemmeno quel giorno restò delusa.

Nel momento in cui Henriette si presentò per la loro lezione settimanale, Kevin borbottò qualcosa che lei non riuscì a capire. Quando entrava nella stanza lui non salutava mai né si alzava. E durante la lezione non smetteva di masticare il chewing-gum e di giocherellare con un elastico tra i denti.

Non appena si sedette al suo solito posto, tra Kevin e la parete, il ragazzino parve contrariato e cercò di nascondere quello che stava facendo al computer.

"Sei in anticipo, vecchia capra... Torna più tardi, sono occupato."

"Visto che sono qui, tanto vale che resti... Sistemo le mie cose mentre aspetto che tu sia pronto..."

Prese i quaderni di Kevin, i compiti che poi lui avrebbe ricopiato, il testo di grammatica e quello di geografia.

"Non rompere, ti ho detto..."

"Che c'è angioletto mio? Ti disturbo?"

"Spostati, brutta scrofa!"

Abituata alla volgarità del ragazzo, Henriette si sedette e girò la testa.

"Meglio... almeno ti vedo solo la schiena."

Sentì le dita del bambino scorrere sulla tastiera. Fece finta di chinarsi per cercare un libro nella cartella ai piedi di Kevin e assisté a una rapina in diretta. Kevin era sul sito della banca della madre, digitava dei numeri, poi un codice segreto, accedeva al conto della signora Moreira dos Santos, e sbirciava.

"E poi... cosa vuoi fare?" domandò Henriette sollevando bruscamente la testa.

"Non ti riguarda..."

"Ma riguarda tua madre."

Il ragazzino si morsicò la lingua. Era stato pizzicato. In piena azione.

"Non credo gli farà piacere sapere quello che ho appena visto..." bisbigliò Henriette sfruttando il vantaggio.

Adesso Kevin si dimenava sulla sedia, scricchiolante sotto il suo peso.

"E cosa avresti visto?"

"Ho capito il tuo imbroglio... E lo trovo brillante, se vuoi proprio saperlo... Considerami un'alleata, non una delatrice... salvo che tu mi costringa."

Lui la osservò, diffidente.

"Dai, non hai niente da perdere, e tutto da guadagnarci... Possiamo concludere affari insieme..."

"Non ho bisogno di te per fare soldi..."

"No, ma hai bisogno di comprare il mio silenzio. Allora, *do ut des*, tu mi spieghi e io sto zitta... Oppure..."

Il ragazzino giocherellava ancora con l'elastico senza sapere che cosa fare.

"Se ti spiego, tu non fiati, vecchia capra? O non fiati o ti spezzo una gamba per le scale quando scendi a piedi per risparmiare sull'ascensore... O ti denuncio perché attacchi l'aspirapolvere alla presa del pianerottolo..."

"Non dirò niente. Niente di niente..."

"Sai che ne sarei capace, vero?"

"Lo so."

"In più mi divertirei un sacco..."

"Mi hai convinto..." sorrise Henriette, sapendo di aver vinto e che lui insisteva con le minacce solo per alleviare il peso della confessione che era obbligato a farle.

Sei come un ratto, mio piccolo Kevin, pensò lei, e ti ho preso in trappola.

E così lui spiegò.

Controllava regolarmente il conto della madre. Quando questo era ben fornito, le sottraeva il Bancomat e l'alleggeriva di dieci, venti, trenta euro. A seconda di quello che gli serviva. Se il conto era quasi a zero, non toccava niente. La cosa andava avanti da un pezzo e sua madre non si era accorta di nulla.

"Semplice, no?" disse lui con una punta di vanteria nella voce. "Entro nel conto a sua insaputa e prelevo delle piccole somme."

Soggetto, verbo, complemento oggetto, rifletté Henriette, le combinazioni più facili sono sempre le migliori.

"Ma come hai fatto a ottenere i codici segreti? Quello del conto online e quello del Bancomat? Tua madre non si fida di uno come te..."

"Altro che non fidarsi! Dorme con il portafoglio sotto il cuscino!"

"Ma non sarà stato questo a fermarti. Tu sei più furbo..."

"Smettila di lisciarmi, vecchia scrofa! Con me non funziona..."

"Be'", sospirò Henriette, "se vuoi continuare a fare il maleducato... Le dirò tutto e l'anno prossimo finirai in collegio. Non avrai nemmeno più la possibilità di spezzarmi una gamba..."

Kevin Moreira dos Santos rifletté, masticando con vigore il chewing-gum.

"Non ti venderò", ripeté Henriette con voce dolce. "Voglio farti una confidenza: le truffe e i truffatori mi appassionano, ai miei occhi sono le persone più ingegnose del mondo..."

Kevin inciampò sulla parola "ingegnoso". La guardò, diffidente. Che cosa significa, è una specie di ingegnere, un poveraccio che lavora per gli altri dopo essersi ammazzato di studi?

"Ma no! Ingegnoso vuol dire furbo, intelligente, fantasioso... Allora mi dici come fai? Sei obbligato, sono i patti. Ti tengo in pugno..."

"D'accordo..." bisbigliò lui, sconfitto.

Era la prima volta che si arrendeva davanti a lei ed Henriette si compiacque di essere arrivata con un quarto d'ora di anticipo. I loro rapporti stavano per cambiare, sarebbe presto passata dallo status di vittima a quello di complice e, se tra loro la gentilezza non era ancora all'ordine del giorno, non escludeva di riuscire a farsi rispettare in futuro.

"Mia madre ha chiuso i suoi documenti riservati in una cassaforte e tiene la chiave nel reggiseno. Un giorno l'ho sommersa di coccole, lei non ci è abituata e le ho fregato la chiave. L'ho riempita di carezze, baci, lei piangeva di gioia, si è lasciata andare, ho fatto scivolare le dita nel reggiseno, prima a destra, poi a sinistra... e lei non si è accorta di niente! Dopo è arrivata una vicina con una storia su un'infiltrazione d'acqua in cantina. Mia madre è andata a controllare e ho rubato i codici chiusi in cassaforte... Non li cambia mai, ha paura di confondersi. Ha il cervello di una trota. Dopodiché è stato facile fregarle il Bancomat... Di mattina, quando esce a distribuire la posta e io non vado a scuola. E poi lo sportello è proprio qui dietro l'angolo... Mi ci vogliono due minuti, tranne quando c'è coda!"

Sembrava fiero della sua truffa e felice di potersi vantare dei suoi successi. A che serve mettere a segno un colpo se poi non puoi tirartela? Metà del piacere sta nell'ostentare la propria forza e intelligenza.

Henriette memorizzava. Soggetto, verbo, complemento. Kevin coccola la madre. Kevin sottrae la chiave, i codici, il Bancomat. Kevin ruba a sua madre. Un gioco da ragazzi. Perché complicarsi la vita quando si possono fare le cose semplicemente?

Avrebbe preso ispirazione da Kevin per fregare Marcel. Chaval aveva ragione: un imbroglio su grande scala sarebbe stato facilmente identificabile. Mentre con una truffa d'altri tempi si andava sul sicuro.

Lusingare, sottrarre i codici, intascare il denaro. Far passare le somme rubate dal conto di Marcel al suo. Avevano la stessa banca. Quando era sposata con Marcel Grobz, lui le aveva aperto un conto personale nel caso in cui... Nel caso in cui lui fosse morto all'improvviso e l'eredità fosse stata bloccata. Ogni trimestre le versava una somma consistente che, ben investita, le aveva garantito un gruzzoletto. Al momento del divorzio, Marcel non aveva estinto il conto. Glielo aveva lasciato per far sì che non si ritrovasse mai nel bisogno. Che imbecille! Non sapeva che farsene della sua pietà. Che cosa credeva? Che fosse una donna debole? Una vecchia finita, pronta per essere gettata alle ortiche? Lui non sapeva con chi aveva a che fare... Quei soldi glieli avrebbe lasciati per la pensione, aveva spiegato lui al giudice, la mia ex moglie non ha mai lavorato e non ha diritto ad alcun contributo sociale. Il giudice aveva approvato. Henriette avrebbe conservato l'appartamento, Marcel le avrebbe versato un considerevole vitalizio e poi c'era il conto pensione, che avrebbe rimpinguato se necessario. Quel conto figurava sulla lunga lista dei conti bancari di Marcel Grobz. Oltre ai conti privati e aziendali. In fondo a tutti, intestato a Henriette Grobz.

Sarebbe stato un gioco da ragazzi far trasferire le somme dal conto personale di Marcel al conto dormiente di Henriette.

Gli impiegati della banca sapevano che Marcel era molto generoso. Gli capitava spesso di firmare assegni per il matrimonio di una dipendente, per la nascita di un bambino, per il funerale di un genitore. Sorrideva, diceva non ringraziatemi, non è niente, ho avuto talmente tanto dalla vita che desidero condividere... Nessuno si sarebbe stupito di quei versamenti. E Marcel aveva altro a cui pensare per mettersi a controllare i conti personali. Lasciava quel compito alla sua ragioniera, la fedele Denise Trompet, presenza ventennale nell'azienda Grobz, che Henriette aveva ribattezzato la Trombetta in omaggio all'unica cosa di un certo carattere sul suo viso anonimo: un piccolo naso con la punta all'insù. Molliccia come un biscotto zuppo di umidità, insignificante e sfiorita, una donna che aveva conosciuto l'amore solo attraverso gli Harmony che infilava in borsa per leggerli in metrò. Sognava il principe azzurro che l'avrebbe portata via dichiarandole il suo ardore, inginocchiato davanti a lei con lo sguardo acceso e un sorriso smagliante. Aveva i denti gialli, la bocca segnata dalle rughe, e i capelli radi, che cotonava orribilmente e ondeggiavano tutte le volte che si apriva la porta dell'ufficio... A cinquantadue anni, non aveva niente per ispirare la minima emozione, e la sua figura spenta pareva esserne consapevole.

Lusingare. Sarebbe toccato a Chaval. Avrebbe coccolato la Trombetta. Le avrebbe bisbigliato qualche complimento, l'avrebbe accompagnata a rimirare i chiari di luna dalla collinetta di Montmartre, le avrebbe offerto una limonata, avrebbe sfiorato con le sue quelle labbra sciupate... Lui doveva pagare di persona. Avrebbe protestato, poco ma sicuro, ma lo avrebbe convinto sbandierandogli i suoi sogni di riconquistare Hortense. Denaro, denaro, denaro, avrebbe canticchiato all'orecchio di Chaval. Denaro, il nome di quel dio che ci fa onnipotenti, che rende accondiscendenti le ragazze... e lui avrebbe sedotto la Trombetta. Avrebbe ottenuto i codici segreti e lei, Henriette, avrebbe svaligiato Marcel. Con abilità. Sarebbe diventata ricca, molto ricca. Avrebbe scacciato l'incubo che la tormentava dall'infanzia: essere povera.

Henriette avrebbe scacciato l'incubo.

Soggetto, verbo, complemento.

Senza saperlo, Kevin Moreira dos Santos aveva trovato la soluzione. Non le restava che spedire Chaval all'assalto della Trombetta.

"Allora, vecchia capra, stai sognando? Non ho solo questo a cui pensare... Sgancia i compiti!"

Henriette sobbalzò e allungò gli esercizi svolti affinché Kevin li ricopiasse.

* * *

"Marcel... Sto diventando nevrastenica", sospirò Josiane quando il marito rientrò a casa dopo una lunga giornata di lavoro. Marcel scosse le spalle, appoggiò la valigetta piena di documenti, si raddrizzò sbuffando, Mio Dio, che stanchezza! pregustando la morbidezza delle pantofole che avrebbe indossato e il bicchiere di whisky torbato che stava per servirsi.

"Non è il momento, Choupette, non è il momento..."

Aveva avuto una giornata dura. Le cartelle s'impilavano sulla sua scrivania con la scritta "URGENTE" in lettere rosse. Ovunque posasse gli occhi, vedeva lampeggiare quella scritta vermiglia e Cécile Griffard, la sua nuova segretaria, non smetteva di mettergli sotto il naso messaggi e lettere specificando che aveva bisogno di una risposta nel giro di pochi minuti. Sfinito, si era chiesto per la prima volta nella sua vita se non avesse raggiunto il limite. Tra i suoi affari e Junior, che esigeva una quantità di tempo e un livello di conoscenza sempre più elevato, si sentiva travolto. Quella sera, prima di lasciare l'ufficio, si era preso la testa fra le mani, appoggiandola sulla scrivania, ed era rimasto così per un po' senza muoversi. Il cuore gli batteva all'impazzata e non sapeva più da quale "urgenza" cominciare. Quando si era raddrizzato, gli era rimasto incollato un pezzo di scotch alla guancia, l'aveva staccato e osservato lungamente.

"Non è mai un buon momento per diventare nevrastenici..." insistette Josiane.

"Non saremo daccapo, Josiane? Quella donna ti ha fatto un'altra fattura?"

"Lo Stuzzicadenti? No, non è questo... Non si tratta dello stesso languore, della stessa tristezza senza ragione. Questa volta so perché va tutto storto... Ci ho pensato bene, parlo per esperienza."

"Raccontami, colombella mia... dimmi cosa c'è che non va... Sono il tuo Tarzan, non dimenticarlo mai! Salto di ramo in ramo per acchiapparti il gonnellino."

Si era tolto il cappotto e le spalancava le braccia.

Josiane non sorrideva, restando prostrata sulla sedia, lontana da lui.

"Non ho più spina dorsale, lupacchiotto mio... Mi sento inutile, vuota. Tu hai la tua vita in ufficio, viaggi, concludi affari, Junior è sprofondato nei suoi libri... Dobbiamo davvero trovargli un insegnante speciale. Si annoia con me. Si annoia al parco, si annoia con i bambini della sua età... Cerca di nascondermelo perché è buono e sensibile. Si sforza, ma avverto la sua noia come se puzzasse di ammoniaca, la trasuda, gli esce dagli occhi... Tenta di farmi compagnia, di parlarmi di quello che gli interessa, di semplificare all'estremo, ma non riesco più a seguirlo... Mi richiede uno sforzo sovrumano, non ho abbastanza materia grigia. Sono limitata..."

"Stai dicendo sciocchezze! È vero che per la sua età è molto avanti e che non sappiamo spiegarcelo... Guarda me: ho dovuto riprendere a studiare per capirlo quando parla. Ma non importa... Imparo, apprendo. E poi mi dico che è comprensivo, che ci vuole bene così come siamo, un po' sempliciotti..."

"So che ci vuole bene, ma questo non gli basta. Soffre, Marcel, e ben presto diventerà nevrastenico anche lui..."

"Choupette, tu non hai idea di quello che farei per voi due... Vi regalerei la luna se potessi!"

"Lo so, orsacchiotto mio, lo so. Non è colpa tua. Sono io quella fuori posto. Non mi raccapezzo più in questa situazione. Ho aspettato così tanto per avere questo bambino, l'ho desiderato, ho pregato, acceso candele fino a bruciarmi le dita... Volevo dargli tutta la felicità del mondo, ma secondo me la felicità non gli basta... Sai qual è il suo ultimo capriccio: ora vuole speak in english. Ha ricevuto un messaggio da Hortense che diceva: 'Ciao Briciola, le mie vetrine procedono, e vorrei invitare te e i tuoi genitori a venire a vederle, perché mi sei stato di enorme aiuto. Preparati e parti, ti accoglierò con tutti gli onori dovuti al tuo rango.' Ha deciso di andarci e di parlare inglese fluentemente per capire tutto una volta lì! Sta programmando la visita. Si sorbisce la storia dei monumenti, dei re e delle regine, delle linee della metropolitana e degli autobus, vuole sbalordire Hortense! Credo sia innamorato..."

Marcel sorrise mentre gli occhi gli si inumidivano. Ho messo al mondo un orco, ma mi sono dimenticato di indossare gli stivali delle sette leghe...

"Vi amo talmente tanto", ripeté lui accasciandosi su se stesso. "Se vi succedesse qualcosa, mi ucciderei..."

"Non voglio che ti uccidi, lupacchiotto mio... Vorrei che mi ascoltassi..."

"Ti ascolto, Choupette..."

"Per prima cosa, dobbiamo occuparci di Junior. Trovargli un professore a tempo pieno. Se non due o tre, visto che gli interessa tutto... Così sia! Accetto il fatto che sia fuori dagli schemi, adesso che so che ne esistono altri come lui a Singapore e in America. Lo accetto. Dico al buon Dio che mi ha donato questo bambino..."

"È merito suo", brontolò Marcel. "Anche se ho fatto qualcosa anch'io..."

"Non essere sciocco, lupacchiotto... Intendo dire che l'accetto e che desidero accompagnarlo lungo il suo cammino. Dargli la possibilità di studiare cose di cui io non ho nemmeno mai sentito parlare... So bene di non essere un genio, perciò mi metto da parte. Gli voglio un bene dell'anima, m'inchino e gli rendo la sua libertà... Ma io, Marcel, io... voglio riprendere a lavorare."

Marcel si abbandonò a un'esclamazione di sorpresa dichiarando che la faccenda diventava seria e che gli serviva subito un whisky. Si sciolse il nodo della cravatta, si tolse la giacca, cercò con lo sguardo le pantofole, e andò a versarsi un bicchiere. Aveva bisogno del conforto dell'alcol per ascoltare il seguito.

"Continua, Choupette, non t'interrompo più, ti ascolto..."

"Voglio riprendere a lavorare. Per te o altrove. Per te sarebbe meglio. Potremmo metterci d'accordo su un part-time, per esempio. Quando Junior studia con il suo percettore..."

"Precettore, pallina mia..."

"È la stessa cosa! Quando lui avrà da studiare, nel pomeriggio per esempio, io verrò in ufficio. Posso occuparmi di un sacco di cose. Non sono intelligente come mio figlio, ma ti andavo bene quando ero la tua segretaria..."

"Eri perfetta, ma si trattava di un lavoro a tempo pieno, pallina mia dolce..."

"Oppure in magazzino con Ginette e René. Non ho paura di darmi da fare... E poi mi mancano quei due, erano la mia famiglia. Non ci si vede quasi più, e quando succede, non abbiamo molto da dirci. Io me ne sto qui a braccia conserte a fare la vita comoda, mentre loro sgobbano in azienda. Ho imparato a conoscere i nomi dei vini, a parlare forbito, le buone maniere e così li intimidisco. Hai notato i silenzi nella conversazione quando ci ritroviamo tutti insieme? Si sentirebbero le mosche pulirsi le zampe! Prima eravamo compagni di risate, ci abbuffavamo, cantavamo vecchie canzoni, ci scambiavamo scherzi e battute, ci davamo di gomito... Adesso mangiamo composti bevendo il vino che hai scelto per noi, ma non c'è più l'atmosfera di prima..."

"È l'età, Choupette, si diventa vecchi. E l'azienda si è ampliata, non c'è più quella spensieratezza di una volta. Siamo cresciuti a livello mondiale! I nostri container raggiungono tutti gli angoli del pianeta. Non chiacchiero più con René come in passato, non ci facciamo più il nostro bicchiere di bianco sotto il glicine, non c'è più il tempo... Persino Ginette si lamenta di non vedere più suo marito!"

"E io non faccio più parte di quella avventura... Non faccio più parte di nessuna avventura. Né della tua né di quella di Junior, e ho sempre il muso lungo. Anzi, mi annoio così tanto che ho persino licenziato la domestica per fare i mestieri al suo posto. Mi calma i nervi. Passo il tempo a lucidare, a sistemare tutto. Spruzzo candeggina ovunque... Marcel, ti avviso che se continua così, ne morirò..."

"Non parlare di disgrazie!" protestò Marcel. "Troveremo una soluzione, te lo prometto. Ci penserò su..."

"Me lo prometti?"

"Sì, ma dammi il tempo di organizzarmi, d'accordo? Non mettermi fretta... Non hai idea dei problemi che ho in questo momento! Ho troppe cose a cui pensare e nessuno a darmi una mano..."

"Vedi? Potrei esserti utile..."

"Non sono sicuro, Choupette. Si tratta di problemi particolari..."

"Intendi dire che non sono abbastanza intelligente per capire?"

"Ma no, non arrabbiarti!"

"Non mi arrabbio, ma deduco che non sono abbastanza furba... Proprio quello che pensavo. Finirò per dare fuori di matto e non resterà che rinchiudermi per pazzia!"

"No, Josiane! Ti prego..."

Josiane tornò immediatamente in sé. Marcel, il suo buon Marcel, doveva essere sconvolto per chiamarla con il suo nome di battesimo. Cambiò tono raddolcendosi.

"D'accordo, chiudiamola qui e smetto di lamentarmi..." concesse lei a malincuore. "Ma non dimenticare di pensarci. Non ti scorderai, vero?"

"Promesso, giuro... Ci penso..."

"E quali sarebbero questi tuoi problemi?"

Marcel si passò la mano sul cranio calvo, sfregandosi la pelle chiazzata, borbottò dobbiamo proprio discuterne adesso? Ho bisogno di rilassarmi un attimo. È dura in questo momento e se potessi avere un istante di respiro, lo apprezzerei molto, sai... Lei annuì. Facendosi un appunto mentale di riparlarne. Gli si sedette in grembo, passandogli le braccia intorno al collo, respirandogli nell'orecchio destro... Marcel si lasciò andare a un grosso sospiro, la strinse a sé, cercò di raccontarle un aneddoto sull'ufficio per dimostrarle che aveva capito la lezione e...

"Non indovinerai mai chi è venuto a trovarmi oggi..."

"Se non posso indovinare, tanto vale che tu me lo dica subito, lupacchiotto mio", bisbigliò lei mordicchiandogli l'orecchio.

"Non c'è gusto se non ti faccio lambiccare un po'... Di' un po', sei forse dimagrita?" le domandò tastandole la vita. "Non trovo più le tue maniglie dell'amore... Non ti sarai messa a dieta?"

"Ma no..."

"Non voglio che mi diventi scheletrica, colombella mia! Ti amo grassottella. Mi hai capito? Voglio continuare a mangiucchiarti, sedotto dal mio pasticcino..."

"Mi sono detta che se non mi trovavi un lavoro, avrei fatto la top model!"

"A condizione che io sia l'unico a fotografarti! E che possa guardarti sotto la gonna."

Fece seguire il gesto alle parole.

"Tu sei il mio re feroce e coraggioso... il solo che abbia il diritto di accompagnarmi al circo!" ridacchiò Josiane, languida.

Marcel rabbrividì di piacere e sprofondò il viso nei seni della sua adorata Choupette.

"Junior è in camera sua?"

"Non bisogna disturbarlo, sta studiando inglese, gli ho comprato un corso intensivo... Immersione totale. Ne avrà per una ventina di ore..."

"C'infiliamo a letto a sussurrarci paroline dolci?"

"Infiliamoci, mio bel mandrillo..."

Raggiunsero di corsa la loro stanza, tirarono via il copriletto, fecero volare gonna, pantaloni e tutto il resto e giocarono all'ottovolante che deraglia, al piccolo boa orfanello, al ragno stellato dei mari del Nord, al pinguino sotto il ghiaccio, alla sula bassana che si balocca con i cavoli. Alla fine, stremati, sazi, si gettarono l'uno nelle braccia dell'altra, si congratularono di siffatta esuberanza sessuale, si sbaciucchiarono, si accarezzarono, si gonfiarono di felicità per poi svuotarsi come due palloncini scoppiati.

Marcel faceva le fusa e recitava versi vecchi di tremilasettecento anni incisi sui muri del tempio della dea Ishtar di Mesopotamia: "Che il vento soffi, che gli alberi fremano! Che la mia potenza scorra come l'acqua del fiume, che il mio pene sia rigido come la corda di un'arpa..."

"Come parli bene, orsacchiotto mio. Le tue parole sono eccitanti come il tuo membro generoso", sospirò Josiane.

"Non sono certo uno che dorme sugli allori io!" esclamò Marcel.

"Poco ma sicuro. Vai a tambur battente e non abbandoni mai l'assedio!"

"Che vuoi farci, colombella mia, il tuo corpo mi rende poetico. M'ispira, mi fa vibrare, mi sconvolge gli arpeggi. Il giorno che non reagirò più a uno stimolo sessuale, non mi resterà che appendermi a una corda..."

"Non parlare di disgrazie, amore mio..."

"Non sono più giovanissimo e l'idea di non poterti più offrire il peperoncino della vita mi atterrisce... Ti toccherebbe cercarlo altrove e..."

Pensò al focoso Chaval che in altri tempi aveva onorato la sua Choupette. Aveva creduto di morirne ed era diventato giallo come un vecchio triste. Gli scappò un risolino vendicatore e la strinse a sé per assicurarsi che nessuno gliela portasse via.

"Chiedimi piuttosto chi è passato a trovarmi in ufficio..."

"Allora, chi è venuto a trovarti in ufficio oggi?" riprese Josiane fremendo di piacere sotto il peso del suo amante regale, il suo sovrano del Bengala.

"Bruno Chaval."

"Chi? L'arrivista ingellato? Quello che è scappato alla concorrenza minacciando di rovinarci?"

"Proprio lui. Non più un bocciolo, quel pescivendolo! Piange miseria. L'ultima ditta l'ha licenziato. Non ha voluto dirmi perché, ma posso dirtelo io: puzza d'imbroglio. Non è pulito. Non osa guardarti in faccia quando ti dice buongiorno. Cerca un lavoro, vorrebbe che lo riprendessi, anche per uno stipendio misero. È pronto a dare una mano a René!"

"È losco, lupacchiotto mio, vuole giocarti un tiro mancino... Quel Chaval si crede chissà chi. Non si venderebbe mai per due soldi..."

"È vero che tu lo conosci bene, tortorella mia... In passato l'hai frequentato e non solo in posizione verticale!"

"È stato un errore... Ne facciamo tutti. È successo quando eri sposato con lo Stuzzicadenti e le facevi da lacchè... Allora, che cosa gli hai detto?"

"Che non potevo fare niente per lui... che doveva rivolgersi a qualche altra buon'anima... E un'ora dopo l'ho visto che faceva il cascamorto con la Trombetta! Non so di cosa parlassero, ma stavano vicini vicini..."

"Finirà per diventare un gigolò! Ormai non gli rimane che questo: fare il galletto nei letti delle signore... Con quelle spalle e lo sguardo color liquirizia..."

"Quel ruolo non farà mai per me", sospirò Marcel, facendo il solletico alla sua Choupette.

Felice. Era felice. La loro scala cromatica verso la felicità l'aveva liberato da tutte le preoccupazioni e ora riposava, beato, accanto a sua moglie, pronto ad andare avanti ancora per ore. Tra loro c'era un'intesa talmente perfetta che non riusciva a restare a lungo immusonito in compagnia di Josiane; respirava deliziato il profumo della sua folta capigliatura, le annusava le pieghe del collo, gustava il sudore del suo corpo, sprofondava ovunque il naso nella carne morbida e burrosa. La vita gli aveva donato l'araba fenice delle donne, la sua metà della mela, e le seccature svanivano come numeri scritti con il gesso su una lavagna.

Quando stringeva Choupette tra le braccia dimenticava tutto.

E tuttavia, i problemi non mancavano.

Gli girava la testa davanti alle difficoltà crescenti. Non sapeva più da che parte prenderle...

Aveva sempre contato sul suo istinto di ragazzo di strada, sulla sua genialità nell'adattarsi alle circostanze, sul suo straordinario senso degli affari che gli permetteva di fregare uno per incastrare l'altro, di uscire da situazioni pericolose. Marcel Grobz cantava fuori dal coro. Non aveva frequentato le scuole più prestigiose, ma possedeva il dono dell'analisi e della sintesi, l'intuizione del colpo da giocare in anticipo e prendeva sempre i suoi avversari alla sprovvista. Niente gli ripugnava: né la bustarella dell'ultimo minuto, né il ribaltamento delle alleanze, né la più grande bugia proferita in tono di totale sincerità con le lacrime agli occhi. Era insieme un fine calcolatore e un furbo stratega. Non si perdeva mai in congetture fumose, se non per ingannare il nemico. Per lasciargli credere di essere debole, e così annientarlo. Sapeva servirsi abilmente di un'insinuazione perfida, di un'informazione falsa, di un ingenuo rifiuto per poi imporsi in tutta la sua potenza di generale romano.

Aveva capito che il denaro comprava tutto e non gli dava fastidio firmare assegni per arrivare a una tregua. Ogni cosa ha il suo prezzo e, se questo era ragionevole, lui tirava fuori i soldi. Così era giunto a un armistizio con Henriette. Quella vuole il grano, lo avrà! La ricoprirò d'oro per avere la pace. Confidava nella sua abilità a riguadagnare il denaro speso per una donna dura e scostante che aveva approfittato di lui. Che cosa gli importava! Era stato così stupido da farsi incastrare, adesso doveva pagare... Il denaro controllava tutto, lui avrebbe controllato il denaro. Non si sarebbe lasciato dominare da quel padrone avido.

Ma negli ultimi tempi gli affari erano diventati difficili. Per tutti. In Cina c'erano problemi di regole e qualità. Avrebbe dovuto stare sempre là, a sorvegliare le catene produttive, a supervisionare i metodi di controllo, a imporre verifiche. Avrebbe dovuto recarsi laggiù almeno dieci giorni al mese. Ma per la felicità della sua famiglia, andava in Cina sempre più di rado. Si era affidato ai suoi soci orientali e non era stata una buona idea. Proprio per niente... Aveva bisogno di un braccio destro capace. Di un uomo giovane, single, che non avesse paura di viaggiare. Ogni volta che cercava di assumere un agente che lo affiancasse, il candidato, ancora prima di sedersi, gli chiedeva il numero di settimane di ferie, la retribuzione degli straordinari, l'ammontare dei benefit e dell'assicurazione. Protestava se gli spostamenti erano troppo frequenti o se non viaggiava in prima classe. E io che sono andato ad aprire stabilimenti in tutto il mondo schiacciato in aereo con le ginocchia sotto il mento! si lamentava rivoltando il problema in tutti i modi senza trovare una soluzione. Prima, ai tempi dello Stuzzicadenti, andava su e giù per il globo. Cina, Russia, Paesi dell'Est, viveva con la valigia in mano. Oggi andare e tornare da Sofia gli sembrava il giro del mondo! Ma la sua azienda si era sviluppata soprattutto al di fuori della Francia. All'estero lavoravano per lui dodicimila persone, quattrocento in patria. Dove stava l'errore?

Ma i problemi erano soprattutto in Cina.

Il prezzo della manodopera, una volta contenuto, aumentava del dieci per cento all'anno e numerosi imprenditori lasciavano il Paese per delocalizzare ancora. La nuova destinazione di punta era il Vietnam. Ma prima bisognava entrarci! Studiare i costumi del Paese, la lingua, ricominciare daccapo, imparare di nuovo tutto!

Un altro problema della Cina: la contraffazione. Proprio vicino a una delle sue fabbriche ne era nata una che copiava i suoi modelli per venderli a basso prezzo ai concorrenti europei. Aveva protestato, e avevano messo lui sotto processo con la scusa che fosse stato lui a copiare! Senza dimenticare l'esigenza delle dogane francesi che ogni giorno inventavano nuove norme di sicurezza per i prodotti provenienti dalla Cina. Era stato obbligato a fare fabbricare dei bancali in cartone o legno per evitare le epidemie.

La crisi colpiva anche i cinesi. Diverse aziende chiudevano per mancanza di ordini. O crollavano per i mancati pagamenti americani. Tiravano giù le saracinesche dimenticandosi di pagare quanto dovevano. I proprietari sparivano e non si poteva contare sulla giustizia locale per ritrovarli.

Non sapeva come uscirne...

Aveva tentato di entrare nel mercato russo... Aveva aperto un impianto, inviato dei prototipi da fabbricare, investito denaro. Sparito tutto, dall'oggi al domani! Persino le piante della hall! Non aveva ritrovato niente e quando si era imbattuto nel manager che aveva assunto, quest'ultimo aveva cambiato marciapiede per evitarlo. Non poteva battersi da solo. La Russia era diventato un vero Far West. La pistola dettava legge.

Non poteva nemmeno ridurre il giro d'affari: solo le grandi imprese sopravvivevano. Quelle piccole chiudevano a catena.

Capiva di non avere più l'acume di un tempo. La fatica, l'età, la voglia di oziare... Al suo prossimo compleanno avrebbe spento sessantanove candeline. Non era più un giovanotto anche se si sentiva in gran forma...

A sessantanove anni un uomo non è vecchio, si ripeteva per convincersi. Inutilmente. Si paragonò a suo padre a quell'età. Suo padre sembrava un'albicocca secca! Il viso giallo e raggrinzito, le labbra chiuse sulle gengive per la mancanza di denti, e le palpebre cascanti. Lui, al contrario, sprizzava vita e vigore. Anche se salendo le scale gli mancava il fiato... La settimana precedente, aveva avuto un malore proprio prima di raggiungere il terzo piano. Si era aggrappato al corrimano per issarsi sul gradino successivo tenendosi una mano sul cuore.

Non aveva detto niente a Josiane.

Aveva avuto un capogiro, il cuore aveva saltato un battito, procurandogli un dolore acuto alla destra del petto. Si era bloccato, un piede sollevato, aspettando di riprendere a respirare regolarmente, poi era ripartito contando i passi affinché la testa smettesse di girargli. No! Non sarebbe andato da un medico. Con quella gentaglia si arrivava in buona salute e si usciva a piedi in avanti. Suo padre aveva vissuto fino a novantadue anni nella sua scorza secca senza consultarne nemmeno uno! L'unico dottore che accettava di vedere era il dentista. Perché con lui si divertiva, era un tipo simpatico, intenditore di vino e amante delle belle donne. Ma sfuggiva gli altri e stava benissimo.

Quando era a letto con Choupette, il cuore non gli faceva mai scherzi. Non aveva il minimo mancamento... Meglio di qualunque elettrocardiogramma!

Tuttavia...

Doveva trovare un collaboratore. Un uomo giovane, scaltro, abile, energico, pronto a spendersi, a viaggiare quindici giorni al mese. Una perla rara.

Aveva esitato quando Chaval era passato a trovarlo...

Non l'aveva detto a Josiane, ma... Non aveva detto no a Chaval. Gli aveva risposto, torni un'altra volta, non so se mi serve qualcuno, e soprattutto non so se posso fidarmi di lei. L'altro aveva protestato, si era battuto il petto, aveva parlato di un errore di gioventù, gli aveva ricordato i servizi resi, ed era vero che quel povero diavolo non era malvagio, prima che perdesse la testa e passasse alla concorrenza! Esitava, esitava. Ci si può fidare di nuovo di un uomo che ha già tradito? Si può perdonare attribuendo il tradimento a un errore di gioventù, a un'ambizione giovanile motivata dal desiderio di potere e denaro?

Non era male, quel Chaval. Era stato un buon direttore commerciale. Con un acuto senso degli affari. E un bravo contabile. Persino Josiane parteggiava per lui all'epoca. Oggi le cose erano diverse. Avrebbe fatto una strage se avesse saputo del ritorno di Chaval.

Quindi si ritrovava obbligato a non far tornare Choupette in azienda.

Proprio no...

Marcel era sprofondato nei suoi pensieri cupi, quando Junior bussò alla porta.

"Posso entrare o disturbo? *May I come in or am I intruding?*"

"Che cos'ha detto?" chiese Josiane rivestendosi in tutta fretta.

"Ha chiesto se può entrare..."

"Un minuto, amore mio", strillò Josiane infilandosi la gonna, la camicia, i collant e cercando di allacciare il reggiseno. "Muoviti!" gridò a Marcel.

"Siete a letto? Vestiti o nudi?" insistette Junior.

"Digli qualcosa! Sei stato tu a trascinarmi qui..."

"Come se avessi approfittato di te!" ridacchiò Marcel tornando alla realtà.

"Arriviamo, Junior!" ripeté Josiane, che aveva dimenticato le mutande tra le lenzuola e le cercava a tentoni.

"Fate con calma, non volevo intromettermi... *Take it easy, life without love is not worth living! And I know perfectly well how much you love each other...*"*

"Oh Marcel! Ha finito il corso! Non è possibile! Tu capisci quello che dice?"

"Sì, ed è meraviglioso... Ci augura tutta la felicità di questo mondo!"

"Ma sbrigati! Lo scioccherai se ti vede nudo come un verme!"

Marcel si alzò a malincuore cercando i vestiti con lo sguardo.

"È stato bellissimo, Choupette, bellissimo..."

"Sì, ma è finito. Ora si passa ad altro. Si ritorna rispettabili."

"Io sarei anche rimasto a letto..."

"*Stay, father, stay... I know everything about human copulation, so don't bother for me...*"**

"Junior, parla francese! Stai dando un dispiacere a tua madre..."

"*Sorry, mother!* È perché ho la testa piena di parole inglesi. Sarai fiera di me, ho completato il corso. Mi manca solo un po' di pratica per perfezionare l'accento. Hortense rimarrà di stucco... Avete finito di aggrovigliarvi, posso entrare?"

Josiane gli diede il permesso e Junior aprì la porta. Si mise ai piedi del letto e dichiarò: "In effetti, si sente l'odore di copulazio-

* "Prendetevi tutto il tempo. Non vale la pena vivere senza l'amore e so quanto vi amiate..."

** "Rimani lì, papà. So tutto sulla copulazione umana, non preoccuparti per me..."

ne frenetica..." Josiane lo guardò storto e lui ribatté: "Scusatemi, era solo un commento naturalista... Tutto bene?"

"Tutto benissimo, Junior!" esclamarono all'unisono i genitori colti sul fatto.

"E che cosa vi ha spinto a questo contorcimento di corpi, il bisogno di scacciare un'angoscia o una pulsione naturale?"

"Entrambi, Junior", rispose Marcel vestendosi in fretta.

"Hai dei problemi in ufficio, papà?"

Junior aveva piantato gli occhi in quelli di suo padre e Marcel confessò senza nemmeno accorgersene.

"È un po' dura in questo momento... C'è crisi ovunque e devo sgobbare..."

"In ogni caso, i mobili non sono le automobili, costano meno, e la gente, nei momenti difficili, ama ritirarsi nel proprio guscio. Dovresti vedere come vanno bene le aste televisive di complementi d'arredo, *daddy*."

"Lo so, Junior..."

"Il tuo è un mercato interessante: tutto per la casa per tutte le tasche. Hai dei bravi designer, degli ottimi fornitori, un buon circuito commerciale..."

"Sì, ma per sopravvivere, bisogna ingrandirsi, aprire nuove filiali, rilevare le ditte fallite... e non posso arrivare dappertutto! Dovrei clonarmi... E questo non sanno ancora farlo!"

Parlava con gli occhi fissi in quelli del figlio, in cui vedeva scorrere i propri problemi e la speranza di una soluzione. Lo sguardo di Junior lo rasserenava. Vi attingeva forza, creatività, la voglia di battersi ancora. Era come se si fosse creata un'alleanza invisibile, come se l'adulto si rigenerasse nel figlio, riprendesse coraggio.

"Bisogna sempre guardare più lontano e in grande, *daddy*... L'uomo che non progredisce è condannato."

"Ne sono pienamente consapevole, figliolo. Ma vedi, dovrei

moltiplicarmi oppure passare la vita in aereo... e non ne ho per niente voglia!"

"Ti servirebbe un socio. È questo che ti manca e ti tormenta..."

"Lo so. Ci sto pensando..."

"Lo troverai. Non scoraggiarti."

"Grazie, figliolo... I colpi grossi di una volta li ho fatti basandomi sui report preparatimi dai miei agenti. Prendi le casette di legno prefabbricate che importiamo da Riga, per esempio... Ci hanno fatto fare un incredibile salto in avanti. Ebbene? L'idea era di un altro. Non mi è rimasto che seguirla... Me l'hanno servita su un piatto d'argento. Ne avrei bisogno a dozzine di idee come queste. E mancano, mancano... Siamo tutti seppelliti di lavoro. Non c'è più tempo per pensare, curiosare, anticipare."

"Non mollare. Non lasciare la Cina anche se ti sta dando solo guai. Saranno i primi a risollevarsi. Il loro sistema economico è molto più agile, più elastico del nostro. Noi siamo un Paese vecchio, pieno di divieti e regolamentazioni... Quando gli affari ripartiranno, trascineranno in avanti l'economia mondiale e allora non rimpiangerai di essere rimasto..."

"Grazie, Junior, mi ridai coraggio."

"È un peccato che sia ancora così piccolo... o almeno per gli standard della nostra società... perché mi piacerebbe lavorare un po' con te, darti un mano. Sono sicuro che saremmo una squadra incredibile..."

"Mi leggi nel pensiero, Junior, mi leggi nel pensiero..."

Josiane assisteva a bocca aperta al dialogo tra padre e figlio.

Muta.

Se ancora le mancava una prova di essere stata completamente messa da parte dai due uomini della sua vita, l'aveva ottenuta. Nemmeno per un secondo si erano girati verso di lei per coinvolgerla nella loro conversazione! Si erano parlati da uomo a uomo, gli occhi negli occhi, e lei si sentì, una volta di più, tremendamente inutile.

Quando era entrata nell'azienda di Marcel, prima di diventare la sua Pompadour, aveva cercato di fare carriera. Di lasciarsi alle spalle il suo status di segretaria, che non disprezzava, intendiamoci, ma che l'aveva stancata. Lavorava fino a tardi, teneva la bottega aperta il mese di agosto, rispondeva ai fornitori, proponeva nuove idee per arricchire e diversificare gli affari. Chaval o chi per lui la lasciavano faticare, redigere rapporti, definire budget e, al momento di mostrare il risultato a Marcel Grobz, si attribuivano tutto il merito. E lei restava lì, sbalordita, balbettando, ma sono stata io... io a... con Marcel che sollevava appena la testa per ascoltarla.

Era stata lei a trovare la miniera d'oro delle casette di legno prefabbricate di Riga, in Lettonia. Case di cento metri quadrati importate a venticinquemila euro, rivendute a cinquantamila, consegna e montaggio inclusi. Dotate di doppi vetri e travi in legno di nove centimetri di spessore. Di robusto abete rosso che cresce lentamente a più di millecinquecento metri di altezza e offre una densità di settecentocinquanta chili per metro cubo contro i quattrocento dell'abete tradizionale. Poteva recitare a occhi chiusi tutti i vantaggi di quegli chalet. Senza consultare il minimo appunto. Ne aveva parlato a Chaval, che si era congratulato con lei e le aveva promesso che, il giorno stabilito, sarebbe stata lei a presentare l'affare al padrone. Che mollusco! Aveva raccolto la puntata. Come al solito. E lei si era ritrovata truffata come una principiante. Grazie alle casette di Riga, il giro d'affari di Marcel era esploso e Chaval aveva intascato un'importante commissione per avergli dato la dritta.

Era successo tanto tempo prima... All'epoca si lasciava ingannare. Incapace di difendersi. Abituata a prendere sberle e ad accoccolarsi ai piedi di chi l'aveva colpita. Una pessima abitudine della sua infanzia. Josiane non ha bisogno di studiare, le basta muovere i fianchi! Mia figlia è una zoccoletta, diceva suo padre, pizzicandole il sedere. Muovi i fianchi, figlia mia, muovi i fianchi. Alle donne basta succhiare il sigaro di qualcuno per ottenere quel che vogliono.

Tutta la famiglia scoppiava a ridere, poi le infilavano dell'ovatta nel reggiseno per far perdere la testa ai ragazzi. Gli zii la bloccavano negli angoli per "insegnarle i fatti della vita", le zie e sua madre sogghignavano aggiungendo, ha dentro il mestiere, non farà certo la smorfiosa lei.

Non aveva abbastanza forza per resistere.

Ma quei tempi erano finiti. Se l'era giurato il giorno in cui era tornata dal reparto maternità con suo figlio tra le braccia. Più nessuno si sarebbe approfittato di lei.

Ed ecco che ricominciava tutto. Che si ritrovava a vedere passare i treni beccandosi pugni in faccia.

Doveva reagire.

Era stata tagliata fuori dai giochi...

La cosa non le andava affatto a genio.

Chinò il capo per riflettere, fissando un punto della camera; scelse il vano di una finestra e si ritirò per pensare... Devo uscirne, devo trovare una soluzione per uscire da questo stallo. Altrimenti ne morirò, invecchierò di colpo, mi ritroverò relegata al ruolo del bollito serale, ad ascoltarli parlare senza dire una parola, e alla mia età non va affatto bene. Quarantatré anni... ho ancora un sacco di cose da fare, no? Tante cose da fare...

Perché dopo sarò troppo vecchia per qualunque cosa, anche per succhiare sigari.

Le vennero le lacrime agli occhi. Le venne voglia di rimettersi a letto e di non alzarsi più. Si asciugò le lacrime rifiutando la marea di pensieri neri che volevano schiacciarla contro il muro.

Te la sei sempre cavata, ragazza mia, te la sei sempre cavata... Non abbassare la testa, fai funzionare il cervello. Non piagnucolare... Ti vogliono bene quei due. Sei la luce della loro vita. Ma è più forte di loro. Il testosterone prevale sempre.

Resisti, resisti... Cerca una nuova strada. Passa da sud se a nord la via è chiusa.

E l'idea arrivò. Sorrise alla tenda: avrebbe chiamato Joséphine. Lei aveva sempre dei buoni consigli.

Le avrebbe raccontato i suoi dispiaceri e lei l'avrebbe ascoltata.

Insieme avrebbero trovato una soluzione.

Si ricompose, si disse che doveva avere il naso rosso per le lacrime. Non voleva suscitare compassione. Raddrizzò le spalle, andò in bagno a incipriarsi il viso e gridò battendo le mani: "A tavola, nanerottoli!"

* * *

Serrurier voleva un nuovo libro.

La chiamava. Joséphine riconosceva il numero sul display del cellulare e non rispondeva. Ascoltava il messaggio. "Ottimo, ottimo... Significa che sta lavorando. Lavori, Joséphine, lavori... Io aspetto di leggere..."

E il cuore le saltava un battito.

Scrivere. Scrivere.

Sentiva la paura ovunque. Nella pancia quando si avvicinava al computer, nella testa quando cercava di inventarsi una storia, nelle mani, immobili sulla tastiera. Paura di giorno, paura di notte. Paura, paura, paura.

Un'umile regina le era venuto spontaneamente. Non si trattava di scrivere, ma di fare un favore a Iris. Obbedivo ai suoi ordini. Come sempre... Era una cosa naturale.

E poi, era facile. Nutrita da anni di studio, mi sono ispirata a un'epoca che conosco a memoria. Fiorina, Guglielmo, Isabella,

Stefano il Nero, Teobaldo il Trovatore, Baldovino, Guiberto il Pio, Tancredi d'Altavilla erano vecchie conoscenze. Li ho trasformati in persone vere dando vita al mio sapere. Conoscevo gli arredi dei castelli, gli abiti e i gioielli, i modi di parlare, di andare a caccia, di battersi, di rivolgersi al signore o alla sua innamorata, l'odore delle cucine e i piatti che venivano preparati, i timori e i pericoli, i desideri e gli atti di coraggio.

E se tornassi al XII secolo?

Partecipava per il CNRS alla redazione di un'opera collettiva sul ruolo delle donne nelle crociate. Avrebbe potuto raccontare la storia di una di queste guerriere. Donne incredibili senza paura, loro.

Si lambiccava con l'idea e l'abbandonava. Non aveva voglia di restare nel suo campo di competenza. Voleva fare lo sgambetto ai colleghi che la guardavano dall'alto in basso definendo il suo romanzo roba per donnicciole. "Che volgarità vendere così tanto! Lusinga i bassi istinti della gente, propina loro storielle da bazar! Ha trovato il filone e lo sfrutta, è pietosa!" Il modo in cui era stata trattata durante l'esame di abilitazione l'aveva umiliata. La ferita non si chiudeva. Si riprometteva a bassa voce di dimostrargli che sapeva fare ben altro...

Inventare una storia. Inventare...

Era in quei momenti che tremava di paura...

La sera si rivolgeva alle stelle, supplicava suo padre di aiutarla. Cercava la piccola stella in cima al timone del Grande Carro, invocava papà, papà... Il denaro sta finendo, devo rimettermi al lavoro. Dammi un'idea, fammela scivolare nella testa come se mi spedissi una lettera, e io tornerò a scrivere. Mi piace l'impegno, mi sono divertita con il primo libro, ho apprezzato le ore di ansia, di ricerca, di gioia che la scrittura mi ha procurato, ti supplico, mandami un'idea. Non sono una scrittrice, sono una principiante che ha avuto fortuna. Non ci riesco da sola...

Ma le stelle restavano in silenzio.

Tornava a letto con i piedi intorpiditi, le mani ghiacciate, e si addormentava sognando che il mattino dopo avrebbe trovato nella propria testa una missiva dal cielo.

Riprendeva in mano il libro che stava revisionando per le Edizioni universitarie. Rileggere, mettere in ordine, preparare una prefazione al lavoro dei colleghi. Si diceva, comincerò da qui e forse la paura sparirà e passerò dall'opera collettiva al mio libro in solitaria.

Ogni giorno si sedeva alla scrivania.

E ogni giorno trovava mille scuse per non mettersi al lavoro. Riordinare l'appartamento, pagare le bollette, compilare i moduli della previdenza sociale, telefonare all'idraulico, all'elettricista, far uscire il cane, spazzolarlo, andare a correre intorno al lago, rileggere il capitolo scritto da un collega, fare la spesa, tagliarsi le unghie dei piedi, provare una nuova ricetta, aiutare Zoé con i compiti. La sera si metteva a letto scontenta, allo specchio si vedeva grassa e molliccia e si riprometteva domani, mi ci metto... Domani lavoro di sicuro. Scrivo la prefazione e inizio un romanzo. La smetto di perdere tempo. Domani...

E il giorno dopo il tempo era bello. Du Guesclin le indicava la porta, e lei lo portava fuori. Correva intorno al lago aspettando che l'idea le sbucasse da sotto i piedi. Accelerava perché anche l'immaginazione facesse altrettanto. Si fermava, senza fiato, piegata in due. Rientrava a mani vuote. Arrivava il pomeriggio, tornava Zoé, che le avrebbe raccontato la sua giornata a scuola, l'ultima e-mail di Gaétan, le avrebbe chiesto credi che il signor Sandoz abbia qualche chance con Iphigénie? Vorrei tanto che lei gli dicesse sì... Sai, mamma, ho incontrato la coppia gay, stavano di nuovo litigando! Non smettono mai di bisticciare quei due! È importante ascoltarla, non mi metterò certamente al lavoro adesso, non ne avrei il tempo, domani, sicuramente domani lo farò...

Domani...

Riprendeva il libro sulle donne partite per le crociate. Storie di donne magnifiche, riportate in documenti ufficiali, nelle cronache di Joinville o illustrate da un'iconografia. Doveva scrivere dieci cartelle per presentare queste guerriere e trovare loro una definizione comune.

Nel XII e XIII secolo le crociate erano veri e propri viaggi organizzati, con itinerari e luoghi di sosta. Significava tornare alle origini, calpestare la terra degli antenati, portare la croce come Gesù, vedere il sepolcro vuoto e, dopo l'Apocalisse, Dio avrebbe asciugato le lacrime di coloro che avevano intrapreso il pellegrinaggio. La gioia si trovava alla fine del viaggio. Viaggio esteriore e interiore. Si vincevano le paure, ci si imbarcava verso l'ignoto.

Il primo articolo trattava dell'attrazione per l'Oriente in queste donne che non avevano mai viaggiato, mai abbandonato il loro villaggio o la loro casa, e che facevano un lungo giro per scoprire nuovi paesaggi e civiltà sconosciute.

Era per loro un'occasione per sfuggire alla routine. L'età non contava. Brigitte di Svezia era partita a sessantotto anni. Partecipavano donne di qualunque estrazione sociale. Sfidavano il "cosa diranno?" e s'imbarcavano.

Joséphine annotò a margine: "Non possiamo fare a meno di constatare che le donne, all'epoca, non erano totalmente sottomesse al marito, che erano forti e coraggiose. Non sono rimaste tutte a casa, chiuse nelle cinture di castità! Un'altra idea preconcetta!"

Una di loro, Anna Comnena, si batté al fianco del suo sposo, indossava una cotta di maglia e un elmo, tirava con l'arco, azionava le catapulte, in battaglia si comportava come un uomo e trovò anche il tempo di riportare le proprie avventure per iscritto:

"Numerose donne presero la croce e diverse figlie partirono con i loro padri. Si verificò dunque una mobilitazione di uomini e donne come non si era mai visto in precedenza. Una moltitudine di gente disarmata più numerosa dei granelli di sabbia e delle stelle, con palme e croci sulle spalle: uomini, donne, bambini che abbandonavano il loro Paese. A vederli si sarebbero detti fiumi che confluivano da ogni parte..."

Joséphine si annotò ancora: "Il resoconto di Anna Comnena è interessante perché fa riferimento alla prima crociata (1095-1099). È la prima in cui si rimarca la presenza di donne..."

E l'unica.

Depose la penna e si mise a riflettere.

La storia è stata più sovente scritta da uomini che si sono attribuiti il ruolo di protagonisti. Doveva averli infastiditi camminare fianco a fianco con donne deboli. Hanno preferito omettere questo dettaglio nei loro racconti di maschi guerrieri...

Un secondo articolo parlava delle condizioni di viaggio.

Per partire per le crociate era necessario: "Un buon cuore, una bocca discreta e una borsa piena."

Un *buon cuore* perché bisognava arrivare alla fine del tragitto. Alcune donne facevano voto di andare a Gerusalemme ma, prese dalla paura, rinunciavano, come la regina Giovanna di Napoli, che pagò un pellegrino per andare al suo posto. Fu coperta di vergogna.

Una *bocca discreta* significava che si doveva essere in grado di mantenere i segreti, di non vantarsi con i musulmani.

Una *borsa piena*, perché il viaggio costava molto. Veniva spesso evocata l'immagine delle tre borse, "una colma di pazienza, l'altra di fede e la terza di soldi".

Un terzo articolo descriveva il ruolo politico delle donne nelle crociate.

Esse sostituivano spesso i loro mariti alla guida dei regni che avevano creato in Oriente. Prendevano parte ai combattimenti, si dimostravano abili negoziatrici. Fu un grande momento di emancipazione femminile.

Una sua collega raccontava la storia di Margherita di Joinville. Regina di Francia, sposa di Luigi IX, soprannominato il Santo. Donna di enorme bellezza, seguì il suo sposo e mise al mondo diversi figli in Oriente. Fu lei a far rientrare in Francia la corona di spine di Gesù, data in pegno dall'imperatore di Costantinopoli e ora conservata a Parigi nella Sainte-Chapelle, inaugurata nel 1248.

Diresse insieme al re una grande spedizione in Terra Santa. Tutta la famiglia reale s'imbarcò nel porto di Aigues-Mortes su tre velieri, la *Reine*, la *Demoiselle*, la *Montjoie*, pieni di viveri, cereali e vino. Duemilacinquecento cavalieri, scudieri, valletti, ottomila cavalli. Il re e la regina avevano rinunciato al lusso abbigliandosi come semplici pellegrini.

Quando la nave si ritrovò incagliata, mentre la tempesta imperversava, i suoi servi le domandarono: "Signora, cosa facciamo con i suoi figli? Dobbiamo svegliarli?" La regina rispose: "Non li sveglierete, non li farete alzare, ma li lascerete andare a Dio nel sonno."

Joséphine rilesse l'aneddoto diverse volte, colpita dalla profondità d'animo di Margherita. Niente panico, nessun dubbio. Si affidava a Dio rimettendo il proprio destino nelle sue mani.

Le sue paure quotidiane le sembrarono improvvisamente minuscole e le sue preghiere al cielo svuotate di ogni spiritualità.

A Damietta, in Egitto, la regina ebbe un ruolo politico maggiore. Incinta, dovette tenere la città fino all'arrivo dei rinforzi e difenderla da sola perché il re era malato. Durante l'assedio, partorì suo figlio, chiamato Tristano, "per il tempo doloroso in cui nacque". Nel suo letto di partoriente, scongiurava i crociati:

"Signori, per l'amor di Dio, non abbandonate questa città perché sapete che il re sarebbe perduto. Abbiate pietà di questa gracile creatura [il figlio Tristano], che giace qui... Restate finché non mi sarò ripresa."

Lo fece e partecipò alla difesa di Damietta, comportandosi come un vero condottiero.

Queste donne non solo affrontavano battaglie, tempeste, il dolore, il freddo e la fame, ma, se il loro sposo o il loro figlio si dimostrava vigliacco, inveivano contro di lui. Come quella madre che, oltraggiata dalla codardia del figlio, l'apostrofò gridandogli: "Tu vuoi scappare, figlio mio! Allora torna nel ventre che ti partorì."

Joséphine leggeva e pensava...

Non avevano mai paura?

Probabilmente sì, ma si buttavano.

Come se il mettersi in moto cancellasse il terrore.

Scrisse su un foglio: "Superare la paura. Procedere... Scrivere qualunque cosa, ma scrivere."

Osservò quelle parole ripetendole ad alta voce.

Sì ma, ricominciava, il mondo nel Medioevo era più semplice. Si credeva in Dio. Si veniva trascinati da una passione. Il sogno era bello, la missione nobile.

La paura, a quei tempi, era considerata una manifestazione del diavolo. Bisognava credere in Dio, portatore di luce e gioia, per evitare il demone del terrore. Era il messaggio dei Padri del deserto, anacoreti che si ritirarono per ritrovare l'insegnamento evangelico. Il loro precetto era limpido. Predicavano ciò che ci manca oggi: la fiducia, la gioia, il gusto del rischio e la serenità. Colui che crede ha fiducia e si dà da fare, colui che è al fianco del Maligno è triste, possiede "un'anima nera", malinconica.

Oggigiorno siamo paralizzati dalla paura. Non crediamo più in niente...

Chi parla ancora di trascendenza? Credere in Dio, credere

nell'amore del prossimo sono parole che fanno ridere gli intelligentoni...

Fantasticava, andava in cucina a prendere una tavoletta di cioccolato alle mandorle, tornava alla scrivania, ne mangiava una riga, due, tre, leggeva il giornale, accarezzava la pancia di Du Guesclin sdraiato ai suoi piedi. Tu lo sai come si fa, vecchio mio? Lo sai? Lui socchiudeva gli occhi, lo sguardo perduto in un piacere immobile e lontano. Te ne freghi, vero? Hai la ciotola piena e, quando mi indichi la porta, io ti porto a spasso...

Prendeva un'altra riga di cioccolato, due, tre, sospirava, apriva un cassetto e nascondeva la tavoletta.

Tornava alla frase sul foglio: "Superare la paura. Procedere... Scrivere qualunque cosa, ma scrivere."

Fischiò a Du Guesclin e uscì. Passeggiò per Parigi, ascoltando, osservando, cercando il particolare che potesse darle uno spunto, l'inizio di una storia, rientrò a testa bassa verso il suo palazzo, passando davanti a un negozio di telefonia, a una panetteria, una banca, un ottico, una boutique, si fermò a guardare le vetrine, perdendo tempo. All'angolo della sua via, riconobbe la donna che tutte le sere aspettava qualcuno fuori dalla banca. Una signora paffuta con gioielli preziosi, un abito di seta sotto una pelliccia, una borsa Chanel, la capigliatura nerissima e un paio di grossi occhiali scuri. Abbigliata come per un incontro galante. Chi attende? Suo marito? Il suo amante? Joséphine permetteva a Du Guesclin di annusare tutto il marciapiede osservando quella donna in carne, felice di aspettare. Serena. Sorrideva ai passanti, ad alcuni rivolgeva la parola. Parlava del tempo, delle previsioni annunciate, dell'umidità nel mese di febbraio. Doveva abitare nel quartiere. Joséphine la scrutava dicendosi sì, l'ho già vista, il suo viso non mi è sconosciuto. Attende tutte le sere all'angolo della strada...

Un'altra donna uscì dalla banca. Disse mamma. Aggiunse scusami, sono in ritardo, un cliente che non voleva andarsene, mi stava raccontando la sua vita, non ho avuto il coraggio di mandarlo via... Incredibilmente sembrava più vecchia della madre. Capelli corti ingrigiti, la pelle segnata dalla couperose, senza trucco, con addosso un enorme cappotto che l'infagottava. Camminava con le braccia a penzoloni come le pinne di una foca. Si sarebbe detta un'adolescente smagrita che i compagni avevano soprannominato Bombolone.

Madre e figlia si allontanarono a braccetto ed entrarono nel ristorante vicino. Una grande brasserie punteggiata di fiori rossi. Joséphine riusciva a vederle dalle vetrate. Un cameriere indicava con un gesto familiare il "loro" tavolo.

Si sedettero e lessero il menu in silenzio. La madre commentò, la figlia annuì, poi la prima ordinò, spiegò il tovagliolo e l'annodò al collo della seconda, che glielo permise, docile; poi imburrò un pezzo di pane e lo tese alla figlia che aprì la bocca come un uccellino che viene imbeccato...

Joséphine assisteva alla scena sbalordita. E rapita.

Ho trovato l'inizio di una storia...

La storia di una figlia un tempo bella, attraente, e di una madre che non vuole invecchiare da sola e rimpinza la figlia per tenerla con sé...

Sì, è così...

Ogni sera la madre attende la figlia all'uscita del lavoro. L'accompagna al ristorante e la fa rimpinzare. La figlia mangia, mangia e ingrassa. Non troverà né fidanzato né marito, non avrà figli, resterà tutta la vita con sua madre.

Invecchierà rimanendo bambina, nutrita, pettinata, vestita dalla madre. Grassa, sempre più grassa.

Mentre la madre si manterrà graziosa, avvenente, piacevole con tutti, felice di vivere...

"Ho trovato una storia", annunciò tutta eccitata Joséphine a Zoé quella sera.

Domani mi metto al lavoro...

No, non domani. Subito. Non appena avremo finito di cenare, e Zoé si sarà chiusa in camera sua a studiare. Non voglio perdere lo spunto, monto in sella alle due grassone e scrivo qualunque cosa, però scrivo.

Mangiarono in silenzio, ognuna persa nei propri pensieri.

Come andrà a finire la mia storia? si domandava Joséphine. La figlia morirà di congestione? S'innamorerà di un commensale che cena al ristorante tutte le sere perché, come lei, è un vecchio scapolo? E la madre, furiosa...

Iphigénie suonò alla porta. Signora Cortès, signora Cortès, dobbiamo scrivere la petizione, ho ricevuto una lettera dall'amministratore che mi chiede di lasciare i locali... Non mi abbandoni. Joséphine la guardava come se non la riconoscesse e Iphigénie gridava, signora Cortès, lei non mi sta ascoltando, dov'è con la testa? Con le mie due grassone, avrebbe voluto rispondere Joséphine, non mi strappi da loro, per favore, le perderò se continua a parlarmi, svaniranno.

"Allora la scriviamo questa petizione, signora Cortès?"

"Adesso? Subito?" chiese Joséphine.

"Se non adesso, quando? Lei lo sa bene, signora Cortès, che se non lo facciamo ora, non lo faremo mai..."

Zoé finì il suo yogurt, ripiegò il tovagliolo, lo lanciò nel cestino sopra la credenza, urlò canestro! sparecchiò la tavola e annunciò vado a studiare in camera mia. Joséphine prese carta e penna, cominciò a buttare giù il testo della petizione dicendo arrivederci alle due donne grasse che svoltavano l'angolo della strada e sparivano.

Iphigénie aveva ragione, se non adesso, quando?

Aveva trovato la falla nella sua corazza. La piccola falla che le faceva lo sgambetto e la costringeva a vivere nella paura.

Il nemico, il freno, era la parola "domani".

Serrurier l'invitò fuori a pranzo.

"Deve lavorare come una matta, non risponde mai al telefono..."

"Vorrei tanto..."

Prese coraggio e gli pose la domanda che la tormentava, giocherellando con le lische della sua sogliola alla normanna. L'avevano ordinata entrambi, era il piatto del giorno.

"Lei mi considera una scrittrice?"

"Ne dubita, Joséphine?"

"Continuo a ripetermi di non essere abbastanza..."

"Abbastanza cosa?"

"Abbastanza brillante, intelligente..."

"Non bisogna essere intelligenti per scrivere..."

"Sì, invece..."

"No... Si deve essere sensibili, saper osservare, sapersi aprire ed entrare nella testa delle persone, mettersi al loro posto. Lei è riuscita a farlo molto bene nel suo libro precedente. E se ha avuto il successo che ha avuto..."

"C'era Iris. Senza di lei..."

Lui scosse il capo, lasciando cadere le posate come se scottassero.

"Certe volte mi dà proprio sui nervi! La smetta di sminuirsi! Oppure la punirò. Cento euro per ogni volta che..."

Joséphine sorrise per scusarsi.

"Non sarà questo a impedirmi di avere paura..."

"Scriva! Qualunque cosa! Afferri la prima storia che le passa davanti al naso e si butti..."

"Facile a dirsi... Ci ho già provato, ma la storia è svanita prima ancora che avessi il tempo di trovare un inizio..."

"Tenga un diario, scriva ogni giorno... Qualunque cosa. Si sforzi. Non ha mai avuto un diario?"

“Mai. Non mi consideravo abbastanza interessante...”

“Cento euro... Diventerò ricco grazie a lei!”

Strapazzò il cameriere, sempre lo stesso, timido e tremante, dichiarando che la sogliola non era fresca, “Pesce di giornata! Pesce di giornata! Deve avere cent’anni il suo pesce!”, quindi riprese: “Nemmeno a sedici anni? L’età in cui si ritiene importante tutto quello che capita? Ci s’innamora di un’ombra, di un uomo o di una donna che incontriamo sull’autobus, di un attore o di un’attrice del cinema...”

“Non mi sono mai innamorata di un attore...”

“Mai?”

“Mi sembravano troppo lontani, inaccessibili e siccome mi trovavo insignificante...”

“Cento euro. E siamo già a duecento! È nel suo interesse mettersi a scrivere semplicemente per rimborsarmi... Mia madre era follemente innamorata di Cary Grant. C’è mancato poco che mi chiamasse come lui. Cary Serrurier sarebbe suonato strano, vero? Mio padre si è rifiutato imponendo il nome di mio nonno, Gaston. È andata bene, era il nome di un famoso editore. D’altra parte mi chiedo se non sia diventato editore proprio per questo. Sarebbe interessante studiare il rapporto tra il nome delle persone e la loro professione... Se tutti gli Arthur diventassero poeti a causa di Rimbaud, i...”

Joséphine non ascoltava più. Cary Grant. Il diario del Piccolo Gentiluomo ritrovato in un bidone della spazzatura! Era una storia incredibile. Dove aveva messo il quaderno nero? In un cassetto della sua scrivania... Doveva essere ancora là, nascosto in un angolo, sotto le tavolette di cioccolato iniziate.

Si raddrizzò, ebbe voglia di abbracciare Serrurier, ma non di dirgli che le aveva appena fatto un favore enorme, per paura che il Piccolo Gentiluomo e Cary Grant scomparissero come le due grasse signore.

Guardò l'orologio ed esclamò: "Mio Dio! Devo scappare in facoltà, ho un appuntamento. Sto lavorando su una raccolta di testi per una pubblicazione universitaria..."

"Una robetta tirata in cinquemila copie? Non perda il suo tempo! Piuttosto si metta al lavoro per me. Duecento euro, Joséphine, lei mi deve duecento euro!"

Lo guardò con infinita tenerezza, gli occhi colmi di gioia e riconoscenza. Lui si chiese che cosa potesse aver detto per renderla così felice, si domandò se non si stesse innamorando di lui e le fece segno di sparire immediatamente.

* * *

Gary fu svegliato alle otto del mattino da una cornamusa che suonava la marcia nuziale sotto la sua finestra. Afferrò un cuscino, se lo mise sulle orecchie, ma gli accordi striduli dello strumento gli laceravano i timpani. Si alzò e, affacciandosi, scorse un uomo in kilt che suonava davanti a turisti che gli lanciavano monete e facevano fotografie. Maledisse quel tizio, il suo kilt e la cornamusa, si sfregò gli occhi, tornò a letto, sprofondando sotto i cuscini.

Non riuscì a riaddormentarsi, allora decise di alzarsi definitivamente e di andare a fare colazione. Dopo avrebbe chiamato la signora Howell...

La donna gli diede appuntamento alla Fruit Market Gallery per l'ora del tè. Non può sbagliarsi, è proprio dietro la stazione. È uno spazio espositivo per gli artisti, si vendono libri, si mangia anche benissimo. Mi piace molto quel posto... Non farà fatica a riconoscermi, sono magra e indosserò un cappotto viola con una sciarpa rossa.

Decise di andare a fare un giro per la città. Nella sua città, visto che era per metà scozzese. Tutto gli sembrava bello e suo padre sarebbe apparso a un angolo della strada per stringerlo tra le braccia.

Camminava a passo sostenuto, il naso all'insù, decifrando la storia sui muri delle case. C'erano ovunque targhe commemorative, evocatrici delle battaglie del passato e delle vittorie dei cittadini contro gli occupanti. Salì sui bastioni del castello, si addentrò nella città vecchia, salì le numerose scalinate che, incastrate fra due palazzi, facevano da via, passeggiò lungo il Royal Mile, superò il nuovo parlamento scozzese, sbucò su Grass Market Place, evidentemente un punto di ritrovo. Una larga piazza disseminata di pub che offrivano tutti lo stesso menu: *cullen skink, haggis, neeps, tatties...* Ogni pietra raccontava degli scontri con gli inglesi, che alla fine avevano vinto, e che continuavano a vivere in mezzo al nemico di sempre. Per gli scozzesi era un'offesa essere trattati da inglesi. Allora Gary si finse un turista francese.

Pranzò in un pub, ordinando uno *stovis* e una pinta di birra. Gustò la carne e il pasticcio di patate, bevve la sua birra e, man mano che l'ora dell'appuntamento si avvicinava, lo stomaco gli si chiudeva in una morsa. Tra qualche ora avrebbe saputo. Aveva fretta di conoscere ciò che la signora Howell gli avrebbe raccontato.

Aveva un padre, aveva un padre... Suo padre era vivo e aveva bisogno di lui.

Non sarebbe più stato indifferente o vigliacco.

Riprese la passeggiata che lo condusse verso il Dean Village, dove gli sembrò di tornare al Medioevo. Un fiume dai riflessi argentati serpeggiava sotto i ponti bianchi ricoperti di muschio, la case erano basse e gli arbusti debordavano da dietro i vecchi muri di pietra. Tornò verso la città vecchia e si presentò, puntuale, alla Fruit Market Gallery, dove prese posto a un grande tavolo rotondo, un po' defilato, tenendo d'occhio la porta d'entrata.

La donna arrivò. Piccola, fragile, persa in un ampio cappotto viola e una lunga sciarpa rossa. Lo riconobbe immediatamente, gli si sedette di fronte e lo fissò, sbalordita. Lui si era alzato per darle il benvenuto e lei lo guardò a lungo mormorando è incredibile, incredibile, mi sembra di vedere tuo padre da giovane... Omioddio! Omioddio! E si copriva il viso con le mani. Si era preparata per quell'incontro, si era truccata gli occhi chiari con un ombretto azzurro.

Ordinarono un tè e due fette di torta di mele con la panna montata. La donna non parlava, limitandosi a osservarlo scuotendo la testa.

"Gary McCallum... Che mi venga un colpo se tu non sei proprio il figlio di tuo padre!"

"Gli assomiglio così tanto?" le domandò, emozionato.

"Non potrà disconoscerti, sei un vero McCallum, poco ma sicuro... Vederti mi fa tornare ai miei vent'anni. Quando danzavo alle feste organizzate al castello... È come sentire il suono dei violini, il tintinnare dei calici e il maestro di cerimonia che invitava gli ospiti a ballare... Gli uomini indossavano il kilt del loro clan con un'elegante giacca nera..."

"Mi parli di lui, signora Howell, sono così impaziente..."

"Perdonami, mi sono incantata a guardarti come una vecchia pietra silenziosa. È che mi riporti alla mente tanti ricordi... Da giovane ho lavorato al castello, non so se tua madre te l'ha detto..."

Gary annuì. Più di tutto voleva che lei gli raccontasse la storia. La sua storia.

"Tutte le donne della mia famiglia hanno lavorato al castello. Era una tradizione. Alla nascita venivano subito assunte come cameriere, cuoche, domestiche, balie... A quei tempi a Chrichton c'era un esercito di servitù, e io ho fatto come mia madre, mia nonna e la mia bisnonna, sono entrata al servizio dei McCallum.

L'anno in cui nacque tuo padre Duncan. Venne data una festa magnifica. Eravamo tutti felici. Hai sentito parlare della maledizione che pesa sul castello?"

"Sì, ho fatto delle ricerche..."

"Allora sei al corrente... Eravamo tutti preoccupati perché... Sai, i McCallum avevano l'abitudine di mettere incinta le domestiche e si diceva che nelle nostre vene scorresse il loro sangue. Che anche noi portassimo la maledizione del monaco... Una mia antenata aveva messo al mondo un bastardo nelle scuderie. È morta di parto avendo giusto il tempo di fare un segno della croce sul bambino e mormorare una preghiera per allontanare il maleficio... Non ci si ribellava. Era implicito. Le più furbe si liberavano del bambino, le altre lo tenevano... e tornavano a servizio. Io ho avuto l'audacia di oppormi. Mi ero innamorata di un inglese, il signor Howell, e quando il padre di tuo padre l'ha saputo, mi ha cacciato. Ero scesa a patti con il nemico di sempre, dovevo andarmene. Ho raggiunto il signor Howell a Londra e ho vissuto laggiù fino alla sua morte. Ma sto divagando, faccio confusione..."

"Continui, la prego", l'incoraggiò Gary che aveva capito che per la prima volta quella donna dal cappotto viola si stava confidando.

Lei gli sorrise con gratitudine e proseguì: "Alla morte di mio marito sono tornata a Edimburgo. La città mi mancava. Ho comprato una casetta che ho trasformato in pensione affittando le camere agli studenti. È così che ho conosciuto tua madre, Shirley... Era una bella ragazza ribelle e coraggiosa. Viveva al di sopra delle regole e spesso sono dovuta intervenire per riportare la calma in camera sua. Era una tosta..."

Gary sorrise all'idea di sua madre che seminava il panico nella pensioncina della signora Howell.

"Quando si è innamorata di tuo padre, ho cercato di dirle che da quella storia non sarebbe uscito niente di buono, che il sangue dei McCallum era viziato, ma non mi ha dato retta. Faceva solo di testa sua, e poi era innamorata persa e non si può fare nulla con una ragazza innamorata... In più, all'epoca, io avevo cominciato a bere. Il ritorno in Scozia era stato difficile e mi sentivo sola... Nemmeno la mia famiglia mi voleva! Devi sapere che gli scozzesi detestano gli inglesi. Se vuoi insultare uno scozzese, trattalo da inglese!"

"Siamo a questo punto?"

Lei annuì e continuò: "Devo ammettere che gli inglesi hanno fatto di tutto per umiliare il fiero sangue scozzese. Lo sapevi che una volta le cartine geografiche delle previsioni del tempo in tivù erano disegnate in modo da far sì che la Scozia non fosse più grande di un coriandolo? Nelle partite di rugby tra Inghilterra e Francia, gli scozzesi tifano sempre per i francesi... È un odio inesauribile. Oggi abbiamo il nostro parlamento, le nostre leggi, la nostra moneta, e alcuni sognano l'indipendenza completa... Con il mio nome inglese, ero molto mal vista... e isolata. Allora bevevo, la sera, per dimenticare la solitudine... Anche lui, tuo padre, era solo. Correva dietro alle ragazze, bighellonava nei pub, andava a caccia di cervi e a pescare. Non ha mai lavorato! Poco alla volta ha venduto tutti i terreni intorno al castello... Ti porterò a vederlo, ne sarai orgoglioso. Solo che ora non rimangono che pietre. Vecchie pietre grigie che cadono a pezzi. I muri crollano e io mi chiedo come faccia ancora a vivere là dentro senza ritrovarsi una trave in testa..."

"Non si è mai sposato?"

"Mai! I tempi sono cambiati, le ragazze non sono più così obbedienti e sottomesse. Studiano, lavorano, viaggiano. Non sognano più di diventare le signore del castello..."

Nel suo sguardo tremante, Gary riuscì a leggere una timida approvazione per queste donne che rifiutavano il giogo dei Mc-Callum e dei loro simili. Lei bevve un sorso di tè, ma non toccò la torta di mele ricoperta da uno spesso strato di panna. Aveva dita sottili, sciupate, e le agitava sul tavolo come per radunare le briciole dei ricordi passati.

"Continua a vivere come i suoi antenati, ma non ha più la loro ricchezza. Recentemente ha scoperto di avere il cancro. Il medico gli ha proibito l'alcol e gli ha consigliato di farsi curare. Lui ha rifiutato. E continua a frequentare i pub dove gli pagano da bere come a un vecchio clown che contribuisce al colore locale. Canta ballate scozzesi, sbraita come un orso... È triste, ma c'è di peggio..."

"Morirà?" chiese Gary appoggiando i gomiti sul tavolo perché smettessero di tremare.

Lei annuì.

"Morirà e il castello dei McCallum andrà a un cugino... Un cugino di discendenza inglese e tedesca. Lavora nella City a Londra e non pensa che a fare soldi. Non è per nulla legato alla terra dei suoi antenati. Questa cosa fa ammattire tuo padre, che si agita come una mosca in una ragnatela per fermare il destino..."

"È per questo che mi ha chiesto di venire? Che era urgente?"

"Sì, ragazzo mio... Se non si dà una regolata, se non smette di bere, morirà e il castello sparirà. Passerà nelle mani del cugino che lo trasformerà in un albergo per ricconi russi e americani... Il più bel castello della regione! Un'onta per il nostro Paese!"

"Parla come una vera scozzese!"

Lei sorrise debolmente. Le dita smisero di raccogliere le briciole e lo fissò dritto negli occhi.

"Non si può rinnegare il proprio sangue... Quando si è scozzesi per un giorno, lo si è per sempre."

Gary si raddrizzò, sentendosi sempre più scozzese.

"Allora mi sono detta che se lui ti avesse visto, se avesse riconosciuto il sangue del suo sangue, forse... ma non sono sicura.

Non si può prevedere niente con i McCallum. Portano con loro un destino nero, e non hanno un briciolo di buon senso..."

"E quando lo vedrò?" chiese Gary impaziente.

Si diceva che avrebbe salvato suo padre, lo avrebbe fatto ragionare, curare. S'immaginava nel castello, a vivere con Duncan McCallum, imparando a conoscere lui e la storia del suo Paese. Improvvisamente provò un desiderio furioso di avere delle radici, di indossare i colori del suo clan e di rendere onore alla propria famiglia. E perché non trasformare il castello in un grande centro culturale, un luogo per un festival dove si sarebbero raccolti i più grandi musicisti del mondo? Sua nonna l'avrebbe sicuramente aiutato... Avrebbe potuto continuare a studiare pianoforte e avrebbe ridato vita alla tenuta di Chrichton.

"Adesso... Ti accompagnerò al pub dove trascorre tutte le sere... L'altro giorno, dopo che mi hai chiamato, sono andata da lui e gli ho detto che ha un figlio. Un bel giovane di cui sarà fiero, a cui trasmettere le tradizioni, e che avrebbe potuto sfuggire alla maledizione dell'inglese che vuole ridurre il castello a un hotel per turisti."

"E lui cos'ha detto?"

"Mi ha ascoltato... senza dire niente. Era troppo ubriaco per tornare a casa da solo, allora l'ho accompagnato e l'ho fatto sdraiare su un vecchio divano sfondato nell'ingresso, dove passa quasi tutte le notti... Non sembrava né felice né contrariato, e ciò dimostra che ha capito e che è pronto a incontrarti..."

"Si ricorda di mia madre?"

Lei scosse il capo.

"Ma rammenta che ha un figlio..."

"Sa che sono inglese?"

E nipote della regina!

"No, non gli ho detto niente. Ho pensato che l'orgoglio, il desiderio di vederti, di sapere che ha un figlio, un ragazzo magnifico, avrebbero avuto la meglio su tutto..."

"E se fossi un miserabile avvoltoio?" domandò Gary con un sorriso.

"Non avresti chiamato, ragazzo mio... C'era così tanta speranza nella tua voce..."

"Ci siamo a malapena parlati..."

"Sì, ma ho capito quello che mi stavi tacendo..."

Gary toccò la mano minuta della signora Howell, e gli occhi le si riempirono di lacrime.

"Se soltanto, se soltanto..." mormorò lei, lo sguardo perso nel vuoto come se volesse decifrare il futuro.

Condusse Gary a vedere il castello a bordo di una vecchia auto che arrancava in salita. Gary chiudeva e riapriva gli occhi. Guardava dal finestrino, il collo teso verso l'orizzonte. Negli ultimi giorni l'aveva immaginato così spesso quel castello.

Non restò deluso.

Il castello di Chrichton gli apparve all'improvviso dietro una curva. Immenso, maestoso, arrogante. Sovrastava tutto con le sue mura bianche diventate grigie e coperte di muffa negli angoli. I tetti erano sfondati e vi sbucavano arbusti che puntavano diritti al cielo.

"Ma perché così tante mura intorno al castello?" domandò interessato. "Non le ho mai viste da nessun'altra parte..."

Era come se il castello fosse stato costruito dietro a cinque o sei anelli di bastioni.

La signora Howell sospirò.

"È il risultato di tutte le guerre fratricide tra i McCallum... Ogni volta che un cugino o un parente li minacciava, circondavano il castello di una nuova barriera protettiva... E sfidavano il nemico trincerati dietro le mura."

Parcheggiarono davanti all'entrata principale, poi superarono a piedi tutti i bastioni. Soffiava un vento così violento che Gary ebbe l'impressione che le guance fossero sul punto di staccarsi e volare via. Scoppiò a ridere mettendosi a volteggiare tra le pietre grigie. Addio Gary Ward! E buongiorno Gary McCallum. Avrebbe cambiato nome, vita, tra quelle vecchie mura in rovina avrebbe ritrovato tutti i colori del cervo volante. Poi si lasciò cadere sull'erba ridendo al cielo basso e imbronciato che sembrava coprire la tenuta come una cappa sinistra.

Voleva vedere tutto.

Spinsero il portone d'ingresso sperando di non trovare Duncan sdraiato sul divano.

"Non temere... A quest'ora sarà al pub a bere..."

Corse lungo i corridoi sollevando nuvole di polvere, spinse pesanti porte, prese a pugni le ragnatele, scoprì ampie stanze deserte con enormi camini anneriti dal fumo. Non c'erano mobili, ma vecchie armature i cui elmi sembravano seguirlo con gli occhi.

Quando la signora Howell gli mostrò la porta della camera da letto di suo padre, indietreggiò dicendo: "Non prima di averlo visto..."

E tornarono in città.

Lo trovarono al Bow Bar. Un pub dalle grandi vetrate, con i muri esterni dipinti in blu di Prussia. Gary lasciò che la signora Howell lo precedesse. Il cuore gli batteva all'impazzata. Seguì il cappotto viola con la sciarpa rossa. Il soffitto del locale, dalle travi vermiglie, e il parquet giallo-arancio lo abbagliarono. Strizzò gli occhi, accecato dai colori.

La donna si diresse verso un uomo seduto con i gomiti sul bancone, quasi sdraiato su un'enorme pinta di birra. Gli toccò leggermente la spalla e disse: "Duncan McCallum?"

"*Yeah!*" ruggì l'uomo voltandosi.

Era un gigante, alto tanto quanto era largo, il viso rubizzo e gonfio. Gli occhi sembravano iniettati di sangue e non se ne distingueva il colore. Aveva i denti ingialliti dal tabacco e gliene mancava uno davanti. La pancia debordava da un vecchio kilt verde e blu, il gilè e la giacca nera erano pieni di macchie, mentre dalle calze gli pendevano due ridicoli pompon rossi. Un vecchio clown, aveva detto la signora Howell, un vecchio clown sfregiato...

"Ehi! L'inglese!" esclamò Duncan McCallum. "Vuoi riportarmi di nuovo a casa?"

Poi il suo sguardo si posò su Gary e riprese a urlare.

"E tu chi sei?"

Gary si schiarì la voce, incapace di parlare.

"Sei con la vecchia inglese?"

"Io... io..."

"Ha perso la lingua oppure la vecchia gliel'ha tagliata!" gridò Duncan McCallum tornando a girarsi verso il barista. "Bisogna diffidare delle donne, persino quelle vecchie, ti tagliano la lingua, se non qualcos'altro."

E scoppiò a ridere alzando il boccale di birra all'indirizzo di Gary.

"Bevi, ragazzo, o te ne stai lì in piedi a fare il muto?"

Gary si avvicinò e la signora Howell mormorò: "Duncan, ti presento tuo figlio, Gary... ti ricordi che hai un figlio?"

"Se mi ricordo, vecchia? Me l'hai rammentato tu l'altra sera quando ero troppo ubriaco per tornare a casa..."

Poi il suo sguardo si posò su Gary, restringendosi come le feritoie di un castello. Si rivolse nuovamente al barista: "Perché io ho un figlio, Ewan! Sangue del mio sangue! Che ne pensi?"

"Ne penso molto bene, Duncan..."

"Un McCallum... Come ti chiami, figliolo?"

"Gary..."

"Gary come?"

"Gary Ward, ma..."

"Allora non sei mio figlio... I McCallum non cambiano nome come le donne sposate... Restano dei McCallum per tutta la vita! Ward, Ward, è un cognome inglese, mi sembra... Mi ricordo di un'inglese che affermava che l'avessi messa incinta, una ragazza di facili costumi, è tua madre?"

Gary non sapeva più che cosa rispondere.

"È tuo figlio", ripeté la signora Howell con voce dolce.

"Se si chiama Gary Ward, non ho niente a che vedere con lui!"

"Non l'hai riconosciuto quando è nato! Come vuoi che si chiami?"

"McCallum! Come me!"

A quel punto coinvolse gli altri uomini nel pub intenti a seguire una partita di calcio davanti al loro boccale di birra.

"Ehi, ragazzi! Sembra che abbia un figlio... Non penso di averne uno solo! Il seme dei McCallum ha ingravidato un sacco di donne! Erano ben contente di aprire le gambe..."

Gary arrossì provando un unico desiderio: andarsene. La signora Howell indovinò il suo sconcerto e lo trattenne per un braccio.

"Tu hai un figlio, Duncan McCallum, ed è davanti a te... Smettila di comportarti da ubriacone e parlagli!"

"Sta' zitta, vecchia! Decido io... Una donna non ha mai detto a un McCallum quel che deve fare."

E si rivolse di nuovo al pubblico di astanti.

"Taci, Duncan McCallum!" gli intimò la signora Howell. "Fai il prepotente quando si tratta di alzare la voce nei pub, ma ti comporti come una donnicciola davanti alla malattia! Non sei altro che un vile e uno sbruffone! Morirai, perciò smettila di dare spettacolo!"

Allora lui si voltò, le lanciò uno sguardo cattivo e si raggomitolò sulla sua birra. Senza aggiungere altro.

"Signore", mormorò Gary avvicinandosi. "Andiamo a sederci e parliamo..."

Lo scozzese scoppiò a ridere.

"Sedermi con te, Gary Ward! Sappi che non ho mai bevuto con un inglese! Togli la mano dal mio braccio altrimenti ti pianto un pugno in gola! Vuoi che ti racconti come mi sono battuto con un russo ubriaco nelle vie di Mosca?"

Gary restò con la mano sospesa in aria e supplicò la signora Howell con lo sguardo.

"Vedi la mia cicatrice?"

E gli mostrò la guancia come un saltimbanco pronto a raccontare le sue frottole.

"Mentre lui, l'ho trafitto di netto con la spada! Dall'alto in basso! L'ho tagliato in due! Se l'è data a gambe lasciandomi un ricordino..."

"Sei solo un asino calzato e vestito, Duncan McCallum. Non ti meriti di avere un figlio... Vieni Gary, andiamo via."

Prese Gary per mano e uscirono, il cuore ferito, ma con dignità.

Si appoggiarono alla vetrina del pub. La signora Howell si accese una sigaretta. Fumava con gli occhi socchiusi, raccogliendo la cenere in una mano. La teneva in verticale perché si consumasse lentamente, ripetendo, mi dispiace, mi dispiace, non avrei dovuto dirti di venire, non è stata una buona idea...

Gary non sapeva più che cosa pensare. Osservava la brace rossa della sigaretta seguendo le volute di fumo. Lo scontro era stato troppo rapido, non riusciva a ricordare che cosa suo padre gli avesse detto e avvertiva nuovamente il peso della tristezza.

"Torneremo domani", disse la signora Howell. Ci avrà pensato su e sarà meno scostante. Per lui deve essere stato uno shock vederti... e anche per te, ragazzo mio. Mi dispiace..."

"Non si scusi, signora Howell, non si scusi..."

Gary osservava la facciata blu di Prussia, non gli sembrava più così brillante come quando era entrato nel pub. Si sentiva a pezzi.

Era stato stupido a credere di poter cambiare un uomo. Un McCallum, per di più.

Disse arrivederci alla signora Howell e tornò nel suo albergo in Princes Street.

Non sarebbe tornato il giorno dopo...

Si sarebbe svegliato sulle note della marcia nuziale suonata dalla cornamusa e sarebbe rientrato a Londra con il primo treno.

Che tutti i McCallum andassero all'inferno insieme al loro castello!

Nella notte, Duncan McCallum pose fine ai suoi giorni sparandosi un colpo di pistola in bocca, sdraiato sul divano sfondato nell'ingresso, mettendo in pratica il vecchio motto dei suoi antenati: "Cambio soltanto morendo."

Subito prima aveva scritto e spedito una lettera in cui nominava Gary Ward, suo figlio, nato dalla relazione con Shirley Ward, erede unico del castello di Chrichton.

* * *

Era quasi mezzanotte e Harrods era deserto. I pesanti lampadari dorati erano spenti, le scale mobili ferme, un esercito di donne delle pulizie passava l'aspirapolvere e lo straccio, Hortense e Nicholas, inginocchiati a terra, contemplavano le loro vetrine. Un guardiano notturno si presentava a intervalli regolari domandando *still here?* Hortense annuiva in silenzio.

Aveva concretizzato quello che aveva immaginato a Parigi, dopo aver percorso migliaia di volte con Gary i viali intorno all'Étoile. Qualche volta si parte con un'idea che poi si perde per strada... Si tradisce la meravigliosa scintilla che aveva acceso la fantasia. Lei non l'aveva fatto e l'idea si era incarnata, maestosa, intatta. Le modelle fotografate da Zhao Lu, eleganti, impeccabili, sembravano animate da una grazia e un'eleganza insolenti. I particolari, simili a nuvole leggere, spiccavano nelle gigantografie trasformando ogni figura in una *it girl*.

"Domani riuscirai a spiegare alla gente questo famoso *it*?" le domandò Nicholas, sognando a occhi aperti.

"È l'elemento che cambia tutto... A volte è un piccolo particolare nato in modo inconsapevole, senza farci caso, che ti riempie di fiducia, ti rende diverso nell'effetto che produci sugli altri. Qualcosa che appartiene solo a te, che hai inventato tu... Un particolare che fa di te un re o una regina. O ce l'hai o non ce l'hai... Io offro soltanto le chiavi perché lo trovino..."

"E come ti vestirai domani per l'inaugurazione?"

Hortense si strinse nelle spalle.

"Io sono nata con l'*it*... Mi basta un niente! Andrò sul sito in cui per una sera si può affittare quello che si vuole e sarò travolgente!"

"Scusami tanto", ironizzò Nicholas davanti a tanta sicurezza. "Avevo dimenticato con chi ho a che fare..."

Hortense si voltò verso Nicholas e disse in un soffio: "Grazie... Senza di te, non ce l'avrei mai fatta..."

"*You're welcome, my dear!* È stato un piacere, sai... Ottimo lavoro!"

Avrebbe voluto che la sera dopo ci fosse anche Gary. Avrebbe capito... Avrebbe capito che non ci si può lanciare in un'impresa simile con la mente persa dietro a un ragazzo che ti entra nella testa, nelle braccia, nelle gambe, nella bocca facendo di te ciò che vuole. Non deve esserci nessuno nella tua mente per poter creare. Concentrarsi solo su questo. Giorno e notte. Ogni secondo di ogni minuto di ogni ora di ogni giorno. Quando mi ha baciato, quella notte a Parigi, mi sono trasformata in una povera ragazzina avvinghiata a una mano che la stava portando lungo una via pericolosa... Bimbumbam! Lo cancello dalla mente e non ci penso più! Gli ho mandato un invito e non mi ha risposto. Peggio per lui! Voglio ottenere un contratto magnifico, venire assunta da Tom Ford, essere proiettata in cima al grattacielo più alto del mondo, avere un *corner* da Barney's o da Bergdorf Goodman... e mi piacerebbe che domani sera lui fosse qui, che si congratulasse con gli occhi che gli brillano. Mi ha accompagnato per le vie di Parigi, era presente quando abbiamo incontrato Junior e ho visto la luce! Deve esserci anche lui!

Junior. Lui ci sarà. Non da solo, ovviamente. Marcel e Josiane verranno con lui...

Temeva che si facessero notare al momento dell'inaugurazione. Quando Marcel Grobz decideva di essere elegante, ci si poteva aspettare il peggio. Il giorno del suo matrimonio con Henriette, sua nonna, sfoggiava una giacca in lurex verde mela e una cravatta in pelle scozzese! C'era mancato poco che Henriette svenisse...

Nicholas mormorò qualcosa che non riuscì ad afferrare subito. Qualcosa riguardo alla colonna sonora che avrebbe "vestito" la sua messa in scena.

"Credo dovremmo cambiare la musica... Le tue vetrine sono impeccabili, non puoi sovrapporci la voce e l'immagine di Amy Winehouse... Dovresti usare Grace Kelly o Fred Astaire, una cosa del genere."

"Tu sei pazzo!"

"Intendo dire, una canzone chic e di classe, non il video di una ragazza alcolizzata, sballata, piena di tatuaggi che si veste di stracci..."

"Non possiamo cambiare tutto all'ultimo minuto..."

"Quando un grande stilista presenta la sua collezione, dietro le quinte arriva anche a stravolgere tutto mentre la sala è già piena e la gente attende impaziente... Un po' d'ambizione, mia cara! Tu miri in alto, ricordatelo! Non fermarti al pianoterra..."

"E cosa proporresti?" chiese Hortense, lusingata di essere paragonata a una grande stilista.

"Pensavo a una vecchia canzone di Gershwin... Rod Stewart ne ha fatto una cover in un suo album. Potremmo utilizzare questa... Conosco il suo manager, posso sistemare la faccenda."

"C'è qualcuno che non conosci, Nicholas?" sospirò Hortense, convinta.

"S'intitola *You Can't Take That Away From Me*. In originale la cantava Fred Astaire in un vecchio film in bianco e nero..."

"Come fa?"

E Nicholas, in mezzo alle foto e alla scenografia leggermente ondeggiante, si mise a cantare improvvisando qualche passo di danza.

The way you wear your hat...
The way you sip your tea...
The memory of all that...
No, no, they can't take that away from me...
The way your smile just beams...
The way you sing off key...
The way you haunt my dreams...
No, no, they can't take that away from me...

Un'imponente donna di colore che passava per la strada infagottata in un piumino rosso, con i capelli rasta e le braccia cariche di pacchetti, lo notò e si mise a danzare sul marciapiede facendo roteare le borse della spesa. Poi li salutò con un cenno della mano prima di allontanarsi.

Hortense guardò Nicholas e pensò voglio bene a questo ragazzo, peccato che abbia un torace così lungo!

"Andata!" gridò per mettere a tacere l'emozione.

"Grazie, principessa! Domani mattina mi occuperò della tua colonna sonora..."

Inoltre, aveva gusto, idee e senso del dovere. Ma un torace così lungo!

Nicholas aveva spedito inviti a tutti i giornalisti, stilisti, addetti stampa di Londra, Parigi, Milano, New York aggiungendo qualche parola di suo pugno. Ad Anna Wintour, che in quella fine di febbraio si trovava a Londra, aveva scritto: "In omaggio a una grande signora della moda che incarna l'eleganza e lo stile assoluti..." Se dopo questo complimento non viene, significa che ha ingoiato una collezione di ombrelli! si disse Hortense.

Ci sarebbe stato anche Philippe, naturalmente. E il finanziatore che le aveva presentato... Quest'ultimo non la mollava più. La chiamava in continuazione per suggerirle delle idee. Mia cara Hortense, che ne direbbe di... Hortense ascoltava e buttava l'iniziativa alle ortiche. Si era offerto di trasportare gli arredi, poteva noleggiare un furgone, mettersi una tuta, sarebbe stato buffo giocare all'addetto ai traslochi! Che cretino, borbottava Hortense con un gran sorriso. Anche Jean il Foruncoloso le aveva offerto i propri servigi, ma lei aveva rifiutato. Anche se due braccia supplementari le avrebbero fatto comodo! Per un pelo non aveva accettato, riprendendosi all'ultimo: era troppo brutto. Non voleva essere vista in sua compagnia. Sarebbe stata obbligata a invitarlo al cocktail d'inaugurazione e avrebbe fatto cattiva impressione.

Si succhiò la punta delle dita scorticate da chiodi, aghi, colla. Chi altri sarebbe venuto? Non aveva notizie né di sua madre né di Zoé. Ma ci sarebbero state, poco ma sicuro. Sua madre sarebbe svenuta di orgoglio e Zoé, fiera, avrebbe detto a tutti è mia sorella, è mia sorella...

Anche Shirley sarebbe stata presente. Le aveva chiesto in prestito il furgoncino.

"Perché?" aveva chiesto Hortense.

"Devo fare il giro dei mattatoi, sto preparando uno spettacolo macabro per le scuole... carico carcasse, intestini sanguinolenti, vasi di gelatina industriale, un sacco di cose disgustose! Voglio mostrare agli studenti quello che mettono nel cibo industriale. Se non ne saranno disgustati, appendo il grembiule al chiodo e mangerò solo polpette per il resto dei miei giorni!"

"Non sporcarmelo!"

"No, lo rivestirò di plastica..."

Hortense le aveva teso le chiavi con una smorfia.

"E prometti di essere puntuale e di riportarmelo tutto intero!"

"Promesso!"

Shirley aveva un'aria minacciosa che annunciava tempesta.

Quando le aveva chiesto se sapesse dove fosse Gary, Shirley aveva risposto non ne ho idea, facendo dondolare le chiavi del furgone.

Sarebbe venuta la signorina Farland, naturalmente. Per pavoneggiarsi. Sono stata io a scoprirla, avrebbe detto ai presenti, è stato grazie a me che... dandosi mille arie e prendendosi tutti i meriti. È patetica con la sua bocca rossa da vampiro e le mani da anoressica. Per l'inaugurazione si era fatta fare delle iniezioni di botox ed era gonfia come un pallone. Non riusciva nemmeno a sorridere!

Aveva anche invitato qualche compagna del Saint Martin's. Per vederle diventare verdi d'invidia. E i suoi insegnanti.

Poi i suoi coinquilini, tranne Jean il Foruncoloso. Ci sarebbe rimasto male, ma se ne fregava.

Vediamo, non ho dimenticato nessuno...

Forse Charlotte Bradsburry avrebbe mostrato il suo muso da

faina. E poi avrebbe scritto un articolo devastante che le avrebbe fatto un sacco di pubblicità.

Ci sarebbe stata anche Agyness Deyn. Nicholas conosceva il suo fidanzato, che aveva promesso di accompagnarla... Chi dice Agyness, dice paparazzi. Dovrò solo stare attenta che non mi oscuri, pensò Hortense, e sgomitare per apparire in primo piano nelle foto...

Era strano che sua madre non avesse chiamato per farle sapere a che ora sarebbe arrivata con Zoé alla stazione di Saint-Pancras. Non era da lei.

"Hai spedito tutti gli inviti?" chiese Hortense.

"Mi sono appuntato ogni cosa, hanno risposto quasi tutti", rispose Nicholas.

"Ricordati che l'eroina sono io. Se vedi qualcuna che cerca di mettersi sotto i riflettori, cacciala via subito..."

"Ho capito, principessa... Andiamo a mangiare qualcosa? Sto morendo di fame..."

"Credi che possiamo lasciare tutto qui?"

"Che vuoi dire?"

"Non mi saccheggeranno le vetrine?"

"Sei pazza?"

"Ho un brutto presentimento..."

"Cioè hai un sacco di nemici che vogliono la tua pelle..."

"Non vorrei che un rivale arrabbiato mi sporcasse i modelli di vernice rossa..."

"Ma no! Nei grandi magazzini ci sono le guardie ed è tutto chiuso a doppia mandata..."

Hortense uscì a malincuore.

"Quasi quasi dormirei qui..."

"Mi deludi, Hortense... Hai paura?"

"Ti ripeto che ho un brutto presentimento... Posso usare il tuo cellulare per chiamare mia madre?"

"Non hai il tuo?"

"Sì, ma con il mio pago, mentre il tuo è un telefono aziendale..."

"E se dico no...?"

"Non ti spiegherò i misteri della vita sessuale tra uomini e donne... e il tuo ruolo in questa giungla impietosa."

Lui le passò l'apparecchio.

Joséphine non sapeva che cosa fare.

Non sarebbe andata a Londra per l'inaugurazione di Hortense.

Aveva un'idea e non voleva perderla.

Aveva ritrovato il diario del Piccolo Gentiluomo e lo stava leggendo con attenzione prendendo appunti, lasciandolo in infusione, in modo che la storia si schiudesse come un fiore che ci si attende di veder sbocciare ogni mattina al risveglio. Ci si precipita, a piedi nudi, per contemplarlo, si aspetta, poi si torna sui propri passi dicendosi di sicuro è per domani. Era sul punto di assistere alla nascita del suo romanzo e non aveva voglia di perdere il filo recandosi a Londra. Temeva che Cary e il Piccolo Gentiluomo svanissero come le due signore cicciottelle.

Ogni sera fissava a lungo il telefono ripetendosi devo chiamarla, devo dirglielo... ma tremava di paura.

Quella sera, alla vigilia dell'apertura, a mezzanotte in punto, non poteva più tirarsi indietro. Appoggiò la mano sul telefono e...

Shirley le aveva raccontato quanto Hortense lavorasse duramente.

Le aveva anche detto che Gary non sarebbe stato presente, che era partito per la Scozia alla ricerca di suo padre, che non sapeva quando sarebbe tornato.

"E tu come l'hai presa?"

"La verità? Mi fa incazzare, ma mi trattengo... Seguo corsi di training autogeno, vado in bicicletta, visito i mattatoi..."

"Sei tornata a Hampstead?"

"No... Evito le acque ghiacciate. A Londra si gela."

"Dovresti andarci..."

"Vieni all'inaugurazione di tua figlia?"

"Credo proprio di no!"

Shirley aveva lanciato un grido: "Joséphine, sei davvero tu dall'altra parte del filo?"

"Sì..."

"Tu che non lasci perdere tutto per correre a fare i complimenti a Hortense?"

"Mi è venuta un'idea per un libro, Shirley. Non si tratta di un saggio universitario, ma di un romanzo ispirato a una storia vera. L'amicizia amorosa tra un giovane francese e una star del cinema americano... Ti ricordi del diario che avevo trovato nella spazzatura del palazzo? Sta prendendo forma lentamente. La storia mi sta nascendo dentro. Devo restare concentrata."

"Be', questa poi... La mia amica sta cambiando! Sarà l'influenza positiva di Serrurier?"

Joséphine fece un risolino.

"No, ho deciso da sola... Credi che Hortense la prenderà male?"

"Perché? Non gliel'hai ancora detto?"

"Non oso, sono terrorizzata..."

"Ti capisco... La Principessina sarà un po' imbronciata."

"Ho paura pensi che non le voglio più bene..."

"Figurati! Hai ancora un sacco di margine, sai..."

"Allora che faccio?"

"Prendi il telefono e la chiami... Senti un po', non sei stata tu l'altro giorno a farmi una testa così dicendomi 'se non adesso, quando'?... Una pensata filosofica della nostra cara Iphigénie? Perciò fallo, alza il telefono e diglielo. Ora!"

"Hai ragione..."

Ma non ci riusciva. Mi tratterà come una pessima madre, egoista, dura di cuore, la ferirò e non sopravvivèro. Le voglio così bene, è solo che... Ho paura di perdere la mia storia...

Stava per comporre il numero di Hortense, quando il telefono squillò.

"Mamma?"

"Sì, tesoro?"

"Va tutto bene? Hai la voce di chi ha appena visto un fantasma..."

Joséphine si sfregò la gola rispondendo, sì, qui va tutto bene...

"A che ora arrivi domani? Ci troviamo direttamente da Harrods?"

"Io..."

"Oh mamma, vedrai, è magnifico! È venuto tutto proprio come volevo! Ho seguito la mia idea alla lettera, non ho mai mollato, ho lavorato giorno e notte. Resterai a bocca aperta."

"Io..."

"E Zoé? Le hai fatto una giustificazione per la scuola? Che cosa hai scritto? Che ha gli orecchioni? Che è morta la nonna?"

"Non ho detto niente..."

"Allora quando arrivate? Immagino che starete da Shirley..."

"Hortense, mia cara, tu sai quanto ti voglio bene, quanto conti per me..."

"Oh mamma, basta chiacchiere! È mezzanotte passata, casco dal sonno... Certo che so quanto mi vuoi bene e tutto il resto!"

"Ne sei sicura?"

"Più che sicura! Tu mi rimpinzi con il tuo amore!"

Joséphine prese nota di quelle parole, non le trovò eccessivamente lusinghiere e lasciò perdere gli scrupoli.

"Non verrò... E nemmeno Zoé..."

"Ah..."

Seguì un lungo silenzio.

"Siete malate?"

"No..."

"Non sei malata, ma non vieni? Ti sei rotta una gamba, tutte e due?"

"No... Hortense, tesoro..."

"Basta stronzate! Vieni al dunque!"

Stupefatta dall'irruenza di quella replica, Joséphine allontanò il telefono, deglutì e riuscì a dire: "Non verrò perché ho finalmente trovato un'idea per il mio romanzo, la sto sviluppando, non ho ancora scritto niente ma non manca molto, e se parto, rischio di perderla..."

"Ma è fantastico! Sono veramente felice per te! Perché non me l'hai detto subito?"

"Avevo paura della tua reazione..."

"Ma sei matta? Come se non capissi... Se tu sapessi come ho lavorato... Ho le mani e le ginocchia scorticate, un occhio rosso, non dormo più, non mi reggo in piedi, ma è magnifico!"

"Ne sono certa, mia cara", replicò Joséphine, sollevata.

"E se tu fossi venuta a trovarmi mentre lavoravo, ti avrei mandata a quel paese!"

Joséphine scoppiò a ridere.

"Il mio bellissimo tesoro, la mia figlia forte e brillante..."

"Ok, mamma, stop! Nicholas sta diventando impaziente, sto chiamando con il suo telefono. Pensate a me domani sera..."

"Per quanto tempo resteranno fuori le tue vetrine?"

"Un mese..."

"Proverò a venire..."

"Non preoccuparti, continua a scrivere, è troppo importante, devi essere superfelice! Ciao!"

E riattaccò.

Joséphine, sconvolta, sentì il suono di libero, mise giù il telefono e provò l'impulso di mettersi a ballare un valzer.

Hortense non si era arrabbiata, Hortense non si era arrabbiata... Avrebbe continuato a scrivere, scrivere, scrivere, domani e il giorno dopo, e tutti i giorni a venire...

Non riusciva a dormire. Era troppo eccitata.

Aprì il quaderno nero del Piccolo Gentiluomo e riprese da dove si era interrotta.

"28 dicembre 1962.

Ora so... Non si tratta di un'emozione passeggera. È un amore che mi consumerà. Immagino sia così che deve andare. Ma non scappo spaventato. Accetto questo amore che mi chiude la gola. Ogni sera aspetto che lui mi accompagni a bere qualcosa nel suo albergo e ogni sera c'è qualcuno che lo invita fuori, e io torno a casa con un solo desiderio, chiudermi in camera mia a piangere. Non lavoro più, non dormo più, non mangio più, non vivo che per gli istanti passati accanto a lui... Qualche volta salto delle lezioni all'università per tornare sul set. E in meno di sei mesi devo fare l'esame di ammissione al Politecnico! I miei genitori non lo sanno, per fortuna! Non voglio perdermi un solo minuto della sua presenza. Anche se non mi rivolge la parola, posso vederlo, respirare la sua stessa aria.

Me ne frego di essermi innamorato di un uomo se si tratta di 'lui'. Lo amo quando sorride, quando ride, quando mi spiega i fatti della vita. Farei qualunque cosa per lui... Non ho più paura della mia ombra. Ci ho riflettuto bene durante le vacanze di Natale. Sono andato alla messa di mezzanotte con i miei genitori e ho pregato, pregato perché questo amore non finisca mai, anche se non è un amore 'normale'. Quando osservo i miei genitori che vivono un amore 'normale', non ho voglia di assomigliargli! Non ridono mai, non ascoltano mai della musica, hanno le labbra sempre più serrate... A Natale mi hanno regalato dei libri di matematica e fisica! Lui mi ha dato un paio di gemelli acquistati da un sarto inglese molto conosciuto. Me l'ha detto la sua costumista. Questa donna mi osserva con la coda dell'occhio. Ha capito tutto. Lavora con lui da tanto tempo e mi ha avvertito *To see him is to love him, to love him is never to know him*,* fa' attenzione, mantieni le distanze. Sono incapace di tenere le distanze. Gliel'ho detto e lei ha scosso la testa, dicendomi che avrei sofferto.

'Sai, lui ti mostra ciò che vuole mostrarti... quello che mostra a tutti. Ha inventato il personaggio Cary Grant, un uomo affascinante, irresistibile, elegante, buffo, ma dietro, ragazzo mio, c'è un altro, un uomo che nessuno conosce... E che può essere terribile. La cosa peggiore è che lui non è nemmeno colpevole di essere l'altro. È la violenza della vita che l'ha reso così.'

Mi ha fissato come se fossi in pericolo.

Me ne frego del pericolo.

Quando lui mi guarda, io esisto e prendo coraggio.

E non riesco a credere che sia un mostro...

Lui è troppo... Dovrò inventarmi una parola apposta per lui.

La prima cosa che ha fatto, dopo avere abbandonato il suo nome ed essere diventato Cary Grant, è stato comprare un cane che ha chiamato 'Archie Leach'! Irresistibile, vero? Un uomo del genere non può essere un mostro! L'ho raccontato a Geneviève e lei ha detto che è strano che un uomo dia il proprio nome a un cane, a un animale tenuto al guinzaglio... Poi ha fatto il suo sorriso storto.

* "Vederlo significa amarlo, amarlo significa non capirlo mai."

Se sento raccontare qualcosa di brutto su di lui, ne prendo subito le difese. La gente è così gelosa... L'altro giorno, c'era un fotografo sul set che diceva a un tecnico delle luci, sapevi che aveva fatto l'escort ai suoi inizi a New York? Non è molto diverso da un gigolò. Basta un po' di fascino con tutti. Secondo me, è gay... Avevo voglia di spaccargli la faccia. Mi sono vendicato... Il tipo che parlava è odioso. Mi tratta come un cane. Abbaia: Caffè! Zucchero! Succo d'arancia! e non mi chiama nemmeno per nome, dice ehi, tu! ogni volta. Allora alla fine della giornata, dato che aveva ringhiato per avere un altro caffè, ci ho sputato dentro e gliel'ho teso con un gran sorriso..."

* * *

Al ritorno a casa, Gary trovò l'invito di Hortense nel mucchio della posta. Lo fissò a lungo e decise di andarci.

Voleva vedere le due vetrine che, nel cuore della ragazza, avevano preso il suo posto. E Hortense ha tutto l'interesse che siano davvero belle, altrimenti le farò una scenata! si disse giocherellando con il cartoncino.

Si sorprese a sorridere della sua osservazione e pensò che il viaggio in Scozia non era stato inutile. Era uscito da una nebbia fitta che lo soffocava. Era arrivato sull'orlo dell'abisso, ma non era precipitato. Aveva la sensazione di aver conseguito una vittoria. Non sapeva bene contro chi, ma aveva vinto. Si sentiva più calmo, distaccato, leggero. Si era sbarazzato di una parte di sé che lo teneva legato alla sua infanzia... Dev'essere questo, si disse soddisfatto, guardandosi nello specchio all'ingresso, andandogli vicino sfregandosi il mento, mi sono sbarazzato del passato.

Alla fine, non era stato né vigliacco né indifferente. O forse sì... Ma se ne fregava. Sono andato da lui, ho fatto lo sforzo, è stato lui a respingermi, non ho niente da rimproverarmi. Posso tornare a essere vigliacco e indifferente, se mi va!

E ora rotta sulla bella Hortense!

Ma quando si avvicinò a Brompton Road, lungo Knightsbridge, la gente si affollava davanti alle vetrine di Harrods e lui esitò a entrare.

Ebbe giusto il tempo di battere in ritirata e di nascondersi dietro a un gruppo di turisti: sul marciapiede aveva scorto Marcel, Josiane e Junior. Junior camminava davanti, le mani sprofondate nelle tasche di un blazer blu con uno stemma rosso e verde in tinta con la cravatta. L'aria furiosa, le sopracciglia aggrottate, i capelli rossi ribelli, avanzava senza fermarsi. I genitori gli gridavano di aspettare, altrimenti si sarebbe perso.

"Allora mi perderò! Finirò nel Tamigi! Ho una voglia matta di annegarmi..."

"Ma non è grave, Junior! Non è grave", diceva Marcel, tentando di afferrare il figlio per la manica, ma lui si liberò con un gesto brusco.

"Non sarà grave per te... Mi sono messo in ridicolo! Lei non mi degnerà più di uno sguardo. Ho preso dieci punti di penalità... Rispedito allo status di Nano!"

"Ma no, ma no!" lo rassicurava Josiane, senza fiato a forza di rincorrere il suo piccolo.

"Sì, invece. Ridicolizzato. È la parola esatta..."

"Non farne un dramma!"

"Ne farò ciò che mi pare, ma i fatti sono questi: io parlavo e nessuno mi capiva. Ripetevano *what?*, chiedevano *pardon?* Per quanto usassi le frasi inglesi più belle, non afferravano un tubo..."

"Questo, almeno, è francese", sospirò Marcel, prendendo il figlio tra le braccia.

Junior si lasciò andare contro il padre scoppiando in singhiozzi.

"A che è servito sorbirsi due corsi di 'come parlare perfettamente l'inglese', uno con l'occhio destro, l'altro con quello sinistro? Eh? A cosa è servito? Ho fatto la figura del brutto anatroccolo in mezzo a uno stagno di cigni bianchi! Sono stato ridicolo, ridicolo..."

"Ma no! Ti manca solo l'accento, ecco tutto. È normale. Quelli che scrivono i libri non parlano come le persone normali... Vedrai, dopo due giorni qui, ti esprimerai come un gentleman e ti domanderanno persino se appartieni alla famiglia reale..."

Superarono Gary senza vederlo.

Gary sorrise dicendosi che sarebbe tornato più tardi.

Guardò l'ora, le otto di sera, e chiamò il suo amico Charly che abitava proprio dietro i grandi magazzini, in Bazil Street.

Charly voleva rompere con la fidanzata, Sheera, e si stava rollando una canna per farsi coraggio. Gary lo osservò divertito. Aveva smesso di fumare quella roba. Lo rendeva troppo sentimentale: diventava capace di cantare vecchie canzoni bagnando di lacrime le maniche della camicia, di evocare il suo orsetto di peluche dall'orecchio strappato o di raccontare la propria vita al primo venuto.

Il cellulare squillò. Controllò il numero. La signora Howell! Era la terza volta che provava. Non rispose. Non aveva voglia di dare spiegazioni. Ok, non era poi così terribile essere partito senza avvertirla, ma non voleva più sentir parlare né di suo padre né della Scozia, né degli scozzesi. Non ho bisogno di un padre, ma di un pianoforte e di Oliver... e poi la Juilliard School a New York! Prima di partire per la Scozia, aveva spedito il suo curriculum con la domanda d'iscrizione e ora aspettava di sapere se era stato accettato. Ormai guardava avanti. Aveva cambiato rotta. Non era l'unico a essere cresciuto senza un padre. Avrebbe continuato a fare a meno di lui. Conservava la fotografia di suo nonno e se avesse avuto bisogno di fare un discorso da uomini, si sarebbe rivolto a Oliver.

Oliver. Aveva fretta di rivederlo. Aveva chiamato il suo agente che gli aveva detto che era rientrato da una serie di concerti all'estero e che poteva raggiungerlo a casa sua. Gli avrebbe telefonato, ma prima voleva chiudere il capitolo scozzese raccontando tutta l'avventura a sua madre. Doveva essersi sentita ferita per la sua fuga a Edimburgo! Gary Ward, stai diventando grande e devi aggiustare quello che hai rotto. Sua madre avrebbe capito. Lei capiva sempre.

Charly gli tese la canna annerita e Gary l'accettò.

"Un ultimo tiro", disse sorridendo. "Ma se dopo comincio a piangere sulla tua spalla, mi metti su un taxi e m'impedisci di andare da Harrods..."

"Che accidenti ci vai a fare da Harrods?"

"A trovare la bella Hortense... Le hanno assegnato due vetrine da allestire e questa è la serata della sua vita! Ci sarà tutta la stampa..."

"Aha! Rischi d'imbatterti anche in Charlotte!"

"È vero... Mi ero completamente dimenticato di lei!"

Quando Gary gliel'aveva presentata, Charly si era follemente innamorato di Charlotte. Aveva fatto sforzi incredibili per sedurla e, da vero gentleman, aveva informato anche Gary. Quest'ultimo non si era opposto, sapendo che il giovane aveva poche chance. Charlotte detestava i biondi paffuti, amava solo i bruni alti e snelli.

Fece qualche tiro e si sentì euforico.

"Fa proprio stare bene! Era da un sacco di tempo..."

"A me dà coraggio... Quando fumo, riesco a sdrammatizzare... e ne ho bisogno per parlare con Sheera."

"Dovrebbe restare colpita dal fatto che tu rompa di persona. Che non cerchi di cavartela con una e-mail o un sms... Solo per questo dovrebbe restarti amica."

"Hai mai sentito di rotture in cui la tipa mollata ti rimane amica? Io mai."

Gary era scoppiato a ridere e non riusciva più a fermarsi.

"Guarda un po', non solo non piango, ma mi piego in due dalle risate... Da dove viene quest'erba?"

"Da uno zio anarchico che la coltiva in serra... E la vende. Ma a me la dà gratis... Sono il suo nipote preferito."

Gary chiuse gli occhi assaporandone il gusto.

Charly mise della musica. Una vecchia canzone di Billie Holiday che parlava di amori defunti e di malinconia, in cui lei prometteva all'uomo che se ne andava di amarlo per sempre.

"Basta!" esclamò Gary. "Così non troverai mai il coraggio di rompere!"

"Al contrario, crea l'atmosfera... Ascolto la voce di questa donna che soffre e rimango inflessibile."

Gary si mise di nuovo a ridere constatando ancora una volta che il fumo lo aveva reso felice e allegro.

Si alzò e salutò Charly dicendo: "A noi due, Harrods!"

Quando arrivò, la festa era finita. Gli inservienti stavano sparecchiando i tavoli, raccoglievano le sedie, buttavano i mazzi di fiori. Gli ospiti se n'erano andati. Restava solo Hortense che, stremata, la testa fra le gambe, se ne stava seduta sul pavimento. Inizialmente notò un paio di ballerine nere, due gambe snelle, poi un abito a sirena di Azzedine Alaïa e una grossa sciarpa di seta nera e bianca.

Le si avvicinò senza far rumore e borbottò hello, *beauty*!

Lei sollevò la testa, lo vide, fece un sorriso stanco e disse: "Sei venuto!"

"*Yeah!* Volevo guardare in faccia i miei rivali... Ma perché ti sei messa gli occhiali scuri? Hai pianto? È andata male?"

"No... Al contrario. Successo su tutta la linea... Ma mi è venuto un orzaiolo all'occhio destro. Deve essere la fatica oppure Jean il Foruncoloso mi ha attaccato un virus, furioso per non essere stato invitato!"

"E chi sarebbe?"

"Il nostro nuovo coinquilino, un handicappato..."

Gary indicò le vetrine illuminate nella notte e riprese: "Allora... È a causa di quelle due che mi hai lasciato!"

"Come ti sembrano?" domandò Hortense, ansiosa.

Gary le guardò, soffermandosi su ciascun manichino, su ogni particolare, e annuì, ammirato.

"Incredibile! È esattamente quello che avevi in mente a Parigi, ricordi..."

"Lo pensi davvero?"

"Perché? Ne dubiti? Sarebbe la prima volta!"

"Sono contenta... desideravo così tanto che venissi!"

"L'ho fatto..."

"È venuto anche Junior. Parla inglese come un vecchio duca in naftalina! Marcel ha scattato un sacco di foto e non la smetteva di farmi i complimenti. Mi ha detto che, se volevo, avrebbe lanciato una linea di abbigliamento Casamia e me l'avrebbe affidata..."

"E..."

"Non ho osato dirglielo, ma i suoi prodotti sono un po' dozzinali... Sono rimasta sul vago. Tanto più che..."

Afferrò la pochette e l'aprì spargendo una pioggia di biglietti da visita.

"Hai visto quanti biglietti mi hanno lasciato? Vogliono incontrarmi tutti!"

Lui ne contò una dozzina.

"Sono impazziti, Gary! Hai presente il foulard annodato al collo? Avevo scelto un modello Vuitton molto bello... ebbene, c'è uno di Vuitton che mi ha proposto di lavorare sul disegno dei prossimi foulard. Ti rendi conto?"

Poi ripeté V-U-I-T-T-O-N.

"E non ci sono solo loro! Ho già ricevuto almeno due offerte per andare a New York! Ti rendi conto? New York..."

"Non ne sono sorpreso... Hai fatto un bel lavoro, di classe... Sono fiero di te, Hortense, veramente."

Hortense lo fissò, seduta per terra, i gomiti sulle ginocchia, gli occhiali scuri sulla punta del naso, e lo trovò grande, bello, forte, generoso. Lui l'ascoltava, la guardava in modo diverso, come se non avessero più bisogno di farsi la guerra. Come se avesse capito qualcosa di molto importante. C'era nel suo atteggiamento una sorta di distacco, di sicurezza maschile che non gli aveva mai visto.

"Sei cambiato, Gary... Che cosa ti è successo?"

Le sorrise, tendendole la mano, e dichiarò: "Vieni! Andiamocene. Ti porto a cena..."

"Ma io devo..."

Gary inarcò un sopracciglio, contrariato.

"... sistemare tutto", mentì Hortense.

Nicholas era andato ad accompagnare Anna Wintour. Le aveva detto, aspettami, al mio ritorno festeggeremo il nostro successo! Perché è un successo, Principessa. Vedrai, cominceranno a piovere proposte, non avrai che l'imbarazzo della scelta...

Non poteva abbandonarlo! Guardò di nuovo Gary e lesse nei suoi occhi l'urgenza di seguirlo. Era tornato, aveva messo l'orgoglio sotto i piedi, le tendeva la mano. Lei esitava. Il suo sguardo andò dalle vetrine all'impermeabile che Nicholas aveva appeso in un angolo, ed era come se l'impeccabile Burberry la scongiurasse di restare. Ti stai giocando la carriera, Hortense! Non farlo! Nicholas sarà furioso e non alzerà più un dito per te. Si raddrizzò davanti a Gary, notò i suoi occhi che si adombravano, diventavano neri. Se dico no, non lo rivedrò più... Tentennava, tentennava. Sì, ma... ho bisogno di Nicholas, ho ancora bisogno di lui. Senza il suo aiuto, le sue conoscenze, il suo senso pratico, questa serata non sarebbe stata un trionfo... Stasera sono venuti tutti, ma, se devo essere onesta, l'hanno fatto più per lui che per me. Quello di Nicholas è un nome in ascesa, che mi apre tutte le porte. Io sono ancora una sconosciuta... Hortense lottava, in preda all'ansia, lasciando ricadere la testa fra le gambe.

"Non dirmi che devi sistemare tu", osservò Gary, beffardo. "C'è gente pagata per farlo... Hortense, sii sincera. Sono andati via tutti... Non hai più niente da fare qui. Stai aspettando qualcuno?"

Lei scosse la testa, incapace di rispondere. Di decidere.

"Stai aspettando qualcuno e non osi dirmelo..."

"No", mormorò Hortense, "no..."

Mentiva così male che Gary capì e fece marcia indietro.

"In tal caso, mia cara, ti lascio... O meglio, vi lascio entrambi..."

Hortense arricciò il naso, non sapendo che pesci pigliare. Scosse la testa, pensando sempre lo stesso problema, sempre lo stesso problema, bisogna sempre decidere, sempre! Lei detestava scegliere, voleva tutto.

Gary si diresse all'uscita.

Lei gli fissava la schiena avvolta nella vecchia giacca del mercatino delle pulci, i jeans neri, la maglietta grigia con le maniche lunghe che sbucavano dai polsini, i capelli arruffati. Il Burberry, nell'angolo, aveva l'aria fiera e soddisfatta di chi l'ha spuntata. Hai fatto la scelta giusta, Hortense, hai tutto il tempo di vivere la tua storia d'amore, questo ragazzo ti aspetterà, avete vent'anni, la vostra vita è appena cominciata. Siete solo all'inizio... Lui ti ama? E allora? Non sarà questo a farti andare avanti! Chi ha passato ore e ore ad allestire le vetrine? Chi ti ha prestato i suoi modelli, aperto la sua rubrica, chiamato tutti parlando loro di te e facendo del tuo nome quello di una futura star? Nicholas è pronto a tutto per te, guarda come ha saputo metterti sotto i riflettori, vantare le tue qualità, la tua etica professionale, sei quasi arrossita... In questo preciso istante, sta discutendo di te con Anna Wintour, ti sta procurando uno stage a "Vogue America", la Bibbia della moda, e tu lo pianteresti in asso per un ragazzino sbracato? *No way!*

Hortense seguiva Gary con lo sguardo. Si stava allontanando.
Non riuscì a sopportarlo.
"Aspetta! Arrivo!" gli urlò alzandosi.
Raccolse la giacca di pelle Perfecto, la pochette Lanvin e lo raggiunse nel momento in cui lui imboccava Brompton Road.
Le prese la mano e dichiarò: "Ho cambiato idea, non ceniamo... Andiamo a casa mia. Ho troppa voglia di te..."
"Ma io ho fame!"
"C'è una pizza in freezer..."

La mattina dopo Gary si svegliò presto, sotto il piumone di fianco a Hortense. Lei dormiva sulla schiena, un braccio disteso all'indietro. Le baciò il seno e lei gemette dolcemente borbottando voglio dormire ancora! Sono a pezzi, e lui sorrise. Si allontanò, si coprì con il piumone, lei brontolò, ho freddo, tirò il piumone dalla sua parte e lui decise di alzarsi. Quella notte aveva sognato suo padre. Si sforzò di recuperare il sogno, ma ricordava solo la fine: Duncan McCallum, seduto in una radura, gli tendeva la mano...
Era l'erba che aveva fumato la sera prima a renderlo così sentimentale.
Scacciò il sogno e si alzò.
Avrebbe fatto colazione con sua madre.
Scarabocchiò due parole per Hortense, le lasciò sul cuscino ancora caldo, e uscì senza fare rumore.

* * *

In quale situazione infernale mi sono infilata? si domandava Shirley quella mattina osservando l'uomo che dormiva nel suo letto.

Passò lo sguardo sulla camicia nera, i pantaloni buttati per terra. Un paio di stivali e dei boxer. Non si erano nemmeno rivolti la parola, si erano buttati l'uno nelle braccia dell'altra... Lei l'aveva trascinato in camera, gli aveva tolto la camicia, i pantaloni, si era svestita in tutta fretta ed erano finiti a letto.

Aveva girato per tutta la settimana con il furgone. Stava preparando uno spettacolo macabro per le scuole, si spostava da un mattatoio all'altro, sollevava pesantissimi bidoni di gelatina, bacinelle d'interiora, carcasse, predisponendo la scenografia del film dell'orrore che avrebbe presentato ai suoi studenti per schifarli di quel cibo industriale di cui erano ghiotti. Aveva preso come esempio le polpette di carne... Iniziò mostrandone loro una, pulita, appetitosa nella sua confezione. La fece vedere a tutti, poi aggiunse, melliflua: "Volete sapere che cosa c'è VERAMENTE in questa pallina che trovate così deliziosa? Ebbene, adesso lo saprete. Seguendo attentamente quello che contiene, leggendo ciò che c'è scritto sulla confezione, cosa che non fate mai..."

I trenta ragazzini la fissavano con aria un po' insolente come a voler dire, parla, parla, babbiona, non ci convincerai mai... Lei si arrotolò le maniche, sprofondò le mani nei contenitori, mostrando pezzi di intestino, fegato, reni, pelle di pollame, polmoni di bue, vesciche di maiale o di vitello che stringeva tra le dita per fare schizzare fiumi di escrementi, zampe di pollo, creste di gallo, piedini di maiale, filamenti sanguinolenti che mischiava a litri di gelatina, colla, e che poi frantumava in un grande tritacarne che le aveva prestato un macellaio. Tutto questo facendo finta di seguire attentamente la lista degli ingredienti sulla confezione di polpette. I ragazzi guardavano, sbalorditi, ascoltavano il rumore orrendo della pelle strappata, degli ossi macinati, impallidivano, le loro facce diventano verdi, gialle, si mettevano una mano davanti alla bocca... Aggiunse lo zucchero, ripassò la miscela infame nel tritacarne, facendone uscire una pasta rosa, spessa, collosa, che versò in piccole forme che ricoprì di salsa a base di coloranti. Diede loro forma lanciando un'occhiata alla classe... Alcuni erano sdraiati sul banco, altri alzavano la mano per chiedere di uscire. E l'odore! Insopportabile. Effluvi acri di carne massacrata, di sangue sudicio che soffocava le narici. E non è finita, continuò lei trionfante puntando sugli studenti un'occhiata torturatrice, versando dell'addensante, per poi aggiungere al tutto un pizzico di caramello liquido... Infine concluse: "Ed ecco che cosa mandate giù quando mangiate queste polpette! Un'ultima cosa: che siano di pollo o di pesce, è la stessa cosa. Nel migliore dei casi, contengono lo 0,07% di vero pesce o vero pollo. Nel peggiore, lo 0,03! Perciò adesso, sta a voi scegliere se volete continuare ad avvelenarvi... L'alimentazione moderna non è più prodotta, ma fabbricata. Esattamente nel modo in cui vi ho appena mostrato. Non mi sono inventata niente. Tutte gli ingredienti sono scritti nero su bianco sulla confezione. Ripeto, a voi la scelta... comportatevi da pecore e vi ritroverete costolette!"

Adorava il suo slogan e non si stancava mai di declamarlo tutte le volte che poteva.

Solo il ragazzo che l'aveva avvicinata per strada la guardava con un gran sorriso. Gli altri si precipitarono fuori dalla classe per vomitare. Una volta conclusa la sua dimostrazione, lui le mostrò il pollice all'insù, in segno di vittoria.

Aveva vinto. Non avrebbero mangiato tanto presto delle polpettine di pesce o di pollo.

Era stanchissima. Ricoperta di sangue dalla testa ai piedi.

A spettacolo terminato, si tolse il grembiule, sistemò tutto, ripulì i frammenti di ossa finiti sul tavolo, lo piegò, portò via i contenitori e le bacinelle, rimise il tritacarne nella sua scatola e lasciò l'aula senza dire niente.

Doveva riportare il furgone a Hortense, poi sarebbe tornata a casa.

Ma prima, la testa appoggiata sul volante, si fece una domanda, una domanda molto semplice: perché sono stata così violenta? Avrei potuto dare loro la stessa dimostrazione meno brutalmente, spiegando dolcemente ogni passaggio... E invece li ho storditi, massacrati, ho brandito chili di interiora, bidoni di gelatina, ho fatto urlare il tritacarne, ho esibito le mani rosse di sangue, non gli ho lasciato un attimo di respiro... Sempre questa violenza che m'impedisce di fare le cose con calma. Agisco sempre come se mi sentissi minacciata...

In pericolo.

Riportò il furgone a Hortense, le promise di essere presente all'inaugurazione e tornò a casa. Lungo la strada continuò a ripensare alla scena delle polpette.

Un giorno avrebbe finito per somigliare ai quei tizi in piedi su una cassetta nell'angolo di Hyde Park che predicevano la fine del mondo e il castigo divino, il dito teso verso il cielo, lanciando invettive contro i passanti. Sempre più violenta, estrema, inacidita...

E sola.

Sola con le carcasse di polli allevati in batteria, polli a cui vengono cavati gli occhi perché perdano il senso del giorno e della notte, a cui si tagliano zampe e ali... Sarebbe finita come loro. Cieca, ali e zampe amputate. A covare lo stesso uovo ancora e ancora, a fare gli stessi discorsi che nessuno avrebbe ascoltato...

Inforcò la bicicletta e partì in direzione di Hampstead.

Doveva rivederlo.

Girò intorno agli stagni. Tornò nel pub in cui si erano baciati. Proprio prima di partire per trascorrere il Natale a Parigi.

Attese. Bevve una birra seguendo una partita di cricket in televisione.

Riprese a vagare per gli stagni.

Osservò le luci accendersi negli appartamenti, i loft degli artisti che si riflettevano nell'acqua immobile. Doveva abitare in uno di quelli...

Rabbrividì. Decise di rientrare a casa.

Pedalare la calmava. Rifletté. Ci sono milioni di donne sole a questo mondo e non fanno colare carcasse di bue sanguinolente. Si fermò a un semaforo, azionando i freni come un appello rivolto a Oliver. Scorse due donne sole al volante delle loro auto. Vedi, non sei l'unica, calmati. Sì, ma io non voglio più stare sola, voglio un uomo, voglio dormire con un uomo, tremare sotto un uomo...

Tremare sotto un uomo...

Le mani dell'uomo in nero sulla sua pelle... Il palmo caldo di quelle mani grandi... Il pericolo a ogni incontro... Il fiato trattenuto, la lenta voluttà ritmata da lui, il tremore del loro abbraccio, le sue carezze come colpi che morivano su di lei sfiorandola, la crudeltà calcolata che gli brillava negli occhi, la dolcezza dei suoi morsi nella carne, le minacce sussurrate, gli ordini secchi, l'abisso che si apriva, gli avvertimenti che lei ignorava, sfidando la punizione annunciata e il piacere folgorante che sarebbe seguito... Non le faceva male, la teneva a distanza, fingeva freddezza per bruciarla meglio, seguiva con le dita la curva della schiena come un rude mercante di cavalli, le piegava la nuca, le tirava i capelli, le esaminava la gola, le palpeggiava il ventre. Si lasciava manipolare per sprofondare meglio in quello spazio pericoloso che lui creava tra loro. E lei avanzava, il cuore che batteva all'impazzata, immaginando il peggio. Imparava a decifrare, sotto le sue dita abili, la brusca giravolta del desiderio. Ad abbattere le frontiere, a fremere di turbamento, tutte le sfumature del turbamento. A sentire, fino allo svenimento, la sua finta fragilità alla mercé dell'uomo onnipotente.

Fu come un flash che l'accecò obbligandola ad appoggiare i piedi a terra, pietrificata, rigida, le mascelle serrate, incapace di ripartire. E né il rumore regolare della pioggia sul selciato né quello del traffico la riportarono alla realtà.

Fingeva di averlo dimenticato...

Che non lo voleva più...

Ma quel "lo" gli mancava. Terribilmente.

Lo sentiva sulla pelle.

Quella bocca, quelle mani, quello sguardo avevano per lungo tempo rappresentato il desiderio imperioso della sua vita.

Attraversò Piccadilly. Salì sul marciapiede. Stava per entrare nel palazzo e lasciare la bicicletta nell'atrio, sotto le scale, quando lo vide.

La schiena squadrata in una giacca nera...

"Che ci fai qui?" gli domandò, senza un saluto, né convenevoli.

Stringendosi nelle spalle, la smorfia di un rospo, rispose: "Arrivo da un appuntamento..."

Allora si buttò contro di lui e lo baciò.

Poi lo trascinò a casa sua, senza una parola.

E adesso, era nel suo letto.

Quest'uomo che non avrebbe più dovuto rivedere...

In che storia mi sono cacciata...

Riempì il bollitore...

Lui dormiva nel suo letto...

Passò in rassegna i vari tipi di tè. Scelse "il re degli Earl Grey" di Fortnum & Mason.

Omaggio al re...

Sapeva essere molto dolce quando preparava la cerimonia del tè.

Avevano fatto l'amore lentamente, teneramente. Le aveva preso la testa fra le mani contemplandola. Va tutto bene, diceva, va tutto bene... Lei non voleva che lui la guardasse, voleva che la sottomettesse, la mordesse, le mormorasse minacce che avrebbero aperto il precipizio... Gli aveva sprofondato i denti nel collo, straziandogli le labbra, lui si ritraeva, sussurrava, piano, piano... Lei inarcava i fianchi, offrendogli il ventre perché lui affondasse il suo pugno. Lui l'avvolgeva in un abbraccio, la cullava, ripeteva, piano, piano... come si canta una ninnananna a un bambino per calmarlo. Lei si riprendeva, tentava di seguirlo nella sua lenta ascesa verso il piacere, abbandonandolo lungo la strada...

Perché in me c'è questa violenza? si domandava facendo scaldare la teiera. Come se il piacere dovesse essere strappato, come se ne avessi diritto solo lottando, come se io non fossi "legittima"...

Divise un muffin con l'aiuto di una forchetta. Perché non si sbriciolasse, perché la pasta si aprisse dolcemente restando morbida...

Piano... piano, aveva mormorato tenendola ferma contro di sé. Accarezzandole dolcemente la testa.

Ma lei si dibatteva, diceva no, no, non così, non così...

Lui si era fermato, stupito. La guardava con occhi buoni e lei non sapeva più con chi era...

Non legittima, non legittima...

La violenza. Sono io che la ordino, che la invoco, che obbligo l'uomo a mettermi un coltello alla gola.

Il cuore stretto nel pericolo. Sentire il brivido che corre sotto la pelle... Ho iniziato la mia vita come una delinquente. Scappando di casa, fumando nei corridoi di palazzo delle erbe strane che mi facevano girare la testa, saltare sui muri, correre nella notte, ballare come una fuori di testa, rimorchiare un ragazzo, due, baciarsi in macchina mentre, sul sedile posteriore, un'altra coppia scopava. Senza respiro. La cresta punk, le spille da balia sulle T-shirt strappate, gli anfibi, i collant smagliati, le bruciature di sigaretta, le bottiglie di alcol bevute a canna, le unghie nere, gli occhi cerchiati di matita scura e rimmel sciolto... Le parolacce, i diti medi, le droghe buttate giù come mentine. Il padre respinto perché considerato troppo molle, troppo passivo, la madre che non ha il diritto di baciare, ripetendosi che non è grave, è solo un'immagine. Un'immagine da distruggere per crogiolarsi nell'opinione degli altri. Questi altri che ti rimandano un riflesso deformato. A cui si finisce per credere, dicendosi che non si merita niente, che non si vale granché... Andando a sbattere a vent'anni contro Duncan McCallum, un bruto che mi schiacciava contro una porta, mi sollevava la gonna e... mi buttava via come un pacchetto sventrato.

Gary mi ha ridato la dolcezza, l'orgoglio di un cucciolo da proteggere, che mi avrebbe tenuto lontano dai miei demoni. Con lui ho scoperto la tenerezza. Quello che non sopportavo in un uomo, l'offrivo al mio piccolino. Della violenza conservavo solo la forza con cui abbracciavo mio figlio, il mio amore...

Tranne quando l'uomo in nero...

L'uomo nel suo letto l'aveva baciata, accarezzata con mani così dolci, così femminili, l'aveva presa teneramente...

Non legittima, non legittima.

Scelse una confettura d'arance, l'assaggiò... troppo amara per il risveglio, ne prese un barattolo ai frutti rossi, un vassoio nero laccato, appoggiò la teiera, i muffin, la marmellata, un po' di burro, due tovaglioli. Due cucchiaini e un coltello d'argento. Il servizio di sua madre... Glielo aveva regalato per i suoi vent'anni, con lo stemma della Corona.

Non legittima, non legittima...

Entrò in camera. Era seduto sul letto e l'accolse con un gran sorriso.

"Sono felice di averti ritrovato..."

Lei posò il vassoio, raggelata da quella frase affettuosa.

"Anch'io", replicò, sforzandosi di mostrare allegria.

"Allora, il tipo incontrato a Parigi, l'hai dimenticato?"

Rimase in silenzio. Imburrò il muffin, lo spalmò di marmellata e glielo tese con un sorriso tirato. Lui scostò le lenzuola, invitandola a raggiungerlo sotto le coperte. Lei rifiutò con un cenno del capo. Non voleva stargli troppo vicino.

"Preferisco restare qui e guardarti", gli disse, a disagio.

E gli occhi le caddero sulle sue mani fragili, mani d'artista...

"Qualcosa non va?" le chiese, dando un morso al muffin.

"Oh no!" rispose lei, precipitosamente. "È solo che... Ti ho trascinato qui un po' brutalmente, ieri sera."

"Ti vergogni? Non devi. È stato delizioso..."

Sobbalzò all'aggettivo "delizioso", scacciandolo dalla testa.

"Hai fatto bene", proseguì lui. "Ci saremmo messi a parlare e non saremmo finiti così... e sarebbe stato un peccato."

Sorrise, con quel suo bel sorriso di uomo tranquillo.

Cacciò via anche quello agitandosi in fondo al letto, versando il tè.

Fu in quel momento che udirono una chiave girare nella serratura, rumore di passi, la porta della camera che si apriva. Apparve Gary.

"Ciao, ti ho portato dei croissant... Ho attraversato tutta Londra per trovarli, sono ancora caldi... Be', non come a Parigi, ma..."

Lo sguardo gli cadde sul letto. Vide Oliver a torso nudo, con in mano una tazza di tè.

S'interruppe con un sussulto, lo fissò, fissò sua madre e gridò: "Non lui, non lui!"

Gettò i croissant sul letto e uscì sbattendo la porta.

* * *

Scappò via.

Corse a perdifiato fino al suo appartamento, urtando i passanti a Piccadilly, Saint James's, Pall Mall, Queen's Walk. Attraversando la strada davanti a Lancaster House evitò per un pelo di farsi investire da un bus, girò a destra, poi a sinistra, cercò la chiave in tasca, aprì la porta e la richiuse, senza fiato...

La schiena contro lo stipite della porta.

Andarsene, andarsene da lì...

Partire per New York...

Laggiù avrebbe cercato un altro insegnante di pianoforte, laggiù avrebbe raggiunto i suoi risultati e se tutto fosse andato bene, sarebbe entrato alla Juilliard... Avrebbe iniziato un'altra vita. Per conto suo. Non aveva bisogno di nessuno...

Hortense non c'era.

Non aveva lasciato nemmeno un biglietto.

Si lasciò cadere su uno sgabello della cucina. Mise la faccia sotto il rubinetto, bagnandosi i capelli. L'acqua gli scivolò lungo la nuca. Si asciugò con uno strofinaccio, poi lo appallottolò e lo gettò a terra.

Scelse un cd di musica jazz. Dusko Goykovich. *In My Dreams.*

Controllò il suo conto in banca via Internet. Aveva denaro a sufficienza per partire. Quella sera sarebbe andato a trovare sua nonna. In quel periodo era a Londra. La bandiera sventolava sul pennone di Buckingham Palace. Un quarto d'ora sarebbe stato sufficiente. Le avrebbe spiegato che anticipava la partenza. Lei avrebbe approvato. Era stata lei a pensare alla Juilliard School. L'aveva sempre sostenuto. Che relazione bizzarra la nostra, pensò, ascoltando il piano di Bob Degen e suonando la partitura sul bordo dell'acquaio, io la rispetto, lei mi rispetta. È un tacito accordo. Non mostra mai i suoi sentimenti, ma so che lei c'è. Immutabile, maestosa, riservata.

Sapeva anche che lei teneva d'occhio il suo conto in banca, l'utilizzo che faceva del contributo che gli versava mensilmente. Lodava il fatto che lui non dilapidasse il denaro, che vivesse in modo frugale. Aveva apprezzato la sua battuta "ho solo due spalle" quando gli avevano proposto due camicie al prezzo di una. Era scoppiata a ridere, dandosi quasi una manata sulle cosce. Sua maestà che rideva a crepapelle! Sua nonna rispettava i soldi. Per quanto le spiegasse che era normale, che quel denaro non gli apparteneva, che non appena avesse cominciato a guadagnare sarebbe stato orgoglioso di pagare lui al ristorante e sai una cosa, nonna, la prima persona che inviterò sarai tu, lei sorrideva, divertita, oppure ti regalerò un cappellino come quelli che piacciono a te, giallo tenue o rosa. Annuendo, lei ripeteva *you're a good boy...*

I'm a good boy e me ne vado da qui.

Con un clic prenoto un posto sull'aereo di domani sera...

Clic, clic. Il volo delle diciannove per New York.

Un assolo di batteria e il signor Gary Ward sale a bordo. In classe economica. Un last minute, prezzo stracciato, perfetto!

Avrebbe scritto un'e-mail a sua madre... per far sì che non si preoccupasse. Non avrebbe detto niente a Oliver. Non ho bisogno di nessuno...

Non voleva sapere come era finito nel letto di Shirley...

Guarda un po'! L'ho chiamata per nome. È la prima volta. Shirley, Shirley, ripeté. Buongiorno, Shirley! Come va, Shirley?

Si svestì, fece la doccia, s'infilò un paio di boxer puliti, si preparò un caffè nero, due toast ben cotti, delle uova. Che avventura! si diceva osservando il bacon accartocciarsi in padella, metti un piede fuori dall'infanzia e vieni subito travolto da una valanga di eventi incredibili... È allo stesso tempo spaventoso ed eccitante. Ci saranno altri giorni così, altri più tranquilli, giorni in cui mi sentirò al mio posto e giorni in cui vacillerò, Londra mi mancherà... *Bye bye* Shirley! *Bye bye* Duncan! *Hello* Gary!

La tromba di Dusko gli rispose...

Girò le fette di bacon, aggiunse un po' di burro per farle dorare, prese del succo d'arancia dal frigorifero e bevve direttamente dal cartone. Vivere la mia vita come voglio io, dipendendo solo da me... Fece schioccare l'elastico dei boxer. Sorrise: ce l'aveva duro...

La notte con Hortense era stata magnifica.

Fece scivolare nel piatto le uova con il bacon.

Avrebbe portato Hortense con sé... Gli aveva detto che aveva ricevuto delle offerte di lavoro laggiù. Gli aveva anche detto Gary, io penso di... io credo di am... Io credo che cosa? le aveva domandato Gary sospettando il seguito.

Ma lei non aveva finito la frase!

Ci si era solo avvicinata. Faceva progressi...

Era stata una notte davvero pazzesca! La chiamerò dopo avere parlato con la nonna.

Versò nel piatto del ketchup, inghiottì le uova e i toast. Bevve il caffè. Fece una capriola sul tappeto del soggiorno con la scritta "Hello Sunshine!", un tappeto ridicolo con un enorme sole giallo sullo sfondo di un cielo di stelle argentate... Una cosa kitsch che aveva scovato al mercatino delle pulci di Camden. Hortense lo odiava.

Si sedette al pianoforte, tentando di suonare quello che aveva appena ascoltato. Un assolo di pianoforte che l'aveva sbalordito.

Accarezzò i tasti neri e color avorio. Avrebbe dovuto cercarsi un piano a New York...

* * *

Hortense si era svegliata e aveva letto il biglietto di Gary. La sera prima Shirley non era venuta da Harrods. Doveva esserle accaduto qualcosa d'importante. Che serata! pensò sprofondando la testa nel cuscino, e che successo! Batté i piedi sotto il piumone facendosi un applauso. Brava, Hortense, brava, ragazza mia! E complimenti anche a Nicholas, gli concesse con un sospiro.

Nicholas!

Il Burberry di Nicholas le s'insinuò nella mente interrompendo gli applausi.

Probabilmente stava ribollendo di rabbia.

Doveva correre da lui e scusarsi. Si morsicò le labbra, pensando a che cosa avrebbe potuto raccontagli... Mentire. Odio mentire. Ma in questo caso... Sono obbligata.

S'infilò il vestito di Alaïa, cercò le ballerine nere sotto il letto, si spazzolò i capelli, usò lo spazzolino di Gary e si fiondò da Liberty.

Lui era seduto, freddo e rigido, dietro la sua lunga scrivania. Fece segno all'assistente di uscire. Non sollevò il telefono che suonava e disse: "Ti ascolto..."

"Non ho potuto fare diversamente..."

"Ah sì?" replicò lui ironico.

"L'orzaiolo mi è scoppiato facendo uscire un pus giallo che mi è entrato nell'occhio, mi bruciava e non vedevo più niente, mi sono lascia prendere dal panico e sono corsa in ospedale. Ho aspettato tre ore che un medico mi visitasse... Mi ha fatto un'iniezione di antibiotico, una roba che danno agli elefanti in agonia, e sono tornata a casa, completamente ko."

Si tolse gli occhiali scuri, mostrando l'occhio gonfio e arrossato.

"Mmm..." mugugnò Nicholas, grattandosi la gola, chiedendosi se si fosse inventata la storia dell'ospedale. "E non ti è venuto in mente di chiamarmi..."

"Mi si era scaricata la batteria..."

Gli tese il cellulare. Lui rifiutò di controllare. Hortense sospirò, sollevata. Aveva abboccato all'amo.

"E stamattina ho preferito venire invece che chiamare... Immaginavo che tu fossi un po'... seccato."

Si avvicinò alla poltrona in cui era seduto, si chinò su di lui e mormorò: "Grazie, mille volte grazie... È stato magnifico! Ed è grazie a te che..."

Nicholas si spostò, irritato. Lei si sfregò l'occhio per intenerirlo.

"Non farlo!" gridò lui. "Ti entrerà del pus nell'occhio, ti verrà un ascesso e dovranno togliertelo! Disgustoso!"

"Accetti di cenare con una ragazza disgustosa questa sera?" gli chiese approfittando del vantaggio.

"Questa sera non posso..."

"Nemmeno se ti supplico..."

"Vado a cena con Anna Wintour."

"Solo voi due?" domandò Hortense, sbalordita.

"No... non proprio. Ma mi ha invitato a un grande ricevimento al Ritz. E conto di andarci..."

"Con me."

"Non sei stata invitata..."

"Ma tu dirai che sono la tua ragazza. Mi presenterai..."

"Presentare qualcuno con un occhio infetto, non se ne parla neanche!"

"Terrò gli occhiali."

Lui esitò. Giocherellava con il nodo della cravatta arancione. Si controllava le unghie.

"Dimmi di sì", lo supplicò Hortense. "Dimmi di sì e tornerò in ospedale a farmi punzecchiare il sedere per avere un occhio presentabile..."

Nicholas sollevò lo sguardo al cielo.

"Hortense... Hortense... Non è ancora nato l'uomo che ti resisterà. Appuntamento alle nove al Ritz. Ti aspetterò all'entrata... e fatti bella! Che non debba vergognarmi di te!"

"Come se potesse andare diversamente!"

Rientrò a casa accennando qualche passo di danza nei corridoi della metropolitana. Non aveva dovuto scegliere, aveva ottenuto tutto. Anzi di più! Un uomo dagli occhi golosi, una carriera che si apriva davanti a lei...

Guardava la gente con commiserazione. Poveracci! Poi, con tenerezza, sentirete parlare di me, preparatevi...

Ci mancò poco che aiutasse una vecchietta ad attraversare la strada, ma si riprese giusto in tempo.

Sul divano, Jean il Foruncoloso sonnecchiava davanti al televisore.

Attraversò il soggiorno in punta di piedi.

Entrò in cucina per prepararsi una tazza di tè deteinato. Un'intera teiera per cancellare la fatica della sera precedente. Un litro e mezzo e sarò nuova di zecca, pronta ad affrontare la grande sacerdotessa. Come comportarmi? Dovrò impressionarla senza aggredirla. Vestendomi in modo elegante, pettinandomi, truccandomi in modo adeguato. Ed essere unica...

Mi riposo fino alle sette e mezzo, pensando a che cosa mettermi, faccio la doccia, mi lavo i capelli, mi preparo, e salto su un taxi diretta al Ritz.

Prese la teiera, dimenticando la pochette di Lanvin nella cucina adiacente al salotto. Non svegliare il Foruncoloso. Salire in camera mia a passi felpati, distendermi e sognare il mio futuro glorioso...

Rivivere la scorsa notte... Gary, Gary...

Si lasciò sfuggire un singhiozzo di piacere.

In salotto, Jean Martin socchiuse un occhio e vide sparire le ballerine di Hortense su per le scale. Tutti i coinquilini erano stati invitati all'inaugurazione, tranne lui. Incrociò le braccia, abbassò il mento sul petto, facendo il muso, Hortense avrebbe pagato caro anche per questo...

Avrebbe sofferto. Il conto si allungava. Si stava scavando la fossa da sola ...

Il telefono nella pochette di Lanvin squillò.

Lo sentì, sorpreso. La crudele Hortense aveva dimenticato la borsetta in cucina.

All'interno crepitavano le offerte di lavoro.

Non si sarebbe alzato.

Alle otto la udì fare la doccia.

Il cellulare squillò ancora diverse volte.

Finì per andare in cucina, afferrò la borsa, prese il telefono e ascoltò i messaggi.

Congratulazioni, complimenti, due proposte di colloquio per un lavoro... Una era di Vuitton.

E il messaggio di un ragazzo di nome Gary, che diceva: "Mia bella Hortense, parto per New York domani sera con il volo delle 19.10. Vieni con me. Mi hai detto che ti avevano offerto un impiego laggiù. Sono stato dalla nonna, sono appena uscito da palazzo reale, ahahah, mi finanzia un appartamento e gli studi. Io andrò alla Juilliard e tu conquisterai la città. La vita ci appartiene! Non darti la pena di rispondere... Di' solo sì e muoviti! Ti aspetterò all'aeroporto, ho preso un biglietto anche per te. Hortense, non fare la stupida e vieni. E ascoltami bene, perché non lo ripeterò più, a meno che tu non salga su quell'aereo con me: Hortense, I LOVE YOU!"

Il ragazzo aveva urlato quelle ultime parole prima di riattaccare.

Jean Martin sorrise e cancellò a uno a uno tutti i messaggi.

PARTE QUARTA

Due mesi!

Due mesi da quando aveva pranzato con Serrurier...

Era scappata in tutta fretta...

Era fuggita zigzagando fra le automobili, correndo lungo i corridoi della metropolitana, in piedi nel vagone, appoggiata a uno strapuntino, impaziente di tornare a casa e aprire il quaderno nero. Impaziente di ritrovare, in quelle pagine goffe, il respiro di un adolescente alla scoperta di un amore a cui si abbandona senza alcun calcolo. I suoi tentativi di catturare lo sguardo dell'uomo amato, il cuore che sobbalza, l'imbarazzo di non sapersi controllare...

In due mesi che cos'aveva combinato? Aveva riletto e corretto una decina di capitoli redatti dai suoi colleghi e steso una prefazione di dieci pagine per il libro delle donne durante le crociate... Un magro bottino. Dieci pagine in due mesi, ovvero cinque pagine al mese! Passava ore immobile davanti allo schermo del computer, afferrava un foglio bianco, scarabocchiava qualche parola, "ardore", "fuoco", "febbre", "ebbrezza", insetti pelosi, cerchi, quadrati, il naso rosa di Du Guesclin, il suo sguardo vitreo da pirata, mentre la mano andava alla ricerca del quaderno nero nel cassetto, dicendosi solo qualche riga, poi torno alle crociate, alle catapulte, agli arcieri, alle donne in armatura.

Ne leggeva una pagina, trattenendo il fiato, spaventata. Il Piccolo Gentiluomo si offriva, a cuore nudo. Aveva voglia di gridargli attento! Non dare tutto, fai un passo indietro... Si chinava sulla calligrafia, scrutando i finali di parola storpiati come un cattivo presagio. Delle ali mozzate.

Il Piccolo Gentiluomo non era riuscito a prendere il volo.

Il quaderno era finito nella spazzatura. Niente ali.

E sempre la stessa domanda: chi era l'autore? Un inquilino della palazzina B o della A? Quando si prende possesso di un appartamento, si controlla la presenza di amianto o di piombo nelle verniciature, di termiti, i metri quadrati, il consumo elettrico, l'isolamento... Non si conosce mai lo stato dei vicini. Se stanno male o in buona salute. Sani di mente o soffocati dai fantasmi. Non si sa nulla di loro. Aveva frequentato due criminali senza saperlo: Lefloc-Pignel e Van den Brock. Riunioni con i condomini, discussioni nell'atrio, buongiorno signore, buongiorno signora, Buon Natale e felice anno nuovo, e se facessimo cambiare la moquette delle scale?

Che cosa sapeva lei dei nuovi arrivati? Il signore e la signora Boisson, Yves Léger e Manuel Lopez. Li incontrava nella hall o in ascensore. Si salutavano. Il signor Boisson, rigido, freddo, apriva il giornale. Sembrava aver inghiottito le labbra. La signora Boisson rispondeva seccamente, i capelli grigi raccolti in uno chignon, il colletto della camicia chiuso fino al mento. Assomigliava a un'urna funeraria. Indossavano entrambi lo stesso tipo di cappotto. Dovevano acquistarne in blocco. Un cappotto beige damascato per l'inverno, uno più leggero del medesimo colore per la primavera. Parevano fratello e sorella. Ogni domenica, i loro due figli venivano a pranzo. I capelli schiacciati, strizzati nei loro abiti grigi, uno biondo albino, le orecchie rosse, a sventola, l'altro castano, triste, naso a patata e occhi azzurri slavati. La vita sembrava averli scansati. Un due, un due, salivano le scale sollevando molto le ginocchia, l'ombrello appeso al braccio. Era impossibile dargli un'età. O attribuirgli un sesso.

Il signor Léger, al terzo piano, stringeva dei grandi album da disegno sotto il braccio. Indossava gilè rossi, viola o di un bel color avorio che creavano una protuberanza sul suo ventre tondo. Si muoveva scivolando come un pattinatore nervoso, gli album stretti al corpo. Imprecava quando la luce si spegneva o quando l'ascensore, un po' vecchiotto, ci metteva il suo tempo per avviarsi. Il suo compagno, molto più giovane, fischiettava attraversando l'atrio, salutava Iphigénie con un "Buongiorno, signora" un po' teatrale, e teneva il portone aperto per far passare le persone anziane. La signora Pinarelli sembrava apprezzarlo. Né il signor Boisson, né il signor Léger gli rammentavano la foga innocente del Piccolo Gentiluomo...

Veniva interrotta da Zoé, Josiane, Iphigénie, Giuseppe e tutti gli altri.

Infrangevano il flusso tranquillo delle sue fantasticherie, raccontandole i loro stati d'animo, i loro dispiaceri, delusioni, incidenti della vita che per Hortense non sarebbero stati altro che un mucchio di sciocchezze. Joséphine ascoltava. Non sapeva fare altro.

Josiane, seduta in salotto, si lamentava gustando la torta di mele che aveva portato. Preparata con cura, aveva precisato, scoprendo il dolce sotto un grande tovagliolo bianco. Du Guesclin, dritto davanti a lei, aspettava impaziente le briciole. Probabilmente pensava che restando immobile, sarebbe diventato invisibile e avrebbe potuto trafugarne un pezzo senza attirare l'attenzione.

Il giorno successivo, il 6 maggio, era il terzo compleanno di Junior e Josiane aveva rinunciato a preparare una torta per festeggiarlo.

"Non ha amici! Una torta senza amichetti è come un mazzo di fiori fatto solo di steli! È triste. E non ho intenzione d'invitare i due serpenti con gli occhiali che abbiamo assunto come insegnanti! Io che avevo immaginato feste con maghi, narratori di favole, palloncini colorati e piccoletti che correvano dappertutto!"

"Vuoi che venga io?" domandò Joséphine a malincuore.

Josiane non rispose, continuando a lamentarsi.

"E adesso che faccio, eh? Marcel non ha più bisogno di me. Torna sempre più tardi e rivolge la parola quasi esclusivamente a Junior... E Junior passa le giornate studiando. Pranza con un panino leggendo un libro! Non mi chiede nemmeno di ascoltarlo ripetere le lezioni... Deve credere che non ne sia capace! Aspetta suo padre e, la sera, io reggo il moccolo. Non servo più a niente, Jo... La mia vita è finita!"

"Ma no..." la rassicurava Joséphine. "Non è finita, sta cambiando. La vita non è mai qualcosa di immobile, si modifica in continuazione, devi adattarti se non vuoi assomigliare a una mucca grassa che rumina sempre la stessa erba."

"Mi piacerebbe essere una mucca grassa con nient'altro da fare che ruminare..." sospirò Josiane, masticando la torta, lo sguardo perso.

"E cercare un lavoro, un'occupazione?"

"Marcel non vuole che torni in ufficio... È reticente. L'altro giorno sono andata a trovare Ginette in magazzino e sai chi ho incontrato? Prova a indovinare! Chaval! Curiosava facendo il complimentoso. Ti assicuro che sembrava molto compiaciuto. E non è la prima volta! Mi chiedo se Marcel non l'abbia ripreso. Mi giura di no, ma trovo strano che bazzichi per l'azienda..."

"Guarda le offerte di lavoro..."

"Con i tempi che corrono e la disoccupazione galoppante! Sarebbe come consigliarmi di darmi al pattinaggio artistico!"

"Segui un corso di formazione..."

"So fare solo la segretaria..."

"Sei molto brava in cucina..."

"Non voglio diventare l'apprendista di un fornaio!"

"Perché no?"

"Facile a dirsi", brontolò Josiane, trafficando con i bottoni del suo gilè rosa. "E poi, sai cosa Jo, non ho più il fisico... Sono diventata grassa, una mantenuta. Prima ero sottile come un fiammifero e lottavo..."

"Mettiti a dieta", suggerì Joséphine, sorridendo.

Scoraggiata, Josiane si soffiò via una ciocca di capelli dagli occhi.

"Credevo di aver trovato il modo di restare impegnata con Junior. Essere madre è magnifico... Avevo fatto tanti di quei sogni! Lui mi ha rubato tutto!"

"Pensa a qualcosa d'altro... Diventa astrologa, dietista, apri una paninoteca, crea gioielli, vendili tramite Casamia. Hai un marito che può aiutarti, non sei sola, inventa, inventa... Ma non restare seduta tutto il giorno ad annoiarti!"

Josiane aveva smesso di tormentare i bottoni del gilè e borbottò: "Sei cambiata, Joséphine, non ascolti più le persone come prima... Sei diventata come gli altri, egoista e sbrigativa..."

Joséphine si morse le labbra per non ribattere. Il quaderno del Piccolo Gentiluomo l'aspettava sulla scrivania, aveva un'unica esigenza: aprirlo e sprofondarci dentro, trovare il filo conduttore per raccontare la sua storia. Doveva andare da WH Smith, in rue de Rivoli, a comprare una biografia di Cary Grant. Anche se la domanda era sempre la stessa: perché quel diario era finito nell'immondizia? Il suo autore aveva cominciato una nuova vita e voleva tirare una riga sul passato? Temeva che il quaderno finisse in mani sbagliate e che il suo segreto venisse rivelato?

"Me ne vado", disse Josiane, alzandosi e lisciando la gonna. "Sento che ti sto annoiando..."

"Ma no..." protestò Joséphine, "... rimani ancora un po'... Zoé sta per tornare e..."

"Sei fortunata... Tu, almeno, ne hai due..."

"Due?" ripeté Joséphine, chiedendosi a che cosa Josiane si riferisse.

"Due figlie... Hortense è via, ma ti resta Zoé. Non sei sola... Mentre io..."

Josiane si era riseduta, rifletté un istante, poi il viso le si illuminò.

"E se facessi un altro figlio?"

"Un altro figlio?"

"Sì... Non un genio, ma un bambino che rispetti le fasi della crescita, che possa seguire passo dopo passo... Devo parlarne con Marcel, non sono sicura che sia d'accordo, alla sua età... Non sono nemmeno certa che vada bene a Junior..."

Era sprofondata nei suoi pensieri. Pensava a un neonato attaccato al suo seno, un filo di latte che gli scendeva dalle labbra e succhiava golosamente. Josiane chiuse gli occhi.

"Ma sì... Un altro figlio... Che terrò tutto per me, solo per me."

"Credi veramente che..."

Josiane non l'ascoltava più. Si alzò, abbracciò Joséphine, piegò il tovagliolo, recuperò la tortiera e se ne andò ringraziandola, pregandola di scusarla per i suoi sbalzi d'umore. E promettendole un dolce al cioccolato per la volta successiva...

Uff! esclamò Joséphine chiudendo la porta alle spalle di Josiane. Finalmente sola...

Il telefono prese a squillare. Giuseppe. Era agitato. Non ti vedo più, Joséphine, che succede? Ti hanno mangiato quelli dell'università? Lei rideva grattandosi la testa. Sono a Parigi, ceniamo insieme questa sera? Joséphine rispose no, no, non ho finito la prefazione, devo consegnarla entro una settimana... Al diavolo la prefazione! Ho scoperto un piccolo ristorante italiano a Saint-Germain, voglio portatici, dai! Dimmi di sì. È da tanto che non ti vedo... Lei disse no. Seguì un lungo silenzio. Joséphine si preoccupò e aggiunse più avanti, quando avrò finito... ma sarò ripartito, *amore mio*! Peggio per me, pensò lei. Non poteva dirgli la verità, sto covando un libro, mi sta crescendo dentro, esige tutto il mio tempo, lui le avrebbe fatto mille domande a cui non voleva, non poteva rispondere. Allora mormorava, scusami, come fosse stata colta in fallo... Lui le chiese delle figlie. Joséphine sospirò, sollevata di poter cambiare argomento. Stanno bene, molto bene.

Poi pensò, non ho più avuto notizie da Hortense, vere notizie, solo e-mail affrettate in cui le diceva sono piena di lavoro! Non ho tempo! Va tutto bene. Ti chiamo non appena ho un momento.

Ma non aveva mai un "momento".

Si chiedeva se Hortense fosse arrabbiata con lei...

"Allora, signora Cortès?" insistette Iphigénie sulla soglia della portineria. "Che cosa aspetta per far firmare la petizione? L'abbiamo scritta, non resta che stamparla e... hop!, farla circolare..."

"Aspettiamo la prossima riunione condominiale, l'amministratore sarà obbligato a parlarci della sua sostituzione e vedremo se il pericolo è reale..."

"Cosa?" gridò Iphigénie, le mani sui fianchi, mentre i suoi due figli scomparivano dietro la tenda della portineria, temendo le ire materne. "Non mi crede? Non ha fiducia in quello che le dico!"

"Ma sì, ma sì... È solo che non voglio lanciarmi in questa..."

Cary Grant le sorrideva. Si chiedeva come definire quel sorriso malizioso e vivace. Cercava l'aggettivo giusto, ce l'aveva sulla punta della lingua. Spiritoso, faceto, dispettoso, beffardo... La parola era un'altra.

"In questa avventura. Lo confessi, signora Cortès, ha paura, vero?"

"Ma no, Iphigénie, aspetti ancora un po' e le prometto che..."
"Promesse, promesse!"
"Non me la squaglierò..."
"Ha capito quello che le ho detto?"
"Sì." *Se non adesso, quando?* "Ho capito, Iphigénie."
"Credo che sarebbe meglio arrivare alla riunione con la petizione già in tasca."
Birichino! Un sorrisetto birichino...
Fischiò a Du Guesclin, fece un cenno a Clara e Léo nascosti dietro la tenda e salutò Iphigénie con un sorriso... birichino.

Riaprì il quaderno nero.
Afferrò il bollitore, inclinò il libro verso il beccuccio perché il vapore lo investisse, fece scivolare la lama del coltello tra le pagine, le scollò, ci appoggiò della carta assorbente, procedendo con lenta determinazione, senza fretta, per timore di perdere delle parole, di cancellare delle frasi preziose...
Le sembrava di essere un'egittologa china sui resti di una mummia.
La mummia di un autore defunto.

"4 gennaio 1963.
Finalmente mi ha raccontato com'è diventato Cary Grant.
Eravamo nella sua suite... Mi ha versato una coppa di champagne. La giornata era stata pesante. Girava una scena e non era soddisfatto. Trovava che mancasse di ritmo; c'era qualcosa che non andava nel copione, bisognava rimetterci mano. Stanley Donen e Peter, lo sceneggiatore, si passavano le mani nei capelli tentando di convincerlo che la sceneggiatura era perfetta, ma lui ripeteva no, non va, non c'è ritmo. Faceva schioccare le dita battendo il tempo.
'La gente va al cinema per dimenticare. Lasciar perdere i piatti sporchi nell'acquaio. Ci vuole ritmo...'

Citava *Scandalo a Philadelphia* come esempio perfetto di ritmo sostenuto per tutta la durata del film.

Era furioso. Non ho osato avvicinarmi.

Una volta di più, avevo saltato le lezioni per vederlo. Lo ascoltavo parlare, discutere, e ammiravo la sua determinazione. Avevo voglia di applaudirlo. Probabilmente ero l'unico. Gli altri imprecavano tra i denti.

Gli altri... Mi parlano alle spalle, dicono che sono innamorato di lui, ma me ne frego. Conto i giorni che mi separano dalla sua partenza e... non voglio pensarci!

Sono sopraffatto dalla felicità. Sono passato dall'essere il ragazzo più triste al mondo a quello più sorridente. Qualcosa mi stringe il petto, a dire il vero, vicino al cuore... Una morsa palpitante. In continuazione. E mi ripeto: si può essere innamorati di un sorriso, di due occhi, di una fossetta sul mento! E di un uomo, per di più! Un uomo! Impossibile! Eppure non posso impedirmi di correre per le strade con la sensazione che tutte le cose tristi e brutte spariscano, che la gente sembri stare meglio, che i piccioni sui marciapiedi siano degli esseri viventi! Guardo le persone e ho voglia di abbracciarle. Persino i miei genitori. Anche Geneviève! Sono molto più gentile con lei, non mi accorgo più dei suoi baffetti...

Ma torniamo alla nostra serata...

Eravamo entrambi nella sua suite. Su un tavolino era posato un secchiello da ghiaccio con una bottiglia di champagne e due calici. Anche a casa abbiamo dei calici, però mamma non li usa mai, ha paura che si rompano. Rimangono nel mobile, li prende in mano solo per pulirli, e poi li rimette al loro posto.

È andato a fare una doccia. L'ho aspettato, un po' intimidito. Sedevo sul bordo del divano, non osavo appoggiarmi allo schienale. Avevo ancora in mente il suo alterco con il regista e la sua collera.

Quando è tornato, indossava dei pantaloni grigi e una camicia bianca. Una bella camicia a cui aveva rimboccato le maniche... Ha inarcato un sopracciglio chiedendo tutto bene, *my boy*? Ho annuito, un po' stupidamente. Sentivo che stava ripensando alla scena e avevo voglia di dirgli che aveva ragione. Ma non l'ho fatto, sarebbe stato presuntuoso da parte mia. Che ne so io di cinema?

Deve avere intuito i miei pensieri, perché mi ha domandato: 'Conosci il film *I dimenticati*?'

'No...'

'Be', se ne hai l'occasione, vai a vederlo. L'ha diretto Preston Sturges, un grande regista. Spiega esattamente quello che penso del cinema...'

'E...'

'È la storia di un regista di commedie, brillante e di grande successo. Un giorno gli viene voglia di girare un film impegnato, sui poveri e gli emarginati. Siamo nel pieno della crisi del '29 e le strade sono piene di gente finita in miseria. Va dal suo produttore dicendogli che vuole travestirsi da mendicante, fare una ricerca sulla vita di queste persone e trarne il soggetto di un film. Il produttore gli risponde che non è una buona idea. «Non interessa a nessuno. I poveri sanno cosa sia la miseria e non vogliono vederla sullo schermo, soltanto i ricchi che vivono nella bambagia fantasticano sull'argomento.» Ma lui s'intestardisce, parte in quarta e si unisce ai vagabondi, si fa arrestare dalla polizia e finisce in prigione. E lì, una sera, proiettano un film per i detenuti, una delle sue commedie buffe e leggere, e il nostro regista, sbalordito, sente i suoi compagni di cella ridere fino alle lacrime, dimentichi della loro sorte... E così capisce che cosa intendeva dire il produttore.'

'E lei pensa che il produttore avesse ragione...'

'Sì... È per questo che sono così attento al ritmo. Non mi piacerebbe recitare in un film che mostri un mondo brutto, sporco, ripugnante. Sarebbe un imbroglio definirlo «divertimento»... È molto più difficile far comprendere la stessa cosa tramite una commedia. I grandi film sono quelli che mostrano l'infamia del mondo facendo ridere. Come *Vogliamo vivere!* di Lubitsch o *Il grande dittatore* di Chaplin... ma sono più difficili da girare! Esigono un ritmo impressionante. È per questo che in un film è così importante e non bisogna mai perderlo.'

Non parlava con me, ma con se stesso. Ho capito con quale serietà faceva quel mestiere che sembrava prendere tanto alla leggera.

Gli ho chiesto come era riuscito a diventare ciò che era. Ad avere il coraggio di opporsi, d'imporre le sue scelte. Lo volevo sapere per lui e per me. Gli ho domandato, come si diventa Cary Grant? Anche se era una domanda un po' idiota.

Mi ha fissato con il suo sguardo buono, quello che ti entra dentro e t'inchioda, aggiungendo t'interessa davvero? E io ho risposto sì, sì... come se fossi sul bordo di un precipizio, pronto a buttarmi giù.

Aveva ventotto anni quando ha lasciato New York alla volta di Los Angeles... Ne aveva abbastanza di ristagnare a Broadway. Sapeva che quelli della Paramount cercavano facce nuove. Volevano stelle nascenti. Avevano già arruolato Marlene Dietrich e Gary Cooper, ma quest'ultimo gli stava dando filo da torcere. Era partito da un anno per una vacanza in Africa da dove inviava telegrammi laconici in cui minacciava di non tornare più e di andare in pensione! Avevano convocato Archibald Leach per dei provini. Il giorno dopo, Schulberg gli ha annunciato che lo avevano preso, ma che avrebbe dovuto cambiare nome. Lui ne voleva uno che suonasse come Gary Cooper. O Clark Gable.

Insieme all'amica Fay Wray, l'interprete di *King Kong*, e il marito di lei, una sera si sono messi intorno a un tavolo spremendosi le meningi... Se n'erano usciti con Cary Lockwood. Cary poteva andare, ma Lockwood, non lo faceva impazzire. Schulberg la pensava allo stesso modo. Perciò gli diede una lista di cognomi e tra quelli c'era Grant.

In un battito di ciglia, è diventato Cary Grant. Addio Archibald Leach! Buongiorno Cary Grant! Era ossessionato dal personaggio Cary Grant. Voleva che fosse perfetto. Passava ore a guardarsi allo specchio cercando di migliorare ogni centimetro di pelle. Si spazzolava i denti fino a far sanguinare le gengive. In tasca aveva sempre uno spazzolino e subito dopo avere fumato una sigaretta, lo tirava fuori. All'epoca fumava un pacchetto al giorno e aveva paura che gli venissero i denti gialli. Si mise a dieta, a sollevare pesi, diminuì il consumo di alcol, cominciò a imitare gli attori che ammirava: Chaplin, Fairbanks, Rex Harrison, Fred Astaire. Li copiava, gli rubava i dettagli. Per esempio, mi ha raccontato che si allenava a infilarsi le mani in tasca per assumere un'aria spensierata, solo che la paura gli faceva sudare così tanto le mani da non riuscire più a tirarle fuori!

Quanto abbiamo riso...

Lo adoro quando ride... Non è una risata vera e propria, piuttosto uno sbuffo sarcastico, trattenuto. Quasi dei gridolini.

Vuoi che te lo mostri, *my boy*? E mi ha fatto l'imitazione di se stesso con le mani incastrate in tasca! Tanti sforzi per così poco, ha aggiunto, perché sopra di lui c'era sempre il campione d'eleganza, Gary Cooper, che lo guardava dall'alto in basso con freddezza.

Ho l'impressione che all'epoca fare l'attore non fosse poi una gran cosa. Eri solo un elemento decorativo da mettere in un film. Un bel vaso di fiori. Ti raddrizzavano il naso, ti aggiustavano i denti, ti accentuavano gli zigomi, ti sistemavano capelli, peli, sopracciglia, ti ricoprivano di strati e strati di fondotinta, ti facevano fidanzare, sposare, t'imponevano dei ruoli, venivi lanciato come un nuovo marchio di saponette. Non potevi mai dire la tua.

Lui non voleva essere una saponetta, perciò si perfezionava. Da solo davanti a uno specchio. Costruiva Cary Grant. Portava con sé un'agendina in cui si appuntava le nuove parole imparate: *avuncular*, *attrition*, *exacerbation*. Lavorava sull'accento, sui gesti, sul portamento con risultati piuttosto buoni. Tranne la volta in cui Josef von Sternberg gli cambiò la scriminatura dei capelli senza chiedergli il suo parere! Era il suo quinto film e si era abituato a portare la riga a sinistra quando, proprio prima di girare una scena, Sternberg aveva afferrato un pettine e gli aveva spostato la riga a destra! Lo ha odiato. È sicuro che Sternberg l'abbia fatto apposta per confonderlo...

'Non si potrebbe fare niente di peggio a un attore prima di gridare «azione!» Ma mi sono vendicato, ho tenuto la scriminatura a destra per il resto della mia vita, solo per irritarlo!'

Il film s'intitola *Venere bionda*, con Marlene Dietrich, e non ho visto nemmeno questo.

Mi sa che mi fermerò in biblioteca a cercare tutti i suoi film. Non so come troverò il tempo di guardarli tutti! Non passerò mai l'esame di ammissione all'università, ma chi se ne frega.

Siamo stati interrotti da una telefonata. Qualcuno da Bristol. Ho capito che gli stavano parlando della madre e lui rispondeva ok, ok. Aveva l'aria preoccupata.

Non mi ha ancora raccontato di sua madre e io non oso fargli domande.

Con lo sguardo fisso sui tetti di Parigi gli ho detto, mi piace quando mi parla della sua vita, mi infonde coraggio.

Mi ha sorriso con aria un po' stanca, ribattendo che non si deve vivere per procura, che la vita la si crea da soli. Avevo la sensazione che volesse spiegarmi qualcosa, ma che non sapesse come.

Ha proseguito il suo racconto.

Alla Paramount non lo prendevano sul serio. Lo ingaggiavano per il suo aspetto fisico. Faceva il tappabuchi. I ruoli principali andavano prima a Gary Cooper e, se lui rifiutava, a George Raft o Fred McMurray. Lui era solo una figura elegante che attraversava i film, le mani in tasca. Interpretava sempre lo stesso personaggio alto, bello, elegante. Aveva trent'anni, iniziava a stancarsi. E poi stavano arrivando dei nuovi nomi come Marlon Brando.

'Osservavo gli attori e le attrici, studiavo e imparavo. Quando reciti, non è la sincerità che conta, ma il ritmo... Devi imporre il tuo ritmo e allora buchi lo schermo. Ma non mi davano lo spazio per farlo...'

Finché Cukor non lo mette al fianco di Katharine Hepburn ne *Il diavolo è femmina*. Nemmeno questo ho visto. È il film che l'ha lanciato. Fu un fallimento per tutti, tranne che per lui! Era magnifico in quel ruolo...

'E sai perché sono stato così bravo, *my boy*? Perché ho potuto essere contemporaneamente Archie Leach e Cary Grant... all'improvviso, ero a mio agio. Mi sono liberato. Per tutta la vita ho cercato di essere me stesso sullo schermo e ho capito che è la cosa più difficile al mondo... Perché bisogna avere fiducia in sé. Ho osato mostrare espressioni e atteggiamenti che appartenevano solo a me. Avevo creato il mio stile...'

Dal giorno alla notte è diventato un attore importante. La Paramount voleva fargli firmare un nuovo contratto, dato che quello vecchio era scaduto... A questo punto, lui ha fatto una cosa incredibile: ha rifiutato e si è messo per conto suo. Ha corso il rischio. Per quei tempi era un'iniziativa davvero coraggiosa.

Aveva ritrovato l'energia dell'Archie bambino, del ragazzino di strada che a quattordici anni si era unito a una compagnia di saltimbanchi a Bristol, a sedici era sbarcato negli Stati Uniti, aveva provato con il teatro, ed era arrivato a Hollywood: era questo l'uomo che amavo, non il burattino costruito dalla Paramount. Se n'è andato sbattendo la porta.

'Se fossi rimasto, avrei continuato a fare il tappabuchi... Perciò, o sarei scomparso, precipitando nell'anonimato, oppure sarei diventato l'attore che sognavo di essere... Tu hai voglia di frequentare la scuola per cui ti stai preparando?'

'No, non proprio... Ma è un'ottima scuola, la migliore di Francia.'

'È stata un'idea tua?'

'No... Sono i miei genitori che...'

'Allora chiediti che cosa hai voglia di fare tu... perché, da quello che ho capito, mi dispiace dirti che nella tua vita sembri solo una comparsa... Non decidi niente, subisci...'

Queste parole mi hanno un po' offeso.

'Anche lei ha subito a lungo...'

'È per questo che so che non bisogna farlo! Che a un certo punto si deve prendere in mano la propria vita e decidere.'

Sembra così semplice quando ne parla...

Mi ha raccontato di nuovo la storia del posto nascosto dalla nebbia.

Lui aveva trovato il suo posto dietro la nebbia.

È stata una serata magica.

Abbiamo cenato insieme. Ha chiamato il servizio in camera e siamo stati serviti come principi. Dell'insalata mangia solo le foglie più belle, le altre le lascia da parte. Mi ha sbalordito. A casa mangiamo tutto, anche le foglie meno fresche. L'ho imitato, mettendo da parte le foglie meno belle. Devo dire che non ce n'erano tante. Ho avuto la sensazione di crogiolarmi nel lusso. Credo che, uscendo dall'hotel, non camminavo più come prima. Fischiettavo con le mani in tasca.

Quando sono rientrato, i miei genitori mi aspettavano in salotto in pigiama. Preoccupati. Gli ho spiegato che ero andato al cinema con Geneviève e che il film era talmente bello che l'abbiamo visto due volte. Dovrò avvertirla, prima che faccia qualche gaffe!

12 gennaio 1963.

Ho parlato con Geneviève, le ho detto che ho trascorso la serata con LUI e che doveva farmi da alibi... Lei ha abbassato lo sguardo, chiedendomi, sei innamorato? Ho risposto, sei matta? Allora mi ha fissato dritto negli occhi ordinando provalo! Baciami. A dirla tutta, non ne avevo affatto voglia, ma mi sono sforzato per evitare che facesse la spia. Ho sfiorato la peluria... ho solo appoggiato le labbra sulle sue, senza premere né usare la lingua, niente di niente! Dopo, lei mi posato la testa sul petto con un sospiro dicendo, adesso siamo fidanzati! Ho sentito un brivido giù per la schiena..."

"Mamma, mamma!" gridò Zoé rientrando da scuola. "Dove sei? Che cosa stai facendo?"

"Sto leggendo il diario del Piccolo Gentiluomo..."

"Ah... E a che punto è?"

"Ha appena baciato Geneviève..."

"Bleah! E perché mai?"

Joséphine spiegò mentre Zoé ascoltava, la guancia appoggiata al palmo della mano. Raccontando a Zoé del Piccolo Gentiluomo, Joséphine imparava a conoscerlo. Entrava nella sua testa. Senza giudicarlo. Facendone un personaggio. Ne era impregnata. E pensava, è così che devo scriverne. Capirne la personalità, raccogliere dettagli, lasciare riposare il tutto e un giorno clic, si animerà. Non dovrò fare altro che seguirlo.

"Non ti annoia parlarmene?" chiese Zoé.

"No. Al contrario, con te mi diverto... È come se mi rivolgessi a me stessa. Perché me lo chiedi?"

"Perché qualche volta sei di cattivo umore. Ho l'impressione di disturbarti... Sei diversa. Prima potevo dirti qualunque cosa, in qualunque momento, e tu ascoltavi..."

"Sono meno disponibile?"

"Mmm...sì", mormorò Zoé appoggiandosi a sua madre.

"Una brontolona fatta e finita?"

"Mi piace questa parola, 'brontolona'... La scriverò nel mio diario... Non hai voglia di sapere chi è questo Piccolo Gentiluomo?"

"Sì. Lo sto cercando... Scruto gli inquilini maschi del palazzo..."

"E l'hai trovato?"

"Nella palazzina B, a parte il signor Dumas, non vedo nessuno."

"Il tipo che si mette la cipria?"

"Sì..."

"E nella palazzina A? Il signor Merson? È troppo giovane... Pinarelli?"

"Ha più di cinquant'anni..."

"Altrimenti... Il signor Boisson? Non esattamente un tipo divertente. Non ce lo vedo a innamorarsi di Cary Grant! E se fosse il signor Léger... Sai, il più anziano dei due uomini che hanno traslocato al quarto piano, nel vecchio appartamento di Gaétan?"

"Ci ho pensato anch'io..."

"E poi", aggiunse Zoé con fare misterioso, "c'è il signor Sandoz... Mi ha raccontato che da giovane ha lavorato per il cinema. Magari è lui... Forse è per questo che è così triste. Ha perso un grande amore."

"E oggi sarebbe innamorato di Iphigénie? Non sta in piedi, Zoé..."

"Sì, invece... Iphigénie è un personaggio. Ha una forte personalità. Ama gli uomini che sanno imporsi. Lui invece è rimasto un ragazzino... Di' un po', mamma, perché stasera non ci guardiamo *Sciarada*, ho finito tutti i compiti..."

Guardarono *Sciarada*. Non appena apparve Audrey Hepburn, Zoé esclamò, è bellissima! Non doveva mangiare niente per essere così magra... Smetto anch'io di mangiare! Poi aspettava la scena in cui Bartholomew, il personaggio interpretato da Walter Matthau, diceva per l'ennesima volta, ho portato una cravatta in tintoria, me l'hanno restituita piena di macchie! E si piegava in due dalle risate tormentandosi le dita dei piedi.

La mente di Joséphine vagava. Osservava Audrey Hepburn inseguire Cary Grant senza scoraggiarsi. Con grazia e umorismo. Come faceva a dichiarare il proprio amore mantenendo quella leggerezza? Era tutto splendido in quella donna.

Aveva incrociato Bérengère Clavert per strada. O, piuttosto, era stata Bérengère a bloccarla mentre correva da una vendita privata da Prada a una di Zadig e Voltaire.

"Sono sfinita, mia cara! Non mi fermo un attimo! È meraviglioso vivere sola, non avere più un uomo per casa... Jacques è perfetto, paga tutto e fra noi regna la pace totale. Esco tutte le sere e mi diverto come una pazza. E tu? Non mi sembri in forma... Ancora innamorata di Philippe Dupin? Dovresti lasciar perdere... Vive sempre con... sai, la ragazza che..."

"Sì, sì", aveva replicato precipitosamente Joséphine, che non voleva sentire il seguito.

"Abita a casa sua e lui la porta ovunque. La conosci?"

"Ehm... no..."

"Pare che sia molto carina! E giovane, per di più! Ti dico tutto questo perché tu non perda il tuo tempo... Il tempo, alla nostra età, non deve essere sprecato! Ti lascio, ho ancora delle boutique da visitare per i saldi, mi fanno impazzire!"

Le aveva mandato un bacio, poi si era precipitata verso un taxi litigando con i sacchetti.

Joséphine alternava momenti di felicità a istanti di disperazione. Non aveva più notizie di Philippe. Talvolta si sentiva a pezzi e si diceva mi ha dimenticato, vive con un'altra, poi ricominciava a sperare e aveva la certezza che lui l'amava. Pensava, andrò a trovarlo... Ma poi non lo faceva. Aveva troppa paura di perdere Cary Grant e il Piccolo Gentiluomo.

L'incontro con Bérengère l'aveva annientata.

Il film terminò e Zoé si stiracchiò.

"Sai, posso capire il Piccolo Gentiluomo... Cary Grant era terribilmente affascinante, anche se, per me, è un po' troppo vecchio..."

"Quando si è innamorati, non si notano i particolari. Si ama e basta."

Zoé faceva zapping. Si fermò su un vecchio episodio di Maigret, girato al numero 36 del Quai des Orfèvres, tolse il sonoro e chiese: "Perché non vai a parlare con Garibaldi? Magari ha un fascicolo sul Piccolo Gentiluomo... Gli dai quattro o cinque nomi che ti sono venuti in mente. Conosci la sua età, sai quando è nato, la professione del padre... Ricordati che la Bassonnière e suo zio avevano dossier su tutti..."

"Perché dovrebbe essere schedato?"

"Non so... Ma chiederglielo non ti costa niente."

"Hai ragione, lo chiamerò... Forza! A letto!" concluse Joséphine. "Domani c'è scuola!"

Zoé si chinò, accarezzò Du Guesclin, grattandogli le orecchie. Il cane si allontanò, gemendo. Cosa c'è che non va, cagnone, chiese Zoé? Non ci sono più ciambelle in frigo? domandò facendo la voce profonda di Homer Simpson, mentre Joséphine pensava ha quindici anni, ha un amante, e parla come i Simpson.

Rimase sul divano, avvolta nel plaid.

Garibaldi... Non l'aveva più rivisto dal quel terribile giorno in cui lei e Philippe erano stati convocati al numero 36 del Quai des Orfèvres dove avevano appreso della morte di Iris. Si strinse addosso la coperta.

Quasi nove mesi prima...

Zoé tornò spazzolandosi i capelli, scivolò accanto a Joséphine, che la prese tra le braccia. Era l'ora delle confidenze. Zoé cominciava sempre dalle cose senza importanza, poi passava agli argomenti più seri. Amava quei momenti di abbandono con sua figlia. Si chiedeva quando Zoé avrebbe smesso di confidarsi con lei. Quel giorno sarebbe arrivato, e lei lo temeva.

"Sai, la mia prof di francese, la signora Choquart... Ha preso da parte le ragazze del mio gruppo, e ci ha detto di non comportarci mai da ochette, che abbiamo le capacità per fare grandi cose e che è troppo facile vivere dicendosi avrei potuto se solo avessi voluto..."

Allungò una gamba, si grattò il polpaccio, la ripiegò, si rannicchiò in un angolo della coperta contro Joséphine.

"Poi ha aggiunto, vi osservo e ho notato che siete tutte belle! Perciò vi avverto, non voglio ritrovarvi tra dieci anni mosce e depresse! Non ho mai avuto una prof così in gamba. Mi fa pensare che posso invecchiare tranquilla perché potrò avere i capelli bianchi come lei e non essere vecchia per niente. Lo si è di più quando si è tristi e si rende tristi gli altri. Tu, per esempio, non sarai mai vecchia, perché non rendi triste nessuno..."

"Grazie, mi sento rassicurata..."

Joséphine attendeva il seguito. Chinò la testa, appoggiando il mento sui capelli di Zoé per incoraggiarla a continuare.

"Mamma, sai Gaétan..."

"Sì, tesoro mio..."

"Avevi ragione. Ha finito per dirmi cosa c'era che non andava... Ci è voluto del tempo. Non voleva parlare."

"E..."

"Ti avverto, è terribilissimo..."

"Mi terrò forte. Ti ascolto..."

"È Domitille. È stata scoperta al collegio nel bel mezzo dei suoi traffici..."

"Traffici di cosa?"

"Eeh... Non so se dirtelo..."

"Coraggio, mia cara, non sono nata ieri."

"Faceva pompini nei bagni per cinque euro..."

Joséphine sussultò.

"Succedeva già l'anno scorso qui a Parigi, ma era riuscita a non farsi beccare! L'hanno saputo tutti... in collegio e nel quartiere. In famiglia c'è stata la rivoluzione. La nonna ha quasi avuto un infarto. Gaétan ne era al corrente da un sacco di tempo, è per questo che non stava bene, che non mi parlava praticamente più. Temeva che si venisse a sapere e... È successo! Adesso è di dominio pubblico. Lo sa persino la fornaia... Si mette a ridere quando gli dà le baguette. Esclama, cinque euro! Oh, scusate... Lui non vuole più andare a scuola e Charles-Henri, il fratello più grande, ha un'idea fissa: entrare in collegio a Parigi. Puoi immaginarti l'atmosfera a casa loro!"

"In effetti..."

"Il nonno ha cercato di parlarle e tutto quello che lei ha saputo dirgli è stato, me ne frego, non provo niente di niente... Io preferisco provare qualcosa di diverso ogni giorno che niente del tutto..."

"Povero Gaétan!"

"Sapevo che sua sorella combinava qualcosa con i ragazzi, ma non avrei immaginato tanto!"

* * *

A Mont-Saint-Aignan, in casa Mangeain-Dupuy, era l'ora delle spiegazioni.

La signora Mangeain-Dupuy, la nonna, aveva indetto un consiglio di famiglia nel piccolo soggiorno. Isabelle Mangeain-Dupuy, Charles-Henri, Domitille e Gaétan erano seduti intorno al tavolo. Il nonno, il signor Mangeain-Dupuy, aveva preferito non partecipare. Sono faccende di famiglia e tu sei perfetta per occupartene, aveva detto alla moglie, segretamente felice di non doverci avere niente a che fare.

"Me ne sbatto altamente di quello che pensa l'antenata", aveva esordito Domitille posando il sedere fasciato in una minigonna su una sedia traballante. "Mi fa schifo stare qui, voglio tornare a Parigi. Qui è pieno di poveri borghesucci, piccoli imbecilli che se la tirano perché si sono fatti uno spinello..."

Si era coraggiosamente truccata di rosso e nero, si era infilata nelle orecchie gli auricolari dell'iPod e si dimenava sulla sedia nella speranza che la nonna notasse il tatuaggio sui fianchi e morisse davvero di infarto.

Charles-Henri aveva alzato gli occhi al cielo e Gaétan si era pizzicato il naso. Non voleva più tornare al liceo. Tanto peggio, se avesse perso un anno... Anche lui voleva rientrare a Parigi. Lì in provincia si veniva sempre a sapere tutto, si spettegolava su tutto.

Isabelle Mangeain-Dupuy cercava di stare seduta dritta e sognava l'uomo della sua vita, che l'avrebbe portata via da quel disastro per vivere felici insieme. La vita non è mai triste quando si è innamorati... E lei lo era.

Gaétan osservava il sorrisetto sciocco sulle labbra della madre sapendo a chi stava pensando... Al suo ultimo incontro su Meetic. Quel sito era una calamità, c'erano solo idioti! O forse è lei che ha il dono di prendersi una cotta per gli sfigati. L'ultimo della serie si chiamava Jean-Charles. All'inizio, quando aveva visto la sua foto, il suo sorriso perfetto, il viso gentile e gli occhi blu sorridenti, si era sentito fiducioso... Finalmente si era imbattuta in uno perbene. Sua madre aveva disperatamente bisogno di una brava persona che l'amasse e si occupasse di lei. Non era fatta per vivere da sola.

Lui si faceva chiamare "Carlito". Lo trovava più chic di Jean-Charles. Di certo "Carlito" suonava meglio! Lei lo conosceva da due mesi e Jean-Charles era già salito tre volte dal Midi per far loro visita. Non appena Gaétan aveva visto la T-shirt di Carlito, si era disilluso. Una maglietta viola con la scritta "Non sono un ginecologo, ma se vi va, posso dare un'occhiata". S'installava in casa con lo schermo piatto della sua console Wii e ripartiva la mattina dopo senza avvertire. Quando sua madre gli telefonava, trovava la segreteria. La sera in cui aveva voluto portarli tutti a mangiare il sushi gli avevano bloccato la carta di credito! Ma non c'è niente di cui preoccuparsi, aveva esclamato, mi rifarò! Nel Midi aveva degli amici che gli affidavano qualche lavoretto durante la stagione turistica, e laggiù la stagione iniziava nel mese di aprile... Ma ormai era già cominciata da un bel pezzo, e nessuno dei suoi "migliori amici d'infanzia" l'aveva chiamato.

Erano stati invitati a casa sua per le vacanze di Pasqua. Erano andati tutti tranne Charles-Henri, a cui si drizzavano i capelli in testa non appena Jean-Charles gli compariva davanti. Aveva detto di abitare in un palazzo con piscina a Cannes. Si erano ritrovati in una misera stamberga con l'ascensore rotto, la vasca sfondata, molto lontano dal centro. Quando parlava, era difficile capirlo. Mamma diceva che non era colpa sua, ma dell'accento... Non mi piace il suo accento. Non mi piacciono i suoi occhiali Prada, perdipiù sono finti. E allora? Chi se ne frega se sono finti. Che me ne faccio di quelli veri? La cosa più importante è quello che c'è scritto sopra!

La sua frase preferita era "per fare che?"

"Ti va di andare a fare un giro?" chiedeva mamma.

"Per fare che?"

"Andiamo in spiaggia?"

"Per fare che?"

La cosa peggiore era quando guidava. Se non urlava porca puttana! Che testa di cazzo! sorpassava gridando muoviti, cariatide! Tornatene al cimitero! Ma quello che gli piaceva più di tutto era raccontare della volta in cui i suoi amici l'avevano portato al Festival del cinema. C'era Jamel Debbouze! Poi, a seconda dei giorni, altre volte aveva visto Marion Cotillard, Richard Gere, Schwarzenegger... La cosa più buffa era accaduta mentre erano in auto a Cannes e lui si era messo a spiegare, leggendo i nomi delle vie, quello è il boulevard Machin-Chose, quella la spiaggia privata del Grand Hôtel... Ancora un po' e ci avrebbe descritto i supermercati e i multisala! Perciò quando mamma mi ha detto che era triste per aver lasciato Cannes e che voleva tornarci, io ho pensato tra me e me, per fare che?

E per fare che, questa riunione di famiglia? Lei si prenderà tutta la colpa senza risolvere niente. Qualche volta capisco papà... Quando c'era lui, andava tutto bene, anche se non si rideva mai. Non ne posso proprio più. Vorrei solo sentirmi normale in una famiglia normale...

Erano tutti seduti, tranne la nonna, che era rimasta in piedi. Per dominarci, pensò Gaétan, irritato. La nonna picchiò un pugno sul tavolo dichiarando che non si poteva andare avanti così. Dovevano traslocare, raggiungerli nella residenza di famiglia, dove avrebbe preso le redini della loro vita riportando ordine.

"Finora non ho mai detto niente, ma le ultime scappatelle di Domitille mi spingono ad agire. Non voglio che il nome della nostra famiglia venga infangato e, benché sia già troppo tardi, intendo rimediare alla trascuratezza che impera in questa casa...”

Passò un dito sul tavolo mostrando lo strato di polvere che le era rimasto sulla pelle.

“Isabelle, sei incapace di gestire una casa e di crescere i tuoi figli... Vi insegnerò l’eccellenza, la disciplina, le buone maniere. Non sarà un compito facile, ma, malgrado la mia età e la salute precaria, porterò questa croce. Per il vostro bene. Non voglio che diventiate dei farabutti, delle donne di facili costumi o dei reietti della società...”

Charles-Henri ascoltava e sembrava approvare.

“In ogni caso”, intervenne lui, “io l’anno prossimo torno a Parigi per un corso di formazione... Non resterò qui.”

“Il nonno e io ti aiuteremo. Hai capito che per riuscire bisogna lavorare, fare sforzi, mi congratulo con te...”

Charles-Henri annuì, soddisfatto.

“Quanto a te, Isabelle”, proseguì la nonna, “devi riprenderti... Provo vergogna quando mi chiedono di te. Nessuna delle mie amiche ha una figlia come te. So che hai dovuto superare una prova terribile, ma ne abbiamo passate tutti nella vita. Non sei giustificata...”

“Ma io...” protestò Isabelle Mangeain-Dupuy.

“Porti un nome a cui devi dare lustro. Devi riprendere il controllo. Imparare a comportarti in modo decoroso. Essere di esempio per i tuoi figli...”

Il suo sguardo si posò su Domitille che, stravaccata sulla sedia, si fissava la punta degli stivali masticando ostentatamente un chewing-gum.

“Domitille, togliti dalla bocca quel chewing-gum e stai dritta!”

Poi si voltò verso Gaétan.

“A te, piccolo mio... non ho niente da rimproverare. I tuoi

voti sono ottimi e i professori si sprecano in elogi. Troverai a casa nostra un ambiente propizio al lavoro e allo studio..."

Fu in quel momento, nel silenzio che seguì i complimenti all'indirizzo di Gaétan, che si udì la vocina incerta di Isabelle Mangeain-Dupuy: "Non verremo ad abitare a casa vostra..."

La nonna sussultò.

"Prego?"

"Non verremo a casa vostra. Resteremo qui. O da qualche altra parte... ma non a casa vostra..."

"Non se ne parla neanche! Non ti lascerò continuare nella tua esistenza depravata."

"Sono adulta, voglio vivere liberamente..." mormorò Isabelle sfuggendo lo sguardo della madre. "Non ho mai potuto farlo..."

"Fai proprio un bell'uso della tua libertà!"

"Tu decidi tutto al posto mio, avete sempre deciso al posto mio... Non so nemmeno chi sono. Alla mia età... Voglio diventare una bella persona dentro. Voglio che si veda come sono fatta dentro..."

"È per questo che vai su Internet in cerca di uomini?"

"Chi ti ha detto..."

"Domitille. Tua figlia."

Domitille si strinse nelle spalle riprendendo a masticare.

"Voglio incontrare degli uomini per sapere chi sono, voglio essere amata per quello che sono... Oh, non lo so, non lo so più..."

Lo sguardo tagliente della signora Mangeain-Dupuy si fissò sulla figlia alle prese con un conflitto interiore. Era una donna fredda che aveva fatto del proprio dovere la sua battaglia. Si aspettava di ricevere l'adorazione della figlia e dei nipoti in cambio della sua calcolata benevolenza.

"La vita, bambina mia, non consiste nell'incontrare uomini come dici tu. La vita è un lungo cammino di doveri, rettitudine, virtù e mi sembra che tu abbia perso di vista tutti questi bei valori parecchio tempo fa...”

“Non verrò a casa vostra”, ripeté ostinatamente Isabelle Mangeain-Dupuy senza osare guardare in faccia la madre.

“Nemmeno io!” dichiarò Domitille. “Già mi fa schifo qui, figuriamoci a casa vostra...”

“Non avete scelta...” affermò la nonna picchiando entrambe le mani sul tavolo per dichiarare che la discussione era terminata.

Gaétan ascoltava, afflitto. Un giorno tutto questo finirà... Un giorno tutto questo finirà...

* * *

Il giorno dopo la chiacchierata con Zoé, Joséphine chiamò Garibaldi.

Aveva imparato ad apprezzare quell'uomo dai capelli neri lisci, le sopracciglia curve, il viso scuro che poteva assumere qualsiasi espressione. Aveva condotto l'inchiesta sulla morte della signorina Bassonnière, e poi di Iris, con tatto e abilità. Quando era stata convocata al numero 36 del Quai des Orfèvres, aveva avuto la sensazione che l'uomo ascoltasse con gli occhi, le orecchie e... l'anima.

Si era tolto il distintivo di poliziotto e le loro due anime si erano parlate. Al di là delle parole, dei silenzi, delle esitazioni, del tremolio della voce, le loro anime si erano riconosciute.

Talvolta capita di conversare con l'anima di uno sconosciuto.

Non si erano più rivisti dalla morte di Iris. Ma sapeva di poterlo chiamare per chiedergli un favore.

Non appena rispose al telefono, Joséphine riconobbe la sua voce.

Gli chiese se non lo stesse disturbando. Lui disse che si stava concedendo una pausa. Si scambiarono qualche banalità, poi le domandò in che cosa potesse esserle utile. Era di nuovo sulle tracce di un assassino pericoloso? Joséphine sorrise, no, è per un'altra storia, più dolce, più romantica.

"Non ha niente da temere da Van den Brock", dichiarò Garibaldi. "È in prigione che attende l'inizio del processo, ma ci vorrà ancora un po' di tempo... Rischia di restare al fresco per un bel pezzo."

"È buffo, ma non penso mai a Van den Brock..."

"E Luca Giambelli, ha sue notizie?"

Joséphine rispose di no. L'ultima volta che aveva sentito parlare di lui era stato quando aveva saputo della sua richiesta di essere curato in una clinica psichiatrica per disturbi comportamentali.

"Ed è ancora lì", aggiunse Garibaldi. "Mi sono informato. Ho a cuore la sua sicurezza, signora Cortès. Ho un bellissimo ricordo della nostra collaborazione..."

"Anch'io", disse Joséphine, sentendo le orecchie andarle a fuoco.

"Ci ha aiutato molto con le sue osservazioni azzeccate..."

"Adesso esagera..." osservò Joséphine. "È stato lei a..."

"Lei è un'ottima osservatrice e sarebbe stata una brava investigatrice... Cosa posso fare per lei oggi?"

Joséphine gli raccontò della scoperta del quaderno nero e del suo misterioso autore.

"L'ho soprannominato Piccolo Gentiluomo... Lo trovo toccante. Mi piace molto anche il personaggio di Cary Grant. Non conoscevo la sua vita, è appassionante..."

Gli confidò il sogno di scrivere un romanzo sull'incontro fra quei due uomini. Il lombrico e la stella. Ancora non sapeva come fare, ma le sarebbe stato utile rintracciare il Piccolo Gentiluomo e incontrarlo.

"Non sarà più un giovanotto ormai", le fece notare Garibaldi.

"No... e questo restringe il campo delle mie ricerche. A dire il vero, è stata Zoé a darmi l'idea di chiamarla..."

"Quali elementi possiede su quest'uomo?"

"Conosco età, luogo di nascita, la professione di suo padre... Penso che viva nel mio palazzo o che ci venga spesso. Posso darle i nomi sui quali ho dei sospetti... Mi dicevo... o piuttosto Zoé mi diceva che lei potrebbe fare un'indagine. Non so se sia possibile..."

"Dovrò passarla a un collega delle IG", spiegò Garibaldi.

"Delle Informazioni Generali?" chiarì Joséphine.

"Sì."

"Ed è legale?"

Garibaldi ebbe un'esitazione, poi aggiunse: "Legale non è la parola esatta... Diciamo che può essere considerato uno scambio di favori..."

"Cioè?"

Trascorse un lungo istante di silenzio.

"Non è obbligato a rispondermi..."

"Solo un momento, mi scusi..."

Joséphine udì il rumore di una porta che si apriva, poi una voce, e Garibaldi che rispondeva. Attese camminando per il salotto. Du Guesclin si era impadronito del guinzaglio e l'aveva lasciato cadere ai suoi piedi. Gli sorrise mostrandogli il telefono. Rimise il guinzaglio sul mobiletto dell'entrata. Du Guesclin, contrariato, andò a sdraiarsi sibilando davanti alla porta, il muso appoggiato sulle zampe anteriori, lo sguardo incollerito e di rimprovero fisso su di lei.

"Non ho solo questo da fare, mio vecchio Doug!" gli mormorò.

"Signora Cortès?"

"Sono qui..."

"Perdoni l'interruzione... Dunque, immaginiamo che un giorno abbia fatto un favore a un collega delle IG... Immaginiamo che abbia lavorato con lui su un traffico di droga, per esempio, e che, nel corso della perquisizione di uno spacciatore, l'abbia visto intascare mazzette di banconote che si trovavano su un tavolo..."

"Sì..." bisbigliò Joséphine seguendo il pensiero di Garibaldi.

"Immaginiamo che gli abbia detto che avrei chiuso un occhio se avesse rimesso tutto al suo posto e che gli abbia proposto di prestargli del denaro; immaginiamo che lui abbia accettato e che mi sia riconoscente..."

"Si verificano spesso questo tipo di..."

"Ho detto 'immaginiamo'..."

Joséphine si scusò, battendo in ritirata.

"Non si scusi... Non si guadagna molto nella polizia. E spesso si è tentati di intascare droga o denaro per migliorare la situazione. La droga per rivenderla, e il denaro perché è un periodo difficile, o perché si è nel bel mezzo di un divorzio o perché non si riesce a pagare la rata del mutuo del nuovo appartamento..."

"Le è già capitato?"

"Di mettermi in tasca dei soldi o della droga? No, mai..."

"Intendevo dire... Se ha già sorpreso un collega che..."

"Questi sono affari miei, signora Cortès. Diciamo che cercherò di trovare il suo uomo a partire dalle informazioni che mi ha dato..."

"Sarebbe fantastico!" esclamò Joséphine. "Potrei fargli visita e..."

"Se lui vorrà parlarle... Se ha buttato via il diario è perché voleva sbarazzarsi del passato..."

"Posso sempre provare..."

"Lei non rinuncia facilmente, signora Cortès..."

Joséphine sorrise.

"Sembra timida, modesta, insicura, ma in fondo, lei è ostinata e coriacea..."

"Adesso esagera un po', no?"

"Non credo. Lei ha l'audacia dei timidi... Mi dica i nomi ai quali ha pensato e le farò sapere se trovo qualcosa..."

Joséphine rifletté, poi cominciò l'elenco.

"Il signor Dumas... Vive nella palazzina B, al mio stesso indirizzo... ma non penso che sia..."

"Aspetti che prendo un foglio di carta..."

Furono nuovamente interrotti da una voce che chiedeva a Garibaldi un'informazione. Joséphine attese che finisse di rispondere per riprendere: "Il signor Boisson..."

"Ma non credo sia lui... è un tipo che non sprizza energia!"

"Bisogna diffidare dei vulcani spenti", osservò Garibaldi.

"Abita nella palazzina A. Ma non riesco a immaginare che abbia avuto una storia d'amore come quella del Piccolo Gentiluomo... Sembra un uomo introverso e allergico alla fantasia."

"Chi altri?"

"Il signor Léger. Yves Léger. Ha traslocato nell'appartamento di Lefloc-Pignel con un compagno più giovane di lui. Indossa gilè di tutti i colori stringendo sotto il braccio dei grossi album da disegno... Lui, almeno, sembra vivo."

"Sembrerebbe il nostro uomo..."

"È quello che penso anch'io. Comunque... non perché è gay dev'essere..."

"Questo è vero", ammise Garibaldi.

"E il signor Sandoz... Sa, il signore che ci ha aiutato a ristrutturare i locali di Iphigénie, la portinaia... Non so dove abiti, ma secondo Iphigénie imbroglia sull'età e..."

"Non è l'unico!"

"Non mi convince molto..."

"Vedremo..."

"E per finire, il signor Pinarelli... Sempre nel mio palazzo. Nemmeno lui mi convince..."

Garibaldi scoppiò a ridere.

"In verità non è convinta di nessuno degli uomini che ha menzionato!"

"È questo il problema... Nessuno mi sembra adatto."

"E se si trattasse di un'altra persona? Qualcuno che ha buttato il diario nella spazzatura del vostro palazzo perché non si risalisse mai a lui? È quello che avrei fatto io. Lo troverei più prudente se volessi far sparire qualcosa..."

"Sarebbe un vero guaio..."

"Non voglio scoraggiarla, ma mi pare più verosimile..."

"Lei ha sicuramente ragione... però mi dico anche che c'erano pochissime possibilità che qualcuno trovasse quel quaderno. Se Zoé non fosse scoppiata a piangere all'idea di non rivedere più il suo diario, non sarei andata frugare in mezzo all'immondizia... Non è un'attività a cui mi dedico tutte le sere."

"Giusto..."

"Quante persone a Parigi infilano le mani nella spazzatura alla ricerca del diario della loro figlia?"

"A Parigi c'è un sacco di gente che lo fa..." osservò lui con un tono di leggero rimprovero.

"Lo so", replicò Joséphine, "lo so... Ma un quaderno non è commestibile..."

"Mi dica, signora Cortès, cosa farà una volta che l'avrà identificato... Se riuscirò a trovare quest'uomo..."

"Mi piacerebbe vederlo, parlargli, sapere che cosa ne ha fatto del suo sogno. Quando leggo il suo diario, ho paura per lui. Temo che soffra terribilmente. E vorrei finalmente scoprire se ha trovato il suo posto dietro la nebbia..."

Raccontò a Garibaldi la storia di Fred e del grattacielo. Provò l'impulso di chiedere al poliziotto se lui avesse trovato quel posto.

"La sua storia con Cary Grant era come un sogno. Se sapesse quante speranze sono nate in lui grazie a questo incontro... Ho bisogno di particolari per nutrire il mio romanzo e non c'è niente di meglio della realtà."

"È quello che le ho detto quando ci siamo incontrati. La realtà supera spesso la fantasia... Come nell'inchiesta che ho appena chiuso. Una giovane donna uccisa in un supermercato da un uomo che neanche conosceva. Quando abbiamo arrestato il suo assassino, costui ha detto solo: 'Non meritava di vivere, era troppo bella.' Scriverebbe una cosa del genere in un romanzo poliziesco?"

Joséphine scosse la testa mormorando: "No, è impossibile."

"E avrebbe ragione! Sembrerebbe troppo banale per un crimine."

"Ma in questo caso, non si tratta di un crimine. Anzi... È la storia di un incontro e io penso che si cresca grazie agli incontri che facciamo."

"Se si sanno accettare... Un sacco di gente si lascia scappare dei nuovi incontri per paura che cambino loro la vita, che li portino su un terreno sconosciuto." Fece una pausa, poi aggiunse: "Che cosa l'ha colpita di questa storia?"

"Mi dà slancio, coraggio..."

"Le assomiglia?"

"Salvo che non ho mai conosciuto Cary Grant né il suo sosia! Non ho mai conosciuto nessuno che mi dia fiducia in me stessa... Anzi, direi il contrario."

"Sa... Ho finito di leggere il suo romanzo."

"*Un'umile regina*?"

"Sì. Ed è davvero bello... Io, un poliziotto di quarant'anni, che aveva come uniche letture James Ellory e gialli, mi sono ritrovato a camminare per strada con Fiorina e tutte le altre, e sono andato a sbattere contro un lampione, mi sono dimenticato di scendere alla mia fermata della metropolitana, sono arrivato in ritardo al lavoro, non sapevo più dove stavo di casa. Semplicemente, lei mi ha reso felice. Non credevo fosse possibile."

"Oh!" mormorò Joséphine, meravigliata. "Allora è stato lei a comprare tutte le copie vendute?"

Il poliziotto scoppiò a ridere di gusto.

"Ho passato diverse notti in bianco a causa sua. Lei è in gamba, signora Cortès..."

"Ho così tanti dubbi... Se sapesse come ho paura... Ho voglia di rimettermi a scrivere, ma non so da che parte cominciare. È come se fossi incinta di una storia. Cresce, insiste, si fa sentire da dentro. In questi giorni riesco a malapena a dare ascolto agli altri..."

"E tuttavia, lei è notevolmente portata per questo!"

"Non mi riconoscerebbe più! Mando tutti a quel paese."

"È l'inizio dell'indipendenza..."

"Forse... Spero solo che ne venga fuori qualcosa."

"L'aiuterò. Promesso..."

"Grazie", bisbigliò Joséphine. "Posso dirle un'altra cosa?"

"L'ascolto..."

"Quando Iris... Quando è partita... Ho provato la sensazione che mi tagliassero una gamba, che non avrei più potuto camminare... Ero paralizzata, sorda, muta. Da quando ho iniziato a leggere questo diario, è come se..."

Lui rimase in silenzio, aspettando che Joséphine trovasse le parole giuste per quella confessione a se stessa.

"... l'arto mi stia ricrescendo e io riesca di nuovo a muovermi... Su tutte e due le gambe. È per questo che è tanto importante..."

"Capisco e sarei felice di aiutarla, mi creda. Farò tutto il possibile."

"E lei come sta? È felice?"

Era la cosa più stupida da domandare a un uomo che conosceva appena. Ma non sapeva come ringraziarlo, grazie per avermi ascoltato, per avermi capita, per esserci. È la prima volta che parlo di Iris, è un po' come se il dolore si ritirasse e mi lasciasse lo spazio per respirare. Aveva paura di sembrare esagerata, troppo drammatica.

"Non ho più avuto sue notizie da dopo..." le fece notare lui. "Mi sono spesso chiesto come stava..."

"Preferirei non parlarne."

Garibaldi si grattò la gola, tossì, riprese il tono da poliziotto e tornò all'argomento di quella telefonata.

"Dunque, signora Cortès, ricapitoliamo. Nel 1962 il nostro uomo aveva diciassette anni, è nato a Mont-de-Marsan, il padre era un ex allievo del Politecnico, direttore generale di Charbonnages de France, e risiede al suo indirizzo..."

Joséphine confermò.

"Ora devo lasciarla", concluse Garibaldi. "La richiamerò non appena avrò notizie."

Fece una pausa. Lei attese, poi lui aggiunse: "Mi piace parlare con lei... È come se andassimo dritti al punto."

Si era fermato un istante prima di dire "dritti al punto".

Joséphine riappese, felice di quella complicità.

Era sempre bello parlare con quell'uomo. Non ne era innamorata, ma quando si confidava con lui, si librava, metteva le ali, spiccava il volo. Quando era innamorata, non sapeva mai che cosa dire, come comportarsi, si chiudeva in se stessa e assomigliava a un sacco vuoto che non riesce a stare dritto.

Joséphine compose il numero di Shirley a Londra per raccontarle della sua conversazione con Garibaldi. Tentò di spiegarle l'incontro delle loro due anime.

"Talvolta al cuore accade anche questo..." commentò.

"Altre volte succede al corpo", puntualizzò Shirley. "Del buon sesso e si decolla anche così!"

"E quando è tutto riunito, quando anima, cuore e corpo s'intrecciano e prendono il volo, allora si tratta del grande amore... Ma non capita spesso."

"E ti è capitato con Philippe?"

"Oh sì!"

"Sei fortunata. Io, invece, ho la sensazione di rivolgermi solo al corpo degli uomini... Che ci sia solo quello a parlarmi. Devo essere priva sia di cuore che di anima."

"Perché tu temi l'abbandono. Qualcosa in te fa resistenza. Non ti dai completamente. Pensi che offrendo soltanto il tuo corpo, te la caverai, non sarai minacciata, e non è sbagliato, in un certo senso. Solo che dimentichi l'anima..."

"Blablabla!" ringhiò Shirley. "Smettila di psicanalizzarmi..."

"Tu hai una pessima idea degli uomini e dell'amore. Mentre io aspetto sempre il principe azzurro sul suo cavallo bianco."

"Io mi prendo il cavallo e ti lascio il principe!"

"Non credi al principe azzurro?"

"Io credo al principe nero!"

Shirley scoppiò a ridere.

"Quando si dice principe azzurro non significa che sia l'uomo perfetto", insistette Joséphine. "Non è una stupidaggine, parlo di armonia perfetta."

"Stronzate, vecchia mia! Degli uomini voglio solo il corpo. Per il resto, il cuore e l'anima, ho mio figlio, le mie amiche, le cantate di Bach, i libri, gli alberi del parco, un tramonto, una tazza di tè, il fuoco nel camino..."

"È per questo che siamo tutti diversi!"

"Meglio così! Piuttosto che restare invischiata in un amore appiccicoso!"

"Parli come Hortense..."

"Io e Hortense viviamo nella realtà. Tu nel mondo dei sogni! In quel mondo il principe azzurro ti abbraccia e ti porta via con sé, nella vita di tutti i giorni, è sposato, giura di non toccare più sua moglie e di dormire sul divano, e ti dà sempre buca!"

* * *

Era la sera dello *spaghetti party*.

Hortense odiava gli spaghetti e l'uso erroneo del termine party in quell'occasione.

Era tutto tranne che una festa.

Un esame, piuttosto.

Una volta al mese cenavano insieme, parlavano della casa, delle spese, delle bollette, della corrente elettrica e del riscaldamento, del divieto di fumare all'interno, della pulizia del terrazzo, della cassetta della posta da svuotare regolarmente, della raccolta differenziata. Peter, con i suoi occhiali rotondi sulla punta del naso, seguiva un ordine del giorno rigoroso e ognuno doveva dire la sua, specificando che cosa non andava. O promettere di correggersi ascoltando, a testa bassa, la predica del maestro.

Era la grande serata di Peter. Teneva i conti della casa, discuteva con il proprietario, compilava la lista dei reclami e degli obblighi. Era un ragazzo piccolo, stretto di spalle e di ambizioni, che improvvisamente si sentiva Napoleone. Dondolava la testa sotto la feluca. Si picchiettava il petto. Minacciava gli uni, ammoniva gli altri mostrandoli a dito. Lei si mordeva le labbra per non scoppiare a ridere davanti a quella situazione grottesca, perché davanti a Peter tremavano tutti...

Odiava gli spaghetti sepolti sotto il formaggio e la panna cucinati da Rupert, i contorti giochi di parole di Tom, detestava i diktat pronunciati dalle labbra sottili di Peter.

Ognuno aveva la sua parte.

Hortense, sei in pari con la Council tax?* So che non la paghi, ma hai chiesto alla tua scuola il modulo per avere l'esenzione? Sì o no? Hai versato la tua rata mensile del canone tivù? Non la guardo mai, brontolò Hortense, voi siete sempre incollati alle partite di calcio. Hortense! la riprese Peter, minacciandola con il dito. D'accordo, ci sto... Blablabla il riscaldamento, blablabla la signora delle pulizie, blablabla chi paga questo, chi quell'altro... Ma voi credete che navighi nell'oro? In questa casa sono la sola a studiare, con un budget limitato, e a dipendere dalla propria madre. E solo Dio sa quanto mi pesi!

Tom agitava i piedi dai calzini bucati appoggiati sul tavolino. Che puzza! Hortense si pizzicò il naso, dandogli un calcio. Rupert mangiava patatine piccanti facendo cadere le briciole sulla moquette. Allarme scarafaggi! E Jean il Foruncoloso aveva un nuovo bubbone sul mento. Un enorme brufolo rosso. Ieri sera, quando l'ho incontrato, non era ancora spuntato. Gli mancava proprio quello alla sua collezione! Questo ragazzo è veramente ripugnante. In più, da qualche tempo mi guarda con un luccichio felice negli occhi. Si direbbe che gongoli... Ma che si crede? Che mi dimentichi quanto sia deforme, finisca per abituarmici e cominci a parlargli come a un essere umano? Nemmeno nei tuoi sogni, povero mio, il tuo film è finito! Aveva la sensazione che lui la seguisse, era sempre dietro di lei. Doveva avere un'ossessione. Ne ha le palle piene di farsi una sega tutte le sere da solo sotto le coperte. E quei ridicoli baffetti!

Peter insisteva sull'ordine, sulle cose da non dimenticare in giro. Non vorrà tornare di nuovo sulla storia dell'assorbente! No. Si riferiva ai bicchieri vuoti, ai piatti sporchi, ai sacchetti di pane con i resti di mollica, ai cellulari. L'altra sera ne aveva trovato uno nella spazzatura. Per quel che squilla il mio! Potrei

* Tassa sugli immobili. [*N.d.T.*]

addirittura chiuderlo in un vaso aspettando che metta le radici! È pazzesco! La mia serata è stata un vero successo e nessuna offerta si è concretizzata. Nessuno mi ha richiamato. Blablabla, erano solo chiacchiere, complimenti per l'inaugurazione... Le restavano i biglietti da visita che aveva riposto in un vecchio barattolo di marmellata sulla sua scrivania. Li osservava con occhio torvo. Perciò, che il suo telefono restasse in giro o meno, non cambiava granché...

E Gary non chiamava!

Niente. Nemmeno uno straccio di messaggio. Due mesi di totale silenzio.

Ci si sdraia, stordita e leggera, sotto il corpo di un uomo, sospirando, per una volta, che bello quel peso sopra di sé, si sospira ancora più intensamente, ci si abbandona...

E lui se la dà a gambe come un ladro!

Probabilmente aspettava che fosse lei a chiamare, che si prostrasse ai suoi piedi...

Hai sbagliato ragazza, caro mio! Non sarebbe stata lei a comporre il suo numero per implorarlo di riprenderla! Che idiota! E dire che per quella storia aveva rischiato di perdere Nicholas! L'amore rende proprio stupidi. Aveva creduto di aver messo piede su quel continente che gli sciocchi chiamano amore. Era stata a un passo dal dirgli ti amo. Un passo in più e sarebbe sprofondata nel ridicolo. Aveva sospirato così forte tra le sue braccia che per un pelo le parole le erano sfuggite. Non le avrebbe ripetute mai più! Non voleva più sentire la propria voce sottomessa, fragile, che mormorava quella frase! Non l'avrebbe chiamato, né lui né Shirley. Come se lei fosse il tipo da strisciare dalla madre per avere notizie del figlio. Nella famiglia di Buckingham Palace evito madre e figlio, preferisco godermi i cappellini ridicoli della nonna in televisione, le scappatelle dei principi, la loro calvizie precoce e le loro amichette ridicole... ma gli altri due, eliminati dal gioco! Che mentalità! Che famiglia! I re sono degli zotici pretenziosi. In Francia abbiamo fatto bene a ghigliottinarli. Si credono di poter fare tutto perché hanno uno scettro in mano e si ricoprono d'ermellino...

Hortense era tornata alla vita di tutti i giorni, una vita che assomigliava a quella di chiunque altro. Metrò, lavoro, andare a dormire. Seguiva le lezioni, subiva i ritardi della metropolitana in panne, lavorava, mangiava spaghetti sommersi di formaggio, respirava il tanfo di calze sporche; non aveva più slancio né foga. Era disgustata.

Vittima dei suoi sogni svaniti.

È questa la cosa peggiore: un sogno andato in frantumi. Fa un rumore orribile, come un pneumatico bucato, e continua a rimbombare nella testa.

Pssssiii...

I suoi sogni avevano fatto pssssiii. Nelle sue vetrine aveva rappresentato una donna elegante, capace di provocare perché non si rassegna al proprio destino. Una donna unica, talvolta eccentrica, ma sempre elegante e consapevole del proprio potere di seduzione sugli uomini. Era un bel sogno.

Non aveva avuto la fortuna di piacere...

Allora si ripeteva, stringendo i pugni, serrando le mascelle, io diventerò una stilista, io diventerò una stilista, devo imparare di più, di più. È il mio primo fallimento, non sarà l'ultimo. I fallimenti aiutano a crescere. Chi è l'imbecille che l'ha detto? Aveva ragione... Devo continuare a studiare. Il segreto dei tessuti, per esempio. Trovare un produttore di stoffe che mi assuma... E quando tornerà di moda il "velluto", io saprò offrire centinaia di proposte diverse, e allora mi noteranno... Mi sceglieranno per lavorare in un grande atelier. Devo impegnarmi, concentrarmi, e ce la farò.

La sua amica Laura, o almeno quella che lei credeva sua amica, l'aveva fatta ragionare. Insomma, Hortense, rifletti, non succede così nella vita vera, non si diventa famosi in una sera! E perché no? aveva ruggito lei. Dove sta scritto che non si può? Aspetta un attimo, aveva ribattuto Laura, non sei l'unica a voler sfondare. Poi, con un leggero tono di superiorità, aveva aggiunto, è una buona idea studiare i materiali... Conosco una ragazza che lavora con le materie prime, che studia le tecniche di taglio dei tessuti per passare dal cuoio al feltro, poi alla mussola, si occupa della linea giovane di Galliano, se vuoi posso presentartela...

Fin lì, poteva ancora andare. Non le piaceva molto il tono di Laura, la ragazza sembrava compatirla.

Hortense era sul punto di dirle grazie, sei molto gentile, quando la vipera sputò il veleno nascosto sotto il miele: "Hai sentito di quella ragazzina che, a tredici anni, è la nuova regina della moda di New York?"

"No... Perché avrei dovuto?"

"Perché ne parlano tutti! È incredibile quello che le è successo!"

Aveva fatto una breve pausa per creare un po' di suspense, attorcigliandosi una ciocca di capelli intorno alle dita cariche di anelli, tamburellando sul tavolo come se suonasse la *Sonata al chiaro di luna*.

"Si chiama Tavi..."

Scandì qualche arpeggio. Sol, do, mi, sol, do, mi, sol, do, mi.

"Il suo blog ha conquistato il pianeta della moda... quattro milioni di contatti! Non si parla che di lei... Se vuoi ti do il nome del blog..."

La, do, mi, la, do, mi...

"Bah..."

"È amica di tutti gli stilisti... L'hanno vista con Marc Jacobs,

Alexander Wang, Yohji Yamamoto. Vende le sue T-shirt a peso d'oro e ha appena firmato il suo primo contratto con una grande maison. A tredici anni! Ti rendi conto?"

"Bah..." aveva ripetuto Hortense, a bocca aperta, divorata dall'invidia.

"Di certo è giovane..."

Un'altra pausa. La, re, fa, la, re, fa. Poi Laura aveva ripreso: "Molto più di te! Forse è per questo che ne parlano tutti. Non avrà il tuo talento, ma è giovane..."

"Allora dillo!" aveva gridato Hortense. "Di' che sono un pezzo da museo! Che è per questo che nessuno mi chiama!"

"Oh, ma... io non ho mai detto una cosa del genere..."

"Non l'hai detto, ma era sottinteso... Sei la regina degli ipocriti! Non hai nemmeno il coraggio della tua cattiveria!"

"Se la prendi così... Cercavo solo di capire, volevo aiutarti, tutto qui."

Hortense aveva visto rosso.

"E Suri Cruise!" aveva proseguito, urlando. "Suri Cruise! La figlia del nanerottolo di Scientology e di sua moglie che non sa nemmeno più chi è! L'hai dimenticata? A tre anni è già un'icona! Esce con i tacchi ai piedi e i flash impazzano! La tua ragazzina di tredici anni è un fossile! Sai che cosa sei, Laura la vipera, sei una passiva-aggressiva... Quelli come te mi fanno vomitare!"

"Una cosa?" aveva balbettato la vipera piena di veleno.

"Passiva-aggressiva... Sono le peggiori! Le persone che ti coprono di miele per poi affondare le loro zanne con un gran sorriso..."

"Ma io..."

"E io le vipere le schiaccio! Le faccio a pezzetti, gli strappo i denti a uno a uno, gli cavo gli occhi, gli..."

Tutta la collera, la delusione, la sofferenza che negli ultimi due mesi aveva tentato di contenere, le era tornata a galla sotto forma di bile astiosa e ora era il suo turno di sputare veleno. La rabbia per aver creduto di raggiungere la vetta, piantare la sua bandiera, far sventolare i propri colori... La delusione davanti al telefono che non suonava, il dolore per avere constatato che Gary la ignorava e che la loro splendida notte d'amore non era stata per lui che una rivincita. Uno pari, mia bella Hortense, doveva pensare pavoneggiandosi nel suo completo da pianista.

Aveva cancellato Laura Cooper dalla lista ristretta delle sue amiche e si era consolata dicendosi che la vipera si sarebbe buttata su un manuale di psicologia per capire che cosa significasse "passivo-aggressivo". Buona lettura, ragazza mia, prendi appunti e quando ti passerò davanti, scansati!

Per fortuna, le restava Nicholas. Fedele al suo posto. Torace troppo lungo, amante pietoso, ma devoto, creativo, ingegnoso, generoso, lavoratore. Begli aggettivi che, purtroppo, non accorciavano quel torace troppo lungo...

Lui tentava di farle dimenticare la sua delusione moltiplicando le uscite. Fischiava quando lei entrava nel suo ufficio, complimentandosi per la giacca maschile indossata come un trench sopra un paio di jeans scuri.

"Non è una mia invenzione, l'ho vista su *Elle* di questa settimana... Non mi vengono più idee, sono fottuta."

"Ma no, ma no..." protestava Nicholas. "Ti torneranno. Stanne certa!"

Lui stesso confessava di non capirci niente. *Un-be-lie-va-ble!* Incredibile, ripeteva scuotendo la testa, furioso contro quelle persone che promettevano la luna e poi ti voltavano le spalle.

Si faceva in quattro per distrarla.

Voleva lavorare con le stoffe? Le avrebbe trovato un atelier per uno stage.

Desiderava fare un po' di sport per svagarsi? L'avrebbe iscritta al suo club, che vantava una splendida piscina. Un club molto chic, non accettano tutti, tu li conquisterai di certo...

Oppure li minaccerai, tradusse Hortense, commossa che lui si desse così tanto da fare per riportare un sorriso sul suo viso da condannata.

L'aveva accompagnata in una discoteca da cui passava tutto il bel mondo di Londra, il "Whisky Mist". Sulla lista dei cocktail ce n'era uno chiamato *Ibiza Mist* che costava dodicimila sterline.

"Quindicimila euro per una bibita!" aveva esclamato Hortense, sbalordita.

"Non è solo una bibita, è un concetto", aveva spiegato Nicholas.

"Un concetto?"

"Sì... Tu scegli l'*Ibiza Mist*, e poi..."

Aveva mimato un rullo di tamburi.

"Esci dal locale, c'è una Bentley ad aspettarti, ti accompagna all'aeroporto, destinazione Ibiza, poi in elicottero ti porta su un'isola privata con chef a disposizione, piscina e cocktail... Simpatico, no?"

"Ce ne sono molti di concetti di questo tipo?"

"Per venticinquemila sterline puoi raggiungere una delle ville di Hugh Hefner a Miami. Con champagne, piscine, Jacuzi, coniglietti e bellocci a profusione! Non è splendida la vita?"

Hortense lo aveva fissato, gli occhi persi nel vuoto.

"Sorridi, Hortense, sorridi, non mi piace vederti triste..." l'aveva supplicata.

Lei ci aveva provato, ma il suo debole sorriso assomigliava a una smorfia triste.

Nicholas l'aveva presa per mano, trascinandola verso la saletta VIP dicendole, vedrai, sarà una goduria... Ci sono un sacco di svitati, vere e proprie caricature! Guarda!

Lei aveva osservato sconcertata. Strisce di cocaina su un tavolino, coppie che si baciavano appassionatamente, seni in mostra, tappi di champagne che saltavano, grida, urla di falsa gioia, di finta eccitazione. Ragazze sbracate, ridanciane, chiassose, scheletriche, sacchi di ossa artificiali, con strati di cerone.

Si era sentita pesante come una grossa trota.

"Allora?" aveva domandato Nicholas, trionfante. "Sembra un film di Fellini, no?"

"Mi fa sentire ancora più triste."

"Aspettami qui. Vado a prendere da bere... Che cosa vuoi?"

"Un succo d'arancia", aveva risposto Hortense.

"Ah no! Questo no! Qui non ce l'hanno..."

"Allora un bicchiere d'acqua..."

"Cocktail a volontà! Costruiremo altri sogni e progetti... Fidati, ho un sacco di idee."

Lo aveva ringraziato dicendosi perché non sono innamorata di lui? Perché penso a Gary?

Nicholas si era allontanato salutando a destra e a sinistra, esclamando *Of course! I call you.* Lui conosce tutti e io non conosco nessuno. Sono Hortense Nobody. Due anni a Londra e ancora una sconosciuta.

Un tipo le si era avvicinato sorseggiando un liquido azzurro da una lunga cannuccia.

"Non sei l'amica di Gary Ward?"

"Gary chi?"

"Non ti ho già visto con Gary Ward?"

"Se è un trucco per attaccare bottone, togliti dai piedi! Non ho mai sentito parlare di questo tizio..."

"Ok! Credevo... Perché lo sai che lui è..."

Gli aveva voltato le spalle cercando Nicholas con lo sguardo.

Lui stava tornando con due bibite multicolori. Le aveva indicato un angolo per sedersi. Hortense gli aveva posato la testa sulla spalla domandandogli se la trovasse troppo grassa.

"Dimmelo sinceramente, al punto in cui sono... Non potrei cadere più in basso."

Perciò quella sera non si sarebbe certo abbuffata di spaghetti a seicentomila calorie per boccone.

"Non mangi, Hortense? I miei spaghetti non sono buoni?" si preoccupò Rupert, ingozzandosi di forchettate.

"Non ho fame..."

"Fai uno sforzo", insistette Peter. "Rupert si dà da fare in cucina e tu fai la difficile... Così non va bene, Hortense! Pensa un po' anche agli altri! Non esisti solo tu su questa terra..."

"Non vedo in che modo aiuterei il Terzo mondo rimpinzandomi..."

"Non sono normali spaghetti, sono stati cucinati con amore da Rupert. Non era obbligato a..."

"Mi hai rotto!" gridò Hortense, respingendo il piatto e rovesciando sulla tavola il bicchiere di pessimo vino rosso. "Smettila di colpevolizzarmi, ayatollah!"

Scappò in camera sua urlando che li odiava tutti. TUTTI.

"Ma che problema ha?" domandò Tom riappoggiando le calze puzzolenti sul tavolo.

Prendendo dell'altro formaggio grattugiato, Peter sentenziò: "Pensava di essere sommersa dalle proposte di lavoro dopo il suo show da Harrods e invece niente! Per forza la Principessa è contrariata... Meglio così, imparerà a stare al mondo..."

Jean il Foruncoloso sorrise subdolamente dichiarando che gli spaghetti erano deliziosi, ce n'erano ancora?

* * *

Shirley non ci capiva più niente.

Vedeva la propria vita sfuggirle, ma non voleva paragonarla a un mucchio di macerie o a una nuova alba. Aveva la sensazione che gli eventi si verificassero indipendentemente da lei. Come una tempesta che faceva piazza pulita.

La vita spazzava via la sua felicità. Quella felicità che ci aveva messo anni per costruire. Proponendogliene un'altra sotto forma di un uomo che non sapeva come funzionava.

Solo sei mesi prima, avanzava orgogliosa, le mani sui fianchi, congratulandosi con se stessa. Quasi vantandosi... Aveva un figlio, un bel ragazzo brillante, equilibrato, onesto, retto, intelligente, simpatico, tenero, il suo amore, il suo complice. Un fisico che poteva immergere nelle acque gelate dello stagno di Hampstead senza uno starnuto o un colpo di tosse. Un'associazione a cui consacrava il proprio tempo e il denaro di sua madre, quel denaro che aveva così a lungo rifiutato... e degli amanti quando aveva voglia di esorcizzare i demoni, i resti di un passato che non comprendeva bene, ma che accettava dicendosi sono fatta così, allora? Abbiamo tutti i nostri fantasmi...

Colui che non nasconde uno scheletro nell'armadio, mi lanci la prima pietra...

Ci aveva messo un sacco di tempo a costruirsi quella felicità, a metterla insieme con le proprie mani, a consolidarla, puntellarla, a ornarla di fregi e ghirlande, di belle travi immarcescibili... e la vita assestava una picconata all'edificio a lei tanto caro.

Come se la felicità non dovesse durare.

Come se non fosse che una tappa, un momento per riprendere fiato prima di affrontare una nuova prova...

Tutto era iniziato con le domande di Gary su suo padre. Una sera, in cucina, vicino alla lavastoviglie. Aveva sentito la Signora Vita avvicinarsi, appoggiarle una mano sulla spalla, dirle preparati, bella mia, succederà un finimondo. Si era stretta nelle spalle come un pugile navigato. Si era abituata all'idea. L'aveva addomesticata, togliendole le spine, trasformandola in una rosa splendida, profumata. C'era voluto parecchio lavoro. Anche su se stessa. Lasciar andare, capire, sorridere, lasciar andare, capire, sorridere.

E ricominciare.

Poi c'era stato il viaggio in Scozia. Non le era piaciuto apprenderlo da un messaggio in segreteria. Mi ha chiamato quando sapeva che ero impegnata, che non potevo rispondere... Stava scappando. Da me.

L'irruzione di Gary una mattina a casa sua... Il sacchetto di croissant gettati sul letto e quella esclamazione: Non lui! Non lui!

Infine, la brusca partenza per New York.

Quella volta aveva ricevuto un'e-mail. Detestava le nuove tecnologie che permettevano agli uomini di eclissarsi credendo di farla franca. Di sparire dalla sua vita senza prendersi nessuna colpa.

Le parole di Gary erano belle e nobili.

Ma non le piacevano. Non gli andava giù che suo figlio le parlasse come a un uomo.

"Shirley..."

Ecco che adesso la chiamava per nome! Non l'aveva mai fatto.

"Parto per New York. Aspetterò lì di sapere se sono stato ammesso alla Juilliard. Non voglio più restare qui. Sono successe troppe cose che mi hanno fatto stare male..."

Cos'erano quelle "troppe cose"? L'incontro con suo padre? Oliver nel suo letto? Una storia con una ragazza? Un nuovo litigio con Hortense?

"La nonna ne è al corrente. Mi aiuterà lei all'inizio..."

La nonna era stata consultata. La nonna aveva dato la sua approvazione.

"Ho bisogno di vivere da solo. Sei stata una madre perfetta, ammirevole, madre e padre insieme, mi hai cresciuto con saggezza, tatto e umorismo, e te ne sarò sempre riconoscente... Se sono diventato così, lo devo a te, e ti ringrazio. Ma oggi devo partire e tu devi permettermelo. Fidati di me. Gary."

E voilà! Liquidata in poche righe.

C'era un post scriptum.

"Non appena mi sarò sistemato, ti farò avere il mio indirizzo e numero di telefono. Per il momento, puoi scrivermi via e-mail. Le controllo regolarmente. Non preoccuparti. *Take care...*"

Fine del messaggio. Fine di un'epoca in cui era stata felice.

Più felice che con qualsiasi altro uomo.

E adesso cosa faccio? borbottava osservando le automobili per la strada, i passanti sotto gli ombrelli rovesciati dal vento, l'entrata del metrò che li aspirava come formichine stressate. Burrasche di pioggia, burrasche di vita.

La vita non ama l'immobilità.

E Oliver era rientrato in scena.

Con la sua faccia da re umile, la sua risata da orco delicato...

Una risata che saliva di diverse ottave soffocando le parole, finendo in un torrente di grugniti gioiosi, irresistibile. Lo si sentiva ridere da lontano, si sorrideva, e ci si diceva, invidiandolo un po', ecco, quello è un uomo felice!

Il suo modo di fare l'amore come se impastasse del buon pane...

Le sue mani che la plasmavano di carezze, promesse, pace sulla terra agli uomini e alle donne che si amano...

I suoi baci teneri, attenti, quasi rispettosi, mentre nel più profondo di se stessa scalpitava una richiesta esigente, il grido di una vecchia ferita che non chiedeva che di essere riaperta... Non così, non così... Queste parole non finivano mai di riversarsi nei baci di Oliver, nei suoi sguardi stupiti, benevoli, nei suoi abbracci in cui lei restava ferma aspettandosi altro, qualcosa che non osava formulare...

Che non sapeva formulare...

Girava in tondo. Nervosa. Aveva voglia di ferirlo, di infilzarlo di banderille, ma lui spalancava le braccia, le apriva la propria vita facendole posto.

Lui reclamava la sua anima.

E lei aveva un problema con l'anima.

Non voleva condividerla con nessuno. Non era colpa sua.

Aveva imparato a difendersi, a restituire i colpi, ma non aveva mai imparato ad abbandonarsi. Si offriva contando le monete, sospettosa come un droghiere che dia il resto senza fare credito di un centesimo.

Si lasciava abbracciare, sdraiare a letto, cercava con tutte le sue forze di seguirlo, di parlare il suo linguaggio. Si rialzava furiosa, si spazzolava i capelli fino a farsi sanguinare il cuoio capelluto, entrava sotto la doccia bollente, poi ghiacciata, si strigliava con il guanto di crine, stringeva i denti, gli lanciava sguardi rabbiosi.

Lui se ne andava. E la sera tornava. Voleva accompagnarla a sentire un concerto con i preludi di Chopin, sai, quello che ti piace molto, l'opera 28, poi sarebbero andati in un ristorantino a Primrose Hill che aveva scovato la sera prima rientrando da una registrazione, e avrebbero contemplato Londra dall'alto delle colline bevendo un buon bicchiere di vino francese, bourgogne o bordeaux? A me piacciono entrambi, concludeva lui scoppiando nella sua risata in ottave.

Prima di andarsene la respirava. Ho bisogno di annusarti, del tuo buon odore... Lo respingeva, lo metteva alla porta ridendo per nascondere l'imbarazzo.

Si appoggiava allo stipite levando gli occhi al cielo. Finalmente sola! Quant'era appiccicoso!

Andato. Andato. Aveva capito che lei non lo amava...

Non sarebbe più tornato.

E aveva voglia di sfondare la porta e di correre giù per le scale per raggiungerlo.

Allora... Lo amo, si era stupita parlando a voce alta. È questo l'amore? Voglio dire, il vero amore? Devo imparare ad amare? Ad amare lui? Rinunciare al corpo a corpo da cui mi rialzo indenne per affrontare un altro pericolo, ben più spaventoso? Quello che consiste nell'amare qualcuno, anima e corpo? E la mia rabbia... Regolerà i suoi conti? Vorrà sparire? Devo sbarazzarmene? Ma come?

Restava in piedi per la strada, al riparo della pioggia, la schiena appoggiata alla vetrina di una libreria a Piccadilly, osservando i pedoni, chiedendosi come fanno loro? Si fanno tutte queste domande? Sono forse malata, torturata, contorta? Che cosa mi ha reso così diffidente? Ritrosa...

Si mordeva le dita, i pugni, si prendeva la testa fra le mani ripetendosi perché? perché?

Dovrò parlarne con Joséphine. Senza barare. Confessarle quanto accaduto. Questo raggio di sole che fa ringhiare il temporale...

Quando Joséphine le aveva raccontato del dialogo tra anime con quell'uomo, l'ispettore Garibaldi, era scoppiata a ridere, una risata troppo brusca per essere sincera, si era burlata del principe azzurro, aveva preso le parti del principe nero... Ma le parole di Joséphine avevano aperto una breccia nelle sue certezze.

Il telefono squillò proprio mentre Joséphine stava pulendo l'orecchio destro di Du Guesclin. Otite, aveva diagnosticato il veterinario lasciando andare il padiglione dolorante del cane. Bisognerà prestargli delle cure quotidiane. E così lo lavava mattino e sera con una soluzione antisettica, poi lo spolverizzava con un antinfiammatorio giallastro che dava all'orecchio rosato una sfumatura color zafferano. Du Guesclin si comportava stoicamente, fissandola con il suo unico occhio, come a dirle, solo perché sei tu... Altrimenti ti avrei già morso da un pezzo!

Joséphine baciò il cagnone sul naso e afferrò la cornetta.

"Joséphine, ho bisogno di parlarti, è urgente..." sospirò Shirley.

"Una disgrazia?" domandò sentendo la voce seria dell'amica.

"In un certo senso..."

"Allora mi siedo..."

Scelse una sedia dalla quale, con la punta del piede, poteva continuare a massaggiare la pancia di Du Guesclin sdraiato sulla schiena, per farsi perdonare.

"Vai, ti ascolto..."

"Credo di essermi innamorata..."

"Ma è meraviglioso! E lui com'è?" domandò Joséphine, sorridendo.

"È questo il problema..."

"Ah..." disse Joséphine, che pensò subito all'uomo in nero. "È brutale, imprevedibile, ti minaccia?"

"No. Tutto il contrario..."

"Intendi dire che è dolce, gentile, squisito, buono... Con mani amorevoli, occhi che ti avvolgono, orecchie che ti ascoltano e uno sguardo che ti attira nel suo letto?"

"Esatto..." sussurrò Shirley, lugubre.

"È fantastico!"

"È orribile!"

"Tu sei malata!"

"Lo so da un pezzo... È per questo che ti chiamo. Ti prego Jo, aiutami!"

Joséphine guardò il tavolo della cucina che assomigliava a un'infermeria, l'ovatta sporca, i flaconi aperti, i fazzoletti di carta usati. Doug non aveva febbre. Dovrò pulire il termometro.

"Lo sai che non sono un'esperta", mormorò Joséphine.

"Sì, invece... L'ultima volta che ci siamo sentite mi hai detto delle cose bellissime e io ti ho preso in giro. Tu ami con l'anima, il cuore e il corpo. Io... non lo so. Ho paura di lasciarlo entrare, che mi denudi, che..."

"Continua..."

"Ho paura di perdere la mia forza... Quella che mi sostiene da sempre. Di fronte a lui ne sono priva. Un uomo non è fatto così."

"Ah no?" si stupì Joséphine.

"Ho voglia di morderlo!"

"Perché si rivolge all'altra Shirley, quella che tu hai perso di vista da un sacco di tempo... Lui l'ha scoperta subito."

"Anche tu?"

"Naturalmente. È per questo che ti voglio bene..."

"Non ci capisco niente... Non la conosco quell'altra."

"Ripensa a com'eri prima che la vita ti obbligasse a interpretare un ruolo, vai a trovare la bambina che eri... S'impara sempre chiedendo alla bambina che c'è in noi."

"Non mi stai aiutando molto..."

"Perché non vuoi ascoltarmi..."

"Perché ce l'ho con me stessa!"

"Per cosa?"

"Per sentirmi così ridicola e impacciata! Sono felice e furiosa. Mi ero ripromessa di non innamorarmi mai..."

Joséphine sorrise.

"Queste cose non si decidono, Shirley, ti cadono addosso..."

"Non siamo obbligate a stare lì a prenderle!"

"Temo sia troppo tardi..."

"Davvero?" domandò Shirley, spaventata.

Rimase senza parole. Stordita. Come se avesse ricevuto una tegola in testa.

Doveva cambiare tutto. Nella testa, nel cuore, nel corpo per fare spazio all'anima. Modificare le sue abitudini. E non basta buttarle dalla finestra. Bisogna disfarle, maglia dopo maglia. Non avere più paura che l'amore sgorghi dal corpo per diventare un sentimento puro e semplice. Abbracciando il cuore, il corpo e l'anima.

Conoscerò l'abbandono...

Sperando che non sia uno stratagemma dell'anima per darsela a gambe.

* * *

Philippe era disteso, immobile, perso nelle sue meditazioni. Al suo fianco, Dottie dormiva rannicchiata in un angolo del letto, udiva il soffio leggero e regolare del suo respiro. Si sentiva ancora più solo. Si ripeté che era sempre stato solo. E che per lui era sempre stato naturale...

Che non ne aveva mai sofferto.

Ma improvvisamente, nel bel mezzo della notte, la sua solitudine gli parve insopportabile.

Anche la sua libertà gli sembrava insopportabile.

Il suo bell'appartamento, i quadri, le opere d'arte, il successo... Era come se tutto ciò non servisse a niente.

Come se la sua vita fosse inutile...

Insopportabile.

Qualcosa in lui si aprì bruscamente, una voragine immensa che gli dava le vertigini, ed ebbe la sensazione che il cuore smettesse di battere. Che precipitasse in un baratro senza fine.

A che cosa serve vivere allora... si chiedeva, se non si vive per niente? Se vivere significa soltanto aggiungere un giorno all'altro raccontandosi, come faceva tanta gente, che non ci si accorge del tempo che passa... In un lampo intravide l'immagine di una vita noiosa, piatta, che sbucava dal vuoto e un'altra piena di ammaccature e d'incertezze in cui un uomo s'impegnava, si batteva per stare in piedi. E, stranamente, era la prima a terrorizzarlo...

Dentro di lui quella voragine si era già aperta altre volte.

Gli capitava sempre più spesso, sempre di notte, sempre al soffio del respiro leggero di Dottie al suo fianco. Allora si girava, si rivoltava nel letto, qualche volta allungava un braccio verso la ragazza e l'attirava a sé, delicatamente, per non svegliarla, per non doverle parlare, per potersi semplicemente aggrappare a lei e, zavorrato al peso del suo corpo, ripiombare di nuovo nel sonno.

Ma stavolta il precipizio era troppo alto, troppo profondo, non poteva più raggiungere Dottie.

Scivolava nel baratro.

Voleva gridare, ma dalla sua bocca non usciva alcun suono.

In un flash intravide l'immagine della lotta per la sopravvivenza, il coraggio che ciò esige e si chiese se lui ce l'avesse quel coraggio. L'immagine di quella corsa senza fine che trascina l'umanità verso il proprio destino. Morirò, si disse, e non avrò fatto niente che richieda un po' di coraggio e determinazione. Avrò soltanto seguito docilmente il percorso della mia vita come era stato tracciato alla mia nascita, la scuola, gli studi importanti, un ottimo matrimonio, un bravo figlio e poi...

E poi... che cosa ho deciso di fare che m'imponga un po' di coraggio?

Niente.

Io non ho alcun coraggio. Sono un uomo che lavora, che accumula soldi, ma non ho corso alcun rischio. Nemmeno in amore. Mi dico che so amare, ma questo non mi costa niente.

Avvertì un'ondata di terrore sommergergli il cuore, procurandogli brividi freddi.

Era in bilico sull'orlo del precipizio e, allo stesso tempo, cadeva senza potersi fermare.

Si alzò lentamente per andare in bagno a bere un bicchiere

d'acqua e scorse il suo riflesso nello specchio. Le tempie umide, gli occhi spalancati, pieni di paura e di un vuoto che suscitava sgomento... Questo è un incubo, mi risveglierò. E invece no! Era sveglio, perché stava bevendo un bicchiere d'acqua.

La mia vita sta passando e io me la sto lasciando sfuggire...

Si sentì di nuovo preso dal terrore. Disperato, vedeva davanti a sé un futuro di notti tutte uguali, di giornate tutte uguali, in cui non capitava niente, in cui lui non faceva niente, e non sapeva come fermare quella visione agghiacciante.

Si appoggiò con le mani sul lavandino fissando l'uomo nello specchio. Ebbe la sensazione di vedere qualcuno che si stava cancellando, svanendo...

Attese, il cuore che gli batteva veloce, che il giorno filtrasse attraverso le tende.

I primi rumori della strada...

I primi passi in cucina. Annie preparava la colazione, apriva il frigorifero, prendeva il cartone del latte, il succo d'arancia, le uova, il burro, la marmellata, trascinando i piedi nelle pantofole grigio topo, apparecchiando la tavola con la ciotola di cereali per Alexandre...

Dottie si alzò, s'infilò in silenzio un maglione sul pigiama rosa e uscì dalla stanza chiudendo dolcemente la porta.

Dava il buongiorno a Becca in corridoio...

Doveva alzarsi anche lui.

Dimenticare l'incubo.

Ma sapeva che non l'avrebbe fatto.

Trascorse la mattinata in ufficio. Pranzò al Wolseley con il suo amico Stanislas. Gli raccontò della sua vertigine notturna. Gli confidò che si sentiva infelice, inutile. Stanislas ribatté che nessuno era inutile sulla terra e c'era una ragione se eravamo tutti di questo mondo.

"Il caso non esiste, Philippe, esiste sempre un motivo per tutto."

Stanislas chiese un secondo caffè ristretto suggerendogli di trovare quel motivo. Dopo, sarebbe stato felice. Lui non si chiedeva nemmeno più se lo fosse. Tutto sarebbe venuto da sé, e la sua ricerca della felicità gli sarebbe sembrata futile, superflua, quasi idiota. Gli citò una frase di san Paolo: "Quando sono debole, è allora che sono forte."

"Tu credi in Dio?" gli domandò Philippe, pensieroso.

"Soltanto quando mi fa comodo", sorrise Stanislas.

La sera, al suo rientro, Dottie e Alexandre erano andati in piscina, Annie si stava riposando in camera sua. Becca era in cucina, intenta a preparare una vellutata di zucca. L'aveva appoggiata nell'acquaio sbollentandola con dell'acqua calda per far intenerire la scorza e poterla togliere più facilmente.

"Lei sa cucinare, Becca?" chiese Philippe osservandola.

La donna si teneva dritta con una superba sicurezza. Gli rivolse un sorriso in cui Philippe individuò una punta d'insolenza e d'irritazione.

"E perché non dovrei saper cucinare?" rispose versando un'altra pentola d'acqua bollente. "Perché non ho una casa?"

"Non volevo dire questo, Becca, lo sa." Lei appoggiò la pentola aspettando che la zucca si rammollisse, nella mano un coltello dalla lama sottile e affilata.

"Stia attenta a non tagliarsi", aggiunse Philippe precipitosamente.

"E perché dovrei tagliarmi?" ribatté Becca, sempre ferma sulle proprie gambe come una montagna, guardandolo dritto negli occhi, sfidandolo a risponderle.

Indossava un abito grigio con un'ampia scollatura di pizzo e una collana di perle bianche.

"È molto elegante", le sorrise Philippe, rifiutandosi di accettare la sfida che lei gli aveva lanciato.

"Grazie", disse Becca con un leggero inchino, senza che dallo sguardo sparisse la sua irritazione.

Doveva tenersi occupata, altrimenti il suo cuore avrebbe ripreso a galoppare. E quando s'imbizzarriva, la conduceva sempre verso l'infelicità, portando con sé dei pensieri cupi che le facevano venir voglia di piangere. E se c'era una cosa che rifiutava, era piangere su se stessa. Lei era un tale niente, se paragonato ad altre persone, molto più infelici di lei, da non suscitare alcun interesse. Quella mattina, svegliandosi, aveva acceso la radiolina che teneva sotto il cuscino per ovviare all'insonnia e aveva sentito che un miliardo di esseri umani al mondo stava morendo di fame. E che ogni anno se ne aggiungevano cento milioni di più... Aveva osservato l'alba grigia attraverso le tende bianche mormorando che schifo la vita! Che schifo i soldi!

Era uscita, era entrata nel negozio di prodotti biologici all'angolo e aveva comprato una zucca. Perché era tonda, paffuta, arancione e avrebbe sfamato tutti. Per cena avrebbe preparato una vellutata. Avrebbe tenuto le mani occupate... Avrebbe rivolto la propria attenzione a tutti i particolari della cottura per dimenticare quelli della sua infelicità.

La sera prima il suo amore era tornato a trovarla.

Gli aveva teso le braccia pensando che fosse venuto a prenderla: lei era pronta a seguirlo. Il futuro non le riservava più niente, perciò tanto valeva andarsene subito. Era come nel film con Gene Tierney e Rex Harrison quando il fantasma dell'uomo amato, morto da tanto tempo, torna alla fine del film da una signora Muir ormai canuta, raggrinzita, e lei ringiovanisce all'improvviso, afferra la mano di lui e si allontanano nella luce... Belli come due giovani interpreti. Qualche volta il suo amore morto veniva a trovarla in piena notte. Era come quando l'aveva conosciuto, giovane, bello, focoso. Le ricordava che era vecchia e sola. Aveva la sensazione di soffocare, avrebbe voluto sbarazzarsi del suo corpo e buttarsi nelle sue braccia...

Lei era vecchia, ma il suo amore era rimasto vivo. Il suo amore se n'era andato da tanto... Il suo amore che la faceva danzare, saltare, la sollevava sopra la testa. Si sentiva così in alto quando lui la guardava... Insieme inventavano balli magnifici, salti, *entrechat*, *fouetté* e la vita era di nuovo luminosa, bella e lei non temeva di diventare vecchia, di restare sola.

Poi lui se n'era andato.

L'uomo che la faceva piroettare nell'aria era scomparso. L'uomo che le toccava il cuore instillando un sentimento, un legame, la sensazione di appartenere a qualcuno non era più di questo mondo. E allora lei aveva avuto la terribile certezza di non essere niente... Quando lui se n'era andato, lei aveva incassato il colpo a bruciapelo. Pam! Era morta. Nessuno se n'era accorto, ma lei sapeva che si stava dissanguando a poco a poco. Era una ferita invisibile, una ferita su cui non si poteva soffermare più di tanto perché era qualcosa che succedeva a tutti. Perciò non ne parlava.

Aveva continuato a perdere sangue.

Tenendosi dritta, pallida, esile. Si era ritrovata per la strada. Su una sedia con le rotelle. Vecchia, infelice. E così banale. Banale di fronte alle disgrazie del mondo intero. Inutile. Come se per servire a qualcosa, per far parte della vita, si dovesse essere giovani ed esuberanti, con un sacco di progetti per la testa. Tuttavia si è vivi anche quando si è vecchi e non si è più esuberanti.

Le sembrava di assomigliare alla zucca nell'acquaio. Si era ammorbidita e si lasciava sbucciare senza dire niente. Fino all'incontro con Alexandre nel parco...

Quella notte il suo amore era tornato a trovarla.

Le aveva detto che era stato lui a mandarle Alexandre e Philippe. Perché non fosse più sola. Perché lei era ancora utile su questa terra e non doveva perdere le speranze. Era una donna con un gran cuore e doveva lottare. Disperazione significava vigliaccheria. Disperarsi era così facile. Era la china naturale dell'uomo debole.

Poi era ripartito senza portarla con sé.

Sospirò asciugandosi gli occhi con il dorso della mano.

Non aveva più lacrime, ma aveva mantenuto l'abitudine di controllare se ne restassero una o due, secche come sassolini, pronte a cadere stridendo come pietre rotolate nell'acquaio.

Sospirò spegnendo la fiammella irritata nello sguardo.

Si voltò verso Philippe dicendo: "Stanotte ho fatto un sogno strano..."

Prese la zucca dall'acquaio e cominciò a pulirla, facendo attenzione a non sporcare il bell'abito grigio. Non voleva indossare un grembiule. Le ricordava le donne che servivano nei ricoveri... Portavano grembiuli mescolando delle misture infami con dei grossi mestoli.

La scorza era spessa, dura. Il coltello scivolava senza incidere. La signora del negozio mi ha raccontato una frottola. Nessuno voleva la sua zucca proveniente dall'Argentina, coltivata con letame organico, e allora mi ha fregato parlandomi dell'acqua bollente. E io le ho creduto. Avevo talmente voglia di crederle...

Philippe si avvicinò, prese un tagliere, un coltello, e disse lasci fare a me, ci vuole la forza di un uomo per togliere la scorza a una zucca.

"Ne ha sbucciate tante nella sua vita?" gli domandò Becca sorridendo.

"È la prima, ma la domerò..."

"Con la sua presa maschile?"

"Esattamente..."

La tagliò a tocchetti e fu subito più semplice pulirli uno alla volta. Si riusciva a tenerli bene in mano e il coltello non scivolava più. Tolsero i semi che s'incollavano alla lama e alle dita, e ne gustarono qualcuno facendo la stessa smorfia.

"E adesso?" chiese lui, fiero della sua opera.

"Lasciamo ammorbidire la zucca con un po' di latte, burro salato e scalogno... È stata la signora del negozio a dirmi che versandoci sopra dell'acqua bollente, la scorza si sarebbe ammorbidita..."

"E lei ci ha creduto..."

"Avevo voglia di crederle..."

"Un commerciante direbbe qualunque cosa pur di vendere la propria merce..."

"Avevo bisogno di crederci per via del sogno..."

"È stato un sogno triste?"

"Oh no! E poi non era un sogno... Ma il mio amore che tornava. Qualche volta viene, di notte, e mi sfiora, si china su di me e io lo sento. Apro gli occhi lentamente, e lui è seduto accanto a me e mi guarda con dolcezza e rimorso... Ha mai visto *Il fantasma e la signora Muir*?"

"Sì, tanto tempo fa... In una rassegna dedicata a Mankiewicz al Quartiere Latino."

"Ebbene... è così che torna. Come il capitano del film..."

"E gli parla?"

"Sì, come nel film. Parliamo dei vecchi tempi. Anche di lei... Mi ha detto che è stato grazie a lui che l'ho incontrata, Philippe. Gli piace darsi importanza, pensare che senza di lui sarei perduta. Non ha torto da un certo punto di vista... Io lo ascolto e sono felice. E aspetto che mi porti con sé. Ma lui riparte sempre da solo... E io sono triste. E così ho comprato una zucca per fare una vellutata..."

"Ma non riusciva a sbucciarla..."

"Forse perché pensavo ancora a lui e non ero concentrata al cento per cento sull'operazione... Certe cose richiedono molta attenzione."

Becca scosse la testa per tornare alla realtà e scacciare il sogno, poi aggiunse con una vocina che non conteneva più né rabbia né insolenza: "Non so perché glielo sto raccontando..."

"Ma è importante che l'abbia fatto..."

"Forse..."

"Ciascuno di noi ha il suo brutto sogno, quello che viene a cercarci in piena notte quando abbiamo abbassato la guardia."

A quel punto Philippe fece qualcosa d'incredibile. Una cosa che lui stesso non si aspettava. In seguito si chiese come avesse potuto farlo. Dove avesse trovato il coraggio. Si sedette al tavolo mentre Becca rosolava lo scalogno in una pentola girandolo con un cucchiaio di legno perché dorasse uniformemente.

Le parlò del suo incubo.

"Anch'io ho fatto un sogno questa notte, Becca. Solo che non era veramente un sogno, perché ero sveglio. Era piuttosto un'angoscia che mi chiudeva lo stomaco..."

"Aveva paura di ritrovarsi solo e vecchio..."

"E inutile. È stato terribile. Mi sentivo come se stessi constatando un dato di fatto e questo mi ha terrorizzato..."

Alzò gli occhi su Becca, come se lei potesse guarirlo da quella visione.

"Allora era il suo fantasma..." mormorò Becca agitando il cucchiaio di legno. "Il fantasma della sua esistenza... Un fantasma vivente. Deve essere terribile vedersi come uno spettro..."

Lui rabbrividì stringendosi nelle spalle.

"E tutto l'amore di Dottie non riesce a guarirla?" domandò Becca facendo scivolare i tocchetti di zucca nella pentola.

"No..."

"Lo sapevo... È così pallido di fianco a lei. Dottie la ama, ma lei non trattiene niente di quell'amore..."

Aggiunse sale, pepe, mescolò con il cucchiaio, schiacciando la zucca che si disfava dolcemente, scoppiando in bolle arancioni ai bordi della pentola.

"L'amore non le dà colore."

"Eppure io amo una donna... Ma non faccio nulla."

"Perché?"

"Non lo so. Mi sento vecchio... sorpassato."

Lei sbatté il cucchiaio sul fornello esclamando: "Non dica così! Lei non sa che cosa significhi essere veramente vecchi."

"..."

"Solo allora si ha il diritto di sentirsi inutili perché più nessuno ti dedica attenzione, non si è più importanti. Nessuno si accorge che la sera torni a casa, di com'è andata la tua giornata, che ti togli le scarpe e che ti lamenti dei piedi che ti fanno male... Prima di questo ci sono ancora tante cose da fare. Lei non ha il diritto di lamentarsi."

Becca lo guardò con severità.

"Sta solo a lei fare qualcosa della sua vita..."

"E come?" domandò lui sollevando verso la donna uno sguardo intrigato.

"So molte cose di lei", riprese Becca senza smettere di mescolare. "La osservo... La guardo vivere."

"Senza dirmi niente..."

Lei fece un'espressione maliziosa.

"Non si può dire tutto subito. Bisogna aspettare che l'altro sia pronto ad ascoltare altrimenti le parole cadono nel vuoto..."

"Me lo dirà un giorno?"

"Glielo dirò... Promesso."

Becca appoggiò il cucchiaio sulla pentola e si voltò verso di lui.

"Dove vive la donna che ama?"

"A Parigi..."

"Ebbene... corra a Parigi e le dica quello che prova..."

"Lei lo sa..."

"Glielo ha detto?"

"No. Ma lei lo sa... e poi, è..."

Si bloccò, trattenuto dalla pesantezza delle parole che avrebbe dovuto pronunciare per spiegarsi. È la sorella di mia moglie, Iris... Iris è morta e Joséphine è morta insieme a lei. Devo attendere che torni alla vita in qualche modo.

"È complicato?" indovinò Becca che leggeva i pensieri di Philippe sul suo viso cupo.

"Sì..."

"Non riesce a parlarne?"

"Ho già parlato troppo, non crede? Nella mia famiglia non si parla mai. È maleducazione. Ci teniamo tutto dentro. Lo cacciamo in fondo e chiudiamo a doppia mandata. Poi un'altra persona comincia a vivere al nostro posto, una che riesce bene in qualunque cosa, che agisce come si deve senza lamentarsi... Un'altra persona che finisce per soffocarci..."

Becca posò una mano su quelle di lui, incrociate sul tavolo. Una mano sottile, rugosa, con grosse vene violacee.

"Ha ragione. Abbiamo parlato tanto... È una buona cosa. A me fa bene... Forse è per questo che lui è venuto a trovarmi stanotte. Perché ci confidassimo... Ha sempre un buon motivo per farmi visita."

La polpa di zucca sprizzava bolle che debordavano dalla pentola macchiando lo smalto bianco del fornello. Becca si girò per abbassare la fiamma e pulì le macchie con un asciugamano.

Philippe restò seduto, le mani giunte sul tavolo.

"Non sa di molto la zucca, Becca..."

"Vedrà, è buonissima. Un cucchiaio di crème fraîche e sarà una delizia... La cucinavo spesso una volta..."

* * *

Un improvviso lampo di terrore la paralizzò. Era completamente sottomessa a lui: il suo grembo, il suo futuro, la sua intera vita. E poi, senza annunciarsi, un travolgente crescendo di desiderio la inondò. Lo voleva dentro di sé, per possederla, per annientarla, per colmare ogni suo vuoto e spazzare via ogni difesa.

Lei dischiuse le gambe e lui la penetrò, grosso e caldo, baciandola. Gli avvolse le gambe attorno, incalzandolo, desiderando qualcosa di veloce, furioso e totalmente nuovo.

Ma in questo lui si rifiutò di assecondarla. La tormentò con spinte lunghe e lente, stuzzicandole i capezzoli mentre la guidava in un ritmo calmo e dolce. La fece implorare per ogni deliziosa spinta. La fece dibattere e scuotersi e lamentare e gemere. E solo quando fu del tutto vinta, disperata, abbandonata a quello stato di stordimento ed eccitazione febbrile, solo allora lui cedette e la colpì fino a un godimento incoerente, selvaggio e gioioso.

Denise Trompet si appoggiò il libro in grembo. *Intime promesse* di Sherry Thomas. Le vibrazioni della metropolitana accompagnavano i movimenti dei corpi dei due eroi. Philippa Rowland e lord Tremain si erano ritrovati. Avevano infine capito di amarsi, di essere fatti l'uno per l'altra. Ce n'era voluto di tempo! Ma non c'era più alcun dubbio. Sarebbero andati a vivere insieme e avrebbero avuto dei bellissimi figli. Philippa la ribelle avrebbe rinunciato al suo orgoglio e lord Tremain, vinto dall'amore, avrebbe messo da parte i suoi propositi di vendetta.

Rilesse la scena assaporando ogni parola e quando gli occhi arrivarono su "la fece implorare per ogni deliziosa spinta", non poté impedirsi di pensare a Bruno Chaval. L'uomo entrava nel suo ufficio, si sedeva di fronte a lei, portandole un fiore, un cioccolatino, un ramo rubato dal Parc Monceau, e si metteva a osservarla con uno sguardo profondo, attento. Le chiedeva come stava, se aveva dormito bene, che cosa aveva guardato in tivù la sera prima, non c'era troppa gente in metropolitana quella mattina? La folla deve darle fastidio, lei sembra così fragile...

Parlava come il suo libro.

Lei beveva ogni parola per non dimenticarne nessuna e per potersele ripetere quando lui si fosse allontanato.

Non restava a lungo, diceva che il signor Grobz lo aspettava nel suo ufficio e si alzava lanciandole un ultimo sguardo bruciante. Il cuore le s'imbizzarriva. Faceva fatica a dissimulare il tremito delle mani. Afferrava una penna o una graffetta, abbassava la testa per nascondere le guance in fiamme e borbottava un'idiozia. Era proprio come nei libri che leggeva: "*Lei sentì caldo, poi freddo. Lui era in piedi subito oltre la luce diretta, le mani ben salde sulla scrivania di mogano alle sue spalle, le lunghe gambe incrociate alle caviglie. Lei lo vide fin troppo chiaramente, come se l'Adamo di Michelangelo fosse saltato fuori dalla volta della Cappella Sistina passando prima in Savile Row per rubare un abito su misura. I suoi occhi erano verde scuro come la malachite degli Urali. Lo sguardo di lei indugiò un attimo di troppo sulla pelle dorata alla base del collo lasciato scoperto dalla camicia bianca, accarezzandogli le spalle larghe e le braccia muscolose.*"

Tremava tutte le volte che lui entrava nel suo ufficio, in attesa della suadente brezza che le avrebbe scaldato il corpo.

Lei lo amava. La rivelazione l'aveva sconvolta all'improvviso come un temporale estivo, pur se con la lenta insistenza di una pioggia primaverile. E soffriva le pene dell'inferno quando lui la lasciava. Ogni fibra del suo corpo lo desiderava...

Tutti in ufficio lo chiamavano Chaval, ma lei aveva scoperto il suo nome. Un dolce segreto che chiuse nel suo cuore. Bruno.

Bruno Chaval. Bruno, Bruno, mormorava la sera nel suo letto alla ricerca del sonno nella sua stanzetta mansardata. Sognava che lui la prendesse tra le braccia e la adagiasse su un morbido materasso con un copriletto in velluto blu scuro ornato di passamaneria dorata. Intuiva "*il rigonfiamento duro che gli deformava i pantaloni e chiamava la sua femminilità verso il corpo di lui, offrendogli ciò che aveva di più caro, di più prezioso, totalmente sottomessa al suo desiderio.*"

Il treno della metropolitana si fermò alla stazione di Courcelles. Dopo avere infilato in borsa il libro che stringeva forte sotto il braccio per paura che qualcuno glielo strappasse, Denise Trompet scese.

Superò le porte del vagone, felice e triste allo stesso tempo. Felice di essersi proiettata per qualche secondo in quell'unione carnale, focosa, appassionata, triste per non aver mai conosciuto quella fusione di sensi e sentimento. Non avrebbe mai avuto dei figli e mai un lord Tremain avrebbe posato lo sguardo su di lei. La vita non l'aveva voluto...

Hai cinquantadue anni, Denise, si ripeteva salendo i gradini delle scale del metrò e rimettendo la tessera dell'abbonamento nella sua bustina di plastica. Apri gli occhi, hai i muscoli flaccidi, il viso pieno di rughe, non hai niente per inspirare un sentimento d'amore, i tempi in cui potevi piacere a un uomo sono passati. Dimentica questi turbamenti. Non sono fatti per te.

Era ciò che si ripeteva ogni sera svestendosi nel piccolo bagno dell'appartamento che occupava in rue de Pali-Kao, nel ventesimo arrondissement di Parigi.

E tuttavia, quell'uomo veniva a trovarla regolarmente.

Un bel giorno, era spuntato lui.

Con la sua fiera prestanza aveva illuminato un mattino d'inverno, freddo e lugubre, e una vampata di desiderio le aveva tolto la ragione. Un brusco calore le aveva imporporato le guance. Il cervello aveva smesso di funzionare e il cuore le batteva all'impazzata. Intorno a lei, l'aria si era fatta densa e faticava a respirare. Sin dal primo sguardo aveva avuto su di lei un potere infinito, che superava di gran lunga ciò che la decenza avrebbe consentito.

Aveva appuntamento con il signor Grobz e aveva sbagliato ufficio. Si era fermato sulla soglia rendendosi conto dell'errore, scusandosi come un vero gentleman. Le aveva fatto un inchino.

Inspirò il suo delicato profumo di sandalo e agrumi, l'aroma che un tempo voleva dire felicità.

Gli aveva indicato dove si trovata l'ufficio del signor Grobz, e lui era uscito quasi a malincuore.

E da quella volta era tornato, le lasciava un regalo sulla scrivania, le girava intorno, inebriandola con il suo odore fresco di sandalo e agrumi. Proprio come nei libri! sospirava lei, come nei libri! Gli stessi atteggiamenti, il medesimo profumo dolce e inebriante, la stessa camicia bianca aperta sulla pelle abbronzata, il medesimo riserbo sottile e crudele. E la sua vita diventava un romanzo.

"Dimmi a chi appartieni, Denise..."
"A te, Bruno, a te..."
"La tua pelle è così dolce... Perché non ti sei mai sposata?"
"Aspettavo te, Bruno..."
"Aspettavi me, mia dolce pesca?"
"Sì", sospirò lei, abbassando gli occhi e avvertendo contro di

sé, attraverso i pantaloni di chintz grigi, un rigonfiamento che la paralizzò di desiderio.

E le loro labbra si congiunsero nell'estasi.

Lui era, come diceva timidamente, in cerca di un lavoro e sperava di poter tornare in azienda. Ci aveva già lavorato in passato, ma all'epoca non l'aveva nemmeno degnata di uno sguardo. Seguiva mille progetti, viaggiava, presiedeva riunioni, guidava una bella decappottabile. Era sempre di corsa, quasi brutale nel rivolgersi a lei in un tono secco da caporeparto per chiederle un foglio di carta, una fotocopia, una fattura dimenticata; lei tremava davanti a tanta virilità, pur non avendo nessuna ragione per sentirsi turbata.

Lui la ignorava.

Ma il tempo e la disperazione di essere senza lavoro avevano scavato in lui "*una valle di lacrime*". Non era più il giovane direttore commerciale pimpante che turbinava nei corridoi, ma "*una pallida ombra tremante alla ricerca di una ragione di esistere*". Si era addolcito e gli occhi verde scuro come la malachite dei monti Urali si erano posati su di lei... Talvolta buttava lì, come a volersi scusare, sono un altro uomo, Denise, sono cambiato molto, sa, la vita mi ha rimesso al mio posto, e lei doveva trattenersi dal confortarlo. Chi era lei per pensare di piacere a un uomo così bello?

E la sofferenza le esplodeva dentro, corrosiva, distruttrice. Quel genere di dolore che mai avrebbe immaginato di provare. Barcollava. L'amore di Bruno non era per lei. Ci sarebbe voluto un miracolo. E tuttavia fantasticava che lui fosse al suo fianco, leale, affidabile, e che l'amasse abbastanza per accettare di essere umiliato da un ignobile scandalo. Lo scandalo che, in passato, aveva distrutto la sua famiglia e scatenato mille pettegolezzi...

L'avrebbe amata a sufficienza? Ah, se solo fosse stata sicura della sua risposta...

E il cuore soffriva per quel dubbio doloroso.

Eppure, cinquantadue anni prima, la sua vita non era iniziata male...

Era figlia unica del signore e della signora Trompet, salumieri a Saint-Germain-en-Laye, un sobborgo pieno di verde, agiato, ridente in cui la gente si vestiva bene e parlava un ottimo francese. Dove, entrando in negozio, ci si salutava con buongiorno signora Trompet, come sta? Che cos'ha di buono stamattina? Stasera ho a cena mio genero banchiere e i suoi genitori e se avesse ancora quel delizioso pâté, ne prenderei un bel po'!

I suoi genitori, originari dell'Alvernia, possedevano una bottega rinomata, il "Cochon d'or", che vendeva piatti pronti, trippa, carne d'oca e d'anatra cotta nel lardo, terrine, mousse, salsicce di Morteau e di Montbéliard, prosciutto crudo, prosciutto cotto, prosciutto in gelatina, erborinato, salsicce di agnello e capriolo, galantina, sanguinaccio di carne bianca, sanguinaccio, salame, mortadella, dell'ottimo foie gras per Natale e tutte quelle delizie che suo padre cucinava avvolto in un immacolato grembiule bianco mentre sua madre, in negozio, si occupava dei clienti, tutta sorridente nella camicia rosa che le sottolineava i grandi occhi verde smeraldo, i denti madreperlacei, la pelle dorata, i capelli castano scuro che cadevano in morbidi ricci sulle spalle delicate. Gli uomini la mangiavano con gli occhi, le donne l'apprezzavano perché non si atteggiava a Brigitte Bardot.

Venivano da ogni parte per comprare dai Trompet. Gustave Trompet, dopo avere sperato a lungo in un erede maschio, aveva riversato le proprie speranze sulla figlia, la piccola Denise, che a scuola faceva scintille. Mostrava a tutti lo stemma della regione, appeso all'entrata del negozio, il blasone dell'Alvernia, dichiarando, orgoglioso come il suo antenato Vercingetorige, la mia piccola Denise continuerà l'attività di famiglia, le troveremo un buon marito, un lavoratore, andremo a cercarlo a Clermont-Ferrand, e insieme porteranno avanti la salumeria.

Si sfregava le mani sognando la generazione di piccoli salumieri che avrebbe cresciuto. La signora Trompet lo ascoltava lisciando le pieghe della camicia rosa, e Denise osservava quell'amorevole coppia che le stava preparando un avvenire radioso, fatto di valori importanti e soldi a palate.

Le sere che tornava da scuola e non aveva compiti da fare, le era permesso di fermarsi in negozio per dare il resto. Schiacciava i tasti del registratore di cassa, sentiva il tintinnio del cassetto che si apriva, dichiarava con voce ferma l'importo dovuto tendendo la mano per prendere banconote e monete che riponeva con cura. All'età di tredici anni ricevette in regalo una catenina d'oro con un ciondolo a forma di chiave...

Denise non aveva ereditato la bellezza materna, piuttosto il fisico sgraziato del padre, i suoi capelli radi, gli occhi ravvicinati, la figura piena. Non è grave, diceva la madre, avrà meno tentazioni, suo marito potrà dormire sonni tranquilli... e noi anche!

Il futuro si annunciava prospero e felice fino al giorno fatale in cui scoppiò lo scandalo. Il signor Trompet fu denunciato per l'acquisto di carni in nero da un concorrente geloso del suo successo. La finanza andò a prenderlo una mattina all'alba del febbraio 1969. Non appena si trovò faccia a faccia con i finanzieri, confessò tutto. Sì, aveva imbrogliato, sì, era stato disonesto, sì, sapeva che era proibito dalla legge. Ma lui non era un truffatore di professione, voleva solo mettere da parte qualcosa per ingrandire il negozio e renderlo ancora più bello per il genero e sua figlia.

Fu uno scandalo enorme. Ne parlarono i giornali e le edizioni locali.

Sul loro conto corsero i pettegolezzi più infondati. Giro di fatture false, soldi rubati, è scritto sui giornali, affermavano le malelingue, ma c'è di peggio! Allora le voci si abbassavano mormorando infamie. Parlano di traffico di carne, ma non si sa bene di che tipo di carne si tratta! Al signor Trompet piacevano le ragazzine ed è per soddisfare il suo vizio che aveva sempre più bisogno di soldi! Costa cara la vita di giovani innocenti! Non sarebbe la prima volta che succede! Gente dall'aria così perbene! L'abito non fa il monaco, né il grembiule bianco il salumiere onesto. La signora Trompet chiudeva gli occhi per tenersi il negozio, ma adesso sappiamo da dove venivano quelle occhiaie. La povera donna piangeva ogni sera tutte le lacrime che aveva. E sembra anche che lui abbia cercato di vendere la sua stessa figlia, Denise! Il vizio non ha limiti.

Furono additati, calunniati, sommersi da un mare di falsità. Dovettero vendere il negozio per pagare l'ammenda e traslocare.

Dal mattino alla sera, i Trompet si ritrovarono rovinati.

Si stabilirono nel ventesimo arrondissement di Parigi. Acquistarono una rivendita di spezie orientali. Spezie orientali! A quelle parole, la signora Trompet scoppiava in singhiozzi. Loro che avevano conosciuto la ricchezza, la clientela elegante, le belle automobili parcheggiate in doppia fila, le vetrine traboccanti di leccornie. Se non era quella una calamità! Obbligati ad abitare in un quartiere affollato di donne in babbucce, di ragazzini con il moccio al naso, uomini in gellaba, in una via con il nome di un paese algerino, Pali-Kao, all'incrocio con boulevard de Belleville, fermata della metropolitana Couronnes.

Denise Trompet aveva quattordici anni quando il dramma scoppiò. Una sera, rientrando da scuola, gettò la catenina d'oro con la chiave in un canale di scolo.

I genitori le vietarono di avere amici nel quartiere, di rivolgere la parola ai vicini. Non dobbiamo mischiarci con questa gentaglia. Abbiamo la nostra dignità! Lei non aveva la minima voglia di farlo. Si sentiva straniera in quella terra di Alì Babà. Isolata, ostracizzata, privata dei suoi progetti futuri, si buttò nei romanzi rosa inventandosi un mondo di principi, principesse e amori contrastati. Leggeva a perdifiato, dimenticando il sonno, la sera, sotto le coperte alla luce di una pila. L'aiutava a sopportare la sua sorte e la disfatta famigliare.

Perché lo scandalo aveva raggiunto Clermont-Ferrand. Le famiglie dei suoi genitori ruppero con loro ogni legame. Non aveva più nonni, né zii, né cugini. Era sola a Natale, sola durante le vacanze estive. Al riparo sotto le lenzuola mentre i genitori barricavano le porte dell'appartamento nel caso in cui gli "stranieri" avessero attaccato...

Superò l'esame di maturità e seguì dei corsi di ragioneria. Era la migliore della classe. Il naso sempre sprofondato nelle cifre e nelle avventure straordinarie dei suoi eroi preferiti.

Il suo primo posto di lavoro fu in un ufficio in avenue de l'Opéra. Suo padre riprese a sperare. Immaginava un giovane impiegato promettente innamorarsi di sua figlia. Sua madre ripeteva "che bel quartiere" facendo sì con la testa. Avrebbero venduto il negozio in rue de Pali-Kao e si sarebbero avvicinati al centro di Parigi, ritrovando un po' del lustro di una volta.

La domenica pomeriggio andavano tutti e tre a passeggiare nel cimitero di Père-Lachaise, leggendo le lapidi di quegli illustri sfortunati finiti due metri sotto terra. Vedi, non siamo gli unici ad avere sofferto ingiustamente, commentava suo padre, anche noi un giorno avremo la nostra rivincita. Spero che sarà prima della tomba, aggiungeva timidamente la signora Trompet.

La tomba arrivò prima della riabilitazione.

Nessun uomo posò gli occhi su Denise, né domandò la sua mano. Ogni mattina lei usciva per andare al lavoro, saliva sul metrò alla fermata Couronnes, apriva un romanzo e veniva trascinata in avventure palpitanti. La sera tornava senza che si fosse presentata alcuna storia d'amore. Suo padre era scoraggiato. Sua madre scuoteva la testa. Se soltanto avesse ereditato la mia bellezza, pensava guardando la figlia, ora ci saremmo tratti d'impiccio... Con la salumeria potevano ancora sperare di maritarla, ma senza un soldo, non la vorrà nessuno. E da qui non ce ne andremo mai.

La signora Trompet ci vide giusto.

Denise Trompet restò zitella e con gli anni perse la pelle luminosa della giovinezza. I suoi genitori morirono quando lei compì quarantadue anni e rimase sola, in rue de Pali-Kao, a salire sul metrò ogni mattina alla fermata Couronnes.

Aveva cambiato lavoro, era stata assunta da Casamia. Il tragitto lungo la linea 2 non comportava cambi, perciò aveva tutto il tempo di immergersi nella lettura. La sua esistenza era divisa in due: da una parte le avventure esaltanti dei suoi eroi, i castelli, i letti a baldacchino, i furiosi colpi di reni, dall'altra una calcolatrice, fatture e numeri aridi e grigi. Qualche volta si diceva che aveva due vite: una a colori sul grande schermo e l'altra in bianco e nero.

Non sapeva più quale fosse quella vera.

"Allora?" s'informò Henriette battendo il tacco sotto il tavolino del bar in cui s'incontravano spesso per fare il punto della situazione. "A che punto è con la Trombetta?"

"Faccio progressi..." borbottava Chaval con poco brio.

"Ma insomma! Tenuto conto di quando ha iniziato a circuirla, dovrebbe averla già portata a letto!"

"Non m'ispira per niente..."

"Non pensi a lei, ma al denaro! Alla piccola Hortense, alle sue cosce morbide e sode, ai suoi seni turgidi..."

"Signora Grobz! Non parli così di sua nipote!"

"È lei che mi ci ha costretto a furia di comportarsi come una zoccoletta... Il vizio richiama altro vizio..."

"Ha sue notizie?" domandò Chaval, allettato.

"Certamente! E lei ha tutto l'interesse a darsi da fare! Hortense non l'aspetterà per sempre..."

"La Trombetta è molle e flaccida. Altro che baciarla, ho voglia di vomitare..."

"Pensi al denaro che le finirà nelle tasche senza fare niente... Potremo spennare allegramente Marcel. Non si accorgerà di niente. Ha una fiducia cieca nella sua contabile. Deve decidere che cosa vuole..."

Infatti, pensò Chaval, non sono più così tanto sicuro di volermi fare la Trombetta. Ho altri progetti.

Ma non osava dirlo a Henriette.

Quest'ultima lo fissava con il suo sguardo penetrante, testarda. "Queste donne, cresciute nella bambagia, bisogna violentarle... Fa parte delle loro fantasie. In questo genere di storie l'amore non si coglie, si strappa con i denti!"

"Come vuole fare lei!"

"Esatto... Per aiutarla nella sua missione, ho letto un sacco di quegli insulsi romanzi sentimentali e ho afferrato il meccanismo. Le eroine tremano davanti al maschio, lo immaginano ardente, conquistatore, brutale. Il desiderio fisico dell'uomo le spaventa, ma bruciano dalla voglia di conoscere l'orgasmo senza osare confessarlo. È tutto lì! In quel delizioso brivido di paura e desiderio... Avanzare, indietreggiare, avanzare, indietreggiare. Perciò bisogna trattarle con brutalità. Prenderle senza alcuna delicatezza oppure ubriacarle. Spesso si abbandonano sotto la spinta dell'alcol..."

Chaval bevve un sorso di acqua e menta e la fissò, poco convinto. Continuava a preferire il Lotto.

"Ha provato a farla ubriacare di nascosto?"

"Non oso uscire con lei. Rovinerei quel che resta della mia

reputazione... Che penserebbero di me se mi vedessero in sua compagnia?"

"Penserebbero a un rapporto di lavoro... E poi lei non è conosciuto al punto da essere inseguito dai paparazzi, mio caro Chaval..."

"Infatti. Quando non ti resta niente, si diventa puntigliosi, si sta in guardia..."

"Stupidaggini! Sa che cosa deve fare? Invitarla in un posto chic, romantico, il bar di un grande albergo, per esempio... Con un camino crepitante nella hall sarebbe perfetto..."

"Un caminetto in pieno mese di maggio?"

"Ha aspettato troppo! Ha lasciato passare l'inverno con le sue lungaggini! Lasci perdere il fuoco! Ordini dello champagne, la faccia bere, le metta una mano sul ginocchio, l'accarezzi dolcemente, mormori paroline romantiche, le soffi sui capelli... Adorano sentirsi soffiare sui capelli, ho notato anche questo. Poi, prima di salutarla, la travolga con un bacio ardente... Deve semplicemente scegliere un angolino buio, una rientranza, un vano perché nessuno vi veda..."

"E poi?" chiese Chaval, la bocca piegata in una smorfia di disgusto.

"Poi, si vedrà... A mio avviso non sarà obbligato a passare immediatamente ai colpi di reni. Potrà andare un po' per le lunghe. Ma non troppo! Abbiamo bisogno di quei codici..."

"E come farò a ottenerli? Crede che me li darà così..."

"Le porrà delle domande. Su quello che fa al lavoro, dove nasconde le informazioni riservate dell'azienda... Sempre soffiandole sui capelli! Baciandole delicatamente l'interno del polso, sospirando, chiamandola mia piccola libellula, le farò una lista di paroline dolci, se vuole..."

"No!" si ribellò Chaval. "Sarò brutale e misterioso... Lo preferisco."

"Faccia come le pare! Purché ottenga i codici... Alcune donne li scrivono su bigliettini che poi nascondono in un quaderno, in un cassetto, nella tasca di una borsa. O li annotano sul dorso di una cartelletta. La coccolerà, l'accarezzerà, le farà perdere la testa e le sottrarrà le cifre magiche..."

Chaval aveva un'espressione dubbiosa.

"Come crede che abbia fatto con il signor Grobz? Ho pagato di persona, mio caro Chaval. Non c'è trionfo se non ci si sporca le mani! Non le domando tanto, solo i codici, dopo sarà libero di mollarla. Invocando non so quale virtuoso pretesto, tirato per i capelli, che lei si berrà avidamente, troppo felice di essere stata strappata per qualche istante alla sua povera vita da zitella... le resteranno i ricordi! E lei in più avrà fatto una buona azione. Ma non mi sta ascoltando, Chaval. A che cosa sta pensando mentre io parlo?"

"Alla Trombetta..."

Chaval mentiva, dicendosi che forse c'era un altro modo per tornare in sella. Da quando aveva rimesso piede nell'azienda di Marcel Grobz, sentiva che c'era una possibilità. Il vecchio perdeva colpi. Da solo non riusciva più a stare dietro a tutto. Aveva bisogno di sangue nuovo, di un assistente vigoroso, disposto a viaggiare, curioso, un uomo con delle idee, dei progetti, cifre alla mano. E lui, Chaval, preferiva darsi da fare negli affari che con la carne molle e flaccida della Trombetta. Era solo un'intuizione, non aveva certezze. Ma presto avrebbe saputo... Vagando per gli uffici aveva sentito dire che Casamia era alla ricerca di nuovi articoli da inserire in catalogo. Bisognava diversificare, innovare senza fermarsi. Battere i concorrenti a forza di saldi, di scoperte, di promozioni. Doveva imparare a rendersi nuovamente indispensabile. In che modo? Ancora non lo sapeva. Ma se fosse riuscito a portare sulla scrivania di Grobz un progetto vincente, il vecchio avrebbe potuto riassumerlo.

Doveva fare in modo che Josiane non sospettasse nulla. Josiane era brava a scovare nuove idee e ne aveva sviluppate tante. Gliele aveva soffiate ogni volta, prendendosi tutto il merito, le gratifiche e i complimenti del capo. Se fosse venuta a sapere che lui era tornato da quelle parti, avrebbe messo in guardia il suo amato lupacchiotto... Invece di neutralizzare la Trombetta, avrebbe piuttosto dovuto sopire la diffidenza di Josiane. Chiamarla, proporle di fare la pace, raggirarla...

Era incredibile quanto la sua vita si fosse complicata da quando aveva accettato la proposta di Henriette. Non sapeva più dove sbattere la testa. Soffriva di emicrania tutte le sere. Sua madre era obbligata a preparargli una tisana speciale e a massaggiargli le tempie con il balsamo di tigre.

"Chaval!" tuonò Henriette facendo tremare il tavolino, mentre lui afferrava appena in tempo il bicchiere di acqua e menta. "Non mi ha risposto! Non la sento più tanto partecipe ultimamente... Le ricordo che potrei, nel corso di una conversazione con Marcel Grobz, sussurrargli quanto lei sia disgustoso, che è andato a letto con Hortense. Nemmeno se l'immagina una cosa del genere quell'ingenuo! Sono sicura che a quel punto la guarderà con occhi diversi, e non la lascerà più bighellonare per i suoi uffici... Per me sarebbe un gioco da ragazzi somministrargli il veleno del sospetto."

Si ricompose, sbalordita.

"Ecco che parlo come quei romanzetti da due soldi! Quella prosa imbecille è contagiosa... Ma stia attento, sono ancora in grado di mordere e nuocere..."

Chaval ebbe paura. Sapeva che ne sarebbe stata capace. Che tra dare una bottarella alla Trombetta o farsi denunciare da quella vecchia megera, sceglieva la prima.

Ma esitava...

Forse poteva fare entrambe le cose.

Un tramonto a Montmartre per stordire la Trombetta, mordicchiandole l'orecchio mentre pensava alle cosce morbide di Hortense, sottrarle i codici e poi riprendere i galloni del fidato luogotenente portando un progetto a Marcel Grobz.

Il mal di testa gli martellava le tempie.

Guardò l'ora, erano solo le due e mezzo del pomeriggio. Troppo presto per tornare a casa a riposarsi...

* * *

WQRX, 105.9, classical music, New York. The weather today mostly clear in the morning, partly cloudy this afternoon, a few showers tonight, temperature around 60° F...

Ore otto. La radiosveglia lo strappò al sonno e lui allungò una mano per spegnerla. Aprì gli occhi. Si ripeté, come ogni mattina, sono a Manhattan, abito sulla Settantaquattresima Ovest, tra la Amsterdam e Columbus, sono stato ammesso alla Juilliard School e sono il più felice degli uomini...

Il sogno abbozzato nella cucina del suo appartamento a Londra era diventato realtà. Il curriculum inviato alla Juilliard School, al numero 60 di Lincoln Center Plaza, New York, NY 10023-6588, era stato accettato, il cd che aveva registrato, una fuga e un preludio del *Pianoforte ben temperato* di Bach, ascoltato e apprezzato.

Aveva superato un'audizione nel vasto anfiteatro, l'andante della Quinta Sinfonia di Beethoven. Sapeva di essere stato selezionato, di avere buone possibilità se avesse fatto centro anche nell'ultima prova.

Ed era stato preso...

Il settembre successivo avrebbe frequentato il primo anno alla Juilliard School. *Imagine yourself*, diceva il prospetto informativo della scuola, *motivated, innovative, disciplined, energetic, sophisticated, joyous, creative...* Si sentiva esattamente in quel modo.

Motivato, inventivo, energico, sofisticato, disciplinato, impegnato e felice. Felice!

Piroettava per la strada. Sono stato preso, ragazzi, sono stato preso! *Hi, guys! I'm in, I'm in!* Io, Gary Ward, non credo ai miei occhi, non credo alle mie mani, non credo alla mia povera testa! Sono stato preso...

Start spreading the news... I want to be part of it, New York, New York! If I can make it there, I'll make it everywhere!

Aveva corso fino alla Levain Bakery e si era offerto la colazione più abbondante della sua vita. Voleva mangiare tutto quanto c'era in menu, *cookies*, *crispy pizza*, *sweet breads*, la grande città e una vita alla grande. Voleva baciare tutti, annunciare agli sconosciuti per strada che ormai era uno studente serio, un pianista presto famoso, un artista con cui fare i conti...

Start spreading the news...

Dopo essere stato ammesso, aveva avuto diritto a una visita della scuola con un'allieva del corso superiore che gli aveva spiegato il funzionamento della Juilliard School, tutto quello che si poteva fare. Era rimasto sbalordito. C'erano corsi di qualunque cosa. Teatro, danza classica, musical, musica classica, musica jazz, danza moderna, tutte le arti dello spettacolo, sembrava di stare in un allegro alveare. Lungo i corridoi, in piccole stanze adiacenti, gli allievi suonavano il pianoforte, l'arpa, il contrabbasso, il clarinetto, il violino, altri s'affannavano alla sbarra in calzamaglia nera, altri ancora si sfinivano nel tip tap. Sentiva voci tenorili stonare, riprendersi, aspiranti attori declamare versi, archetti stridere sulle corde, talloni e punte risuonare sul parquet, aveva l'impressione di essere al centro di un vasto mondo che cantava, danzava, improvvisava, amava, soffriva, ricominciava...

Avrebbe fatto parte di quel mondo...

I want to be part of it! New York! New York!

Ricordava di aver avuto molta paura quando era sbarcato a New York. Da solo. Hortense non l'aveva raggiunto all'aeroporto di Londra. Aveva aspettato fino all'ultimo minuto, fino all'ultima chiamata per l'imbarco. Era salito, le spalle basse, la testa voltata verso l'atrio dell'aeroporto per controllare che non stesse arrivando gridando Gary! Gary! Aspettami! rompendosi un tacco perché correva troppo velocemente. Allora lui avrebbe replicato tacchi a spillo rosa per viaggiare? E un cappello di paglia in pieno inverno? E una borsa verde mela? Sei ridicola, Hortense!

Lei avrebbe alzato il mento, ribattendo, insomma! È l'ultima collezione Lanvin! Voglio sbarcare a New York alla grande! E lui sarebbe scoppiato a ridere, l'avrebbe stretta fra le braccia, il cappello sarebbe volato via mentre volteggiavano nella fila d'attesa in mezzo alla gente che brontolava perché era arrivata all'ultimo minuto senza nemmeno scusarsi.

Ma Hortense non era arrivata all'ultimo minuto con un cappello di paglia in pieno inverno e scarpe rosa dai tacchi a spillo.

Stringeva il suo biglietto tra le dita...

L'aveva piegato, se l'era infilato nella tasca della giacca e la prima cosa che avrebbe fatto non appena si fosse trasferito nel piccolo appartamento sulla Settantaquattresima sarebbe stato di attaccarlo al muro della cucina per ricordarsi ogni mattina, mentre beveva il caffè, che lei non era venuta...

Aveva preferito restare a Londra.

If I can make it there, I'll make it everywhere...

I primi giorni erano stati difficili.

Era ancora inverno. Il vento ghiacciato gli sferzava le guance a ogni angolo della strada, la pioggia cadeva senza tregua e, spesso, c'erano tempeste di neve che gli facevano battere i denti nella sua giacca nera e T-shirt grigia sul bordo del marciapiede. I taxi gialli lo schizzavano, i passanti imbacuccati lo urtavano, l'autista del bus lo faceva scendere perché non aveva né l'abbonamento né denaro contante, si ritrovava sul ciglio della strada, i piedi a mollo nelle sue leggere scarpe di cuoio, si alzava il bavero della giacca, e restava lì, tremante, a chiedersi come funzionasse quella città, se fosse popolata da esseri umani e perché non lo volesse.

Era andato a comprarsi della calzature pesanti, un parka e un cappello con dei paraorecchie che si legava sotto il mento quando imperversava la tempesta. Con il naso rosso, assomigliava a un clown, ma non gliene fregava niente. In quella città il clima era tutto tranne che temperato ed era arrivato a rimpiangere la pioggerellina educata di Londra.

Qui era tutto più grande.

Più grande, più forte, più violento, più selvaggio e tanto eccitante...

Il direttore degli studi musicali, che li aveva ricevuti per congratularsi di aver superato la prova di ammissione, li aveva avvertiti: gli allievi hanno il dovere di essere eccezionali. Dovrete essere tenaci, costanti, saldi nei vostri obiettivi, creativi. Capirete presto che sarà ancora più dura di quanto avevate immaginato e, invece di farvela sotto dalla paura, dovrete raddoppiare gli sforzi e l'impegno. A New York ci sarà sempre qualcuno che si è alzato prima di voi, che ha lavorato fino a tardi, che ha inventato qualcosa che voi non avete ancora scoperto ed è questa persona che dovrete battere sul filo di lana. Per essere sempre i migliori. Alla Juilliard School non ci si accontenta di pensare la musica, bisogna essere la musica, viverla appassionatamente, e se non vi sentite in grado di superare voi stessi senza lamentarvi, allora lasciate il posto a un altro.

Era rientrato nella sua stanza d'albergo all'Amsterdam Inn, vicino al Lincoln Center, ed era andato a dormire completamente vestito.

Non ce l'avrebbe mai fatta...

Sarebbe tornato a Londra, dove c'erano le sue impronte, i suoi punti di riferimento, i suoi amici, sua madre, sua nonna, avrebbe preso lezioni di piano, anche lì c'erano delle ottime scuole, aveva davvero bisogno di sradicare le proprie radici per ritrovarsi in quella metropoli di pazzi dove nessuno dormiva mai?

Si era addormentato stringendo in mano il biglietto di Hortense, l'avrebbe cambiato e sarebbe salito sul primo volo per Londra.

Il giorno dopo, cominciò a cercare un appartamento. Non voleva più essere un turista, ma fare parte della città. E per questo, aveva bisogno di un indirizzo, del suo nome sopra il campanello, di un contatore del gas e dell'elettricità, di un frigorifero pieno, di amici e di comparire sull'elenco telefonico. E di un abbonamento dei mezzi pubblici. Non si sarebbe più fatto buttare giù da un bus! Imparò a memoria tutte le linee. *Uptown*, *Downtown*, *East*, *West*, *Cross Over*. Studiò anche quella del metrò, A, B, C, D, 1, 2, 3, "local" ed "express". Una volta si sbagliò, ritrovandosi nel Bronx.

Era d'accordo sull'alzarsi prima di chiunque altro, sul lavorare ancora più tardi la sera, sul comporre un pezzo che nessuno aveva mai composto finora e di battere tutti sul filo di lana.

Cercò un appartamento non troppo lontano dalla Juilliard School. Andò su e giù per strade, il naso all'insù, acquistò i giornali di quartiere distribuiti nelle drogherie, nei bar, nei negozi. Cerchiò gli annunci che gli sembravano alla portata delle sue tasche, chiamò, ne visitò dieci, venti, arricciò il naso, si strinse nelle spalle, diede sottovoce dell'imbroglione ai proprietari. Tornò in hotel, scoraggiato. Non avrebbe trovato niente, era tutto troppo caro, troppo brutto, troppo sporco, troppo piccolo. Gli dissero di non perdere le speranze, che, grazie alla crisi, i prezzi si erano abbassati, poteva contrattare. Riprese in mano gli annunci, ricominciò le visite e finì per scovarne uno in un palazzo di mattoni rossi dalle alte finestre verdi sulla Settantaquattresima strada. Rosso e verde, gli piaceva. L'appartamento era modesto e sporco, avrebbe dovuto cambiare la moquette, c'era una camera da letto, un piccolo soggiorno, una yucca gialla abbandonata, un angolo cottura, un bagno grande come un armadio, e si trovava al quinto piano senza ascensore, ma si affacciava sulla strada e su due alberi. Il prezzo era ragionevole. Bisognava prenderlo subito. Firmò senza discutere.

Tolse la moquette, e ne comprò un'altra, color verde mela, che incollò sul vecchio parquet rovinato. Ridipinse i muri di bianco. Scrostò gli infissi, sistemò le finestre, rompendone una. La sostituì. Si liberò degli scarafaggi vaporizzando un liquido disinfestante sul battiscopa e sulle zone macchiate dall'umidità. Gliene finì un po' negli occhi e dovette correre ad acquistare una lozione calmante. Si accorse di aver dimenticato le chiavi all'interno. Fu costretto a passare dalla finestra della vicina.

La giovane indossava una T-shirt con la scritta *Non posso guardarti e respirare allo stesso tempo!* Si disse che era un segno, e la baciò per ringraziarla.

Si chiamava Liz, aveva gli occhi castani, una frangia verde e blu, un piercing sulla lingua e una grande bocca che rideva in continuazione.

Diventò la sua ragazza.

Studiava cinema alla Columbia e gli fece scoprire la città. Le gallerie d'arte di Chelsea, i cinema d'essai a Soho, i club di jazz nel Village, i ristoranti a buon mercato, i negozi di abiti di seconda mano. Lei li chiamava *thrift shops* e poi sputava. Sarebbe partita alla fine di maggio per tentare la fortuna a Hollywood dove aveva uno zio produttore. *Too bad*, diceva ridendo con la sua grande bocca, *too bad*, ma non aveva l'aria afflitta. Sarebbe andata alla conquista del mondo del cinema, valeva la pena fare qualunque sacrificio.

Lui non si oppose. Gli capitava ancora di pensare a Hortense... Alla sua ultima notte con Hortense.
E quando succedeva, smetteva di respirare.

Aveva scovato un retrobottega in un negozio di pianoforti, il cui proprietario – si chiamava Kloussov – gli permetteva di suonare su un vecchio Steinway. C'erano spartiti ingialliti, sonate di Beethoven, Mozart, Schubert, Brahms, Chopin. Si alzava presto, si fiondava al negozio e si sistemava su un vecchio sgabello sbilenco. Immaginava di essere Glenn Gould, chinava le spalle e suonava per tutta la mattina borbottando. Il proprietario lo osservava suonare seduto dietro a un lungo tavolo nero all'entrata del negozio. Era un omone dal cranio calvo e rosso che indossava sempre un papillon a pois. Socchiudeva gli occhi e sonnecchiava ascoltando le mani di Gary scivolare sulla tastiera, si agitava, sussultava, veniva preso da una serie di movimenti disarticolati, il viso si accendeva e si metteva a parlare sputacchiando, lasciando uscire il vapore dal cranio.

"Bravo, ragazzo mio... Fai progressi. S'impara a suonare suonando. Dimentica le lezioni e il solfeggio, apri il tuo cuore e spargilo sul piano, fai piangere le corde. Per suonare il pianoforte non contano le dita, gli esercizi che sei obbligato a fare tutti i giorni, ma la pancia, le viscere... Potresti avere dieci dita per mano, ma se non hai un cuore pronto a sanguinare, a bisbigliare, a scoppiare, allora la tecnica non serve a niente... Bisogna rimbombare, sospirare, lasciarsi trasportare, far danzare il cuore con le dita. Non essere educati! Mai essere educati!"

Si alzava, si stiracchiava, risucchiava l'aria, tossiva, estraeva dalla tasca un enorme fazzoletto, si asciugava la fronte, il naso, la gola, e ordinava: "Ricomincia a far sanguinare il cuore..."

Gary appoggiava le dita sulla tastiera e dava inizio a un'improvvisazione di Schubert. Il vecchio Kloussov ricadeva sulla sua sedia e chiudeva gli occhi.

I clienti erano rari, ma la cosa non sembrava disturbarlo.

Gary si chiedeva di cosa vivesse. Verso mezzogiorno andava a mangiare un panino alla Levain Bakery. Il suo preferito era la baguette al tacchino con cetriolo, gruyère e senape di Digione. Ne mandava giù due di seguito con una tale foga da far ridere la ragazza dietro al bancone. La osservò lavorare l'impasto per i biscotti e decise di imparare. Lei gli mostrò come fare. Era così bravo che gli offrì un lavoro part-time nel pomeriggio. Aveva bisogno di aiuto. L'avrebbe pagato. Lui non aveva un permesso di lavoro, e lei le indicò come scappare dalla porta sul retro nel caso si fosse fatta viva l'immigrazione. Ma non rischiamo niente, aggiunse la ragazza, siamo famosi, siamo stati da Oprah Winfrey... Ah be', disse lui, ripromettendosi di scoprire chi fosse questa Oprah Winfrey che teneva a bada la polizia.

Iniziò a organizzare le giornate. Il piano, l'impasto dei biscotti e, la sera, la bella risata di Liz, la sua frangia verde e blu sotto le lenzuola bianche. Lo strano piercing sulla lingua quando si baciavano...

Si fece degli amici lungo il suo percorso quotidiano.

Un giorno, mentre passava davanti a Brooks Brothers, sulla Sessantacinquesima, tra Broadway e Central Park West, lesse l'annuncio di una promozione. Tre camicie al prezzo di una! Fece violenza su se stesso: alla Juilliard ne avrebbe avuto bisogno. In più, non avrebbe dovuto stirarle! Asciugavano sulle grucce senza fare una grinza. Entrò, ne scelse due bianche e una a righe bianca e blu. Il commesso si chiamava Jérôme. Gary gli chiese perché avesse un nome francese. Lui gli spiegò che sua madre era una fan di Jérôme David Salinger. Aveva letto *Il giovane Holden*? No, rispose Gary. Be'... che lacuna, dichiarò Jérôme, che più tardi gli confessò che gli amici lo chiamavano Jerry. Poi, per girare il coltello nella piaga, gli domandò se conoscesse il pittore Gustave

Caillebotte. Sì! rispose orgogliosamente Gary. Allora sei stato al museo d'Orsay a Parigi? Certamente, ci sono andato spesso perché ho vissuto a Parigi, rispose Gary che aveva la sensazione di guadagnare punti. Quest'estate, riprese il giovane, andrò a Parigi a visitare il museo d'Orsay, perché sono pazzo di Gustave Caillebotte, penso che il suo talento sia sottovalutato... Si parla sempre degli Impressionisti e mai di lui. E si lanciò in una lunga arringa su questo artista che i francesi avevano per tanto tempo disprezzato e che aveva conosciuto il successo solo dopo essersi trasferito negli Stati Uniti.

"Ha influenzato uno dei nostri più grandi pittori, Edward Hopper... E un collezionista americano ha acquistato quasi tutti i suoi quadri. Conosci *Rue de Paris. Temps de pluie*? Mi fa impazzire..."

Gary annuì per non deludere il suo nuovo amico.

"Si trova in un museo di Chicago. È un capolavoro. Era un grande collezionista. Alla sua morte ha lasciato in eredità allo Stato francese dei Degas, dei Pizarro, dei Monet, dei Cézanne, e quello li ha rifiutati! Li ha definiti 'indegni'. Ti rendi conto?"

Jérôme sembrava oltraggiato.

Gary rimase impressionato e i due diventarono amici.

Finalmente... un amico che salutava la mattina passando davanti al negozio. Seduto su uno sgabello dietro la cassa, leggeva un libro sullo sconosciuto Caillebotte.

"Ciao Jérôme!" gridava Gary, dalla soglia.

"Ciao inglese!"

Poi proseguiva.

Per lui era un punto di riferimento in più. Si sentiva sempre meno straniero in città...

Un po' più in là, al Pain Quotidien, c'era Barbie. Nera come la liquirizia, piccolina, e tanti dreadlock con perline multicolore.

Assomigliava a una X. La domenica mattina cantava nel coro dell'Elmerdorf Reformed Church, nell'Upper East Side. Nel cuore di Harlem. Insisteva perché andasse a sentirla, lui glielo aveva promesso, ma... la domenica mattina dormiva. Non puntava la sveglia e restava a letto fino alle undici e mezzo.

La calda risata di Liz lo scuoteva perché andasse a comprare l'edizione domenicale del *New York Times* che leggevano a letto con caffè e biscotti, contendendosi le pagine *Arts and Leisure*. Era un rito.

Barbie l'aspettava in chiesa ogni domenica e il lunedì gli teneva il muso.

Gli allungava croissant e pain au chocolat senza guardarlo.

Gli dava il resto con gli occhi bassi. Passava al cliente successivo.

Allora, dopo avere acquistato due pain au chocolat, lui ne avvolgeva uno nella carta velina e tornava a offrirglielo come se fosse un mazzo di fiori. Con un inchino e l'aria contrita. Lei sorrideva, abbassando la testa per non farsi vedere. L'aveva perdonato.

Fino alla domenica successiva...

"Ma vuoi convertirmi o qualcosa del genere?" le chiedeva, la bocca piena di croissant al burro, bevendo un ristretto doppio.

Lei si stringeva nelle spalle, aggiungendo che Dio sapeva come trovarlo. Che uno di quei giorni, Lui si sarebbe messo sulla sua strada e Gary sarebbe venuto a cantare con lei tutte le domeniche. Lo avrebbe presentato ai suoi genitori. Non avevano mai conosciuto un pianista inglese.

"Sono un animale che suscita curiosità, vero?" diceva con un sorriso, leccandosi i baffi.

Una volta al mese cambiava il colore delle perline e se lui non se ne accorgeva, gli metteva nuovamente il muso.

Barbie era un vero rompicapo.

In realtà si chiamava Barbara.

E poi c'era il parco. Central Park. Si era procurato una cartina e lo percorreva ogni giorno in lungo e in largo tornando dal negozio di pianoforti.

E ogni giorno, scopriva qualcosa di nuovo.

Era come un concentrato del mondo intero. Uomini in giacca e cravatta, donne in tailleur manageriali, obesi in bermuda, scheletri in calzoncini, bambini in divisa scolastica, jogger, amanti del body building, taxi-risciò, appassionati di baseball, giocatori di bocce, marinai alticci, barboni che facevano l'uncinetto, giostre, venditori di zucchero filato, sassofonisti, un monaco buddista attaccato al cellulare, cervi volanti, elicotteri nel cielo, ponti, laghi, isole, querce secolari, rimesse fatte di tronchi, panchine di legno con targhe dorate che dicevano: "Qui Karen mi ha dato il bacio che mi ha reso immortale" oppure "Accogliete la vita con gratitudine ed essa vi restituirà cinque volte tanto"... e scoiattoli. Centinaia di scoiattoli.

S'infilavano nei buchi delle reti metalliche, si fermavano per rosicchiare una ghianda, s'inseguivano, litigavano, facevano rotolare le lattine, tentavano di salirci sopra, cadevano, ricominciavano... Stringevano le lattine tra le zampe.

Avevano lunghe dita sottili da pianista.

Il primo che incontrò stava sotterrando uno spuntino sotto un albero. Gli si avvicinò. Lo scoiattolo continuò a scavare, indifferente. Poi, sfinito, salì su un ramo e crollò a zampe divaricate. Gary scoppiò a ridere facendogli una foto.

Avrebbe avuto un sacco di amici.

Il sabato e la domenica erano giorni di festa per gli scoiattoli che diventavano l'attrazione del parco. I bambini gli correvano dietro strillando, indietreggiando, terrorizzati, se si avvicinavano troppo. Gli innamorati, distesi sui vasti prati, gli lanciavano pezzetti di pane, mentre loro zampettavano da un gruppo all'altro, rubacchiando cibo e complimenti, la coda dritta e l'occhio vigile.

Correvano a depositare il bottino sui rami degli alberi, nella boscaglia, sotto un mucchio di foglie, poi tornavano a fare l'elemosina, come infaticabili postulanti.

Il sabato e la domenica erano i re. I turisti gli tendevano dollari per fotografarli, loro li annusavano, poi se ne andavano, contrariati, a piccoli balzelli sdegnati, ma per chi li avevano presi?

Il sabato e la domenica non sapevano più dove sbattere la testa e accumulavano provviste per la settimana.

Ma il lunedì...

Il lunedì scendevano di corsa dagli alberi alla ricerca degli amici del weekend. Prati deserti, nessuno in vista. Saltellavano, mandavano qualche grido, giravano la testa come un lampeggiante, aspettavano, aspettavano, ripartivano, la coda bassa, risalivano sugli alberi, tristi. Non gli volevano più bene, avevano finito di piacere. Dall'alto del loro rifugio, spiavano i vasti prati verdi. Niente più giocatori di baseball, niente più bambini, né lanci di noccioline. Lo show era finito. Avevano fatto il loro tempo. Così va la vita... Uno si crede eterno e poi ti dimenticano.

Perciò il lunedì, tornando dalle lunghe sedute sullo sgabello sbilenco, gli offriva briciole di pane e noci per consolarli. Anche loro hanno bisogno di amici, si diceva, talvolta si sentono soli. Anche loro... Siamo uguali, noi umani e i ratti dalla coda scintillante.

Tendeva loro la mano, cercandone uno che diventasse suo amico. Lo cercava fra tutti gli scoiattoli grigi. Uno sfacciato, malizioso, che gli fosse amico...

Pensava agli scoiattoli rossi del castello di Chrichton.

Non aveva più ricevuto chiamate dalla signora Howell e se ne infischiava.

Tutto ciò gli pareva lontano, così lontano. Come se quel ricordo appartenesse a un altro uomo. Un uomo di tanto tempo prima. Non aveva più niente a che vedere con lui. Si lasciava cadere sull'erba, facendo rotolare le ultime noccioline che gli restavano...

Chiamò sua nonna.

Va tutto bene, spiegò, sopravvivo nella grande metropoli. E non sto spendendo tutti i tuoi soldi. Non le disse che quel denaro lo metteva a disagio, ma lo pensò, ammettendo che quel contributo economico gli era stato utile, e sapendo che un giorno l'avrebbe rimborsata fino all'ultimo penny.

"Sarai fiera di me! Mi esercito al pianoforte tutte le mattine e impasto biscotti ogni pomeriggio..."

"Ma non hai il permesso di lavoro! È illegale!" esclamò la nonna.

"Ah... perciò sai che per lavorare qui ci vuole un permesso speciale! Di' un po', nonna, sei parecchio aggiornata. Sei proprio trendy!"

"Durante la guerra ho conosciuto anch'io delle restrizioni! Avevo una tessera annonaria come tutti... e mettevo molto meno burro nei dolci."

"Ed è per questo che i sudditi ti venerano, nonna! Sotto il protocollo c'è un cuore che batte..."

Lei ridacchiò, ma si frenò subito.

"Potrebbero condurti alla frontiera, vietarti il soggiorno! A quel punto, niente scuola, fine dei progetti, una croce sull'avvenire..."

"Sì, ma c'è una porticina nascosta che dà sul cortile... Se arriva l'immigrazione, me la do a gambe!"

Lei scoppiò in una risata rauca aggiungendo, sei stato gentile a chiamarmi. Fai avere notizie anche a tua madre?

Non riusciva ancora a parlare con sua madre, le spediva delle e-mail. Le raccontava della sua vita quotidiana, aggiungendo che un giorno forse si sarebbero sentiti a voce. Quando avrebbe sbollito la rabbia.

Non sapeva bene perché fosse arrabbiato.
Non sapeva nemmeno di essere arrabbiato con lei.

* * *

Joséphine non riusciva più a staccarsi dal diario del Piccolo Gentiluomo.

Continuava a staccare delicatamente le pagine a una a una con il vapore del bollitore e un coltello sottile, facendo attenzione che l'inchiostro non si cancellasse per effetto della condensa. Isolava ogni pagina con cura, appiattendola tra due fogli di carta assorbente, aspettando che si asciugasse prima di passare alla successiva...

Era un lavoro da certosino.

Dopodiché le decifrava lentamente, assaporando ogni frase. Contemplava le cancellature, le macchie d'inchiostro, cercava di leggere sotto le parole sbiadite. Quando il Piccolo Gentiluomo eliminava delle parole, era difficile interpretare quello che aveva voluto nascondere. Le poche pagine restanti le facevano capire che la storia sarebbe finita presto. Cary Grant stava per riprendere l'aereo diretto a Los Angeles.

E lei sarebbe rimasta sola come il Piccolo Gentiluomo...

Anche lui avvertiva la fine imminente. Il suo tono si faceva malinconico. Si chiudeva in se stesso. Contava i giorni, le ore, non frequentava più le lezioni, la mattina aspettava che Cary uscisse dall'albergo, lo seguiva, notava il bavero alzato del suo impermeabile bianco, le scarpe lucide, gli porgeva un sandwich, un caffè, restava in disparte senza distogliere lo sguardo.

Ci fu una seconda serata in hotel.

Questa volta avvertì Geneviève: le avrebbe fatto ancora una volta da alibi. Doveva dire che sarebbero andati insieme al cinema. Lei gli mise il muso, tu non mi porti mai al cinema, ti prometto che lo farò quando sarà partito, e quando parte?

"Ho chiuso gli occhi per non sentire quella domanda."

La frase occupava un'intera pagina. Sotto aveva disegnato il viso di un uomo con gli occhi bendati. Sembrava un condannato.

"Mi ha nuovamente invitato nella sua suite in albergo. Mi sono sorpreso nel sentirmi chiedergli: 'Ma perché trascorre tutto questo tempo con me? Lei è una grande star e io... io non sono niente...'

'Ma certo che sei qualcuno. Sei mio amico.'

Poi ha posato la mano sulla mia.

Basta che mi sorrida perché la mia paura si trasformi in fiducia, che la mia riservatezza sparisca, che trovi il coraggio di fargli tutte quelle domande che mi pongo quando lui non c'è.

Gli farebbe molto piacere conoscere Geneviève. Non ho potuto fare a meno di sorridere. Li ho immaginati l'uno di fronte all'altra. Lei, con la sua aria da vergine santa, i baffetti, i capelli rossi ricci, secchi come fili di fieno. E lui così elegante, così rilassato! Allora sono scoppiato a ridere, esclamando oh no! E lui ha domandato perché no, *my boy*? Fidati di me. La osserverò attentamente e ti dirò se potrai essere felice con lei... Mi sono rabbuiato, zittendomi. Io voglio essere felice con lui...

'Ne so abbastanza di matrimonio, sai. Sono stato sposato tre volte. Ma sono sempre le donne a lasciarmi. Mi sono chiesto spesso il motivo... Forse i miei matrimoni sono falliti a causa di ciò che è successo con mia madre... È possibile. O forse sono terribilmente noioso! Il fatto è che quando sono sposato, sogno di essere da solo, e quando sono solo, sogno di essere sposato...'

Si è alzato per mettere un disco di Cole Porter, un brano intitolato Night and Day, poi ha versato una coppa di champagne per entrambi.

'Ho interpretato il personaggio di Cole Porter in un film. Credo di essere stato un disastro, ma adoro la sua musica!'

A quel punto mi sono lanciato, gli ho detto che tutti trovavano bizzarra la nostra amicizia. Che sul set mi prendevano in giro per il mio attaccamento a lui. Ho parlato in fretta, imbarazzato...

'E allora? Presti attenzione a quello che dicono gli altri? Non devi. Se tu sapessi quello che ho sentito raccontare su di me!'

Deve avere letto l'ignoranza sul mio viso perché mi ha spiegato: 'Ascoltami bene... Ho sempre cercato di essere elegante, di vestirmi bene, ho avuto successo, ho amato donne eccezionali... Tuttavia so che molti pensano che mi piacciano gli uomini. Cosa vuoi che ci faccia?'

Si è fermato, aprendo le braccia.

'Penso che sia la sorte di tutti quelli che hanno successo. Si diffonde qualsiasi notizia sul loro conto. Mi rifiuto di lasciarmi rattristare da questo genere di cose. E rifiuto anche che simili idioti mi dettino il mio modo di vivere. Che pensino quel che vogliono, che scrivano quel che desiderano! Ciò che importa è che io sappia chi sono... Me ne frego completamente di quello che pensano gli altri e tu dovresti fare lo stesso...'

Ha rimesso il brano, canticchiando *night and day, you are the one, only you beneath the moon or under the sun*... ha accennato un passo di danza e si è lasciato cadere sul divano.

Ha continuato a parlare. Era in vena... Sembrava felice.

Che sia per la fine delle riprese e il fatto che rivedrà presto Dyan Cannon? Lei non mi piace. Ha troppi capelli, troppi denti e troppo trucco. L'ho osservata bene durante la settimana che ha trascorso a Parigi, e non mi è per niente simpatica. In più, si comporta come se lui le appartenesse... Ma chi si crede? Pensa di essere l'unica ad amarlo? Lo trovo arrogante e pretenzioso da parte sua.

Mi ha spiegato che non ha mai fatto niente per piacere agli altri. Non aveva mai sentito il bisogno di giustificarsi, di spiegarsi. La sua eroina è Ingrid Bergman.

Sul margine di un foglio aveva disegnato il volto dell'attrice con i capelli corti. Era irriconoscibile. Lui sembrava pensare: non male! Devo migliorare. E se frequentassi l'Accademia di Belle Arti anziché il Politecnico? Mi troverebbe più interessante se diventassi un artista?

'È una donna affascinante, ostinata, dolce, che ha sempre avuto il coraggio di vivere nel rispetto di sé e che ha dovuto affrontare una società inibita, imbecille e tremante di paura! L'ho sempre sostenuta nella sua lotta contro tutti. Non sopporto l'ipocrisia...'

Non so cosa sia successo tra loro, ma l'ha difesa con le unghie.

Ho nuovamente preso il coraggio a due mani e gli ho chiesto di sua madre. Mi sono detto che potevo farlo, mi aveva aperto la strada parlandone lui per primo.

Solo che non sapevo come impostare la domanda.

'Com'era sua madre?' mi è uscito in maniera un po' maldestra.

'Era una mamma adorabile... e io ero un bambino adorabile!'

È scoppiato a ridere. Ha accompagnato la definizione 'bambino adorabile' con una simpatica smorfia.

'Mi vestiva come una femminuccia, con dei grandi colletti bianchi, mi faceva i boccoli, che arricciava con un ferro, bruciandomi le orecchie! Credo che fossi la sua bambola... Mi ha insegnato a comportarmi educatamente, a parlare bene, a togliermi il cappello quando incrociavo qualcuno, a lavarmi le mani prima di sedermi a tavola, a suonare il pianoforte, a dire buongiorno e buonasera, grazie mille, come sta...'

Poi si è fermato, ha cambiato bruscamente tono e ha aggiunto: 'Abbiamo tutti le nostre cicatrici, *my boy*, alcune sono all'esterno e si vedono, altre sono interne e invisibili, come nel mio caso...'

La storia di sua madre è incredibile! Avevo le lacrime agli occhi ascoltandola. Mi sono detto che non avevo mai realmente vissuto, che ero niente paragonato a lui. Me l'ha raccontata a piccoli passi, alzandosi, versandosi dello champagne, rimettendo il disco, tornando a sedersi, sempre in movimento.

Devo ricordarmi tutto perché non ho mai sentito un racconto simile...

Aveva nove anni quando è accaduto, viveva a Bristol con i suoi genitori.

Sua madre, Elsie, aveva perso un bambino poco prima che lui nascesse. Aveva un anno. Pensava che fosse morto per colpa sua, che si fosse comportata con negligenza. Perciò, alla nascita del piccolo Archibald, ha avuto così tanta paura di perdere anche lui che lo ha vegliato giorno e notte. Temeva sempre che gli capitasse qualcosa. Si adoravano a vicenda. Suo padre le diceva che esagerava, che doveva lasciargli un attimo di respiro, e litigavano a causa sua. In continuazione. Inoltre, il denaro era scarso ed Elsie si lamentava. Suo padre lavorava in una lavanderia, mentre lei stava a casa con il piccolo Archie. Elias se ne andava al pub per non doverla ascoltare...

Sua madre lo portava al cinema a vedere dei bellissimi film.

Suo padre correva dietro alle ragazze.

E poi, un giorno, aveva nove anni, rientrando da scuola verso le cinque, apre la porta di casa e, come ogni giorno, chiama sua madre. Ma lei non risponde. C'è qualcosa che non va. Sua madre è sempre a casa quando lui torna da scuola. La cerca ovunque, ma invano. È scomparsa. Eppure, la mattina non gli aveva detto niente. Nemmeno la sera prima. È vero che lei è diventata un po' strana... Si lava le mani in ogni momento, chiude le porte a chiave, nasconde il cibo dietro le tende, domanda ma dove sono finite le mie scarpe da ballo? anche se lui non l'ha mai vista danzare. Passa diverse ore seduta davanti alla stufa a carbone, fissando i tizzoni incandescenti senza muoversi. Ma quella mattina, quando è uscito, lei lo ha baciato dicendogli a stasera...

Due dei suoi cugini, che abitano con loro, si precipitano giù per le scale. Lui domanda loro se sanno dove sia sua madre e i cugini rispondono che è morta. Che ha avuto una crisi cardiaca e che è stata sepolta subito. Poi arriva suo padre e gli racconta che la mamma è andata al mare a riposarsi. Era molto stanca. Sarebbe tornata presto...

E lui rimane là, in fondo alle scale, cercando di comprendere. Non riesce a capire se sia tutto vero o falso. Sa solo che lei non è lì.

La vita continua e non se ne parla più.

'All'improvviso, dentro di me c'è un vuoto terribile... a partire da quel momento non ho più smesso di essere triste. Nessuno mi ha più rivolto la parola. E io non ho chiesto spiegazioni. Lei era partita... E io mi sono abituato alla sua assenza. Mi sono detto che era successo a causa mia e ho sviluppato dei sensi di colpa. Non so perché, ma mi sono sentito colpevole. Colpevole e abbandonato...'

Anche suo padre era scomparso. Era andato a vivere con un'altra donna in un'altra città. Lui era stato affidato alla nonna, che beveva, lo picchiava, lo legava al termosifone quando usciva per andare al pub. Non è più tornato a scuola. Bighellonava per le strade, rubacchiava, viveva senza alcun rispetto per la morale. Fu così che a quattordici anni entrò a fare parte della troupe di acrobati del signor Pender. Si era trovato un'altra famiglia. Ha imparato a fare salti, capriole, contorsioni, smorfie, a camminare sulle mani, ad allungare il cappello per guadagnare qualche penny. È partito con loro per l'America, ha fatto una tournée, e quando la compagnia è rientrata in Inghilterra, lui è rimasto a New York...

E poi, un giorno, quasi vent'anni più tardi, era ormai diventato una star, una grande star, ha ricevuto una lettera da un avvocato che gli annunciava che suo padre era morto e che sua madre viveva in un manicomio vicino a Bristol...

All'inizio la notizia lo ha sconvolto, gli è crollato il mondo addosso.

Aveva trent'anni. Non appena usciva di casa, si trovava alle calcagna centinaia di giornalisti e fotografi. Indossava completi eleganti, camicie con le sue iniziali ricamate e interpretava film di successo.

'Il mondo intero sapeva di me, tranne mia madre...'

Sua madre era stata rinchiusa in manicomio da suo padre. Elias aveva incontrato un'altra donna, voleva vivere con lei, ma non intendeva pagare un divorzio, costava troppo. Aveva deciso di far sparire sua moglie. Un raggiro. E nessuno aveva mai sospettato niente!

Mi ha raccontato il momento in cui ha ritrovato sua madre. Nella stanzetta del manicomio. Non raccontava soltanto, interpretava la scena, la riviveva, facendo tutte le voci.

'Mi sono precipitato da lei, volevo prenderla tra le braccia, ma lei ha sollevato il gomito fermandomi... «Chi è lei? Che cosa vuole da me?» ha gridato. «Mamma, sono io, Archie!» «Lei non è mio figlio, non gli assomiglia per niente, non ha la sua voce!» «Ma sono io, mamma, sono soltanto diventato grande!»'

Si toccava il petto dicendo 'Sono io! Sono io!' prendendomi a testimone.

'Non voleva che l'abbracciassi. Ci sono volute diverse visite prima che accettasse che mi avvicinassi, altre ancora prima che lasciasse il manicomio e andasse a vivere in una casetta che le avevo comprato... Non mi riconosceva più. Non ritrovava il piccolo Archie nell'uomo che ero diventato...'

Si agitava, si sedeva, si rialzava. Aveva l'aria affranta.

'Ti rendi conto, *my boy*?'

Nel corso degli anni, le cose si sono un po' sistemate, ma lei è sempre rimasta distante, come se non avesse niente a che vedere con quell'uomo che si chiamava Cary Grant. Questo lo faceva impazzire.

'Ho passato la maggior parte della mia vita a esitare tra Archibald Leach e Cary Grant, insicuro dell'uno e dell'altro, diffidando di entrambi...'

Parlava con lo sguardo nel vuoto, gli occhi offuscati. Bisbigliava come se si stesse confessando a qualcuno d'invisibile. Io avevo la pelle d'oca. Mi sono chiesto con chi mi trovassi esattamente, non ero certo che fosse Cary Grant. Ho ripensato alla frase che mi aveva detto la sua costumista *to see him is to love him, to love him is never to know him*.

'Io volevo così tanto avere un vero rapporto con lei... Avrei voluto che ci parlassimo, che ci confidassimo i nostri piccoli segreti, che mi dicesse che mi voleva bene, che era felice di avermi ritrovato... Avrei desiderato che fosse fiera di me. Oh sì! Che fosse fiera di me!'

Ha sospirato, alzando e abbassando le braccia.

'Ma non è mai accaduto e Dio solo sa quanto ci ho provato! Speravo che venisse a vivere con me in America, ma lei non ha mai voluto lasciare Bristol. Le facevo dei regali, e lei li rifiutava. Non le piaceva l'idea che la mantenessi. Un giorno le ho regalato una pelliccia, lei l'ha guardata e mi ha chiesto: «Che cosa vuoi da me?» e io «Ma niente, niente di niente... È solo perché ti voglio bene...» poi ha aggiunto qualcosa come «Questa poi!» con un gesto della mano come a volermi mandare via... Mi ha restituito la pelliccia. Un'altra volta le ho portato un gatto. Ne avevamo uno in casa prima che fosse internata. Si chiamava Buttercup. Lo adorava. Quando sono arrivato con la gabbietta, mi ha fissato come se fossi pazzo.

«Che cos'è?»

«Ti ricordi di Buttercup? Gli assomiglia molto... Ho pensato che ti sarebbe piaciuto, che ti avrebbe fatto compagnia... È carino, no?»

Lei mi ha fulminato con lo sguardo.

«Chi è questo smorfioso?»

Ha afferrato il gatto e l'ha lanciato dall'altra parte della stanza.

«Devi essere davvero pazzo per pensare che volessi un gatto!»

Ho ripreso l'animaletto, l'ho rimesso nella gabbia. Lei mi guardava con occhi cattivi.

«Come hai potuto farmi questo? Come hai potuto rinchiudermi in questo posto di matti? Come hai potuto dimenticarmi?»

«Ma io non ti ho dimenticato! Ti ho cercato ovunque! Non c'era nessuno più disperato di me quando sei partita, mamma...»

«Smettila di chiamarmi mamma! Chiamami Elsie come tutti gli altri!»

Ho finito con il sentirmi a disagio in sua compagnia. Non sapevo più che cosa fare. Le telefonavo tutte le domeniche e ogni volta, prima di comporre il numero, avevo la gola secca, chiusa, non riuscivo a parlare... Non facevo che schiarirmi la voce. Poi, non appena riattaccato, riprendevo a esprimermi normalmente... Questo la dice lunga, eh, *my boy*?'

Io lo ascoltavo e non sapevo che cosa dire. Giocherellavo con la coppa di champagne, rigirandola tra le mani. Era appiccicosa da tanto ero sudato. Il disco era finito, non l'aveva più rimesso. Il vento soffiava contro le finestre, gonfiando la tenda. Ho pensato che stava per scoppiare un temporale e che non avevo l'ombrello.

'In seguito, *my boy*, ho capito molte cose... Ho capito che i miei genitori non erano responsabili, che erano il risultato della loro educazione, degli errori dei loro genitori, e ho deciso di conservare i ricordi migliori. E di dimenticare il resto... Sai, *my boy*, tuo padre e tua madre finiscono sempre per presentarti il conto e fartelo pagare. È meglio pagare e perdonare. La gente crede sempre che perdonare sia un gesto di debolezza, io penso esattamente il contrario. È quando si perdonano i propri genitori che si diventa forti...'

Ho pensato ai miei di genitori. Non avevo mai detto loro che gli volevo bene o che li odiavo. Erano i miei genitori. Punto. Non mi facevo domande su di loro. D'altra parte, non ci parliamo molto. Ci comportiamo come se... Papà mi indica la rotta e io la seguo. Senza ribellarmi. Obbedisco. È come se non fossi mai cresciuto, come se avessi ancora i pannolini...

'È stato un periodo orribile. Avevo l'impressione di vagare nella nebbia. Avevo fame, freddo, ero solo. Facevo di tutto. Non accettavo che lei mi avesse abbandonato... Mi dicevo che era pericoloso amare qualcuno, perché questa persona si sarebbe rivoltata contro di me, prendendomi a botte. Questo non mi ha certamente aiutato nei rapporti con le donne. Ho commesso l'errore di pensare che ogni donna a cui volevo bene si sarebbe comportata come mia madre. Avevo sempre paura che mi lasciasse...'

Ha sollevato lo sguardo su di me, stupito di trovarmi lì. Nei suoi occhi c'è stato un lampo di sorpresa. Mi sono sentito in imbarazzo. Mi sono schiarito la voce, lui ha sorriso, facendo lo stesso, e siamo rimasti l'uno di fronte all'altro senza parlare.

Nel giro di qualche secondo, mi sono alzato, ho mormorato che forse era meglio che me ne andassi, era tardi. Lui non mi ha trattenuto.

Ero un po' stordito. Mi sono detto che forse mi aveva raccontato troppo, che non valevo tutte quelle confidenze. Che il giorno dopo se ne sarebbe pentito...

Sono uscito dall'hotel. Era notte, soffiava il vento, il cielo era nero e minaccioso. Il portiere mi ha teso un ombrello, l'ho rifiutato. Ho alzato il bavero e mi sono buttato nel buio di Parigi. Ero troppo triste per prendere il metrò. Avevo bisogno di camminare. Per ripensare a tutto quello che mi aveva detto.

Sopra di me è scoppiato il temporale...

Non avevo l'ombrello, sono arrivato a casa bagnato fino al midollo."

Joséphine appoggiò il diario e pensò a sua madre.

Anche lei avrebbe voluto che sua madre la guardasse, che fosse fiera di lei, che condividessero i loro segreti.

Non era mai successo.

Anche lei si ripeteva che amare qualcuno significava accettare il rischio di prendere uno schiaffo in pieno viso. Ne aveva presi tanti di schiaffi. Antoine era andato a vivere con Mylène, Luca era ricoverato in clinica, Philippe passava giorni felici a Londra in compagnia di Dottie.

Lei non lottava. Preferiva subire, dicendosi che la vita era fatta così...

Sfogliò le pagine precedenti del diario: "Ho commesso l'errore di pensare che ogni donna a cui volevo bene si sarebbe comportata come mia madre. Avevo sempre paura che mi lasciasse..."

Henriette l'aveva abbandonata in mezzo al mare da bambina. Sommersa dalle onde, aveva scelto tra lei e sua sorella. Aveva scelto di lasciar morire lei e di salvare Iris. Le era sembrato normale. Si era focalizzata su quello che le era sembrato un dato di fatto.

Tutto il successo di Cary Grant non aveva mai cancellato il dolore del piccolo Archibald Leach.

Tutto il successo di *Un'umile regina*, il superamento dell'esame di abilitazione, i suoi brillanti studi universitari, le conferenze in giro per il mondo non allontanavano la sofferenza di sapere che sua madre non l'amava, che non l'avrebbe mai amata.

Cary Grant era rimasto il bambino di nove anni che cercava sua madre ovunque per casa.

Lei era rimasta la bimba di sette anni che batteva i denti su una spiaggia delle Landes.

Chiuse gli occhi. Appoggiò la fronte sul diario e pianse.

Aveva perdonato sua madre. Era sua madre che non perdonava lei.

Poco tempo dopo la morte di Iris, aveva chiamato Henriette.

"Joséphine, credo sia preferibile che non mi telefoni più. Non ho più figlie. Ne avevo una e l'ho persa..."

L'artiglio delle onde l'aveva ghermita di nuovo.

Non si guarisce da una madre che non ti ama, ci si ripete che non si è degni di essere amati, che non si vale niente.

Non ci si precipita a Londra per buttarsi nelle braccia dell'uomo che ti vuole bene.

Philippe l'amava. Lo sapeva. Lo sapeva nella sua testa, nel suo cuore, ma il suo corpo si rifiutava di fare un passo. Non riusciva a prendere slancio, a mettersi a correre verso di lui.

Restava a battere i denti sulla spiaggia.

Iphigénie, che stava passando l'aspirapolvere nell'appartamento, bussò alla porta dello studio, chiese posso entrare, non disturbo? Joséphine si raddrizzò, si asciugò le lacrime, facendo finta di essere china su un libro.

"Signora Cortès, ma sta piangendo?"

"No, no, non è niente, Iphigénie, solo un'allergia..."

"Lei sta piangendo, signora Cortès! Non bisogna piangere! Che cosa le è capitato?"

Iphigénie appoggiò il tubo dell'aspirapolvere e prese Joséphine tra le braccia, stringendola contro il grembiule.

"Lei lavora troppo! Sempre chiusa qui dentro con libri e quaderni! Non è vita questa!"

La cullò, ripetendo non è vita, non è vita, ma perché piange, signora Cortès?

Joséphine tirò su con il naso, se lo pulì nella manica del maglione, rispose non è niente, mi passerà, non si preoccupi, Iphigénie, è perché ho letto una storia triste...

"Io capisco quando lei non sta bene e in questo momento posso dirle che non sta bene per niente! Non l'ho mai vista così!"

"Mi dispiace, Iphigénie."

"Non si deve scusare! Capita a tutti di essere tristi. Lei è troppo sola, tutto qua! Troppo sola... Le preparerò un caffè, le va?"

Joséphine rispose di sì.

Iphigénie la osservò dalla soglia, sospirò e andò a farle un caffè emettendo il suo fischio da trombetta contrariata. Tornò con un'enorme tazza e tre zollette di zucchero, chiedendo quante?

Joséphine sorrise e rispose tutte quelle che vuole...

Iphigénie annuì e mise nella tazza tutte e tre le zollette.

"Lo zucchero consola..."

Girò il cucchiaino scuotendo la testa.

"Non ci capisco niente! Una donna come lei che piange come una ragazzina!"

"Be', sì..." disse Joséphine. "Iphigénie, e se parlassimo di qualcosa di più allegro? Altrimenti mi rimetterò a piangere e sarebbe un peccato con un caffè così buono!"

Iphigénie gonfiò il petto d'orgoglio, soddisfatta del successo ottenuto.

"Bisogna versare l'acqua sulla miscela quando non è ancora bollente... È questo il segreto."

Joséphine bevette sotto l'occhio vigile di Iphigénie. La donna veniva da lei due volte a settimana a fare i mestieri. Quando se ne andava, l'appartamento brillava. Sto bene qui da lei, mi comporto come se fossi a casa mia, sa... non lo farei con tutti!

"Senta, signora Cortès, visto che stiamo facendo entrambe una pausa dal lavoro, c'è una cosa su cui ho riflettuto... Si ricorda della nostra conversazione, l'altro giorno, sul fatto che noi donne dubitiamo sempre di noi, che ci prendiamo per delle buone a nulla..."

"Sì", rispose Joséphine, sorseggiando il caffè troppo zuccherato.

"Ebbene, mi sono detta che se noi per prime dubitiamo, se pensiamo che non ce la faremo mai, come potranno gli altri fidarsi di noi?"

"Non lo so, Iphigénie."

"Mi ascolti bene... Se io non credo in me, chi lo farà? Se non do il cento per cento per me stessa, chi lo farà? Bisogna trasmettere alla gente l'idea che siamo eccezionali, altrimenti non lo sapranno mai..."

"Non è sbagliato quel che dice, Iphigénie, per niente!"

"Ah! Vede?"

"E ci ha ragionato da sola?" chiese Joséphine, bagnandosi le labbra nel caffè decisamente troppo zuccherato.

"Sì. Eppure non ho fatto il Politecnico come il signore del secondo piano!"

Joséphine sussultò.

"Il Politecnico? Chi ha fatto il Politecnico?"

"Be'... Il signor Boisson. Quando smisto la posta, faccio bene attenzione a non sbagliare, leggo con attenzione quello che c'è scritto sulla busta e ho notato che riceve degli inviti agli incontri con i vecchi allievi. Sulla busta c'è il nome della scuola e dell'associazione studentesca..."

"Il signor Boisson ha frequentato il Politecnico?"

"Sì. Invece io no. Ma questo non m'impedisce di riflettere tutti i giorni sulle cose della vita... E per farlo, basta sedersi su una sedia quando i bambini sono andati a dormire a chiedersi come mai una donna come lei, intelligente, colta, pensa di non valere niente e che il mondo intero possa calpestarla..."

"Il signor Boisson ha fatto il Politecnico?" ripeté Joséphine. "E come si chiama sua moglie, Iphigénie?"

"Non ne ho la minima idea. Non apro certo le lettere! Leggo solo la busta. Ma non è questo che deve tenere a mente, signora Cortès, bensì quello che le ho detto prima. Se non è dalla sua parte al cento per cento, chi lo farà? Ci pensi..."

"Lei ha ragione, Iphigénie. Ci penserò..."

"Perché lei è una donna eccezionale, signora Cortès. È l'unica a non saperlo... Allora se lo metta bene in testa e si ripeta ogni sera, prima di addormentarsi, sono una donna eccezionale, sono una donna eccezionale..."

"Crede che funzioni?"

"Provarci non le costa niente e ritengo che non sia un'idea troppo stupida. Ma di sicuro non ho fatto il Politecnico!"

"Per fortuna, Iphigénie! Non sarebbe qui a vegliare su di me..."

"Forza! Non voglio più vederla piangere... Promesso?"

"Promesso..." sospirò Joséphine.

Doveva assolutamente parlare con Garibaldi.

* * *

Le dieci del mattino...

Seduta nella sua grande cucina, Josiane contemplava i vetri delle finestre. Li aveva puliti due giorni prima, poi aveva piovuto, oggi poteva rifarli. Aveva trovato una nuova marca di detergente che prometteva miracoli. Oppure poteva ripassare i rubinetti con l'anticalcare. O eliminare il calcare dai filtri. Spolverare le mensole. Sgrassare il forno. L'aveva già fatto, tre giorni prima! Togliere le tende e portarle in lavanderia? Sì, ma... non gliele facevano mai come le voleva lei... Ah! sussultò, piena di speranza, è una settimana che non lucido l'argenteria! Potrebbe tenermi impegnata tutto il pomeriggio...

Si alzò, si allacciò il grembiule dietro la schiena, aprì il cassetto delle posate d'argento. Brillavano come diecimila lampadine.

Tornò a sedersi, delusa.

Andare dal parrucchiere? A fare un massaggio? A guardare le vetrine? Mettersi davanti alla televisione? Scosse la testa. Nulla la entusiasmava. Anzi! Dal parrucchiere usciva sempre imbronciata. Non apriva mai i sacchetti con gli abiti nuovi che comprava. Metteva i maglioni e le gonne nell'armadio con le loro etichette e se li dimenticava...

Davanti alla tivù si addormentava...

Aveva anche cercato di imparare a lavorare a maglia...

Le serviva dell'azione. Delle montagne da scalare, dei problemi da risolvere. Aveva pensato di studiare il cinese, l'inglese, ma aveva capito subito che non le sarebbe bastato. Invocava delle attività pratiche. Del movimento, uno scopo concreto da raggiungere...

Lanciò un'occhiata al sauté di vitello con piselli che cuoceva lentamente sul fuoco in una grossa pentola di rame. Lo sportello del forno! Potrei smontarlo, pulire lo spazio tra le due lastre di vetro. Deve essere davvero unto. Con un po' di fortuna mi ci vorrà una mezza giornata! Poi sarà ora di pranzo. Allora avrebbe apparecchiato la tavola, avrebbe guardato Junior divorare il sauté di vitello leggendo un libro, avrebbe sparecchiato, lavato i piatti, asciugato, pulito con cura i bordi dell'acquaio...

Non sentì suo figlio entrare in cucina. Il bambino si issò su uno sgabello, costringendola ad abbandonare le sue fantasie casalinghe.

"Va tutto bene, mammina? Ti sento tesa... Sei triste?"

"Diciamo che potrebbe andare meglio, amore mio..."

"Ti va di parlarne?"

"E il tuo insegnante?"

"L'ho rimandato a casa, non aveva finito i compiti... e poi viene meno al suo ruolo di professore, che è quello di risvegliare la gioia di lavorare e di conoscere..."

"Oh Junior! Come puoi parlare così di un uomo tanto colto?" si offese Josiane fissandolo con tanto d'occhi.

"Sto solo dicendo la verità, mammina. Quell'uomo è sfinito. Dovremo sostituirlo. Da qualche tempo scricchiola, prendo voti migliori dei suoi quando mi restituisce i compiti..."

"Anche l'altro è così scarso?"

Junior aveva due professori: uno veniva di mattina, l'altro di pomeriggio, due giovani studenti che uscivano dall'università e si presentavano puntuali con le loro cartelle piene di libri e quaderni, di penne colorate e fogli quadrettati. Si toglievano il cappotto nell'entrata e s'infilavano nella camera di Junior come in un santuario. Con una sorta di morsa allo stomaco. Si pulivano i piedi, si sistemavano il nodo della cravatta, tossivano, si grattavano la gola e bussavano alla porta aspettando l'invito a entrare. Quel bambino li impressionava.

"No! Lui resiste! I nostri scambi sono esaltanti. Le sue osservazioni mi scuotono la mente e mi sottopone mille problemi. Ha un'intelligenza viva, è ben preparato, ha un'ottima memoria e un'eccellente capacità di ragionamento. Ci divertiamo molto insieme... Ma basta parlare di lui, dimmi che cosa ti affligge..."

Josiane sospirò. Non sapeva se raccontare o meno la verità a suo figlio o parlare di stanchezza, cambiamento di stagione, un'influenza passeggera. Per un momento pensò di accusare il polline degli alberi.

"E non tentare di nascondermi le cose, mammina. Leggo in te come in un libro aperto... Ti annoi, vero? Vaghi per l'appartamento senza più sapere che cosa lucidare. Prima avevi una carriera, partecipavi alla vita dell'azienda, uscivi la mattina a passo svelto e l'espressione fiera, e tornavi la sera con la testa piena di progetti. Avevi un posto nella società. Adesso, a causa mia, ti ritrovi chiusa in casa a fare i mestieri, la spesa, a cucinare, e ti annoi..."

"È proprio così, Junior", rispose Josiane, sorpresa dalla perspicacia del figlio.

"E perché non torni a lavorare a Casamia?"

"Tuo padre non vuole. Preferisce che mi occupi di te, solo di te!"

"E questo ti esaspera..."

Lei lo guardò, imbarazzata.

"Ti amo alla follia, bambino mio, ma tu non hai più bisogno di me, siamo realisti..."

"Sono andato troppo in fretta..."

"Fin troppo..."

"Non ho assolto al mio ruolo di neonato. Lo so. Me lo rimprovero spesso. Ma voglio che tu sappia, mamma, che è veramente noioso essere un neonato!"

"Non saprei. Non mi ricordo..." rispose Josiane ridendo. "È stato tanto tempo fa!"

"Allora... Dimmi... È difficile per me farti delle domande. Dovresti aiutarmi..."

"Pensavo..." esitò Josiane, incerta di poter confessare la verità.

"Di fare un altro bambino..."

"Junior!"

"E perché no? Dobbiamo solo convincere papà... Non so se ne abbia voglia. Sta invecchiando..."

"Già..."

"E tu non osi parlargliene..."

"Ha tante preoccupazioni..."

"E così tu giri in tondo mentre l'idea ti frigge il cervello. Che brutti pensieri!"

"Mi leggi nella mente, figlio mio..."

"Dobbiamo inventarci qualcosa. Inventare un nuovo modo di vivere. Inventare è pensare in modo laterale."

"Cioè?" chiese Josiane, non certa di avere capito.

"Andare là dove nessuno se lo aspetta... La conoscenza si acquisisce con l'esperienza, tutto il resto sono solo informazioni. In pochi sono in grado di esprimere pacatamente un'opinione diversa dai pregiudizi del proprio ambiente. La maggior parte è incapace di arrivare a formulare concetti simili. Ma tu... tu puoi, mamma..."

"Junior, potresti parlare in modo più semplice, è un po' oscuro..."

"Scusami, cercherò di essere più chiaro..."

Chiese all'Albert Einstein in lui di tacere e di lasciar parlare Junior Grobz.

"So perché a tante persone piace tagliare la legna. È un'attività in cui si vede subito il risultato. Perciò capisco perché ti appassiona occuparti delle faccende di casa, vuoi sentirti utile e ottenere qualcosa..."

"Ormai credo di aver pulito tutto quello che c'era da pulire!"

"Cosa vorresti fare, mammina adorata?"

"Quello che hai appena detto: rendermi utile. Prima, ero utile... In azienda, per fare un figlio, ma adesso il figlio mi ha superato e io rimango qui senza sapere che pesci pigliare..."

"I grandi spiriti hanno sempre incontrato violenta opposizione da parte delle menti mediocri e tu hai paura di formulare il tuo desiderio... Te lo domando di nuovo, mamma, cosa vorresti fare?"

"Vorrei rimettermi a lavorare. Tuo padre ha bisogno di aiuto. Casamia si è ampliata, è diventata un orco che necessita di continui progetti e sento che Marcel si sta consumando. Da solo non ce la fa più. Vorrei che mi ridesse il mio posto. Che mi metta a dirigere un reparto che potrebbe chiamarsi..."

"'Prospettive e nuove idee', per esempio?"

"Saprei fare meraviglie. In passato ho fatto dei tentativi. Nessuno l'ha mai saputo perché mi facevo sempre soffiare le idee, ma non c'era nessuno come me capace di trovare nuovi sbocchi... Mi piaceva curiosare nei progetti altrui, studiare ciò che era realizzabile, redditizio... La ricerca mi appassionava."

"Ne sono sicuro, mamma. È il tuo intuito che parla e l'intuito ha spesso ragione. La mente intuitiva è un gran dono e la mente razionale un servo fedele. Abbiamo creato una società che onora il servitore e ha dimenticato il dono... Sono rari coloro che osservano con i propri occhi e testano con la loro sensibilità. Buttati! Scopri dei progetti e sottoponili a papà. Saprà riconoscere che hai ragione e ti darà il posto che desideri..."

"Non è così semplice, Junior. Ho tentato di parlargli, ma non vuole starmi a sentire. Mi dice di sì per tranquillizzarmi, ma poi non fa niente per aiutarmi. Naturalmente potrei propormi a qualcun altro, ma avrei l'impressione di tradire..."

"È tutto relativo, mamma. Quando un uomo siede un'ora in compagnia di una bella ragazza, sembra sia passato un minuto. Ma fatelo sedere su una stufa per un minuto e gli sembrerà più lungo di qualsiasi ora. Questa è la relatività. Trova a papà un valido progetto, mettiglielo sulla scrivania senza dirgli che viene da te, lui vorrà saperne di più e verrà a cercarti. I suoi dubbi verranno spazzati via, non dovrà fare altro che inchinarsi..."

"Junior, tu vai troppo veloce anche quando pensi!"

Josiane lo guardò dritto negli occhi per cercare di capire come quel bambino di tre anni potesse farle un discorso simile, poi ci rinunciò. Non sarebbe mai riuscita a capire suo figlio. Doveva farsene una ragione. Non si forzava nemmeno più di nascondere la sua originalità. Ne parlava proprio l'altro giorno con Ginette... Quest'ultima le aveva detto accetta questo dono del cielo e smettila di frenarlo. Non è come gli altri, e allora? T'immagini un mondo di persone tutte uguali? Ci sarebbe da suicidarsi! Un sacco di genitori si lamentano di avere dei figli somari, pigri, ignoranti. Tu hai un piccolo Einstein, abbi cura di lui, incoraggialo. Non cercare di farlo diventare come gli altri. L'uguaglianza è un concetto stupido. Siamo tutti diversi...

Sospirò, sfregandosi le mani. Tornò alla conversazione con suo figlio.

"Hai ragione, Junior... Però devo ancora trovare questo progetto. Sono bloccata in cucina..."

"Prima come facevi?"

"Frequentavo i saloni specializzati, le fiere, le esposizioni... Parlavo con architetti, designer, vagliavo le idee... Mi dicevo che, in mezzo a quell'accozzaglia, c'era sicuramente qualcosa da sfruttare."

"E avevi ragione... L'immaginazione è più importante del sapere."

"Ma come andare alla ricerca di quest'idea se sono chiusa qui a vegliare su di te?"

"Ti aiuterò, mamma. Verrò con te. Dovrai semplicemente dire che è necessario per la mia istruzione e ti sosterrò. Visiteremo insieme le fiere commerciali e troveremo nuove idee da mettere sulla scrivania di papà..."

"Faresti questo per me?"

"Oh sì! E molto di più, se tu me lo chiedessi! Ti voglio così tanto bene, mammina. Sei la mia roccia, le mie radici, la mia foglia di pioppo... Voglio aiutarti. Sono su questa terra per questo, non dimenticarlo."

"Ma tu hai già fatto la nostra felicità, Junior. La tua nascita è stata una benedizione, una fonte di gioia infinita. Avresti dovuto vederci, inginocchiati davanti all'essere divino che aveva coronato il nostro sogno d'amore. Ti contemplavamo come un tesoro... Avresti cambiato le nostre vite, e così è stato..."

"E non è finita qui, vedrai. Faremo grandi cose insieme! Mi diverte molto l'idea di buttarmi nella mischia, di parlare con persone nuove dai pensieri originali, di trasformare i loro progetti in realtà concrete. Rischio di annoiarmi a studiare tra queste quattro mura."

"Ma non dovrai strapazzarti. Sei ancora piccolo! Hai la tendenza a dimenticartelo. Non fai più il sonnellino..."

"È inutile, mamma. Non dormo più tanto, ma riposo profondamente... Il sonno è una perdita di tempo, una droga per i pigroni."

"Ho rinunciato tempo fa a capire come tu sia, Junior. Lo confesso, va al di là della mia comprensione... ma sono felice di aver fatto questa conversazione con te! La vita mi ha dato una bella occasione..."

"Non è una coincidenza, mamma. Il caso è Dio che gira in incognito. Si è accorto che avevi dei pensieri tristi e mi ha mandato da te..."

"E noi insieme aiuteremo tuo padre... Ha tanto bisogno di noi, sai. Il mondo va così veloce, oggi, e lui non vuole ammetterlo, ma invecchia..."

"Il mondo è pericoloso. Non tanto a causa di chi commette il male, piuttosto di quelli che rimangono a guardare lasciando che accada..."

"Non permetteremo che nessuno gli faccia del male, vero Junior?"

"Promesso, mamma! Mi metto subito alla ricerca di idee e progetti per Casamia, mentre tu preparerai una lista delle fiere dove potremmo andare a dare un'occhiata..."

"Affare fatto!" esclamò Josiane alzandosi e prendendo suo figlio tra le braccia. "Junior! Che felicità averti messo al mondo! Come ho fatto a dare alla luce un bambino come te? Io che sono così semplice e ignorante. È un vero mistero..."

Junior sorrise dandole una pacca sulle spalle come a dire non indagare troppo.

"Quello che è più incomprensibile è che ci sia ancora qualcosa di comprensibile", aggiunse lui a voce bassa, lasciando che il grande Albert Einstein riprendesse la parola.

* * *

Il giorno dopo la sua conversazione con Iphigénie, Joséphine chiamò Garibaldi. Il poliziotto non era in ufficio, perciò lasciò un messaggio al collega che le rispose. Quando sillabò il proprio nome, Joséphine C-O-R-T-È-S, l'uomo fece una pausa poi aggiunse: "Ah... È lei la signora Cortès..."

Con una punta di rispetto e dolcezza. Come se la conoscesse. Come se Garibaldi avesse parlato di lei in termini affettuosi. E la sua voce divenne quella calorosa di un amico. Diceva Joséphine Cortès e un raggio di luce penetrava nell'ufficio freddo e grigio di Garibaldi.

"È in missione... Un'indagine nel mondo della droga. Siamo all'erta giorno e notte, dandoci il cambio. Ma gli farò sapere che ha telefonato e la richiamerà di certo..."

Joséphine ringraziò e riappese con le lacrime agli occhi.

Poi si scosse, rimproverandosi del suo sentimentalismo. Smettila di piagnucolare per niente, ragazza mia! Che cosa vai a immaginare? Che abbia parlato di te con la voce che gli tremava?

Sospirò. Era faticoso convivere con quella facoltà di sentire tutto, di provare tutto. Fino a lasciarsi toccare dall'intonazione di una voce, da un'osservazione ironica, da un sollevarsi di sopracciglia. Non riusciva a mettere delle barriere tra sé e gli altri. Si diceva questa volta lo farò, uscirò armata, con l'elmo e la corazza, non permetterò a nessuno di accoltellarmi. Ma non funzionava mai... Bastava un niente per graffiarla o renderla felice. Un niente l'abbatteva o suscitava in lei un'ondata di speranza e calore. Sono come un foglio di carta assorbente, pensò per incoraggiarsi a sorridere. A ridere di se stessa e della sua emotività. Una grande carta assorbente con un sacco di macchie.

Ripensò alle proprie lacrime dopo avere letto il diario del Piccolo Gentiluomo.

Aveva pianto davanti al passaggio in cui Cary Grant evocava la madre.

Pensò alla riflessione di Iphigénie: "Se non crede lei in se stessa, come pretende che lo facciano gli altri?"

Non avrebbe mai dimenticato la bambina abbandonata in mezzo alle onde. Nascondeva dentro di sé un cadavere annegato.

Si era girata verso sua madre, era riuscita a nuotare fino a lei, le aveva gridato aspettami, aspettami, l'aveva afferrata, ma sua madre l'aveva respinta con una gomitata. Non l'aveva detto, ma era come se potesse sentire le sue parole, non tu! Lasciami!

Lasciami salvare tua sorella.

Iris. La gente adorava Iris. Non poteva farci niente. Era una bambina che attirava su di sé tutta la luce. Tutti gli sguardi. Senza fare nulla. Era così. I bambini come lei godono di tutti i diritti, di tutti i poteri. Perché regalano agli altri la capacità di sognare, li conducono altrove. Amare Iris significava prendere parte alla sua luce, sottrarne un raggio per farsene un lumino...

Di fronte a Iris era impotente.

Allora, in mezzo alla onde furiose del mare, aveva mollato la presa. Aveva chiuso gli occhi e si era lasciata scivolare nei flutti.

E si era ritrovata sulla spiaggia, trascinata da un cavallone. Catapultata senza che avesse fatto alcunché. Era uscita dall'acqua esitante, sputando, battendo i denti. Completamente sola... Suo padre l'aveva presa tra le braccia urlando a sua madre che era una criminale. Udiva quelle parole senza comprenderle. Avrebbe voluto tranquillizzarla, consolarla, ma le erano mancate le forze.

La vita era continuata senza che ne riparlassero. Quanto a lei, non sapeva, si chiedeva ha ragione mamma o papà, si diceva anche che la verità dipende dalla prospettiva da cui si osserva.

Cose del genere dovevano capitare a un sacco di gente. Lei non era un'eccezione. Non bisognava metterla giù troppo dura. Continuiamo a esistere, a fare finta di esistere... tranne quando siamo consapevoli di fare finta.

Rubacchiava piccoli istanti di gioia, frammenti di felicità. I pezzi grossi, quelli non riusciva a ingoiarli. Era felice di quei frammenti. Le bastavano.

Come sapere che Garibaldi le voleva bene...

E poi riusciva a capire la storia di Cary Grant e sua madre.

Tutti lo adoravano, lo trovavano eccezionale, era la più grande star di Hollywood, ma era rimasto il bambino di nove anni abbandonato dalla mamma. Archibald Leach supplicava sua madre di guardarlo. Elsie vedeva Cary Grant e non lo riconosceva.

Sollevava il gomito quando si avvicinava...

Rifiutava la pelliccia.

Lanciava il gatto dall'altra parte della stanza.

Gli impediva di chiamarla mamma.

Non voleva andare ad abitare in una bella casa a Los Angeles vicino a lui.

Faceva l'indifferente quando le telefonava.

Diceva tu non sei Archie, non sei mio figlio...

Lui insisteva. Si faceva vivo tutte le domeniche ovunque si trovasse nel mondo...

Aveva la gola chiusa. Tremava ogni volta.

Non sapendo più chi fosse...

Archie Leach, Cary Grant?

Era diventato grande, aveva avuto successo, ma era come se fosse tutto un'illusione... Si era costruito un altro personaggio di nome Cary Grant.

L'aveva creato da solo.

Osservandosi allo specchio, infilando le mani in tasca, correggendo l'accento, studiando atteggiamenti, smorfie, imparando parole difficili che ricopiava su un quaderno...

Se l'era cavata da solo.

Da solo...

Gli uomini che riescono a sfuggire alla propria infanzia sono sempre dei solitari. Non hanno bisogno di nessuno, avanzano con le mani in tasca, un po' malfermi, un po' traballanti, schiarendosi la voce, ma avanzano.

Alzò la testa. Ringraziò il Piccolo Gentiluomo di averle raccontato la storia di Cary Grant. Ogni volta che riandava al temporale sulla spiaggia delle Landes, aggiungeva una tessera al puzzle.

Cary Grant aveva inserito un nuovo pezzo nell'immenso rompicapo. Una breve frase che aveva pronunciato senza accorgersi, "era uscita dall'acqua... completamente sola".

Completamente sola...

Pensò alle sue figlie.

Alla morte di Antoine...

Si domandò se Hortense e Zoé avessero degli incubi ricordando la fine di Antoine.

Si domandò se fosse per dimenticare la morte del padre che

Zoé si stringeva a lei come la bambina che non era più. Che mischiasse tutto, Gaétan, la notte in cantina, le braccia di sua madre, l'orecchio del suo orsacchiotto... Si teneva in equilibrio con un piede nell'infanzia e uno nel futuro. Insicura su da che parte pendere. Esitante.

Hortense si era chiusa alle spalle le porte dell'infanzia da tanto. Guardava risoluta davanti a sé, sbarazzandosi di tutto quanto le dava fastidio. La proteggeva una sorta di amnesia. Si era costruita un'armatura. Per quanto tempo l'avrebbe tenuta al riparo? Arrivava sempre il momento in cui l'armatura andava in mille pezzi...

Anch'io ho la gola secca quando devo parlare con Hortense. Giro intorno al telefono prima di comporre il suo numero.

Anch'io ho paura che mi respinga con una gomitata.

Eppure, sono una madre eccezionale...

Sono una madre eccezionale.

Fece il numero di Hortense.

Era a casa. Furiosa. In bagno ci sono tre centimetri d'acqua e nessuno fa niente, sono stufa di questo posto, stufa! E sai cosa? Quell'altro scemo di un ayatollah...

"Peter?" chiese Joséphine.

"Quell'idiota! Ha deciso di raddrizzarmi, di insegnarmi a vivere! Dice che stavolta tocca a me chiamare il proprietario e fare la voce grossa... Si è trasformato in mister Morale e mi dà lezioni su tutto. Non lo sopporto più. Credo che me ne andrò... L'altra sera abbiamo cercato di ricucire i rapporti. Siamo usciti insieme e, entrando in un locale, sai che cosa mi ha detto?"

"No", rispose Joséphine, sorpresa che la figlia si dilungasse tanto.

Hortense doveva proprio essere furente e aveva bisogno di sfogare la rabbia con qualcuno.

"Mi ha detto, tutti i ragazzi ti guardano, Hortense, ma tu dovrai restare tranquilla vicino a me... senza muoverti. Non esiste! Crede che gli appartenga? Che uscirò con lui? Con quegli occhialini, la taglia di un nanerottolo e l'aria impacciata! È pazzo, totalmente pazzo..."

"Hai notizie di Gary?" domandò Joséphine.

"No. Non ci vediamo più..."

"Be', è normale", ribatté Joséphine, che aveva saputo da Shirley che Gary era a New York.

"Tu lo trovi normale? Prendi pure le sue difese! Pensavo di averne sentite a sufficienza! In questo momento sarebbe decisamente meglio se restassi a letto con i tappi nelle orecchie... È una cospirazione o cosa?"

"Hortense, cara, calmati... Stavo solo dicendo che è normale che non vi vediate perché lui è a New York e tu a Londra... Volevo sapere se di tanto in tanto vi sentite..."

"A New York? Che accidenti fa a New York?" chiese Hortense, sconcertata.

"Ci vive... Da più di due mesi ormai..."

"A New York? Gary?"

"Shirley non ti ha detto niente?"

"Non vedo più nemmeno Shirley. A causa di Gary. Ho cancellato madre e figlio dal mio vocabolario."

"È partito all'improvviso..."

"E perché?"

"Ehm... Credo che... M'imbarazza dirtelo, sarebbe meglio se lo facesse Shirley..."

"Mamma! Non fare la preziosa... E non farmi perdere tempo."

Joséphine le parlò del viaggio di Gary a Edimburgo alla ricerca del padre, il ritorno a Londra, la sua irruzione nell'appartamento di Shirley di prima mattina e...

"Ha trovato Shirley a letto con Oliver, il suo insegnante di piano..."

"Wow! Deve essere stato uno shock!"

"Da allora non parla più con lei. Credo le mandi delle e-mail. È partito per New York, è stato ammesso alla Juilliard School..."

"È fantastico!"

"Ha affittato un appartamento, e sembra che laggiù gli piaccia molto..."

"Dopo l'inaugurazione delle mie vetrine abbiamo passato la notte insieme e la mattina è corso da sua madre. Aveva una sorta di urgenza..."

"Probabilmente voleva raccontarle del viaggio in Scozia... Non ne ha avuto il tempo."

"E io che credevo che fosse ancora a Londra e mi evitasse..."

"Non ti ha avvertito?"

"No, neanche una parola o un sms! Avevamo passato la notte insieme, mamma, una notte da sogno e all'alba se l'è data a gambe per andare a vedere..."

"Magari ti ha lasciato un messaggio e tu non l'hai ricevuto... Capita, sai."

"Lo credi davvero?"

"Sì. In ogni caso, a me succede... Mi dicono di avermi inviato un sms o che mi hanno lasciato un messaggio, ma non trovo niente."

"Di sicuro è da un po' di tempo che non mi chiama più nessuno! Mi ripetevo che era un brutto periodo, sopportavo in attesa che passasse... Pensi che mi abbia avvertito e che non abbia avuto il suo messaggio?"

"Non sarebbe partito senza dirtelo... Soprattutto dopo avere passato la notte con te. Gary è un bravo ragazzo."

"Lo so, mamma, lo so... È stata una notte bellissima... Era tutto perfetto..."

Joséphine sentì la voce di Hortense incrinarsi. Fece finta di niente.

"Mandagli un'e-mail, Hortense..."

"Ci penserò... Ma perché mi hai chiamato?"

"Perché mi manchi, mia cara... È passato un bel po' dall'ultima volta. Quando ti telefono mi dici sempre che sei di corsa, che non hai tempo e ci resto male..."

"Oh, mamma! Non cominciare a fare la sentimentale... mi dà sui nervi, mi viene voglia di mandarti a quel paese e poi tu ti offendi. Ma sono davvero contenta di parlare con te... E il tuo libro procede? Hai già cominciato a scrivere?"

Joséphine le raccontò la vicenda del Piccolo Gentiluomo e di Cary Grant. Hortense le disse che era una storia fatta apposta per lei, con l'emozione che sprizza come emoglobina... Glielo disse senza cattiveria, ma nel tono disinvolto di chi tiene i sentimenti a distanza per paura di essere toccata, abbracciata.

* * *

Denise Trompet ballava di gioia nella sua stanzetta in rue de Pali-Kao. Guardava il proprio riflesso nello specchio ornato di conchiglie bianche che aveva portato a casa dal viaggio a Port-Navalo con i genitori. Le loro uniche vacanze in quasi trent'anni. Non chiudevano mai il negozio, era una perdita di denaro. Ma un'estate, avevano osato. Erano partiti tutti e tre in pullman per Port-Navalo, un vecchio villaggio di pescatori e rifugio di pirati nel golfo di Morbihan.

Le avevano regalato quello specchio, promessa di bellezza e felicità. E una piccola trousse di trucchi... Devi darti un po' di colore, le aveva detto sua madre, dispiaciuta di vedere sua figlia così poco attraente.

Quella sera si sarebbe messa in ghingheri.

Quella sera usciva con Bruno Chaval.

Quella sera lui l'avrebbe portata a vedere il tramonto dalla collina di Montmartre.

Quella sera l'avrebbe presa tra le braccia e, l'uno stretto all'altra, avrebbe contemplato lo splendore dell'astro solare sparire all'orizzonte come un disco infuocato di rosa e arancio.

Scelse un vestito rosa e arancio. Delle scarpe dorate. Una borsa dorata. Si truccò nei toni caldi del sole morente. Si cotonò i capelli sottili, li spruzzò di lacca, buttando la testa in avanti per aumentarne il volume, e si rimise a danzare.

Avevano appuntamento in place du Tertre. Si sarebbero incontrati in mezzo ai cavalletti degli artisti e i tendoni variopinti dei bar. Lui le avrebbe preso una mano, allacciandola a sé...

Quella sera le loro labbra si sarebbero sfiorate...

La sera prima, coricandosi, aveva riletto il suo libro preferito, *Intime promesse*. Ne conosceva diverse parti a memoria. Le ripeteva a occhi chiusi, il corpo invaso da un dolce calore:

Ma da quando lui sfiorò le sue labbra con le proprie, lei ne venne consumata, come un bambino che assaporasse una zolletta di zucchero per la prima volta, vinto dalla sua dolcezza. Il suo bacio era soffice come una meringa, fresco come la prima pioggia di primavera dopo un inverno di lunga siccità. Con la testa leggera e confusa s'immerse nel bacio. Fino a che essere solo baciata da lui non le bastò più. Gli prese il viso tra le mani e lo baciò a sua volta con un ardore che non pensava di possedere, qualcosa di molto vicino alla frenesia.

Quella sera, quella sera...

Fece gli scalini quattro alla volta, salutò l'arabo che aveva rilevato il negozio dei suoi genitori. Di solito non gli rivolgeva mai la parola.

"Va tutto bene, signorina Trompet?" le chiese lui, stupito.

"Va tutto per il meglio..." gli rispose, saltando come una gazzella verso la fermata del metrò.

Sarebbe scesa alla stazione di Anvers, avrebbe salito lentamente le scale che portavano alla basilica. Avrebbe evitato la funicolare per non impregnarsi dell'odore dei corpi schiacciati nella cabina e arrivare fresca come una rosa dal suo beneamato. Sarebbe stata una lenta processione verso la felicità, percorrendo a una a una le tappe verso il paradiso. Finalmente, finalmente! Quella sera l'avrebbe baciata...

Si vide nel riflesso di una vetrina e si trovò quasi carina. L'amore, l'amore! canticchiò, è la migliore crema di bellezza... Il talismano segreto per piegare un uomo, perché ci inebri di baci e s'inginocchi ai nostri piedi. Vorrà abitare in rue de Pali-Kao oppure dovremo trasferirci una volta che abiteremo insieme? Sarebbe meglio spostarsi. Già, però lui non ha un lavoro... All'inizio dovremo fare attenzione, niente follie. Economizzare, aprire un conto di risparmio, poi vendere l'appartamento di rue de Pali-Kao e acquistarne uno degno di noi, in un bel quartiere. Lavorerò per due aspettando che lui trovi un impiego. È un uomo brillante. Non può accettare qualunque cosa...

Faceva progetti, stabiliva un budget, immaginava le voci di spesa (vacanze, auto, cibo, tasse, varie, imprevisti, catastrofi), pensava, preparava, prevedeva qualche mese difficile prima di sistemarsi al meglio.

Intanto affrontava le scale.

Rallentando per assaporare l'emozione.

All'improvviso si agitò... E se non venisse? Se avesse disdetto all'ultimo minuto? Sua madre era malata? Non si sentiva bene? Ne parlava con tenerezza. La sera non usciva mai per non lasciarla sola. Le preparava lo scialle, la tisana. Seguiva in televisione il suo programma preferito. Era un figlio modello.

Aspettava...

Ho atteso cinquantadue anni, posso farlo ancora un po' prima di realizzare il mio sogno. Bruno Chaval, la signora Bruno Chaval, dovrò esercitarmi a firmare i documenti con il mio nuovo cognome. Mamma e papà sarebbero fieri di me...

Lui l'attendeva. Alto, bellissimo, in cima ai gradini. Appoggiato con indifferenza a una colonna in stile vagamente dorico. Non si mosse, fu lei ad andare da lui. La fissò negli occhi e le chiese: "Felice?"

Lei sospirò "sì" e lo seguì dopo che si fu staccato dalla colonna.

Camminarono fino alla basilica. Le sarebbe piaciuto che la prendesse per mano, ma lui sembrava molto rispettoso del galateo e si teneva a debita distanza. Non voleva comprometterla con un gesto imbarazzante.

Si sedettero sui gradini a osservare il sole che finiva la sua corsa all'orizzonte.

"Questa sera tramonta alle nove e dodici", disse la Trombetta, che aveva controllato le effemeridi.

"Ah..." commentò Chaval, facendo bene attenzione che i loro gomiti non si toccassero. "E come fa a saperlo?"

"Sono una donna colta!" esclamò lei arrossendo. "Adoro i numeri... Potrei recitarle le tabelline al contrario e fare qualsiasi operazione a mente senza carta e penna. Una volta ho vinto un concorso, organizzato dal pastificio Lustucru..."

"E che cos'ha vinto?"

"Un viaggio a Port-Navalo. Ci sono andata con i miei genitori. Ero così contenta di poter offrire loro quella vacanza grazie alle mie capacità. Tre giorni di relax. È stato meraviglioso! Conosce Port-Navalo nel golfo di Morbihan? Si trova a centoventi chilometri da Nantes, centotrenta da Quimper, quattrocentosessanta da Parigi..."

"No, non ci ho mai messo piede..."

E odio lo stridio dei gabbiani e l'odore delle alghe, pensò con una smorfia di disgusto.

Potremmo andarci in viaggio di nozze, si disse Denise Trompet rossa in viso. Guarderemo il tramonto del sole sul golfo mentre i pescherecci rientrano in porto, le vele bianche ammainate, le cerate gialle appese al timone e davanti ai boccaporti. Una dolce brezza marina sfiorerà le nostre nuche scosse dai brividi. Lui mi attirerà a sé mormorando non voglio che tu prenda il volo! con un'aria così seria che io gemerò stringendomi a lui. Non mi perderai mai, mio caro, si ripromise tremando.

Lui attese che diventasse buio per avvicinarsi un po'.

Le mise con cautela un braccio sulle spalle e lei si sentì venire meno.

Rimasero immobili per un lungo istante. Non c'era più molta gente sulla scalinata. Qualche chitarrista scalcagnato e delle coppie d'innamorati. Sono come tutti gli altri, si disse Denise Trompet, finalmente sono come tutti gli altri...

"Felice?" domandò di nuovo Chaval.

"Se lei sapesse..." bisbigliò Denise con un sospiro di beatitudine.

"E domani a che ora tramonta il sole?"

"Alle ventuno e ventitré..."

"Lei è decisamente una donna colta", disse lui sfiorandole l'orecchio.

Denise rischiò di morire di piacere.

Lui la strinse un po' di più pensando al corpo della divina Hortense.

"Bruno..." mormorò Denise, prendendo coraggio.

"Sì?"

"Sono così..."

"Non dica niente, Denise, approfittiamo di questo istante di pace e di bellezza. Raccogliamoci in silenzio..."

Lei si zittì, cercando di imprimersi nel cuore le mille sfumature della sua felicità.

Poi, improvvisamente, lui si raddrizzò scattando come una molla. Si tastò le tasche ed esclamò: "Mio Dio, ho perso le chiavi!"

"È sicuro?"

"Le avevo ancora nel suo ufficio, poco fa... Mi ricordo di averle sentite in tasca mentre parlavamo..."

Allora si divincolò dalla stretta di quel torace che sembrava scolpito dalle mani del Bernini stesso, con braccia muscolose come quelle di un marinaio che issa le vele tutto il giorno... La dolcezza della sua pelle la faceva impazzire spingendola a immaginare una scodella di latte cremoso appena munto e ancora caldo...

"Dobbiamo cercarle! Non posso svegliare mia madre se rientro tardi... È così debole!"

"Ma ci siamo appena seduti e io pensavo che..."

...che l'avrebbe portata a cena in uno di quei ristoranti per turisti che la facevano sognare quando andava a passeggiare con i suoi genitori la domenica pomeriggio. Quando erano di buonumore, quando si affacciava una speranza all'orizzonte della loro lugubre esistenza, abbandonavano il cimitero di Père-Lachaise e salivano fino a Montmartre. Si era immaginata di poter fare un pellegrinaggio segreto. Unire nello stesso pensiero Bruno e la sua famiglia...

"Muoviamoci!" ordinò Chaval con il tono di un imperatore romano abituato a farsi obbedire. "Accompagnami in ufficio a recuperare le chiavi, mia dolce pesca..."

Aveva escogitato un trucco. Alternare il "tu" al "lei" e Denise avrebbe perso la testa... E come ultima astuzia, stordirla con il vezzeggiativo “mia dolce pesca”.

Le tese la mano, l’afferrò per il bavero della giacca e con un gesto brusco l’attirò a sé. Lei lanciò un grido, poi gridò di nuovo quando lui conficcò i denti nella pelle delicata del suo collo. Un dolce morso. La strinse ancora più forte, ansioso di toccarla davvero, di accarezzare il suo corpo setoso, di seguire le sue meravigliose curve femminili...

Lei mormorò sì e partirono alla ricerca di un taxi per arrivare il più in fretta possibile in avenue Niel.

Aveva messo a punto uno stratagemma...

Da quando la sua vita aveva iniziato a cambiare, la Trombetta indossava camicette scollate; aveva notato, nel solco avvizzito del suo seno, la presenza di una catenina d’oro con un ciondolo a forma di chiave. Una chiave piatta, grigia, talmente semplice che strideva con le maglie della catena. Una sera, gli uffici si stavano svuotando, l’aveva vista togliersi di nascosto la catenina e usare la chiave per chiudere un cassetto.

Aveva immaginato che si trattasse di una chiave importante.

Voleva averne la certezza.

L’odore stantio della Trombetta e il tramonto gli davano sui nervi. Doveva darsi una mossa...

Erano le dieci passate quando varcarono l’ingresso della ditta. Le finestre dell’appartamento di René e Ginette erano buie. Probabilmente stavano dormendo. Nessuno li avrebbe disturbati.

Denise inserì il codice che disattivava l’allarme e Chaval registrò le cifre che lo componevano: 1214567. Sarebbe potuto tornargli utile.

Lei aveva estratto un mazzo di chiavi dalla borsa e stava aprendo, una dopo l’altra, tutte le porte.

"Non accenda nessuna luce... Altrimenti penserebbero ai ladri..."

"Ma non stiamo facendo niente di male!" protestò Denise.

"Lo so", disse Chaval, "ma gli altri no. S'immagini se qualcuno desse l'allarme, potrebbe essere fatale! La gente fa in fretta a vedere il male dappertutto..."

Lei rabbrividì e provò l'istinto di rinunciare.

Chaval sentì che la donna esitava e l'attirò bruscamente a sé.

"Non stiamo facendo nulla di male, mia dolce pesca..."

Seguì Denise fino al suo ufficio, tutto eccitato all'idea di compiere quel misfatto. Come se la sarebbe cavata? Stava rischiando grosso. In nessun caso lei doveva pensare che la chiave fosse l'unica cosa che gli interessasse. Avvertì un brivido e il principio di un'erezione. Stava per raggiungere il suo scopo. Nella penombra la distingueva appena e sovrappose il viso di Hortense a quello della Trombetta. Ripensò alle lunghe gambe di Hortense, ai tacchi che risuonavano sul pavé, alla morsa bruciante che gli stritolava il sesso. Lanciò un piccolo grido e strinse a sé la Trombetta. Le tirò brutalmente indietro i capelli cercandole la bocca.

"Non qui! Non adesso!" protestò lei, girando la testa.

"Mi rifiuta? Io che sono mesi che tremo per lei?"

"Non qui", ripeté lei, cercando di liberarsi.

"Tu mi appartieni, Denise, non lo sai, ma mi appartieni..."

Fece scivolare un dito tra i suoi seni flaccidi e l'indice urtò la chiavetta adagiata nel solco.

Toccò la chiave, fingendo stupore.

"E questo cos'è? Un talismano ostile per tenermi lontano? Un modo per dirmi che non mi devo avventurare oltre? Che il mio desiderio ti ferisce e ti offende? Perché non dirmelo subito, allora? Perché giocare con i miei sentimenti? Ah, sei come tutte le altre! Fredda e calcolatrice... Ti sei servita di me!"

Lei arrossì, protestando che non era niente di tutto questo.

“Sì, invece”, insistette lui. “Sento che ti sottrai alle mie carezze... Questa chiave ti ha tradito! La sfortuna arriva da qui...”

Il suo respiro caldo scese sul petto di Denise, poi sul collo, sulle orecchie, sospirando, cercando di tenere a mente gli scopi di Henriette.

La Trombetta s’illanguidiva tra le sue braccia. La lasciò andare bruscamente, come adirato dal suo tradimento. Lei ricadde, tremante, su una sedia, gemendo.

“Me ne vado, mia dolce pesca, credevo che tra noi potesse nascere qualcosa, ma tu mi respingi.”

“Ma io...”

“Quella chiave è il simbolo del tuo rifiuto... Sei una vigliacca, non dici nulla, ma la chiave parla per te! Chi te l’ha data? Chi?”

“È la chiave del cassetto in cui ripongo le carte e i documenti importanti!” gridò Denise. “Nient’altro! Glielo giuro!”

“La chiave di un cassetto segreto che custodisce la tua virtù?”

“Oh no! Non la mia”, sospirò la Trombetta. “Io non ho bisogno di chiavi, lo sa benissimo...”

Esitava a dargli del tu. Non si dà del tu a un sogno.

“E perché quella chiave si trova sul percorso dei miei baci?”

“Non lo so, non lo so”, protestò la Trombetta, sconvolta.

“Eppure sai che mi hai offeso...”

“Non si senta offeso. La tengo qui per non perderla. È la chiave del mio cassetto... Nient’altro. Lo giuro!”

Fece seguire le parole con i gesti e mostrò a Chaval che la chiave apriva proprio quel cassetto, e niente di più.

“Un cassetto in cui conservi i tuoi piccoli segreti, le cose che mi nascondi? Il nome dei tuoi amanti, per esempio, il loro numero di telefono...”

“Oh no!” ribatté la Trombetta, facendosi di fuoco. “Io non ho amanti...”

"Chi me lo assicura?"

"Le giuro che..."

"Allora perché la chiave? È un regalo di un vecchio spasimante? Di un uomo che ti ha bramato, desiderato e magari colto e posseduto focosamente..."

Lei lo fissò disorientata, non sapendo più che cosa dire.

"Ma io... io non ho mai avuto un amante. Lei è il primo..."

"Impossibile! Non ti credo! Mi nascondi qualcosa! Questa chiave sembra sfidarmi da quando ho messo gli occhi su di te. Si erge tra noi impedendomi di divorarti. Dammela!"

"No! Non posso!"

"Allora... Addio! Non mi rivedrai mai più!"

Girò sui tacchi e si avviò lentamente verso la porta.

"Non posso, non posso", ripeteva Denise Trompet, lacerata tra il dovere e l'amore. La fedeltà a un uomo che l'aveva sempre stimata, Marcel Grobz, e la voglia di appartenere a colui che la torturava con la sua folle gelosia.

Come nei suoi romanzi.

Stava vivendo uno dei suoi romanzi...

D'un tratto lui si infuriò, per la sua ostinazione e la sua ottusità. Afferrò la camicia da notte dalla gola e la strappò per tutta la sua lunghezza, lacerando il silenzio della stanza.

"Ecco. Ora, se dovessero chiedervelo, potrete dire che non mi avete concesso nessuna libertà."

Lei ansimava. Il petto le si sollevava a un ritmo rapido, schiacciato sotto il peso di lui. La sensazione della sua pelle contro la propria era sorprendentemente familiare e al contempo tremendamente eccitante, come se lui l'avesse guardata tutto il giorno, impaziente, desiderando che il giorno arrivasse al termine.

Troppo tardi!

Annegò nell'abbraccio di lui, meravigliandosi del contatto brutale della sua pelle. La sua bocca le riempiva con una pioggia di baci le spalle. Le sfuggì di nuovo un gemito disperato nel momento in cui lui depose le labbra nell'incavo dei seni. Con un sospiro gli tese la chiave tanto desiderata. In quel momento si rese conto che era una follia, ma sapeva anche di non potergli rifiutare più niente.

"Ecco la chiave, la prenda... È sua", disse Denise, vinta.

"No, non la voglio più..."

"La prenda e controlli lei stesso che non ho mentito..."

"Sei disposta a farlo in nome del nostro amore?" chiese Chaval con uno sguardo torvo.

"Sì", rispose coraggiosamente la Trombetta. "È sua. Come prova del mio amore per lei..."

Gli tese la chiave e lui se la mise in tasca.

La sua bocca le risalì sul mento, fino all'angolo delle labbra frementi. L'uomo si ritrasse leggermente...

"Dato che mi avete fatto attendere, sarete punita... Questa sera non vi bacerò e vi renderò la chiave solo domani mattina... La interrogherò tutta la notte per farmi rivelare i suoi segreti."

Lei sentiva i palpiti agitati del proprio cuore in preda al dubbio. Che cosa intendeva? L'aveva forse offeso senza rendersene conto?

Lui si concesse un ultimo gesto di tenerezza, facendole scivolare le dita sui capelli, mormorando sulla sua nuca: "I vostri capelli hanno il colore della notte, dolci e setosi, freschi come la rosa del mattino... Li accarezzerò ancora quando vi avrò perdonato..."

Il contatto della sua mano sui capelli le procurò un assurdo conforto. Le sue dita si muovevano dolcemente, sfiorandole la tempia, scendendo sull'orecchio e lungo la guancia in una carezza distaccata. Il pollice si fermò all'angolo della bocca, per poi seguire il contorno del labbro inferiore...

Lei si accontentò di chiudere gli occhi e di girare la testa. Domani lui sarebbe tornato. Domani l'avrebbe perdonata...

Domani all'alba farò un duplicato della chiave, pensò Chaval. La darò alla signora Grobz insieme al codice dell'allarme e alla descrizione del cassetto da frugare. Toccherà a lei sbrogliarsela, trovare un pretesto per venire a ficcare il naso in ufficio... Io avrò compiuto la mia missione. E intascherò la mia percentuale.

Era quasi mezzanotte quando lasciarono silenziosamente gli uffici.

Chaval accompagnò Denise Trompet fino alla fermata della metropolitana recitando la parte dell'uomo offeso.

"Questa è la tua punizione", mormorò sfiorandole i capelli con il respiro caldo e lasciandole intravedere il petto abbronzato e forte. "La rivedrò solo domattina... E solo se sarà gentile! Corra, presto, vada a prendere il suo metrò. Mi obbedisca, lo voglio!"

Lei lo guardò con devozione, giunse le mani, bisbigliò "A domani" e si avviò con la leggerezza di una ragazzina a prendere l'ultima corsa che l'avrebbe riportata in rue de Pali-Kao.

La osservò precipitarsi giù per le scale, docile, felice di essere stata sottomessa e per la mente gli passò uno strano pensiero. Era stato così facile ingannare la Trombetta. Farle perdere la testa. Si era completamente dimenticato la scusa delle chiavi andate perse. Avrebbe dovuto inventarsi un'altra storia. Non avrebbe avuto problemi. La credulità di quella donna risvegliava in lui un desiderio brutale di giocare con lei, di manipolarla. Perché fermarsi lì? Denise sarebbe potuta tornargli utile. Non sapeva ancora come. Poteva fare in modo che lavorasse per lui. Ci avrebbe guadagnato in tutti i sensi... Se bastava soffiarle nell'orecchio e chiamarla "mia dolce pesca" perché cominciasse a girarle la testa, sarebbe stato uno stupido a non approfittarne...

Sentì di nuovo il sesso indurirsi nei pantaloni.

E questa volta Hortense Cortès non c'entrava niente.

* * *

Chiusa in camera sua, Hortense rifletteva.

Gary, partito, New York, senza avvertire, non era normale, per niente. Un verme si nascondeva nella mela. La questione necessitava di una Profonda Meditazione. Doveva mettere tra lei e il problema una certa distanza e osservarlo sotto tutti i punti di vista.

Si sedette sul letto a gambe incrociate, fissando l'azalea rossa appassita sul davanzale della finestra, unico ricordo del successo delle vetrine, e si concentrò sulla propria respirazione. Nadi Shodana. Un metodo insegnato da un professore del Saint Martin's per imparare a focalizzarsi sul lavoro. Il Nadi Shodana la riempiva di un'energia limpida, di una bella lucidità, lei respirava e iniziava a vedere la luce.

Oltre alla respirazione, aveva perfezionato una strategia di riflessione.

Partiva sempre dallo stesso principio: io sono Hortense Cortès, l'unica al mondo, stupefacente, intelligente, eroica, brillante, eccitante, sbalorditiva. Stabilito questo, si poneva la domanda nel modo più chiaro possibile.

Quel giorno era: perché Gary Ward non aveva avvertito Hortense Cortès che partiva per New York?

Chi era la serpe velenosa?

Stabilì diverse ipotesi.

1) Era rimasto sconvolto nel sorprendere Shirley e Oliver nello stesso letto... Era appena tornato dalla Scozia. Il viaggio non

doveva essere andato bene, altrimenti ne avrebbe parlato con lei. Non avrebbe potuto nasconderle la sua gioia, l'avrebbe trasudata da tutti i pori. Le avrebbe detto *guess what?* Ho un padre. È alto, bello, pazzo di gioia per avermi ritrovato, abbiamo bevuto insieme e mi ha regalato un kilt della sua famiglia. Si sarebbe alzato e avrebbe indossato il kilt, avrebbe danzato una giga di felicità sul suo orribile tappeto con il sole giallo sullo sfondo di un cielo di stelle argentate. Non si era messo il kilt, non aveva ballato, dunque non aveva nulla da dire, niente campane a festa.

Hortense espirò lentamente, bloccando la narice destra. Suo padre! Che bisogno aveva di ritrovarlo? I genitori non fanno altro che rallentarci, appesantirci, buttarci addosso dubbi, sensi di colpa, situazioni da schifo.

Inspirò di nuovo, dalla narice sinistra.

Corre da sua madre e trova Oliver nudo, e Shirley nuda accanto a lui. O sopra di lui. O i due avvinghiati in un abbraccio erotico. È come una botta in testa! Una madre non si bacia, non ha seni, non ha sesso, e soprattutto non ha amanti. Certamente non il tuo beneamato professore di pianoforte.

Sbatte la porta e fugge. Corre come un pazzo, rischiando di farsi investire, evita un autobus, arriva a casa sua senza fiato, mette la testa sotto l'acqua fredda, si raddrizza ed esclama New York! New York!

Ma da lì ad attraversare l'Atlantico senza avvertirla...

Mancava un passaggio.

Cambiò narice, inspirò producendo un rumore rauco con la glottide, sentì il respiro scuoterle le scapole e passò alla seconda ipotesi.

2) Gary trova Shirley e Oliver a letto. Riceve una botta in testa, barcolla, sanguina, cerca di raggiungermi, io non rispondo, mi lascia un messaggio, aspetta che vada a consolarlo, che

mi precipiti all'aeroporto per partire con lui. Io non richiamo. Contrariato, mi odia di nuovo e va a New York chiuso nella sua solitudine. Gary ama chiudersi. Soffrire in silenzio e poi mostrare i palmi con i segni dei chiodi. Dopodiché mette il muso. Aspetta che mi faccia viva.

La serpe si chiama cellulare. La mia segreteria è fuori uso. Questo spiegherebbe perché non ricevo più molti messaggi.

Lunga espirazione. Cambio di narice. Inspirazione frenata.

3) Oppure...

E qui... estrapolo, divago, predico il futuro, accuso, mi faccio paranoie. E mando a 'fanculo l'ayatollah.

Per "domarmi" o per gelosia, ascolta la mia segreteria e cancella i messaggi, a uno a uno. Gary che mi avvisa che sta partendo per New York e mi chiede di andare con lui... E perché no? Sarebbe da lui un'idea così folle. Un pensiero così pazzamente romantico...

Peter ascolta le parole di Gary, bellissima Hortense, ti ho comprato un biglietto per raggiungere le nuvole, vieni presto, il cielo visto dall'alto è soave e candido, ti amo, sbrigati. L'ayatollah sbava d'invidia ed elimina il messaggio, tutti i messaggi, lasciando solo quelli più insignificanti, per tenere a bada la mia diffidenza.

Lunga espirazione. Cambio di narice. Lungo soffio d'aria che di nuovo irriga la schiena, sale al cervello, apre mille finestre sull'universo e l'avverte dei venti fetidi che soffiano. Il Nadi Shodana è un faro potente che rischiara le zone d'ombra, caccia i miasmi e i nemici dalla barba nera.

La serpe si chiama Peter e porta degli occhialini rotondi.

C'erano un paio di cose che non aveva raccontato a sua madre a proposito di Peter per non preoccuparla.

Primo: una sera l'aveva sorpreso con il naso dentro una striscia di coca. Era quasi mezzanotte, probabilmente pensava che dormissero tutti. Stava chino sul tavolino del salotto incipriandosi allegramente il naso. Aveva risalito silenziosamente le scale, si era sdraiata a letto e si era detta, ma guarda! L'ayatollah si fa... Aveva scrupolosamente registrato l'informazione in un angolo della testa. Un giorno le sarebbe tornata utile.

Secondo: la sera in cui Peter le aveva ordinato di restare accanto a lui, lei naturalmente si era allontanata e, alla fine della nottata, aveva trovato sul cellulare tre messaggi dell'ayatollah che dicevano Dove sei? Se ti trovo, ti bacio...

Sono molestata da un ayatollah che sniffa.

Rilassamento di tutto il corpo con un lungo energico respiro, un soffio di vita rigenerante, ripresa della respirazione dalla narice destra...

Decisioni.

D'ora in avanti avrebbe sorvegliato il cellulare. Non l'avrebbe più lasciato in giro ovunque, in salotto, in veranda, in un angolo della cucina, sul tavolino davanti alla televisione, sulla mensola del bagno...

D'ora in avanti se lo sarebbe tenuto ben stretto.

E soprattutto, soprattutto, avrebbe lasciato quella casa. Era un peccato. Amava il quartiere, la sua piccola stanza sotto il tetto, la vista del cielo dal lucernario, il ramo del platano che sbatteva contro il vetro, il ristorante francese in fondo alla strada, la cameriera che le teneva sempre da parte una porzione di bollito; amava la fermata dell'autobus in equilibrio su tre gradini, il dedalo di viuzze, i negozietti di pizzi e la cassiera del supermercato che alzava gli occhi al cielo quando faceva cadere le patate...

Se ne sarebbe andata.

Fine del Nadi Shodana.

Avrebbe iniziato immediatamente a consultare gli annunci su Gumtree.com.

E in questa frase, ciò che conta, si disse, è l'"immediatamente".

S'infilò i sandali in satin rosa che aveva comprato al mercatino delle pulci di Brick Lane. Si sarebbe vestita come una principessa e avrebbe trovato un castello.

Pensò anche che era urgente trovare uno stage estivo.

Bimbumbam, si sarebbe inventata qualcosa.

Lei era Hortense Cortès, l'unica al mondo, stupefacente, intelligente, eroica, brillante, eccitante, sbalorditiva.

"E non hai più avuto notizie da lui?"

Hortense e Shirley si erano date appuntamento al ristorante Wagamama lungo il Southbank per mangiare i *noodles*. Il tempo era bello, e si erano sedute in terrazza con le gambe al sole.

"Solo e-mail... Non vuole parlarmi. Non ancora. Solo e-mail..."

"E cosa dice?"

"Che la vita è bella, che vive in un appartamento in una palazzina di mattoni rossi con le finestre verdi, nella Settantaquattresima Ovest..."

"Conosci l'indirizzo esatto?"

"No, perché?"

"Così... Per sapere..."

"È tra la Amsterdam e Columbus..."

"Un bel quartiere?"

"Molto bello. Ci sono due alberi davanti alle sue finestre."

Un tipo in skate scivolò davanti a loro, frenò di colpo, le guardò mangiare i *noodles* e gridò "Eat the bankers!"* prima di ripartire furioso.

* "Mangiatevi i banchieri!" dicevano così i cartelli issati nello Square mile della City finanziaria di Londra durante le manifestazioni contro i bonus dei banchieri inglesi nei giorni del G20 dell'aprile 2009. [*N.d.T.*]

"Che altro?"

"Un amico di nome Jérôme che lavora da Brooks Brothers, un'amica a forma di X che gli vende dei pains au chocolat e un'altra con i capelli verdi e blu..."

"Va a letto con lei?"

"Non l'ha detto."

Shirley parlava con voce tetra rimescolando i *noodles* al curry. Ripeteva le e-mail del figlio parola per parola. Hortense si chiese quanto volte le avesse lette e se le avesse imparate a memoria.

"Adora New York, è primavera, il polline cade sul parco come neve, la gente ha gli occhi rossi, starnuta, piange, mentre lui non starnuta, né piange, ma salta di gioia. Ha un sacco di amici scoiattoli. Il lunedì sono tristi perché nessuno si occupa di loro..."

"Gli scoiattoli di Central Park sono tristi il lunedì?" si stupì Hortense.

Shirley annuì, lo sguardo nel vuoto.

"È tutto?" riprese Hortense.

"Suona il piano nel retrobottega di un negozio, il pomeriggio lavora in una panetteria, si guadagna da vivere. In una parola, è felice..." concluse con voce sinistra.

Hortense pensò a una frase di Balzac che suo madre diceva loro per farle ridere: "'Ah', fece il conte, rallegrandosi nel vedere la moglie triste". Shirley sembrava triste di sapere che suo figlio era felice.

"Parla di me? Chiede mie notizie?"

"No."

"Probabilmente va a letto con la frangetta verde e blu. Ma non è grave, è solo perché io sono lontana..."

Era una regola non scritta. Non si dicevano mai quando si sarebbero rivisti, né se lo avrebbero fatto. Non si confessavano mai che uno teneva all'altra. Che avevano voglia di prendersi la testa tra le mani e baciarsi fino a farsi male. Per orgoglio. Erano due testoni. Ogni volta si dicevano arrivederci con aria indifferente, come a dire non importa se domani non ti rivedo. Ma sapevano. Sapevano...

Perciò la ragazza dalla frangia verde e blu non aveva importanza. Se ne fregava.

Un ometto rattrappito gli passò davanti. Portava sulla schiena il cartellone pubblicitario di una crema contro le emorroidi. Hortense diede di gomito a Shirley, ma questa non sorrise. Sembrava rinchiusa in una pena immensa. Una pena che le aveva costruito intorno delle muraglie grigie, impedendole di notare un ometto schiacciato dalla pubblicità sui buchi del culo in fiamme. Hortense provò il desiderio di andare via. I cinturini dei sandali di satin le tagliavano le caviglie, non avrebbe dovuto indossarli per camminare sull'asfalto. Spostò le gambe per dare respiro ai piedi.

"Mamma mi ha raccontato tutto, di come Gary ha trovato te e Oliver..."

"Oliver è stata la goccia che ha fatto traboccare il vaso. Gary mi aveva già lasciata da tempo... Lui si allontana e io non lo sopporto."

"Si vede, hai un'aria così tetra..."

"Sono come Arianna nel labirinto. Ho perso il filo..."

"Era Gary il filo?"

"Sì..."

Shirley sospirò, risucchiando un *noodle*.

"È pericoloso avere un solo figlio nella vita", commentò Hortense. "Quando lo perdi, ti ritrovi a vagare per il labirinto..."

"È proprio così, vago per il labirinto... Com'è andata a finire Arianna?"

"'Moriste sulle sponde, dove foste lasciata'... se non ricordo male."

"È quello che mi succederà..."

Hortense non aveva mai visto Shirley in quello stato. Aveva occhiaie profonde, il colorito spento, i capelli sporchi.

"Sono vedova, Hortense, vedova di mio figlio..."

"Questa poi! Credersi sposata al proprio figlio!"

"Andavamo così d'accordo..."

"Può darsi, ma non è normale... Faresti meglio a continuare a scopare con Oliver. Ti farà bene. Sai, non è un crimine avere una vita sessuale oltre a un figlio!"

"Oh! Oliver... Oliver è un altro problema..."

"Tu vedi problemi ovunque, Shirley! Secondo Gary, è una brava persona."

"Lo so... È solo che..."

Sospirò di nuovo. Risucchiò un altro *noodle*. Hortense aveva voglia di afferrarla e scuoterla.

"Hai intenzione di mangiarli a uno a uno?"

"Vorrei conoscere il mio segreto..."

"Perché non ti metti a girare in tondo?"

Shirley non rispose.

"Vorrei conoscere il mio segreto..." ripeté poi, ostinata.

"Dovresti fare qualcosa ai capelli, sono mosci..."

"Non ci sono solo i capelli..."

"Ma ripigliati, Shirley! Non è possibile essere così giù di corda..."

"Non ho più voglia di niente... niente..."

"Allora buttati nel Tamigi!"

"Ci sto pensando..."

"Ok, io me ne vado. Ciao! Non mi piacciono le persone depresse. In più, pare siano contagiose..."

Shirley non sembrò nemmeno sentirla. Era persa nel suo labirinto, la ciotola di *noodles* davanti a sé.

Hortense si alzò, mise tre sterline sul tavolo e la lasciò sulla terrazza del Wagamama intenta ad aspirare i suoi *noodles* a uno a uno.

Shirley la vide allontanarsi. Alta, snella, ancheggiante sugli alti tacchi rosa. Teneva a bada chi tentava di avvicinarla con delle borsettate. Il lungo braccio di Gary si posò sulle spalle di Hortense. La zazzera bruna di Gary si chinò sui capelli mossi di Hortense. Se ne andavano insieme, testa contro testa. Tornò con la mente alla piccola cucina di Courbevoie dove Gary e Hortense leccavano la ciotola quando preparava il dolce al cioccolato. C'erano tende bianche tenute ferme da cordoncini, i vetri appannati, un profumo di pasticceria dolce e rassicurante, una sonata di Mozart alla radio. Si sedevano intorno al tavolo, gomito a gomito, avevano dieci anni, rientravano da scuola, lei gli annodava un asciugamano al collo, gli rimboccava le maniche e dava a ciascuno una tazza sporca di cioccolato fondente che loro pulivano con la lingua, le dita, le mani, impiastricciandosi fin sopra ai capelli. Le vennero le lacrime agli occhi. Lacrime brucianti che le scivolarono lungo le guance fino alla ciotola di *noodles*. Delle lacrime che sapevano di passato.

* * *

Avevano preso quell'abitudine strana e deliziosa...

Alcune sere della settimana.

Becca lo aspettava in cucina, senza grembiule.

Philippe la raggiungeva.

Si passava una mano nei capelli e chiedeva allora, cosa prepariamo?

Becca aveva informato Annie che si sarebbe occupata lei della cena. Annie poteva rilassarsi, ricamare centrini colorati da mettere sotto i piatti. Quest'ultima era d'accordo. Non aveva più voglia di cucinare nel pomeriggio. Si sentiva le gambe pesanti, aveva bisogno di farle riposare su uno sgabello.

Becca andava a fare la spesa, metteva sul tavolo i legumi, la carne, il pesce, i formaggi, i sottaceti, le fragole e le ciliegie. Apriva un libro di cucina e decideva il menu. Fantasticava su mille combinazioni succulente. Pollo alle fragole? Coniglio alla rutabaga? Sogliola al caramello e cioccolato? Perché no? La vita è triste perché si ripete ogni giorno. Basta cambiarne gli ingredienti per farla cantare. La chiave girava nella serratura, lui gridava Salve! si toglieva scarpe, giacca e cravatta, andava a infilarsi un maglione che poteva sporcare, e si metteva un grembiule.

Sgranava, tagliava, lavava, pelava, toglieva i semi, grattava, sminuzzava, tritava, farciva, lardellava, svuotava, spiumava, sbollentava, stufava, gratinava, ricopriva, scongelava, sbatteva, frustava, cospargeva e...

Parlava.

Di tutto, di qualunque cosa. Talvolta di se stesso.

Lei ascoltava, un occhio al cibo, l'altro sul ricettario.

Si mettevano al lavoro.

Era lei a condurre le danze...

Lui diceva che gli ricordava la sua infanzia. La grande cucina in Normandia, i paioli in rame quasi arroventati, le pentole appese ai muri, le vecchie mattonelle di ceramica, le ghirlande di aglio e cipolla alle finestre, le tendine a quadretti bianchi e blu. Era figlio unico e si rifugiava nelle gonne di Marcelline, la cuoca e governante tuttofare.

Becca sceglieva gli utensili, preparava le uova e la farina, il burro e il prezzemolo, le zucchine e le melanzane, i peperoncini, apriva una bottiglia d'olio e si convinceva che era facile cucinare, insomma, non ci vogliono per forza dei francesi per mettere insieme un piatto. Lui protestava, affermando che in nessun'altra lingua al mondo ci fossero così tante parole per celebrare l'arte della tavola, perché è così che si chiama, mia cara Becca. Lei ribatteva blablabla rutabaga, lui replicava salsa aurora, gribiche, ravigote, rémoulade, vellutata, escabèche, lei gli chiudeva il becco con koulibiac, lui conosceva solo il couac, cioè la tapioca...

Lei giubilava.

Imparava espressioni francesi complicate leggendo il ricettario.

Imparava a parlargli facendo rosolare il burro e dorare l'aglio.

Ogni giorno si avvicinavano un po' di più.

Ogni confessione portava il nome di un piatto.

Lei li scriveva sulla lavagnetta di Annie in cucina.

Era diventata una sorta di filastrocca.

Gli raccontò del suo amore lontano...

Che tornava di notte.

Quando tutti dormivano. Non voleva incrociare nessuno.

Lei lo definì un vero imbecille...

Lui protestò: "Non lo chiami così, Becca, è innamorata di lui..."

"Oh sì! L'ho amato e lo amo ancora", replicò, mordendosi un dito. "Ma ci sono solo io a vederlo di notte... Come la signora Muir e il suo fantasma."

"Anch'io sono un fantasma per la donna che amo..."

"Sta solo a lei togliersi il lenzuolo... E se stasera facessimo un gratin di cavolfiori? Con della besciamella. Una salsa bianca su una verdura bianca con del latte bianco e formaggio bianco, le va?"

Lui annuì.

Si misero al lavoro senza interrompere le confidenze.

"Un giorno andrò a Parigi... Aspetto che lei mi chiami, che mi dica che è uscita dalla nebbia..."

"Allora uova strapazzate per accompagnare questo ortaggio della famiglia delle crocifere..."

"Ha imparato bene la lezione, mia cara Becca..."

"Tenga a mente questa, Philippe: non perda tempo. Perché il

tempo passa in fretta... Scivola tra le dita. Talvolta è questione di secondi, secondi che più tardi possono diventare un'eternità..."

"Un giorno lei mi chiamerà e io salterò sull'Eurostar..."

"E quel giorno lei sarà il più felice degli innamorati..."

"Lei era molto innamorata, Becca?" osò domandarle mettendosi un cerotto su un dito. Aveva tritato così finemente il prezzemolo che si era tagliato, c'era sangue dappertutto sul piano di lavoro.

"Oh sì! Non ho mai smesso di amarlo nemmeno per un minuto... Fino a quando non mi ha lasciato a quell'incrocio di Soho. Un'ambulanza ha urtato la sua moto, ironico, vero? Se n'è andato in tre tempi. Il tempo di dirmi arrivederci con un gran sorriso, il tempo d'infilarsi il casco e il tempo di sparire in fondo alla via. Un due tre, un due tre, come un passo di danza..."

Dondolò il capo, alzando le braccia in cerchio sopra la testa e inarcando la schiena.

"Non l'ho più rivisto. Mai più..."

"Nemmeno in ospedale?"

"Non sono stata io a identificarlo, non ne ho avuto la forza; volevo conservare la splendida immagine dell'uomo vivo, pieno di energia, che mi aveva fatto battere il cuore per così tanto tempo. Era il mio maestro e la mia ispirazione. Danzavo per lui, per mostrargli quello che c'era nella sua testa. Mi sollevava in aria, e non tornavo mai giù... Fino a quel terribile giorno in cui mi sono schiantata a terra..."

"E non ha più ballato?"

"Avevo raggiunto l'età in cui si abbandona la scena. A quarant'anni si appendono le scarpette al chiodo, si è vecchi..."

Girò la testa verso la finestra, sorridendo malinconica.

"Sono stata vecchia tante volte in vita mia..."

Tornò a guardarlo, gli occhi fissi in quelli di lui.

"Avevamo deciso di aprire una scuola di danza. Lui faceva il coreografo, io ero la sua stella. Venivano da tutto il mondo per assistere alle sue invenzioni. Ballavo con il Royal Ballet, mio caro. Perché crede che l'intendente della regina mi apra la porta della sua rimessa? Perché si ricorda di me. Mi ha vista in scena, mi ha applaudito..."

Si chinò facendo una riverenza come una ballerina in tutù, sbattendo le ciglia.

"Abbiamo trascorso anni magnifici, creato coreografie bellissime. Lui non voleva che i ballerini danzassero, ma che si vedesse la musica danzare... Aveva studiato composizione a San Pietroburgo, era russo, suo padre era stato un grande pianista. Sottolineava ogni movimento come se fosse una nota. Amava ogni tipo di musica, era questa la sua ricchezza... Apprezzava tutto. Quando avessi smesso di ballare con il Royal Ballet, voleva che aprissimo una scuola per formare danzatrici e coreografi. Una sorta di accademia... Avevamo trovato i soldi e un locale a Soho. Stava andando a firmare il contratto quando è stato investito..."

"Non avete avuto figli?"

"Questo è stato un altro grande dolore. Ho perso un bambino appena nato... Abbiamo pianto così tanto... Lui diceva non piangere, era come l'angelo dell'Annunciazione, ha aperto la via perché ne arrivi un altro... Alzava gli occhi al cielo come se pregasse. Mi diceva douchka, non piangere, non piangere... Quando lui se ne è andato, non avevo più nessun motivo per vivere né danzare..."

"Ed è sprofondata..."

"Sono ritornata sulla terra. Era come l'inferno..."

Sorrise versando il latte.

"Non ci si rende conto di sprofondare. Ci si dice sto dormendo, è un incubo... Si smette di pagare l'affitto, ci si dimentica di mangiare, di pettinarsi, di addormentarsi, di svegliarsi, poi non si ha più fame, né sete, il corpo galleggia nelle abitudini, ci si stupisce di essere ancora vivi. Gli amici ti evitano. Quando hai dei problemi, la gente ha paura che sia una malattia infettiva. Il dolore è contagioso... O forse sono io ad avere lasciato perdere per paura di dare fastidio..."

Nel suo sguardo scorreva il film consumato di quegli anni terribili. Philippe intuì che Becca si stava concentrando per cercare di decifrare le immagini.

"Poi, tutto precipita in fretta. Il telefono non suona più, perché te lo hanno tagliato. Passano i mesi, ripetendosi che finirà questa vita a cui si è appesi per un filo... Ma non finisce mai come uno crede."

"Mi lasci indovinare..."

"Non può indovinare, perché lei ha sempre vissuto al sicuro... È quando si cammina senza rete che si avverte la minaccia..."

"Nel mio caso, è la rete a paralizzarmi..."

"Perché è lei a volerlo... Rifletta, Philippe. La rete non è dentro di lei... Sta a lei romperla. Io ero legata interiormente."

Lui allargò le braccia, come a dire che non capiva bene. Il cavolfiore cuoceva nell'acqua bollente. Lei lo infilzò con un coltello per verificarne la consistenza.

Lui insistette. "Deve spiegarmi... Non può fare un'affermazione così grave e tirarsene fuori con una piroetta..."

"Venga con me..."

Lo prese per mano e lo condusse in salotto.

Il suo sguardo si posò sulle quattro maestose lampade montate su vasi in ottone lavorato di Jean Dunand, risalì fino ai quadri appesi alle pareti. Un autoritratto di Van Dongen, un olio di Hans Hartung, un carboncino di Jean-François Millet, una composizione grigia, rossa e verde di Poliakoff. Restò in silenzio. Lui si lasciò cadere in una poltrona scuotendo la testa.

"Non capisco cosa sta cercando di dirmi..."

"Ho imparato tanto per la strada. Ho appreso le piccole cose che potevano farmi felice. La rimessa dell'intendente della regina, una buona minestra calda, una coperta trovata tra i rifiuti..."

"Anche questi oggetti che lei indica in silenzio mi rendono felice..."

"Questi oggetti la imprigionano, le impediscono di vivere. Non ci si può muovere a casa sua. È circondato. È questo il motivo di quell'incubo... Doni e si sentirà meglio..."

"Ma è tutta la mia vita!" protestò Philippe.

Ogni giorno lei gli indicava qualcosa di nuovo, un quadro, una poltrona, un disegno, un acquerello, una pendola dalla forma tormentata in bronzo cesellato, e ogni giorno ripeteva con voce dolce: "Lei crede che sia la sua vita, ma è ciò che la soffoca... Cominci a liberarsi di queste cianfrusaglie di mobili, quadri, opere d'arte che accumula senza nemmeno vederle... C'è troppo denaro in casa sua, Philippe, non va bene!"

"Lo pensa davvero?" chiedeva lui con voce flebile che opponeva resistenza.

"Conosce già la risposta... Da molto tempo. La ascolto quando mi parla, ma soprattutto sento le cose che non dice... e le parole taciute sono molto più importanti di quelle pronunciate..."

Quel giorno erano tornati in cucina. Becca aveva cosparso il cavolfiore di besciamella. Avevano arrostito carne di vitello con cipolline bianche e stappato una bottiglia di vino.

Annie, Dottie, Alexandre avevano applaudito, dando loro i voti tamponandosi le labbra con la compostezza di critici gastronomici.

Lui non udì. Pensava ai suggerimenti di Becca.

Finché, un bel giorno di maggio...

Era entrato in cucina, dove Becca stava pulendo dei finocchi, si era messo alle sue spalle, di fronte alla finestra sopra l'acquaio. Lei non si era voltata, continuando a tagliare la verdura.

"Ricorda quello che mi ha detto a proposito delle quattro lampade in salotto?"

"Perfettamente..."

"È sempre di quell'idea?"

"Con una di quelle lampade sfameremmo decine di affamati. Vivrà bene anche con tre!"

"È sua. Gliela regalo... Ne faccia quel che crede."

Becca aveva risposto con divertita indulgenza. "Sa bene che non funziona così... Non posso mettermi all'angolo della strada con la lampada e venderla in cambio di cibo e coperte!"

"Allora mi faccia una proposta e occupiamocene insieme... Le affido le mie lampade e i miei quadri. Non tutti, ma a sufficienza per farne qualcosa..."

"Dice sul serio?"

"Ci ho riflettuto a lungo. Pensa che non mi annoi in questo bell'appartamento? Crede che non veda la miseria là fuori? Ha una così brutta opinione di me?"

"Oh no... Certo che no! Non vivrei qui se la considerassi una cattiva persona..."

"Allora mi proponga un'idea..."

"Non ho in mente niente di preciso. Ho parlato così, senza pensarci..."

"Lo faccia adesso..."

Lei alzò gli occhi al cielo, si asciugò le mani in uno strofinaccio, e sospirò.

"Che cosa vuole esattamente, Philippe? Mi sconcerta..."

"Voglio la pace. La tranquillità di sapere che vivo in armonia con me stesso, che servo a qualcosa; la pace nel rendere felice una o due persone, e l'orgoglio nel dirmi che conduco un'esistenza onorevole... Lei può aiutarmi, Becca."

Lei lo ascoltò, seria, composta, gli occhi blu scuri e immobili.

"Sarebbe disposto a farlo? A rinunciare al suo bazar?"

"Credo di essere pronto... Ma facciamolo piano, senza scossoni..."

* * *

Joséphine incrociò il signor Boisson in farmacia.

L'uomo aspettava in fila con gli altri clienti, gli occhi bassi sulle guance pallide. Lei era alle sue spalle. Du Guesclin pazientava sul marciapiede, sorvegliando il carrello. È per te che sto facendo la coda, per il tuo orecchio dolorante, perciò aspettami tranquillo senza lamentarti!

Stringeva in mano la ricetta del veterinario quando notò la nuca dell'uomo davanti a sé. Le piaceva osservare le nuche maschili. Sosteneva di leggerci l'anima del loro proprietario. Quella nuca l'aveva commossa. Si sarebbe detta la nuca di uno sconfitto. I capelli molto corti, quasi disegnati da uno scalpello, la pelle arrossata in più punti, irritata, le orecchie sottili, traslucide, la testa inclinata verso il basso. L'uomo aveva tossito, una tosse rauca e lacerante; si era portato la mano davanti alla bocca, girandosi di fianco, e lei aveva riconosciuto il signor Boisson. La bocca dalle labbra strette che non sorrideva mai. Per un istante aveva pensato di posargli una mano sulla spalla e dirgli ci conosciamo, lei non lo sa, ma ci conosciamo... Sono diversi mesi che vivo con lei, che leggo le sue pene e le sue emozioni... ma si era trattenuta. Era comunque strano trovarsi così vicino a quell'uomo, di cui poteva sentir battere il cuore sotto ogni parola del quaderno nero. Spesso avrebbe voluto consigliarlo, consolarlo.

Si era accontentata di fissargli la nuca senza dire niente. Lui continuava a tossire al riparo della mano. Joséphine aveva notato dei bellissimi gemelli di perle bianche. Un regalo di Cary Grant?

Aveva fatto un passo avanti per essere servito. Indossava il soprabito beige versione primavera-estate in tela leggera. Identico a quello della signora Boisson. Aveva estratto una ricetta lunga come tre pagine della Bibbia; la farmacista gli aveva chiesto se le medicine gli servivano subito o se poteva tornare nel pomeriggio. Aveva risposto che avrebbe aspettato, poi si era voltato per andarsene. Joséphine aveva incrociato il suo sguardo, gli aveva sorriso... Lui l'aveva squadrata, stupito. Si era alzato il bavero come per passare inosservato. Lei si era accorta che era molto magro, quasi emaciato.

Garibaldi aveva confermato l'ipotesi avanzata da Iphigénie.

Il signor Boisson era il Piccolo Gentiluomo.

Le aveva letto al telefono il rapporto trasmessogli dal suo contatto alle Informazioni Generali.

"Non c'è granché, signora Cortès. A mio avviso è stato compilato perché per due anni ha fatto parte del governo Balladur, e per altri due di quello di Alain Juppé. Le leggo quello che ho... Paul Boisson, nato l'8 maggio 1945 a Mont-de Marsan. Padre direttore generale di Charbonnages de France. Madre nessun impiego. Studente del Politecnico, classe 1964. Significa che ci è entrato nel 1964..."

"E quando si è laureato?" aveva domandato Joséphine.

"Nel giugno del 1967, ed è stato subito assunto da Charbonnages de France, senza dubbio raccomandato dal padre. Il suo uomo non ama l'avventura! Ha seguito le tracce di papà senza protestare..."

"Doveva essere disperato..."

"Non ha fatto molto parlare di sé. Nessuna appartenenza ad alcun partito politico, a un'associazione, a un sindacato. Non possiede nemmeno la tessera della biblioteca! È disgustato dalla vita o cosa?"

"Poverino..." lo aveva compatito Joséphine.

"Nel 1973, in occasione di una riunione di vecchi compagni,

conosce Antoine Brenner, stella in ascesa dell'UDR. Un uomo affascinante... Alto, sportivo, elegante. Il suo protetto ama i tipi seducenti. O mi sbaglio?"

Joséphine non aveva risposto.

"Quest'ultimo lo nota e i due si rivedono. Lavorano insieme su diversi progetti e sembrano intimi, anche se continuano a darsi del lei e non s'incontrano mai con le rispettive famiglie. Quando nel 1993 Antoine Brenner viene nominato ministro dell'Ambiente, chiede al nostro uomo di essere il suo capo di gabinetto. Il signor Boisson passerà al ministero due anni, apparentemente felici. Sembra completamente devoto a Brenner. Poi, nel maggio del 1995, nel nuovo governo Juppé, Antoine Brenner viene nominato ministro delegato agli Affari europei, e tiene con sé Paul Boisson. Dopodiché le loro strade si separano e il signor Boisson è designato... Qui la prego di rimanere seria..."

"Sarò una sfinge..."

"Direttore tecnico della società Tarma, con sede a Grenoble..."

"Non ci trovo niente di buffo!"

"Specializzata nel trasporto via cavo di persone e materiali..."

"Idem come sopra!"

"Traduco: una società che produce funivie per le stazioni invernali... Il signor Boisson è tutto tranne che un uomo ambizioso e intrigante! Passare dagli ori della Repubblica alla ferraglia delle funicolari non è per niente eccitante... in ogni caso, non si tratta certo di una promozione."

"Non mi stupisce, è un sentimentale..."

"Appunto, parliamo della sua vita sentimentale..."

"Suppongo che sua moglie si chiami Geneviève..."

"La sua prima moglie. Si è sposato a ventidue anni con Geneviève Lusigny... Morta di leucemia dieci anni dopo. Un'unione senza figli. Nel 1978 ha sposato in seconde nozze Alice Gaucher, nessun impiego, da cui ha avuto due maschi..."

"Che conosco di vista..."

"Nient'altro da segnalare. Vita tetra, carriera tetra, destino tetro... Non deve essere un vicino affabile. Contro di lui non c'è nemmeno una lamentela per schiamazzi notturni! Sa cosa le dico, signora Cortès, il suo Piccolo Gentiluomo ha vissuto intensamente i tre mesi delle riprese del film *Sciarada*, poi è andato in ibernazione... Si è ritirato dalla vita a diciassette anni! Non capisco come farà a tirarne fuori un romanzo..."

"Perché lei non ha letto il suo diario né la vita di Cary Grant..."

"In ogni caso, sono lieto di esserle stato d'aiuto e se ha bisogno di altro, non esiti. Sono sempre qui..."

Joséphine aveva chiesto le gocce per Du Guesclin, era rientrata a casa, aveva aperto il diario. Sotto le parole esitanti del Piccolo Gentiluomo ora scorgeva la nuca piegata del signor Boisson che tossiva in un guanto.

"Oggi, 18 gennaio, è il suo compleanno. Ne compie cinquantanove. C'è stata una festa sul set. Un'enorme torta con venti candeline. Venti! Perché, ha gridato il produttore a nome di tutti, Cary lei è e sarà sempre un giovanotto! Lui ha ringraziato con un discorso molto divertente. Ha cominciato col dire che aveva raggiunto la venerabile età in cui non è più lui a correre dietro alle donne, ma sono loro a rincorrerlo! E la cosa non gli dispiaceva affatto... Hanno riso tutti. Ha aggiunto che a quasi sessant'anni era ancora uno sciocco e si chiedeva come fosse riuscito a fare carriera! Aveva recentemente rifiutato il ruolo di Rex Harrison in *My Fair Lady*, dopo quello di James Mason in *È nata una stella*, di Gregory Peck in *Vacanze romane*, di Humphrey Bogart in *Sabrina*, di James Mason in *Lolita* e mi fermo qui, ha concluso, altrimenti penserete che sono un vero pezzo da museo! Abbiamo applaudito e protestato. Aveva il pubblico ai suoi piedi...

Da quando si è confidato non è più lo stesso. Si direbbe che mi evita. Mi saluta da lontano, ma fa sempre in modo di non ritrovarsi da solo con me. Mi sono scervellato per fargli un regalo... e credo di avergli comprato la cosa più stupida al mondo. Una sciarpa. Una bella sciarpa in cachemire di Charvet... Ho speso tutti i miei risparmi.

Una sciarpa!

Per uno che vive a Los Angeles!

Vedendo il mio regalo, quelli della troupe hanno fatto un sorrisetto beffardo.

Lui mi ha ringraziato, e ha rimesso la sciarpa nella scatola.

Ho borbottato una scusa. Mi ha sorriso aggiungendo *don't worry, my boy*. Capita che faccia freddo a Hollywood... E poi la indosserò qui a Parigi.

Partirà presto, lo so. L'ho letto sulla sua agenda. Gli rimangono solo due giorni di riprese...

Finalmente sono riuscito ad avvicinarlo. Dovevo avere un'espressione lugubre perché ha appoggiato una mano sulla mia dicendo: 'Hai un problema, *my boy*? Cosa c'è che non va?'

'Lei sta per partire...'

'Non devi essere triste... Lo sei davvero?'

'Perché me lo chiede?'

'Non devi, *my boy*... Io partirò, tornerò alla mia vita e tu alla tua. Stai per iniziare un percorso importante! Ma guarda che cosa mi costringi a fare! A diventare serio! Su, coraggio!'

Mi si è spezzato il cuore.

'Se ne andrà davvero?'

Ha sollevato un sopracciglio, stupito, come gli capita sul grande schermo. Ho avuto la sensazione che stesse recitando.

'Sì, io me ne andrò e tu resterai... E la nostra amicizia sarà un bellissimo ricordo... Per te e per me.'

Devo aver fatto un'espressione particolarmente smarrita che lo ha irritato.

'*Come on, smile!*'

'Non voglio ricordi, non ho l'età per i ricordi... Voglio restare con lei. Mi porti con sé! Sarò il suo assistente, le porterò le valigie, le farò da autista, le stirerò le camicie, farò qualunque cosa per lei... Imparerò, ho solo diciassette anni, si impara presto alla mia età.'

'Su, niente drammi! È stato un bell'incontro, un bel momento... Non rovinare tutto.'

Sentire quelle parole è stato come saltare nel vuoto, cadere, precipitare cercando un albero, una radice a cui afferrarmi, lui partirà, e io resterò. E il mio futuro? Frequenterò il Politecnico e mi sposerò. Con chiunque perché adesso la cosa mi è del tutto indifferente. Mi terrò Geneviève, lei sa, ha capito, potrò respirare su di lei il profumo del mio amore defunto. Potrò raccontarle ancora e ancora di quando ero con lui, conversavo con lui, bevevo champagne con lui, contemplavo i tetti di Parigi con lui... Andrò al Politecnico e sposerò Geneviève. Dato che lui parte e non prova nessun dispiacere, nessuna frattura.

'*Come on, my boy!*' ha ripetuto, innervosito.

Ho avuto l'impressione di aver fatto un terribile passo falso e mi sono sentito quasi sporco...

È andato via con il suo autista per tornare in albergo e io sono rimasto lì, come un idiota, gli occhi pieni di lacrime.

Mi sono detestato... Che mancanza di classe ed eleganza!

L'ho guardato allontanarsi. In quel momento non sapevo più niente di lui. Era come se tutto ciò che avessimo vissuto, tutte quelle meravigliose confidenze non fossero mai esistite. Aveva voltato pagina, era passato ad altro.

Per la prima volta mi sono sentito di troppo, messo da parte. Ho provato l'atroce sensazione di avere fatto il mio tempo.

È stato orribile.

Prima di uscire ho notato, dimenticata in un angolo del tavolo, la scatola del mio regalo.

Dentro c'era la sciarpa...

23 gennaio 1963. Il giorno più triste della mia vita. Non so dove trovi ancora la forza di scrivere...

Quando sono rientrato dalla festa per il suo compleanno... A casa ad attendermi c'era un dramma. Il direttore del mio corso preparatorio aveva chiamato i miei genitori per informarli delle mie numerose assenze. Vostro figlio non studia, non frequenta le lezioni, non offre giustificazioni né motivi validi, non possiamo più tenerlo con noi. Mio padre era furioso. Stringeva i denti così forte che ho creduto si frantumassero. Mamma piangeva dicendo che ero un incapace, che non avrei mai combinato niente, che avrei fatto bene a entrare nell'esercito! Mi hanno chiuso in camera per due giorni, senza vedere nessuno, senza poter telefonare. E intanto mi dicevo che erano i suoi ultimi giorni a Parigi! Questo mi faceva impazzire! Non potevo saltare dalla finestra, abitavamo al sesto piano! Niente, non potevo fare niente...

Ero prigioniero.

Papà è andato a parlare con il direttore. Non so che cosa gli abbia detto, ma pare che abbia deciso di darmi un'ultima possibilità. Ironia della sorte!

Ho avuto il diritto di uscire, ma con la proibizione formale di tornare sul set.

Non ci sarei andato in ogni caso, sapevo che le riprese erano finite...

Mi chiedevo solo se lui fosse già partito o se avesse prolungato il suo soggiorno a Parigi. Se passeggiasse lungo il quai aux Fleurs. Era il suo preferito.

Alla fine, ieri sera, dopo le lezioni, sono corso al suo hotel...

Il concierge mi ha detto che se n'era andato, ma che aveva lasciato una lettera per me. Mi ha teso una busta con l'intestazione dell'albergo.

Non l'ho aperta subito...

Il cuore mi batteva troppo forte...

L'ho letta la sera, in camera mia.

'*My boy*, ricordati questo: siamo gli unici responsabili della nostra vita. Non dobbiamo incolpare nessuno dei nostri errori. Siamo gli artefici della nostra felicità e talvolta ne siamo anche l'ostacolo principale. Sei all'alba della tua vita, e io al crepuscolo della mia, non posso che darti un consiglio: ascolta, ascolta la vocina dentro di te prima di imboccare la tua strada... E il giorno in cui la sentirai, seguila ciecamente... Non lasciare che nessuno decida al posto tuo. Non avere mai paura di rivendicare ciò che hai a cuore.

Sarà questa la cosa più difficile per te, perché pensi a tal punto di non valere niente da non riuscire a immaginare un futuro radioso, un futuro con la tua impronta... Sei giovane, non sei obbligato a ripetere lo schema dei tuoi genitori...

Love you, my boy...'

L'ho riletta diverse volte. Non riuscivo a credere che non lo avrei mai più rivisto. Non mi aveva lasciato niente, né un indirizzo, né una casella postale, né un numero di telefono. Non avevo alcun modo per ritrovarlo.

Ho pianto... e pianto...

Mi sono detto che la mia vita era finita.

E credo sia finita davvero.

25 dicembre 1963. *Sciarada* è appena uscito negli Stati Uniti. Ho letto gli articoli dei giornali. È stato un enorme successo. Migliaia di persone si sono messe in coda fin dalle sei del mattino davanti al Radio City Music Hall sulla Sesta avenue per avere un posto. Faceva freddo, pioveva e aspettavano...

Ho letto anche un'intervista a Stanley Donen che parlava di lui. 'Non esiste un altro attore come Cary Grant. È unico. Nella sua recitazione non ci sono note false. Se proietta semplicità e fiducia, se tutto sembra così facile, è per la sua estrema concentrazione. Perché si è preparato fin nei minimi dettagli... Non si sente nessuna paura in lui quando recita. Le sue sceneggiature sono sempre piene di migliaia di appunti. Si segna qualsiasi cosa. Il particolare, sta in questo la sua grandezza. Il suo talento non è un dono divino, ma il risultato di un lavoro straordinario...'

Ho avuto l'impressione che lui mi sfuggisse definitivamente.

Ho trovato anche una riflessione di Tony Curtis. 'S'impara di più osservando Cary Grant bere una tazza di tè che in sei mesi di corso di teatro...'

Che cosa ho imparato da lui?

Che cosa ho imparato da lui?"

Erano le ultime parole del diario. Joséphine lo richiuse e pensò che lei aveva imparato molto grazie a Cary Grant.

Zoé era in camera con Emma, Pauline e Noémie. Stavano preparando una ricerca su Diderot che lei avrebbe dovuto presentare il giorno dopo in classe durante la lezione della signora Choquart.

Non voleva fare brutta figura. Le piaceva troppo la signora Choquart.

Si abbandonò esausta sul letto, pensando a Diderot.

E a Gaétan.

Gaétan! Da quando lui le aveva rivelato la verità, andavano d'amore e d'accordo. Aveva compilato una lista di "Voglio..." e "Non voglio..." Come in un gioco. Più la lista era lunga, più le sembrava che il suo amore fosse grande, forte, eterno. Non voglio che il nostro amore si spenga. Voglio che sia sempre come all'inizio, le canzoni in testa, il cuore che prende il volo, una vera *vie en rose*. Non voglio stancarmi. Voglio amarlo il più a lungo possibile. Non voglio alti e bassi. Voglio restare sospesa a centomila metri d'altezza. *Twist and shout, come on, come on, baby now*. Voglio interpretare l'amore, il grande amore, come Johnny Depp e Vanessa Paradis *in love* per tutta la vita.

Le amiche scarabocchiavano sui quaderni.

Avevano scelto Diderot come argomento della loro ricerca. Per il suo anticonformismo e il suo stile pungente.

Credo di essere pazza di Diderot, pensò Zoé, rileggendo gli appunti. Critica tutti. Lully, Marivaux, dice tutto il male possibile di Racine, definendolo "subdolo, traditore, ambizioso, invidioso, cattivo". Però aggiunge: "Fra mille anni da ora, farà versare lacrime; sarà oggetto di ammirazione fra gli uomini in ogni contrada della terra; ispirerà umanità, commiserazione, tenerezza; la gente si chiederà chi era, di quale Paese, e invidierà la Francia. Ha fatto soffrire poche persone che non sono più; cui non attribuiamo quasi nessun interesse; non abbiamo nulla da temere dai suoi vizi, dai suoi difetti. Certo sarebbe stato meglio che avesse avuto dalla natura le virtù di un uomo perbene, insieme ai talenti di un grande. È un albero che ha fatto seccare qualche altro albero piantato vicino a lui; che ha soffocato le piante che crescevano ai suoi piedi; ma ha sollevato la sua cima fino alle nubi; i suoi rami si sono distesi lontano; ha dato la sua ombra a quelli che venivano, che vengono e che verranno a riposare sotto il suo tronco maestoso; ha prodotto frutti di gusto squisito e che si rinnovano perennemente."*

Zoé amava il verbo di Diderot. Amava il suo uso del punto e virgola.

"Cominciamo dai *Salons*?" chiese Emma.

"Sì... Fragonard?"

"E mentre Pauline parla, io mostro una riproduzione..."

"'È una gran bella omelette di fanciulli'", lesse Pauline. "'Sono centinaia, tutti allacciati gli uni agli altri. Ma è un'immagine piatta, giallastra, monotona e un po' fumosa. Sono gialle anche le nuvole sparse tra loro e riescono nell'intento di farne una composizione precisa. Il signor Fragonard è diabolicamente insipido. Che bella omelette, così delicata, molto colorata e per niente bruciacchiata.' Che cattiveria, vero?" concluse Pauline, che era buona e odiava le critiche.

"Fragonard doveva essere un fuori di testa."

"Credo che comprerò tutti i volumi dei *Salons* talmente adoro ogni parola, ogni frase, vorrei che non finissero mai, e in fondo è così perché si tratta di un libro gigantesco!" esclamò Zoé.

"Tu e i tuoi libri!" la prese in giro Emma. "Come se non leggessi già abbastanza..."

"Zoé ignora il senso della misura", commentò Noémie, accendendosi una sigaretta.

"Non in camera mia!" gridò Zoé. "Mia madre non vuole che si fumi!"

"Apriremo la finestra..."

"Allora posso rollarmene una anch'io?" chiese Emma.

Zoé non rispose. Una contro tre, non le avrebbero dato ascolto.

Gaétan aveva promesso di scriverle una lunga e-mail quella sera...

* Il nipote di Rameau.

Diderot, Gaétan, una lunga e-mail... Era la più felice delle ragazze.

Quando le amiche se ne andarono, spalancò la finestra, cambiò la camicia, si guardò nello specchio e le piacque ciò che vide. Era un buon segno. Un giorno ci si guarda allo specchio canticchiando e dimenandosi con una spazzola per capelli come microfono, quello dopo ci si dà un'occhiata e ci si sente una gomma masticata.

Si sedette davanti al computer ed entrò nella posta.

L'e-mail di Gaétan era la prima...

Per le cose serie, preferiva scrivere che parlare. Diceva che parlare era difficile, perché era come trovarsi l'uno di fronte all'altro guardandosi in faccia mentre si vuotava il sacco. Invece quando scriveva poteva immaginarsi di essere completamente solo, di confidarsi con se stesso, senza che nessuno ascoltasse.

Anche lui doveva affrontare i compiti in classe di fine anno.

Quella mattina aveva avuto geografia.

"Non mi è andato granché bene, ma non importa. La geografia non è il mio forte. Ho fatto quel che ho potuto, ho studiato, è inutile piangere sul latte versato! Adesso so di essere in grado di impegnarmi e questo mi piace. Che cosa vogliono da me? Ce la posso fare, no? Vuoi sapere il resto? Bah, sì... Te lo racconto. Stamattina mi alzo e mamma era già in piedi. Prima che uscissi, mi chiede di andare da lei. Mi ha detto cose che mi hanno messo sottosopra. Cose che non mi aveva mai confessato, che mi hanno cambiato, che... wow, ecco! Mi guarda, stava bevendo il caffè, e mi dice che non vuole più che mi occupi di lei, che sta bene, che mi vuole bene e che desidera che io sia felice e che lei non può esserlo se non lo sono anch'io. È stato un colpo. Mi sono sentito libero. E mamma che mi parla così... è wow, pazzesco! Non so spiegarti, è come se potessi finalmente crescere. È grandissimo. Certo, questo non m'impedisce di andare fuori di testa per causa sua, ma non è più come prima, come se lei dipendesse da me... Anche se so che lei dipende da me. Perché Charles-Henri si fa i fatti suoi e se ne andrà, come Domitille. L'anno prossimo sarà in collegio... È deciso. Lei dice di no, che scapperà in continuazione, ma la cosa è ormai decisa. Perciò resteremo solo io e mamma. E anche se lei ha detto che sa camminare da sola, io so che avrà sempre bisogno di me... Non può uscirne per conto suo, lei non se ne rende conto, ma io sì. Non sono responsabile solo della mia vita. Se abbandono la mamma a se stessa, è finita.

Quindi voglio che torniamo a Parigi. Non ne posso più di stare qui con i nonni e il loro fiato sul collo, e con tutta la città che ti guarda ogni volta che combini qualcosa. Da queste parti la gente non ha nient'altro da fare che spettegolare... Che mettersi a ridere non appena qualcuno esce di carreggiata. E noi lo facciamo spesso, poco ma sicuro... Dimmi Zoé, non è forse normale fare cavolate? Anche quando si è adulti come la mamma... Perciò partiremo insieme. Torneremo a Parigi. Non so dove andremo ad abitare perché mamma non ha molti soldi. Dice di essere disposta a lavorare come commessa, che ha il diploma per farlo, che potrebbe trovare un impiego in una bigiotteria o da un orologiaio. Gli orologi le piacciono molto. Credo la rassicurino. Il meccanismo, intendo... Allora cercherà un posto da commessa in un negozio di orologi e ci prenderemo un piccolo appartamento. Così potremo vederci e sarò felice..."

Il cuore di Zoé fece un salto. Gaétan sarebbe tornato a Parigi! *Twist and shout, come on, come on!* L'avrebbe incontrato ogni giorno. Avrebbero potuto abitare da loro. Nella camera di Hortense... O nello studio di mamma quando Hortense fosse rientrata a Parigi. Ma non veniva più molto spesso. La sua vita era a Londra. O da qualche altra parte. Ripeteva spesso che l'aveva fatta finita con Parigi...

Doveva parlarne con sua madre.

Fu no.

Un no categorico.

Un no che Zoé non aveva mai sentito uscire dalla bocca di sua madre.

"È fuori questione, Zoé."

"Ma l'appartamento è troppo grande per noi due..."

"Ho detto di no", dichiarò Joséphine.

"Ma l'avevi fatto per la signora Barthillet e Max..."

"È stato tanto tempo fa, sono cambiata."

"Sei diventata egoista!"

"No. Ascoltami bene, Zoé... Ho un libro per la testa. Un desiderio di scrivere che va delineandosi ogni giorno di più e ho bisogno di spazio, silenzio, vuoto, solitudine..."

"Non ti prenderanno spazio! Si faranno minuscoli. Sua madre vuole lavorare e lui verrà al liceo con me... Oh, mamma! Di' di sì..."

"No, no e no... Quei tempi sono finiti!"

"E allora dove andranno?" chiese Zoé, la bocca bagnata di lacrime.

"Non lo so e non è un mio problema. Non voglio sacrificare questo libro... È importante per me, cara. Molto importante... Capisci?"

Zoé scuoteva la testa. Non capiva.

"Ma potresti scrivere lo stesso..."

"Zoé... Tu non sai cosa significa 'scrivere'. Vuol dire dedicare tutte le proprie forze, tutto il proprio tempo e la propria attenzione a un'unica cosa. Pensarci in continuazione. Non essere interrotta, un solo secondo, da qualcosa d'altro... Non è semplicemente sentire l'ispirazione e buttare giù qualche appunto su un foglio, significa lavorare, lavorare, lavorare, seminare idee, aspettare che spuntino e raccoglierle solo quando sono pronte. Non prima, altrimenti finisce che strappi la radice, non dopo perché sarebbero sfiorite. Bisogna essere attenti, ossessionati, maniacali... È impossibile vivere per gli altri."

"E io allora?"

"Tu fai parte di questa avventura. Ma non gli altri, Zoé, non gli altri..."

"Bisogna vivere soli quando si scrive, completamente soli..."

"Sarebbe l'ideale, sicuro. Ma io ho te, ti voglio bene più di qualunque altra cosa al mondo, questo amore mi riempie di gioia, di forza, è parte di me. Con te posso parlare, tu mi ascolti, mi comprendi... Ma non gli altri, Zoé, non gli altri..."

"Allora", riprese Zoé, abbassando la testa e deponendo le armi, "la scriverai davvero la storia del Piccolo Gentiluomo?"

Joséphine la prese tra le braccia e bisbigliò sì, la scriverò, lo farò.

"E adesso sai chi è il Piccolo Gentiluomo?" chiese ancora Zoé, il mento appoggiato sulla spalla della madre.

E Joséphine bisbigliò di nuovo sì, lo so.

Sarebbe andata a trovarlo, gli avrebbe parlato, gli avrebbe chiesto il permesso di raccontare la sua storia. Gli avrebbe spiegato come, grazie a Cary Grant e al diario, lei fosse uscita dalla nebbia, gli avrebbe descritto le acque furiose delle Landes, Henriette e Lucien Plissonnier, il cestino da picnic sulla spiaggia, Iris, l'ombrellone, la voglia di diventare grande, di essere qualcun'altra, una che sa stare in piedi da sola, che ha trovato il suo posto fuori dalla nebbia.

E poi avrebbe chiamato Serrurier, gli avrebbe detto...

Che aveva un'idea, anzi, meglio di un'idea...

L'inizio di un romanzo. Un romanzo che le si stava mettendo in moto nella testa. Che si assemblava pezzo per pezzo.

D'altronde, aveva trovato la prima frase.

Non gliel'avrebbe rivelata.

Se la sarebbe tenuta per sé. In modo che le parole conservassero tutta la loro forza, non evaporassero...

"Scrivere come nessuno con le parole di tutti."*

Non bisogna dire le parole che si stanno per scrivere, devono restare nuove. Quando si leggono si deve avere l'impressione che sia la prima volta che vengono usate, che nessuno le abbia mai messe nero su bianco...

* Colette.

PARTE QUINTA

Shirley depose la presa sul bancone e ne domandò il prezzo.

Era l'ultima rimasta sull'espositore. Non aveva etichetta né codice a barre. La confezione era vecchia, piegata alle estremità.

Si sarebbe detto un articolo di seconda mano.

L'uomo dietro al bancone, con indosso una T-shirt nera con la testa di un lupo che digrignava i denti, si prese tutto il tempo per squadrare la donna davanti a sé; il suo sguardo si attardò sulla borsa, sull'orologio, sui piccoli brillanti alle orecchie, sulla giacca di pelle, e dichiarò: "Quindici sterline..."

"Quindici sterline per una presa!" gridò Shirley.

Lui ripeté la cifra.

Senza battere ciglio. La presa era sua e stava a lui decidere quanto costava, se non era interessata, poteva andarsene. Shirley notò la pancia gonfia dell'uomo messa in evidenza dalla T-shirt con il muso da lupo. Sembrava incinto di un barilotto di birra.

"Ha un catalogo per verificare il prezzo?"

"Quindici sterline..."

"Chiami il proprietario!"

"Sono io..."

"Lei è un imbroglione!"

"Quindici sterline..."

Shirley afferrò la presa, se la fece saltare in mano, la riappoggiò sul bancone e girò sui tacchi.

"Vai a farti fottere, imbecille!"

Quindici sterline! esplose mentre scendeva lungo Regent Street. Quindici sterline dopo avermi scrutata per bene ed essersi detto questa qui la spenno! Per chi mi ha preso? Per una turista smarrita che cerca di far funzionare il phon o il computer? Sono inglese, vivo a Londra, conosco i prezzi e mi ha rotto le scatole! Se mi serve una presa è perché non posso attaccare la piastra per i capelli che mi ha regalato la mia amica francese a Natale! La piastra costa trenta euro e non ha bisogno di una presa da quindici! Camminava ad ampie falcate, con la voglia di schiaffeggiare tutti gli uomini che, le sembrava, inalberavano un'arroganza da maschi onnipotenti. Non sopportava quelli che sbraitavano ordini come zar rivolti alla servitù.

Quell'uomo l'aveva trattata da serva.

Ribolliva di collera, che si trasformò in lava incandescente, minacciando di far scoppiare il cratere e di travolgere tutto al suo passaggio.

Il vulcano si era risvegliato proprio quella mattina...

Era passata dall'ufficio della sua associazione "Fight the fat" e aveva letto un rapporto che dimostrava, cifre alla mano, che diversi alimenti per neonati contenevano più zucchero, grassi e sale di certo pessimo cibo per adulti. Li si rimpinzava di quella roba per poi fargli ingoiare, anni dopo, un sacco di altre schifezze. Le era uscita una sequela di imprecazioni.

Vedeva rosso. Un rosso furioso. Un rosso che accecava gli occhi.

"Che cosa facciamo?" aveva urlato a Betty, la sua segretaria e assistente.

"Compiliamo la lista degli alimenti e la mettiamo sul nostro sito con un link a tutti gli altri siti di consumatori", aveva risposto Betty, che non perdeva mai la calma e trovava spesso delle soluzioni. L'informazione sarebbe stata ripresa. Quella gente sarebbe stata messa all'indice.

"Che bastardi! Che stronzi!" ripeté Shirley, mettendosi le mani nei capelli. "Sono dei criminali! Colpiscono le loro vittime già nella culla. E dopo ci si stupisce perché la percentuale di obesi è in continuo aumento. Dovrebbero essere obbligati a mandare giù la loro merda! Sono sicura che ai loro figli non danno quella roba."

Doveva calmarsi.

Doveva impedire che la rabbia la mandasse in mille pezzi.

La collera frantuma. Annienta le persone contro le quali è diretta, ma anche quella che la porta dentro di sé. Lo sapeva. Ne faceva sovente le spese.

Voleva imparare a controllarsi. A distrarre la propria rabbia, a dedicarsi a un'attività calmante.

Le era venuta in mente la piastra per i capelli... L'aveva trovata quella mattina riordinando le mensole del bagno. Tutta nuova nella sua confezione natalizia. Con il bigliettino di Joséphine: "Alla mia bella amica dai capelli corti e talvolta ricci."

Scendo a comprare un adattatore, mi concentro sulle ciocche e relativizzo.

L'uomo dalla T-shirt con il muso di lupo aveva cercato di raggirarla. Fremeva di collera, aveva voglia di piangere. Non trovava più il suo posto nel mondo.

Entrò da Starbucks, ordinò un Venti Caffè Mocha, con latte intero e panna montata. 450 calorie, 13 grammi di grasso cattivo, classificatosi ottavo nel palmarès dei cibi più rivoltanti del 2009 compilato dal prestigioso *Center for Science in the Public Interest*. Se devo farmi del male, meglio non economizzare! si disse vedendo arrivare il caffellatte assassino.

"Posso avere una cannuccia o è un extra?" urlò alla ragazza dietro alla cassa.

Ma che cosa mi sta succedendo? Sto facendo confusione, si

riprese, dispiaciuta di avere ferito la povera cassiera che probabilmente guadagnava appena il necessario per pagare l'affitto. Ha vent'anni e ha l'aria stanca come se stesse lavorando da una vita intera.

"Mi scusi", mormorò quando la giovane le tese una cannuccia. "Lei non c'entra niente. Sono arrabbiata..."

"Niente di male", replicò la ragazza. "Sono arrabbiata anch'io..."

"... e lei ci è andata di mezzo."

"Non è la prima volta e non sarà l'ultima", aveva concluso la cassiera, disillusa. "Se pensa che la vita sia bella, mi dia la sua ricetta!"

Be' sì, rifletté Shirley, andando a sedersi, la vita, prima, era piuttosto bella... Ma da qualche tempo vedo tutto nero, i miei giorni sono come il sale su una ferita aperta... Non guarisce, mi prude, si scrosta.

Perché si piange quando si versano lacrime ogni quarto d'ora? Lo facciamo per ciò che ci è appena successo o per una vecchia ferita riaperta che trasuda sangue?

Lei sanguinava ovunque. Da quando aveva ricevuto la lettera dalla zia Eleonore.

Era accaduto due giorni prima...

Una mattina...

Aveva appena litigato con Oliver. Le aveva portato la colazione a letto scusandosi perché i toast erano un po' bruciacchiati. Lei aveva messo da parte il vassoio.

"Smettila di scusarti, di essere gentile..."

"Io non sono gentile, ma premuroso..."

"Allora smetti di essere premuroso. Non lo so sopporto più..."

"Shirley..."

"Basta!" aveva urlato, con le lacrime agli occhi.

"Perché gridi? Che cosa ho fatto?"

Le tese le braccia, lei lo respinse, lui scosse il capo, con aria dispiaciuta.

"E piantala di fare quell'espressione da cane bastonato!"

"Non capisco..."

"Tu non capisci niente! Tu sei... sei..."

Balbettò, agitando le mani per afferrare le parole, e non trovandole, si adirò.

"Sei stanca? Hai qualche problema?"

"No. Sto benissimo. È solo te che non sopporto più!"

"Ma ieri..."

"Vattene! Vattene!"

Lui si alzò, s'infilò il giubbotto, aprì la porta.

Con un balzo, gli era corsa dietro, aggrappandosi alle sue spalle.

"Non andartene! Non lasciarmi sola! Non farlo! Se ne vanno tutti, sono rimasta completamente sola!"

Lui l'aveva afferrata e spinta contro il muro, chiedendole con voce dura: "Ma tu lo sai con chi ce l'hai?"

Lei girò la testa.

"Non lo sai e te la prendi con me, ma io non c'entro niente... Allora mettiti alla ricerca del vero colpevole e smettila di aggredirmi..."

Lo guardò uscire. Lui non si voltò. Varcò la porta senza un ultimo sguardo, senza un ultimo gesto che potesse darle un indizio sulla gravità della sua partenza. Pensò, lo perderò, lo perderò... Si lasciò cadere sul letto singhiozzando, non ci capiva più niente.

Quella mattina aveva ricevuto la lettera di zia Eleonore.

Diceva ieri ho sistemato delle vecchie carte, erano mesi che mi ripromettevo di farlo, e ho trovato queste. Non so che cosa ne farai, ma sono tue.

Due fotografie in bianco e nero e una busta blu.

Nella prima foto c'era suo padre in pantaloni lunghi durante un'escursione con degli amici sulle rive di un lago. Aveva abbandonato lo zaino sull'erba e ci si era appoggiato mangiando un panino. Aveva la guancia sinistra gonfia per il boccone e rideva nello stesso tempo. Un grande naso, una grande bocca, una grande risata. Lunghe ciocche che gli ricadevano sugli occhi, gambe muscolose, scarponi pesanti. Un foulard intorno al collo. Lesse la data sul retro: aveva diciassette anni. La seconda foto li mostrava insieme, loro due, in un parco di Londra. Si notavano in lontananza persone sulle sedie a sdraio impegnate nella lettura o a crogiolarsi al sole. Doveva avere sei anni e osservava l'uomo che le stava indicando un albero. Lei piccola, con due trecce bionde, lui immenso, nel suo abito di tweed. Vivevano a palazzo nell'appartamento riservato al gran ciambellano. L'accompagnava a Hyde Park per insegnarle il nome degli alberi, delle diverse specie, dei fiori; osservavano gli scoiattoli. Un giorno aveva visto due cani rincorrere uno scoiattolo, spingerlo contro la rete, e mentre uno gli chiudeva ogni via di fuga, l'altro gli azzannava la gola.

Shirley era rimasta affascinata dalla violenza della scena. Aveva sentito un brivido giù per le gambe, poi un nodo allo stomaco che era scoppiato come una palla di fuoco. Aveva chiuso gli occhi per far durare la sensazione di piacere. Suo padre la tirava per la mano per impedirle di guardare. La gente indignata insultava il padrone. Questi si era stretto nelle spalle, richiamando i cani che facevano a pezzi lo scoiattolo senza sentirlo.

Ogni volta che suo padre l'accompagnava al parco, spiava i cani in libertà, sperando in un'altra preda.

Poi c'era la lettera blu in una stretta busta azzurrina.

Indirizzata a Shirley Ward presso la signora Howell, Edimburgo.

Aveva riconosciuto la calligrafia di suo padre. Rotonda, quasi femminile.

Per un lungo istante era rimasta immobile prima di aprirla. Intuiva che tra le mani stringeva un segreto. La soluzione di un segreto. Aveva preso la busta, era andata a farsi un'altra tazza di tè e, mentre faceva scaldare la teiera, aveva chiuso gli occhi convocando il fantasma di suo padre. La giacca di spessa tela ruvida che le strofinava contro la guancia quando lui la prendeva in braccio, il profumo del suo sapone, dell'eau de toilette Yardley che si metteva la mattina dopo essersi rasato. Gli appoggiava la testa sulla spalla. Immaginava mille pericoli, uomini che la minacciavano, la rapivano, la imbavagliavano, la maltrattavano, la trascinavano nella polvere. Lei faceva finta di piangere, lui rafforzava la stretta, lei chiudeva gli occhi.

Bevve un sorso di tè bollente e aprì la lettera. Era stata scritta subito dopo la sua partenza per la Scozia.

"Piccola mia,

Non ti ho mandato a Edimburgo per punirti. Non ho il diritto di farlo. Da quando sei nata ti ho costretto a vivere un'esistenza bizzarra, di cui io sono l'unico responsabile. Comprendo la tua collera, ma non posso tollerare di mettere in pericolo una persona che ti ama teneramente..."

Parlava di sua madre senza osare nominarla. Persino quando scriveva, l'ombra di sua madre lo intimidiva. Aveva mandato giù un primo singhiozzo.

"Tu e io abbiamo avuto una vita ben strana."

Questa frase era stata cancellata. Forse gli era sembrata una ripetizione.

"Eri una bambina meravigliosa e sei diventata una ragazza straordinaria. Sono fiero di te..."

Seguiva un grande spazio bianco. Aveva lasciato il posto per qualche riga, come se intendesse scriverle più tardi. Aveva ricominciato più in basso.

"Vorrei dirti tante cose, ma non so...
Come spiegare ciò che nemmeno io capisco?"

Un altro spazio.
E poi queste semplici parole...

"Ricorda solo che sei stata, sei e sempre sarai la mia piccolina, quella che portavo tra le braccia quando tornavamo dalla campagna la domenica sera... Amavo così tanto quei momenti..."

E il ricordo le piombò addosso come una valanga...

Era piccola, tornavano dalla campagna, da una delle residenze della regina; era sdraiata sul sedile posteriore dell'auto, avvolta in una coperta. Osservava la luna alta nel cielo scuro che le strizzava l'occhio attraverso le nuvole. Quando arrivarono a palazzo, alzò gli occhi verso l'enorme costruzione severa, verso la lucina rossa accesa al loro piano, in fondo a sinistra. Lui aprì la portiera e si chinò su di lei, che respirò il suo odore di tweed e lavanda. La toccò per capire se stesse dormendo. Faceva finta di dormire perché lui la prendesse tra le braccia e la portasse fino al suo letto. Fino alla lucina rossa nell'appartamento.

Lui cominciava a salire lentamente le scale...

Gli occhi semichiusi, si lasciava andare, chiedendosi se lui non si accorgesse, qualche volta, che stringeva troppo le palpebre perché fosse vero.

Due braccia esperte nel sollevare un corpo addormentato, nel sostenere contemporaneamente i fianchi e la nuca, facendo bene attenzione che la coperta non cadesse e mantenesse il tepore dell'auto, controllando che i piedi a penzoloni non urtassero una porta. Lei chiudeva gli occhi, percependo l'aria più fredda, il passo attutito e pesante di suo padre; immaginava ogni scalino, ogni svolta di corridoio, e ogni passo la cullava dolcemente, dandole la certezza di essere tra le braccia di un gigante. Si ripeteva la sua storia preferita, quella che non la stancava mai, una foresta, delle grida, degli spari, i briganti e suo padre che avanzava forte, coraggioso, e la stringeva a sé.

Prolungava il finto sonno, gemendo quando la deponeva sul letto, balbettando parole infantili per fargli credere che dormisse davvero. Lui le asciugava la fronte, dicendole dormi adesso in tono perentorio. Lei tremava e si lasciava svestire, togliere le scarpe, girare, rigirare, manipolare come una pezza, un fantoccio pervaso di piacere...

Mio Dio quanto gli voleva bene in quei momenti! Non era più l'uomo umile che si faceva da parte davanti alla regina, chinava la testa, si ritirava indietreggiando per non mostrare la schiena a Sua Altezza.

Lei gli aveva restituito la sua onnipotenza.

Durante quel lungo cammino per i corridoi di palazzo, tornava a essere una bambina fragile su cui lui regnava; attraverso le palpebre semichiuse leggeva il sorriso orgoglioso sulle sue labbra, un sorriso che diceva dormi, figlia mia, dormi, io veglio su di te, ti proteggo! E, in quell'ardore comune, si ritrovavano. Lei lo trovava l'uomo più forte del mondo, lui la considerava una principessa di cui avere cura. Lei prendeva il suo coraggio per farne un gioiello da indossare, lui diventava il suo eroe.

Detestava quando lui si chinava. Quando era solo un'ombra lungo i corridoi di palazzo...

Detestava il padre che camminava dietro la regina, il padre che non era un uomo perché accettava di essere solo un suddito.

Rilesse la lettera che lui non le aveva mai spedito.

Si sentì soffocare, il naso rosso, le guance in fiamme. Le sembrava di avere un buco nel cuore.

Ricordò...

Aveva voglia di gridare a suo padre, rialzati, sii un uomo! Non un lecchino!

Non aveva detto niente.

Faceva la guerriglia nei corridoi rossi di Buckingham Palace.

Rialzandosi, mi avrebbe reso legittima...

Era dunque questo, il mio segreto...

Come aveva fatto a ignorarlo per così tanto tempo?

Non ci aveva riflettuto. Fa troppo male. Si raccontava sempre la stessa storia di sua madre che le voleva bene, ma che non poteva mostrarlo, fingendo di accettare la situazione.

Ma morivo dalla voglia che me lo mostrasse, che lo mostrasse a lui. Allora mi vendicavo, lo vendicavo. Uscivo dall'ombra facendo un gran baccano. Era l'unico modo in cui potevo amare... La tenerezza, la dolcezza, gli occhi carezzevoli? Li rifiutavo. Erano appannaggio dei vassalli...

Pianse, non riusciva a smettere, pianse per la bambina che si lasciava sfilare gli stivali, asciugare i piedi, infilare delle calze pulite, stendere le gambe davanti al fuoco che lui aveva acceso perché si scaldasse. Avrebbe dato qualunque cosa perché suo padre desse un calcio ai ciocchi nel camino, la prendesse per mano, attraversasse i lunghi corridoi, sfondasse la porta, entrasse nella camera della sua beneamata, la madre di sua figlia, e le dicesse, ha fame, ha freddo, occupati di lei... È anche tua figlia.

Non l'aveva fatto.

S'inginocchiava, si chinava, le asciugava i piedi, vi deponeva un bacio, li avvicinava al camino. Le metteva una mano sulle gambe.

Quella mano di cui amava ogni centimetro, ogni durone, ogni unghia troppo corta, quella mano che le accarezzava i capelli, le pizzicava le orecchie, le sfiorava la fronte per capire se avesse la febbre.

Aveva cominciato a provare orrore per la tenerezza, la gentilezza, le paragonava alla codardia, si era buttata fra le braccia di uomini rozzi...

Il desiderio era nato, deformato dall'immagine di suo padre sottomesso.

Usciva a cercare uomini come se partisse per la guerra, leggera, affrancata, trascinata da quel desiderio che autorizzava solo abbracci sfuggenti, come quelli dei briganti.

Era andata a trovare la zia Eleonore.

Tra lei ed Eleonore c'era sempre stata una tensione tangibile come il ronzio di un moscone.

Eleonore Ward era una donna forte, con il petto di una valchiria e il viso largo segnato dalla couperose. Aveva lavorato per tutta la vita in fabbrica. Non si era mai sposata. "Non mi è mai capitata l'occasione", diceva con un sospiro. Quando trascorrevano insieme il Natale, osservava lei e suo padre senza nessuna dolcezza, affermava che erano solo apparenza, che non sapevano che cosa significasse lavorare alla catena di montaggio, con la puzza, un odore acre che ti pizzica la gola, il rumore che ti stordisce e gli occhi che ti si chiudono a forza di volere restare aperti. I giorni sempre uguali, non sai se è lunedì, martedì, mercoledì o giovedì. Ti senti sollevato quando arriva il venerdì perché potrai dormire per tutto il weekend.

Abitava a Brixton, a sud di Londra. In una casetta di mattoni rossi di fronte a una palazzina popolare. Occupava un piccolo appartamento nel seminterrato. Shirley non andava a trovarla spesso. Nel giro di qualche secondo le sembrava di soffocare là sotto e doveva uscire in fretta.

Scese qualche gradino, superò i bidoni della spazzatura per la raccolta differenziata stracolmi di lattine, cartoni, bottiglie. Un paradiso per i topi, si disse, facendo attenzione a dove metteva i piedi.

Eleonore le aprì. Aveva i capelli bianchi, un po' ingialliti sulle punte, raccolti con delle mollette che la facevano assomigliare a un albero di Natale. Indossava un vestito verde con un gilè giallo chiaramente in acrilico, e un paio di occhiali tenuti insieme con un cerotto. Il davanti del gilè era rovinato da bruciature di sigaretta.

Shirley entrò in un cucinotto affacciato su un salottino. Dietro i vetri scorse un giardino, volle mostrarsi gentile e disse: "Che bello, un giardino..."

"Non è un giardino, lo hanno ricoperto con del cemento per evitare le infiltrazioni..." Eleonore si sfregò il naso e aggiunse: "Sei stata gentile a venire... Non esco più tanto. Sono come i vecchi, ho paura. Sapevi che adesso installano delle telecamere all'interno degli appartamenti? Un circuito di videosorveglianza. Per rintracciare i futuri terroristi..."

"Lo trovo mostruoso, stiamo costruendo una società da Grande Fratello..."

"E chi sarebbe 'sto tizio?"

"Fa riferimento a un romanzo... Racconta cosa rischiamo se dovessero installare telecamere ovunque..."

Sentendo la parola "romanzo", Eleonore si strinse nelle spalle.

"Avevo dimenticato che sei 'un'intellettuale'!"

"Non è vero!"

"Se ti sentissi quando parli!"

Eleonore aveva smesso di andare a scuola all'età di quattordici anni. Era stata assunta in una fabbrica di iuta, a Dundee, a nord di Edimburgo, città originaria della sua famiglia. Quando lei era giovane, gli abitanti di Dundee o andavano a lavorare in fabbrica oppure emigravano. Non c'era altra scelta. La sera, dopo il lavoro, le capitava di sputare dei filamenti di iuta e non riusciva a mangiare niente. Più tardi, quando il fratello si era trasferito a Londra, l'aveva raggiunto. Era la sorella più grande, doveva prendersi cura di lui, che studiava alla scuola superiore. Poi lui era entrato in un reggimento della regina, le Cold Stream Guards. All'inizio era rimasto in una guarnigione a Londra, in seguito era stato mandato all'estero, dove si era distinto in alcune campagne militari ed era stato notato per la sua onestà, affidabilità e sicurezza. Fu così che entrò a palazzo e diventò il segretario particolare di sua maestà, il *Principal Private Secretary.* Era la speranza e l'onore della sua famiglia. A Londra Eleonore aveva trovato lavoro in un'altra fabbrica, una manifattura a Mile End. Lavorava tutto il giorno e la sera tornava a casa per fare le pulizie, cucinare, lavare, stirare. Quando lui si era trasferito a palazzo, lei era rimasta a Londra. Non voleva più tornare dalla sua famiglia. Si era abituata a vivere sola. Lui andava a trovarla la domenica. Prendevano il tè ascoltando il ticchettio della pendola. Suo fratello si era impegnato duramente per confondersi con gli arredi di palazzo, limare l'accento, le maniere rozze, imparare l'etichetta e fare l'inchino.

"Trovo che sia un'ottima idea mettere delle telecamere in casa delle persone! Se non hai niente da rimproverarti, che cosa devi temere?"

"È mostruoso!"

"Parli così perché abiti in un bel quartiere, non hai paura quando rientri con la spesa. Qui siamo tutti favorevoli... Sono solo i ricchi a fare la morale!"

Shirley decise di non controbattere. L'ultima volta avevano litigato. Shirley affermava che suo padre era il gran ciambellano, sua zia aveva ribattuto che non era che il segretario particolare. Niente di più che un domestico! Era stato scelto per la sua docilità. E dire che ho sgobbato tanto duramente per un uomo docile! Non c'è molta differenza tra docile e servile! aveva brontolato, fissando la teiera e mettendo una mano a coppa sotto il beccuccio per evitare che una goccia le sporcasse la tovaglia.

"Papà non era servile, era beneducato e discreto!" aveva protestato Shirley.

"Un lacchè! Ero io ad avere la forza, la rabbia! Ma a me non hanno pagato gli studi! Perché ero una ragazza e le donne, alla mia età, non contavano niente. E lui, che cosa ha fatto dei suoi studi, eh? È diventato un lecchino! Bel successo!"

"È falso, è falso", aveva ripetuto Shirley. "Era gran ciambellano, e tutti lo rispettavano..."

Avevano finito per brontolare ciascuna per conto proprio, poi avevano guardato uno sceneggiato idiota in tivù e quando Shirley se n'era andata, la zia le aveva porto la guancia senza alzarsi.

Eleonore le offrì una tazza di tè con dei biscotti secchi. Si sedettero intorno a un tavolo. La zia le chiese notizie di Gary. Dichiarò che era giusto che i giovani viaggiassero, la vita passava così in fretta e poi ci si ritrovava bloccati in una trappola per topi con un giardino di cemento.

"Ti ringrazio per la lettera e le foto..."

Eleonore alzò una mano come a dire che non aveva nessuna importanza.

"Ho pensato che tu ne avresti avuto più bisogno di me..."

"Sto attraversando una fase in cui mi faccio un sacco di domande..."

"Per caso conosci una brava pedicure, i piedi mi danno il tormento... riesco a sopportare solo le pantofole!"

La stanza era piombata nell'oscurità. Eleonore si alzò per accendere la luce. Shirley le chiese di parlarle di suo padre. Per favore, Eleonore, è importante.

Le rispose che non sapeva molto, lui non si confidava con lei.

"E nemmeno tu, d'altra parte... Era come se entrambi aveste i vostri piccoli segreti che proteggevate accanitamente. Mantenevate le distanze. O forse io non ero abbastanza per voi..."

"Che cosa intendi con 'mantenevate le distanze' e 'piccoli segreti'?" insistette Shirley.

Eleonore sospirò, è complicato spiegare queste cose... Era una mia impressione, perché non ho mai parlato veramente con tuo padre.

"Era un brav'uomo... Un brav'uomo docile chiuso in se stesso."

"E io com'ero?"

"Tu eri cattiva!"

"Cattiva?"

"Mi facevi sempre arrabbiare!"

"..."

"Non capivo perché. Nasceva tutto da un niente, ti si diceva 'non fare questo, non fare quello' e ti mettevi a urlare. Non eri una bambina facile, sai..."

Puntò un dito accusatore contro Shirley. Dall'albero di Natale le cadde una ciocca e lei la rimise a posto con la mano deformata dall'artrite.

"Non potresti farmi un esempio? È troppo facile parlare così senza dare spiegazioni."

"Be', visto che me lo chiedi, ti dico che..."

"Voglio sapere! Fai uno sforzo! Porca puttana, Eleonore! Sei tutta la mia famiglia!"

"Mi ricordo di un giorno... pioveva, eravamo usciti a fare una passeggiata tutti e tre insieme, e ti avevo messo il cappuccio sulla testa perché non ti bagnassi. Ti sei messa a urlare! Hai gridato: *Don't ever do that again! Ever! Nobody owns me. Nobody owns me!** Tuo padre ti ha guardato avvilito, dicendo è colpa mia, Eleonore, è colpa mia... E io chiedevo, come è colpa tua? È colpa tua se sua madre è morta mentre la dava alla luce? È colpa tua

* "Non farlo mai più! Mai! Io non sono di nessuno, nessuno!"

se devi crescerla da solo? È colpa tua se a palazzo t'impongono degli orari impossibili? Era un uomo che prendeva su di sé tutti i peccati del mondo... Era troppo gentile. E tu, credo di non avere mai conosciuto una ragazzina così violenta. Tuttavia, gli volevi bene. Lo difendevi sempre... Non si poteva toccare il tuo papà..."

"È tutto?"

"Be'... Non era piacevole. Diventavi tutta rossa e t'infuriavi per un nonnulla. Non ho mai visto una bambina come te..."

Poi era arrivata l'ora dello sceneggiato.

Eleonore aveva acceso la tivù. Shirley se n'era andata.

Aveva lasciato quattro banconote da cinquanta sterline sulla credenza.

È facile ricordare il passato, dopo. Quando non c'è più nessuno con cui verificarlo...

Seduta da Starbucks, riandò con la mente alla ragazzina sempre arrabbiata osservando la gente. La cameriera, china sulla lavastoviglie, ripose tazze e piatti, poi si raddrizzò asciugandosi la fronte.

Shirley si alzò. Cercò con lo sguardo la cassiera per dirle arrivederci. Ne vide solo la schiena. Rinunciò.

S'avviò lungo Brewer Street alla ricerca di un ferramenta. Ne trovò uno a Shaftesbury. Entrò e si diresse a uno scaffale, trovò un adattatore da 5,99 sterline che portò orgogliosamente alla cassa. Pagò e se lo infilò in borsa.

* * *

Henriette si era iscritta a un corso per imparare a usare il computer in rue Rennequin.

Ci andava nel pomeriggio. Le lezioni si tenevano in un negozio che vendeva accessori informatici e stampava volantini. In quell'orario c'erano solo vecchi che ripetevano sempre la stessa domanda, facevano scivolare le dita e gli occhi stanchi sulla tastiera, lamentandosi che era troppo difficile. Lei batteva i piedi, odio i vecchi, li odio, non sarò mai come loro.

Passò al corso serale. Gli allievi erano più svegli, e lei imparò più in fretta. Era un investimento. Non doveva sprecare i suoi soldi.

Chaval le aveva dato la chiave del cassetto in cui la Trombetta nascondeva i codici. Le aveva anche rivelato il codice dell'allarme. Sapeva che veniva cambiato circa ogni tre mesi. Non doveva perdere tempo.

Aspettava la sera in cui potersi infilare di nascosto negli uffici. Una sera in cui Ginette e René fossero usciti... Passava e ripassava davanti al numero 75 di avenue Niel, spiando i loro movimenti. Notò che ogni giovedì andavano a cena dalla madre di Ginette. René brontolava salendo sulla vecchia Renault grigia parcheggiata in cortile, borbottando accidenti a tua madre! Non siamo obbligati ad andare da lei tutti i giovedì! Ginette taceva. Prendeva posto sul lato del passeggero, sulle ginocchia un pacchetto con un bel fiocco rosa come quelli delle pasticcerie. Henriette, nascosta dietro il cancello, attendeva.

Chaval scoprì il piacere di esercitare il proprio dominio su una povera donna.

Lui ordinava, lei obbediva, lui minacciava, lei tremava, lui sorrideva, lei s'illanguidiva. La rincretiniva e lei si prosternava con una devozione che gli faceva venire voglia di maltrattarla.

Non la toccava, non l'abbracciava, non la baciava, si accontentava di aprire la camicia mostrandole il petto abbronzato, e lei abbassava gli occhi. La addestro, pensava, la addestro in attesa di sapere che cosa fare di lei. È così docile che è consentita qualsiasi speranza.

Peccato che sia così vecchia e flaccida, l'avrei messa sulla strada. Anche se... Anche se... Certe vecchiacce lavorano bene. Si era informato. Ce n'era una che batteva dalle parti della porte Dorée. L'aveva incontrata. Si era concesso un regalino chiudendo gli occhi per non vedere la sua nuca raggrinzita che si muoveva su e giù lungo il suo membro. Le aveva fatto qualche domanda mentre si riallacciava i pantaloni. Si faceva chiamare La Pantera, prendeva trenta euro per un pompino, cinquanta per una scopata. Era conosciuta soprattutto per i suoi lavoretti di bocca. Ne faceva una decina tutte le sere, aveva precisato la donna sputando in un fazzoletto di carta.

"Non inghiotti?"

"Che vuoi ancora? Un sacchettino per portartelo a casa?"

Lui pensava ad addestrare la Trombetta. Delle ore supplementari all'uscita dal lavoro per fomentare il suo amore bisognoso? L'idea lo eccitava e si accarezzava pensandoci. Vestita da puttana forse sarebbe riuscita a commuoverlo...

Poi pensò al suo imbroglio con Henriette... Non avevano ancora discusso della sua percentuale. Che errore! Doveva fargliela pagare cara alla vecchia. Non avrebbe mollato facilmente. Avrebbe ottenuto il cinquanta per cento senza difficoltà...

E senza fare niente!

Henriette, la Trombetta... Sarebbe diventato ricco grazie a quelle due donne.

Finalmente la vita gli sorrideva. Emergeva dal suo torpore. Quella mattina si era addirittura sorpreso a canticchiare in bagno. Sua madre l'aveva sentito e aveva infilato dentro la testa.

"Va tutto bene, tesoro mio?"

"Ho dei progetti, mamma, dei bei progetti che ci faranno diventare ricchi... Ci tireremo fuori da questa miseria! Compreremo una bella macchina e la domenica andremo al mare... Deauville, Trouville, ovunque..."

Sua madre aveva richiuso la porta, fiduciosa, ed era andata a comprare una bottiglia di spumante da bere quella sera con le lingue di gatto. Era rimasto sconvolto. Gli piaceva vedere la mamma felice...

Si era messo davanti allo specchio in mutande. Aveva inarcato la schiena, appoggiando la mano sulla pancia piatta, aveva gonfiato bicipiti, tricipiti e quadricipiti. Che cosa mi è successo per lasciarmi andare e diventare molle quando avevo una fortuna in mano grazie al mio fisico? Prima non dubitavo, non tremavo, avevo entusiasmo, e la vita andava alla grande...

Mi destreggiavo senza problemi con le donne.

Aveva distolto con rimpianto lo sguardo dallo specchio, si era appoggiato al lavabo, riflettendo... Devo chiamare Josiane. Si annoierà con il marmocchio. L'adulerò, le dirò che non c'era un segugio migliore di lei. Josiane scoppierà di felicità e mi troverà dei progetti da presentare al Vecchio.

Stavolta imporrò una percentuale d'entrata.

Lei sarà l'ultima rotella del mio ingranaggio.

Kevin Moreira dos Santos deperiva.

I suoi voti precipitavano. La minaccia del collegio si faceva più vicina. La sera prima, a cena, suo padre aveva dichiarato che il settembre successivo sarebbe andato dagli Agostiniani a Marne-la-Vallée.

"Che cos'è questo scherzo?" aveva chiesto, respingendo il piatto.

"Non è uno scherzo, ma un fatto", aveva ribattuto suo padre tagliando un pezzo di pane. "Ti accettano in prima media a condizione che durante l'estate tu segua dei corsi di recupero. Ti ho iscritto. Questione sistemata, non se ne parla più."

La vecchia capra aveva dato forfait. Le erano girate un giorno in cui lui le si era rivolto, per così dire, in modo sgarbato. Si era inalberata affermando basta così, ho sopportato abbastanza, getto la spugna...

Lui era scoppiato a ridere. Senti come parla la vecchia! Che significa getto la spugna? Hai perso le acque o cosa?

"Vuol dire che me ne vado..."

"Allora niente più computer", aveva replicato Kevin, sicuro di sé, tirando l'elastico tra i denti.

"Non ho più bisogno del tuo computer, specie di ratto gelatinoso. Me ne comprerò uno nuovo di zecca. Ho imparato a usarlo. I venti ti soffiano contro, ma sono a mio favore... Alzo le vele!"

Era rimasto a bocca aperta.

L'elastico gli aveva colpito il naso. Aveva strillato di dolore.

"Sei rimasto senza parole, eh?"

Non era riuscito a trovare una risposta sferzante.

Lei si era spinta un po' più in là.

"E ricordati di una cosa, so come ti arricchisci a spese di tua madre. Quindi se dovessi avere bisogno di te, tu mi aiuterai. E senza protestare! Altrimenti ti denuncio... Sono stata chiara?"

Soggetto, verbo, attributo.

Era stata chiara.

Junior e Josiane avevano impilato le cartelline sul tavolo della sala da pranzo e si perdevano in convenevoli su chi dovesse parlare per primo.

"Credo di avere trovato una cosa incredibile", esordì Junior. "E tu?"

"Due o tre cosette, niente di che..."

"Dai, raccontami", la incoraggiò il bambino.

"No, comincia tu..."

"No, tu..."

"Non è niente d'importante, comincia, Junior! Sono tua madre, devi obbedirmi!"

Junior afferrò una cartellina arancione ed estrasse il primo progetto.

"Una parete fiorita..." spiegò.

"Cioè?" s'interessò Josiane chinandosi.

"È un'idea che ho trovato sul sito..."

"Sai usare il computer?" domandò lei, stupita.

"Insomma... mamma! È l'infanzia della tecnologia!"

"Appunto. Sei ancora un bambino!"

"Ok... Parliamo seriamente adesso altrimenti ci perdiamo in vecchie dispute..."

"D'accordo, d'accordo. Ma permetti che possa essere sbalordita..."

"Dunque, andiamo avanti... Esiste un sito per giovani inventori con un sacco di idee..."

"Tranne che non sono ancora state realizzate!" gridò Josiane. "Ci vuole del tempo prima che si passi dall'idea al prodotto finito!"

"Non mi hai lasciato finire, cara madre... Ho trovato l'idea sul sito dei giovani inventori e POI ho fatto una ricerca per verificare se fosse già stata sfruttata. E... sì, da parte di un industriale normanno in pensione, il signor Legrand, una sorta di genio che inventa, cerca, brevetta. E la cosa funziona! Ha risolto tutti i problemi: il peso, la resistenza, l'estetica, la semina. Adesso è pronto ed è in attesa di un grosso ordine. Era in contatto con Alinéa quando l'ho chiamato..."

"TU l'hai chiamato?"

"A essere sinceri è stato Jean-Christophe a fare le domande, ma avevamo messo a punto una strategia..."

Jean-Christophe era il professore del pomeriggio, quello che Junior aveva preso in simpatia.

"Allora che te ne pare?" concluse Junior.

Josiane rifletteva. Era una gran bella idea, ma...

"Una parete fiorita... Di che si tratta?"

"Immagina un materasso pneumatico molto sottile con delle fessure..."

Josiane annuì.

"In questa sorta di cuscino viene installato un sistema d'irrigazione, uno strato di terreno, dei semi... Che cresceranno passando per i fori previsti all'uopo, a dieci, venti centimetri di distanza, creando così una tenda di fiori o vegetazione. Puoi appoggiarlo dove vuoi. In soggiorno, in camera, in ufficio, all'interno o all'esterno..."

"Ma è incredibile, Junior..."

"Questo signore ha decine di modelli di pareti già pronti! Ha inventato diversi temi: foresta dei Vosgi, foresta tropicale, roseto, radura, palmizio, bambù eccetera."

"Significa che può cominciare subito?"

"Affermativo."

"Ma come hai fatto a convincerlo a non firmare con Alinéa?"

"Gli ho raddoppiato la percentuale... E poi conosce Casamia."

"E per noi è comunque vantaggioso?"

"Assolutamente..."

"Sei incredibile, amore mio..."

"Ho solo messo al lavoro i miei neuroni! Lo sapevi che nasciamo con cento milioni di neuroni e che, a partire dai dodici mesi, cominciamo a perderli se non li usiamo? Io non voglio perderne nemmeno uno! Voglio farli lavorare tutti... D'altra parte, cara madre, ho deciso di studiare pianoforte... Credi che potrà essere un asso nella manica per sedurre Hortense?"

"Eh...?"

"Pensi che sia ancora troppo piccolo per lei?"

"Be'..."

"Così è faticoso! Mi metti sempre dei limiti! Una madre è tenuta a incitare il proprio figlio ad avanzare e non a tagliargli le ali! Mi dispiace doverti dire che sei una madre castrante. A questo proposito, Freud..."

"Me ne sbatto di quel viennese! E se mi permetto di essere scettica è perché hai diciassette anni meno di lei e la differenza mi sembra enorme!"

"E allora? È un affare! Quando io ne avrò venti, lei ne avrà trentasette e sarà nel fiore degli anni, bella e paffuta... E la sposerò."

"E cosa ti fa credere che ti dirà 'sì'?"

"Il fatto che io sarò brillante, ricco, stupefacente. Con me non si annoierà mai. A una ragazza come Hortense bisogna ammaliare la mente... Riempirle la testa di idee. Quando eravamo a Londra, non smettevamo di beccarci, era un gioco amoroso tra di noi, lei diceva *I'm a brain!* e io ribattevo *I'm a brain too*,* e questo la faceva ridere... Siamo della stessa pasta. Faremo il viaggio di nozze in mongolfiera, sorvoleremo la Mongolia e la Manciuria, indosseremo lunghe tuniche color zafferano e le leggerò du Nerval..."

"Junior", l'interruppe Josiane. "E se tornassimo alla parete fiorita?"

"Non sei per niente romantica, mamma!"

Squillò il telefono. Josiane rispose. Ebbe un leggero sussulto e fece una smorfia. Junior sollevò un sopracciglio, domandando chi fosse l'intruso. Sentiva odore d'imbroglio.

"Chaval..." bisbigliò Josiane. "Vuole propormi un affare..."

"Inserisci il vivavoce", suggerì Junior.

Josiane eseguì. Ascoltò Chaval parlarle di una collaborazione e chiederle un appuntamento. Junior annuì. Josiane accettò. Poi riappese.

"Quest'uomo sta combinando qualcosa di losco", commentò Junior, passandosi un dito tra i riccioli rossi. "Mi piacerebbe sapere di che si tratta. Andiamoci insieme..."

* "Ho un gran cervello!" "Anch'io."

"Ma tu dovrai fare il bambino piccolo..." specificò Josiane. "Altrimenti lui s'insospettirà..."

"Promesso."

"Mi domando che cosa voglia... So che si fa vedere in avenue Niel, che sta cercando di riprendersi il posto vicino a tuo padre... Ha bisogno di me per avere tutte le carte in regola."

Junior non rispose. Era totalmente concentrato sui motivi della telefonata di Chaval e i neuroni andavano a un milione di giri al secondo.

"Deve prendermi per una vera stupida..." borbottò Josiane, ricordandosi dei tempi passati in cui Chaval la menava per il naso.

"Non preoccuparti, mamma, questa volta sarà lui a finire nel sacco..."

Ore sette e quarantacinque. Come tutte le mattine, Marcel Grobz sale sull'automobile guidata da Gilles, l'autista. Gilles gli ha comprato i giornali perché abbia il tempo di sfogliarli prima dell'appuntamento a Bry-sur-Marne, al grande deposito di Casamia. Dopo avere inglobato il primo produttore di mobili cinese, Marcel Grobz ha dovuto modificare la struttura della sua società e traslocare. Il giro d'affari si era ingrandito troppo per poter restare in avenue Niel. A Bry-sur-Marne erano stati trasferiti gli uffici commerciali, i laboratori d'idee, e venivano smaltiti gli ordini. In avenue Niel restavano gli uffici dei dirigenti più importanti con le loro segretarie, una sala riunioni, l'ufficio legale e l'amministrazione. Più un magazzino che si occupava delle consegne urgenti e dei cambi merce, diretto da René.

Ore nove. Riunione dei direttori delle diverse aree. Stamattina Marcel Grobz deve approvare i progetti dei mesi a venire: gli acquisti, i budget, le strategie di sviluppo. Tra le priorità: l'accelerazione del processo di centralizzazione dell'azienda e il servizio clienti. Marcel Grobz ne è convinto: è prendendosi cura dei clienti che segneranno dei punti a loro favore contro la concorrenza. Nessuno fa più attenzione alle persone, le trattiamo come numeri, le facciamo aspettare, le spingiamo sull'orlo dell'apoplessia... La crisi attuale deve riavvicinarci a loro. Dobbiamo impegnarci ad assicurare loro il miglior servizio e il miglior prezzo.

Ore dodici. Marcel Grobz scende nello showroom per vedere i nuovi prodotti. Controlla ogni articolo, legge le schede tecniche. Sovraintende alle spedizioni in provincia, all'estero e a Parigi.

Ore tredici e trenta. Ritorno alla sede centrale in avenue Niel, dopo avere mandato giù un panino al prosciutto e sottaceti in auto. Gilles gli ha preparato un thermos di caffè nero. Allenta la cintura dei pantaloni, si toglie le scarpe e schiaccia un sonnellino.

Nei pressi della porte d'Asnières, Gilles lo sveglia. Marcel si scuote, passandosi la mano sul viso, chiede se ha russato. Gilles sorride e gli risponde che non è una cosa grave...

Ore quattordici e quindici. Marcel Grobz riceve nel suo ufficio il responsabile dello sviluppo sostenibile al fine di convalidare gli accordi della missione Handicap che prevede l'assunzione di alcuni impiegati disabili.

Ore quindici. Teleconferenza quotidiana con il responsabile cinese, l'assicuratore, l'avvocato e un medico. Di recente il marchio Casamia ha venduto delle poltrone relax prodotte in Cina e diversi clienti si sono lamentati per la comparsa di eczemi dovuti a un lotto contaminato da un fungicida. Marcel Grobz vuole che ogni cliente sia ascoltato e indennizzato. Hanno già ricevuto cinquecentoquarantaquattro denunce e gli indennizzi vanno dai trecento ai duemila euro secondo i casi.

Ore sedici. Il pomeriggio prosegue con il comitato per gli investimenti. Verifica dei negozi in calo, studio delle possibilità di recupero o di chiusura. Marcel non vuole licenziare. Preferisce pensare che troveranno idee che rilanceranno il giro d'affari.

Esame dei nuovi prodotti. Lettura dei test. Proiezioni in cifre. Discussione con i responsabili.

Ore diciassette e trenta. Riunione con i finanziatori del gruppo. Pur detenendo Marcel la maggioranza, questi possiedono il trentacinque per cento dell'azienda e possono dire la loro. Fatturato dell'anno corrente. Risultato operativo corrente. Progetto di convention con i centoventi direttori della catena. Con l'attuale grave congiuntura, la responsabilità di Marcel Grobz è di conservare la tenuta e la stabilità del gruppo. Nel Sud dell'Europa alcuni negozi non garantiscono un livello sufficiente di attività per i prossimi cinque anni, dovranno essere chiusi, a meno che...

Marcel Grobz si scontra di nuovo con la richiesta di un prodotto che darà un colpo di acceleratore alle vendite. Legge nello sguardo dei finanziatori l'inquietudine legata alla forte recessione annunciata e non sa che cosa rispondere.

Ore diciannove. Ritorno in avenue Niel e attenta valutazione dei problemi del giorno e di quelli dell'indomani. Lo sviluppo dell'economia numerica, la crescente importanza di Internet e dell'interesse dei consumatori per gli acquisti online. Firma della posta. È solo. Una luce cruda rischiara la scrivania. Passa un dito sulla superficie, lo guarda e se lo pulisce nella manica. Appoggia il mento su una mano e si osserva nello specchio di fronte. Scorge un uomo corpulento, la cravatta di traverso, due bottoni aperti della camicia, la pancia che deborda, le mani grosse, una corona di capelli rossi sul cranio rosato. Riflette. Si lascia andare sulla poltrona e si stiracchia. Si dice che dovrebbe praticare un po' di sport, dimagrire... E che deve trovare un braccio destro. Non riesce più a seguire tutto. Non ha più l'età né la forza.

Ore ventuno. Marcel Grobz esce dall'ufficio e rientra a casa.

Un'altra giornata passata senza che me ne sia accorto, pensa dando un'occhiata all'orologio. E domani, si ricomincia...

È stanco. Si chiede per quanto tempo potrà continuare con quel ritmo.

Non sale più le scale a piedi.
Prende l'ascensore.

* * *

La lettera era arrivata con la posta del mattino. Iphigénie aveva riconosciuto l'intestazione dell'amministratore e l'aveva posata sul tavolo della cucina. Non riusciva a respirare, si stringeva tra le braccia, mentre le gambe non la sostenevano più. Era come se fosse stata calpestata da un branco di cavalli selvaggi.

Aspettò la pausa pranzo, fece cuocere delle salsicce e scaldare il purè per Clara e Léo. Tornavano a casa a mangiare. Costava meno che andare in mensa.

Aprì la lettera, quasi strappandola.

La lesse una volta, poi un'altra.

Il branco di cavalli selvaggi la calpestò di nuovo.

Doveva lasciare la portineria. Aveva tre mesi per trovare un nuovo impiego, dato che il podologo non l'aveva assunta, e un nuovo tetto. Cominciò a girarle tutto intorno.

Clara e Léo smisero di disegnare greche nel purè e chiesero: "Stai bene, mamma?"

"Sì, sì..."

"Allora perché piangi?"

* * *

Mylène Corbier tese il passaporto all'ufficiale della dogana di Roissy.

"Benvenuta a Parigi", disse l'uomo alzando lo sguardo sulla bella bionda nascosta dietro un paio di occhiali scuri.

La donna annuì.

"Può togliersi gli occhiali?"

Lei eseguì. L'occhio destro assomigliava a una grossa barbabietola.

"Le è finita un'ala dell'aereo in un occhio?" domandò l'ufficiale.

Mylène sospirò.

"Se soltanto..."

L'ultimo ricordo di mister Wei. O piuttosto, della sua guardia del corpo. L'aveva accompagnata all'aeroporto per essere certo che partisse da sola senza portarsi via niente. Avrebbe potuto nascondere una valigia al deposito bagagli. Prima che attraversasse la dogana, aveva voluto frugarle in borsa. Lei si era rifiutata – aveva messo i suoi braccialetti di diamanti e la parure di Chaumet dentro dei fazzoletti di carta usati. Lui l'aveva scrollata, lei si era difesa, aveva inciampato, urtando il bordo metallico di una ringhiera. L'uomo si era stretto nelle spalle e si era allontanato per evitare uno scandalo.

Si era imbarcata sul volo delle tredici e quaranta in arrivo alle diciassette e quaranta all'aeroporto di Roissy. Undici ore di viaggio. Undici ore a rimuginare sulla sua disillusione. All'aeroporto di Pechino, l'impiegata cinese al check-in era rimasta sorpresa nel vederla partire senza bagagli. Gruppi di francesi che tornavano in patria si mostravano le foto scattate con i cellulari. Il personale addetto alle pulizie, discreto, raccoglieva il minimo foglio gettato a terra. Il terminal 2 risplendeva di brillantezza. Si sarebbe potuto mangiare sul pavimento, si disse registrando ogni particolare. Non sarebbe più tornata. Il suo bell'appartamento sarebbe rimasto vuoto. I mobili venduti. Cosa sarebbe successo alla sua linea di prodotti di bellezza? Wei aveva bisogno di lei per svilupparla. Si sarebbe infuriato...

Il doganiere le tese il passaporto, uscì senza passare per il ritiro bagagli.

Wei le aveva restituito i documenti, ma nient'altro. E poi,

aveva abbaiato, di cos'altro aveva bisogno per andare al capezzale della madre malata? Lons-le-Saunier non è lontano da Parigi... Niente vestiti, niente tasse aeroportuali da pagare. Lascia tutto qui, così sono sicuro che ritorni, aveva continuato, arrabbiato. Devo impedirti di fare sciocchezze, sai... Non sei felice qui? Pensa a tutti i soldi che ti ho fatto guadagnare. Il tuo bell'appartamento, i mobili, il televisore al plasma... Tutto questo grazie a me... Lei aveva abbassato la testa, le dita che si chiudevano sul passaporto come se si aggrappassero a un lembo di libertà. Partiva povera come Giobbe, dopo avere sfacchinato due anni a Pechino. Oltre ai gioielli, era riuscita a nascondere diecimila dollari nella guaina contenitiva.

Una volta a bordo aveva festeggiato la sua partenza. Aveva chiesto un whisky liscio fingendo che fosse il suo compleanno. Con una strizzatina d'occhi l'assistente di volo le aveva chiesto quanti anni aveva, e lei aveva risposto trenta. E si sarebbe fermata lì. Non avrebbe mai compiuto quarantadue anni. La hostess le aveva portato trentasei caramelle avvolte in carta multicolore e le aveva fatto gli auguri.

E adesso, che farò? si chiese aggiungendosi alla fila in attesa dell'autobus per Parigi. Non c'è nessuno ad aspettarmi... Né a Parigi né a Lons-le-Saunier.

Si sarebbe cercata un impiego come manicure oppure estetista. Sarebbe tornata nel suo vecchio istituto di bellezza a Courbevoie, avrebbe chiesto se c'era posto per lei. Era lì che aveva conosciuto Antoine Cortès. Non le era uscito un numero fortunato. Ma ce ne sarebbero stati degli altri. Li avrebbe incantati con la storia del suo successo in Cina, forse avrebbe fatto nascere in loro qualche idea.

Si mise a canticchiare avanzando con i turisti che salivano sul pulmino Air France trascinando le loro pesanti valigie, la voce rauca e sensuale mentre tastava le banconote nascoste nella guaina.

* * *

Dottie trovò Becca in cucina, dove stava preparando la cena, il ricettario aperto alla pagina dei crumble, il volto teso nella lettura, le mani bianche di farina. La ragazza si chiese se fosse il momento giusto per disturbarla.

"Philippe non c'è?"

"Ha accompagnato Alexandre dal dentista..."

"Ha detto quando rientrava?"

"No..."

"Posso parlarti, Becca?"

"Non sarebbe il momento, mi sto lanciando nella preparazione del dessert... È una faccenda seria?"

"Sì."

"Ah..."

Becca appoggiò un coltello tra le pagine del libro per non perdere il segno, mise da parte le mele, la farina e lo zucchero di canna e sollevò le mani a mezz'aria come candelabri, spostando lo sguardo blu su Dottie.

"Ti ascolto..."

Dottie prese coraggio e si buttò: "Dovrei andarmene, non è vero?"

I due candelabri, sorpresi, rimasero immobili.

"..."

"Non mi guarda più. Non mi parla più. Di notte non mi stringe più a sé quando ha gli incubi. Non sento più le sue braccia intorno a me... Prima ero io a rassicurarlo... Mi schiacciavo contro di lui per ancorarlo a terra, mi dicevo ha bisogno di me, almeno per qualche ora durante la notte... e quelle ore, Becca, mi rendevano felice per tutta la giornata..." Fece una pausa, poi continuò: "Non ha più bisogno di me."

"..."

"Ha ritrovato la calma grazie a te, Becca. Io non servo a niente. Non c'entro niente con il fatto che lui stia meglio..."

"..."

"Ho sperato così tanto, così tanto..."

"..."

"Io lo amo, Becca. Amo quest'uomo. Ma lui non mi ha mai mentito, non mi ha mai preso in giro. Non ha mai finto di amarmi... Oh, Becca!... Sto così male..."

"..."

"È l'altra donna, vero? È Joséphine..."

Becca ascoltava come solo lei sapeva fare. Con le orecchie, con gli occhi, con il cuore, con tenerezza. E con le mani somiglianti a due candelabri bianchi.

"Hai trovato un lavoro?" le chiese con voce dolce priva di rimprovero.

"Sì..."

"E non hai detto niente..."

"Volevo restare qui..."

"L'avevo indovinato... E sicuramente lo ha capito anche lui. Non osa parlartene. Sai, gli uomini non sono dei campioni nel dare spiegazioni..."

"L'ha rivista?"

"Non è solo per questa donna, Dottie... Sta cambiando. E lo sta facendo da solo... È un brav'uomo."

"Lo so, lo so... Oh, Becca!"

Scoppiò in singhiozzi e Becca le aprì le braccia facendo attenzione a non sporcarla con le mani bianche di farina.

Dottie si abbandonò contro Becca.

"Lo amo così tanto! Mi ero detta che avrebbe finito per dimenticarla, che si sarebbe abituato a me... Mi facevo leggera per occupare lo spazio di una piuma. Oh, so bene di non essere in gamba come lei, altrettanto bella, brillante, elegante... Non sono raffinata, io... ma pensavo di avere una possibilità..."

Tirò su con il naso, sciogliendosi dall'abbraccio di Becca. Poi all'improvviso esplose, lanciò un grido, prese a pugni il tavolo, gli armadietti, il frigorifero, le sedie, le mele, lo zucchero e la farina.

"E poi perché mi scuso? Passo il tempo a scusarmi! Perché mi dico che non valgo niente? Che non sono degna nemmeno la metà di lui? Che è bello da parte sua tenermi con sé, di lasciarmi un piccolo spazio nel suo letto! Sono cambiata in tutto per piacergli. In tutto! Ho imparato a riconoscere i bei quadri, a parlare bene, quali sono le posate del pesce, a tenere la schiena dritta, a indossare un tubino nero per andare a un concerto, ad applaudire in punta di dita, il sorriso educato, e non è abbastanza! Che cosa vuole? Cosa? Non ha che da dirlo e glielo darò! Darei qualunque cosa perché mi prendesse con sé. Voglio che mi ami, Becca, voglio che mi ami!"

"Queste cose non si possono decidere. Ti vuole molto bene..."

"Ma non mi ama. Non mi ama..."

Becca raccolse le mele, radunò lo zucchero e la farina, si pulì le mani e gli avambracci sotto il rubinetto, si asciugò con uno strofinaccio.

"Dovrò tornare a casa mia... Da sola... Detesto l'idea... il momento in cui mi ritroverò nel mio piccolo appartamento senza di lui, senza di voi. La sera accenderò la luce e non troverò nessuno... Ero felice qui."

Si sedette e si mise a piangere silenziosamente, il naso schiacciato nella mano, le spalle basse.

Becca avrebbe voluto aiutarla, ma sapeva di non poter cambiare il corso del desiderio, e il desiderio non includeva Dottie.

Tese un coltello alla giovane.

"Dammi una mano. Sbuccia le mele, tagliale in pezzi grossi... Bisogna tenere occupate le mani quando il cuore ci lascia. È il modo più sicuro per allontanare il dolore."

"Dovrai portare un apparecchio, ti secca molto?" chiese Philippe ad Alexandre mentre rientravano in auto.

"Sono obbligato..." sospirò Alexandre osservando il profilo del padre. "L'hai portato anche tu?"

"No."

"E la mamma?"

"Non credo... Non gliel'ho mai domandato..."

"Non si usava ai vostri tempi?"

"Intendi cent'anni fa?"

"Non volevo dire questo..." protestò Alexandre.

"Lo so. Scherzavo..."

"La mamma adesso resterà giovane per sempre..."

"Le sarebbe piaciuta un'idea del genere..."

"Qual è il tuo più bel ricordo con lei?"

"Il giorno che sei nato..."

"Ah... e com'è stato?"

"Tua madre e io eravamo nella sua stanza in clinica. Ho messo un materasso per terra e abbiamo trascorso la prima notte abbracciati con te in mezzo, facendo attenzione a non schiacciarti. Ci tiravamo indietro per farti posto, eppure non siamo mai stati così vicini. Quella notte ho capito che cosa significa 'essere felici'."

"È stato davvero così bello?" domandò Alexandre.

"Avrei voluto che quella notte durasse per sempre..."

"Intendi dire che non sarai più così felice..."

"Intendo dire che lo sarò in modo diverso... ma che quella felicità resterà in cima a tutte le altre..."

"Mi fa piacere farne parte, anche se non mi ricordo..."

"Magari te ne ricordi senza saperlo... E tu?" osò Philippe. "Qual è il tuo ricordo più felice?"

Alexandre rifletté, mordicchiando il collo della camicia. Era un'abitudine presa di recente.

"Ce ne sono stati tanti, tutti diversi..."

"L'ultimo?"

"Quando ho baciato Annabelle al semaforo tornando da scuola... È stato il mio primo vero bacio e credo di essermi sentito il re del mondo..."

Philippe tacque, aspettando che Alexandre spiegasse chi era Annabelle.

"Quando ho baciato Phoebe non è stato così intenso e quando ho baciato Kris è stato ancora diverso... Credi che riuscirò a baciare una ragazza con l'apparecchio? Darà fastidio questa ferraglia sui denti?"

"Ti bacerà per il modo in cui l'ascolti, la guardi, le racconti delle storie, per un sacco di altre cose che vedrà in te... e che magari nemmeno conosci..."

"Ah..." disse Alexandre, stupito.

Rimase in silenzio. La risposta di suo padre suscitava in lui migliaia di interrogativi.

Philippe pensò che non aveva mai fatto una conversazione così lunga e intima con suo figlio, e ne fu felice. Un po' come con il materasso per terra in clinica quando, nello spazio di una notte, si era sentito il re del mondo.

* * *

Hortense Cortès si detestava.

Aveva voglia di prendersi a schiaffi, di condannarsi alla gogna, di non rivolgersi mai più la parola. Di farsi beffe di un'oca di nome... Hortense Cortès.

Aveva appena perso l'occasione della sua vita.

Ed era tutta colpa sua.

Nicholas l'aveva portata a Parigi a vedere la sfilata di Chanel. Chanel! Davvero? aveva gridato, vedrò Karl Lagerfeld dal vivo?

"E avrai l'opportunità di incontrare Anna Wintour", aveva aggiunto Nicholas spazzolandosi la cravatta color rosa pompelmo. "Sono stato invitato al cocktail dopo la sfilata e tu verrai con me..."

"Oh! Nicholas..." aveva balbettato Hortense. "Nicholas... Nicholas... Come posso ringraziarti?"

"Non farlo. Se ti do una spinta è perché so che diventerai qualcuno e che, un giorno, ne approfitterò..."

"Bugiardo! È perché sei ancora follemente innamorato di me!"

"È proprio quello che intendevo..."

Presero l'Eurostar per Parigi delle sette e dodici del mattino. Si erano alzati alle cinque per decidere che cosa indossare ed essere all'altezza dell'evento. Saltarono su un taxi alla gare du Nord. Autista, in fretta! Al Grand Palais!

Hortense, l'occhio incollato allo specchietto del suo portacipria Shiseido blu, chiese a Nicholas dieci volte come sto? Come sto?

E per dieci volte lui rispose divinamente...

Lei glielo domandò un'undicesima volta.

Presentarono il loro invito all'entrata del Grand Palais.

Fecero la coda per accedere al salone sotto la grande vetrata, girando la testa a destra e a sinistra per non perdersi niente degli arredi e delle personalità presenti. Ce n'erano talmente tante che Hortense rinunciò a riconoscerle tutte. La sfilata fu impressionante. La scenografia rappresentava la boutique di rue Cambon, rimpicciolita alle dimensioni di un padiglione di musica. Copie giganti di borse matelassé, bottoni, fiocchi, cloche Chanel e collane di perle erano appese alle pareti del padiglione. Era tutto bianco, elegante; le modelle sfilavano in modo impeccabile.

Hortense aveva applaudito fino a farsi male.

Nicholas si era chinato su di lei mormorando: "Modera il tuo entusiasmo, mia cara, o crederanno che sia venuto con la cuginetta di provincia..."

Lei aveva immediatamente inalberato un'aria distaccata sventagliandosi con l'invito.

Al momento del cocktail Hortense aveva sgomitato fino a ritrovarsi vicino ad Anna Wintour. Doveva agire in fretta. Anna Wintour non restava mai a lungo, non perdeva tempo con il *vulgum pecus*.

Hortense aveva superato la barriera di sicurezza delle due guardie del corpo. Si era presentata come giornalista e aveva dichiarato: "Vorrei sapere se ritiene che la recessione influenzerà le sfilate di questa settimana a Parigi o, in modo più esplicito, se la crisi finanziaria è in grado di rovinare non solo il volume di ordini delle case di moda, ma anche il morale e la fantasia degli stilisti."

Era molto orgogliosa della sua domanda.

Anna Wintour aveva puntato su di lei il suo sguardo cieco dietro le lenti scure.

"Mmm... Mi lasci pensare... Le risponderò quando sarò sicura di avere capito bene..."

Le aveva voltato le spalle facendo segno alle guardie del corpo di togliere di mezzo quella scocciatrice.

Hortense era rimasta a bocca aperta, un sorriso idiota sulle labbra. Anna Wintour le aveva tappato la bocca. La sua domanda valeva meno di niente. Lunga, pretenziosa, contorta.

Era appena stata ridicolizzata davanti all'unica persona al mondo che avrebbe voluto impressionare. Si disse che "essere ridicoli" significava proprio quello: volere essere più amabile, più originale, più intelligente di quanto i propri mezzi lo consentano e mettersi in mostra davanti a tutti.

* * *

La fine del mese di maggio si avvicinava, Liz stava per partire per Los Angeles e Gary non ne era poi così scontento. Era il genere di ragazza che invocava la propria indipendenza, rifiutava il dominio del maschio, buttava via i mazzi di fiori, ti mostrava la lingua se le si teneva aperta una porta, ma era anche la stessa che usava il "noi" coniugale in abbondanza, aveva, crimine supremo, messo il suo spazzolino da denti accanto a quello di lui, e aveva lasciato da Gary il suo pigiama.

Calze? Non ne portava.

Contava i giorni che lo separavano dal 27 maggio.

Quella mattina la mise su un taxi diretto all'aeroporto, chiuse la portiera, attese che la vettura gialla svoltasse in fondo alla Settantaquattresima strada e lanciò un grido di gioia che fece girare i passanti.

La sera stessa, era un venerdì, festeggiò con Caillebotte – era così che ormai chiamava Jérôme. Al Village Vanguard incontrò una donna magnifica. Una vera donna con le zampe di gallina e gli occhi tristi. Una bruna stanca, alta, che beveva whisky lisci e indossava braccialetti con dei ciondoli. Se la portò a casa e poi a letto, con un gran rumore di sonagli e di sospiri. Aprirono gli occhi intorno a mezzogiorno. Lei gli piaceva molto. Aveva nello sguardo un velo di tristezza che la rendeva misteriosa. Gli confessò che aveva qualche anno più di lui, lui rispose che andava benissimo, che era stanco di essere giovane. Scoparono fino alle quattro del pomeriggio. Gli piaceva sempre di più. S'immaginava baci lascivi, cene a lume di candela, riflessioni sull'amore e sul desiderio, la libertà e la facoltà di scegliere i propri obblighi, l'uomo che tutto sa e nulla comprende, l'uomo che non sa niente e comprende tutto... Finché lei gli domandò, allacciandosi il reggiseno, di accompagnarla a prendere i figli al corso di judo. Si schiantò a terra.

Non la rivide più.

Si ricordava ancora il nome dei due ragazzi: Paul e Simon.

Qualche giorno dopo, Caillebotte lo invitò al Met, all'inaugurazione di una mostra sulla fondazione Barnes. Ci saranno un sacco di Impressionisti, gli disse con gli occhi fuori dalle orbite. Gary passò a prenderlo da Brooks Brothers all'ora di chiusura. La temperatura era tiepida, le nuvole sembravano puntini di sospensione in mezzo al cielo, gli appassionati di jogging correvano come pazzi e gli scoiattoli badavano ai propri affari. Attraversarono il parco chiacchierando. Caillebotte non riusciva a camminare dritto, sbandava a sinistra, poi a destra, s'infiammava, Gary frenò il suo entusiasmo informandolo che la *caillebotte* era anche un formaggio originario del Sud-ovest della Francia. Caillebotte lo fulminò con lo sguardo. Come poteva accostare il suo artista preferito a un formaggio di pecora? La bocca gli si piegò in una smorfia altezzosa. Sembrava oltraggiato.

Gary gli fece le sue scuse, il tempo era bello e lui di umore scherzoso. La voglia di ridere l'aveva fatto trascendere. Povera amicizia! esclamò allora Caillebotte, tendendogli il biglietto d'entrata e precisando che da lì in avanti le loro strade si dividevano. Gary si disse che era meglio così. Caillebotte cominciava a irritarlo. Quella devozione febbrile a un unico pittore lo rendeva claustrofobico.

Entrò al Met fischiettando. Era solo, era libero, i capelli gli si erano asciugati senza onde anomale, il colletto della camicia restava piegato al suo posto, la vita era bella, ma cosa stava facendo Hortense in quel momento?

Davanti a un meraviglioso quadro di Matisse, *Il tavolo di marmo rosa*, s'imbatté in una ragazza strana. Per prima cosa notò la schiena; portava i capelli legati in una coda di cavallo; provò il desiderio furioso di morderle la nuca. Aveva un collo lungo, morbido e flessibile, un modo particolare d'inclinarlo, di stenderlo come l'antenna di un coleottero. La si sarebbe detta una cavalletta capelluta. Era affascinato. La seguì di quadro in quadro senza lasciarne la nuca. Si chiamava Ann. Le si avvicinò. Le parlò della Francia e del museo d'Orsay. Raschiò il fondo del barile dei suoi ricordi per impressionarla. Sapeva che Henri Émile Benoît Matisse era nato il 31 dicembre 1869 a Cateau-Cambrésis? È terribile nascere il 31 dicembre, ti viene addebitato un intero anno anche se non l'hai vissuto. Che ingiustizia!

Lei ridacchiò. Gary si disse che era fatta. E sapeva che a vent'anni, mentre Matisse studiava diritto...

"Come me", disse la ragazza. "Studio diritto alla Columbia. Sto scrivendo una tesi sulla costituzione degli Stati Uniti."

"Ebbene... A vent'anni ebbe un attacco di appendicite, fu portato in ospedale e dovette restare a letto per una settimana. Sua madre, per distrarlo – all'epoca non c'era la televisione – gli regalò una scatola di pastelli colorati e lui si mise a scarabocchiare. Non riprese più gli studi di diritto e finì per frequentare l'accademia di Belle Arti a Parigi..."

"Io disegno molto male", commentò lei. "Perciò proseguirò con il diritto..."

Seguiva le lezioni e preparava il suo *bar exam*. La invitò fuori a cena. Lei rifiutò, doveva studiare. La riaccompagnò al campus universitario sulla Centosedicesima strada. Quando alzava un braccio, emanava un profumo di vaniglia speziata che lo inebriava. Si rividero. Lei indossava scarpe da ginnastica di tutti i colori e magliette di modelli diversi. Andava a dormire presto, non beveva alcol, era vegetariana, andava matta per il tofu. Lo mangiava salato, zuccherato, con la marmellata di mirtilli o con gli champignon. Gli raccontava la storia degli Stati Uniti e della costituzione. Lui aspettava che prendesse fiato per baciarla.

Un giorno lei gli confessò che era vergine e che si sarebbe donata solo a suo marito. Apparteneva a un movimento chiamato *No sex before marriage*. Siamo tanti a praticare la castità, è un bel valore, sai.

Si rese conto che questo avrebbe rappresentato un problema.

Amava sempre molto il suo lungo collo da coleottero inquieto, i suoi occhi sfuocati. Anche se gli capitava di osservarli come se fossero elementi indipendenti... Avrebbe voluto strapparglieli e incollarli in un quaderno. Lei non apprezzò la battuta.

Una sera in cui lui le fece sentire il notturno di Chopin in mi bemolle maggiore, quello che lui seguiva a occhi chiusi imponendo il silenzio, dopo averla avvertita di ascoltare bene la mano destra, che risuonava leggera come la voce di un soprano, e le note basse della mano sinistra, così forte, potente, lei interruppe Chopin per precisare che nel 1787 c'erano solo tredici Stati e tre milioni di americani. Sono molto pochi se paragonati agli Stati europei, per esempio...

Oltraggiato, decise di non rivederla mai più.

Decisamente, si disse, Glenn Gould aveva ragione quando affermava che "non so in quale esatto rapporto, ma ho sempre avuto l'impressione che, per ogni ora trascorsa in compagnia di altri esseri umani si ha bisogno di x ore da soli. Ora, a quanto equivalga questa x davvero non lo so; potrebbe essere 2 e 7/8 o 7 e 2/8, ma si tratta comunque di un rapporto significativo."

Doveva smettere di perdere tempo.

* * *

Joséphine aprì la portafinestra del salotto e uscì sul balcone. La notte era chiara, illuminata da una luna che sembrava sorridere come una ragazza felice. La luna sorride spesso guardando la terra. Si potrebbe credere che si burli di noi se non le attribuissimo questa bonomia tranquilla e rassicurante.

Aveva bisogno di osservare le stelle, di parlare con suo padre. Quel giorno aveva letto su *Le Monde* un articolo su Patti Smith. Aveva sottolineato una frase di Pasolini citata dalla cantante: "Non è che i morti non parlino, siamo noi ad avere perso l'abitudine di ascoltarli." Patti Smith passeggiava per i cimiteri conversando con i morti. Joséphine aveva posato il giornale e si era detta che aveva perso l'abitudine di parlare con suo padre.

Quella sera stessa prese il piumino e andò a sedersi sul balcone, seguita da Du Guesclin che non la mollava di un centimetro. Ovunque andasse, lui c'era. L'aspettava dietro la porta del bagno, e se si spostava per andare ad aprire o chiudere una finestra, accendere o spegnere la radio, sistemare una piega delle tende, pulire l'interno del frigorifero, lui l'accompagnava. Doveva avere paura che lei lo abbandonasse e le stava sempre dietro.

"Sai cosa, cagnone mio? Sei un po' appiccicoso..."

Lui la guardò con tanto amore che si pentì di averlo definito così e gli grattò le orecchie. Lui guaì, lei si scusò, si era dimenticata della sua otite. L'infiammazione passava da un orecchio all'altro e lei non finiva mai di curarlo, di pulirgli il padiglione irritato, di versare gocce, di bloccarlo tra le braccia perché restasse immobile e le gocce penetrassero.

Nel cielo scuro brillavano migliaia di stelle che scintillavano come se le parlassero. Era un rumore di luci assordante. Individuò il Grande Carro, si concentrò sull'ultima piccola stella in fondo al timone e chiamò suo padre.

Bisognava sempre aspettare un momento prima che rispondesse...

E lo faceva mandando dei brevi luccichii.

Lo ringraziò per averle fatto trovare il diario del Piccolo Gentiluomo.

"Ho capito una cosa... Una cosa importante... Ti ricordi quel giorno sulla spiaggia delle Landes? Il giorno in cui mi hai stretto forte contro di te dando a Henriette della criminale? Ho capito che quel giorno ero uscita dall'acqua da sola. Completamente da sola, papà... Nessuno mi ha aiutato a rialzarmi... E poi, per tutta la vita, ho continuato a uscire dall'acqua turbolenta con le mie sole forze. Ma non lo sapevo... Ti rendi conto? Non attribuivo nessuna importanza a quello che facevo... Quindi, non potevo congratularmi con me stessa, confortarmi, avere fiducia in me..."

Credette di scorgere l'ultima stella che si accendeva e spegneva. Dei bagliori lunghi e poi brevi, come se comunicasse in codice Morse.

"Adesso ho un po' meno paura... Ti ricordi com'ero spaventata quando mi sono ritrovata con Hortense e Zoé nell'appartamento di Courbevoie senza soldi, senza marito, senza nessuna idea di ciò che mi sarebbe capitato? Non avevo più voglia di leggere, di scrivere, di studiare... Mi lasciavo calpestare dalla vita, dalle persone che mi maltrattavano, dalle fatture da pagare. Rammenti come mi tendevo verso di te, la sera, sul balcone di Courbevoie cercando un segno, una risposta, e ricordi che mi parlavi, m'infondevi coraggio? Era un dialogo fra te e me... non ne facevo parola a nessuno. Mi avrebbero dato della pazza..."

Le sembrò che la piccola stella avesse smesso di lampeggiare e brillasse senza sosta. Le diede coraggio.

"Oggi va meglio, papà... molto meglio... Ho smesso di girare in tondo, di dubitare, di paragonarmi a Iris, di considerarmi un'incapace. Ho trovato un'idea per un libro. Si sta scrivendo dentro di me. Lo nutro, lo innaffio, raccolgo tutto quello che trovo lungo la mia strada, i più piccoli particolari che nessuno vede, di cui nessuno si cura, e li riverso nel libro..."

Du Guesclin sentì partire l'allarme di un'auto giù in strada e si mise ad abbaiare.

Allungò un braccio fuori dal tepore rassicurante del piumino, gli afferrò il collare e lo riportò all'ordine.

"Sveglierai tutti!"

Il cane si zittì, fissando un punto nella notte, ritto sulle zampe, pronto a saltare alla gola del nemico.

Joséphine alzò lo sguardo verso il firmamento. Un velo bianco e liscio scivolava nel cielo, sembrava una lunga scia di seta che offuscava il luccichio delle stelle.

"Mi fa bene avere un progetto. La sera, quando vado a dormire, mi dico che ho fatto qualcosa, che ho usato la mia intelligenza, la mia capacità di lavorare. Ho trovato una storia... Quella del Piccolo Gentiluomo e di Cary Grant, di ciò che ci offre la vita all'inizio e di quello che ne facciamo con il passare degli anni. Il coraggio ostinato di Archibald Leach per diventare Cary Grant e le esitazioni del Piccolo Gentiluomo. Non so se ce la farò, ma intendo provarci... E questo mi rende felice, capisci?"

Sapeva che lui la comprendeva anche se non era sicura che la piccola stella luccicasse ancora. Lui era accanto a lei. L'avvolgeva nelle sue braccia, guancia contro guancia.

E le chiese a bassa voce: "E Philippe? Che ne è di lui in tutto questo?"

"Philippe... Lo penso, sai..."

"E..."

"Ti dirò che cosa intendo fare e tu brillerai giusto un po', d'accordo?"

"D'accordo."

Era un'emozione strana parlargli in quel modo. Quando lui era morto, una sera del 13 luglio mentre i fuochi d'artificio scoppiavano in tutti i paesini di Francia, lei aveva solo dieci anni. Ciascuno di loro portava chiuso in sé il ricordo di quel pomeriggio sulla spiaggia delle Landes, ma non ne parlavano mai. Si sarebbero dovute pronunciare frasi orribili. Frasi di accusa, che avrebbero gettato fango addosso ai protagonisti. Perciò tacevano. Lui la prendeva per mano, la portava con sé, andavano a passeggiare insieme, silenziosi. Suo padre aveva perso l'abitudine di parlare, aveva la lingua bloccata da un nodo.

La morte aveva disfatto quel nodo.

Inspirò profondamente e si buttò.

"Andrò a Londra... Senza avvertirlo. Una sera, come un'ombra, passerò sotto casa sua. Sarà una notte splendida, il salotto sarà illuminato, lui starà leggendo, parlando, ridendo, lo immagino felice..."

"E poi..."

"Raccoglierò qualche sassolino e, dopo avere infilato la mano nel cancello, glieli lancerò contro il vetro... Dolcemente, come il rumore di una pioggerellina d'estate... Lui aprirà la finestra, si chinerà nel buio per vedere chi è quel pazzo che lancia sassolini contro delle belle finestre illuminate..."

Sporse il viso verso la volta celeste e mimò il gesto.

Lui apre la finestra e si china sulla strada. Sul marciapiede non c'è nessuno. Gira la testa a destra, a sinistra, esita. Ci sono dei riflessi, il loro pallido alone di luce, le fioriere in cui gerani e felci si mischiano, si mantengono in equilibrio, risaltano come tremolanti macchie di colore.

Scruta nell'oscurità. Si prepara a richiudere i battenti quando sente una vocina: "Philippe..."

Si china ancora per scrutare di nuovo, ma stavolta facendo più attenzione, frugando tutte le ombre, tutti gli angoli bui; i suoi occhi distinguono i boschetti e gli alberi, la cancellata nera che circonda il parchetto, lo spazio tra le vetture parcheggiate lungo i marciapiedi. Scorge una figura nella notte. Un impermeabile bianco, una donna. Una donna che crede di riconoscere... Sbatte gli occhi, si dice che non è possibile, lei è a Parigi, non risponde alle mie lettere, ai fiori che le mando e chiede: "Sei tu Joséphine?"

Lei si alza il bavero dell'impermeabile, tenendolo chiuso con entrambe le mani. Trema udendo la voce di lui. Ha i palmi freddi, è nervosa. Si vergogna ad aspettare per strada. A insistere come una donna arrogante. E poi non ha più vergogna. Un'esultanza che mette i brividi la obbliga a stringere i denti, ma riesce a sorridere e risponde in un soffio: "Sì."

"Joséphine, sei tu?"

Non ci crede. L'ha aspettata troppo per pensare che lei sia lì. Ha imparato la pazienza, l'umiltà, la leggerezza, ha imparato a sbarazzarsi di un sacco di cose, si dice che non è possibile, vuole chiudere la finestra, ma si sporge di nuovo per ascoltare l'oscurità.

"Sono io", ripete lei, stringendo il collo dell'impermeabile.

Se non sta sognando, allora è pazzo. Dipende solo da lui, in quel momento, comportarsi da uomo ragionevole, da uomo che chiude la finestra e torna al suo posto nel salotto illuminato. Un uomo che non crede che una donna possa attenderlo nella notte lanciando dei sassolini contro i vetri per dirgli che ha attraversato la Manica per andare da lui.

Si volta. Vede Becca e Alexandre in un angolo che guardano la televisione. Dottie se n'è andata nel pomeriggio, gli ha lasciato un biglietto sul cassettone della camera. Ha trovato un nuovo lavoro, torna a vivere a casa sua. Lo ringrazia di averla ospitata. Le sarebbe piaciuto restare, ma quello non è il suo posto, lo sa. Ha capito. Un biglietto malinconico che lo informa che lei se ne va. Non è triste mentre legge quelle parole. È sollevato. Riconoscente che lei sia partita senza fare scenate né versare lacrime.

Fa un'ultima scommessa, la scommessa dell'uomo pazzo che crede alle apparizioni che lanciano sassolini, e si rivolge ancora una volta alla notte nera, al marciapiede dove forse non c'è nessuno.

"Sei venuta..."

"Sono qui..."

"Sei davvero tu?"

Si sporge oltre il balcone con tutto il corpo, la cerca, la scruta, la inventa.

"Sono qui", ripete di nuovo lei. "Sono venuta per dirti che non ho più paura."

È proprio lei, è la sua voce. Adesso è sicuro.

"Aspettami, scendo..."

"Sì, ti aspetto..."

È sempre stato così, l'ha sempre aspettato.

Anche quando non lo sapeva.

"È così che andrà, papà? Non dici niente, ma sai cosa accadrà..."

"Non sono una chiromante, Joséphine, non posso darti altri particolari su ciò che ti succederà..."

"Non vorrà incontrarmi in presenza di tutti gli altri... Scenderà, lo aspetterò sul marciapiede. Indosserò la gonna che ondeggia al minimo spostamento, il maglione bianco a pois neri, le ballerine per camminare senza inciampare e il mio impermeabile bianco che potrò alzare sul viso per nascondermi un po'. Il cuore mi batterà all'impazzata. Nel buio avrò meno paura. Meno timore di arrossire, di sudare... Si ha un bel dire che si è guariti, che si è valorosi, perché ci si trova sempre un po' goffi... Aprirà il portone che dà sulla strada, scenderà gli scalini con esitazione – non ha ancora capito che è tutto vero – dirà diverse volte Joséphine? Joséphine? e io avanzerò lentamente. Camminerò verso di lui come nel finale di un film. Lui mi prenderà tra le braccia, mi dirà che sono pazza e mi bacerà... Un bacio caldo, lungo, tranquillo, un bacio di due innamorati che si ritrovano. Io lo so... Non l'ho perso, papà, sto per riaverlo. Andrò a Londra... Adesso ne sono sicura. È sempre bello avere qualcosa da immaginare, da aspettare con il cuore che batte follemente. È vero che talvolta si tratta di qualcosa che ci spinge troppo in alto e che cadendo ci si fa male... ma io sono sicura che lui mi aspetta in cima ai gradini..."

Mandò un bacio nella notte, abbracciandosi, ninnandosi sul

balcone, cercò la minuscola fessura che grattava con un dito e la rassicurava.

La piccola stella in fondo al timone brillava debolmente. Suo padre se ne stava andando. Si affrettò a raccontargli quello che ancora aveva nella testa: "Ma prima, prima... Devo parlare con il Piccolo Gentiluomo. Adesso è vecchio... Be', non poi così tanto... ma vecchio nella mente perché ha rinunciato. Ha rinunciato alla scintilla che gli avrebbe incendiato la vita... Vorrei che mi spiegasse perché. Vorrei capire come si può trascorrere la propria esistenza al di fuori di un sogno senza cercare di raggiungerlo."

"Ci è mancato poco che lo facessi anche tu", sospirò suo padre.

"Voglio che me ne parli... con parole sue. Voglio che sappia che non ha vissuto questa storia invano, che mi ha fatto uscire dalle acque delle Landes, che può salvare altre persone. Persone che non osano, che hanno paura, a cui la gente non fa che ripetere che sperare non serve a niente. Perché è quello che ci viene detto, no? Ci si burla delle persone che sognano, le sgridiamo, le fustighiamo, le riportiamo con i piedi per terra, diciamo loro che la vita è brutta, triste, che non c'è futuro, nessuno spazio per la speranza, dandole dei colpetti sulla testa perché imparino bene la lezione. Si inventano per loro necessità di cui non hanno bisogno, portandogli via tutti i soldi. Vengono tenute prigioniere. Rinchiuse a doppia mandata. Si impedisce loro di sognare, d'ingrandirsi, di rialzarsi... E tuttavia... Tuttavia... Senza sogno non siamo che poveri esseri umani con braccia prive di forza, gambe che corrono inutilmente, una bocca che inghiotte aria, degli occhi vuoti. Il sogno è ciò che ci avvicina a Dio, alle stelle, è ciò che ci rende più grandi, più belli, unici al mondo... È così piccolo, un uomo senza sogni. Così piccolo, così inutile... Fa male vedere un uomo a cui resta solo il quotidiano, la realtà del quotidiano. È come un albero senza foglie. Bisogna mettere le foglie sugli alberi. Incollarne tante perché sia un albero grande e bello. E tanto peggio se alcune cadono, ne rimetteremo altre. Ancora e ancora, senza scoraggiarsi... È nel sogno che le anime respirano, che s'intrufola la grandezza dell'uomo. Oggi non si respira più, si soffoca. Il sogno è stato soppresso, come l'anima e il Cielo..."

Non era più lei a parlare, ma suo padre che le suggeriva le parole, le dava ragione di credere, di sperare, di mettere delle foglie sugli alberi.

Pasolini aveva ragione. I morti ci parlano in continuazione, siamo noi che non ci prendiamo il tempo per ascoltarli...

* * *

Era davanti alla porta dei signori Boisson. Una grande porta verde con due bei pomoli in ottone dorato. Uno zerbino beige bordato di verde. Stava per suonare. Suonare il campanello del Piccolo Gentiluomo. Iphigénie le aveva messo in mano la petizione ribadendo ora, signora Cortès, subito. Non domani o dopodomani... Aveva guardato Iphigénie, esitando ancora, non so se sono pronta, non lo so. Vada! aveva ordinato Iphigénie, è una cosa da niente. Gli mostra la lettera dell'amministratore, poi il testo che ha preparato e gli chiede se vuole firmare... Basta ottenere le firme della palazzina A e abbiamo vinto, signora Cortès, abbiamo vinto. Ma che cosa crede l'amministratore? Di potersi inventare leggi a senso unico? Di poter fare il gallo nel mio pollaio? Che io me ne vada a dormire lasciandolo brigare? Vada, signora Cortès, vada!

"Adesso, Iphigénie? Adesso? Ho bisogno di prepararmi... Che cosa dirò?"

"Spiegherà il problema e se le persone sono soddisfatte dei miei servizi, firmeranno. Non è così complicato... Io non ho niente da rimproverarmi, lo coccolo il vostro palazzo, lo lustro, passo la cera, riparo le tende delle scale, cambio le lampadine, consegno la posta, firmo le raccomandate, bagno le piante, spazzo le pozzanghere, lascio entrare il sole, mi alzo alle sei tutte le mattine per portare fuori i bidoni della spazzatura, li lavo per bene, li rimetto a posto, segnalo le fughe d'acqua, scopo le cantine, lo sanno questo o hanno le fette di salame sugli occhi? Mi dispiace fare la maleducata, ma ci sono volte in cui non ho proprio voglia di trattenermi..."

"È che..."

Non era pronta a incontrare il Piccolo Gentiluomo. La petizione ce l'aveva a cuore. L'avrebbe firmata a due mani, ma ritrovarsi faccia a faccia con il signor Boisson, il personaggio del suo romanzo, la faceva esitare. E se avesse rifiutato? Se si fosse arrabbiato? Se le avesse detto che non aveva il diritto di leggere quel diario, che l'aveva buttato proprio perché nessuno lo vedesse? Con quale diritto mette il naso nella mia vita privata? Con quale diritto? L'avrebbe mandata via distrutta, denudata, a cuore e mani vuoti. Non si sarebbe più ripresa.

"Non ci crede più, vero? Pensa che me ne debba andare, che sia normale gettarmi via come una buccia di banana?"

"Ma no, Iphigénie, no..."

"Allora, coraggio! Vada! Salgo con lei se vuole, non dico niente, le rimarrò di fianco severa come la Giustizia..."

"Oh no! Questo proprio no..."

Voglio andarci da sola. Voglio entrare in casa sua, sedermi con lui, parlargli dolcemente. Desidero che mi ascolti, e poi che mi dica... che mi dica... sì, signora Cortès, racconti questa storia, racconti la mia storia, ma non dica il mio nome. Non voglio essere riconosciuto. S'inventi un altro uomo che ha buttato la sua vita in un bidone della spazzatura...

"Allora?" ripeté Iphigénie. "Ci va?"

Aveva detto sì, vado, e vedremo.

Vedrò.

Aveva invocato suo padre. Gli aveva chiesto vieni tu con me? Non mi lasci, vero? Oh, dammi un segno, qualsiasi cosa, fa' che una lampadina si spenga improvvisamente, che la televisione si accenda da sola, che il pulsante dell'ascensore cominci a lampeggiare, che scoppi un incendio per le scale...

Non arrivò alcun segno.

Aveva cominciato con i signori Merson. Il signor Merson non c'era, ma l'ancheggiante signora Merson, una sigaretta nell'angolo della bocca, aveva detto certo che firmo, Iphigénie è bravissima, mi piace moltissimo che cambi colore di capelli tutte le settimane, mi mette allegria...

Anche il figlio della Pinarelli aveva firmato. La portinaia? Non me ne frega niente, ma bisogna riconoscere che fa il suo lavoro. Potrebbe essere più in carne... ma a una portinaia non è richiesto di muovere i fianchi, vero signora Cortès?

Pure Yves Léger aveva firmato. Era al telefono, non aveva il tempo di discutere, dove devo firmare, per che cosa a proposito? La portinaia? È perfetta...

Non restavano che i signori Boisson. Iphigénie esultava, ha visto, ha visto? Gliel'avevo detto, sono come l'oro, faccio il mio lavoro come nessun altro e sa cosa? Quando avremo tutte le firme della palazzina A, chiederò un aumento. Bam! Direttamente nelle gengive dell'amministratore che vuole piazzare la sua pollastrella e godersi dei bei riposini durante l'ora di pausa, perché è di questo che si tratta, signora Cortès, né più né meno! Dei riposini lascivi!

"Andrò domani dal signor Boisson... È tardi, Iphigénie, è ora di cena. Staranno per mettersi a tavola..."

"Taratatà, ecco che si tira indietro quando ormai siamo al traguardo! Su, andiamo! Proprio l'altro giorno ho tolto dai guai i Boisson, gli ho sturato il lavandino, perciò questo me lo devono!"

Deposte le armi, aspettava, sempre più nervosa.

"Insomma, signora Cortès, ormai ci siamo!"

"Ok, d'accordo", sospirò Joséphine, stanca di controbattere. "Ci vado. Però mi aspetti a casa sua, la sua presenza mi fa sentire sotto pressione..."

"E meno male, signora Cortès, perché trovo che sia un po' fifona! Ma di cosa ha paura, mi chiedo? Perché lui ha frequentato il Politecnico? Ma anche lei ha fatto studi lunghi e difficili..."

"Ci vado, però mi aspetti in portineria..."

"Ok", acconsentì Iphigénie facendo la sua pernacchia. "Ma ho come il presentimento che mi mollerà per strada..."

"No, Iphigénie! Se ho detto che ci vado, ci vado..."

Iphigénie aveva cominciato a scendere le scale, voltando la testa per controllare che Joséphine non se la squagliasse.

Era il momento della verità. Il momento in cui si sarebbe giocata tutto...

Il momento in cui Joséphine avrebbe avuto il diritto o meno di scrivere il libro che si stava dispiegando dentro di lei. Si ritrovò davanti alla grande porta verde con i due pomoli d'ottone.

Suonò.

Attese.

Sentì una voce maschile chiedere chi è?

Rispose sono la signora Cortès, l'inquilina del quinto piano.

Un occhio si appoggiò allo spioncino.

Udì il rumore della serratura che scattava. Uno, due, tre giri, un chiavistello, due, tre...

Un uomo aprì.

"Signor Boisson?"

"Sì..."

"Ho bisogno di parlarle..."

Lui si grattò la gola. Indossava una giacca da camera di lana bordeaux con una cintura in passamaneria dello stesso colore e un foulard grigio intorno al collo. Era pallido, si vedevano le ossa sotto la pelle tirata, quasi trasparente. Teneva la porta socchiusa, osservandola.

"È a proposito della portinaia..."

"Mia moglie non c'è, è lei a occuparsi di queste cose... Torni un'altra volta."

"È importante, signor Boisson, ho solo bisogno di una firma. Tutti gli altri lo hanno già fatto, si tratta di porre rimedio a un'ingiustizia..."

"È che..."

"Solo una piccola firma, signor Boisson."

Lo osservò. E così è lui il ragazzo che correva di gioia nei corridoi della metropolitana dopo avere scoperto l'amore... Che baciava i baffetti di Geneviève, saltava le lezioni, beveva champagne con Cary Grant, comprava una sciarpa di cachemire a un uomo che viveva al sole e lo supplicava perché lo assumesse come autista o tuttofare?

La fece accomodare in salotto, una grande stanza triste con dei mobili antichi, solenni. C'era una vetrinetta in cui notò, sistemate una accanto all'altra, delle coppe da champagne. Delle poltrone dallo schienale rigido e scomodo e dei tappeti orientali stesi su un parquet vetrificato. L'atmosfera era fredda, cupa. Sul divano scorse un giornale aperto. Un'unica lampada rischiarava l'ambiente. Doveva averlo interrotto mentre leggeva.

"Mia moglie è andata a Lille a trovare sua sorella... Sono solo, di solito è tutto in ordine..."

"Oh, ma è molto in ordine!" esclamò Joséphine. "Dovrebbe vedere casa mia!"

Lui non sorrise. Le chiese che cosa potesse fare per Iphigénie.

Ascoltò e disse che sì, era molto contento della portinaia. Un po' meno dei suoi capelli. Fece un sorrisino, come se ripetesse qualcosa di cui non era convinto. Non è molto di classe per una portinaia avere i capelli rossi, verdi, blu, gialli... per il resto niente da dire. Dove doveva firmare? Joséphine gli tese la petizione. Lui lesse i nomi degli altri e aggiunse il proprio. Le restituì la penna e la riaccompagnò in corridoio.

"La ringrazio, signor Boisson, sta riparando a un'ingiustizia..."

L'uomo non rispose, apprestandosi ad aprire la porta.

Se non lo faccio adesso, non ci riuscirò più, pensò Joséphine. Sua moglie tornerà e non sarà libero di parlarmi.

"Signor Boisson, avrebbe un momento da dedicarmi?"

"Stavo per riscaldare la cena. Mia moglie mi ha lasciato dei piatti pronti..."

"È importante, molto importante..."

Lui sembrò stupito.

"Un altro problema nel palazzo?"

"No, è più delicato... La prego, mi deve ascoltare... È importante per me."

Fece un sorriso imbarazzato. L'insistenza di Joséphine lo metteva a disagio.

"Non la conosco..."

"Ma io conosco lei..."

Il signor Boisson sollevò il capo, sconcertato.

"Ci siamo incontrati l'altro giorno in farmacia? Era lei, non è vero?"

Joséphine annuì.

"Non è quello che io chiamo conoscersi", commentò lui, reticente.

"Tuttavia, io la conosco... Molto più di quello che immagina..."

Sembrò esitare, poi le fece segno di tornare in salotto. La invitò a sedersi. Lui stesso prese posto su una delle poltrone rigide. Intrecciò le mani sulle ginocchia e disse che era pronto ad ascoltarla.

"Ecco..." cominciò Joséphine, arrossendo.

Gli raccontò tutto. Zoé, il dispiacere di aver perso il suo quaderno nero, il frugare nella spazzatura e la scoperta di una piccola agenda. Lui si portò la mano alla bocca e tossì. Una tosse secca, lacerante, che gli rimbombava dentro. Afferrò il bicchiere d'acqua sul tavolino, bevve qualche sorso, si asciugò la bocca con un fazzoletto bianco e le fece cenno di proseguire il racconto.

Faceva fatica a rimanere fermo in poltrona e respirava a strappi.

"La sua storia è magnifica, signor Boisson. Leggendola ho avuto la sensazione di essere lì con lei. La ascoltavo parlare di entrambi ed ero commossa, più commossa di quanto possa immaginare..."

"Non credo che le sue parole rispecchino ciò che pensa davvero..."

"Sono stata travolta. Converrà che non è una storia banale..."

"È per questo che voleva parlarmi? Per vedere che faccia avevo?"

"Questo potevo già immaginarlo... L'ho incrociata nel palazzo..."

"È vero... e l'altro giorno, in farmacia, mi ha squadrato per bene! Mi ha dato fastidio..."

"Le chiedo scusa..."

"Nessuno è al corrente di questa storia, signora Cortès, nessuno! E desidero che le cose rimangano così..."

"Non rivelerei mai il suo nome, signor Boisson. Volevo solo dirle che la sua è una storia eccezionale... e che mi ha dato molto."

Lui la fissò, sbalordito.

"Tuttavia, è anche molto triste..."

"Questo dipende da come la interpreta..."

Il signor Boisson sorrise tristemente.

"È la storia molto bella di una grande amicizia", osservò Joséphine.

"Durata tre mesi..."

"Una grande amicizia con un uomo straordinario..."

"È vero. Era straordinario..."

"In pochi hanno vissuto una cosa del genere..."

"Anche questo è vero..."

Joséphine sentiva che stava guadagnando terreno. Che abbandonandosi ai ricordi, lui si addolciva.

"Ero così giovane..."

"Avrei un'altra cosa da chiederle, signor Boisson..."

"Ascolti, signora Cortès, mi pare un po' sfacciata... Mi suona alla porta con il pretesto di una petizione..."

"Ma non è un pretesto. Iphigénie è davvero minacciata..."

"Ma adesso non lo è più, vero? Perché io e tutti gli inquilini della palazzina A abbiamo firmato... Cercheremo di regolare la questione il giorno della riunione con l'amministratore. Sarà presto, non è vero?"

Diceva "non è vero" in continuazione. L'espressione scandiva le sue frasi.

"Sì, tra quindici giorni..."

"Allora, adesso ci diremo arrivederci, signora Cortès. La prego, non insista. Sono stanco, ho avuto una giornata difficile..."

Fu colto da un altro attacco di tosse nel pieno della frase e si portò il fazzoletto alle labbra. Bevve un sorso d'acqua. Joséphine attese che riprendesse fiato, poi domandò: "Posso tornare domani?"

"Prima di tutto voglio che mi restituisca il diario, questa volta lo brucerò..."

"Oh no! Non lo bruci!"

"Signora Cortès, farò quello che voglio. Appartiene a me..."

"Ora non è più soltanto suo, perché io l'ho letto e ho amato ogni riga. Appartiene anche a me..."

"Lei esagera, signora Cortès. Le chiedo gentilmente di andarsene... Con la promessa di restituirmi il diario perché possa disporne..."

"No, signor Boisson, non lo faccia. Per me è una questione di vita o di morte..."

L'uomo le rivolse uno sguardo ironico.

"Ah, davvero? Mi sembrano parole un po' grosse."

"Questo diario mi ha cambiato la vita. Glielo giuro. Non sono parole al vento."

"Sono stanco, signora Cortès, stanco... Vorrei cenare e poi andare a dormire."

"Deve promettermi che ci rivedremo. Ho un favore enorme da chiederle..."

"Un'altra petizione..."

"No, qualcosa di molto particolare."

"Mi ascolti, signora Cortès, sono stufo di ripeterle la stessa cosa. Ha la sua firma, se ne vada!"

"Non posso..."

"Come non può?"

Sembrava irritato, ansioso di vederla uscire. Si era alzato e le mostrava la porta.

"Morirò se mi caccia via..."

"È un ricatto?"

"No, è la verità..."

Lui alzò un braccio in un gesto impotente e stava per parlare di nuovo quando un altro accesso di tosse lo fece piegare in due. Barcollò e dovette sedersi. Con un dito le indicò un flaconcino sul tavolo e mormorò trenta gocce, me ne versi trenta gocce in un bicchiere d'acqua. Joséphine prese il flacone, contò trenta gocce, aggiunse l'acqua, gli tese il bicchiere. Accanto alla boccetta vide la ricetta con la sua lunga lista di medicinali.

Il signor Boisson finì di bere e le restituì il bicchiere vuoto, sfinito.

"Mi lasci, la prego, lei riporta a galla dei ricordi terribili... Non mi fa bene."

"Da quando ho letto il diario, non è passato un solo giorno che non abbia pensato a lui, a lei... Vivo con lei, è questo che non capisce. Non posso andarmene senza prima parlarle... Può restare in silenzio e rispondermi a segni."

Sembrava così debole, così pallido che lo si sarebbe detto fatto di cera. Che la vita si fosse ritirata da lui.

"Signor Boisson, non esageravo quando dicevo che il suo diario mi ha cambiato la vita... Non dica niente. Voglio spiegarle il perché..."

Cominciò a raccontare. Di quel giorno sulla spiaggia delle Landes, di come aveva rischiato di morire, del modo in cui si era salvata, di come avesse zoppicato per tutta la vita, mai sicura di sé, mai certa di fare bene, sempre traballante. Gli disse di Antoine, Hortense e Zoé, di Iris, della morte di Iris.

"Ho saputo che uno dei presunti colpevoli occupava questo appartamento", mormorò lui, stringendosi il petto.

"È vero..."

Gli parlò di sua madre, di Iris, della bellezza di Iris che la oscurava, anche lei pensava di essere un vermiciattolo, nemmeno lei sapeva reggersi in piedi... Finché, leggendo il diario, aveva capito che era uscita dall'acqua solo con le sue forze. Proprio come Archibald Leach era diventato Cary Grant, da solo. Gli disse anche del suo romanzo, *Un'umile regina*.

"Persino il mio libro, non volevo credere di essere stata io a scriverlo..."

"Mia moglie l'ha letto... Le è piaciuto molto..."

Voleva aggiungere qualcosa, ma gli mancò il fiato e si portò le mani al petto.

“Non parli, non dica niente. Adesso vorrei domandarle un favore, un favore immenso... Preferisco avvertirla perché non vorrei che le venisse un altro attacco di tosse...”

Lui continuava a stringersi il petto, respirando con grande difficoltà.

“Vorrei scrivere un libro partendo dal suo diario. Raccontare la sua storia, quella di un ragazzo che s’innamora di una star, che vuole seguirla, andare a vivere con lui...”

“Ma non interessa a nessuno!”

“Sì, invece. Quello che le dice Cary Grant, quello che lei prova... È eccezionale. Avvince, ti trascina...”

La osservò con un piccolo sorriso.

“Ero ridicolo, ma lo ignoravo...”

“Lei non era ridicolo, lo amava ed è bello il modo in cui lo faceva...”

“Le dà fastidio se mi stendo? Seduto mi sento soffocare.”

Il signor Boisson andò a distendersi sul divanetto Napoleone III a righe verdi e gialle. Le chiese di dargli due compresse con un bicchiere d’acqua. Gocce di sudore gl’imperlavano la fronte.

Aspettò che si fosse sdraiato, che bevesse. Poi il suo sguardo fece il giro del salotto. Non aveva fatto ritinteggiare dopo la partenza di Van den Brock, i muri erano anneriti dove passavano i tubi del riscaldamento. Il soffitto scrostato. Sembrava tutto in stato di abbandono. Le fece segno di passargli una coperta e un cuscino che si mise dietro la testa. Il respiro rallentò, chiuse gli occhi. Joséphine credette che si stesse addormentando... Attese. Pensò, non ha protestato quando gli ho detto che volevo scrivere un libro ispirandomi al suo diario. Avrà capito bene?

L’uomo riaprì gli occhi e le fece cenno di avvicinare la sedia.

“Ma lei chi è?” le domandò osservandola con benevolenza, stupito.

“Una donna...”

Lui sorrise, tirandosi la coperta sotto il mento. Disse va meglio quando sono sdraiato...

"Non l'ha più rivisto?" chiese Joséphine.

Sospirando, il signor Boisson annuì.

"Molto tempo dopo. Sono andato in America con Geneviève... Adesso la farò ridere, era il nostro viaggio di nozze! Non l'avevamo fatto subito, avevamo deciso di rimandarlo... e l'ho portata a conoscere Cary Grant... È ridicolo, vero? Gli ho messo la casa sotto assedio. Ci siamo procurati l'indirizzo e ci siamo presentati davanti al cancello della sua proprietà. Si era sposato con quella Dyan Cannon..."

"Non le piaceva molto Dyan Cannon..."

"No. D'altra parte, ha divorziato! Non sono rimasti sposati a lungo. Ha avuto una figlia, Jennifer... Sapevo tutto di lui perché lo seguivo sui giornali. È il vantaggio di innamorarsi di qualcuno di celebre... Ricevi notizie anche se lui non vuole dartene!"

"È un vantaggio e un inconveniente perché non si riesce a dimenticarlo..."

"Oh, ma io non volevo dimenticarlo. Ritagliavo tutto quello che trovavo su di lui. E anche Geneviève... Avevamo riempito dei grandi raccoglitori di foto e articoli. Li ho bruciati quando ho sposato la mia seconda moglie... Lei non l'avrebbe sopportato, mentre Geneviève... Geneviève..."

"Geneviève l'amava molto?"

"Non eravamo gli unici ad aspettarlo quel giorno. Ma io me ne fregavo, mi dicevo, mi vedrà e mi dirà hello, my boy! E sarei stato felice... Geneviève era al mio fianco, anche lei eccitatissima... Aveva finito per diventare fanatica quanto me. Era una donna eccezionale, mentre io sono stato pietoso con lei. Era una bella persona, voglio dire, aveva una bella anima..."

"Si sente che siete stati complici..."

"Era una bella giornata, come sempre in California se si dimentica la coltre che nasconde l'orizzonte. Abbiamo atteso a lungo, dovevamo essere una decina. È arrivato un giovane al volante di un'auto, ha strombazzato il clacson come per chiedere che gli venisse aperto immediatamente, che non avrebbe sopportato di aspettare. È sceso, ha suonato al portone d'ingresso, ma la porta restava chiusa. Il custode doveva essere occupato... Allora ha parcheggiato e si è messo ad attendere come noi. Mi sono detto che doveva trattarsi di qualcuno che faceva finta di essere suo amico per passarci davanti e così mi sono avvicinato al cancello per essere il primo..."

Il signor Boisson si era ritrasformato nel ragazzo ansioso davanti alla residenza di Cary Grant: il viso disteso, rivolto al sole californiano, sorrideva.

"Dopo circa un'ora, Cary è uscito in auto. Una bella decappottabile verde mandorla con alettoni argentati e l'interno in pelle rossa. A quei tempi facevano ancora delle belle automobili, quella doveva risalire agli anni settanta, al 1972 credo... Ha fatto un cenno con la mano, molto gentile devo dire, ci ha sorriso, un bel sorriso ampio con la fossetta sul mento e gli occhi caldi, dolci, buoni... Io ero là, un po' distante da Geneviève. Volevo che mi vedesse da solo, penso di essermi detto che forse c'era una possibilità che lui..."

"..."

"Mi dicesse *hello, my boy!* Che cosa ci fai qui? Che ne è stato di te? Vieni con me... E io l'avrei seguito! Non avrei esitato un secondo! Avrei lasciato Geneviève e sarei andato! Ho avuto questa illusione. Allora mi sono comportato come se non fossi lì con Geneviève. Ho fatto un passo avanti, lui mi ha guardato, ha salutato con la mano, e ha esclamato *hello, my boy!* Che ci fai qui? Ho creduto di svenire... Ho detto Cary, mi riconosce, mi riconosce davvero? Erano dieci anni che non ci vedevamo! E mi aveva riconosciuto! Ero inchiodato al suolo dallo stupore. Sono passati solo pochi secondi, ma per me sono durati un anno, due, dieci anni. Ho rivisto tutta la mia vita in un battere di ciglia, mi sono detto al diavolo Parigi, al diavolo la Charbonnages de France, al diavolo Geneviève, al diavolo tutto e vengo a vivere con lui. Ho guardato la sua proprietà oltre i muri di cinta e ho pensato ecco la mia nuova casa, la mia nuova vita, bisognerà rifare una parte del tetto, manca una tegola... Ero felice, felice, avevo l'impressione che il cuore mi stesse per esplodere, che non riuscisse più a restarmi chiuso nel petto... A quel punto il giovane impaziente si è fatto avanti, Cary è sceso dall'auto, l'ha preso per il braccio, ha detto *come on, my boy!*, e altre cose del tipo che ci fai qui? Non ti hanno aperto? Baldini doveva essere occupato, c'è un problema con la piscina... Non mi ha neanche visto! Mi è passato accanto per afferrare il braccio del giovane spazientito... Mi ha sfiorato. Ho avvertito la sua manica contro la mia... Ho abbassato gli occhi, non volevo attirare il suo sguardo, non volevo che i suoi occhi scivolassero su di me. O che mi regalasse un sorriso automatico, il suo sorriso cinematografico... È stato orribile. Non sono riuscito a rimettermi al volante dell'auto a noleggio. È stata Geneviève a guidare fino all'hotel. Mi sentivo un vecchio straccio. Privo di respiro, di vita, di tutto... Sono rimasto a letto per tutto il tempo, non volevo vedere niente, mangiare niente, fare niente... Ho creduto di morire."

Fece un lungo sospiro rauco, ricominciò a tossire, prese il fazzoletto, ci sputò dentro. Si rimise il fazzoletto in tasca.

"Adesso morirò davvero, ma me ne frego, se sapesse quanto me ne frego..."

"Ma no! Lei non morirà! L'aiuterò a vivere!"

Lui scoppiò in una risatina nervosa.

"Lei è molto presuntuosa!"

"No. Ho un progetto. Un progetto con lei, Cary Grant e me..."

"Morirò. Me l'ha detto il medico. Cancro ai polmoni. Mi restano solo tre mesi. Sei al massimo... Non ho detto niente a mia moglie. Mi è indifferente, del tutto indifferente. Ho sbagliato tutto nella vita e non so nemmeno se è stata colpa mia... Non ero pronto per quell'incontro, non ero pronto a prendere il comando della mia esistenza. Mi avevano insegnato a obbedire."

"Come tanti ragazzi a quell'epoca..."

"Per lui avrei trovato il coraggio, per me non l'ho nemmeno cercato. Sarei stato disposto a fargli da lacchè, autista, segretario, volevo stare per sempre con lui... Quando ha lasciato Parigi, è stata la fine. La fine della mia vita. Avevo diciassette anni... È da idioti, vero? Mi restavano i ricordi, questo diario che rileggevo di nascosto... Mia moglie, la mia seconda moglie intendo, non sa niente. D'altronde, lei ignora tutto di me. Non so nemmeno se si preoccupi quando mi sente tossire. Poco fa lei lo sembrava più di mia moglie... Forse è per questo che mi sono confidato. E poi... è curioso che un'estranea conosca il tuo segreto più intimo. Ti fa sentire un po' di freddo alla schiena..."

Joséphine pensò a Garibaldi che aveva indagato su di lui e non ne fu orgogliosa.

"La vita mi gioca dei brutti scherzi... Mi apro con degli sconosciuti e rimango un enigma per i miei parenti, è buffo, non trova?"

Fece una breve risatina per non rimettersi a tossire.

"Morire mi è indifferente... Sono stanco di stare su questa terra, stanco di fingere. Per me la morte sarà un sollievo, la fine di una menzogna. Ho passato la vita a fingere. Geneviève era l'unica a conoscermi per quello che ero. Con la sua scomparsa ho perso molto. Era la mia unica amica... Con lei non avevo bisogno di essere un altro... Ora le confesserò una cosa terribile, ma non m'importa, posso dire tutto... Io e Geneviève non abbiamo mai fatto l'amore. Mai..."

"..."

"Quando è morta, si è portata via con sé il passato. In un certo senso, mi sono sentito sollevato. Mi sono detto che finalmente potevo voltare pagina... Era scomparso l'ultimo testimone fastidioso! Solo che Cary era ancora vivo, leggevo sue notizie sui giornali, si era ritirato dal cinema, era testimonial di Fabergé, un'importante marca di cosmetici... Si era risposato. La quinta moglie!"

"Non ha più amato nessun altro?"

"Nessuno. Mi sono concentrato sulla mia vita professionale. Ho incontrato un uomo che mi ha aiutato tanto nella mia carriera, mi ha consigliato di risposarmi. Diceva che gli uomini soli non ispiravano fiducia. Ho sposato Alice, la mia seconda moglie. Non so come, ma sono riuscito a fare due figli. Sicuramente per essere come tutti gli altri. Era tutto ciò che mi restava nella vita, essere come gli altri... Ho due maschi, mosci e spenti come me. Dicono che mi assomiglino. È una cosa agghiacciante... Non volevo che trovassero il diario. Il loro padre innamorato di un uomo! Che shock! Di mia moglie non m'importa, a dire il vero. Può pensare quello che le pare, non conta granché... Lei è sposata?"

"Sono vedova..."

"Oh, mi scusi..."

"Non deve... Ho divorziato e sono rimasta vedova dello stesso uomo. Nemmeno io so perché mi sono sposata. Ero una ragazzina timida che credeva di non avere il diritto di respirare. Le assomiglio molto. È per questo che vorrei scrivere la sua storia e che lei mi aiutasse raccontandomi quello che non ha messo nel diario..."

Guardò Joséphine, le tese la mano. Lei la prese: era fredda, magra, sottile. La strinse per scaldargliela.

"È troppo tardi", disse il signor Boisson. "È troppo tardi..."

* * *

Josiane e Junior si diressero verso place Pereire. Chaval aveva dato loro appuntamento al Royal Pereire per le sedici.

Josiane lo aveva avvertito, verrò con mio figlio, ha tre anni... Per forza? aveva chiesto Chaval. Richiesta non negoziabile, aveva risposto Josiane.

Scesero lungo rue de Courcelles. Junior nel suo passeggino blu, Josiane, avvolta in una lunga pashmina rosa, dietro di lui. Era radiosa e spingeva il passeggino con mano esperta.

"Che bella squadra formiamo!" esclamò, scorgendo il loro riflesso in una vetrina.

"Siamo straordinari, ricordati", disse Junior, infagottato in una giacca azzurra. Si fissava i piedi chiusi in un paio di stivaletti decorati con la testa di un leone sulla calzatura sinistra e con un polpo gigante su quella destra. "Come si può far indossare dei simili orrori a dei bambini, mamma? È un oltraggio alla loro sensibilità..."

"Al contrario, li scuote, fa capire loro che cos'è la vita. Il leone e il polpo... Il leone divora il polpo, ma quest'ultimo, furbo e scaltro, tenta di fuggire... Uno ha la forza, l'altro l'abilità. Chi vincerà?"

Junior preferì non rispondere e continuò: "Ricorda quello che ci siamo detti... Lo lasci parlare, rispondi alle sue domande in modo evasivo, lo porti dove vuoi tu, giusto il tempo di collegarmi con il suo cervello e leggergli nel pensiero... All'inizio non sarà diffidente, avrà la mente aperta, entrerò facilmente. Sarà quando comincerà a esporti il suo piano che i neuroni gli si scalderanno creando una barriera. A quel punto farò fatica a penetrare nei suoi circuiti... Non ci resta che scegliere una parola d'ordine nel linguaggio dei bambini per indicarti che sono collegato... Che ne dici di tatamayabobo?"

"Tatamayabobo? Ok, capo!"

"Poi, una volta collegato, a ogni bugia che dirà, disegnerò un tratto rosso sul mio libro... Dovrai semplicemente lanciarmi un'occhiata distratta mentre gli parli, d'accordo?"

"Tatamayabobo, Junior! Cicca-cicca, bum-bum, esulto, giubilo, mi spancio dalle risate, folleggio, me la godo, esplodo! Sono la granduchessa di Hohenzollern e vado a spasso con il mio piccolo principe..."

Josiane assaporava quella nuova complicità con suo figlio. Si erano incamminati entrambi lungo il sentiero di guerra per salvare il loro lupacchiotto in pericolo.

"Perfetto, mamma! Ma fai attenzione, perché sei tu che rischi di tornare bambina!"

Chaval li aspettava. Occhiali da sole, camicia semiaperta, jeans neri attillati, stivali texani neri, baffi sottili ben curati. L'uomo sembrava tranquillo, sereno. Si accarezzava il collo con la mano curata. Josiane si chiese che cosa nascondesse quella disinvoltura insolente.

Bloccò il passeggino, prese in braccio Junior e lo fece sedere al loro tavolo.

"Il coso parla già?" chiese Chaval indicando Junior con un dito.

"Non dice frasi intere, ma parla... E ha un nome, si chiama Junior!"

"Ciao, tizio!" non poté impedirsi di dire Junior guardando Chaval dritto negli occhi. Nemmeno a lui era piaciuto essere ridotto a "coso".

"Hai sentito?" sussultò Chaval. "È sveglio il tuo marmocchio!"

"Ha l'età in cui ripetono tutto quello che sentono..." replicò Josiane, dando un pizzicotto a Junior sotto il tavolo.

Junior afferrò il libro che sua madre gli tendeva e reclamò i pastelli. Patelli, patelli... Josiane si mise a cercarli in borsa. Lui urlò che li voleva subito. Gli aveva chiesto di comportarsi come un bambino piccolo, e lui eseguiva. I figli vengono educati così male al giorno d'oggi... Una donna al tavolo vicino lanciò a Josiane uno sguardo di riprovazione che condannava chiaramente il modo in cui cresceva il suo. Josiane diede a Junior i pastelli a cera e lui si calmò.

Scese un silenzio imbarazzante. Chaval osservava Junior con ripugnanza. Josiane contava i secondi che passavano, sempre più impaziente.

"Cosa aspetti per offrirmi da bere? Che le mosche si siedano in fondo al bicchiere?"

"Che cosa prendi?" domandò Chaval, a disagio di fronte a Junior.

Quel marmocchio lo scrutava in modo strano. Gli occhi lo penetravano come due cacciaviti.

"Un tè per me, e un succo d'arancia per Junior..."

"Se lo rovescerà dappertutto!"

"No. È capace di bere..."

"Di' un po', è normale che sia così rosso?"

"Sta disegnando, è concentrato..."

Junior si stava insinuando nel cervello di Chaval. Aveva superato il fornice e puntava al *septum lucidum*, la membrana doppia e sottile che separava la parte anteriore dei due emisferi cerebrali. Lo sforzo lo congestionava, spingeva, spingeva, come se fosse seduto sul vasino.

"E i capelli rossi? Sono normali anche quelli?"

"Sì, perché in realtà è un clown... Non te n'eri accorto?" ribatté Josiane, punta sul vivo. "Un clown rosso con le guance rosse, i capelli rossi e il naso rosso... che se lo schiacci, lampeggia. È l'ideale a Natale, si risparmia sulle decorazioni... Qualche volta mi capita di noleggiarlo per i compleanni, t'interessa? Ti farò un prezzo speciale..."

"Scusa", disse Chaval, battendo in ritirata. "Non sono molto abituato ai bambini."

"E invece io ti chiedo se è normale avere un filo a forma di escremento sotto il naso..."

"Non è merda, ma dei baffetti sottili!"

"Junior è la stessa cosa... Non è un clown, ma il mio bambino adorato, perciò adesso basta! Se continui a comportarti così con le persone, a disprezzarle dall'alto della tua statura di nanerottolo, ti avverto, non andrai in paradiso!"

"Non è grave, ho prenotato da un'altra parte..."

Junior, felicissimo del tempo guadagnato grazie alla sfida di oratoria tra Chaval e sua madre, avanzava, superava il *septum lucidum*, il corpo calloso e stabiliva finalmente una connessione diretta con il cervello di Chaval.

"Tatamayabobo!" gridò, giunto alla meta.

Josiane si sistemò la messa in piega, si umettò le labbra, si strinse nella pashmina e chiese: "Dunque, volevi vedermi per conoscere mio figlio?"

"Non proprio", replicò Chaval, con un sorrisetto che gli scavò una fossetta nella guancia sinistra. "Mi sono ricordato della tua abilità nel trovare prodotti per Casamia... Sarò onesto con te, Josy..."

Josy... Nel cervello di Josiane partì un allarme. Quell'uomo tentava di ammansirla chiamandola con il tenero nomignolo che in passato le bisbigliava vicino alla macchinetta del caffè per attirarla nelle sue braccia. Junior fece un grosso segno rosso sul suo libro.

"... mi piacerebbe molto tornare a lavorare a Casamia. Penso che Marcel abbia bisogno di qualcuno. Non riesce più a seguire tutto. Tuo marito sta finendo le energie."

Josiane restò in silenzio e, seguendo i consigli di Junior, lo lasciò parlare.

"Ha bisogno di un direttore commerciale pimpante, disponibile, avveduto, e quest'uomo raro sono io!"

"Hai bisogno di me per presentarti davanti a lui?"

"Volevo sapere se eri favorevole all'idea..."

"Dovrei pensarci", mormorò Josiane versandosi il tè. "Non posso dire di averti a cuore..."

"So molto bene che se tu ti opponi, Marcel non mi assumerà..."

"Chi mi dice che sei cambiato, Chaval? Che non sei più quel farabutto che ha cercato di distruggerci dopo essere passato alla concorrenza?"

"Sono cambiato. Sono diventato un uomo onesto. Faccio attenzione alle persone adesso..."

Junior tracciò tre lunghi segni rossi sul margine del libro, premendo con tutte le sue forze.

"Le prendo in considerazione, le rispetto..."

Rosso, rosso, rosso.

"Voglio molto bene a tuo marito..."

"Nessuno ti chiede di volergli bene..."

"Non vorrei mai che gli capitasse qualcosa di male..."

Rosso, rosso, rosso.

"Nemmeno per una distrazione, sai. Non vorrei, per esempio, che gli venisse un infarto per il troppo lavoro... Corre il rischio che gli succeda se continua a sgobbare come un matto. Una cosa del genere mi dispiacerebbe..."

Rosso, rosso, rosso. Junior aveva le dita bianche a furia di stringere il pastello.

"Perciò tu mi aiuti a farmi riassumere e io ti prometto di vegliare su di lui, di alleggerirgli il fardello, di conservartelo in buono stato. Mi sembra un contratto onesto, no?"

Josiane giocherellava con la bustina di tè. La schiacciava contro il bordo della tazza con il dorso del cucchiaino, la piegava, la riapriva.

"Ci penserò..."

"E potresti anche darmi di nuovo una mano mettendoti alla ricerca di un progetto... Ricordati che eri brava..."

"Mi ricordo soprattutto che me li rubavi in continuazione attribuendoti tutti i meriti. Mi facevo sempre infinocchiare!"

"Ho bisogno di te un'ultima volta... Se lo farai, ti ricompenserò!"

Rosso, rosso, rosso. Il libriccino di Junior soffocava di segni rossi.

"Ma io non ho bisogno di te, Chaval. Le cose sono cambiate... Sono la moglie di Marcel, adesso."

"Vi siete sposati?"

"No, ma è come se lo fossimo..."

"Potrebbe incontrare una più giovane e mollarti..."

Josiane scoppiò in una risata sarcastica.

"Neanche per sogno!"

"Non essere così sicura di te..."

"So che non succederà mai. Non sono Henriette, io!"

"Henriette?" trasalì Chaval. "Perché nomini Henriette?"

Rosso, rosso, rosso. Junior disegnava dei tratti rabbiosi sbavando copiosamente. Il libro ne era ricoperto. Spessi segni di cera simili a tracce di rossetto. La donna dall'aria riprovevole seduta al tavolo vicino lo osservava palesemente. È davvero strano quel bambino, bisbigliava all'amico. Hai visto come sbava e disegna allo stesso tempo? Tira di quei tratti rossi!

"Ti sto solo dicendo che non sono Henriette."

"Che cosa c'entra lei con me?" domandò Chaval a disagio, strofinandosi i baffetti.

Rosso, rosso, rosso.

"Lei si è fatta mollare... Ma c'era un motivo valido. Era cattiva, velenosa, secca, chiusa a doppia mandata. Una strega sulla sua scopa... Io sono cremosa, dolce, amorevole, voluttuosa, generosa... Un bignè. Perciò non mi lascerà mai. Elementare, mio caro Chaval!"

"D'accordo, d'accordo", sospirò Chaval, rassicurato. "Ma... Torniamo ai nostri affari. Rifletti. Pensa alla salute di Marcel, dimentica il tuo risentimento verso di me... Facciamo tabula rasa. Proiettiamoci verso il futuro..."

Si passò una mano nei capelli, poi si accarezzò il petto nell'apertura della camicia. Josiane lo osservava, divertita. Adesso dipendeva da lei. Era alla sua mercé, mani e piedi legati. Che bella rivincita sul passato! Sulla povera ragazza che era stata...

"Dobbiamo fare squadra... Per salvare Marcel", ripeté Chaval, alzando su di lei uno sguardo inquieto, uno sguardo che si tormentava per Marcel. "Ho imparato ad apprezzare tuo marito, sai..."

Junior raddoppiò i lunghi segni rossi. È strano, si disse Chaval, questo bambino deve essere ritardato. Ovvio, è figlio di un vecchio. Il fondo del barile. Non come la mia fata, la mia dea dagli occhi dorati, dai riccioli morbidi, snella come un giunco, il sesso come un ventaglio che si apre e si chiude...

A quel punto Junior alzò la testa e, fissando Chaval dritto negli occhi, pronunciò una sola parola: "Hortense?"

Allora il cervello di Chaval partì per la tangente. Un'ondata di calore invase scissure e circonvoluzioni, la materia grigia del midollo spinale s'infiammò. La corteccia anteriore e quella posteriore sussultarono, irrigando la pia madre e le meningi di flusso sanguigno. Tutto il cervello di Chaval prese fuoco e Junior pensò che il pastello gli si sarebbe fuso tra le dita. Lo lasciò cadere sul tavolo. Aveva captato due intense fonti di calore: Henriette e Hortense. Ma se Henriette aveva attivato l'area riservata alla paura, al terrore, ai peli che si rizzano, il nome di Hortense aveva toccato quella del piacere, del godimento fisico, della voluttà incandescente. Chaval temeva Henriette e ardeva per Hortense.

Junior decise di continuare le sue ricerche, si concentrò con tutte le sue forze, entrò nella terza circonvoluzione dell'area del godimento e trovò un'immagine di Hortense stranamente deformata. Sembrava dipinta da Francis Bacon. Due piccoli seni sodi, il ventre piatto, le lunghe gambe affusolate e un sesso immenso, un lungo tubo rosso serpeggiante che si attorcigliava, si piegava, e nel quale fluttuavano piccole spugne color porpora a forma di molla. L'interno del sesso di Hortense. Così Chaval aveva conosciuto quelle viscere e se l'era impresso a fuoco nella mente. Junior fu colto da uno spasmo di repulsione. Non era possibile! La mia Hortense non ha potuto copulare con questo schifo d'uomo, questo aborto depravato e affamato di vizio!

Lanciò un grido e si accasciò sul tavolo con un gemito, picchiando la fronte e graffiandosi le guance. Sua madre, sconvolta, lo prese tra le braccia, lo cullò, chiese lamentosa che cosa succede piccolino mio? Parlami, parlami... Ma Junior non poteva parlare, sommerso dal dolore, emetteva dei gridolini, si dibatteva protestando oh no! oh no! Josiane si alzò, gli diede qualche colpetto sulla schiena, gli soffiò sui capelli, gli tamponò le tempie. Niente da fare, Junior continuava a contorcersi, a strozzarsi, mentre grosse lacrime gli scivolavano lungo le guance. Josiane salutò Chaval, mise il bambino sul passeggino e si allontanò il più velocemente possibile.

Junior, senza fiato, si era lasciato legare al passeggino e, per una volta, fu felice di tornare a casa su quattro ruote. Aveva le gambe di pastafrolla.

Josiane attese di avere girato l'angolo di avenue Niel e place Pereire per chinarsi sul figlio.

"Cos'è successo, tesoro mio? Che cosa ti ha ridotto in uno stato così spaventoso?"

“Mamma, mamma... Il tuo cellulare, in fretta, devo chiamare Hortense...” balbettò Junior.

“Hortense? Che cosa c’entra lei con questa faccenda?”

“Mamma, per favore, non farmi domande... Ho il cuore che sanguina...”

“Riprenditi, tesoro mio. Placa il tuo tormento...”

“Non ci riesco, mamma, sto troppo male... Tremo ovunque.”

“Ma perché, amore mio, pupilla dei miei occhi?”

“Oh, mamma! Nel cervello di Chaval, ho visto Hortense...”

“Hortense?”

“La vagina di Hortense nella forma di un lungo tubo di caucciù rosso... L’ha toccata, mamma, l’ha penetrata con la sua odiosa appendice... Oh, mamma! Odio quell’uomo!”

“Junior, ripigliati. È stato tanto tempo fa...”

“Esatto, era ancora una ragazzina. Perché lei gliel’ha lasciato fare?”

“Non lo so, tesoro... Facciamo tutti cose di cui non siamo orgogliosi... Voleva dimostrare a se stessa di poter sedurre un uomo, un vero...”

“Quando è stato? Rammenti?”

“Proprio prima che tu nascessi...”

Junior si raddrizzò, animato da una folle speranza.

“Lei non mi conosceva...”

“No.”

“È per questo... Oggi non lo rifarebbe più!”

“Sicuramente no. Per quello che mi ricordo, era lei a tampinarlo. Dopo lui non è più stato lo stesso... Al posto del cervello aveva segatura. Ma dimmi, amore mio, che cos’altro hai visto nella mente di quell’uomo deprecabile?”

“È pericoloso, mamma”, dichiarò Junior, riprendendosi. “Sta ordendo un complotto ai danni di papà con l’aiuto di Henriette. Un imbroglio a base di codici segreti. Tiene il piede in due scarpe, però. Vuole tornare in azienda, crearsi una posizione e contemporaneamente briga con Henriette... In una circonvoluzione del suo cervello ho visto soldi, una sorta di furto per mezzo di cifre, conti bancari, una trombetta..."

"Una trombetta?" si stupì Josiane.

"Sì, mamma, te lo giuro, c'era una trombetta... E una gellaba!"

"Una gellaba? Fa parte di al-Qaida?"

"Non lo so, mamma, non lo so..."

Piano piano tornava se stesso. Hortense era cambiata, le perdonava il suo errore giovanile. Hortense era un'insaziabile conquistatrice. Chaval era stato uno zerbino, nient'altro. Improvvisamente capì che avrebbe dovuto attendere prima d'immaginarsi un futuro con lei. Doveva imparare a proteggersi. Ma, si disse, la vita è come una bicicletta, bisogna avanzare per non perdere l'equilibrio.*

"Ciò non toglie..." mormorò alzando lo sguardo verso sua madre, "... che faccia male essere innamorati, mamma. È sempre così?"

"Dipende dalla persona su cui posi gli occhi, bambino mio. Hortense non è sicuramente una passeggiata... Ma tu devi dimenticarla e dedicarti al benessere di tuo padre. Che cosa facciamo, Junior? La situazione non è per niente chiara..."

Seduto nel passeggino, Junior si fissava i piedi, sfregandoli tra loro. Un leone e un polpo mingherlino. Hortense e Chaval. Il leone avrebbe divorato il polpo. In un solo boccone.

"Con Hortense abbiamo un asso nella manica. Lei stregherà Chaval, lo farà parlare... Non potrà resisterle. Le confesserà i suoi piani. Bisogna contattarla con urgenza. È la fine dell'anno scolastico, rientrerà sicuramente in Francia. Riuniamo un consiglio di

* Citazione del grande Albert Einstein.

guerra che aiuterà a smascherare i colpevoli. Perché sono almeno due... Chaval e Henriette. Adesso ne sono sicuro. Chaval e Henriette... e forse una comparsa..."

Josiane gli accarezzò la testa, passandogli le dita fra i riccioli rossi.

"Che faremmo senza di te, piccolo mio?"

"Mamma, sono stravolto. Credo che farò un sonnellino..."

Lasciò cadere il mento sulla giacca azzurra e si addormentò, cullato dal rumore delle ruote del passeggino.

* * *

Shirley Ward amava la pioggia.

Amava la pioggia di Londra nel mese di giugno. La pioggia dell'alba, quando il giorno si sveglia, le foglie degli alberi fremono, i rami si agitano, la luce del sole scivola sotto le gocce esitanti accendendole di piccoli fuochi. Allora bisogna socchiudere gli occhi, fissare un punto al di là del vetro per essere sicuri di vedere la pioggia cadere, aspettare, aspettare finché non se ne distinguono i tratti verticali, quasi invisibili, e dirsi che i marciapiedi saranno bagnati, che sarà necessario prendere l'ombrello o un cappello impermeabile per uscire...

A Shirley Ward non piacevano gli ombrelli. Li trovava rigidi, pretenziosi, pericolosi.

Shirley Ward amava i cappelli. Ne aveva un'intera collezione. In tela cerata, di cotone, di feltro, all'uncinetto. Li teneva in un grande cesto nell'ingresso del suo appartamento e ne sceglieva con cura uno prima di uscire. Poi lo indossava, tirando fuori qualche ciocca bionda che le creava un'aureola di luce intorno al viso. Un filo di rossetto e il gioco era fatto. Diventava donna, si faceva bella. Camminava a grandi falcate sotto la pioggia, per le vie Londra, ignorando i semafori rossi e i passanti. Quando la pioggia cessava, appallottolava il cappello e se lo metteva in tasca, arruffava i capelli e alzava il viso al sole.

Quando si vive a Londra è meglio amare la pioggia e i cappelli.

La carezza dell'acqua, il pallido calore del sole, l'odore delle foglie verdi tremolanti e le gocce cancellate con il dorso della mano, che poi lecchiamo, distratti, stupendoci che non siano salate... Shirley Ward amava la pioggia, i cappelli e i grandi alberi di Hyde Park. Quella mattina sarebbe andata a fare una passeggiata al parco.

Sarebbe uscita di casa.

Erano dieci giorni che non lo faceva.

Dieci giorni rinchiusa, a rimuginare migliaia di pensieri e ricordi che sfilavano a scatti, come le immagini accelerate dei film muti.

Dieci giorni in pigiama, a sgranocchiare mandorle salate, albicocche secche, marmellata di arance amare, una teiera o una bottiglia di whisky a portata di mano.

Il whisky lo beveva di sera, a partire dalle diciannove. Non prima. Non voleva passare, ai suoi stessi occhi, per una ubriacona. Era la sua ricompensa. Lo sorseggiava con del ghiaccio, lasciando che i cubetti tintinnassero nel tumbler. Le rammentavano che era viva, completamente viva, che avrebbe dovuto continuare a vivere con tutti i ricordi che aveva passato in rassegna, a uno a uno, nella propria mente.

Davanti ai ricordi si può scegliere. O li si ignora e si vive ogni giorno come se fosse una novità, oppure li si passa al setaccio, li si guarda in faccia per identificarli... Bisogna scrutare nell'oscurità per fare chiarezza.

Rimescolò il ghiaccio nel bicchiere ascoltando la canzone intonata dai cubetti. Le dicevano che tutto capita improvvisamente, le gioie, i dolori, le sciocchezze. Pedalava tranquillamente per la strada e d'un tratto, una buca...

Suo figlio partiva...

Incontrava un uomo.

Un uomo che apriva la scatola del passato.

La melodia dei cubetti nel bicchiere era finita. Si alzò, andò in cucina e aprì il frigorifero. Aveva bisogno del suono dei cubetti per sentire il lamento del passato. Tornò a sedersi in poltrona, accavallò le gambe, lasciando che una penzolasse nel vuoto. I cubetti salivano di un'ottava, diventavano più leggeri.

Suo padre tornava...

I corridoi rossi di Buckingham. I tappeti calpestati in silenzio, le parole sussurrate senza mai alzare la voce, è così volgare la gente che strepita! Sono così volgari le persone che spiattellano i loro tormenti amorosi... *Never explain, never complain.*

E la sua collera davanti alla porta chiusa e la schiena china...

Restò in pigiama un altro giorno e un altro ancora. Voleva capire. Aveva bisogno di capire.

Dondolava le lunghe gambe. Cambiava posto, andando a sprofondarsi nella poltrona in pelle accanto alla finestra. Guardava sul soffitto la danza delle ombre delle automobili e degli alberi in strada.

Il giorno finiva...

Prendeva la bottiglia di whisky, si serviva un altro bicchiere, mangiava un'albicocca secca e una mandorla. Appoggiava i piedi nudi sul pavimento, sentendo i nodi del legno, spingendo le piante ancora più giù.

Per calmare la collera... Adesso la conosceva, la sua collera. Avrebbe potuto descriverla a parole, con i ricordi. Con i colori. Guardarla in faccia e rispedirla nel passato.

I giorni passavano. Alcune mattine pioveva, socchiudeva gli

occhi per esserne certa. Altre, c'era il sole, dei grandi raggi le sfioravano le gambe mentre se ne stava distesa a letto. Diceva *hello, sunshine!* si stiracchiava un braccio, una gamba. Si preparava un tè, una fetta biscottata con la marmellata d'arance amare, tornava sotto le coperte, si metteva il vassoio sulle ginocchia, parlava alla fetta biscottata. E cos'altro avrebbe potuto fare il gran ciambellano? Cos'altro? Era un uomo vuoto, impotente, l'aveva scritto: "Come spiegare ciò che nemmeno io capisco?"

Ma è necessario spiegare e capire tutto per amare?

Seguiva il corso del sole attraverso le due grandi finestre. Si diceva che doveva imparare a vivere con quella collera. Devo solo addomesticarla, tapparle la bocca quando vorrà venire a mettere il naso...

L'ora del whisky arrivava, si alzava, staccava i cubetti dalla vaschetta, li versava nel bicchiere, li faceva tintinnare, ascoltava la loro melodia, spostandosi da un piede all'altro.

Il decimo giorno, la pace scese su di lei sottile come la pioggia.

Credo che il peggio sia passato, si disse, stupita, e si fece un bagno. Non sapeva esattamente ciò che aveva capito, quello che aveva appreso. Sapeva soltanto che stava per vivere il primo giorno della sua nuova esistenza. Aveva saldato il conto.

Sorrise versando nella vasca un tappo di sali da bagno. Non era ancora tutto completamente chiaro, ma voleva davvero che diventasse trasparente? Aveva solo voglia di ridere e di farsi un bagno. Mise la *Marcia funebre* di Chopin e scivolò nell'acqua.

Il giorno dopo sarebbe tornata in città.

Si sarebbe infilata un cappello, avrebbe tirato fuori qualche ciocca bionda, un filo di rossetto e sarebbe uscita per strada, nei parchi, sul bordo di uno stagno, come prima...

Non credere che sia tutto risolto, ragazza mia, non hai ancora messo una pietra sopra ai brutti pensieri...

Chiamò Oliver.

Gli chiese se potevano vedersi allo Spaniard's Inn, il loro pub a Hampstead. Lasciò la bicicletta nel giardino, senza lucchetto, ed entrò. Agitata, ansiosa. Nella sua testa adesso c'era una poliziotta anti-cattivi pensieri.

Lui era seduto in fondo, in un angolo buio, una birra davanti a sé, i capelli spettinati. Sulla sedia era posato un grosso zaino da montagna giallo e verde. Si alzò, premette le labbra così forte contro le sue che lei credette di sparire in quel bacio. La proprietaria del pub, una donna alta e magra con le guance troppo rosse e quasi senza capelli, aveva messo della musica per riempire il silenzio. I Madness.

Le chiese va meglio?

Lei non rispose. La domanda non le piaceva. Ma che cosa pensava? Che fosse malata e che avesse bisogno di curarsi? Si tirò indietro e distolse lo sguardo perché lui non scorgesse il lampo d'irritazione.

Rimasero in piedi, l'uno di fronte all'altra, le braccia a penzoloni, come due adolescenti a disagio.

Poi lui aggiunse, siamo proprio un cliché, non ti pare?

Lei sorrise, il cuore sospeso.

"Allora non me ne vado più?" le domandò con quel grande sorriso di uomo dei boschi.

C'era tenerezza nella sua voce. Shirley sentì la sua sottomissione. Come lo invidiava per essere capace di amare così intensamente, così semplicemente, senza fantasmi che ti tirano per i piedi.

Oliver spalancò le braccia.

Lei si appoggiò cautamente a lui.

"Credi che un giorno potrai amarmi?"

"Partiamo subito con i paroloni", sospirò lei, sollevando la testa. “Non vedi che mi sto attaccando a te? È una grande vittoria, sai...”

“A dire il vero, no. Non so niente di te. È quello che mi sono detto in tutti questi giorni...”

“Nemmeno io sapevo niente di me. Sei stato tu a obbligarmi ad andare a guardare...”

“Dovresti ringraziarmi...”

“Chissà... Sono stanca, tanto stanca...”

“Sei tornata e sono felice... Non ero certo che sarebbe successo...”

“Cosa avresti fatto?”

“Niente. È una tua scelta, Shirley...”

Si lasciò andare contro di lui senza più spostarsi. Conservava le forze per combattere. Lui si chinò e la baciò immobilizzandole le braccia perché non potesse opporsi. Le sembrò una cosa così dolce dopo dieci giorni trascorsi a rodersi di dolore e rabbia, che si concesse quel bacio come una sorta di riposo e pensò baciami, baciami, toglimi la preoccupazione di dover pensare, non voglio più pensare a niente, solo tornare nel presente, sentire la tua bocca contro la mia, le tue labbra sicure, elastiche, che aprono le mie, e peggio per me se sarà solo un bacio, un piacere di passaggio, lo prendo e lo assaporo. Si baciarono a lungo, sapientemente, prendendosi tutto il tempo, e lei pensò che quel bacio assomigliava di più a una lotta felice che a un bacio di resa. Lui la strinse ancora, la schiacciò con il suo peso fiducioso, la fece girare tra le sue braccia come il tronco di un albero pesante, la respirò, l’allontanò, la riprese, le diede dei colpetti sulla testa, sibilando tss...tss... e la baciò di nuovo come se non fossero più in un pub inglese, ma in un enorme letto.

La collera fece capolino dentro di lei.

Sapeva che non se ne sarebbe andata all’improvviso.

Cominciava una lunga convalescenza.

* * *

Henriette attese che René e Ginette salissero in auto, che Ginette si allacciasse la cintura di sicurezza e si sistemasse il pacchetto di pasticcini sulle ginocchia, giocherellando con il nastro rosa che lo decorava. Retromarcia, prima, apertura del portone, chiusura del portone. Andavano a cena dalla madre di Ginette. Avrebbero mangiato, poi guardato *Chi vuol essere milionario?* La via era libera.

Le conveniva aspettare che facesse un po' più buio, che potesse confondersi nell'oscurità della giornata che finiva, in quel grigiore incerto in cui tutti i gatti si assomigliano... Attese, seduta nel dehors del bar di fronte agli uffici di Casamia. Aveva tutto il tempo del mondo. Aveva voglia di assaporarlo, quel tempo che le restava prima di passare all'azione.

Voglio fargli male, pensava osservando il cortile lastricato dall'altra parte della strada che, una volta, era di sua proprietà. Quando entrava, tutte le teste si chinavano, la temevano. Amava leggere la paura nelle nuche piegate, la paura negli occhi di Marcel che non sapeva come spezzare la catena che lei stringeva con mano ferma. Ah, crede di avermi buttato fuori... Ha pensato di essere riuscito a installare la sua zoccola al mio posto! E adesso si fa bello con il bambino e la moglie appesa al braccio... Ma non finirà qui. Ogni mese intendo prelevare la mia percentuale sui suoi guadagni. Tutto quanto si trova in questi uffici mi appartiene. Era la mia cassaforte, la mia assicurazione sulla vecchiaia. Lui mi ha cancellato con un tratto di penna togliendo il mio nome dalla nuova società. Sono stata derubata. Ma lui pagherà. E il fatto di sapere che la sua vendetta era così vicina, la faceva tremare di uno strano benessere. La saliva le inumidiva la bocca secca, sentiva il sangue batterle alle tempie, un leggero rossore le colorava le guance smorte. Vendicata! Vendicata! All'inizio ci andrò piano, preleverò qualche centinaio di euro e poi andrò *in crescendo*, farò ballare i conti. Lui non li guarda mai e la Trombetta è occupata in altro. Con i bilanci di Pechino, Sofia, Bombay, Milano. Con cifre che parlano diverse lingue, con tutte quelle banche, la donna non sa più dove sbattere la testa. Non controlla mai i conti personali. Pensa che siano affari del suo capo. E lui... Ventiquattr'ore non sono abbastanza per fare tutto, ha allentato le redini. Marcel sta crollando, ha perso la verve, il polso. Mentre io sono sempre solida, insaziabile, rinvigorita dal bisogno di vendetta... Io ho imparato a usare un computer, vado su Google, batto i tasti, mi esercito con la tastiera, apro Safari, entro nel mio conto, verifico i miei investimenti. Imparo e non ho ancora finito di farlo. Faccio crescere la mia azienda nell'ombra. Chaval dovrà tenere gli occhi aperti, interrogare la Trombetta, perché mi avverta in caso di pericolo. Sarà una nuova sfida. È una questione d'onore. Sto soltanto riparando un'ingiustizia...

Il denaro è caldo, dolce, palpitante, è ciò che ci sazia di desiderio quando la pelle si fa grigia e le labbra pallide. Agguantare il denaro al volo è come lanciare un amo nell'acqua placida. Il piacere è tanto nell'attesa quanto nella cattura... Questo non lo sanno quelli che maltrattano il denaro. Credono solo nello spenderlo, lasciandosi ubriacare dal successo. Non pensano a questo breve periodo di attesa, a quel brivido delizioso quando il pesce abbocca e si dibatte agganciato all'amo... A quale gioia rinunciano! Questo denaro che mi aspetta, è il mio pretendente, il mio focoso innamorato, la mia liberazione. Tornerò a essere donna e una donna onnipotente!

Si perdeva in simili pensieri osservando l'orologio. Sorvegliando la luce del giorno che si diradava. Stringendo le labbra sottili e la borsa che conteneva le chiavi degli uffici e i codici segreti.

Si alzò.

Il momento era arrivato.

Attraversò l'avenue ed entrò dalla porticina alla sinistra del portone. Clap-clap-clap risuonavano i suoi passi sul selciato lastricato. Inserì il codice d'accesso. Scivolò lungo i corridoi. Regnava uno strano silenzio. Il silenzio di una città fantasma. Socchiuse la porta dell'ufficio di Denise Trompet, scorse la scrivania. Afferrò la piccola chiave, aprì il cassetto. Passò in rassegna le cartelle, leggendo le etichette. Bruciava, bruciava. Si fermò un istante per non fare errori, per non lasciare né disordine né tracce. Prese il fascicolo con l'intestazione "Marcel Grobz-Personale" con un temperamatite posato sopra. Lo sfogliò. I codici erano lì. Scritti in grossi caratteri con il pennarello rosso. "Codici personali", aveva annotato la Trombetta con la sua calligrafia coscienziosa. Li portò alla fotocopiatrice. Il raggio luminoso li sventagliò. La macchina sputò un foglio stampato. Rimise il fascicolo al suo posto, con il temperamatite dritto sopra l'etichetta. Richiuse il cassetto e la porta dell'ufficio. Reinserì l'allarme. Chiuse a chiave l'ingresso principale. Clap-clap-clap, attraversò di nuovo il cortile. Si riparò un istante sotto il glicine per controllare che nessuno l'avesse vista. Inalò il profumo dei fiori e si sentì scoppiare di felicità.

Scivolò fuori dalla porticina accanto al portone.

Un gioco da ragazzi...

Era quasi delusa.

Si disse che ci si poteva abituare al pericolo, all'audacia.

Già quella sera avrebbe effettuato un primo prelievo. La sua prima tranche...

"Credo ci sia sfuggito un dettaglio, signora Grobz", commentò Chaval, inginocchiato vicino a Henriette.

L'uomo le aveva dato appuntamento alla chiesa di Saint-Étienne, nella piccola cappella della Vergine Maria. Erano soli, la chiesa era vuota. Dei ceri bruciavano carichi di voti silenziosi che salivano verso il cielo, mentre dei gladioli appassiti solleticavano i piedi nudi della Santa Vergine. Dovrebbero cambiare i fiori, pensò Chaval, improvvisamente generoso adesso che stava per diventare ricco.

"È andato tutto liscio... che altro vuole?" chiese Henriette Grobz, la testa china, le dita intrecciate come se pregasse.

"Ci siamo solo dimenticati di precisare la mia percentuale..."

"Percentuale?" gridò Henriette, oltraggiata, sussultando sotto il suo largo cappello.

"Sì, signora, una percentuale. Credo di avere diritto alla mia parte su ciò che guadagna..."

"Ma lei non ha fatto quasi niente!"

"Come sarebbe non ho fatto quasi niente? Chi le ha dato la chiave del cassetto? Chi ha distratto l'attenta Trombetta dal suo lavoro? Chi controlla che tutto vada a buon fine? Io, io e ancora io."

"E chi è entrato negli uffici commettendo un'effrazione? Chi accende il computer e fa scivolare il denaro da un conto all'altro? Chi corre il rischio di farsi beccare? Io, io e ancora io."

"È esattamente quello che dicevo, siamo in due... Due complici. Se uno rompe il contratto, l'altro è in trappola come un ratto..."

"Moderi il linguaggio, Chaval! La sua metafora non mi piace..."

"Lo ripeto, siamo legati l'uno all'altra, lei non può fare niente senza di me e io non posso fare nulla senza di lei. Perciò camminiamo con lo stesso passo, in amicizia, e dividiamoci i soldi... 50-50. È la mia ultima parola, non transigo..."

Henriette rischiò di strozzarsi, e girò verso Chaval il viso contratto dalla collera.

"Non si vergogna? Minacciare una povera donna?"

"E alla mia coscienza? Non ci ha pensato? Quante vale la mia coscienza? Almeno il cinquanta per cento, direi..."

"La sua coscienza!" borbottò Henriette, fuori di sé. "Non

vale niente... È pigra come quella di una biscia e si risveglia solo quando le schiacciano la coda... E badi che sto misurando le parole!"

"Le misuri, mia cara, le misuri pure se la cosa la diverte, ma non mollerò la presa."

"Mi rifiuto di darle la metà dei miei guadagni..."

"Dei nostri guadagni", sogghignò Chaval, felice di averla fatta arrabbiare.

La vecchia perdeva terreno, soffocava, non aveva previsto che lui diventasse goloso. Si chinò su di lei e con voce strascicata, falsamente soave, mormorò: "Non ha scelta... e sa cosa? Non cerchi di fregarmi. Verificherò. Ho anch'io la chiave. Ne ho fatte fare due copie. Non sono così stupido... E chi ha la chiave, ha i codici... Credeva che l'avrei lasciata agire a suo piacimento? Spennare il vecchio Marcel e anche me? Passarmi qualche centinaia di euro per comprare un profumo a Hortense e portarla a cena in un bel ristorante? Di tanto in tanto farmi l'elemosina per allungare il brodo?"

Sì, si disse Henriette, digrignando i denti. Era esattamente quello che contavo di fare. Gettargli qualche briciola per tenerlo con il fiato sospeso.

"Lei è molto ingenua... Controllerò ogni movimento di denaro su ciascun conto. La lascio, mia cara, vado a comprare una giacca da Armani e poi passerò dal mio concessionario Mercedes a ordinare una SLK cabriolet... Conosce il modello sportivo SLK 350? No? Dovrebbe andare a cercarlo su Internet adesso che sa usarlo... È favoloso. Prestazioni eccezionali e che purezza di linea! Non so se lo sceglierò grigio fumo o nero. Sono ancora indeciso. La sognavo da così tanto tempo... Vorrei portare mia madre a Deauville a fare una gita, mangiare le ostriche, passeggiare sulla spiaggia... Ha la sua età, non le resta molto tempo da vivere e voglio coccolarla. Voglio molto bene alla mia mamma..."

"Mai! Mai! Mai!" scandì Henriette con voce rabbiosa. "Non avrà nessuna percentuale, Chaval. Intendo naturalmente ripagarla, versarle una commissione, ma è tutto... È finito il tempo in cui dipendevo da un uomo. E, in nessun caso, io dipendo da lei."

"È quello che vedremo, signora, è quello che vedremo... Ma rifletta bene su quello che le ho detto. Se non accetta, confesserò tutto alla Trombetta, e darò la colpa a lei. Le dirò che l'ho fatto solo per la mia Denise, per essere degno del suo amore, e lei sarà l'unica colpevole. E la Trombetta si darà da fare perché Marcel Grobz cambi i codici e tutto torni come prima. Quella povera donna mi ama, è pazza di me! Farebbe qualunque cosa per me... Ci pensi, signora Grobz... Ci vediamo qui domani alla stessa ora..."

E con quelle parole, si alzò. Salutò Henriette Grobz accennando una genuflessione davanti alla Vergine Maria.

L'aria fresca e dolce gli accarezzò il viso quando uscì dalla chiesa.

Dopo il suo incontro con Josiane, si era detto che la speranza di farsi assumere da Marcel Grobz era vana. Josiane non avrebbe mai fatto la pace con lui. Non gli restava che l'imbroglio con Henriette per vivere. Avrebbe riacquistato le forze, si sarebbe rifatto un guardaroba, avrebbe rimesso in sesto la salute, respirando l'aria del mare, frequentando una palestra, sollevando pesi e, una volta ristabilito, avrebbe deciso. Perché cercare un lavoro? Ben presto avrebbe avuto due donne al suo servizio. Non avrebbe più avuto bisogno di sudare in ufficio. Avrebbe investito il denaro rubato. Oppure avrebbe aperto un'attività... Aveva tutto il tempo per pensarci su.

Non c'era fretta.

La sera prima era andato a controllare i conti di Marcel. C'era mancato poco che svenisse! Aveva dovuto sbattere più volte gli occhi per contare gli zeri. Aveva preso una penna, un foglio. Aveva ricopiato. Contato. Si era dato un pizzicotto per sincerarsi che non stesse sognando. Si parlava di centinaia di migliaia di euro! Aveva subito lasciato perdere l'idea di rimettersi a lavorare. Si sarebbe lasciato ingrassare dalla vecchia. La donna avrebbe trasferito le somme da un conto all'altro e gliene avrebbe versato la metà.

Ecco come sarebbe andata...

Si fermò da Hédiard. Avrebbe comprato del pâté de foie gras e una buona bottiglia di vino bianco. Del pane da tostare per il pâté. Anatra oppure oca. Quale scegliere? Ancora una volta aveva l'imbarazzo della scelta... E avrebbe preso un bel mazzo di gladioli per la Vergine Maria.

Non che improvvisamente fosse diventato religioso.

Voleva semplicemente far girare la sorte a suo favore.

* * *

Distesa a letto a far ruotare le caviglie, Hortense fantasticava. Rotazione a destra, rotazione a sinistra. Serviva a decontrarre i muscoli e a rinforzare le articolazioni. Aveva camminato tutto il giorno alla ricerca di un appartamento. Erano tutti troppo brutti o troppo cari. Cominciava a perdere le speranze.

Stringeva tra le mani i voti del suo secondo anno al Saint Martin's. Una media dell'87%. Era più di Ottimo, che partiva dall'80%. Sul margine, il suo tutor aveva scritto un'unica parola: "notevole", seguito da un punto esclamativo. Il suo progetto di fine anno – creare un modello per una catena della grande distribuzione – era stato considerato il migliore del corso. L'idea le era venuta in metropolitana, notando il ritorno in auge della chiusura lampo. Ce n'erano ovunque, sulle borse, sulle scarpe, sulle camicie, sui guanti, sulle sciarpe, sui cappelli. Era il must della stagione. Perché allora non realizzare un tubino nero molto chic valorizzandolo con una lunga zip? *The zip dress!* Una lunga cerniera sul davanti e una sulla schiena. La zip avrebbe dato al modello un'aria un po' birichina. Due pezzi di tessuto dritti. Si poteva giocare sul materiale, sulla lunghezza. Lo si poteva indossare aperto davanti, scollato dietro o completamente chiuso. In versione austera oppure sexy. Il tessuto doveva essere elastico per poter modellare il corpo oppure più morbido se si voleva creare un modello per la donna con qualche chilo in più. Un abitino nero prodotto a un prezzo irrisorio, venduto a trentanove sterline. Ideale per una catena come H&M. Era corsa da Adèle, che aveva un negozio di abiti vintage vicino a casa, nel quartiere di Angel. Aveva buttato giù lo schizzo del modello e Adèle l'aveva realizzato in un batter d'occhio. Andrai lontano, piccola mia! le aveva detto Adèle. Lo spero! aveva replicato Hortense.

Non aveva quasi fatto una piega leggendo i voti e i commenti lodevoli dei professori che le predicevano un grande avvenire se avesse continuato così. È perfetto, si diceva, rimirandosi i piedi, ma ancora non ho uno stage estivo... E non è restando distesi a letto a far roteare le caviglie che ne troverò uno... Devo mettermi in ghingheri, uscire e tirarmela un po'... gli stage non saltano fuori sulla bacheca scolastica o leggendo il giornale, bisogna andare a cercarli armati fino ai denti facendosi vedere alle serate, nei bar e nei locali notturni, mentre io sono qui a guardarmi i piedi! Mi manca l'appetito...

Nicholas le aveva proposto di lavorare da Liberty, ma aveva rifiutato. Ho voglia di qualcosa di più grande, più esotico. Di fare un salto fuori dall'Inghilterra, superare le frontiere, Milano, Parigi, New York... E poi non mi piace l'idea di doverti sempre ringraziare... Fa' come vuoi, le aveva detto, ma se non trovi nient'altro... Sembrava sicuro di sé. Sicuro di tenerla al suo fianco per tutta l'estate. Non gli era piaciuta quella sua aria tranquilla da padrone.

In quel periodo non le piaceva nemmeno la sua vita. Non avrebbe saputo spiegarne il motivo. Mancava di sapore. O forse era stanca... O forse... Non lo sapeva e non aveva voglia di mettersi a cercare il perché.

Era lì sul suo letto a far roteare le caviglie, a immaginare in che modo occupare le imminenti vacanze, quando squillò il telefono. Era Anastasia, una compagna di corso. L'invitò a raggiungerla allo Sketch, un nuovo locale alla moda, per bere qualcosa con un amico.

"Hai ricevuto i giudizi finali?"

"Sì", rispose Hortense, guardandosi la punta dei piedi dallo smalto scheggiato.

"Sei contenta?"

"87%... E il mio tubino nero eletto progetto dell'anno..."

"Allora vieni, così festeggiamo!"

"D'accordo..."

Si alzò e aprì l'armadio. Le venne voglia di tornare a letto. Ma che cos'ho? Cosa? Passò una mano sulle grucce da cui pendevano jeans, abiti, giacche, un cappotto, una lunga camicia bianca. Li sfiorò. Notò, in fondo, tutto stropicciato, il giubbino di jeans che un giorno Gary le aveva comprato a Camden. Stavano passeggiando quando erano passati davanti a un negozio di abiti usati. Il giubbino era esposto in vetrina. Blu délavé, stretto, un giacchino da bambina che gioca ancora con le bambole. Trenta sterline. Hortense l'aveva subito notato. Lo voleva. Era fatto per lei. Aveva aperto il portafoglio calcolando che non aveva soldi a sufficienza. Non aveva ancora versato la sua quota della bolletta della luce. Ottanta sterline... Aveva accarezzato il giubbino con gli occhi, aveva distolto lo sguardo e aveva ripreso a camminare tenendo la giacca ben impressa nella memoria. È fatto per me, sono mesi che lo cerco, è esattamente quello che voglio... Ci pensava così intensamente da inciampare. Gary l'aveva afferrata esclamando ehi! Rimani qui, non voglio perderti! L'aveva presa tra le braccia. E lei si era lasciata andare contro di lui.

Si erano fermati a mangiare una pizza. Gary le aveva chiesto ordinami una quattro stagioni con tanta mozzarella, sto morendo di fame, vado alla toilette. L'aveva osservato allontanarsi. Le piaceva la sua schiena, il suo modo di camminare, di aggirare i tavoli e le persone come se se li lasciasse indietro. Amo quest'uomo perché non ha bisogno di nessuno. Amo quest'uomo perché non cerca di piacermi. Perché si veste come gli pare e riesce a essere elegante. Mi piacciono le persone chic che non fanno calcoli, che non passano ore davanti allo specchio, sarei stata così carina con quel giubbino di jeans, l'avrei indossato con dei tacchi rossi e un abitino nero oppure dei pantaloni neri a sigaretta e delle ballerine. Oh, lo desiderava proprio! Da perderci la testa. Ma se non pagava la sua parte di bolletta, l'ayatollah le avrebbe fatto di nuovo la predica rovinandole la vita...

Aveva ordinato due pizze con tanto formaggio e due caffè. Aveva disegnato sulla tovaglia un giubbino abbandonato in una vetrina. Aveva aggiunto due braccia tese verso di lei... Era di un blu délavé perfetto. E il collo? Aveva avuto il tempo di notarlo... Splendido. Anche le maniche. Si potevano rimboccare.

Sono stufa di non avere mai denaro, aveva borbottato mettendo giù la penna, strappando l'angolo della tovaglia di carta, facendone coriandoli che si sparsero a terra.

Ma che cosa combina Gary? C'era la coda alla toilette? Gli avrebbe rubato la sciarpa...

Era tornato con un sacchetto marrone, l'aveva appoggiato sul tavolo. L'ho trovato al cesso, le aveva detto, guarda un po' cosa c'è dentro. Tu sei matto! aveva esclamato lei, stringendosi nelle spalle, ho ordinato due pizze e due caffè. Se non ti dispiace, do un'occhiata... Aveva aperto la busta con la punta delle dita e l'aria disgustata. Era il giubbino di jeans. Le erano venute le lacrime agli occhi.

"Oh Gary... Come hai fatto a indovinare..."

"Ti andrà bene?"

Lei se l'era infilato.

"Non è un po' piccolo?" aveva chiesto lui.

"È perfetto! Ti proibisco di parlare male del mio giubbino!"

L'aveva tenuto per tutto il pomeriggio e anche di notte.

Non l'aveva abbandonato per settimane.

Afferrò il giubbino e ci sprofondò il naso. Riandò con la mente a quel giorno. Avevano camminato tenendosi per mano, bighellonando per le viuzze di Camden. Avevano frugato negli scaffali alla ricerca di qualcosa di bizzarro. La vecchia elica di un aereo o il modellino di una nave. Gary voleva un regalo di compleanno per un amico. Come si chiamava? Non se lo ricordava più. Ma non aveva dimenticato le strade lucide e scivolose, la mano in quella di lui e il giubbino di jeans che le tirava un po' sulle spalle. Cosa starà facendo Gary in questo momento? Perché non chiama? Perché siamo sempre in guerra? Prese il tubino con le due cerniere lampo. Ne aveva fatto un prototipo solo per sé. Il tessuto elastico la modellava alla perfezione. Non riusciva quasi a respirare. Lo infilò. Si spazzolò i lunghi capelli, si truccò con due tratti scuri di matita che mettevano in evidenza il verde dei suoi occhi, un po' di cipria, il rossetto, molto rosso. Si mise i sandali rosa. Che altro? si disse, osservandosi allo specchio. Il minuscolo particolare che avrebbe fatto dimenticare tutto il resto. Dove sei, minuscolo particolare? Si rimboccò le maniche del giubbino, scelse un paio di guanti neri di pelle che le lasciavano scoperti i polsi. Un'enorme spilla di Topshop che agganciò al collo del giacchino. Indietreggiò di un passo. Perfetto.

Afferrò una tracolla. Ne valutò l'effetto. Più che perfetto. Una lunga sciarpa nera e bianca. Un paio di occhiali scuri. Sulla strada verso la gloria!

Saltò su un taxi e si fece lasciare davanti allo Sketch. Salutò il buttafuori all'entrata che le permise di passare senza fare la coda e che le rispose con un *hi, honey!* Sempre bella e seducente! Gli rivolse un gran sorriso, il sorriso di un gatto che uccide a bruciapelo. L'uomo aveva ragione, era bella, seducente, se lo sentiva mentre camminava, tutto era perfetto quella sera, tutto tranne il fatto che aveva il cuore pesante. Pesante e vuoto allo stesso tempo. Ho ottenuto l'87% e il mio progetto è stato eletto il migliore dell'anno, si ripeté, per tirarsi su di morale, poi aprì la porta con un fianco, come se volesse sbarazzarsi di quel cuore troppo pesante o troppo vuoto.

Andò a sbattere contro un uomo. Si scusò. Lui chiese ci conosciamo? Lei rispose un trucco un po' vecchio, no? Lui sorrise, squadrandola con calma da capo a piedi. Le rivolse un altro sorriso appena accennato.

"Mi piace il suo modo di vestire... È stata lei a idearlo?"

Lei lo fissò, perplessa.

"Voglio dire... L'abito nero, la zip davanti e dietro, il giubbino di jeans troppo corto, i guanti, la spilla, la lunga sciarpa..."

Hortense spalancò gli occhi.

"Be', sì... L'abito è una mia creazione... Per H&M", mentì spudoratamente. "Un modello che mi hanno ordinato... Pensano di farne il pezzo forte della loro collezione invernale."

L'uomo la guardò serio.

"Così giovane eppure..."

"E allora?"

"Ha ragione... è stata una battuta idiota..."

"L'ha detto lei..."

"Lavoro per Banana Republic. Dirigo l'ufficio stile. Mi piace molto la sua mise... le propongo un affare. Venga a lavorare due mesi da noi. A trovarci delle idee. Sarà pagata molto bene...”

“Ha un biglietto da visita?”

“Sì...”

Lui glielo diede. Hortense lesse nome, qualifica, Banana Republic.

“Posso tenerlo?”

“Non mi ha risposto...”

“Ho un agente, lo chiami e le farà avere le mie richieste.”

“Può darmi nome e numero di telefono? Lo contatterò subito domattina. Si dovrebbe cominciare a luglio. È disponibile?”

Gli dettò il nome di Nicholas e il suo numero di telefono. Aveva giusto il tempo di informarlo.

“È lui che si occupa dei miei contratti...”

“Ha tempo di bere qualcosa?”

Hortense rifletté. Il tipo sembrava onesto e il biglietto da visita vero.

“Avverto la mia amica e la raggiungo al bar?”

Si allontanò, controllò che lui non la seguisse con lo sguardo, cambiò direzione e raggiunse la toilette, si chiuse dentro e chiamò Nicholas.

“Ho una proposta di lavoro per quest’estate! Due mesi da Banana Republic per disegnare dei modelli! Non per spostare scatole nel seminterrato e attaccare etichette, ma per trovare nuove idee per la loro collezione! Nico, non è straordinario? E pensare che non avevo voglia di uscire questa sera! Per un pelo restavo a casa...”

Lui volle sapere tutti i particolari.

“Non so altro. Gli ho detto che tu sei il mio agente e domani mattina ti telefonerà per discutere l’offerta, le condizioni e tutto quanto. Mi richiami non appena hai finito di parlare con lui, ok? Dammi un pizzicotto, non ci credo!”

"Hai visto, bella mia, che non bisognava perdere le speranze? Quando ti dicevo che nell'ambiente della moda tutto può capitare in un batter d'occhio..."

"Aspettiamo che abbia firmato... Fammi passare per una star mondiale, fallo sbavare..."

"Conta su di me!"

Tornò dall'uomo al bar. Si chiamava Frank Cook. Era alto, magro, i lineamenti fini, i capelli leggermente grigi alle tempie, l'occhio esperto del mercante di cavalli. Doveva essere sui quaranta, quarantacinque anni. Aveva la fede e indossava una giacca blu di tela.

"Non ho molto tempo, ho un appuntamento", esordì Hortense, sedendosi su uno sgabello del bar, un alto sgabello rosso con lo schienale a forma di cuore.

L'uomo rimase affascinato da quella sfacciataggine e ordinò una bottiglia di champagne.

"Ha già lavorato per una grande azienda?"

"Posso anche essere giovane, ma ho esperienza. L'ultima l'ho fatta da Harrods. Ho allestito per loro due vetrine sul tema del particolare nella moda... Ho creato tutto, scenografia inclusa, è stato magnifico. C'era il mio nome scritto a caratteri cubitali sulle vetrine. Hortense Cortès. L'allestimento è durato due mesi e ho ricevuto un sacco di proposte... Le sto valutando insieme al mio agente..."

"Harrods!" esclamò lui. "Dovrò rivedere la mia offerta..."

Lo sguardo gli si era illuminato di una scintilla scherzosa ma benevola.

"È nel suo interesse", proseguì Hortense. "Non lavoro per una manciata di noccioline..."

"Ne sono certo... Lei non ha l'aspetto di una ragazza che si può avere per niente..."

"Nessuno mi avrà mai!"

"Mi scusi... È già stata a New York?"

"No, perché?"

"Perché la nostra sede è a New York e se troveremo un accordo, sarà là che dovrà lavorare... in centro a Manhattan, nel nostro ufficio stile."

New York. Fu come ricevere un pugno in pieno petto. Incassò lo shock lasciandosi andare contro lo schienale dello sgabello. Le mancava il fiato.

"Non aveva parlato di bere qualcosa?"

Aveva bisogno di liquidi per sciogliere il nodo che la strangolava. New York. New York. Central Park. Gli scoiattoli sono tristi il lunedì...

"Cameriere!" gridò l'uomo al ragazzo indaffarato dietro il bancone. "Arriva o no questa bottiglia?"

Il ragazzo urlò che stava arrivando e non tardò a depositarla davanti a Hortense e Frank Cook insieme a due bicchieri.

"Brindiamo al nostro successo?" chiese lui versando lo champagne.

"Al mio successo..." lo corresse Hortense, che si chiedeva se stesse sognando o meno.

Non aveva più il cuore vuoto né pesante.

* * *

Era diventata un'abitudine. Il martedì e il giovedì pomeriggio, Joséphine incontrava il signor Boisson nell'ampio salotto dai mobili tristi. Alle quattordici la signora Boisson usciva per andare a giocare a bridge, la strada era libera. Lui preparava da bere, vino bianco, succo d'ananas, Martini rosso. Per sé si versava del bourbon invecchiato, una marca bizzarra che chiamava "il mio giallino".

"Quando c'è mia moglie non posso bere. Dice che ci sono

ore apposite per farlo, e non ho mai avuto il coraggio di chiederle quali fossero..."

Sorrise, osservandola. Poi aggiunse: "Erano quasi cinquant'anni che non sorridevo!"

"Che peccato!"

"Con lei mi sento leggero, ho voglia di dire sciocchezze, fumare una sigaretta, bere il mio giallino..."

Si stese sul divano Napoleone III a righe, prese il bicchiere di giallino, le compresse, mischiò bourbon e pastiglie, perse l'equilibrio, si mise un cuscino dietro la testa, e cominciò a parlare. Della sua infanzia, dei suoi genitori, del loro salotto e dei mobili che aveva ereditato e che detestava. Joséphine era sbalordita della facilità con cui lui si apriva. Sembrava provarci davvero gusto.

"Coraggio, mi faccia tutte le domande che vuole... Che cosa vorrebbe sapere?"

"Com'era a diciassette anni?"

"Un piccolo borghese triste, rattrappito, in blazer blu, pantaloni grigi, cravatta e maglioni di lana fatti da mia madre... Erano orribili. Lei non può immaginare che cos'erano la Francia e il mondo in quegli anni... O, se non altro, l'idea che me n'ero fatto io nascosto a casa mia... La gente doveva divertirsi molto, credo, ma dal mio salotto era tutto lugubre, compassato! Oggi è molto diverso. All'epoca la Francia continuava a vivere come nel XIX secolo. Avevamo un'enorme radio in sala da pranzo e a tavola seguivamo il radiogiornale. Non avevo il permesso di parlare. Ascoltavo, chiedendomi che cosa ci facessi lì. Avevo la sensazione di non contare niente. Non avevo né idee né opinioni. Ero una sorta di scimmia intelligente, ripetevo quello che dicevano i miei genitori e non era granché di allegro... Il governo aveva appena firmato gli accordi di Évian e la guerra d'Algeria stava per finire. Non sapevo se fosse un bene o un male... Pompidou era il primo ministro e il generale de Gaulle aveva rischiato di essere ucciso al Petit-Clamart... Ricordo il nome di Bastien-Thiry, l'organizzatore dell'attentato, un sostenitore dell'Algeria francese. Venne fucilato l'11 marzo 1963. Il generale si era rifiutato di concedergli la grazia. I miei genitori erano dei ferventi gollisti, e pensavano che il generale avesse ragione. Bastien-Thiry era responsabile, dunque colpevole. Il ministro della Cultura era André Malraux. Faceva viaggiare *La Gioconda* per il mondo intero. Mio padre sosteneva che tutti quegli spostamenti costassero milioni ai contribuenti francesi... La guerra del Vietnam non era ancora iniziata, John Kennedy era presidente degli Stati Uniti e Jacky un'icona. Le donne portavano i suoi cappellini e le sue gonne dritte e aderenti. All'epoca le donne o facevano le madri o le segretarie. Indossavano guaine e reggiseni appuntiti come obici. Lyndon Johnson era vicepresidente. Era il periodo della crisi dei missili su Cuba. Krusciov si toglieva la scarpa nella sede dell'ONU a New York per sbatterla sul tavolo... L'avevano trasmesso in tivù. In bianco e nero con l'immagine che saltava. Eravamo in piena Guerra fredda e il mondo intero tratteneva il fiato. Al liceo ci parlavano di un conflitto mondiale, di guerra atomica, ci dicevano di prepararci al peggio. I giovani non esistevano, i jeans non esistevano, la musica dei ragazzi era la stessa dei loro genitori: Brassens, Brel, Aznavour, Trenet, Piaf. Sui giornali comparvero le prime pubblicità di collant femminili che mia madre definiva disgustosi! Perché? Non lo so... Tutto quanto c'era di nuovo era disgustoso! I miei genitori leggevano *Le Figaro*, *Paris Match* e *Jours de France*. Da bambino avevo il permesso di leggere *Topolino* e nient'altro... Era un mondo che si rivolgeva solo agli adulti. La paghetta settimanale era rara, i giovani non avevano alcun potere di acquisto. Si obbediva. Agli insegnanti, ai genitori... Eppure, cominciavamo a fremere. C'era allo stesso tempo una furiosa voglia di vivere e l'idea che niente sarebbe cambiato. Si fumava come turchi, non si sapeva che era pericoloso per la salute. Io mi rimpinzavo di caramelle mou e al cocco. Quando in famiglia si ricevevano degli amici, si mettevano i 33 giri... C'erano anche i 45 giri. Ne avevo comprato uno di Ray Charles, *Hit the Road, Jack*, più che sufficiente per irritare i miei genitori! Mia madre diceva che Ray Charles era un negro meritevole perché era cieco! Io ascoltavo da dietro la porta. Qualche volta ballavano... le donne si cotonavano i capelli, indossavano twin-set e tacchi a spillo. Mio padre aveva comprato una Panhard e la domenica percorrevamo gli Champs-Élysées in auto. Malraux aveva cominciato a far ristrutturare le facciate nere dei palazzi di Parigi e la gente gridava allo scandalo! Io mi sentivo diviso tra il mondo convenzionale dei miei genitori e quello che stava per nascere, ma di cui non facevo parte. Johnny era un idolo, canticchiavamo *Retiens la nuit*, Claude François intonava *Belles, belles, belles*, i Beatles trionfavano con *Love me do* e si esibivano all'Olympia prima di Sylvie Vartan e Trini Lopez. Non avevo avuto il permesso di andarci... Ascoltavo *Salut les Copains* a basso volume in camera mia. Nascondevo la radiolina dietro un dizionario nel caso entrasse mia madre. Mamma seguiva lo sceneggiato *Ça va bouillir!* con Zappy Max sulle frequenze di Radio Luxembourg, ma non l'avrebbe ammesso per niente al mondo! Al cinema si andava a vedere *West Side Story*, *Lawrence d'Arabia*, *Jules e Jim*. Truffaut, con la sua storia d'amore a tre, era considerato un sovversivo! Erano gli anni di Brigitte Bardot, la trovavo così bella. Spensierata e leggera. Mi dicevo che era libera, libera e felice, aveva un sacco di amanti e se ne andava in giro nuda, poi ho saputo che aveva tentato di suicidarsi... Marilyn era morta il 5 agosto 1962. Me ne ricordo perché era stato uno shock... Era allo stesso tempo così triste e sexy. Era per questo che le persone l'adoravano. Vivevo tutto questo intensamente, ma da lontano... Le ondate della vita esterna non raggiungevano il nostro salotto. Ero figlio unico e mi sentivo soffocare... A scuola avevo raggiunto dei risultati brillanti, avevo superato la maturità con lode e papà aveva dichiarato che sarei andato al Politecnico. Come lui... Non avevo una ragazza e alle feste facevo da tappezzeria... Mi ricordo del mio primo party a sorpresa, ci ero andato seduto dietro il motorino di un amico; avevamo preso un acquazzone ed ero arrivato fradicio! Il primo disco che ho sentito entrando era *I Get Around* dei Beach Boys e avevo una voglia matta di mettermi a ballare. Ma non ho osato... Glielo ripeto, ero privo di qualsiasi coraggio... Poi un amico dei miei genitori mi ha proposto di fare uno stage sul set di *Sciarada* e lì, non so perché i miei genitori abbiano detto sì. Credo che mia madre apprezzasse Audrey Hepburn, la trovava elegante, raffinata, deliziosa. Le sarebbe piaciuto assomigliarle... ed è così che l'ho conosciuto."

Joséphine ascoltava. Aveva comprato un grosso blocco con fogli bianchi e prendeva appunti. Voleva sapere tutto. Fin nel minimo particolare. Aveva imparato la lezione di Cary Grant: "Ci vogliono almeno cinque buoni particolari per fare una buona impressione", e lei ne voleva a centinaia perché la sua storia prendesse vita, perché i suoi personaggi si animassero. Perché si avesse la sensazione di vederli muoversi davanti a sé. Sapeva che affinché una trama stesse in piedi, bisognava riempirla di sfumature. "Non parole astratte, solo concretezza", affermava Simenon. Aveva letto le sue *Memorie intime*, in cui spiegava in che modo costruiva ogni personaggio aggiungendo sempre più elementi. Una volta che i personaggi erano pronti, la storia cominciava a scorrere come per magia. La storia deve venire da dentro i personaggi, non deve essere appiattita dall'esterno. Contava sul signor Boisson perché le confidasse quelle sottigliezze che avrebbero dato vita al Piccolo Gentiluomo.

Il signor Boisson parlava. Steso sul divano, i piedi sollevati, il cuscino che afferrava con la mano quando stava per cadere. Il vassoio con la bottiglia di bourbon, le gocce e le compresse a portata di mano. Alternava bicchieri d'acqua, pastiglie, alcol, e assomigliava a un adolescente un po' malaticcio che beveva di nascosto dai suoi genitori... Lei osservava i suoi capelli radi sulla nuca, la pelle trasparente. Le venne in mente una frase di Stendhal: "Bisogna scuotere la vita altrimenti ci rosicchia." Il signor Boisson sembrava un uomo rosicchiato. Una lisca di pesce...

Aveva spesso la sensazione che tornasse nel passato e la dimenticasse sulla sedia del soggiorno. Chiudeva gli occhi, ritrovava il set cinematografico, la suite di Cary Grant in hotel, il balcone da dove osservavano Parigi. Lei aspettava un po', poi lo sollecitava con voce dolce: "Le parlava del suo Paese, dei suoi contemporanei, dei registi, degli altri attori e attrici?"

Lui non rispondeva mai in modo preciso. Inseguiva il suo sogno, come parlando a se stesso.

"Alcune sere, quando rientravo a casa dopo averlo visto, ero talmente senza fiato dalla felicità che non avevo nemmeno la forza di scrivere il diario... E comunque annotavo solo ciò che faceva riferimento a lui. Il resto non aveva importanza. Credo fossi geloso di ciò che lo circondava. Mi vergognavo della mia imbranataggine. Mi ricordo che una sera, questo non l'ho scritto, mi aveva portato con sé a una festa. Mi aveva chiesto sorridendo, vuoi conoscere gente del cinema? Te la mostrerò... Mi sono ritrovato in un enorme appartamento in rue de Rivoli. Un appartamento grandissimo, tutto bianco, con le pareti ricoperte di quadri, di libri d'arte. Ero l'unico giovane. Gli ospiti parlavano inglese. Erano vestiti benissimo, le donne in abito da cocktail, gli uomini in giacca e cravatta con le scarpe di vernice. Bevevano molto, parlavano a voce alta. Discorrevano di amore come se fosse un argomento filosofico di estrema importanza, ripetevano continuamente sesso, sesso. Si burlavano delle convenzioni borghesi, di quel senso assurdo di proprietà generato dal fatto di amare, e mi sono sentito come se avessi ricevuto un avvertimento.

Era come se mi urlassero in faccia che ero una nullità. Li osservavo. Bevevano, fumavano, evocavano artisti che non conoscevo, dischi di jazz e commedie teatrali. C'era una donna che, non appena aprivo bocca, scoppiava a ridere. Mi aveva visto entrare con Cary e mi aveva subito trovato affascinante. Si chiamava Magali, diceva di essere un'attrice. Era una bruna con i capelli di media lunghezza, due righe pesanti di eyeliner sugli occhi e un maglioncino verde ricoperto di lustrini. Parlava di Parigi, Roma, New York, aveva l'aria di avere viaggiato molto. Conosceva un sacco di gente del cinema e si era proposta di aiutarmi a fare un altro stage... Io dicevo sì, sì, pensavo che volevo essere come lei, a mio agio, sofisticato. Mi dava l'impressione di interessarsi veramente a me e io mi sono sentito importante. Mi sono detto ce l'ho fatta! Sono come loro, faccio parte del loro mondo. Il cuore mi batteva all'impazzata. M'immaginavo un futuro radioso in mezzo a loro. Un futuro in cui anch'io mi sarei espresso sicuro di me, in cui avrei avuto opinioni decise, idee su tutto... E poi... Un uomo è entrato nell'appartamento bianco e tutti gli sguardi si sono puntati su di lui. Cary mi ha detto più tardi che era un produttore cinematografico, uno molto potente, che a Hollywood dettava legge. Lo hanno circondato. Nessuno mi ha più rivolto la parola. Mi passavano davanti urtandomi, senza scusarsi, senza guardarmi negli occhi. Era tornato trasparente. Allora mi sono chiesto che ci faccio qui? Un tipo con la barba mi si è seduto vicino, mi ha chiesto quanti anni avevo, che studi facevo, come mi vedevo tra dieci anni. Non ho nemmeno avuto il tempo di rispondere, se n'è andato a cercare da bere. Dieci minuti più tardi è tornato e mi ha richiesto l'età, cosa studiavo, e come mi vedevo tra dieci anni... In breve, ne avevo le scatole piene. Senza dire niente a Cary, ho preso il cappotto e sono andato via. Sono dovuto rientrare a piedi, la metropolitana era chiusa... Era stata una serata orribile. Quella sera ho capito che non avrei mai fatto parte del suo universo. Non ne abbiamo più parlato, e lui non mi ha più portato con sé a una festa... In ogni caso, preferivo quando eravamo soli. Con lui non mi sentivo mai stupido... Nemmeno quando non parlavamo e restavamo seduti senza dire niente... Capitava sempre più spesso e quando io me ne stupivo, lui mi dava una pacca sulla spalla gridando ma non si ha sempre voglia di parlare, *my boy*!"

"Aveva ragione, no?"

"Poteva rimanere in silenzio per ore. Con Howard Hughes trascorrevano serate intere senza dirsi niente. Arrivava a casa sua, beveva, fumava, leggeva un libro senza nemmeno rivolgergli la parola! Ma se parlavano, era Howard Hughes a dargli consigli. Gli diceva che aveva un'opinione esagerata delle donne, che non lo amavano e che correvano soltanto dietro al suo denaro, alla sua fama. Penso che sia sempre stato più vicino agli uomini che alle donne. Ma questo non me l'ha confidato, probabilmente mi riteneva troppo giovane. In realtà, era molto più complicato di quanto lasciasse trasparire..."

"È ciò che le aveva detto la sua costumista, ricorda? 'Vederlo significa amarlo, amarlo significa non capirlo mai...'"

"Più lo frequentavo, meno sapevo chi era e più lo amavo... E perdevo terreno. Un giorno mi ha confessato che a Hollywood c'era un tizio che lo detestava. Era Frank Sinatra..."

"E perché?"

"Avevano girato un film insieme, *Orgoglio e passione*, di Stanley Kramer. Le riprese erano iniziate nell'aprile del 1956 e alla fine della prima settimana Cary era innamorato pazzo di Sophia Loren, la sua partner. Ed era reciproco. Lei aveva solo ventiquattro anni, lui trenta di più, ed era già legata a Carlo Ponti. Ma questo non ha fermato Cary! Le ha chiesto di sposarlo. Lei non ha risposto subito no... Hanno vissuto una folle passione, non riuscivano a smettere di baciarsi nelle scene in cui dovevano farlo. Il regista gridava stop! stop! e loro continuavano. Frank

Sinatra era verde di gelosia! Anche lui si era preso una cotta per la bella Sophia e voleva portarsela a letto. Allora ha cominciato a raccontare in giro che Cary era un omosessuale non dichiarato... lei l'ha insultato davanti a tutti, chiudi il becco, italiano imbecille, e Sinatra, furioso, ha abbandonato il set. Ha mollato tutta la troupe! Non è più tornato... Cary è stato obbligato a finire il film rivolgendosi a una gruccia che impersonava Sinatra! Me l'ha raccontato ridendo nella suite dell'hotel e, non so perché, mi aveva imbarazzato tantissimo. Mi ero detto che forse Sinatra aveva ragione a dire che Cary preferiva gli uomini... Eppure, non ha mai smesso di sposarsi! Ha avuto cinque mogli!"

"Non significa niente", osservò Joséphine. "Essere gay non era ben visto a Hollywood... Un sacco di attori si sposavano per finta per questo motivo."

"Lo so e presumo che lo sapessi anche allora... Per quanto fossi innocente, certe cose m'intrigavano. Come la sua lunga amicizia con Randolph Scott. Hanno persino abitato insieme per dieci anni ed erano inseparabili... Se l'era addirittura portato dietro durante il suo primo viaggio di nozze con Virginia Cherrill! Ma credo non volessi sapere. Era già terribile per me confessarmi di amare un uomo, un uomo 'diverso', come si diceva all'epoca, e una cosa del genere mi avrebbe fatto precipitare in un abisso... Preferivo i momenti in cui ridevamo. Era un personaggio molto buffo. Buttava tutto sul ridere. Mi assicurava che si doveva sorridere alla vita perché questa ci sorridesse di rimando. Era veramente abile in questo... Quando mi lamentavo dei miei genitori, mi scuoteva, smettila di lagnarti! Ti tirerai addosso tutte le disgrazie... Mi distraeva. M'insegnava l'eleganza. Aveva avuto un maestro in materia, il grande Fred Astaire. A suo avviso non esisteva un uomo più elegante di lui. Fred Astaire lucidava le proprie scarpe con il terriccio di Central Park mischiato a saliva e cerume! Cary faceva come lui. Ordinava gli abiti da un sarto londinese di Savile Row, li tirava fuori dalla loro custodia, li appallottolava e li scaraventava in giro per la stanza. Devono vivere, devono consumarsi, non voglio che sembrino nuovi, è da cafoni! Era un altro segreto appreso da Fred Astaire. Allora ci mettevamo a giocare a calcio con i vestiti nuovi. Li facevamo volare per aria, ci buttavamo sopra, li stropicciavamo, li gettavamo per terra e alla fine, stanchi, ci congratulavamo per avere maltrattato quegli abiti pretenziosi... Gli abbiamo dato una bella lezione, eh, *my boy*! Non saranno mai più arroganti! Possedeva quest'arte molto speciale di rendere la vita leggera. Quando tornavo dai miei genitori, nel nostro appartamento lugubre, avevo la sensazione di stendermi in una bara... Mi facevo tante di quelle domande. Non sapevo più dov'ero, a quale mondo appartenevo. A casa interpretavo il mio ruolo di figlio devoto e nel frattempo scoprivo la vita insieme a Cary. Era violento, tutto è stato violento in questa storia... E la fine, mio Dio! La busta consegnatami dal concierge dell'hotel... Non ho mai letto una lettera come quella! La lettera dell'uomo che amavo... Una vera e propria cerimonia. Non saprei in che altro modo si può leggere la lettera della persona che si ama... Altrimenti si è indegni del suo amore. Non volevo che qualcosa disturbasse la lettura. Ci sono persone che leggono lettere d'amore rispondendo al telefono, conversando con gli amici, dando un morso a una coscia di pollo; che la mettono giù, la riprendono in mano, la scorrono con odiosa indifferenza... Io mi sono raccolto in me stesso. Da solo in camera mia... Senza rumore, senza niente che mi distraesse. Ho letto ogni parola, ogni frase... Troppe emozioni mi salivano dal cuore agli occhi..."

Il braccio destro gli era scivolato e dondolava nel vuoto. Aveva raccolto le gambe al petto.

"Dopo quella lettera ero disperato. Mi sono presentato all'esame di ammissione al Politecnico, e sono stato ammesso. Ho completato gli studi come in un sogno, un brutto sogno. Mi restava solo Geneviève per sentirmi legato a lui. Ci siamo sposati... il seguito, lo conosce. L'ho resa infelice... Non me ne sono nemmeno reso conto. Esisteva solo il mio dolore, la consapevolezza che la vita mi era sfuggita di mano e che avrei trascorso il resto dei miei giorni come un morto vivente..."

Afferrò il bicchiere di "giallino", ne bevve un sorso, ingoiò due pastiglie.

"Prende troppe compresse..."

"Sì, però non tossisco più... Riesco a parlarle. A ritrovare tutti questi meravigliosi ricordi... La vita è passata in fretta. Ho avuto diciassette anni e poi, ne ho compiuti sessantacinque... La mia esistenza è trascorsa così..."

Fece schioccare le dita.

"Non ho fatto niente. Sono stati anni vuoti. Non ricordo nulla. Sì, i baffetti di Geneviève e la sua testa piegata quando mi ascoltava... Il nostro viaggio in California e quel brevissimo istante in cui sono tornato vivo..."

"E i suoi figli... Non prova niente per loro?"

"Sono rimasto sbalordito per essere riuscito a generarli, poco ma sicuro. Ma a parte questo sentimento di sorpresa, no... Osservavo la pancia di mia moglie arrotondarsi e mi sembrava una cosa senza senso. Mi dicevo, sono stato io? E poi, sono nati... Mi ricordo che lei ha sofferto molto. Io non capivo. Le chiedevo a cosa assomiglia il tuo dolore? E lei mi inceneriva con lo sguardo. È vero... Noi uomini non siamo in grado di capire che cosa sia... Quando al reparto maternità me li hanno fatti vedere... era come se non fossero parte di me, ma due astrazioni che non si sono mai incarnate. Li ho sempre guardati da lontano... da neonati erano abbastanza brutti e, più tardi, non hanno fatto niente per piacermi, per avvicinarsi a me..."

"Ma toccava a lei avvicinarsi a loro!" gridò Joséphine, indignata. "Un neonato è una creatura meravigliosa..."

"Trova? Io non li ho mai toccati... Terribile, vero? Ma era così... Non provavo niente. Per nessuno. Non so che cosa ne farà di quello che le sto raccontando. Non sono una persona interessante. Le servirà tutto il suo talento..."

Era arrivato il momento di andare. Sua moglie stava per tornare...

Il signor Boisson guardò l'ora. Joséphine si alzò, mettendo via il blocco e la penna. Riportò il vassoio in cucina, lavò i bicchieri, li asciugò, ripose le bottiglie in modo che sua moglie non sospettasse di niente.

Lui la osservò darsi da fare, respirando a fatica. Disse sono stanco, ho bisogno di riposare...

Joséphine chiuse dolcemente la porta e lo lasciò, disteso, con i suoi ricordi che continuavano a girare come una vecchia cinepresa che proiettava un film su un telo bianco.

Lei tornava un altro giorno e riprendevano la loro conversazione. Lui sapeva sempre dove si era fermato. Aveva una straordinaria memoria delle sue emozioni. Come se le avesse archiviate in cartelline che riprendeva in mano. Joséphine si diceva che quell'uomo doveva avere passato la vita a ricordare.

Lei tornava, ma aveva sempre meno voglia di sedersi di fronte a lui in quel salotto tetro. Prendeva il blocco, la penna, scriveva qualche appunto. Lui beveva il suo "giallino" e talvolta fumava una sigaretta, una Camel.

"Signor Boisson! Non dovrebbe fumare!"

"Per quel che mi resta da vivere..."

Prendeva un bocchino, tirava fuori un accendino placcato d'oro, accendeva la sigaretta, e aspirava a lungo, compiaciuto. Poi seguiva un accesso di tosse.

"Vede che le fa male..."

"È l'unico piacere che mi resta", ribatteva lui con l'aria di un contabile irritato. “Le ho parlato di quella volta che Cary ha assunto dell’LSD?”

“No!”

“... per fare psicoterapia. Voleva lavorare sulla sua infanzia, sul rapporto con i suoi genitori e sulle conseguenze sui suoi matrimoni. Pensava che, grazie alle allucinazioni procurate da quella droga, sarebbe riuscito a far uscire i ricordi dolorosi e a esorcizzarli. All’epoca era considerata una tecnica all’avanguardia, era legale. Altri prima di lui avevano provato, gente famosa come Aldous Huxley, Anaïs Nin. Mi assicurò che con lui aveva fatto meraviglie, che era come essere nato una seconda volta. Nel corso di quelle strane sedute aveva imparato a essere responsabile delle proprie azioni, a non darne la colpa agli altri, aveva scoperto cose su di sé che altrimenti non avrebbe mai ammesso... Disse che l’introspezione era un atto di coraggio, un atto fondante. Lui non aveva paura di niente...”

L’aveva detto con un tono da cui trapelava l’invidia. Un tono che sottintendeva: “Era fortunato, lui, non aveva paura...”

Ecco ciò che mi disturba, pensò Joséphine premendo la punta della penna sul foglio bianco.

Quel filamento di frase pronunciato con un po’ di amarezza, col tono di un uomo geloso della libertà di un altro e che, invece di imitarlo, gliene vuole. Non l’aveva detto con generosità né ammirazione. In fondo a sé, il signor Boisson condannava l’uso dell’LSD, i matrimoni in serie, le amicizie maschili segrete. Condannava il mistero Cary Grant.

Perché Cary Grant gli era sfuggito...

Perché davanti al cancello della sua villa a Los Angeles, lui gli aveva preferito un altro piccolo gentiluomo...

Quel giorno il signor Boisson era diventato un uomo amareggiato.

Non lo diceva, ma glielo si leggeva dentro. In un’intonazione, nel frammento di un pensiero, in una lamentela soffocata...

"Invece di maledire il buio è meglio accendere una candela", pensò Joséphine, parafrasando le parole di Ildegarda di Bingen. Il signor Boisson non aveva acceso nessuna candela... La sua vita si era consumata senza calore né scintille. Biasimava la sua infanzia, la sua educazione, i suoi genitori. Mai la sua mancanza di coraggio.

Joséphine avrebbe desiderato più generosità, più lucidità, meno condiscendenza. Non il solito ritornello del lombrico innamorato di una stella, che rimprovera alla stella di brillare troppo in alto... Rosicchiava il cappuccio della penna e aspettava, impaziente, l'ora di tornare a casa.

Più ascoltava il signor Boisson, più si ripeteva che il suo Piccolo Gentiluomo, quello del suo romanzo, sarebbe stato più generoso, meno egocentrico, che avrebbe ricordato ben altro di quella meravigliosa relazione invece che perdersi in un paragone continuo, lamentele ridondanti, e quel lancinante refrain che non aveva avuto fortuna.

Più ascoltava, meno aveva voglia di sentire.

Più lo ascoltava, più amava Cary Grant.

La signora Boisson stava per tornare.

Avrebbero cenato in silenzio. Avrebbero guardato un programma in tivù, fianco a fianco, ciascuno sulla propria poltrona, senza parlarsi, poi sarebbero andati a dormire.

E presto lui sarebbe morto.

Senza avere cambiato niente nella sua vita, senza avere corso il minimo rischio...

* * *

La Trombetta non demordeva: il suo cassetto era stato scassinato.

"Ma quale cassetto?" chiese Chaval, seduto di fronte a lei nel ristorante che aveva scelto al numero 5 di rue Poulbot, proprio di fronte a place du Tertre.

Lei gli aveva forzato la mano. Nel pomeriggio l'aveva chiamato, gemendo non la vedo più, lei mi trascura, che cosa ho fatto per meritare questo improvviso disprezzo? Lui aveva risposto ma niente, mia cara, niente, sono preoccupato, tutto qui, la mia povera mamma che diventa sempre più debole, l'ozio che mi consuma, il tempo che passa... Gli uomini dicono che il tempo passa, il tempo dice che gli uomini trapassano. Il dolore è come un cane che morde solo i poveri... Aveva sospirato per esprimere l'immensità della sua pena e giustificare quel brusco voltafaccia. Lei aveva insistito. Aveva bisogno del suo aiuto. C'era un particolare che le tormentava la coscienza, doveva parlarne con un uomo accorto. Chaval aveva drizzato le orecchie. Qualcosa riguardante l'azienda? Sì, aveva bisbigliato lei al telefono. Lui l'aveva immediatamente invitata a incontrarlo alle otto al ristorante "La Butte en vigne".

"Ma quale cassetto?" chiese di nuovo Chaval che non voleva capire, ma che capiva fin troppo bene.

"Quello della mia scrivania... dove ripongo i documenti importanti, i codici personali e segreti dei conti del signor Grobz. Sono sicura che una cartellina è stata aperta."

"Ma no!" protestò Chaval. "È impossibile... René e Ginette stanno di guardia e c'è un allarme..."

"Il mio cassetto è stato forzato", insistette la Trombetta, gli occhi vuoti puntati sul menu, il mento ostinato teso in avanti. "Sono sicura..."

"Lei legge troppi libri che parlano di complotti, rapimenti, furti... Deve frenare la sua immaginazione", le disse spazzando via i suoi sospetti con un gesto della mano. "Sfogli piuttosto il codice doganale, le farà tornare il buonumore!"

"Lei crede che inventi..."

"Non lo credo, ne sono certo! Coraggio!" Poi, addolcendosi: "Hai scelto, mia piccola pesca?"

Lei scorse il menu senza vedere niente e riprese: "Ne sono sicura... Appoggio sempre un temperamatite sulla O di Grobz... E stamattina, quando ho aperto il cassetto, il temperamatite era sulla A di Marcel. Non ha potuto spostarsi da solo!"

"Scegli un antipasto e un primo, mia piccola pesca! Dimentica l'ufficio... Non è molto lusinghiero per me che tu porti le tue preoccupazioni lavorative in questo luogo incantevole dove contavo di sussurrarti paroline dolci! Mi stai facendo una testa così! Non è per nulla piacevole!"

Chaval chiuse il menu con un gesto irritato.

Denise Trompet chinò la testa. Si sforzò di decifrare la lista delle portate. Sorrise leggendo il nome di un antipasto chiamato "Uova in testicoli d'asino alla Creuse". Abbassò le spalle, sospirò.

"Sembra buono..."

"E lo è! Hai scelto?"

"Non ancora..."

Tutte le mattine, quando arrivava in ufficio, si toglieva la piccola chiave che teneva appesa al collo e apriva il cassetto per prendere i fascicoli di cui aveva bisogno. Ogni mattina controllava che il temperamatite nero a due fori si trovasse sulla O di Marcel Grobz e ogni volta si sentiva rassicurata. L'ossessione di un furto, di essere accusata di appropriazione indebita di denaro, di un reato, svaniva. Si sedeva e sbuffava, sollevata: non avrebbe rivissuto la vergogna della chiusura del "Cochon d'or" e il blasone dell'Alvernia non sarebbe stato nuovamente infangato.

Denise alzò la testa, disorientata, tentando di giustificarsi.

"Lei non può capire quello che ho passato da bambina... Il marchio della vergogna sulla fronte... Non voglio più riviverlo, mai più!"

Le si imporporò il viso, lo sguardo si fece stranamente fisso e stravolto. Chaval la osservava, inquieto.

"Ma non è successo niente! La donna delle pulizie avrà urtato la scrivania con l'aspirapolvere o l'avrà spostata per raccogliere un pezzo di carta..."

"Impossibile! Pesa una tonnellata! Nessuno riuscirebbe a muoverla! Il signor Grobz, ridendo, la chiama il mio Fort Knox..."

"O magari è stata lei ad aprire bruscamente il cassetto..."

"Anche questo è impossibile! Faccio molta attenzione..."

"Lei ha deciso di rovinarci la serata, Denise!" la rimproverò lui severamente distogliendo lo sguardo.

Le fughe spesse e grigie tra le grosse pietre dei muri gli evocavano la prigione e gli facevano venire voglia di scappare.

"Oh no!" si scusò lei precipitosamente. "Sono così felice che lei mi abbia invitata qui..."

"Allora non parliamone più, vuole? La smetta con queste sciocchezze. Ha scelto?"

Lei chinò la testa, sconfitta, lesse a casaccio un'insalata alle castagne e stufato di manzo.

"Perfetto", sibilò Chaval. "Possiamo ordinare..."

Fece segno a un cameriere lisciandosi i baffetti con l'unghia del pollice. A disagio, irritato. Me lo merito tutto il mio cinquanta per cento, si disse pensando a Henriette e osservando il décolleté tremante della Trombetta, il sottile filo di perle che cadeva sulla carne flaccida lasciando un segno rosso. Henriette aveva finito per accettare le sue condizioni. Non era stato facile, la donna aveva opposto una fiera resistenza ai piedi della Vergine Maria e dei gladioli freschi che lui aveva deposto entrando. Si era dibattuta come l'Avaro sdraiato sul suo forziere, mandando degli orrendi guaiti e tremando in ogni parte del corpo, lei mi toglie tutto, sta immolando una vecchia senza un soldo, una povera mendicante a cui sono rimasti solo gli occhi per piangere. Aveva continuato il suo monologo di martire mentre Chaval la osservava freddamente.

"E non cerchi di fregarmi! La tengo d'occhio", aveva concluso lui, alzandosi. "Mi farà un bonifico ogni quindici giorni, le farò avere il mio IBAN."

Facendo risuonare i tacchi degli stivali texani sui lastroni della chiesa, si era allontanato. Lasciando una vecchia in lacrime per un'altra assillata dal sospetto.

Ma cosa ho fatto per meritarmi questa disgrazia? gemette pizzicandosi le labbra sottili.

Di fronte a lui, la Trombetta cercava di fare buon viso a cattivo gioco e dimenticare le sue paure. Indossava un abito orrendo, probabilmente ricavato dai vecchi tendaggi di un castello in rovina. Le maniche a palloncino la facevano assomigliare a un tacchino spiumato. I capelli radi le si erano appiccicati alle tempie. Ha chiazze ovunque, stasera, pensò lui disgustato. Dev'essere l'emozione, si vede in catene in una cella di rigore, con i topi che le rosicchiano le caviglie. La donna stropicciava il tovagliolo, muta. Chaval poteva sentirla pensare. Il cassetto, i fascicoli, il temperamatite, la O di Grobz, la A di Marcel, il "Cochon d'or" che si metteva a grugnire, ricordandole l'infamia del padre, il supplizio della madre, l'esilio in rue de Pali-Kao, tutto tornava alla memoria della poverina.

"È molto silenziosa", buttò lì lui, rivolgendole lo sguardo di un amante offeso.

"Mi scusi, non ci sono molto con la testa... È che ho tanta paura di rivivere l'incubo della mia infanzia! Ne morirei, ne morirei! Mi capisce? Lei non sa cosa siano le dita puntate contro di te, gli sguardi che t'insozzano, i bisbigli dietro le spalle, le accuse... Lei è troppo nobile per avere conosciuto una cosa del genere..."

"La smetta di far correre la fantasia, Denise..."

Il sommelier arrivò con la carta dei vini. Chaval scorse la lista dei cru. Ne sceglierò uno con un elevato tasso alcolico per ridurla al silenzio. Indicò un vino spagnolo di 14 gradi e il sommelier, sorpreso, s'inchinò lentamente.

"Vedrà, è un vitigno delizioso..."

"So che cosa devo fare", saltò su improvvisamente Denise Trompet, emergendo dalla sua dolorosa letargia. "Dirò al signor Grobz di cambiare i codici segreti dei suoi conti correnti... Sì, farò così! Gli dirò che è saggio farlo regolarmente, che si tratta di una precauzione necessaria in questi tempi di pirateria informatica. Mi darà retta, mi lascerà addirittura il compito di scegliere le nuove cifre, è così preoccupato in questo periodo... Quel pover'uomo sta crollando sotto il peso del lavoro..."

Chaval rifletté a tutta velocità. Ecco un'informazione interessante! si disse osservando il mento flaccido di Denise tremare di eccitazione. Questa donna ha la fiducia completa del vecchio! Il potere di cambiare i codici... Che arma mi mette a disposizione in modo così innocente! Lascerò che la vecchia capra giochi un po' con i conti e poi suggerirò alla Trombetta l'idea di cambiare le cifre e terrò quelle nuove per me... Le dirò di modificare anche quelle dell'allarme. Così Henriette Grobz sarà tagliata fuori. Io intascherò il cento per cento, le Mercedes cabriolet, mi porterò a letto ragazze in lingerie elegante, la carne soda, i gridolini voluttuosi, le furiose spinte di reni...

Gonfiò il petto al pensiero di quel futuro radioso.

Ma prima di tutto doveva allontanare il pericolo che tormentava la Trombetta.

"Denise, le dirò tutto... Visto che continua a torturarsi... Sono stato io ad andare a frugare nel suo cassetto..."

"Lei!"

"Sì, mia piccola pesca... Io o, piuttosto, il mio demone... Ricorda la sera che le ho confiscato la chiave..."

“Sì...” balbettò la Trombetta, sbigottita.

“Quella sera ho creduto che lei mi mentisse... Che nel cassetto dell’ufficio nascondesse delle lettere, le dichiarazioni d’amore di un rivale che sospirava ai suoi piedi. Perciò, dopo che lei è scesa, dolce e leggera, nella stazione della metropolitana, io sono andato a dormire in albergo per non svegliare la mia cara mamma. Quando dico dormire...”

Emise un lungo sospiro di uomo combattuto.

“Non ho chiuso occhio per tutta la notte. Ogni volta che il sonno stava per sopraffarmi, mi risvegliavo di colpo vedendo di fronte a me il rivale che mi sfidava, che rideva dei miei sogni ossequiosi, delle mie voglie ardenti... Allora ho commesso un crimine. Ho fatto fare una copia della chiave ripromettendomi di andare a guardare in quel cassetto...”

La Trombetta trasalì. Era così romantico, così commovente. Quell’uomo bello e focoso, l’oggetto di tutti i suoi desideri, di tutti i suoi sogni, pensava che un altro si disputasse i suoi favori...

Le tremò la mano e mormorò: “Allora mi ama...”

“Se la amo!” gridò Chaval, fintamente oltraggiato. “Io non la amo, la venero, lei è la mia madonna, la mia vergine indomabile, il mio dolore palpitante...”

Per la prima volta in tutta la sua vita, Denise fu sul punto di perdere i sensi. Lui le avrebbe chiesto la sua mano... E se avesse continuato a respingerlo, a rimuginare su pensieri cupi che lo avrebbero allontanato, lui avrebbe riversato su di lei tutta la sua collera. Se ne sarebbe andato sbattendo la porta e lei sarebbe corsa a rifugiarsi in camera sua picchiando la testa contro il muro fino a farlo crollare...

“Oh Bruno!... Non mi dica che...”

“Sì... Denise, io la amo, la voglio, la desidero, brucio per lei di un fuoco implacabile e sono andato a frugare in quell'esecrabile cassetto per poterle sventolare davanti le prove del suo tradimento. La gelosia è un'amante insaziabile. Ti tiene in ostaggio, ti tormenta, ti travolge come un fiume di fango... Mi sono lasciato trasportare dalla corrente. Ho infilato la mano nel fango e ho aperto il cassetto..."

Le mostrò la sua grande mano pallida dalla manicure perfetta, facendola girare sotto gli occhi pieni di lacrime di Denise.

"Non ho trovato niente! Questo è stato il mio castigo. Sono stato doppiamente infame. Ho dubitato di lei e l'ho turbata spostando il temperamatite... Mi perdona, angelo mio?"

"Bruno... Oh Bruno!..."

Lei avvertì un fresco zefiro percorrerle tutto il corpo, ansimò, portando una mano alla gola. Tutto cominciò a vorticarle intorno e afferrò il bordo del tavolo per non cadere.

Chaval le prese la mano e se la portò alle labbra.

Nell'istante in cui le labbra di Bruno le sfiorarono la pelle, si sentì pervadere da un'ondata di piacere come un bambino che assaggia per la prima volta un pezzetto di zucchero...

"Può perdonare il demone che ossessiona il mio cuore?"

"Lei è il mio angelo..."

"Ho sofferto, Denise, ho sofferto... Mi crede?"

Lei annuì debolmente.

"Non è arrabbiata con me?"

La donna gli fece segno di no e, con uno sforzo terribile, tornò in sé.

"Mi ama! Mi ama! Lo dica ancora... Non riesco a stancarmene."

Chaval la fissò senza dire niente e lei prese quel silenzio per una rinnovata dichiarazione.

"Oh Bruno, farò qualunque cosa per lei... Farò di tutto per rassicurarla, per renderle il suo orgoglio di uomo. Lavorerò, mi occuperò delle faccende di casa, sarò una donna solare, portatrice d'acqua, ape operaia, acrobata, mangiatrice di fuoco, sarò la scala che la condurrà alla gloria, lo zerbino su cui pulirà i suoi piedi alati, la sua umile serva, sarò ciò che lei vorrà... Parli! E io le obbedirò..."

Diavolo! si disse Chaval. La zitella è partita in quarta! Dal petto gli uscì un ringhio sordo.

"Pensa davvero tutto quello che mi sta dicendo, mia amata?"

"Lo penso e m'impegno a onorarla per tutta la vita come sposa fedele e devota..."

Sentendo la parola "sposa", Bruno Chaval storse il naso. Ullallà! Ma cosa dice? Sta andando un po' in fretta, mi sembra... In che trappola mi sono infilato? Sarà meglio che le faccia tirare il freno...

Non trovò alcun freno e la Trombetta, infervorata, ardente, lo divorò con gli occhi per tutta la sera, lasciando da parte l'insalata alle castagne e lo stufato di manzo.

Dopo essersi alzati e avere lasciato il ristorante, al primo lampione lei gli si buttò contro, piegò il collo avvizzito offrendogli le labbra sfiorite. Il vino spagnolo aveva funzionato oltre ogni speranza di Chaval.

"Vieni, vieni", mormorò lei, avviluppandolo nelle braccia avide. "Portami a letto e dimentichiamoci di tutto... Voglio vibrare sotto le tue carezze... Voglio adorare ogni centimetro quadrato della tua pelle e lasciarti il segno con il mio bruciante calore."

Spaventato, lui la riaccompagnò in rue de Pali-Kao.

Denise non si reggeva più in piedi e vaneggiava.

Squittì debolmente quando lui cercò di liberarsi, appoggiandosi su di lui con tutto il peso del proprio corpo. Protestò non lasciarmi, prendimi, guaendo di nuovo, stando su di lui come una ventosa. Lui tentò di divincolarsi, lei lo riafferrò e gli balbettò all'orecchio...

Scivola dentro di me, penetra il mio corpo vergine che ti aspetta, fammi gemere, fammi tremare, fendi la mia intimità con il tuo dardo ardente...

Gli si annodò intorno al corpo, sfregandosi conto di lui, rantolando, emettendo grida, sospiri, torcendosi. Lui non sapeva che cosa fare di quel corpo in calore proteso su di sé. Pensò al cassetto, alla chiave, si disse che una volta per tutte doveva condannarla alla gogna del piacere perché dimenticasse definitivamente l'episodio del cassetto forzato.

La seguì a casa sua, la rovesciò sul letto, spense la luce, le mise un cuscino sul viso e con un colpo di reni, senza pensare nemmeno per un istante che era ancora vergine, aprì dentro di lei un passaggio proibito...

Si concentrò sulla chiave, sul denaro, sul cento per cento che presto avrebbe incassato, alla Mercedes cabriolet grigio fumo, ai sedili rossi, ai culetti delle ragazze che li avrebbero accarezzati... Si diceva che dare qualche furioso colpo di reni a una zitella che si dibatteva sotto il cuscino non era un prezzo troppo alto.

Tornò l'uomo fatale di una volta, l'individuo brutale, pieno di boria e vigore, vibrante come una balestra pronta a scoccare il dardo...

Prima che l'incandescente Hortense non gli portasse via il fuoco che gli bruciava nell'inguine...

Non appena evocò il nome della sua amata, il membro gli si ritrasse, molle, flaccido, si accasciò penosamente tra le cosce della Trombetta che, sotto il cuscino, ansimava di piacere e dava del tu a Dio...

* * *

Hortense Cortès stava facendo le valigie. Lasciava Londra.

Hortense Cortès toccava il cielo con un dito e il cielo non aveva limiti.

Hortense Cortès misurava esattamente l'aria che spostava al suo passaggio inebriandosi nella sua scia.

Hortense Cortès parlava di sé soltanto in terza persona.

Il mese di giugno stava per concludersi, la scuola era finita, il contratto con Banana Republic era stato firmato. Nicholas aveva interpretato alla perfezione il suo ruolo di agente. Le aveva procurato un contratto straordinario: cinquemila dollari a settimana, un appartamento in Central Park South in un palazzo con portiere e finestre affacciate sul parco e un ingaggio di due mesi con clausola di rinnovamento se avesse voluto restare.

Avrebbe iniziato l'8 luglio, alle dieci del mattino, al numero 107 E della Quarantaduesima strada, non lontano da Grand Central e Park avenue.

Aveva voglia di cantare, di suonare la chitarra elettrica, di camminare a piedi nudi su un tappeto rosso, di danzare un motivo di Cole Porter, di ripararsi sotto un ombrello bucato, di infilare la mano in una scatola di cioccolatini, di lasciare un pizzico di sale sulla coda di un uccello colorato, di adottare dei pesci rossi, di imparare il giapponese...

In attesa di partire per New York, New York, sarebbe tornata a Parigi. Parigi...

Il tempo di dare un bacio a sua madre e a sua sorella, di bighellonare per le strade, di sedersi nei caffè, di osservare i passanti e di buttare giù qualche schizzo dei mille particolari che avrebbe poi sviluppato una volta installatasi negli uffici di Banana Republic a Manhattan. Non c'è altra città al mondo in cui le ragazze hanno così tanta inventiva, fiuto ed eleganza come Parigi. Avrebbe rubato un portamento, una silhouette, avrebbe immagazzinato migliaia di immagini e avrebbe preso il volo, piena di idee, per New York.

Canticchiava preparando la valigia, un occhio al cellulare.

Come una vera regina, aveva versato all'ayatollah due mesi di affitto anticipati annunciandogli che se ne andava. Lasciava la casa. Aveva vinto il jackpot... Guardami bene, uomo piccolo e vanitoso, perché non mi vedrai più! Mai più! Mi scorgerai solo sulle pagine dei giornali, ma sarà tutto! Non mi perseguiterai più con le fatture non pagate, con i tuoi calcoli meschini e la tua libidine di nanerottolo! Lui era impallidito, aveva balbettato mi lasci? Lei aveva fischiettato sì, sì... Non potrai più giocare con il mio telefono e cancellarmi i messaggi, ti annoierai! Lui aveva protestato, aveva giurato su tutti gli dei che non aveva mai osato fare una cosa del genere! Tu mi credi, Hortense, mi credi, vero? Sembrava sincero...

"Allora se non sei stato tu, chi?"

"Non lo so, ma non si tratta di me..."

"'Ebbene sarà stato un tuo fratello!'" cantilenò Hortense ricordando una favola di La Fontaine. "Il Foruncoloso? La Palla puzzolente? L'altro scemo con le sue ricette di formaggio agli spaghetti? In ogni caso, me ne infischio! Bimbumbam, me ne vado da qui e non ti rivedrò mai più! Né te né gli altri..."

"Ma dove andrai a vivere?"

"Ovunque non ci sia tu!"

"Ti amo, Hortense, vorrei tanto che mi guardassi..."

"Per quanto cerchi di ripararmi gli occhi dal sole, è strano, non ti vedo..."

"Non provi dunque niente per me?"

"Un immenso disgusto per la tua mente di ratto..."

E dato che lui cercava ancora di trattenerla, promettendole

di non seccarla più con la Council tax, il gas e l'elettricità, gli spaghetti al formaggio, lei chiuse la zip del borsone e lo cacciò dalla sua camera.

Alla gare du Nord, prese un taxi, lasciò una mancia di dieci euro perché l'autista le portasse le valigie fino all'ascensore. Il denaro le scottava le dita. Cinquemila dollari a settimana! Ventimila al mese! Quarantamila in due mesi! E se faccio meraviglie, chiederò il doppio, il triplo! Sono la regina del mondo e il re non è mio cugino!

Suonò al campanello con tocco trionfante. Sua madre le aprì. Ebbe voglia di baciarla e lo fece.

"Mamma, mamma! Se tu sapessi quello che mi è successo!"

Tese le braccia, fece una piroetta e si lasciò cadere sul divano rosso.

Raccontò.

Raccontò a Joséphine...

Raccontò a Zoé...

Raccontò a Josiane e Junior quando andò a trovarli.

Era stato Junior a chiamarla: "Hortense è urgente, devo vederti. Ho bisogno di te!"

"Tu hai bisogno di me, Briciola?"

"Sì... Vieni a cena da noi, questa sera. E vieni sola... È una cospirazione!"

"Una cospirazione!"

"*Yes, Milady!* E non dimenticare, *I'm a brain...*"

"*I'm a brain too...*"

Trovò Josiane e Junior seduti intorno al tavolo della cucina, i visi preoccupati e corrucciati. Marcel non era ancora tornato dall'ufficio.

"Rientra sempre più tardi", sospirò Josiane. "E ha un sacco di problemi..."

Hortense abbracciò l'amica. Depose un bacio sui capelli rossi di Junior... Sapevi che anche Vivaldi aveva i capelli rossi, Briciola?

Lui non rispose.

La questione era davvero seria.

Si sedette, pronta ad ascoltare.

"Allora", cominciò Junior, vestito come un duca inglese nella sua residenza in Sussex, i capelli leccati con la scriminatura perfetta, un papillon che gli copriva il mento. "Io e mia madre abbiamo tutti i motivi di pensare che qualcuno ce l'abbia con mio padre..."

Le raccontò l'incontro al Royal Pereire con Chaval, la lettura delle sue circonvoluzioni cerebrali, la scoperta dei fonemi: "Henriette", "codici segreti", "furto", "conti bancari", "trombetta", "gellaba"...

"Per quanto riguarda la tua presenza nella corteccia di quell'individuo ignobile, ti perdono... Non ti dirò sotto che forma vi figuri per non offenderti, ma devo confessare che non è lusinghiera e ti posso giurare che, nel mio cervello, sei rappresentata molto meglio..."

"Grazie, Briciola..."

"Mamma mi ha raccontato la storia con Chaval. La considero un errore di gioventù..."

"In effetti, ero molto giovane!"

"Per quanto riguarda il resto, siamo perplessi e abbiamo bisogno del tuo aiuto..."

"Non ho capito niente di quello che mi hai detto", osservò Hortense. "Sei in grado di leggere nel cervello delle persone?"

"Sì. Non è semplice, ma ci riesco. Con un sforzo terribile. Emettiamo tutti delle frequenze. Nella testa abbiamo un transistor di cui non ci serviamo perché ignoriamo i poteri meravigliosi del nostro cervello... È stato sufficiente che le mie frequenze si connettessero con quelle di Chaval perché io riuscissi a penetrare nella sua mente e leggergli nel pensiero..."

"Capisco", mormorò Hortense. "È una bella trovata e dannatamente utile..."

"Non è una trovata, ma un fenomeno fisico, scientifico..."

"Scusa..."

"Io e mamma abbiamo ricostruito i pezzi del puzzle intravisto nel cervello di Chaval ed ecco che cosa abbiamo decifrato: Chaval e Henriette hanno sottratto i codici segreti di accesso ai conti bancari di papà e intendono spennarlo... Ha senso, non ti pare?"

"Sì..." riconobbe Hortense. "Sei sicuro che Henriette faccia parte della cospirazione?"

"Più che sicuro..."

"Eppure non le manca niente... Marcel si è dimostrato molto generoso in occasione del loro divorzio."

"L'avaro non ne ha mai abbastanza, Hortense, ricordatelo... L'avaro ama il proprio denaro, non l'uso che ne fa. Lo ama come se fosse una persona viva. E poi quella donna è divorata da un odio che la rende insaziabile. Mi dispiace molto, sai, perché non mi piace vedere l'anima umana così tenebrosa... Dobbiamo impedire questo furto..."

"Cambiando i codici..."

"Naturalmente! Questa è stata la prima cosa a cui abbiamo pensato anche noi..."

Junior si strinse nelle spalle, deluso dall'osservazione di Hortense.

"Ma non basta", continuò. "Dobbiamo sradicare il male all'origine e sapere in che modo Chaval e Henriette si sono procurati quelle cifre. Ci siamo fatti un'idea, certo, ma è necessario verificarla... E tu sei l'unica in grado di farlo."

"E quale sarebbe quest'idea?"

"C'è una donna che lavora nell'azienda di papà, la capocontabile, si chiama Denise Trompet..."

"Da cui trombetta", disse Hortense.

"Ah! Sei risalita nella mia stima! Pensiamo che la trombetta e Denise Trompet siano la stessa persona. Ma, appunto... Che c'entra Denise Trompet in questo imbroglio? Mamma la conosce molto bene e assicura che è la donna più onesta al mondo... In più, ha una venerazione vera e propria per mio padre. È stata manipolata? Henriette e Chaval hanno agito alle sue spalle? O con la sua complicità? È il pezzo del puzzle che ci manca..."

"Non voglio accusarla se è innocente", intervenne Josiane, le braccia incrociate sul petto. "Sarebbe terribile. E faccio fatica a immaginare Denise Trompet ordire un imbroglio. È una donna fedele, scrupolosa e dalla coscienza professionale irreprensibile. Lavora in azienda da vent'anni e non ha mai commesso un solo errore. La sua contabilità è un modello di trasparenza. Marcel si fida completamente di lei... Ma nella mente di Chaval c'è una trombetta... Junior l'ha vista. E non può essere che lei..."

"Che dono stupefacente", commentò Hortense guardando Junior. "Sei sbalorditivo, un genio, un virtuoso... M'inchino, caro maestro!"

Junior arrossì e il visino gli si coprì di macchie. Resistette alla voglia di grattarsi. Era appena passato da Briciola a Maestro.

"Che cosa vi aspettate da me?"

"Che tu vada a bere qualcosa con Chaval e lo faccia parlare..."

"Che io... cosa?" gridò Hortense.

"Che tu lo faccia parlare..."

"Così! Lo chiamo, gli dico che voglio vederlo e lui arriva al galoppo? Siete molto ottimisti..."

"Lui conserva di te un ricordo imperituro... Ed è normale. Qualunque uomo ti si avvicini, mia cara Hortense, brucia d'amore o di desiderio, definiscilo come ti pare. Chaval per primo...

Da quando l'hai lasciato, deperisce, l'ho visto nella terza scissura frontale del suo lobo sinistro..."

"Insieme alla gellaba..."

"No, un po' più sopra..."

"Se lo dici tu..."

"Davanti a te, quell'uomo si scioglie, perde il controllo della sua mente... Sarà un gioco da ragazzi farlo confessare!"

"Perché tu credi che mi racconterà tutto..."

"Penso che vorrà mettersi in mostra, che ti dirà che ha delle speranze, del denaro in arrivo e, in quel momento, tu butterai lì il nome della Trombetta e spierai la sua reazione..."

"E come potrei giustificare la mia conoscenza della Trombetta?"

"Devi comportarti come i poliziotti... Gli dirai che la Trombetta ha detto tutto a Marcel e che quest'ultimo si sta chiedendo come punirlo... Che tu non riesci a credere a una cosa del genere e vuoi sentirlo dire da lui, perché, malgrado tutto, nutri ancora per lui una certa stima e un certo affetto... E lì Chaval andrà nel pallone, si butterà ai tuoi piedi e noi avremo la prova che ci manca..."

"Mmm..." esitò Hortense. "Pensate che sarà così facile?"

"Penso che niente sia impossibile", dichiarò Junior. "Ti basterà andare all'appuntamento dicendoti, ripetendoti Chaval mi parlerà, confesserà, e vedrai che lo farà davvero..."

Hortense rifletté rapidamente. Non le costava niente prendere un caffè con quella larva che una volta era stato il suo amante... E se in quel modo poteva aiutare Marcel, Josiane e Junior... La vita era stata generosa con lei, e aveva voglia di condividere.

Fu stupita dalla propria reazione. Non starò cambiando? si chiese, ansiosa.

"Se lo faccio... Se smaschero Chaval... In cambio posso chiederti un favore?"

"Nessun problema..." rispose Junior, lieto che la faccenda fosse sistemata. "Mamma! Portaci qualcosa di rinfrescante... Fa un tale caldo oggi! I bonbon mi si squagliano nelle mutande..."

"Smettila di parlare come tuo padre!" lo sgridò Josiane che, da quando era diventata madre, cercava di tenere a bada il linguaggio del marito e del figlio.

Junior la ignorò e chinandosi verso la bella Hortense, domandò: "Che cosa posso fare per te?"

"Voglio che penetri nel cervello di Gary e mi dica che cosa vedi..."

Junior sembrò recalcitrante.

"T'interessa così tanto quello che c'è nel cervello di Gary?"

Hortense gli rivolse un sorrisino affascinante.

"Adesso sei tu a deludermi Junior, ti credevo più sveglio..."

"So che vuoi rivederlo a New York e che mi stai chiedendo che cosa prova per te, di modo che se lui t'ignora..."

"Proprio così..."

"Prima devo dirti una cosa, Hortense..."

Josiane capì che la sua presenza metteva Junior in imbarazzo e con la scusa di una telefonata, lasciò la stanza.

Junior si raddrizzò, puntò lo sguardo in quello di Hortense e dichiarò: "Tra diciassette anni tu e io ci sposeremo, Hortense..."

Hortense si mise a ridere.

"Ci sposiamo?"

"Sì, tu sei la donna della mia vita... Con te al mio fianco, farò grandi cose. Sei la sola con la libertà interiore necessaria per seguire le acrobazie del mio pensiero..."

"Sono molto lusingata..."

"Per il momento sono troppo piccolo..."

Si prese la testa fra le mani, restando un istante silenzioso, accasciato sul tavolo della cucina...

"Quanto mi pesa questo corpo di bambino! Ho una tale

fretta di avere le braccia e le gambe lunghe e piene di peli! Non posso fare niente chiuso in questo carapace infantile... Ma tra diciassette anni, sarò diventato un uomo e chiederò la tua mano... Intendo portare pazienza e ti permetto, mentre mi aspetti, di viaggiare, divertirti e provare dei sentimenti verso altri ragazzi..."

"Sei troppo generoso, Briciola!" ironizzò Hortense.

"Ma tra diciassette anni, ti chiedo di darmi una possibilità... Non voglio che tu mi faccia un favore, desidero solo che tu venga a cena con me, ai concerti, al cinema, sulla Muraglia cinese, nei giardini dell'Alhambra e se, per caso, tra noi dovesse nascere un sentimento, che tu non lo respinga... Tutto qui."

"Ascolta, Junior, tra diciassette anni vedremo dove saremo... Quello che mi stai dicendo mi sembra un po' bizzarro... Per ora, vorrei che tu facessi un giretto nel cervello di Gary..."

"Mi servirà una foto..."

"Ne abbiamo alcune scattate lo scorso Natale", disse Josiane, che aveva origliato dietro la porta della cucina ed era rientrata in punta di piedi.

"Perfetto", annuì Junior. "Mi chiuderò in camera mia, mi concentrerò e ti dirò che cosa ho visto... ma sappi, Hortense, che si tratta di un atto generoso e magnanimo da parte mia... Non intendo rinunciare a te!"

"Dai, Junior! Cerca di essere serio! Tra diciassette anni sarò una vecchia bacucca!"

"Tu non sarai mai una vecchia bacucca! E io sarò tuo marito..."

"Me l'hai letto nella mente?" domandò Hortense, inquieta.

"Non ti dirò niente, perché se si toglie la sorpresa, il mistero, si uccide il desiderio, e io voglio che tu arda per me... Che sfidi le proibizioni, le idee convenzionali e che formiamo una coppia travolgente... Possiamo farlo, Hortense! Fidati di me, fidati..."

"Oh, in questo sono imbattibile!" gridò Hortense.

“È questo che mi piace di te... Tra le altre cose!”

“Di’ un po’”, cominciò Hortense rivolgendosi a Josiane. “Non è che il tuo ragazzo sta diventando un megalomane?”

Josiane si strinse nelle spalle. I deliri sentimentali di Junior non la preoccupavano. Si era abituata alle fantasie di suo figlio. L’importante era salvare Marcel. Osservò Hortense, il suo sorriso angelico e crudele, le sue spalle morbide, i fianchi snelli, la massa di capelli raccolti con una forcina, seguì il dialogo tra la ragazza e Junior dicendosi che la vita riusciva sempre a stupirti, che si appostava per afferrarti meglio alla gola, che bisognava semplicemente accettarla e tenerle dietro...

* * *

La storia del Piccolo Gentiluomo e di Cary Grant prendeva forma nella testa di Joséphine...

Qualche volta aveva la mente così offuscata che doveva uscire per farle prendere un po’ d’aria, talmente era ingombra di parole, sentimenti, scene, rumori, odori... Era un incredibile bric-à-brac!

Prendeva il guinzaglio di Du Guesclin e andavano a passeggiare per le strade di Parigi. Avanzava ad andatura sostenuta, la cadenza dei passi che trascinava i pensieri. Du Guesclin trotterellava davanti, aprendo la via ed evitando i passanti.

Joséphine camminava, camminava e tutto tornava in ordine come sul palcoscenico di un teatro in cui era la grande regista.

A sinistra, in un angolo del palco, c’era il Piccolo Gentiluomo...

Non gli aveva ancora trovato un nome...

Se lo immaginava maldestro, impacciato, vestito con un maglione grigio scuro, una camicia bianca, una cravatta blu e pantaloni di flanella grigia. Ali del naso arrossate, fronte lucida, dei peletti sul mento. Ha gli occhi slavati, quasi trasparenti. Si tormenta, si agita, si preoccupa, cerca di darsi un contegno. A casa sua va tutto storto.

Il signore e la signora Boisson interpretavano il ruolo dei genitori del Piccolo Gentiluomo. Freddi, impettiti, con l'egoismo tranquillo di coloro che non si fanno mai domande e guardano la vita passare, immobili.

Il loro appartamento faceva da sfondo, le coppe da champagne chiuse nella vetrinetta, i tappeti sui quali era proibito camminare, il vassoio di bottiglie per l'aperitivo che si tira fuori la domenica a mezzogiorno per ricevere la famiglia o gli amici, il piccolo cuscino che la signora Boisson si fa scivolare sotto la schiena per stare comoda, la grande radio grazie alla quale ascoltano il brusio del mondo: i discorsi del generale de Gaulle, l'elezione a suffragio universale del presidente della Repubblica, la fine della guerra d'Algeria, la morte di Édith Piaf, Henri Tisot che imita il generale, la benedizione di papa Giovanni XXIII, il giro di Francia vinto da Eddy Merckx, la costruzione del muro di Berlino, il primo studente nero in un'università americana, il diritto delle donne a lavorare senza l'autorizzazione del marito...

Il Piccolo Gentiluomo si dice che il mondo sta cambiando anche se a casa sua non cambia niente. Il signore e la signora Boisson scuotono la testa affermando che il mondo sta andando alla malora, che il posto di una donna non è certamente in un ufficio! Chi si occuperà dei figli?

Il suo Piccolo Gentiluomo non assomiglia al signor Boisson.

Ogni giorno che passa si allontana da lui, si arricchisce di sfumature e cresce. Joséphine gli aggiunge dei tratti morbidi, degli slanci di coraggio, una vera curiosità, la curiosità di chi vuole imparare. Non si prepara più per l'ammissione al Politecnico, ma per l'abilitazione all'insegnamento di storia... Gli affida le sue paure, il suo complesso d'inferiorità, la sua goffaggine. Il giovane arrossisce come lei, va nel pallone, balbetta.

Nell'angolo sinistro del palco, accanto al Piccolo Gentiluomo, c'è Geneviève. Joséphine ama molto Geneviève. Sfoglia riviste femminili per vestirla, le solleva i capelli ricci per acconciarglieli, le mette dei bigodini, le depila i baffetti, le inventa un modo di camminare... Ma Geneviève rimane timida, imbranata, scialba.

Sulla destra della scena, Cary Grant e il suo mondo. I suoi genitori. Suo padre, che beve e sbraita al pub, che va a letto con altre donne, un uomo rubicondo, brutale, che al rientro dal lavoro emana un cattivo odore di ammoniaca e ha le dita rovinate dai prodotti che manipola... Sua madre, delicata, raffinata, dal collo ornato di pizzi, dalle mani sottili, che si lamenta dei fine mese difficili stringendosi sulle spalle lo scialle a motivi cachemire. Racimola qualche moneta per pagare al figlio delle lezioni di pianoforte e farne un gentiluomo. Lei gli insegna le buone maniere, suo padre a imprecare. Quando la sera i due genitori si azzuffano, il piccolo Cary si rannicchia sotto il tavolo e si tappa le orecchie per non sentire. Si dice che è colpa sua. È lui la causa di tutte le loro liti. E quando suo padre non rientra, pensa che sia morto e piange a letto... È combattuto tra le aspirazioni di sua madre e le grida di suo padre che lo obbliga a battersi nei pub per diventare un vero uomo. Non sa più chi è. È già sdoppiato... Joséphine aggiungeva la pioggia delle strade di Bristol, il lungomare dove la sera va a passeggiare per vedere le navi salpare, il sogno dell'America, i passeggeri illustri che s'imbarcano. In un'occasione incrocia Douglas Fairbanks in partenza per Hollywood...

Un giorno lui farà cinema...

Joséphine aveva comprato quattro quaderni moleskine. Duecentoquaranta pagine bianche ciascuno. Uno per Cary Grant, uno per il Piccolo Gentiluomo, uno per i personaggi secondari, l'ultimo per le cose più varie. Si era inoltre procurata tutto quanto pubblicato su Cary Grant. Evidenziava in giallo i particolari da usare, in verde le frasi dell'attore da inserire, in rosa le peripezie della sua vita da ricordare. Controllava, ricontrollava... Si chiudeva in casa per lunghe ore di lavoro.

La sua scrivania assomigliava a un laboratorio di falegnameria. Tutti gli attrezzi erano al loro posto: computer, fogli bianchi per prendere appunti, taccuini neri, penne e matite, graffettatrice, temperamatite, gomme, forbici, fotografie e una radiolina sintonizzata su una stazione di musica jazz.

La musica era per Du Guesclin, accovacciato sotto la scrivania con la testa sui suoi piedi. Quando squillava il telefono rizzava la testa, irritato di essere stato disturbato...

I personaggi si sviluppavano e, a poco a poco, la storia prendeva forma.

Ci voleva pazienza, bisognava aspettare che tutto andasse al suo posto, non fare mosse brusche. Lasciare che il silenzio, o ciò che lei credeva essere il silenzio, operasse, riempisse i vuoti. Talvolta si sentiva impaziente... Ma ben presto sarebbe stato tutto pronto. I personaggi completati, vestiti da capo a piedi, le scenografie montate, avrebbe potuto alzare il sipario...

La storia stava per cominciare.

"Allora?" domandò Gaston Serrurier al telefono. "Siamo a fine giugno. Il libro prosegue?"

"Sto costruendo le fondamenta", rispose Joséphine.

Hortense e Zoé erano uscite a fare spese e il giro dei caffè, e la giornata era appena iniziata. Aveva chiesto loro di non rientrare prima delle cinque del pomeriggio. O, se tornate prima, mi dovete lasciare lavorare in pace, vietato parlare!

"Quando potrò leggerlo?" indagò Serrurier.

"Ullallà! Non sono ancora a quel punto! Sto preparando i personaggi..."

"Ma ce l'ha una storia?"

"Sì, e non mi scapperà, ne sono sicura..."

Aveva rivisto per la strada le due signore grassottelle. Continuava a pensare che sarebbero state un soggetto straordinario. Ma, per il momento, doveva lasciarle da parte. La madre e la sua camicia in crêpe di seta scollata sul seno abbondante, l'eterno sorriso dipinto di rosso vivo, la figlia infagottata in un tailleur blu scuro di gabardine come se fosse un piumino invernale. Oppure, pensò tornando sui suoi passi mentre faceva la coda dal panettiere, potrei farle entrare nella famiglia del Piccolo Gentiluomo. Sì! Ecco! La zia cicciottella e sua figlia, cugina del Piccolo Gentiluomo, che vengono a pranzo la domenica... Lui le osserva, inquieto. Si domanda se anche lui verrà divorato vivo dai suoi genitori. Potrebbe diventare una storia parallela...

Annotò l'idea sul taccuino "Varie" in attesa che maturasse.

"E quando pensa di mettersi a scrivere?" riprese Serrurier.

"Non lo so... Non sono io a decidere, ma i personaggi. Quando saranno pronti, quando tutti i pezzi saranno andati al loro posto, si animeranno e la storia partirà..."

"Parla come un garagista!"

"Un garagista o un falegname che solleva la trave portante..."

"Ha tempo di pranzare con me? Sono preso fin sopra i capelli, ma posso liberarmi..."

"Non riesco. Ho una tabella di marcia da seguire. È come se fossi tornata a scuola..."

"Ha ragione. Se si aspetta l'ispirazione, non si supera la prima pagina... Arrivederci e mi tenga al corrente..."

Joséphine riappese, meravigliata. Aveva rifiutato di pranzare con Gaston Serrurier! L'uomo che le soffiava in faccia il fumo del suo sigaro senza che lei gli tenesse il muso!

Andò a guardarsi allo specchio. Eppure non era cambiata... Le stesse guance tonde, gli stessi capelli e occhi castani, tutto castano. Sono la francese tipo... Non ho niente per attirare gli sguardi e me ne infischio! Ho la testa germogliante di idee.

Non aveva mentito a Serrurier. Aveva davvero una tabella di marcia. Lavorava dalle undici del mattino alle cinque del pomeriggio. Poi usciva a passeggiare con Du Guesclin. Una penna intorno al collo, un taccuino in tasca. Bastava un niente perché una folgorazione le attraversasse la mente.

"Ti dico che è vero!" insisteva un giovane con il casco rivolto a un'amica. "Perché parlare sempre male degli altri? Non si è mai sentito di un cammello che si burlasse delle gobbe di un altro!"

Joséphine si fermò e prese un appunto. Aveva voglia di togliergli il casco e baciare il ragazzo. Di dirgli in questo momento sto scrivendo un libro, posso rubarle la frase? E di che cosa parla il suo libro? Le avrebbe chiesto... Non lo so ancora esattamente, ma...

È la storia di come trovare il proprio posto oltre la nebbia... Abbiamo tutti un posto oltre la nebbia e non lo sappiamo. È la storia di due uomini. Uno si chiama Cary Grant, si è impegnato tutta la vita per attraversare la nebbia, l'altro è rimasto fermo sulla linea di partenza... È la storia del perché troviamo il coraggio di andare al di là della nebbia o rinunciamo...

Fischiò a Du Guesclin e continuò la passeggiata.

Se Antoine non l'avesse lasciata per Mylène e i coccodrilli, se Iris non avesse avuto l'idea di scrivere un libro, se lei non fosse stata obbligata a esserne l'autrice, non avrebbe mai trovato il suo posto oltre la nebbia... Erano tutti gli imprevisti della vita che avevano fatto di lei ciò che era. Talvolta suo malgrado...

Rientrò a casa pensierosa...

Il signor Boisson era venuto a bussarle alla porta.

Si annoiava. Aveva preso gusto alle sue visite. Ci sono un sacco di cose che non le ho detto, precisò. Contrattava i suoi ricordi come un venditore di tappeti. Il suo sguardo slavato, duro, si puntò su di lei. L'uomo reclamava la sua presenza. Voleva di nuovo essere al centro del mondo. La bocca era piegata in una smorfia violenta, imperiosa, il mento lungo e stretto diceva che lui aveva diritto a una maggiore considerazione. Esigeva attenzione come un uomo che si sente al di sopra degli altri. C'era dell'arroganza nel suo modo di chiedere, un'aria come a dire lei me lo deve... e Joséphine aveva voglia di rispondergli non le devo niente, è stato lei a buttare il diario nella spazzatura, lei ad averne vergogna, a non volere che sporcasse la sua immagine. E sono io a volerne fare una bella storia... Avrebbe desiderato aggiungere questa storia non le appartiene, è mia adesso.

Gli rispose che era occupata, che stava lavorando sul libro e che le prendeva tutto il tempo. Lui restò sulla soglia insistendo: "Lei mi ha usato, non ha più bisogno di me... e ora mi butta via! Non è bello, non è bello..."

Joséphine si vergognava un po'. Si diceva che lui non aveva tutti i torti. Si predispose ad addolcirsi, a dirgli ok, verrò domani.

A quel punto lui aggiunse in tono lamentoso: "Non mi resta più molto da vivere... E lei lo sa..."

Joséphine provò l'impulso violento di richiudere la porta. Non osò gridargli la verità: non voglio più vederla perché il mio Piccolo Gentiluomo, quello che sta crescendo, è molto più emozionante, aperto e generoso di lei... e non voglio che lei lo influenzi. È ancora fragile...

Zoé e Hortense arrivarono salendo di corsa le scale. L'ascensore è guasto! Videro il signor Boisson allontanarsi e ridiscendere a casa sua strascicando i piedi.

Joséphine chiuse la porta e Zoé domandò: "Sembrava contrariato... Che cosa gli hai fatto?"

"Gli ho detto che non avevo tempo di parlare con lui, che stavo lavorando e si è arrabbiato..."

"Wow, mamma! Sei riuscita a fare una cosa simile! Non ti riconosco più. Hai mangiato un leone o cosa?" gridò Zoé.

Mandò a quel paese Iphigénie che si presentava due volte al giorno, è sicura che conserverò il mio posto, signora Cortès? È sicura?

"Ma sì, Iphigénie, abbiamo votato durante la riunione dei condomini... L'amministratore si è messo a strisciare. Non deve più temere nulla!"

"Ne sarò certa quando avrò ricevuto una comunicazione ufficiale", brontolò la portinaia. "Sarebbe..."

Joséphine richiuse dolcemente la porta.

Hortense si preparava a partire per New York e chiedeva dove fossero finiti i suoi jeans preferiti... Se laggiù il suo Bancomat funzionasse, e se il mio telefono non prende? Che tempo fa a New York d'estate? C'è l'aria condizionata ovunque?

Joséphine rispondeva non ho tempo! non ho tempo! Sbrigatela da sola! Adesso sei grande, Hortense!

Zoé, seduta a gambe incrociate su una seggiola della cucina, mangiava una tartina con la Nutella.

"Mitico!" esclamò imitando Homer Simpson. "Non riconosco più mia madre! Manda tutti a farsi friggere!"

Una sera l'aveva chiamata Mylène. Sono tornata in Francia, signora Cortès, non ne potevo più della Cina, avevo nostalgia di casa...

Aveva trovato un impiego in un piccolo centro estetico a Courbevoie, nel mio vecchio posto di lavoro, signora Cortès, si ricorda? Dove avevo fatto la manicure a Hortense da piccola...

È così che avevi conosciuto Antoine, pensò Joséphine. Ed è per lei che mi ha lasciato...

Rivide la scena nella cucina di Courbevoie. Sapeva che Antoine aveva un'amante. Glielo aveva detto sbucciando le patate. Si era tagliata un dito, sanguinava...

Quel giorno ho creduto di morire di dolore, di paura.

E quando lui era venuto a prendere le bambine per portarle in vacanza. Le prime vacanze che non passavano insieme... Partiva con loro e Mylène.

Il gomito di Mylène che sporgeva dal finestrino dell'auto...

Ripensò al triangolo rosso che aveva disegnato...

Il balcone dall'alto del quale aveva osservato allontanarsi la macchina che si portava via le sue figlie, suo marito e l'amante di suo marito. Quel giorno si era lasciata cadere sul balcone dell'appartamento di Courbevoie e aveva urlato...

Malediciamo una prova senza sapere, quando ci capita, che ci farà crescere e ci porterà altrove. Non vogliamo saperlo. Il dolore è troppo forte perché gli si possa riconoscere una qualche virtù. È quando il dolore è passato che ci si volta indietro e si prende in considerazione, sbalorditi, il lungo cammino percorso. È stato grazie alla partenza di Antoine che ho cambiato vita... Che ho capito che potevo farcela da sola. Prima non esistevo, ero la moglie di...

Se Mylène non fosse comparsa nella sua divisa da estetista, sarei ancora la gentile signora Cortès che lavora al CNRS e che nessuno rispetta...

Mylène voleva sapere se, grazie alle sue amicizie, Joséphine non potesse aiutarla a trovare un lavoro in un centro più lussuoso.

"Lei deve conoscere quei posti eleganti e costosi dove le signore ricche vanno a farsi coccolare... Mi annoio qui a Courbevoie. In Cina ero una donna d'affari, guadagnavo parecchio, sa, e mi ritrovo con un camice rosa a fare manicure ed extension! Deve ammettere che non è esaltante..."

"No, non conosco nessun salone di bellezza..."

"Ah..." sospirò Mylène, contrariata. "Eppure credevo..."

"Mi dispiace di non poterla aiutare..."

"E... dica, signora Cortès, lei sa di qualcuno interessato a comprare una parure di Chaumet? È autentica, l'ho acquistata a Parigi, mi dicevo che era un modo per investire i miei soldi... Sono riuscita a farla uscire dalla Cina. Vorrei venderla. Ho bisogno di denaro..."

Joséphine ripeté che no, non sapeva di nessuno.

Mylène esitò. Aveva ancora voglia di parlare.

Joséphine riappese. Le ragazze le chiesero chi era? Chi era?

"Mylène Corbier... Voleva che le trovassi un lavoro..."

"Che sfacciata!" esclamò Hortense. "Se penso a tutto quello che ha combinato!"

"Già..." ammise Joséphine.

"Ha davvero una faccia di bronzo!"

"Ciò non toglie che mamma le abbia sbattuto il telefono in faccia!" dichiarò Zoé. "Mitico! Mi hanno cambiato la madre!"

Hortense si girò verso Joséphine e buttò lì: "Mamma, stai diventando una persona frequentabile..." Poi, rivolta a Zoé: "E tu smettila di mangiare Nutella! Ti fa male e ti fa venire i brufoli!"

"Sì, però è rassicurante..."

Zoé guardava sua madre cambiare e si preoccupava.

E se tra un po' non le avesse più voluto bene?

Se il libro si fosse preso tutto e per lei non fosse rimasto niente?

Per fortuna c'era Gaétan...

Era venuto a Parigi per un'intera giornata. Una toccata e fuga per iscriversi al liceo.

Sua madre cercava un appartamento. Aveva trovato lavoro come commessa in un negozio di orologi in rue de la Paix e sembrava radiosa. Lui borbottava sempre speriamo che duri, l'aria preoccupata. Sarebbero andati a vivere in un monolocale, mangeremo pasta e riso, non avremo molti soldi, ma non è grave...

Si erano rivisti...

Le aveva dato appuntamento alla gare Montparnasse.

Lui l'aspettava, alto e magro nella sua felpa viola con la zip. Era cresciuto ancora... Non lo riconosceva più. Gaétan aveva fatto un passo avanti, l'aveva baciata. Lei si era sgonfiata come un palloncino rosso a cui era stato sciolto il nodo e si era sentita trascinata via! Trascinata verso la torre Montparnasse dall'alto della quale lui voleva vedere Parigi, trascinata nell'ascensore in cui le si erano tappate le orecchie, trascinata dentro un enorme gelato al cioccolato e fragola che avevano mangiato insieme, trascinata nelle sue brusche risate e nel suo sguardo timido... Trascinata verso Montmartre e i negozi di tessuti e nastri multicolori, a pois, a righe, trascinata nei giardini del Palais-Royal dove avevano immerso i piedi stanchi nella fontana, trascinata nel vortice di kiwi e arance gustate al "Paradiso della frutta" alle Halles. Con lui era Parigi a tutta velocità. Le sue gambe lunghissime che affrontavano le scale mobili della metropolitana come quelle di un gigante, e lei, piccolina, che lo seguiva correndo. È come lo immaginavo, dolce, buffo, gentile, coraggioso, sorridente. Avevano parlato dell'anno successivo, di tutto quello che avrebbero fatto, dei luoghi di Parigi dove avrebbero passeggiato. Lui le avrebbe mostrato la città come se appartenesse a loro. Lei lo ascoltava, mai sazia, alzando gli occhi verso di lui. Aveva voglia di dirgli ancora, altri progetti. Altri baci... Avevano corso per non perdere il treno del rientro, l'aveva baciato, e trenta secondi prima che il treno partisse, era salita sul vagone e gli aveva chiesto allora è sicuro, ci vediamo all'inizio della scuola? Lui l'aveva baciata, aveva risposto è sicuro, è sicuro, e lei era scesa sentendo il treno che si avviava.

Se il libro si fosse mangiato sua madre, non sarebbe rimasta sola, c'era Gaétan...

Diede un morso alla tartina con la Nutella.

* * *

Becca era molto presa.

Usciva la mattina presto e tornava la sera tardi. Si rifiutava di dire dove andava e quando Philippe o Alexandre le facevano qualche domanda, lei rispondeva *not your business!* Parlerò quando avrò qualcosa da dire, ma per il momento è inutile...

Annie era tornata in cucina e si lamentava delle gambe che la facevano soffrire. Avrebbe trascorso tre settimane in Francia, dalla sua famiglia, e aveva preso appuntamento con un flebologo.

"Ho l'impressione che il mio corpo stia cambiando", diceva guardandosi le gambe come due pezzi a sé stanti.

"Stiamo cambiando tutti", le rispondeva Philippe con aria misteriosa.

Alexandre si stava preparando per le vacanze: andava un mese in Portogallo da un amico i cui genitori avevano una casa a Porto. Dispiegava per terra grandi mappe dell'Europa per rintracciare il luogo che avrebbe visitato. Calcolava i chilometri, le soste in automobile... Ci fermeremo qui e qui e qui... Annie diceva che era troppo giovane per partire senza suo padre. Philippe ribatteva che non c'erano rischi.

"Deve imparare a sbrigarsela da solo... E poi, Annie, ci pensi, non sarà abbandonato a se stesso. Conosco i genitori del suo amico e sono brave persone..."

Lei borbottava che lui non poteva saperne niente. Li aveva visti alle riunioni al liceo, e non era quello che lei chiamava "conoscere". Aggiunse che Alexandre era ancora piccolo...

"Non è piccolo! Ha quindici anni e mezzo..."

"Oggigiorno il mondo è pericoloso!"

"Annie, la smetta di avere paura di tutto!"

"Perché non va con lui?"

"Prima di tutto, non sono stato invitato, e poi perché penso che sia importante che viva la sua vita da solo per un mese..."

"Spero che non gli capiti niente..." sospirò Annie con l'aria dell'uccello del malaugurio.

La sera cenavano tutti e quattro insieme in cucina.

Becca taceva su ciò che aveva fatto durante la giornata. Annie dichiarava che la torta ai porri le era venuta troppo salata.

Alexandre chiese che cos'era successo a Dottie e perché se ne fosse andata. Le mancava...

Philippe rispose che aveva trovato un lavoro e che andava bene così, passami un pezzo di pane, Alex!

Allora non era veramente innamorato, pensò Alexandre sbirciando il padre, non sembra nemmeno triste... Anzi, pare più felice di prima. Forse la presenza di lei gli pesava. Forse è innamorato di un'altra... Come me. Io cambio fidanzata tutti i giorni, non riesco ad amarne una sola. Sì, ma lui è più vecchio, dovrebbe sapere quello che vuole... Quando diventiamo vecchi sappiamo esattamente ciò che vogliamo o bisogna aspettare di essere in punto di morte per scoprirlo? Quand'è che saprò una buona volta chi amo? Devo mentire a Salika quando mi chiede se le voglio bene? Si capisce quando diciamo una bugia? Assomigliamo ai rivenditori di auto usate che si vedono in televisione? Nell'attesa, suo padre aveva un'aria felice ed era ciò che per lui contava. Una mattina Dottie se n'era andata con un'espressione allegra da funerale, tanto si capiva che era forzata. Aveva afferrato la sua valigia rosa e viola facendo loro gli auguri, triturando l'impugnatura, ma salutando in punta di galateo. Voleva bene a Dottie. Gli aveva insegnato a giocare a backgammon e a bere di nascosto il succo d'arancia con un po' di vodka...

Poi, una sera, Becca parlò.

Attese che lei e Philippe fossero soli in salotto. Le ampie finestre erano aperte sul parco. La temperatura era tiepida e la notte tranquilla. Philippe aveva disdetto un impegno a cena. Non aveva voglia di uscire.

"Non mi va più di uscire. Ho sempre meno voglia di vedere gente... È grave, dottoressa Becca? Finirò come un vecchio coglione..."

Con aria maliziosa, Becca aveva dichiarato che lui era perfetto. Il suo progetto era pronto, adesso poteva dire tutto.

"A nord-est di Londra ho trovato una piccola chiesa con degli ampi locali vuoti... Il pastore ci permette di usarli... Ho cercato a lungo, volevo individuare un quartiere in cui avrebbe avuto senso creare un rifugio..."

"E cosa vorrebbe fare?"

"Un centro di accoglienza per donne sole. Sono loro le più disgraziate per la strada. Vengono picchiate, derubate, violentate quando sono giovani. Malmenate quando sono vecchie. Gli rompono i denti. Non sanno difendersi... Cominceremo con una quindicina di letti e, se tutto va bene, ci ingrandiremo... Faremo anche una mensa. Un pasto caldo a mezzogiorno e alla sera. Cibo buono, però, non quelle brodaglie insipide che ti mettono in un piatto di plastica. Mi piacerebbe che ci fossero verdura e frutta fresca. E carne vera, non andata a male... Vorrei che le persone fossero servite, che non debbano fare la coda come dei numeri. Che i tavoli abbiano tovaglie bianche. Nella mia testa ho organizzato tutto. Mi sta ascoltando?"

"L'ascolto, Becca", rispose Philippe sorridendo.

Becca si infervorò, descrivendo il suo progetto come l'architetto di una cattedrale svela il disegno delle ogive, delle volte, delle colonne, degli architravi.

"Vorrei un posto in cui le donne di strada si sentano a casa loro. Non un asilo freddo e anonimo in cui ogni sera si cambia camera e letto... Non voglio più che restino ammassate in un recinto come bestie curiose. Vorrei che avessero la possibilità di incontrare delle donne cosiddette 'normali'..."

Inciampò sulla parola e si fermò.

"Continui, Becca", la incoraggiò Philippe.

"Che avvenga uno scambio con queste donne. Che non sia solo carità... Organizzeremo corsi di pittura, di disegno, di danza, di giardinaggio, di pianoforte, di yoga, di cucina... E vorrei che venissero ricompensate per il loro lavoro se creeranno degli oggetti. Per esempio, in cambio del pasto potremmo domandargli di preparare una torta o di donare una sciarpa fatta da loro, una scultura in argilla. È un'utopia, ma ho voglia di provare... E, cominciando con qualcosa di piccolo, non rimarrò delusa se andasse male..."

"E io che cosa farò, a parte darle il denaro per aprire il centro?"

"Avrò bisogno di lei per la contabilità e per organizzare tutto. Sarà una vera impresa far vivere insieme tutte quelle persone..."

"Lavorerò mezza giornata. La mattina andrò in ufficio e il pomeriggio da lei..."

"E poi sarebbe bello anche trovare loro un impiego... Farle diventare di nuovo delle persone da assumere. In grado di presentarsi per fare un lavoretto da niente, ma vero. In questo modo il centro sarà solo una tappa della loro esistenza... Dopo avere passato la notte sotto la pioggia, essere stata disturbata da individui che si prendono a pugni o s'insultano, non sai più come mostrarti, in che modo rivolgerti agli altri, perdi le buone maniere, la capacità di esprimerti... Ti senti sporca... Potremmo fare tutto questo insieme... Avrò bisogno di un uomo per far regnare la legge..."

"Dovrò usare le maniere forti?"

"Non è detto... sa, l'autorità s'intuisce, non avrà bisogno di mostrare i muscoli!"

"Sono felice di questo progetto, Becca, davvero felice... Quando si comincia?"

"Ehm... Non appena avremo il denaro..."

"Immagino che abbia un'idea..."

Becca rispose sì, sì, io e il pastore Green abbiamo preparato un budget, ecco...

Gli mostrò la cifra mensile, semestrale, annuale...

"Sarebbe bello poter partire dall'ipotesi di un anno..."

Philippe osservò il bilancio. Becca aveva lavorato bene, era tutto preciso, chiaro, dettagliato. Lei lo osservava, agitata.

"Non tornerà sui suoi passi, vero?"

Philippe sorrise, no! Mai...

"In questo modo", riprese Becca, "se quest'estate ci diamo da fare, per settembre saremo pronti..."

Philippe invitò a casa dei rappresentanti di Sotheby's e Christie's.

Propose loro un *Butterfly painting* di Damien Hirst, stimato ottocentomila dollari, e un candelabro di David Hammons, stimato un milione e trecentomila.

Fu Sotheby's a essere incaricata della vendita.

Poi chiamò il suo amico Simon Lee, un famoso mercante d'arte londinese, per vendergli un *Center Fall* di Cindy Sherman.

Poi compilò un assegno per Becca.

Lei dovette sedersi per leggerlo.

"È troppo! Fin troppo!"

"Se ho capito bene il suo progetto, avrà bisogno di un sacco di soldi... Bisognerà predisporre camere, bagni, docce, riscaldamento, un'intera cucina... Costerà molto."

"L'assegno... non a nome mio", precisò Becca, "ma a quello della nostra fondazione... Dovremo trovargliene uno, aprire un conto in banca."

Fece una pausa, poi gridò: "Insomma, Philippe! Si rende conto del regalo che sta per fare a tutte quelle persone?"

"Se lei sapesse come mi sento bene! Prima avevo un nodo all'altezza del petto, soffocavo... È sparito, se n'è accorta? Adesso respiro, respiro!" Si sfregò i polmoni sorridendo. "Quest'anno la mia vita è cambiata, e me ne sono a malapena accorto... Ero in malattia, stavo facendo la muta... Devo essere stato di una noia mortale!"

"È così che capita. Cambiamo senza accorgercene..."

"Sa che facendomi vendere in questo momento, mi fa concludere un ottimo affare..." le disse, malizioso.

"Davvero?"

"È il momento giusto, le quotazioni sono in risalita, ma non durerà... Quello dell'arte è diventato un mercato come tutti gli altri. La parola 'arte' è scomparsa... Dopo un anno difficile, è ripresa la speculazione. Le vendite all'asta stanno battendo tutti i record. L'arte è diventata il bene rifugio di un ambiente completamente scollegato dal mondo reale."

"Ma gli artisti non possono reagire, protestare?"

"Artisti famosi stanno producendo in grande quantità per soddisfare la domanda. Richard Prince, per esempio... Ne ha sentito parlare?"

Becca scosse la testa.

"Non so niente di arte moderna."

"Un *Nurse Painting* di Richard Price che nel 2004 si vendeva a sessantamila dollari, nel maggio 2008 ha raggiunto la cifra di nove milioni di dollari da Sotheby's a New York! Di fronte a questa situazione, Richard Prince ha cominciato a dipingere in serie. Il suo lavoro si è impoverito, standardizzato. Diversi artisti conosciuti hanno fatto come lui a discapito della creatività e della qualità... In questo periodo, le gallerie che s'impegnano sul serio per scovare nuovi talenti fanno fatica. Non hanno più soldi..."

"Il suo sogno ha preso il volo... Con tutti questi dollari..."

"Sì. Ma un sogno fatto solo di dollari è pessimo... Da bambino il mio sogno era entrare in un quadro, da adulto è di uscirne..."

Le parlò della sua prima emozione davanti a una tela di Caravaggio a Roma.

Becca lo ascoltò raccogliendo i pezzi del suo sogno infranto.

Portò Philippe a vedere la chiesa e la piccola costruzione addossata all'edificio religioso di Murray Grove. Una casetta di mattoni rossi, circondata da un giardino e da due grandi platani. Le stanze erano ampie, i soffitti a ogiva, i pavimenti di grosse pietre bianche.

In quel vasto spazio vuoto, lei immaginava la cucina, le camere, le docce, la sala da pranzo, il salone in cui guardare la televisione, mensole per i libri, la nicchia per il pianoforte, delle tende... Spalancava le porte e ammobiliava ogni angolo del suo progetto.

Il pastore Green si unì a loro. Era un uomo robusto dallo sguardo vivace e il naso appuntito. Con i capelli bianchi e il viso rubizzo. Assomigliava alla sua chiesa. Ringraziò Philippe della sua estrema generosità. Philippe replicò che non voleva più sentire nominare quella parola.

Scovò un locale più piccolo al primo piano e decise che sarebbe stato il suo ufficio. Sul muro c'era una frase scritta a mano in lettere maiuscole: "Quando l'uomo avrà tagliato l'ultimo albero, inquinato l'ultima goccia d'acqua, ucciso l'ultimo animale e pescato l'ultimo pesce, allora si renderà conto che il denaro non è commestibile."

Scelse di lasciare la frase sulla parete.

Rientrando a casa, Becca lo prese a braccetto dichiarando che era felice.

"Ho trovato il mio posto... Ho l'impressione di averlo cercato per tutta la vita. È strano. È come se avessi vissuto tutti questi anni solo per arrivare in questa chiesetta... Che cosa significa secondo lei?"

"È una riflessione molto personale..." le fece notare Philippe stringendole il braccio. "Solo lei può sapere che cosa prova dentro di sé... Spesso si dice che è il cammino da compiere quello più esaltante..."

"Sprizzo felicità e ho bisogno di dirlo..."

Lui la guardò. Aveva il viso illuminato da una luce intensa.

"E lei?" gli chiese. "È felice?"

"È buffo", rispose lui. "Non mi pongo nemmeno la domanda..."

* * *

Hortense fece apposta ad arrivare venti minuti buoni dopo l'orario fissato per l'appuntamento con Chaval.

"Alle sedici da Mariage, vicino alla Salle Pleyel..." gli aveva detto al telefono. "Mi riconoscerai perché sarò la ragazza più bella del mondo!"

Lui si sarà presentato con un quarto d'ora di anticipo, si sarà lisciato dieci volte i risvolti della giacca e i baffi, osservato il proprio riflesso in un cucchiaino come una donna civettuola... Una mezz'ora di attesa lo avrà reso nervoso e me lo avvolgerò intorno a un dito come una molla rotta.

Chaval era davvero teso come una molla: faceva nodi, torsioni, arabeschi, gli occhi gli giravano come eliche, il sorriso storto per il doloroso desiderio. La sventura di un uomo si riversa sempre sul suo aspetto fisico e Chaval non riusciva a stare dritto. Era ridiventato un individuo scialbo, servile, dai tratti spenti.

La vista di Hortense gli scaldava il sangue. Sentiva il corpo scosso da un tremito nervoso che non riusciva a controllare.

Era ancora più bella che nei suoi ricordi. Si alzò. Le gambe non lo reggevano. La squadrò da cima a fondo quasi ricevendo in pieno viso dei colpi di granata. Aveva il fiato corto, gli occhi fuori dalle orbite. Pensava una volta ho posseduto questa ragazza, l'ho schiacciata sotto di me, con la punta del mio dardo l'ho penetrata, l'ho massaggiata, le ho leccato i seni, la carne tenera del ventre. Si sentì come decapitato. Colpito da un proiettile. Non era più in grado di ragionare. Provò l'impulso violento di stringerla a sé e si afferrò alla tovaglia bianca che copriva il tavolo.

"Sono felice di vederti", gli disse lei lasciandosi cadere sulla poltrona in rattan.

"Figurati io..." riuscì a malapena ad articolare Chaval.

Aveva la bocca secca, impastata. Gli sembrava di masticare gesso.

"Ho creduto di sognare quando mi hai chiamato..."

"Hai fatto bene a non cambiare numero!"

"E quando ti ho visto entrare... Io... Io..."

Balbettava. Hortense lo trovò pietoso e si disse che doveva concludere in fretta quella faccenda. L'uomo non riusciva più a controllarsi. Ne fu quasi delusa, non avrebbe avuto niente di interessante da raccontare a Junior. Delusa e sollevata. Non era convinta che lo stratagemma di Junior avrebbe funzionato. Non si sentiva a proprio agio all'idea di comportarsi come un poliziotto, di predicare il falso per arrivare alla verità. Avrebbe preferito fare affidamento sul suo istinto che le bisbigliava che Chaval si sarebbe lasciato prendere al lazo da una promessa voluttuosa. Conosceva il tipo per la passata frequentazione.

Stirando le braccia e puntando i seni verso di lui, dichiarò: "Volevo sapere che cosa ti era successo... Mi sei venuto in mente e mi sono detta che cosa starà combinando? È passato un sacco di tempo..."

Lui quasi si strangolò dalla gioia. Lei pensava a lui! Non l'aveva completamente dimenticato! Si chiedeva se non stesse sognando e continuava a ripetere le stesse stupide parole, le frasi dell'innamorato balbuziente per la felicità.

"Tu pensavi a me! Tu pensavi a me! Mio Dio, tu pensavi a me..."

"Che cosa c'è di così sorprendente? Sei stato il mio primo amante. Il primo amore non si dimentica mai..."

"Sono stato il tuo primo amore, il tuo primo amore... e non mi hai mai detto niente! Il tuo primo amore..."

"C'è bisogno di dirlo?" lo adulò Hortense, giocherellando con i capelli.

"E io non lo sapevo! Mio Dio! Com'ero stupido!"

"Ma non capisci proprio niente del linguaggio delle donne innamorate, eh?"

Lui la fissava, disorientato, le mani tremanti.

"Sei come tutti gli altri uomini, ti fermi davanti a ciò che senti, a ciò che vedi, senza andare oltre! Spesso nascondiamo il vero sotto il falso, il diamante sotto il fango..."

Hortense inalberò l'aria offesa di chi è stata male interpretata. Girò lo sguardo sul fondo della sala, consapevole di offrirgli il suo profilo migliore.

"Ti chiedo scusa, Hortense, perdonami..."

Mio Dio! Ma che lagna! Devo stare attenta a quello che dico, altrimenti mi morirà tra le braccia!

Sorrise scuotendo i capelli.

"Ti perdono... È acqua passata..."

Chaval trasalì, lanciandole uno sguardo da cane bastonato. Oh no! Non era ancora acqua passata, lui voleva riprenderla tra le braccia, stringerla a sé, farsi perdonare per essere stato così cieco, sordo, tonto. Era pronto a tutto per tornare nelle sue grazie. Allungò il braccio e le toccò una mano. Lei glielo permise con la magnanimità della donna che perdona. Lui se ne impossessò promettendole che mai più avrebbe dubitato di lei.

"Ho perso la testa per te, Hortense..."

Lei gli accarezzò la mano dicendogli non è grave, non prendertela.

"Mi sento così strano, sai", continuò Chaval, guardandola con gli occhi lucidi.

Che orrore! Non si metterà anche a piangere! si disse Hortense. Quell'uomo era davvero ripugnante.

"Avevo preso l'abitudine di pensarti al passato... Credevo che non ti avrei mai più rivisto..."

"E perché?"

"Sei scomparsa così all'improvviso..."

"Io faccio tutto all'improvviso", ammise lei. "È tipico della mia età..."

Bam! pensò, gli ho appena ricordato che è più vecchio di me, che i quaranta si avvicinano. Lo costringerò a strisciare di nuovo ai miei piedi.

"E poi sto lavorando tanto... Ho firmato un contratto con Banana Republic a New York, parto tra una settimana."

"Vai a New York?"

"In effetti, c'è un motivo se ti ho chiamato..."

"Se posso esserti di aiuto..."

"Volevo sapere se conosci questa azienda... Quali sono i suoi punti di forza? La loro clientela? Giovani o donne più mature? Devo creare degli abiti sportivi o delle mise da sera? Se potessi aiutarmi..."

Lusingate l'interlocutore perché abbassi le difese e si pavoneggi... Hortense conosceva una ricetta infallibile. Soprattutto con un uomo come Chaval, che inalò il complimento come se fosse il fumo di una sigaretta proibita e si gonfiò di boria.

"Non la conosco molto bene, ma posso informarmi..."

"Faresti questo per me?"

"Farei tutto per te, Hortense..."

"Grazie, me ne ricorderò... Sei un amore..."

Lo disse con una punta di tenerezza e Chaval si sentì un prode cavaliere. Mio Dio! Mio Dio! Per quanto tempo ho smesso di pensare? Di fare progetti brillanti? Non avevo più fame. È bastato che Hortense entrasse in questa sala da tè, gettasse la borsa sul tavolo e mi sorridesse per sentirmi il cervello e la gola in fiamme. Avevo dimenticato che cosa fosse una vera donna, una donna pericolosa, sprezzante che ti lancia delle sfide aprendoti una voragine sotto i piedi. Aveva voglia di buttarsi nel precipizio. Dimenticò tutti i suoi principi di prudenza e non ebbe più che un unico desiderio: rendere Hortense partecipe dei suoi progetti e della fortuna che lo aspettava.

"E tu?" continuò Hortense. "Che cosa fai di questi tempi?"

"Sto seguendo un grosso colpo", rispose vantandosi.

"Ah..." commentò Hortense, fingendo di non voler indagare.

Chaval, offeso, pensò che lei non gli credesse. E, come tutti coloro che pensano di avere già in tasca la fortuna promessa, si sbarazzò di ogni ostacolo che la cautela gli avrebbe consigliato se avesse riflettuto, e si lanciò con la spada sguainata.

"Non mi credi?"

"Oh sì..." rispose Hortense, con l'espressione di chi pensa esattamente il contrario.

"E diventerò molto ricco! La prova? Non più tardi di ieri sera ho ordinato una Mercedes cabriolet, proprio l'ultimo modello..."

"Così ricco!" esclamò Hortense in tono freddo consultando la lista dei dessert.

Fece finta di non saper scegliere tra il crème caramel al lampone e la specialità della casa, la torta ai frutti di bosco. Gli chiese un parere.

"Vedo che non mi prendi sul serio..."

"Tu hai scelto? Forse non vuoi niente... Io sono sempre indecisa. È tutto così buono qui."

"Tu pensi che io sia un uomo finito... Questo mi rattrista, Hortense!"

"Ma no... ascolta, sarò onesta. Parlando con Marcel mi sembrava di avere capito che è un periodo difficile. Me l'ha detto lui stesso. E siete nello stesso campo, no?"

"È qui che ti sbagli, bella mia... Io adesso sono nella finanza. Alta finanza! Speculo..."

"Con i tuoi soldi?"

"Con dei soldi, diciamo..."

"E diventerai ricco?"

"Molto ricco..."

"Non ti nascondo che la cosa mi interessa, mi piacerebbe lanciare il mio marchio e avrò bisogno di fondi... Di un finanziatore solido che mi sostenga..."

"Ce l'hai davanti a te! Sono il tuo uomo!"

"Ascolta, Bruno..."

Udì il suo nome pronunciato dalle labbra di Hortense e si ammosciò di nuovo. Quando stavano insieme, lei lo chiamava solo Chaval. Niente tenerezza tra loro. Solo sesso e soldi! Chiaro? aveva ribattuto Hortense un giorno in cui lui si era spinto a dirle che era pazzo di lei...

"Ascolta, Bruno", riprese la giovane modulando le due sillabe, arrotandole in bocca, inumidendosi le labbra. "Io sono seria quando parlo, non dico tanto per dire..."

"Figurati io!"

"Vorrei tanto crederti, ma ne ho abbastanza della gente che si vanta e che, quando gli chiedi di darti una mano, se la battono... A parole è facile, ma è dalle azioni che si giudica un uomo!"

Le era venuta un'idea per far cantare Chaval.

"Ti riferisci a qualcuno di preciso?" chiese lui.

"Sì. Qualcuno che conosci anche tu... Ce l'ho a morte con lui! Sono furiosa!"

"Dimmi chi è che lo faccio fuori", replicò lui tra il serio e il faceto.

"Voglio dirti una cosa... Se troverò il modo di fregarlo, lo farò senza farmi alcun problema. In più, non se ne accorgerebbe nemmeno! È pieno di soldi fino agli occhi! Sono stufa di essere sempre al verde, Bruno... Ho un sacco di idee per la testa, una quantità di progetti... Ma non posso realizzarli! E nessuno vuole aiutarmi... Quest'anno sono stata la prima della mia classe e ho disegnato diversi modelli che saranno proposti ai grandi marchi. E io non ci guadagnerò niente! Niente! E quando chiedo a un tipo che nuota nell'oro di prestarmene un po'... Hai sentito cos'ho detto, 'prestarmene un po'', perché lo rimborserò fino all'ultimo centesimo... ebbene! Si rifiuta! Dice che sono troppo giovane, che ho appena smesso di portare i pannolini! Lo odio, ti giuro che lo odio!"

"Calmati", disse Chaval, che improvvisamente si sentiva l'uomo della situazione.

"A che mi serve avere idee a palate, eh? A cosa? Se non ho neanche un soldo per realizzarle..."

Hortense colpì il tavolo con un gesto di rabbia.

"Ti aiuterò io, vedrai... Ti aiuterò..."

Lei sospirò, esasperata. Il cameriere si avvicinò per prendere la loro ordinazione. Con aria infastidita, Hortense scelse un pasticcino alla frutta e un tè affumicato. L'uomo prese nota e si allontanò.

"Non voglio finire a fare la leccapiedi come lui", mormorò Hortense, abbastanza forte perché Chaval la sentisse.

"Aspetta un attimo", disse Chaval. "Aspetta..."

Era così turbato che non sospettò nemmeno per un secondo che Hortense volesse ingannarlo. Con tutta la boria del vecchio bellimbusto, pensava che lei stesse tornando da lui, che avesse bisogno di lui, che avesse di nuovo voglia di perdersi nei loro abbracci, respirava l'idea, se ne inebriava, si ubriacava. Aveva una gran confusione in testa e voleva vederci chiaro, perciò riepilogò punto per punto.

"A chi hai chiesto denaro?"

"Che importa? Tanto non potrai farci niente... Se tu sapessi quanto lo detesto!"

"Hai detto che lo conosco."

"È l'unico che conosci..."

"Non sarà, per caso, Marcel Grobz?" sussurrò Chaval, con l'espressione del cospiratore venuto allo scoperto.

"Come hai fatto a indovinare?" gridò Hortense. "Mi sorprendi, Bruno, mi sorprendi davvero! E dire che lui aveva dichiarato che eri finito, spremuto, da buttare nella spazzatura! Che non ti avrebbe voluto nemmeno come zerbino!"

"Ha detto così?"

"Le sue esatte parole!"

"Me la pagherà!"

"Ma io non gli ho creduto", aggiunse Hortense, affascinante come una gatta che si mette a leccare il latte che ha appena rovesciato con la zampa. "La prova? Sono venuta da te per chiederti informazioni su Banana Republic..."

"Ah, il Vecchio si pentirà di averti parlato così!"

Chaval si chinò su di lei, facendole segno di avvicinarsi. Hortense allungò una gamba sotto il tavolo e la sua coscia sfregò quella dell'uomo, che finì per perdere la testa.

"È lui che ho preso di mira! Grazie a lui diventerò ricco!"

"E come?" chiese Hortense.

"Sono riuscito ad avere accesso ai suoi conti e gli sottraggo il contante... È così che ho versato il primo acconto per la Mercedes. E mi son detto che con tutti i soldi che gli fregherò, farò qualche affare. Ebbene, è deciso: lo farò con te! Sarai vendicata, bella mia... E così io sarei finito, spremuto, da buttare nella spazzatura! Gli farò vedere io che cosa ne faccio della sua spazzatura! Io... Io gliela metto in testa!"

Hortense lo incoraggiava con lo sguardo. Non accettare subito, tienilo un po' sulla corda perché si lasci andare e spifferi tutti i segreti del suo imbroglio.

"Sei un amore, Bruno..."

Sottolineò la parola "amore", rafforzando la pressione della coscia, e lo vide arrossire.

"... ma è troppo rischioso. Ti farai beccare! E questo mi dispiacerebbe..."

"Ma no!" s'innervosì Chaval. "Ho pensato a tutto! Io non corro nessun rischio, è Henriette a farlo! È lei a prelevare il denaro e a girarmene la metà. Io non compaio in alcun modo..."

"È stata lei a darti i codici di accesso ai conti corrente?" gridò Hortense fingendo di non credere alle proprie orecchie.

"No, è stata un'altra... Una povera donna che si è follemente innamorata di me e mi ha passato i codici segreti. Senza saperlo, in ogni modo... Lavora a Casamia. Si chiama Denise Trompet, ma noi l'abbiamo soprannominata Trombetta..."

Eccoci! si disse Hortense. Junior è veramente un grande. Da svelare restava solo il mistero della gellaba.

"Sei andato a letto con lei?" chiese Hortense con l'espressione della donna ingannata.

Poi chinò il viso fingendo di essere addolorata.

"Ma no, amore mio, non sono andato a letto con lei, ti giuro che l'ho sedotta con lo sguardo, solo con lo sguardo! E l'ho lasciata..."

"Non posso dire niente", sospirò Hortense. "So benissimo che nessuna donna ti resiste... Io per prima..."

"Con la Trombetta è stato solo un gioco!"

E le raccontò tutto facendosi passare per il cavaliere senza macchia. Rovesciò sulla Trombetta tutto il suo disprezzo, si burlò dei suoi abiti a righe, della sua carne molle e flaccida, minimizzò il ruolo di Henriette, si lasciò prendere dalla foga, aggiungendo qualche zero al suo furto.

"Sono ricco, Hortense, sono ricco... Non cercare più, hai trovato il tuo finanziatore..."

"È troppo bello", mormorò Hortense scuotendo la testa. "Troppo bello... Ma se Marcel scopre l'inganno..."

"Lui si fida completamente della Trombetta e la poverina è pazza di me. Ho tutto sotto controllo..."

Cominciò a elaborare un progetto. Parlò dei modelli da disegnare, suggerì di venderli prima su Internet, è il futuro, bella mia, è il futuro. Partiremo a tutta velocità e poi apriremo dei negozi, ma soltanto dopo...

"Vedrai, tu e io guadagneremo un sacco di soldi..."

Hortense continuava a tenergli il muso. Non voleva mostrarsi entusiasta. Doveva scoprire se stava tramando qualcos'altro. Che le chiarisse il mistero della gellaba.

"Lo pensi davvero?"

"Ascolta, se ce l'hai davvero con Marcel..."

"Lo odio..."

"Allora, pensaci... Abbiamo tutto il tempo... e mentre tu rifletti, io prelevo. Azione, reazione, azione, reazione!" esclamò Chaval, passandosi l'unghia del pollice tra i denti.

Che eleganza, si disse Hortense. Non appena si lascia andare, torna se stesso.

"Hai ragione, ci devo riflettere... ma non devo parlarne a nessuno, vero?" insistette lei. "Bisogna essere prudenti, molto prudenti..."

"Ovvio. Mi prendi per un idiota? A chi vuoi che ne parli?"

"Pensavo a Henriette. Soprattutto non dirle che mi hai incontrato..."

"Te lo prometto!"

Lui si appoggiò con i gomiti sul tavolo e la contemplò, scuotendo la testa.

"Se tre mesi fa mi avessero detto che sarei diventato ricco e avrei ritrovato la donna che amo!"

"La fortuna aiuta gli audaci..."

"Che cosa fai stasera? Potremmo..."

"Oh, che peccato! Ho promesso a mia madre e a mia sorella che avrei cenato con loro, le ho viste poco da quando sono tornata da Londra... Facciamo un altro giorno, d'accordo?"

Gli strinse la mano con la tenerezza della donna riconoscente pronta a saldare il proprio debito. Lui rispose, magnanimo: "D'accordo... Ma esigo per me tutte le altre sere fino alla tua partenza! E poi... potrei venire a New York con te, no? Sarebbe fantastico! Saliremo in cima al Rockefeller Center, passeggeremo per la Quinta avenue, abiteremo in un palazzo..."

"È il mio sogno, Bruno!" bisbigliò Hortense accarezzandogli dolcemente le dita.

E che ti si peli il culo, povero imbecille! pensò.

* * *

La sera stessa Hortense andò a cena da Josiane e Marcel.

Marcel era rientrato dall'ufficio di buon'ora. Aveva fatto il bagno ascoltando Luis Mariano, canticchiando le prime strofe di Mexico, Meeexiiicooooo, aveva indossato una giacca da camera con i risvolti in velluto color malva, si era spruzzato dell'eau de toilette sul petto fulvo, mettendosi a tavola, felice, in previsione di una serata tranquilla, pacifica, in cui avrebbe gustato i rognoni di vitello al cognac preparati da Josiane e avrebbe fumato un buon sigaro accarezzando con lo sguardo sua moglie e suo figlio... Era il momento della giornata che preferiva ed era diventato raro.

Si sedette grattandosi la pancia, dichiarò che moriva di fame e fece la scarpetta nel piatto.

Il sole tramontava sul Parc Monceau e lontano si sentiva il suono limpido di un flauto infrangere il silenzio, come se la vita si fosse fermata. Dimenticò l'ora, la giornata appena trascorsa, tutte le sue preoccupazioni. È estate, si disse Marcel, potrò rallentare, cantare le mie canzoncine a letto a Josiane, scacciare la nebbia dalla testa...

Josiane lavava i piatti, Junior reclamava un gelato ai marroni. E dei macaron...

Marcel aprì la scatola di sigari. Ne scelse uno, lo annusò, se lo fece girare tra le dita. Ruttò. Si scusò con Hortense. Piegò la testa, li osservò tutti e sospirò: "Vorrei vivere tutti i giorni così... Senza problemi, senza nubi sopra la testa, con l'amore dei miei cari che mi riscalda. Non voglio più sentire parlare d'affari, o almeno fino a domani..."

"In realtà..." cominciò Josiane tornando a sedersi a tavola. "Dobbiamo fare quattro chiacchiere, lupacchiotto mio! Ci sono cose che agitano me e tuo figlio... E il bubbone è scoppiato."

"Non stasera, Choupette, non stasera... Sto bene, mi sto distendendo... Il colesterolo si sta abbassando, il miocardio si sta rilassando e mi è venuta voglia di farti la corte..."

Si chinò su di lei cingendole la vita con aria licenziosa.

Josiane si voltò e dichiarò in tono tragico: "C'è una mela marcia nel paniere, Marcel Grobz, una grossa mela marcia!"

Josiane iniziò narrandogli l'incontro con Chaval al Royal Pereire. Poi Junior spiegò a suo padre quello che aveva visto nella mente di quell'uomo. Infine, Hortense raccontò del suo rendez-vous. Marcel ascoltò fumando il suo sigaro, le mascelle contratte. Josiane concluse dichiarando: "È una storia da rompersi la testa contro il muro, ma non abbiamo inventato niente..."

"Siete sicuri di non esservelo immaginato?" domandò Marcel rimettendosi in bocca l'Avana.

"Chaval mi ha confessato tutto", disse Hortense. "Devi solo verificare i movimenti dei tuoi conti personali... È una prova!"

Marcel dovette ammettere che aveva ragione.

"Non ci libereremo mai di quella donna, lupacchiotto mio! Ce l'avrà sempre con noi. Non sopporta di essere stata tolta di mezzo. Te l'ho detto un milione di volte, sei troppo buono con lei... La tua generosità, invece di ammorbidirla, la ferisce."

"Ho solo cercato di comportarmi in modo decoroso. Non volevo che si ritrovasse sul lastrico..."

"Lei rispetta solo le maniere forti! Mostrandoti generoso, la umili e lei affila le unghie..."

"Mamma ha ragione", concordò Junior. "Devi rispondere con rabbia, con ferocia... Lei ha tutto ciò che vuole, ha tenuto l'appartamento, le versi un vitalizio, provvedi alla sua pensione, ma ai suoi occhi rapaci non è mai abbastanza. Smettila di essere magnanimo! Non c'è nessun motivo per cui lei debba essere nella tua lista dei beneficiari in banca. È assurdo..."

"È per la sua pensione..." spiegò Marcel. "Io so cosa significa essere poveri. Conosco le angosce notturne, la paura che ti stritola la pancia, la posta che non osi aprire, i centesimi risparmiati. Non volevo che si preoccupasse..."

"È solo una donna che non ha niente da fare e che si dedica al piacere di rimuginare sulla sua vendetta", insistette Junior. "Tagliale i viveri, e farà come tutti, sarà obbligata a lavorare..."

"Alla sua età!" esclamò Marcel. "Ma non può!"

"Ha molte più risorse di quel che pensi! È una sporca faina, ma è tenace..."

"Comunque non la metterò sulla strada..." borbottò Marcel tastando il suo sigaro.

"Lei invece non esisterebbe un secondo!" gridò Josiane.

"Lo so, lo so... E sono stanco delle sue manovre... Non smetterà mai?"

"Mai!" urlò Josiane. "Tramerà anche nella tomba!"

"Avevo sperato che si desse una calmata... Ma non può fare come tutte le donne della sua età? Giocare a bridge, dedicarsi alla maglia, andare ai concerti, coltivare l'orto, prendere il tè con un vecchio spasimante, leggere Proust e Chateaubriand, suonare il piano, il clarinetto, imparare il tip tap? Che ne so? Faccio di tutto perché stia bene, mi spacco in quattro, e lei mi sputa in faccia!"

Marcel si scaldava, si scaldava per scacciare il dolore che provava sapendosi perseguitato dall'odio di una donna che una volta aveva amato. Che aveva corteggiato, protetto, una donna che aveva messo su un piedistallo.

Sollevò le braccia, le abbassò, si arrabbiò, spuntò un grumo di tabacco, riprese fiato, s'imporporò, impallidì, lasciando intuire tra i fumi della rabbia l'enorme delusione di vedersi ancora disprezzato.

"Smettila di arrabbiarti e di voler rifare il mondo, padre! Non cambierai Henriette. Odiarti è diventata la sua ragione di vita... È la sua unica occupazione. Ha ancora un sacco di vigore..."

"Ce l'ha appena dimostrato..." osservò Josiane. "Dobbiamo cacciarla dalla nostra vita. Comincia con il ridurle il mantenimento e, soprattutto, chiudi il suo conto privato. Siete divorziati... Lo dice un atto del tribunale. Attieniti strettamente ai termini di legge..."

"Non la denuncerò alla polizia... Non potrei mai fare una cosa simile", ribadì Marcel scuotendo la testa.

Il flauto aveva smesso di suonare, ma lui sperava che la melodia riprendesse per attenuare la sofferenza che provava. Non gli piaceva l'idea di fare la guerra a Henriette. Guardò sua moglie e poi suo figlio. Avevano ragione. Non si guarisce una donna che odia con una razione di pietà. Bisogna colpire forte per uccidere il serpente. Non me ne frega niente se ruba i miei soldi, ma se dovesse mai provare a togliermi la felicità... allora impazzirei.

"Convocala. Con Chaval... Confondili. Digli che hai avvertito la polizia, che c'è un'indagine in corso, che rischiano la prigione, non so, ma spaventali. Sferra un colpo che capiscano... Quando vuoi sai fare paura alla gente, no, lupacchiotto mio?"

Marcel sospirò. "Sono sempre in guerra... Sono stanco."

"Ma se non li punisci, ti dimostri codardo", ripeté Junior alzando l'indice come se pronunciasse una sentenza di Marc'Aurelio.

"E Denise Trompet?" chiese Marcel.

"Lei non c'entra niente", intervenne Josiane. "E non saprà niente. Non ne vale la pena... È una donna onesta, ne sono certa. Chaval l'ha usata. E poi, ti dirò una cosa, lupacchiotto mio... Non riesci più ad arrivare dappertutto, sei stanco. Lasciami tornare in azienda. Junior non ha bisogno di me qui. Mi annoio a non fare niente, vago per la casa. Stai cercando un braccio destro? Io sarò il tuo braccio destro... E starò all'erta. Io e Junior abbiamo già cominciato a darci da fare e abbiamo trovato un nuovo prodotto, un'invenzione straordinaria. Manca solo la firma del contratto e l'affare è concluso!"

"Ma Junior... È troppo piccolo per restare a casa da solo!" esclamò Marcel guardando suo figlio che si teneva ben dritto in fondo al tavolo.

"Mamma potrebbe lavorare mezza giornata", propose Junior. "La mattina si occuperà di me, e il pomeriggio verrà in ufficio. Ha bisogno di sgranchirsi il cervello... E poi io nel pomeriggio ho lezione con Jean-Christophe. Quel ragazzo è un genio, m'insegna un sacco di cose. Faccio progressi con lui..."

"Me ne sono reso conto, figlio mio! Mi sorprendo ogni giorno di più..."

"E poi", proseguì Junior, "mi piacerebbe anche seguire l'andamento della tua azienda. M'interessa. Il mondo sta cambiando e forse non hai più la forza di adattarti ai grandi sconvolgimenti che seguiranno... Ci saranno dei veri e propri terremoti, padre."

"Come fai a saperlo?"

"Lo so, fidati... Non puoi continuare così. Ne morirai e io e la mamma ne saremmo addolorati... Degli uccellacci neri gireranno sopra le nostre teste e dovremo farci piccoli per non essere divorati..."

Marcel prese fiato, scuotendo la testa come un cavallo che si rifiuta di superare l'ostacolo, che non ha più la forza di saltare. Hortense ascoltava madre e figlio parlare, alleati nell'unico scopo di proteggere Marcel. Ne fu quasi commossa e trattenne un sospiro.

"Avete ragione", si arrese Marcel. "Convocherò Chaval e Henriette. Farò in modo che Chaval venga allontanato per sempre. Gli dirò che è fuori dai giochi, che non troverà più un lavoro e si sentirà un fallito... Quanto a Henriette, le lascerò l'appartamento e la pensione, nient'altro. Dovrà cavarsela da sola..."

"E sei ancora fin troppo generoso, lupacchiotto mio..."

"È da stupidi, lo so, ma pensavo di dover pagare per la mia felicità... Ero come quei cani tenuti per troppo tempo al guinzaglio che finiscono per abituarsi alla catena che li stringe. Ho vissuto così a lungo sotto il giogo di quella donna che la schiavitù mi sembrava una cosa normale... Ma reagirò, lo prometto. Prendo quest'impegno davanti a Hortense. Ti ringrazio, mia cara, per tutto quello che hai fatto per noi... Sei una brava ragazza, ecco."

Hortense non rispose. Non le piaceva essere trattata da brava ragazza, ma capiva che cosa lui avesse voluto dire.

Marcel si diede una spinta e si alzò.

"E guerra sia! Ma non mi farò coinvolgere emotivamente..."

Annuirono tutti.

"Perfetto", disse Marcel. "La faccenda è sistemata. Ho due nuovi assistenti e potrò strapparmi i peli del naso in tutta tranquillità! Nell'attesa, Choupette, andiamo a festeggiare a letto la tua assunzione!"

Josiane alzò la testa e domandò: "Non ti stancherai troppo? Promettimelo!"

"Sarò intrattabile... Crudele e sanguinario!"

"E mi lascerai lavorare al tuo fianco..."

"Sarai la mia metà a letto e in ufficio!"

"Senza rimproverarmi né farmi sentire in colpa?"

"E riceverai uno stipendio da ministro delle Finanze!"

"E io?" s'intromise Junior. "Avrò anch'io un posto nella tua azienda?"

"Formeremo un triumvirato!"

Josiane rise dalla felicità e gli tese le braccia.

Con un gesto plateale, lui l'abbracciò, la strinse a sé e la condusse verso la camera lanciando un ruggito di allegria.

"Sono carini quei due", disse Hortense, osservandoli tubare lungo il corridoio.

Marcel scopriva la spalla di Josiane, l'accarezzava, la mordicchiava, con lei che protestava, aspetta un attimo, ci stanno guardando!

"Sono come dei bambini un po' cresciuti..." osservò Junior. "Li amo teneramente. Quando ero piccolo, incollavo l'orecchio alla porta della loro camera per sentirli gemere di piacere. Saprei onorarti, mia bella, attraverso quella porta ho imparato un sacco di cose..."

"Hai guardato nella testa di Gary?" chiese Hortense, preferendo cambiare argomento di conversazione.

"Sì..."

"E? Non tenermi sulle spine, Junior, fai il bravo..."

"Sei innamorata?"

"Non ti riguarda! Dimmi quello che hai visto..."

"Ho visto tante cose. Un biglietto aereo a tuo nome appiccicato a una lavagnetta in cucina. Hortense Cortès. Londra-New York. Risale a diversi mesi fa. Lo conserva ancora... quando è irritato lo usa come bersaglio per le freccette!"

"Voleva portarmi con sé", mormorò Hortense.

"Mi sembra verosimile..."

"Mi ha chiamato e non ho ricevuto il suo messaggio... Mamma aveva ragione. Il cellulare non funziona sempre..."

"Nel tuo caso non è colpa del gestore telefonico, ma di un ragazzo parecchio brutto, sfigurato da una terribile acne... Ha il viso coperto di pustole."

"Jean il Foruncoloso!"

"È stato lui a cancellare il messaggio di Gary. E molti altri..."

"E io che ho sospettato dell'ayatollah... Così era lui. E cos'altro c'è, oltre il biglietto aereo?"

"Vedo una rimessa in fondo a un parco. È abbastanza strano perché è una rimessa in un angolo nascosto, ma con tanta confusione intorno... Stagni, grattacieli, taxi gialli, carrozzine, scoiattoli... Gary ci va spesso. È il suo rifugio. Ascolta l'adagio di un concerto di Bach e si esercita a suonarlo su un pianoforte immaginario..."

"È solo?"

"Sì, nella rimessa è solo. Parla agli scoiattoli e suona il piano... Vedo una situazione complicata con un castello..."

"Un castello in Central Park?"

"No, un castello in un luogo isolato in cui gli uomini indossano delle gonne..."

"È in Scozia! Dev'essere suo padre! Era andato in Scozia a cercarlo! Pazzesco, sei incredibile..."

"Un bellissimo castello in rovina. Ha bisogno di un sacco di lavori... Le caditoie stanno crollando e il torrione vacilla..."

"Parlami ancora della rimessa..."

"Si trova nel parco... In fondo a un sentiero di sassolini bianchi. Non è facile da trovare... Bisogna camminare un po'. Si supera un ponticello di sottili assi di legno grigio... Il percorso sale e scende, è tortuoso... All'interno della rimessa si ha la sensazione di essere soli al mondo, come sulle vette dell'Himalaya... Come in uno chalet di forma circolare aperto sui lati..."

"Sei sicuro che ci vada da solo?"

"Ascolta musica e dà da mangiare agli scoiattoli..."

"E pensa a me?"

"Vedo solo oggetti, Hortense... Non i sentimenti..."

"Non ti sei mai sbagliato?"

"Mi succede da poco. Me ne sono accorto per caso... È stato studiando il fenomeno delle onde e della loro trasmissione che mi sono reso conto che anche l'uomo è in grado di emettere onde magnetiche e comunicare... Non lo padroneggio ancora alla perfezione. Lo sapevi che nel 1948 il diametro di un filo da transistor era circa un centesimo di quello di un capello umano, una miniaturizzazione fenomenale rispetto ai primi transistor, che erano più o meno delle dimensioni di una compressa di vitamine..."

"Grazie mille, Junior", lo interruppe Hortense. "Questo mi basta... Me la sbrigherò. E per la gellaba nella mente di Chaval, non hai scoperto niente?"

"No, scena muta... Ho ancora molti progressi da fare, come vedi..."

"Allora ci diamo appuntamento fra diciassette anni?" gli disse Hortense per farlo tornare nel mondo reale.

"D'accordo", sospirò lui. "Ma ti chiamerò a New York per avere tue notizie."

Lei baciò i riccioli rossi e se ne andò.

* * *

Una volta rientrata a casa, Hortense notò la luce accesa nello studio di sua madre. Socchiuse la porta. Joséphine era seduta per terra in mezzo a una moltitudine di cartoncini rossi, blu, bianchi, gialli disposti su colonne. Ne prendeva uno, lo spostava, ne prendeva un altro, lo infilava tra altri due... Du Guesclin, il muso appoggiato sulle zampe, la osservava senza muoversi.

"Che cosa fai?"

"Lavoro..."

"Sul tuo libro?"

"Sì."

"E cosa sono quei cartoncini?"

"Quelli rossi rappresentano Cary Grant, i gialli il Piccolo Gentiluomo, i bianchi sono parti di battute di Cary Grant prese dai libri e i blu sono i luoghi da descrivere e i personaggi secondari..."

"Forte!"

"Quando tutto mi sarà ben chiaro nella testa, non mi resterà che scrivere... e verrà tutto da sé! Fa' attenzione! Non camminarci sopra!"

Du Guesclin brontolò. Vegliava sull'opera di Joséphine con la minaccia di mordere chi osasse rovinare quella bella costruzione. Hortense si lasciò cadere sul divano nell'angolo della stanza. Lanciò per aria le scarpe e si stirò.

"Ullallà, che giornata! Non ho smesso un attimo di camminare!"

"Dove sei stata?"

"Te l'avevo detto, mamma... Ti sei dimenticata? Ho cenato da Josiane e Marcel..."

"Scusami. In questo periodo mi dimentico tutto... È stato bello?"

"Sì. Junior è davvero incredibile, sai? Vuole sposarsi con me. È il suo ultimo capriccio..."

"In effetti!"

"Riesce a leggere nella mente della gente... Dice che ha delle onde transistor nella testa... Ha cercato di tenermi una conferenza sul diametro delle fibre, non ci ho capito niente..."

"Che cosa ha letto e nella testa di chi?"

Hortense esitò a raccontarle tutta la storia. Non voleva menzionare il ruolo di Henriette. Sua madre e sua nonna non si vedevano dal funerale di Iris. Henriette era sparita dalla loro vita. D'altronde, non ne aveva mai fatto veramente parte. Mi ricordo, quando eravamo piccole, che Zoé si lamentava di non avere una famiglia. Io trovavo che la cosa ci rendesse l'esistenza più semplice. Ho sempre detestato i grandi gruppi... Snaturano l'individuo, lo rendono una pecora belante.

"Che Marcel doveva riorganizzare l'azienda... Ha spiegato tutto a suo padre che, colpito, ha deciso di assumerlo! Anche Josiane..."

"È un bene per Josiane, a casa si annoiava... L'ultima volta che l'ho vista, voleva fare un altro figlio... Non mi sembrava un'idea molto saggia."

Joséphine si sfregò le ali del naso. Una volta non sopportavo quel gesto, pensò Hortense, mi dava sui nervi. Mi ricordava che la vita era dura, che non avevamo soldi, che papà se n'era andato, che mamma era triste.

"Senti un po', cara, non abbiamo avuto il tempo di parlarne, ma questa proposta di lavoro a New York è seria?"

"Molto..."

"Ne sei sicura?"

"Hai paura che finisca nelle grinfie di qualche trafficante di droga o nella tratta delle bianche?"

"Tu parti e io non so niente... Dove vivrai? Chi ti ha assunto? Chi è quest'individuo, quel..."

"Frank Cook..."

"Non so chi sia. E se ti capitasse qualcosa?"

"Non mi succederà niente ed è una persona seria... Nicholas, il mio amico inglese, ti ricordi?"

Joséphine annuì.

"Lui gli ha parlato, gli ha fatto firmare il mio contratto e ha preso informazioni... Avrò un posto in cui stare, un indirizzo, un numero di telefono a cui chiamarmi. Potrai anche venire a trovarmi, se ti va... Ho una camera per gli ospiti. È tutto a posto. In più, ho chiesto a Philippe di chiedere in giro sul suo conto e lui mi ha fatto sapere che è tutto ok... Sei più tranquilla?"

Sentire il nome di Philippe pronunciato dalle labbra di Hortense scosse Joséphine. Il battito le schizzò alle stelle e balbettò: "Hai visto Philippe?"

"Be' sì... Lo vedo spesso, pranziamo insieme, mi dà consigli, è stato lui a trovarmi un finanziatore per le vetrine..."

"Ah..."

Hortense fissò sua madre che aveva intrecciato le mani e si era messa a mordicchiarsi nervosamente le pellicine intorno alle unghie.

"Su, mamma! Spara tutte le domande che muori dalla voglia di farmi..."

"No. No..."

"Ma sì... Sai bene che non riesci a nascondere niente! Sei come un libro aperto..."

Joséphine fece un sorriso come per scusarsi e aggiunse: "Sono prevedibile fino a questo punto..."

"Non sei Mata Hari, poco ma sicuro! Allora, che cosa vuoi sapere?"

"Lui sta bene?" domandò timidamente Joséphine.

"Tutto qui?"

"Ehm... È che..."

"Ascoltami attentamente: sta bene, vive solo, è bello, intelligente, brillante, libero come l'aria... ma dovresti approfittarne perché un uomo come lui suscita invidia..."

"Dottie..."

"È tornata a casa sua e, secondo me, lui non ne era per niente innamorato... L'ha solo tolta dai guai nel momento in cui ha avuto bisogno..."

"Ti parla di me? Ti chiede notizie?"

"No..."

"È un brutto segno?"

"Non necessariamente... È un uomo elegante, sa che sono tua figlia e non vuole che vi faccia da postina. E poi siete grandi abbastanza per sbrigarvela da soli..."

"Prima mi mandava fiori, libri, bigliettini con frasi enigmatiche... Nell'ultima ce n'era una di Camus che diceva: 'Il fascino è l'arte di farsi dir di sì senza aver posto alcuna domanda esplicita'..."

"E tu cos'hai risposto?"

"Non l'ho fatto..." confessò Joséphine.

"Non hai risposto?" ruggì Hortense. "Ma insomma, mamma! Che cosa vuoi? Che strisci ai tuoi piedi con le catene al collo?"

"Non sapevo che vivesse solo e..."

"Se non gli rispondi mai, è normale che si stufi! Gli uomini non sono dei santi... Sei esasperante! Avrai un sacco di lauree, ma in amore sei un doppio zero!"

"Sono ancora una principiante, Hortense, non ho la tua disinvoltura... Ho passato tutta la vita sui libri..."

"Allora, adesso che Dottie ha levato le tende, conti di rispondergli?"

"No... Ho pensato a un'altra cosa..."

"Sentiamo, temo il peggio!"

Hortense si sistemò meglio i cuscini del divano preparandosi ad ascoltare una storiella all'acqua di rose.

"Mi sono detta che una sera andrò sotto le sue finestre e... Mi prenderai in giro?"

"No, continua!"

"Gli lancerò dei sassolini... Lui metterà fuori la testa e allora io dirò sottovoce, sono io, e lui scenderà..."

"È ridicolo!"

"Sapevo che l'avresti detto..."

Joséphine abbassò la testa, mentre Hortense si puntellava su un gomito.

"Perché rendere tutto complicato quando si possono fare le cose in modo più semplice? Lo chiami e vi date appuntamento... Siamo nell'era di Internet, dello *speed dating* e dei cellulari! Non in quella di Cirano e del suo balcone! E si è visto quanta fortuna ha portato a Cirano! Io non lo farei se fossi in te..."

"Avrei meno paura al buio... E poi, se non scendesse, mi direi che non è perché non mi vuole, ma perché forse non mi ha visto, e sarei meno triste..."

"Ullallà, mamma! Alla tua età sei ancora a questo punto..."

"Quando si è innamorati, si è sciocchi a tutte le età..."

"Non per forza..."

"Guarda Shirley! Si credeva così forte, invulnerabile... Da quando ha incontrato Oliver, non sa più su quale piede cammina. Fa un passo avanti e uno indietro. Mi chiama per raccontarmi tutto. Muore di paura all'idea che lui se ne vada, e anche che resti... Non sa più come si chiama, s'ingozza di caramelle e milk shake giganti. Siamo tutte uguali, Hortense, anche tu! Magari ancora non lo sai o, piuttosto, fai finta di non saperlo. Ma vedrai... Un giorno sentirai il cuore danzare in ogni direzione e non oserai confidarti con nessuno per l'imbarazzo."

"Mai! Mai!" esclamò Hortense. "Mi fanno orrore le donne tremanti e sottomesse. Prima di tutto io voglio avere successo, per l'amore vedremo..."

"Ma tu hai sempre successo, amore mio, non fai altro... Hai soltanto vent'anni e hai appena firmato il contratto del secolo!"

"Non esagerare! È solo Banana Republic! Io punto molto più in alto!"

"Ma è già straordinario! Ti rendi conto che in una settimana guadagnerai più di quanto io non faccia in un mese dopo anni e anni di studi? Che riuscirai a vivere facendo ciò che ami, la tua passione? È il sogno di tutti e tu lo realizzi a vent'anni!"

"Sì... forse... Dal tuo punto di vista, hai ragione... Ma io voglio ancora di più! E l'avrò!"

"Non fare come Shirley. Lei ha voluto ignorare l'amore e le è caduto addosso tutto d'un colpo. Lascia spazio ai sentimenti. Imparerai che è bello tremare per un uomo, pensare a lui, sentire le gambe che si piegano e le mani sudate..."

"Bleah! Di' un po', mamma, sei sicura di essere mia madre? Qualche volta me lo domando davvero..."

"Se c'è una cosa su cui non ho alcun dubbio, mia cara, è proprio quella!"

"Dovrò farmene una ragione..."

Joséphine la guardava e pensava, eppure è mia figlia. L'amo, nonostante sia diversa da me, imparo dalla sua durezza, dal suo coraggio, dalla sua tenacia, dalla sua smania di vivere... E so che, in fondo a lei, c'è un cuore che batte, anche se non vuole ascoltarlo. Le tese la mano e disse: "Ti voglio bene, mia cara, ti voglio bene con tutta me stessa. E amarti mi riempie di gioia e di forza. Ho imparato molto grazie a te e dalle nostre differenze..."

Hortense le lanciò un cuscino in faccia e dichiarò: "Anch'io ti voglio bene mamma, e adesso basta così!"

* * *

Un'automobile aspettava Hortense all'aeroporto JFK a New York.

C'era un uomo con un berretto e un cartello con la scritta: "Signorina Hortense Cortès. Banana Republic".

Hortense lo vide e pensò alla buon'ora, il volo è stato un inferno... La prossima volta esigerò un posto in prima classe.

Che dico un posto? Una fila intera...

Era arrivata a Roissy con due ore di anticipo. Aveva dovuto subire una perquisizione e il controllo minuzioso di tutti i bagagli. Sfilarsi le scarpe, una decina di collane, una ventina di braccialetti, gli orecchini e l'iPod. Devo togliermi anche il rossetto? aveva chiesto esasperata all'addetto incaricato. Questi ci aveva messo il doppio dell'impegno. E lei aveva rischiato di perdere l'aereo.

Aveva avuto giusto il tempo d'imbarcarsi senza potersi fermare al duty free dove contava di fare scorta di profumi Hermès e Serge Lutens, e di cipria Shiseido. Aveva rotto il cinturino dei sandali rosa ed era salita sull'aereo zoppicando leggermente.

Il volo era pieno di bambini urlanti che correvano per i corridoi. Allungò una gamba per farne inciampare uno e il discolo cadde con un fiume di strilli e lacrime. Si rialzò, il naso e la bocca sanguinanti, e le puntò addosso un dito. La madre se la prese con lei accusandola di avere voluto uccidere suo figlio, la carne della sua carne. Il bambino urlava Cativa! Cativa! Lei gli fece una linguaccia, lui le piantò le unghie in una guancia, graffiandola. Lei si buttò sul marmocchio, mollandogli uno schiaffo. Un'assistente di volo venne a separarli... e disinfettò il graffio.

I vassoi dei pasti furono serviti congelati. Chiese un punteruolo da ghiaccio per tagliare la carne. Ci furono dei vuoti d'aria e una sacca da golf le precipitò in testa. L'uomo vicino a lei vomitò il suo merluzzo freddo. Dovette cambiare posto e si ritrovò seduta accanto a un mormone che viaggiava con le sue tre mogli e i sette figli! Una ragazzina la fissò domandandole e tu quante mamme hai? Perché io ne ho tre ed è bellissimo! E quanti fratelli e sorelle hai? Perché io ne ho sei e ne aspettiamo altri due per Natale! Il profeta ha detto che bisogna moltiplicarsi per popolare la terra e renderla migliore... E tu cosa fai per popolare la terra e renderla migliore? Ho appena sgozzato la mia unica madre e la mia sola sorella perché non mi piacciono le ragazze che non smettono di scocciarmi con le loro domande! La bambina era scoppiata in lacrime. Hortense aveva dovuto cambiare nuovamente posto!

Aveva finito per viaggiare seduta di fianco alla toilette, ricevendo le gomitate delle persone in coda e inalando il tanfo dei gabinetti.

Un'ora di fila alla dogana con una specie di maresciallo che abbaiava ordini...

Un'ora di attesa per recuperare i bagagli...

E lo sguardo puntiglioso del doganiere americano che le aveva chiesto che cosa pensava di fare con tutte quelle valigie.

"Coriandoli! Voglio lanciare una moda!"

"*Please, miss... Be serious!*"

"Seriamente? Sono un'agente di Bin Laden e trasporto armi..."

La battuta non lo fece per niente ridere e la condusse in uno stanzino per interrogarla insieme a due colleghi dall'aspetto lugubre che la inchiodarono al muro. Fu costretta a dare loro il nome di Frank Cook. Quest'ultimo dovette negoziare per una mezz'ora con i due incaricati al patibolo perché fosse rilasciata. Imparò che in America non si scherza con le forze dell'ordine e non lo dimenticò più.

Scorgendo l'autista inviato da Frank Cook provò sollievo nello scoprire di essere attesa e finalmente trattata come meritava.

Chiese all'uomo con il berretto di farle una foto davanti alla limousine e la mandò a sua madre per rassicurarla.

Allungata sul sedile posteriore, guardò sfilare la periferia di New York dicendosi che era come tutte le altre. Snodi autostradali in cemento grigio, case piccole, giardini spelacchiati, campi da baseball circondati da inferriate, vagabondi, pubblicità gigantesche di assorbenti igienici e bevande gassate. Nell'auto faceva un freddo cane e capì il significato dell'espressione "aria condizionata". Chiese all'autista se era al corrente del problema del riscaldamento globale e delle misure che sarebbe stato saggio adottare. Lui la fissò nello specchietto retrovisore chiedendole di fare lo spelling di tutte le parole complicate.

Presero il Lincoln Tunnel ed entrarono a Manhattan.

La prima immagine che ebbe della città fu quella di un ragazzino nero seduto sul marciapiede, rannicchiato all'ombra di un albero. Sfinito dal caldo, si stringeva le gambe magre che sbucavano da un paio di pantaloncini beige.

Canticchiò New York! New York! aggiungendo senza accorgersi le parole Gary! Gary! Si bloccò, sbalordita. Che cosa ho detto? E si riprese. Non mi precipiterò certamente a casa sua! Aspetterò, aspetterò che sia il mio momento... E non andrò a gironzolare sotto le sue finestre come mia madre con Philippe...

Certo che no!

La limousine aveva imboccato il lungofiume risalendo l'Hudson.

Hortense cercava di intuire la città al di là dei vetri scuri e capì immediatamente che le sarebbe piaciuta. Sentiva furiosi colpi di clacson, notava la cima dei grattacieli che si stagliavano nel cielo blu, i magazzini abbandonati, le gru e i semafori appesi agli incroci. La limousine sembrava fendere l'asfalto sobbalzando per gli scossoni.

Finalmente l'auto si fermò davanti a un palazzo con un ingresso maestoso. L'autista le fece segno di entrare, avrebbe pensato lui alle valigie.

Un portiere in uniforme blu apparve dietro a un bancone di legno chiaro.

Si presentò. José Luis. Lei fece altrettanto. Hortense.

"*Nice to meet you, Hortense...*"

"*Nice to meet you, José Luis...*"

Ebbe la sensazione di fare parte della città.

Lui le disse il numero del piano e dell'appartamento tendendole un mazzo di chiavi.

L'appartamento le piacque subito. Grande, luminoso, moderno. Al quattordicesimo piano. Un'immensa sala da pranzo, una cucina stretta che assomigliava a un laboratorio e due ampie camere da letto con bagno.

Frank Cook trattava bene la gente con cui lavorava.

Mobili da hotel di lusso. Un lungo divano beige, poltrone dello stesso colore, un tavolo rotondo di vetro con quattro sedie rosse rivestite in lucido skai. Le pareti erano bianche, abbellite da stampe rappresentanti lo sbarco dei Padri Pellegrini sulla costa Est, l'edificazione della prima città, Plymouth, scene di lavoro nei campi, preghiere, pranzi comunitari. Non avevano l'aria di scherzare, quei Padri Pellegrini. Erano per la maggior parte dei vecchi dalla barba bianca e lo sguardo severo.

Un appartamento splendido, con vista sul parco e una manciata di grattacieli all'orizzonte. Si sentiva la principessa della città, la prima ballerina, Coco Chanel, e provò l'impulso di prendere matite, fogli e colori e di mettersi immediatamente al lavoro.

Sul tavolo di vetro l'aspettava un messaggio: "Spero che abbia fatto buon viaggio. Passerò a prenderla verso le sette per cenare insieme..."

Perfetto, pensò. Il tempo di disfare i bagagli, fare una doccia e prepararmi un caffè. Non era stanca, ma terribilmente eccitata e non riusciva a stare ferma.

Aprì il frigorifero e trovò un vasetto di burro d'arachidi, un cartone di succo d'arancia, un sacchetto di pancarrè, due limoni, un panetto di burro con sulla confezione una piccola indiana sorridente. Sullo sfondo una prateria verdissima e un lago azzurrissimo. La ragazza aveva un aspetto dolce e amichevole. Due grandi occhi neri, una piuma in testa, trecce scure, una bandana turchese e un abito da squaw tenuto insieme da quattro spille. Hortense le fece l'occhiolino e la salutò *Nice to meet you*, piccola indiana! Aveva voglia di dire sciocchezze. Accese la televisione. Era l'ora del notiziario locale. I mezzibusti parlavano troppo veloce e non capì niente. Seguì tutto il telegiornale. Era buffo l'accento americano, una cadenza nasale che perforava i timpani. Provò il desiderio di strappar loro le adenoidi e spense l'apparecchio.

Frank Cook arrivò alle sette in punto.

Le domandò se le servisse qualcosa.

"Un hamburger gigante e una Coca-Cola!" rispose fissandolo dritto negli occhi.

La portò da PJ Clarke's all'angolo fra la Terza avenue e la Cinquantacinquesima strada. Il bar più antico di New York, uno stabile a un piano in mattoni rossi costruito nel 1898, con il miglior chili e dei morbidi hamburger serviti in piccoli cestini con patatine fritte in abbondanza e anelli di cipolla fritti che sembravano caramelle. In sottofondo la musica di un vecchio juke-box. Le ragazze sfoggiavano capigliature bionde e sorrisi smaglianti, gli uomini bevevano grandi boccali di birra con le maniche arrotolate. Le tovaglie erano in cotone rosso e bianco, come i tovaglioli, mentre delle lampade rosse emanavano un tenue bagliore.

Hortense decise che quel ristorante sarebbe diventato la sua mensa.

Cominciava tutte le mattine alle dieci spaccate.

Frank Cook le aveva mostrato il suo posto nel grande open space. Un enorme tavolo da disegno contro la finestra, matite, gomme, una squadra, un compasso, pennarelli colorati, acquerelli, tempere, fogli bianchi spessi, blocchi a quadretti. Erano una decina a disegnare modelli che sarebbero stati mandati in sartoria per poi arrivare sulle grucce dei negozi. Il suo unico obbligo era quello di trovare delle mise che avrebbero decretato il successo della linea.

"Si lanci, disegni, disegni... Farò io la selezione!" le disse dopo averla presentata agli altri ragazzi che, come lei, tiravano righe e coloravano.

C'era Sally, una lesbica gentile che la mangiava con gli occhi e disegnava accessori. Il primo giorno le propose di pranzare insieme. Poi di occuparsi della sua spesa e dei mestieri di casa. Hortense le rispose molto gentilmente che non le piacevano le donne o meglio, precisò notando un'ombra negli occhi blu di Sally, non mi piace andare a letto con le donne, non saprei che fare con il loro corpo, da quale parte prenderlo! Ma farò tutto io! rispose Sally, vedrai, ti farò cambiare idea. Hortense la ringraziò aggiungendo che comunque tra loro non sarebbe cambiato niente, potevano sempre pranzare insieme.

"Non ho niente contro le lesbiche", aggiunse per addolcire il proprio rifiuto. "E penso che le persone dovrebbero poter sposare chi gli pare, uomo o donna che sia. In amore dovrebbe essere tutto permesso. E se mai qualcuno dovesse innamorarsi di un gatto randagio, be'... dovrebbe poterlo sposare... A me non darebbe alcun fastidio."

Doveva avere scelto un pessimo esempio, perché Sally si rabbuiò.

"Oh, capisco", commentò, "ti senti superiore a me... Alla gente piace trovare qualcuno con cui confrontarsi per poi considerarsi superiore... La rassicura, la fa sentire importante."

Hortense rinunciò a giustificarsi e ritornò ai suoi pennarelli.

C'era Hiroshi, un giapponese che non sopportava il caldo e passava il tempo libero a fare docce. Detestava ogni odore corporale. Si depilava il petto e le spalle e chiese a Hortense che cosa pensasse dei suoi peli e della sua pulizia. Hortense dichiarò che le piaceva che gli uomini avessero un loro odore personale, di modo che, quando affondava il naso a occhi chiusi nel loro collo, sapesse esattamente con chi aveva a che fare. E dato che lui la guardava disgustato, aggiunse, un odore molto pulito.

Lui girò la testa.

Paul, un belga albino che mangiava in continuazione facendo un gran rumore... La sua scrivania era coperta di rimasugli di tonno, bacon, fettine di pomodoro e cetriolo. Aveva sempre con sé un enorme sacchetto di popcorn in cui sprofondava le mani come se dovesse lavarsele. Non faceva che ferirsi le dita con il taglierino, poi si asciugava la fronte, coprendosi il viso di macchie di sangue.

Decise di mantenere le distanze.

Sylvana, una romena dai lunghi capelli neri e gli occhi brillanti, soprannominata Pocahontas. Le piacevano solo gli uomini anziani, molto anziani e gentili, molto gentili. Chi preferisci tra Robert Redford e Clint Eastwood? le chiese disegnando una T-shirt con delle perle. Nessuno dei due! rispose Hortense. Il mio uomo ideale, riprese Sylvana, era Lincoln, ma è morto...

"Se dobbiamo parlare di morti", le interruppe Sally, "allora scelgo Greta Garbo..."

Julian, un bruno alto e tenebroso che scriveva libri. Era indeciso tra il disegno e la scrittura e volle a tutti i costi che Hortense leggesse i suoi racconti.

"Sei già andata a letto con uno scrittore?" le chiese succhiando l'estremità di una matita.

"Odio le persone curiose..."

"Dovresti venire a letto con me, perché quando sarò famoso potrai vantarti di avermi conosciuto e magari anche di avermi ispirato... Potresti persino dire di essere stata la mia musa!"

"Ti hanno già pubblicato?" domandò Hortense.

"Una volta... su una rivista letteraria..."

"Ci hai guadagnato qualcosa?"

"Sì, un po'... Ma non di che vivere... È per questo che disegno vestiti."

"Io esco solo con uomini di successo", replicò Hortense per mettere la parola fine ai suoi interrogativi. "Perciò dimenticami!"

"Come vuoi..."

Il giorno dopo tornò alla carica.

"Ce l'hai un amico? Un amico del cuore..."

Hortense ribadì che detestava le domande personali. Era come se le mettessero una mano sul sedere. Si allontanò rifiutando di rispondere.

"Vuoi restare libera e indipendente?" chiese Julian temperando una matita.

"Sì..."

"Ciò non toglie che un giorno saprai..."

"Saprò cosa?"

"Un giorno troverai il ragazzo a cui vorrai appartenere..."

"Sciocchezze!" esclamò Hortense.

"No. Troverai il tuo posto, le tue cose, il ragazzo giusto... Verrà tutto insieme. E ti dirai, è qui che devo stare. Perché tutti i pezzi s'incastreranno e una vocina ti dirà..."

"E tu l'hai trovata la ragazza a cui vuoi appartenere?"

"No, ma so che un giorno lei sarà la mia cartina di tornasole. Perché quel giorno capirò se voglio disegnare o scrivere..."

Quando ne aveva abbastanza di tutte quelle domande, quando nella testa voleva solo il silenzio e i rumori di New York, andava a mangiare un hamburger da PJ Clarke's. Si calmava immediatamente. Aveva la sensazione che non potesse accaderle niente di male. E anche di essere parte della città. Era un locale di classe. I camerieri indossavano lunghi grembiuli bianchi, dei papillon, la salutavano chiamandola *Honey!*, le portavano il cestino di patatine fritte augurandole *Enjoy*, con una porzione di spinaci alla panna a parte. Ascoltava i vecchi dischi del juke-box sgombrando la testa da tutti i pensieri.

La chiamò Zoé.

"Allora, hai visto Gary?"

"Non ancora... Sono stata sommersa di lavoro fin sopra i capelli!"

"Bugiarda! Hai paura!"

"No, non ho paura..."

"Sì, invece, hai paura, altrimenti l'avresti incontrato senza problemi... Visto che conosci il suo indirizzo, saresti andata a fare due passi dalle sue parti e avresti bussato alla porta con il suo nome: Gary Ward! Insomma, vai, premi il campanello Gary Ward ed è fatta..."

"Basta Zoé!"

"Hai paura... Fai tanto la spavalda, ma te la fai sotto dalla fifa!"

"Non hai nient'altro da fare che molestarmi per telefono?"

"Chi se frega? Tanto è gratis! E poi sono a casa da sola... Le mie amiche sono in vacanza e mi annoio..."

"Tu non vai via?"

"Ad agosto. Vado a trovare Emma a Étretat. E vedrò anche Gaétan perché ci sarà anche lui. E pensa un po': io non ho paura!"

Anche Nicholas era in vena di domande.

"Allora, l'hai trovata?"

"Che cosa?"

"L'idea geniale che ti distinguerà dagli altri... Per farti assegnare un ufficio tutto tuo in cui lavorare con calma..."

"Queste cose succedono solo nei film!"

"È solo che non l'hai ancora TROVATA!"

"Smettila di farmi pressione o non la troverò mai! E poi qui non ci sono uffici per i geni. Stiamo tutti insieme e si lavora chiacchierando. Anzi, non chiudono mai il becco. Che palle!"

"Mi fido di te, *sweetie*. Londra è in pensiero per te..."

Ma lei non era affatto in pensiero per Londra.

Le piaceva tutto di New York. La strada che faceva la mattina per andare al lavoro. Il taxi giallo che prendeva quando faceva troppo caldo e gocciolava di sudore ferma al semaforo sprofondando nell'asfalto molle con le ballerine. Il Chrysler Building, il Citicorp, le bancarelle di hot dog e di frutta agli angoli della strade, i sassofonisti che chiedevano qualche moneta contorcendosi sui tasti, i venditori di borse Gucci o Chanel a cinquanta dollari, i pakistani che stendevano sui marciapiedi degli enormi foulard colorati per ripiegarli a tutta velocità non appena arrivava la polizia.

E persino l'acqua calda e torbida che pretendeva di chiamarsi caffè e che sapeva solo di acqua calda...

Nel grande ufficio sulla Quarantaduesima strada, Hortense masticava silenziosamente qualche ciocca di capelli e disegnava.

Si era portata da Parigi l'album degli schizzi. Aveva preparato delle mise, dei mini tailleur, degli abitini neri fascianti, dei maglioni corti a trapezio che lasciavano scoperto l'ombelico e dei maglioni lunghi a trapezio per chi non voleva mostrarlo. Frank Cook si chinò sui suoi disegni. Di ogni modello aveva fatto due versioni, gli spiegò Hortense, una per la donna longilinea e una per la donna formosa.

Lui aggrottò le sopracciglia incitandola crei! crei!

"In questo modo, quando la donna formosa vedrà il modello per la donna longilinea, comprerà entrambi e si metterà a dieta! Le donne adorano seguire diete e immaginarsi snelle quando sono bene in carne..."

Frank approvò e sparì.

Di idee ne aveva in continuazione...

Le bastava camminare per le vie di New York, sentire le sirene delle ambulanze, le grida dei ciclisti che piombavano su di lei, osservare gli autobus argentati, le bandiere fluttuanti sopra gli hotel e i musei, i parchimetri arrotondati, le facciate di vetro dei palazzi. In quella città c'era un'energia che usciva dalla terra, e dai piedi risaliva ai fianchi fino alla testa, creando un vortice di pensieri.

Si diceva che non sarebbe più partita...

New York era la sua città.

Riandò a quello che le aveva detto Julian, un giorno troverai il tuo posto, le tue cose, il ragazzo giusto... Verrà tutto insieme. E ti dirai, è qui che devo stare.

Allora metteva giù la matita e pensava a Gary.

Una sera baciò un ragazzo. Si chiamava José. Un meraviglioso miscuglio di pelle scura e occhi verdi brillanti. Indossava un abito di lino bianco e camminava con le mani in tasca muovendo i fianchi.

"Tu non cammini", gli disse Hortense. "Tu balli la rumba!"

Veniva da Porto Rico e voleva diventare un attore. Le raccontò come le donne della sua isola facessero sempre di tutto per mettersi in ghingheri, vecchie e giovani, belle e brutte, poi aggiunse, prendendole la mano, che i bambini indossavano nastri nei capelli, che danzavano per la strada creando degli arcobaleni che diventano visibili se li si spruzzava d'acqua.

Questo le diede un'idea per degli occhiali e Hortense gliene fu riconoscente.

Avevano cenato a Broadway e stavano risalendo la Settima avenue.

Le parlò ancora della sua isola e di Barcelonera, dove viveva la sua famiglia. Adorava il modo in cui lui pronunciava le O e le A e le sillabe che gli scendevano in gola. Hortense aveva voglia di andare a ballare e lui la accontentò.

La riaccompagnò a casa a piedi. Lei gli propose di salire a guardare i grattacieli.

Non le piacque sentire il suo naso appuntito contro la bocca. Lo mise alla porta. Poi andò a dormire senza struccarsi. Non era da lei, ma era stanca.

All'alba la chiamò Zoé che le chiese: "Allora? Hai visto Gary?"

"Allora niente! Mi hai scocciato!"

"Hai paura! Trallallà! Hai paura! La mia coraggiosa sorella indietreggia davanti a un ragazzo che suona il pianoforte e parla agli scoiattoli..."

Hortense le chiuse il telefono in faccia.

Si struccò con i rimasugli di latte detergente lasciati dall'inquilina precedente. Accese una candela profumata dimenticata su una mensola. Aprì il frigorifero e si ritrovò di fronte la piccola indiana sul panetto di burro.

"E tu che ne pensi?"

La piccola indiana sorrise, ma non disse niente.

Il giorno dopo disegnò un paio di occhiali psichedelici e li battezzò "Barcelonita".

Una sera Zoé telefonò dicendo: "Du Guesclin ha vomitato. Che faccio?"

"Chiedilo alla mamma. Non sono un veterinario... Dovresti dormire a quest'ora!"

"Mamma non c'è... È partita per Londra due giorni fa. Mi ha

detto che andava a lanciare dei sassolini... Non trovi anche tu che sia un po' strana ultimamente?"

"Sei a casa da sola?"

"No, c'è Shirley... Ma è uscita. È venuta a passare una settimana a Parigi con Oliver. E quando mamma è andata a Londra, è rimasta a tenermi d'occhio. Mamma non voleva lasciarmi..."

"Ah, Shirley è lì..."

"Sì, ed è tutta contenta perché Gary l'ha chiamata... Pare fossero mesi che non si parlavano. Così adesso vede tutto rosa. Non fa che ridere! Mangiamo pizza e gelato!"

"Shirley ti fa mangiare pizza e gelato?"

"È andata fuori di testa... Ha detto a Gary che sei a New York! Devi farti viva con lui. Perché altrimenti, Hortense, sarà orribile, lui crederà che non lo ami..."

"Puoi rallentare un po', Zoéttina? Sei pesante, sai..."

"È che mi piacerebbe tanto che vi metteste insieme... Ci sarebbero Gaétan e Zoé, Gary e Hortense. Hai notato che i nomi dei nostri ragazzi cominciano entrambi per G? È un segno, no?"

"Piantala o ti taglio la gola!"

"Non puoi! Non puoi! Così ti dico quel che mi pare. Di' un po', Hortense, credi che la mamma sia andata a lanciare sassolini a Philippe?"

L'indomani, quando Hortense arrivò in ufficio, Frank Cook l'aspettava. Le chiese di seguirlo. Voleva fare il giro dei negozi Banana Republic insieme a lei. Perché gli desse il suo parere sulle vetrine, sulla disposizione degli articoli e sull'ambiente interno. Hortense lo seguì e salì con lui sulla grande limousine con l'aria condizionata.

"Non so niente di queste cose..."

"Può darsi, ma lei ha fiuto e idee... Ho bisogno di un occhio esterno. Ha lavorato per Harrods. Mi sono informato, le sue vetrine erano favolose, ha proposto e illustrato un concetto, 'il particolare', e vorrei che facesse la stessa cosa..."

"In quel caso ho avuto tutto il tempo per riflettere, adesso mi prende un po' alla sprovvista..."

"Non voglio un rapporto dettagliato, ma la sua prima impressione..."

Fecero il giro dei negozi e Hortense gli diede la sua opinione.

Lui la portò a prendere un caffè e l'ascoltò, poi la riaccompagnò in ufficio.

"Allora? Allora?" chiese Sylvana. "Che cosa ti ha detto?"

"Niente. Proprio niente. Ha ascoltato. Siamo stati dappertutto e gli ho detto esattamente quello che pensavo... Quei negozi sono agonizzanti! Non c'è vita, non c'è movimento, pare di entrare in un museo. Le commesse sono scialbe e sembrano fatte di cera. Si ha quasi paura a disturbarle. I vestiti sono appesi alle grucce, le T-shirt e i maglioni sono disposti con ordine, le giacche ben allineate... Bisogna portare un po' di vita là dentro, far venire alla gente la smania di comprare tutto, proponendo degli abiti che trasmettano la voglia di sognare. Le americane adorano essere vestite da capo a piedi... In Europa ogni ragazza crea il proprio look, qui invece vogliono una divisa per assomigliare all'amica o al proprio capo. In Europa vuoi distinguerti, in America sembrare uguale agli altri..."

"Ma come ti vengono tutte queste idee?" chiese Sylvana, sbalordita.

"Non lo so. L'unica cosa che so è che il mio prezzo salirà... Quello che gli ho detto oggi vale oro..."

Una domenica mattina, andò a passeggiare a Central Park.

Era una bella giornata. I prati erano punteggiati di persone sdraiate sulle coperte. Telefonavano, mangiavano angurie, giocavano con i computer portatili. Gli innamorati davano le spalle a tutti. Delle ragazze si facevano la manicure raccontandosi i pettegolezzi dell'ufficio, un'altra più lontano si era rimboccata i jeans e si colorava le unghie dei piedi facendo gli addominali.

Dei bambini giocavano a palla...

Altri a baseball...

Uno di loro indossava una T-shirt con la scritta: "Vendo genitori d'occasione".

Hortense notò dei giocatori di bocce vestiti tutti di bianco. Lanciavano le loro bocce di legno scuro su un prato immacolato parlando a voce bassa, al riparo sotto dei cappelli bianchi. Avevano un modo elegante di abbassarsi per raccogliere le bocce, per poi rilanciarle con noncuranza, come se non ci fosse né posta in gioco né competizione.

So british... si disse, ammirando la loro disinvoltura.

E pensò a Gary. Non voleva ammetterlo, ma stava cercando il ponticello di assi grigie e il sentiero di sassolini bianchi.

Quando il sole cominciò a tramontare sul parco, tornò a casa. Fece una doccia. Ordinò del sushi al telefono, mise un dvd di *Mad Men*, le restava da vedere la fine della terza stagione.

Don Drapper le piaceva molto...

So british anche lui...

Erano le tre del mattino quando spense la tivù.

Si chiese dove fosse quel fottuto ponte...

Zoé la svegliò in piena notte.

"Ancora tu?"

"È una cosa seria... Mi ha chiamato mamma. Era in una chiesa con Philippe. Cantava di gioia. Mi ha detto che era felice, superfelice e che voleva che fossi la prima a saperlo. Di' un po', credi che si sposeranno?"

"Zoé! Hai visto l'ora? Qui sono le sei del mattino!"

"Ops! Ho calcolato male il fuso orario!"

"STAVO DORMENDO!"

"Ascolta, Hortense, ma secondo te cosa significa che stesse chiamando da una chiesa?"

"Me ne frego di cosa volesse dire, Zoé! Me ne frego... Lasciami dormire! Io domani lavoro!"

* * *

"Ho cominciato un libro", disse Joséphine nelle braccia di Philippe.

Erano seduti contro un platano sul piccolo prato davanti alla chiesa.

"Lo scriverai qui..."

"Ma c'è Zoé..."

"Andrà al liceo francese..."

"Ha un innamorato..."

"Le comprerò un abbonamento dell'Eurostar e andrà a trovarlo tutte le volte che vorrà... E lui verrà qui..."

"E Du Guesclin?"

"Lo porteremo al parco... Sono belli i parchi di Londra..."

"E l'università? Non posso mollare tutto..."

"Parigi è a due ore da Londra, Joséphine! Un niente... Smettila di dire sempre no... Dimmi sì..."

Sollevò la testa verso di lui. Lo baciò.

Philippe la strinse tra le braccia.

"Hai ancora molte domande come queste?"

"Ma è che..."

"Vuoi passare il resto della tua vita da sola?"

"No..."

"Cosa faresti tutta sola? Non eri tu a dire che la vita è come un valzer e che bisogna danzare con lei?" chiese Philippe, le labbra nei capelli di Joséphine. "Bisogna essere in due per ballare il valzer..."

"Sì..."

"Allora balla con me, Joséphine, abbiamo già aspettato troppo..."

* * *

Una sera, doveva essere l'inizio di agosto, Hortense era rientrata a casa dopo avere rifiutato l'invito a cena di Julian che voleva leggerle il suo ultimo racconto.

Era la storia di una ragazza che aveva sofferto molto durante la sua infanzia e pugnalava i suoi amanti con un coltello da burro. Hortense non era sicura di volerla sentire. Aveva gentilmente declinato l'offerta.

Faceva molto caldo, il termometro segnava 31 °C con il 99% di umidità. Aveva deciso di tornare a casa a piedi dall'ufficio, ma dopo tre isolati aveva fermato un taxi.

Si era fatta una doccia, si era stesa sul divano beige con una limonata, del miele e una brocca con dei cubetti di ghiaccio. Aveva aperto un libro su Matisse per studiarne i colori e immaginare una linea "macedonia" per la prossima estate.

Girava le pagine ascoltando Miles Davis alla radio e sorseggiava la limonata degustando le sfumature di Matisse. Ecco una bellissima serata, si disse sollevando il bicchiere alla salute dei Padri Pellegrini che la osservavano dal muro con la loro aria severa. Avrò pur diritto a un po' di riposo, disse loro, lavoro in continuazione! Stasera non voglio fare niente.

Niente...

Sprofondò nel divano, alzò una gamba per stiracchiarsi, poi l'altra...

E rimase con la gamba per aria...

Senza che se ne accorgesse si era insinuata in lei una sensazione di malessere. Aveva il cuore stretto in una morsa, soffocava. Pensò fosse per la posizione scomoda, si girò e rigirò sul divano, ma poi sentì i battiti del suo cuore che si amplificavano, sussultò e la canzone della limousine, la canzone che mescolava New York e Gary ricominciò... New York, New York, Gary, Gary... Le parole rimbombavano come una grancassa.

Si raddrizzò e disse a voce alta devo vederlo...

Devo assolutamente vederlo!

Zoé ha ragione! Lui sa che sono a New York, che ho il suo indirizzo, crederà che non intendo farmi viva!

IO VOGLIO VEDERLO!

L'altro giorno non mi andava di baciare Naso appuntito. Eppure non era male, ma più mi avvicinavo a lui, più pensavo ma non è Gary, non è Gary! e avevo una voglia matta di baciare Gary.

Baciare Gary!

Bevve un sorso di limonata, diede la colpa al caldo, ho preso un colpo di calore camminando. Non sono più io. Ma la canzone riprese, e questa volta non c'era più New York, ma solo Gary, Gary e faceva un rumore infernale... Le risuonava nella testa, nel petto, nelle gambe.

Stava soffocando.

Si sdraiò cercando di controllare il respiro.

Si disse a voce alta Ok, lo ammetto, ho paura di vederlo, ho paura di innamorarmi, ma credo di esserlo già! Sono innamorata...

Sono innamorata di Gary.

Si sedette a gambe incrociate, spulciandosi le dita dei piedi. Il malessere era diventato angoscia. Era opprimente.

Ok, si ripeté di nuovo a voce alta, andrò a cercarlo... Domani è lunedì, troverò una scusa per l'ufficio, spiegherò che ho bisogno di lavorare da sola a casa e andrò a cercarlo nella rimessa di Central Park.

Farò finta di fare una passeggiata e d'imbattermi in lui...

Andrò a trovarlo per caso nella sua rimessa...

Per caso...

Imboccherò il sentiero di sassolini bianchi, il ponte di assi grigie ed entrerò nella rimessa.

Provò l'impulso di chiamare Junior per chiedergli dove si trovasse quel fottuto ponte. Junior! Junior! Concentrati e dimmi dov'è il ponte!

Non chiamò.

Sarebbe andata da sola. Senza disturbare Junior...

Sentì il battito rallentare e tornare a un ritmo normale.

Aveva fretta che fosse domani...

A mezzanotte e mezzo squillò il telefono.

Si alzò per rispondere.

Era Junior...

"Mi hai chiamato, Hortense?"

"No..."

"Sì, mi hai chiamato. Mi sono connesso con te e ho sentito che mi chiamavi..."

"Ti sei connesso?"

"Sì. Ci riesco sempre meglio! Vedo il tuo ufficio, i tuoi colleghi, Julian mi piace molto..."

"Non si tratta di Julian, Junior..."

"Lo so... È Gary, vero?"

"Sì", ammise Hortense a malincuore. "Stasera ho avuto una crisi d'ansia. Mi sono detta che dovevo assolutamente vederlo e ho pensato a te, è vero..."

"Dovevi telefonarmi!"

"Non ho osato..."

"Vai a cercarlo, Hortense! Vai! Altrimenti ti ammalerai... Vedo una brutta malattia gialla piena di pus! Somatizzerai..."

"Sei sicuro?"

"Ho riflettuto molto, Hortense. È un bravo ragazzo, e sarai felice con lui. Infatti, lo ami da tanto tempo... Non mi piaceva Naso appuntito."

"Hai visto anche lui?"

"Sì..."

"Junior! Devi smettere di leggermi nel pensiero! È molto fastidioso!"

"Oh, ma non funziona sempre... Solo quando pensi a me. Mi trasmetti una frequenza, tutto qui. Ma quando non mi pensi affatto, non ci riesco..."

"Così va meglio..."

"Allora andrai a cercarlo?"

"Sì, domani, è lunedì..."

"Bene..."

Restarono in silenzio per un lungo istante. Lei riusciva a sentire il suo respiro. Junior aveva ancora qualcosa da dirle.

"Marcel ha parlato con Chaval e Henriette?" chiese Hortense per rompere il silenzio.

"Sì, ed è stato grandioso! Gli eventi sono precipitati. Il mondo va a tutta velocità adesso. Dobbiamo tenere duro. I cambiamenti annunciati si fanno più precisi. È per questo che non bisogna perdere tempo..."

"E allora? Racconta..."

"Henriette è rimasta in mutande! Mio padre è stato inflessibile. L'ha persino buttata fuori dall'appartamento. Si è accorto che l'affitto era scaduto e non era stato rinnovato. Le ha lasciato solo il vitalizio. E sai lei che cosa ha fatto? Ha preso il posto della portinaia!"

"Della portinaia?!"

"Te l'avevo detto che era una donna tenace e ancora piena di vigore! I portinai precedenti hanno dato le dimissioni per seguire il figlio che andrà a studiare lontano e lei deve essersi detta che fare la portinaia era un modo per risparmiare. Alloggio, riscaldamento, telefono, e gli inquilini da taglieggiare! Instaurerà il regno del terrore. Che cosa posso dirti? Quella donna suscita la mia ammirazione."

"E Chaval?"

"Chaval è distrutto. Ha perso la madre e anche la testa!"

"È morta all'improvviso?"

"Investita da un'auto sull'avenue de la Grande-Armée. Il figlio di un diplomatico che ha bruciato un semaforo rosso. Chaval sta ancora piangendo... Perciò quando mio padre l'ha convocato per dirgli che era finito, è rimasto zitto. Pare che singhiozzasse sulla sedia chiedendo perdono. Un vero smidollato!"

"E la Trombetta?"

"Lo ha raccolto e adesso vive da lei... Lei è fuori di sé dalla felicità ed è diventata quasi affascinante... Ha mostrato a papà una foto: Chaval avvolto in una gellaba che l'abbraccia in rue de Pali-Kao!"

"Ecco perché la gellaba!"

"La triste fine di un re triste!"

"Ma è successo tutto in frettissima!"

"Il tempo sta accelerando, Hortense. Stiamo cambiando il mondo. Vedrai... Le sorprese sono solo all'inizio. Tutto evolverà a gran velocità... È per questo che anche tu devi cambiare e ammettere di essere innamorata di Gary..."

"Ho paura, Junior, da morire..."

"Devi superarla. Altrimenti resterai la stessa e ti ripeterai... E per te sarà la fine. E tu detesti ripeterti, cara Hortense... Tu che non hai mai paura, non temere di lasciarti andare. Impara ad amare, vedrai, è una cosa straordinaria..."

Fu il turno di Hortense di rimanere in silenzio. Si lisciò i capelli spettinati, giocherellò con la pagina di un libro e chiese: "E come si fa, Junior? Come?"

"Prima di tutto troverai il ponte di assi grigie che conduce alla rimessa... E poi, vedrai, andrà tutto bene..."

"Ma dov'è questa fottuta rimessa? L'altro giorno sono andata a passeggiare per il parco e non l'ho vista..."

"È molto semplice. Sono andato su Google Earth e ho individuato il percorso. Devi entrare dall'ingresso del parco di fronte al tuo palazzo... Poi, imbocchi il viale, e dopo cinque metri arriverai al chiosco delle frittelle. Lì girerai a sinistra, poi sempre dritto... Fino a un cartello con la scritta '*Chess and checkers*'... A quel punto girerai a destra e scorgerai il ponte. Infine, sempre dritto..."

"Ma tu non ti collegherai, promesso? Mi sentirei in difficoltà. Sarà già complicato così..."

"Promesso. Solo smetti di pensare a me... È quando mi pensi intensamente che mi collego."

Il lunedì mattina si preparò.

Fece una doccia, si lavò i capelli, li asciugò, vaporizzandoli con una lozione per renderli luminosi. Scosse la testa sollevando una nuvola di scintille. Disegnò una riga marrone lungo il bordo delle ciglia, aggiunse il mascara marrone scuro, un velo di cipria, un tocco di fard rosa e un accenno di rosso sulle labbra. Indossò il suo tubino nero. Le aveva portato fortuna quando aveva incontrato Frank Cook, lo avrebbe fatto di nuovo. Incrociò le dita. Levò gli occhi al cielo supplicandolo di vegliare su di lei. Non ci credeva molto, ma valeva la pena tentare.

S'infilò un sandalo di lucertola verde mela che aveva comprato il giorno prima. Si chiese dove fosse finito l'altro e lo cercò saltando su un piede solo. S'inginocchiò, tastò sotto il letto, sollevò della polvere, starnutì, tastò ancora e finì per trovarlo.

Ci soffiò sopra.

Si raddrizzò, si mise davanti allo specchio. Mio Dio, mio Dio! Se il cuore continua a battermi così forte, la nostra storia d'amore non durerà molto, mi ritroverò su una barella d'ospedale.

Ma lui mi amerà abbastanza per avvolgermi nelle sue braccia sulla barella?

Gary...

Lasciò cadere le braccia lungo il corpo.

Il sorriso di Gary...

Un sorriso raro come la sua schiena in mezzo alla folla...

Il sorriso di un uomo sicuro di sé, ma non troppo... Sicuro di sé con fiducia, non arroganza...

Il sorriso di un uomo generoso che abbraccia il mondo, poi ti guarda e te lo offre... È tutto tuo. Come se tu fossi l'unica persona degna di avere il mondo ai tuoi piedi.

Come se, sopra il mondo, ci fossi solo tu, tu e tu...

Un sorriso come se ne vedono solo due o tre in tutta la vita. Ci si volta dicendosi che non dimenticheremo mai quell'uomo...

Aveva quasi rischiato di dimenticare quell'uomo e il suo sorriso.

Si diede un colpo in testa con la pochette dandosi della tonta.

Prese gli occhiali scuri, un foulard di mussola rosa con disegni bianchi, raddrizzò le spalle, inspirò tre volte, si augurò buona fortuna e uscì.

Il portiere la vide passare e le gridò *have a good day!*

Nel rispondergli sentì la propria voce tremare.

Entrò nel parco dall'ingresso di fronte al suo palazzo.

Raggiunse il chiosco delle frittelle.

Girò a sinistra, poi sempre dritto. Scorse il cartello verde con la scritta "*Chess and checkers*"... Girò a destra e avanzò, avanzò ancora. Si fermò per controllare che non avesse il naso lucido o il mascara sciolto, richiuse con gesto secco il portacipria, si inumidì le labbra, alzò la testa e le mancò il fiato. Davanti a lei, a una decina di metri, c'era il piccolo ponte di assi grigie.

Superò il ponte e vide la rimessa.

Una rimessa di tronchi grigi con il tetto a ragnatela. Ricoperta di rami e foglie. Una rimessa aperta a tutti i venti del nord, dell'est e del sud.

Entrò e lo vide.

Era seduto su una panca chino su uno scoiattolo a cui tendeva una nocciolina.

Lo scoiattolo la vide e se la diede a gambe.

Gary si voltò.

"Hortense!"

All'inizio sembrò sorpreso. Poi s'incupì e aggiunse: "Che cosa ci fai qui?"

"Passavo..."

La guardò, beffardo.

"Passavi per caso?"

"Passavo e mi è venuta voglia di entrare... Vengo spesso a passeggiare nel parco, ci abito proprio di fianco... In Central Park South."

"Da un mese. Lo so..."

Sentì un rimprovero nella sua voce. Un rimprovero che diceva sei qui da un mese e non hai cercato di vedermi...

"So che cosa stai pensando", riprese Hortense.

"Sei davvero brava, allora..."

"Questo è vero..."

Lo fissò, si tolse gli occhiali scuri, inchiodando lo sguardo nel suo e continuò, articolando bene le parole perché gli entrassero in testa e capisse: "Ascoltami, Gary... Non ho mai ricevuto il tuo messaggio quando hai lasciato Londra. Mai. Devi credermi...

Ho saputo solo molto più tardi che volevi portarmi con te... E sono stata molto triste per il fatto che tu fossi partito senza dirmi niente... Ero molto arrabbiata con te, molto... E lo sono stata per tanto tempo..."

Lui giocava con le noccioline rimaste nel pacchetto, le schiacciava tra le dita, riducendole in polvere e poi gettandole a terra.

"So che mi hai comprato un biglietto aereo... Ma ne sono venuta a conoscenza solo da poco. Ero così arrabbiata che ci ho messo del tempo per perdonarti. Mi dicevo che eravamo in guerra, ci siamo sempre fatti la guerra, tu e io, e poi, d'un tratto, non ne avevo più voglia..."

Gary frantumò una nocciolina e se la mise in bocca. Ne mangiò un'altra, poi disse: "Hai deciso che la guerra era finita e hai pensato, andiamo a trovare il vecchio Gary, dev'essere al parco con i suoi amici..."

"È andata più o meno così... È stata tua madre a parlarmi degli scoiattoli che sono tristi il lunedì..."

"E hai trovato la rimessa per caso?"

"No. L'ho cercata..."

"E adesso che cosa stai cercando, Hortense?"

C'era rabbia nella sua voce. Sfregava il suolo con la punta della scarpa, i pugni chiusi nelle tasche.

Hortense avanzò verso il davanzale di legno della rimessa, vi appoggiò la pochette e rispose: "Mi dicevo che mi piacerebbe sapere come si sta nelle tue braccia..."

Lui si strinse nelle spalle e allungò le gambe come se fosse fuori questione che si alzasse per abbracciarla.

Hortense gli si avvicinò. S'inginocchiò, facendo attenzione a non toccarlo. Poi aggiunse: "Intendevo dire tra le braccia di un pianista della Juilliard School. Della famosa Juilliard School di New York..."

Gary si girò verso di lei e borbottò: "Posso dirti che fa lo stesso effetto che nelle braccia di chiunque..."

"Questo è quello che pensi tu... Ma io non lo so... Perché non sono mai stata tra le braccia di un pianista della celebre Juilliard School di New York..."

"Piantala, Hortense, stai dicendo scemenze..."

"Forse... ma finché non avrò provato, non potrò saperlo... E provare non costa niente, no?"

Gary si strinse nuovamente nelle spalle, evitando lo sguardo di lei. Altezzoso, ostile, diffidente.

"Vuoi che strisci ai tuoi piedi?" chiese Hortense.

"No", ripose lui lasciandosi sfuggire un sorriso. "Hai un vestito troppo bello e i capelli che brillano..."

"Ah, te ne sei accorto? Allora non sei arrabbiato con me?"

"Lo sono stato anch'io, a lungo..."

"Dovremmo fare la pace perché siamo stati ingannati entrambi..."

"Facile a dirsi!" borbottò lui. "Tu dimentichi in fretta, io no!"

Hortense si raddrizzò e disse: "Peggio per me! Non saprò mai come bacia un ragazzo della Juilliard School!"

Si rimise gli occhiali scuri, riprese la pochette e lasciando penzolare un braccio all'indietro, si preparò ad andarsene. Si diresse verso il parco, sempre con un braccio all'indietro, nel caso lui cambiasse idea, come se lei camminasse sempre in quel modo noncurante...

Era sul punto di superare il confine tra l'ombra della rimessa e il sole del parco quando sentì la mano di Gary afferrarle il braccio, le braccia di Gary che la stringevano a sé, la bocca di Gary contro la sua.

Lui la baciò, e la baciò, e lei si lasciò andare con un sospiro.

Appoggiò la testa nell'incavo della sua spalla, giocherellò con il colletto della sua camicia, alzò lo sguardo, gli fece un gran sorriso e disse: “Avevi ragione... Non è niente di straordinario stare tra le braccia di un ragazzo della Juilliard School.”

Lui si staccò, sorpreso e furioso.

“Come ‘non è niente di straordinario’?”

“Davvero niente di che... Penso addirittura di preferire il Gary di Parigi o Londra...”

“Ah...”

Lui la fissò un istante in silenzio, diffidente, chiedendosi se scherzasse o meno. Lei si mise a canticchiare, a giocare con i bottoni della sua camicia, sul viso un’espressione un po’ delusa.

Allora lui ruggì tu mi farai impazzire, Hortense Cortès, mi farai impazzire! La strinse a sé e la baciò come se da quel bacio dipendesse la sua vita.

Sulla soglia della rimessa, lo scoiattolo grigio li osservava sgranocchiando la sua nocciolina.

Doveva pensare che finalmente i lunedì, a Central Park, non erano più tristi...

RINGRAZIAMENTI

Uno scrittore è un muro con due grandi orecchie e un occhio da ciclope.

Scrivere significa ascoltare, osservare, fiutare, trasformarsi in una foglia, in un abat-jour o nella tela di un ragno. Tendere l'orecchio, aguzzare la vista, l'ingegno, fare il vuoto dentro di sé per lasciare lo spazio alla vita e alle sue alluvioni...

Dimenticare se stessi per diventare tutti i personaggi, le lacrime e le risate, le speranze e l'impazienza, andare fino in fondo e afferrare una pepita d'oro...

Inserirla nella storia e ripartire...

Quando scrivo, apro le braccia e mi lascio travolgere dalla vita...

Attraverso mari e montagne, inseguo il particolare, divoro quintali di documentazione, ascolto...

A tutti voi che mi avete nutrito di particolari, colori, riflessioni, tenerezza, dolcezza, uragani, freschi zefiri, grazie!

Patricia... e il quai aux Fleurs!
Réjane, Michel, sempre presenti...
Huguette... tanto di cappello!
Thierry, angelo custode...

Marie, stilista a Londra...

Andy, futuro gran ciambellano...
Dom... che si riconoscerà in certi particolari.

Lydie, Laurence, Mari, Fatiha, Dominique, Jean, Thierry e le loro e-mail ricche d'insegnamenti...
Jacqueline che raccoglie i ricci lungo le strade per curarli...
Aude, le sue lunghe sigarette turche dentro una busta...
Sophie che da Londra mi manda libri rari e cupcake...
François, inventore geniale...
Béatrice e i suoi corsi di yoga...
Sarah che mi serve Diderot su un vassoio d'argento e mi scrive e-mail stordenti...
Samantha...
Roberta...
E tutti i vostri messaggi che mi fanno viaggiare, ridere, mi fanno venire voglia di abbracciarvi e di ballare il tip tap...

Grazie a Hugues e Alvisé a Londra...
Maggy e Marianne a New York! "*I'm a brain! You're a brain!*"
Grazie a Michel... e ai suoi particolari di poliziotto snob!
Fabrice...
Bruno e i cd di Gould... sempre.
Jean-Christophe, uomo colto, preciso e diligente...
Béatrice, che mi ha accompagnato nelle gallerie d'arte di Parigi, Londra e New York...
Sharon, a Edimburgo...
Richard e Jean-Éric in Cina...
Michael Enneser e il suo rifugio per senzatetto a New York.
Louis e le nostre lunghe conversazioni sulla vita e la cucina.

Un bacio a Romain, padre dolcissimo, George, Laurent...

Grazie a Cary Grant di avermi prestato un po' della sua vita e della sua linfa vitale...

A Élisabeth, che mi ha insegnato tutto sulle crociate...

A Lise, che mi ha guidato nei labirinti degli esami di abilitazione e negli intrighi del CNRS...

A Pierre il Magnifico e al suo occhio puntato su di me...

A Octavie, amica dolce e raffinata...

Grazie Clément, figlio mio bellissimo... Grazie Chacha, meravigliosa figlia mia.

Grazie Coco, fata di casa... Lei è il mio porto sicuro, fedele e generoso, la bacio in fronte, sul naso e sul mento!

Alcune piccole annotazioni musicali

Glenn Gould plays Bach, Urania
Russian Romantic Songs, Kaïa Urb, Harmonia Mundi
Brazilian Sketches, Jim Tomlinson, Candid Productions
Petite Messe Solennelle, Gioachino Rossini, Decca
Ballads, Enrico Pieranunzi, Marc Johnson, Joey Baron, Cam Jazz
Mare Nostrum, Paolo Fresu, Richard Galliano, Jan Lundgren, Blue Note
In My Dreams e *Samba tzigane*, Duško Goyković, Enja

Questi dischi li ho ascoltati in continuazione mentre scrivevo...
Così come TSF Jazz (89.9) e Radio Classique (101.1)...
E Chaussette-Du Guesclin insieme a me!

BIBLIOGRAFIA

Opere su Cary Grant

Marc Eliot, *A biography*, Harmony, 2004.
Graham McCann, *A class apart*, Fourth Estate, 1997.
Bill Royce, *Cary Grant, the wizard of Beverly Grove*, Cool Titles, 2007.
Tutte le parole pronunciate da Gary Grant nel libro sono sue, estratte da questi tre libri.

Sul Medioevo

Danielle Régnier-Bohler (a cura di), *Croisades et pèlerinages. Chroniques et voyages en Terre sainte XIIe-XVIe siècle*, Laffont, 1997.
AA.VV., *Storia delle donne in Occidente* (a cura di George Duby e Michelle Perrot), vol. 2: *Il Medioevo* (a cura di Christiane Klapisch-Zuber), Laterza, 2009.
Régine Pernoud, *La Femme au temps des croisades*, Stock, 1990.
Anthony Bridge, *Les Croisades*, Denoël, 1983.
Georges Duby, *Donne nello specchio del Medioevo*, Laterza, 2002.

E per finire

Sherry Thomas, *Private arrangements*, Bantam Books, 2008.
Virginie Ledret, *Les Pintades à Londres*, Livre de Poche, 2008.

La Guide du routard (Inghilterra e Scozia).
André Maurois, *Don Giovanni o la vita di Byron*, Dall'Oglio, 1953.

Le parole di Albert Einstein, che parla spesso per bocca di Junior, sono tratte dai suoi libri.

E, *last but not least*, la scena finale è stata scritta in omaggio a Cary Grant nel film *Ero uno sposo di guerra* di Howard Hawks.

Grazie Cary e Rosalind!

Questo libro è stampato su carta certificata FSC,
che unisce fibre riciclate post-consumo a fibre vergini
provenienti da buona gestione forestale e da fonti controllate.

Finito di stampare nell'aprile 2015 presso
Grafica Veneta - via Malcanton, 2 - Trebaseleghe (PD)
Printed in Italy

ISBN 978-88-452-7839-6